13⁹⁸ P4X1 37F

⒉7⁰⁰

UNE DERNIÈRE CHANCE POUR REBUS

Né en 1960 dans le comté de Fife, Ian Rankin a étudié la littérature à l'université d'Édimbourg, interprété ses chansons dans un groupe rock et écrit son premier polar à la place de sa thèse. Il a obtenu un nombre impressionnant de récompenses, dont l'Edgar du meilleur roman policier en 2004, le Grand Prix de littérature policière et le prestigieux Diamond Dagger de la CWA en 2005.

Paru dans Le Livre de Poche :

IAN RANKIN

Une dernière chance
pour Rebus

TRADUIT DE L'ANGLAIS (ÉCOSSE) PAR FREDDY MICHALSKI

ÉDITIONS DU MASQUE

Titre original :

RESURRECTION MEN

publié par Orion Books Ltd, Londres

« Tous les hommes ont des secrets. »
The Smiths, *What Difference Does It Make ?*

Durate et vosmet rebus servate secundis.
Énéide, I, 207

1

— Alors pourquoi êtes-vous ici ?

— Tout dépend de ce que vous entendez là, répondit Rebus.

— Entendre ? fit la femme en fronçant le sourcil derrière ses lunettes.

— Ce que vous entendez par « ici », expliqua-t-il. Ici, dans cette même pièce ? Ici, à ce stade de ma carrière ? Ici, sur cette planète ?

Elle sourit. Elle s'appelait Andrea Thomson. Elle n'était pas médecin — elle s'était fait un point d'honneur de le lui préciser lors de leur première rencontre. Pas plus qu'elle n'était « psy » ou « thérapeute ». Analyste en bilan de compétences. C'est ce qui était écrit sur le planning quotidien de Rebus.

2.30 — 3.15 : Bilan de Compétences. Salle 3.16.

Avec Mme Thomson. Qui était devenue Andrea une fois les présentations faites. C'est-à-dire la veille, mardi. Une séance de « prise de contact », c'est ainsi qu'elle avait qualifié leur première rencontre.

La quarantaine menaçante, elle était petite, les hanches larges, la denture légèrement chevaline, et sa tignasse blonde laissait entrevoir aux racines des mèches plus sombres. Elle exerçait une profession libérale, n'était pas employée par la police à temps plein.

— Qui pourrait prétendre une chose pareille ? lui avait demandé Rebus la veille.

Elle avait paru interloquée.

— Je veux dire, qui parmi nous peut prétendre travailler à temps plein… C'est bien pour ça que nous sommes ici, non ?

Il avait montré la porte fermée d'un geste de la main.

— Nous ne donnons pas le meilleur de nous-mêmes. Nous avons besoin de nous faire taper sur les doigts.

— Vous croyez vraiment que c'est de cela que vous avez besoin, inspecteur ?

Il l'avait tancée d'un index.

— Continuez à me donner ce titre, et moi je vous appellerai « Doc ».

— Je ne suis pas médecin, avait-elle répondu. Pas plus que je ne suis « psy », ou tout autre terme que vous avez probablement déjà associé à ma fonction en ces lieux.

— Vous êtes quoi alors ?

— Je m'intéresse aux bilans de carrière et de compétences.

— En ce cas, vous devriez peut-être attacher votre ceinture, avait ricané Rebus.

— Et pour quelle raison ? lui avait-elle demandé en le regardant droit dans les yeux. Ça risque de secouer tant que ça ? Vous avez l'intention de m'en faire voir de toutes les couleurs ?

— On pourrait dire ça comme ça, considérant que

ma *carrière*, comme vous l'appelez, vient d'échapper à tout contrôle et s'est décarriérée toute seule.

Voilà pour la veille.

Aujourd'hui, ce qui intéressait cette femme était ses sentiments. Qu'éprouvait-il à se trouver dans la peau d'un inspecteur ?

— J'aime bien ça.

— Dans quelles proportions ?

— Tout. Moi, dans mon entier.

Il la fixait de son sourire.

Un sourire qu'elle lui rendit.

— Je voulais dire…

— Je sais ce que vous vouliez dire…

Il regarda alentour. La pièce était petite, fonctionnelle. Deux fauteuils en acier chromé de part et d'autre d'un bureau en teck verni. Couverts d'une matière indéfinissable de couleur citron vert. Rien sur le bureau à proprement parler, hormis le bloc à lignes format A4 de la dame et son stylo-bille. Une sacoche qui devait peser bien lourd posée dans le coin — il se demanda si son dossier se trouvait à l'intérieur. Une horloge au mur, avec, dessous, un calendrier. Un calendrier fourni par la brigade de pompiers du quartier. Un lé de filet en guise de rideau à la fenêtre.

Ce n'était pas le bureau de madame. Juste une pièce qu'elle pouvait utiliser à l'occasion, lorsqu'on avait besoin de ses services. Ce qui n'était pas tout à fait la même chose.

— J'aime bien mon boulot, finit-il par dire en croisant les bras.

Juste avant de s'interroger sur ce qu'elle risquait de comprendre à ce petit geste, et de les décroiser — simple réaction de défense, disons. Mais sans trouver pour autant ce qu'il pouvait en faire. Aussi se contenta-t-il de fourrer les poings dans les poches de sa veste.

— J'en aime tous les aspects, et ça va jusqu'aux paperasses supplémentaires à remplir chaque fois que l'agrafeuse du bureau se trouve à court d'agrafes.

— Alors pour quelle raison avez-vous explosé à la figure de la superintendante en chef Templer ?

— Je ne sais pas.

— Elle pense qu'il peut s'agir d'une question de jalousie professionnelle.

Il laissa échapper un éclat de rire.

— Elle a dit ça ?

— Vous n'êtes pas d'accord ?

— Bien sûr que non.

— Vous la connaissez depuis un certain nombre d'années, n'est-ce pas ?

— À tel point que je préfère ne pas les compter.

— Et elle a toujours été votre supérieur ?

— Ça ne m'a jamais posé de problèmes, si c'est ce que vous pensez.

— Il n'y a pas bien longtemps qu'elle est devenue votre supérieur direct. Votre officier commandant.

— Et alors ?

— Alors, il y a maintenant un moment que vous occupez le grade d'inspecteur de seconde classe. Aucune envie d'améliorer votre situation ? Mais peut-être qu'améliorer n'est pas le terme qui convient, reprit-elle en voyant l'expression de son visage. Vous ne voulez pas être promu à un grade supérieur ?

— Non.

— Et pourquoi ça ?

— Peut-être bien que j'ai peur des responsabilités.

Elle le fixa droit dans les yeux.

— Ça sonne comme une réponse préparée d'avance.

— Toujours prêt, c'est ma devise.

— Oh, vous avez été boy-scout ?

— Non, répliqua-t-il.

Elle garda le silence, prit son stylo et l'examina. Un Bic bon marché de couleur jaune.

— Écoutez, dit-il dans le silence de la pièce. Je ne cherche pas de crosses à Gill Templer. Bonne chance à elle comme superintendante en chef. C'est un boulot qui ne serait pas dans mes cordes. J'aime le poste et la position que j'occupe.

Il releva les yeux.

— Et je ne parle pas de la pièce dans laquelle je me trouve en ce moment. Je veux parler de la rue, là-dehors, et des crimes à résoudre. La raison pour laquelle j'ai perdu mon sang-froid, c'est… eh bien, c'est la manière dont toute cette enquête est menée.

— Vous avez déjà dû éprouver des sentiments similaires par le passé, au beau milieu d'une affaire en cours ?

Elle avait ôté ses lunettes et frottait la peau de son nez rougie par les plaquettes.

— Bien souvent, reconnut-il.

Elle remit ses lunettes.

— Mais c'est la première fois que vous balancez un mug à la figure de quelqu'un ?

— Ce n'est pas elle que je visais.

— Elle a pourtant été obligée de l'esquiver en baissant la tête. Et le mug était plein, qui plus est.

— Vous avez déjà goûté du thé de poste de police ?

Nouveau sourire.

— Si je comprends bien, vous n'avez de problème avec personne ?

— Absolument aucun.

Il croisa les bras avec l'espoir que son geste serait pris pour une marque de confiance en soi.

— Alors pourquoi êtes-vous ici ?

Fin de la séance. Rebus reprit le couloir, direction les toilettes pour hommes, où il s'aspergea le visage d'eau avant de s'essuyer à l'aide d'une serviette en papier. Face à son image en miroir au-dessus du lavabo, il sortit une cigarette de son paquet, l'alluma et souffla la fumée vers le plafond.

Un bruit de chasse d'eau retentit dans un des cabinets ; un pêne cliqueta en libérant un verrou. Jazz McCullough sortit.

— Je me disais justement que ça pouvait tout à fait être toi, dit-il en ouvrant le robinet.

— Et tu savais ça comment ?

— Un long soupir suivi par une cigarette qu'on allume. Logiquement, la fin d'une séance avec la mini-psy.

— Elle n'est pas psy.

— À voir sa taille, on pourrait croire qu'elle a rétréci au lavage.

McCullough prit une serviette en papier. La balança dans la poubelle quand il en eut terminé. Rectifia sa cravate. Son vrai prénom était James mais, à l'évidence, ceux qui le connaissaient ne semblaient jamais l'utiliser. On l'appelait Jamesy, ou encore Jazz, le plus souvent. Grand, la quarantaine avancée, cheveux noirs coupés court avec juste quelques touches de gris aux tempes. Il était mince. Il se tapotait d'ailleurs le ventre, en cet instant, juste au-dessus de la ceinture, comme pour bien faire remarquer qu'il n'avait pas de bedon. C'est tout juste si Rebus parvenait à apercevoir la sienne, de ceinture, même dans le miroir.

Jazz ne fumait pas. Avait une famille dans sa maison de Broughty Ferry : une épouse et deux fils qui étaient pratiquement son seul et unique sujet de conversation. Toujours face à la glace, en plein examen de détail, il replaça une mèche rebelle derrière une oreille.

— Mais qu'est-ce qu'on fout ici, John ?

— Andrea me posait justement la même question.

— Ça, c'est parce qu'elle sait qu'il s'agit d'une perte de temps. Le problème, c'est que c'est nous qui payons ses honoraires.

— Nous servons donc bien un peu à quelque chose en ce cas.

Jazz se tourna vers lui.

— Oh, le chien ! Tu crois que c'est dans la poche, c'est ça ?

Rebus fit la grimace.

— Lâche-moi un peu, tu veux ? Tout ce que je voulais dire, c'est…

Mais quelle importance ? Jazz rigolait déjà tout ce qu'il pouvait. Il assena une tape sur l'épaule de Rebus.

— On retourne dans l'arène, dit-il en tirant la porte. Trois heures et demie, « Face au Public ».

15

C'était leur troisième jour à Tulliallan : l'Académie de Police écossaise. La plupart de ses pensionnaires étaient de toutes nouvelles recrues, venues là apprendre leurs leçons avant d'être lâchées dans les rues. Mais on y trouvait également des officiers de police plus âgés et plus expérimentés. Ils suivaient des cours de recyclage ou de nouvelles formations spécifiques.

Puis il y avait les Trépassés.

L'académie était installée à Tulliallan Castle. Ce n'était pas à proprement parler un château mais un pseudo-castel de baronnet auquel on avait adjoint une série de bâtiments modernes reliés par des couloirs. L'édifice avec ses rajouts au milieu de son énorme terrain arboré se situait aux abords du village de Kincardine, sur la rive nord du Firth of Forth, pratiquement à mi-chemin de Glasgow et d'Édimbourg. Il ressemblait à s'y méprendre à un campus universitaire, ce qui était sa fonction, dans une certaine mesure. On venait là pour apprendre.

Ou, dans le cas de Rebus, pour purger sa punition.

À l'arrivée de Rebus et de McCullough, quatre officiers de police se trouvaient déjà dans la salle de séminaire. « La Horde sauvage », c'était le surnom dont les avait affublés l'inspecteur Francis Gray, la première fois qu'ils s'étaient trouvés réunis. Rebus connaissait deux des quatre présents : le sergent Stu Sutherland, de Livingston, et l'inspecteur Tam Barclay, de Falkirk. Gray venait quant à lui de Glasgow, Jazz travaillait à Dundee, et le dernier membre de la troupe, le constable Allan Ward, était basé à Dumfries. « Un rassemblement de nations », pour reprendre l'expression de Gray. Mais aux yeux de Rebus, ils se comportaient plutôt comme des porte-parole représentant chacun sa tribu : ils partageaient la même langue mais pas les mêmes vues, et se tenaient sur le qui-vive les uns vis-à-vis des autres. Au point que la chose en devenait gênante s'agissant de policiers originaires de la même région. Rebus et Sutherland venaient tous deux du Lothian and Borders, mais la ville de Livingston était Division F, connue par tous les habitants d'Édimbourg sous le sobriquet de « F Troop [1] ». Et Sutherland semblait attendre une vanne méprisante de Rebus en guise de bonjour, anxieux à l'idée de devoir expliquer l'origine du surnom.

Les six policiers n'avaient en commun qu'une seule caractéristique : ils se trouvaient tous à Tulliallan pour avoir failli, d'une façon ou d'une autre. Essentiellement parce tous avaient des problèmes avec l'autorité. Au cours des deux journées précédentes, ils avaient passé la majeure partie de leur temps libre à dévider leurs récits de guerre contre le crime. Celui de Rebus avait été plus en demi-teinte que ceux de ses compagnons. Un jeune officier de police fraîchement gradé, tout juste sorti de son uniforme d'agent, aurait-il commis les mêmes erreurs qu'il — ou elle — n'aurait probablement pas bénéficié de la bouée de sauvetage de Tulliallan. Mais ces hommes-ci étaient tous des vétérans, ils avaient déjà servi en moyenne vingt ans dans la police. La plupart approchaient du cap de la retraite avec pension complète. Et Tulliallan était leur

---

1. Nom d'un feuilleton américain mettant en scène les aventures d'une garnison de soldats ineptes au moment de la conquête de l'Ouest. *(Toutes les notes sont du traducteur.)*

saloon de la dernière chance. Ils se trouvaient là pour racheter leurs fautes, et se gagner ainsi leur résurrection après trépas.

Rebus et McCullough s'installaient à leur place lorsqu'un policier en tenue entra dans la salle et se dirigea d'un pas vif et martial jusqu'au bout de la table ovale où l'attendait sa chaise. La cinquantaine déjà avancée, il était là pour leur rappeler leurs obligations à l'égard du public, au sens le plus large du terme. Il était là pour leur réapprendre à respecter les règles élémentaires de la courtoisie.

Cinq minutes à peine que la conférence avait commencé et Rebus était déjà bien loin, les yeux dans le vague, laissant son esprit dériver vers l'affaire Marber…

Edward Marber avait été un marchand d'art et d'antiquités d'Édimbourg. Plus-que-parfait et passé bien révolu, parce que Marber n'était plus qu'un cadavre aujourd'hui, matraqué à mort devant chez lui par un ou plusieurs inconnus. L'arme du crime n'avait pas été retrouvée. À première vue, une brique ou une pierre, avait estimé l'anatomopathologiste de la ville, le Pr Gates, appelé sur les lieux du crime pour constater le décès de la victime. Hémorragie cérébrale des suites des coups reçus. Marber avait trouvé la mort sur les marches de son domicile de Duddingston Village, les clés de la porte d'entrée encore dans sa main. Un taxi l'avait déposé à son adresse après le vernissage de sa toute dernière exposition : les *Nouveaux Coloristes écossais*. Marber était propriétaire de deux petites galeries très chic dans New Town ainsi que de plusieurs magasins d'antiquités, sur Dundas Street, à Glasgow et

18

à Perth. Rebus avait demandé à quelqu'un pourquoi Perth et non Aberdeen la fortunée, enrichie par le pétrole de la mer du Nord.

— Parce que c'est dans le Perthshire que les richards vont s'éclater.

On avait interrogé le chauffeur de taxi. Marber ne conduisait pas, mais sa maison était sise au bout d'une allée carrossable longue de quatre-vingts mètres, dont les grilles d'accès avaient été ouvertes. Le taxi s'était arrêté à la porte, déclenchant automatiquement l'allumage d'un projecteur halogène sur un côté du perron. Marber avait réglé la course et ajouté un pourboire en demandant un reçu, et le chauffeur de taxi avait fait demi-tour, sans même prendre la peine de jeter un regard dans son rétroviseur.

— Je n'ai rien vu, avait-il déclaré à la police.

Le reçu de la course avait été retrouvé dans la poche de Marber, en compagnie d'une liste des achats qu'il avait effectués ce soir-là pour un total excédant légèrement 16 000 livres. Sa commission, ainsi que Rebus l'avait appris, se serait montée à vingt pour cent, soit 3 200 livres. Pas mal pour une soirée de boulot.

Le corps n'avait été découvert que dans la matinée par le facteur. Le Pr Gates avait estimé l'heure du décès entre vingt et une et vingt-trois heures la veille au soir. Comme il avait pris Marber à sa galerie à vingt heures trente, le taxi avait dû le déposer sur son pas de porte vers vingt heures quarante-cinq, une heure dont le chauffeur avait volontiers convenu, avec un haussement d'épaules.

Instinctivement, aux yeux des policiers, tout laissait accroire que le vol était le mobile du crime, avant que ne commencent à apparaître problèmes et détails ne collant pas avec le reste. Qui serait allé fracasser le crâne de la victime alors que le taxi était encore visible, illuminé comme en plein jour par un projecteur halogène ? La chose paraissait peu probable, mais n'empêche : Marber, en toute logique, aurait dû se trouver en sécurité derrière la porte d'entrée de son domicile lorsque le taxi avait quitté son allée. En outre, ses poches avaient beau avoir été retournées, argent liquide et cartes de crédit à l'évidence envolés, son ou ses agresseurs ne s'étaient pas servis de ses clés pour ouvrir la maison et la mettre en coupe réglée. Peut-être avaient-ils pris peur ? Mais ça ne collait toujours pas.

La tendance générale voulait que les agressions nocturnes soient plus ou moins spontanées. C'est dans la rue qu'on se faisait attaquer, juste après avoir retiré de l'argent à un distributeur automatique, par exemple. L'agresseur ne restait pas à traîner devant la porte de sa victime à attendre que celle-ci rentre chez elle. Marber habitait un endroit relativement isolé : Duddingston Village était une enclave semi-rurale pour gens fortunés aux abords d'Édimbourg, avec pour proche voisin la masse imposante de Arthur's Seat. Les maisons paisibles se cachaient derrière de hauts murs, comme autant de havres de paix. Quiconque se serait approché à pied de la demeure de Marber aurait déclenché lui aussi le projecteur halogène de sécurité. Les intrus auraient été obligés de se cacher — au milieu des taillis, par exemple, ou derrière un arbre. Après deux minutes, le cycle de veille du projecteur serait arrivé à son terme et la lumière se serait éteinte.

Mais le moindre mouvement aurait fait réagir la cellule photoélectrique et tout se serait rallumé de plus belle.

Les policiers dépêchés sur la scène du crime, en cherchant d'éventuelles cachettes, en avaient déniché plusieurs. Mais sans la moindre trace d'une présence quelconque, pas d'empreintes de pas, pas la moindre fibre de vêtement.

Autre scénario, proposé par Gill Templer, superintendante en chef :

— Supposons que l'assaillant se soit déjà trouvé dans la maison. Il entend le verrou de la porte qui s'ouvre et se précipite. Il fracasse le crâne de la victime et s'enfuit.

Mais la maison en question était très high-tech, avec des alarmes et des détecteurs un peu partout. Pas le moindre signe d'effraction, rien laissant supposer qu'il y manquait quelque chose. Après avoir inspecté l'intérieur en détail, la meilleure amie de Marber, Cynthia Bessant, elle aussi marchande d'art, avait déclaré qu'apparemment rien ne manquait ni n'avait été déplacé, hormis un petit détail : la plupart des tableaux de la collection du défunt avaient été décrochés des murs, soigneusement enveloppés sous emballage de plastique à bulles et empilés contre le mur de la salle à manger. Bessant avait été incapable de fournir la moindre explication à cet état de chose.

— Peut-être avait-il l'intention de les réencadrer, ou de les accrocher dans d'autres pièces. Il est un fait que l'on se fatigue de toujours voir ses peintures au même endroit…

Elle avait inspecté chaque pièce de la maison, en s'attachant tout particulièrement à la chambre à coucher dans la mesure où elle n'y était jamais entrée. Le « sanctuaire intérieur » de Marber, leur avait-elle précisé.

La victime n'ayant jamais été mariée, les enquêteurs eurent vite fait de présumer qu'elle était gay.

— Il est exclu, avait-elle déclaré, que la sexualité d'Eddie puisse être un élément pertinent dans cette affaire.

Mais il incomberait à l'enquête de déterminer si c'était effectivement le cas.

Une enquête au cours de laquelle Rebus s'était senti renvoyé en touche, tout juste bon à récolter des renseignements par téléphone. Des coups de fil convenus à des amis et à des associés. Les mêmes questions n'amenant que des réponses quasi identiques. Les toiles enveloppées de plastique à bulles avaient été passées à la poudre à empreintes, et, à l'évidence, c'était bien Marber qui les avait emballées de ses mains. Et personne — pas même sa secrétaire ni ses amis — qui puisse fournir la moindre explication.

Puis, vers la fin du briefing, Rebus avait pris un mug — qui n'était pas le sien, plein de thé au lait grisâtre — et l'avait balancé dans la direction de Gill Templer.

Le briefing avait débuté comme beaucoup d'autres, Rebus avec ses trois cachets d'aspirine dans l'estomac, avalés en même temps que son *latte* du matin. Son café au lait servi en gobelet de carton. Il venait d'un bistrot au coin de The Meadows. Habituellement, sa première et dernière tasse de café digne de ce nom pour la journée.

— Un petit coup de trop la nuit dernière ? lui avait demandé le sergent Siobhan Clarke.

Elle l'avait passé à la revue de détail : même costard, mêmes chemise et cravate que la veille. Probablement en se demandant s'il avait même pris la peine d'en enlever une partie entre-temps. Rasé de façon pour le moins aléatoire, restes d'un simple petit coup de rasoir électrique sans beaucoup de conviction. Et des cheveux qui auraient eu bien besoin d'un shampooing et d'une coupe.

Elle n'avait vu que ce que Rebus voulait qu'elle vît. Rien de plus.

— Et bien le bonjour à toi aussi, Siobhan, avait-il marmonné entre ses dents tout en écrasant son gobelet vide.

D'habitude, au cours des briefings, il se plantait dans le fond de la salle, mais, ce jour-là, il se trouvait plus près des premiers rangs. Assis à un bureau à se masser le front en essayant de dénouer ses épaules, pendant que Gill Templer détaillait les missions de la journée.

Et encore du porte-à-porte ; encore des interrogatoires ; encore des coups de fil.

Ses doigts enserraient maintenant le mug. Il ne savait pas à qui il appartenait, la céramique était froide au toucher — il traînait peut-être là depuis la veille. Il faisait une chaleur étouffante dans la salle d'où se dégageaient déjà des relents de sueur.

— Encore des foutus coups de fil, se surprit-il à dire.

Juste assez fort pour qu'on l'entende au premier rang. Templer releva les yeux.

— Des commentaires, John ?

— Non, non. Rien…

Elle se raidit.

— Je suis tout ouïe, uniquement au cas où vous voudriez ajouter quelque chose. En nous faisant part d'une de vos fameuses déductions, par exemple.

— Avec tout le respect que je vous dois, madame, vous n'êtes pas tout ouïe, mais bien tout baratin.

Des bruits alentour : des sursauts, souffle coupé, des têtes qui se tournent. Rebus qui se lève lentement.

— On n'arrive à rien, mais on y va vite, lança-t-il d'une voix forte. Il ne reste plus personne à contacter, et rien qui vaille la peine d'être dit !

Templer avait les joues empourprées. La feuille de papier qu'elle tenait à la main — les corvées de la journée — s'était transformée en cylindre que ses doigts menaçaient à tout instant d'écrabouiller.

— Eh bien, je suis sûre que, de *vous*, nous pouvons tous apprendre quelque chose, inspecteur Rebus.

Finis, les « John ». Une voix qui avait gagné en force, à l'unisson de la sienne. Ses yeux qui balayaient la salle : treize officiers de police, l'effectif n'était pas tout à fait au complet. Templer travaillait sous pression, pour une large part financière. Chaque enquête s'accompagnait de son étiquette, un prix de détail qu'elle n'osait pas dépasser. Venaient ensuite les congés maladie et les vacances, les retardataires…

— Peut-être aimeriez-vous venir à la tribune, disait-elle, et nous faire bénéficier de vos réflexions sur la manière dont cette enquête devrait être conduite.

Elle tendit le bras, comme pour le présenter au public de la matinée.

— Mesdames et messieurs…

C'est à cet instant précis qu'il avait choisi de balancer le mug. Lequel s'infléchit paresseusement en trajectoire courbe, tourbillonnant et déversant son thé froid au passage. Templer se baissa instinctivement, alors même que le projectile lui serait passé largement au-dessus de la tête. Le mug toucha le mur du fond presque au niveau du sol où il rebondit sans même se fracasser en morceaux. Un grand silence s'abattit sur la salle tandis que les présents se remettaient debout pour inspecter d'éventuels dégâts sur leurs vêtements.

Le moment que choisit Rebus pour se rasseoir, pressant d'un doigt la surface du bureau comme s'il cherchait la touche Rembobinage sur la télécommande des petits événements de l'existence.

— Inspecteur Rebus ?

L'uniforme s'adressait à lui.

— Oui, monsieur ?

— Heureux de vous voir revenu parmi nous.

Des sourires tout autour de la table. Combien en avait-il raté ? Il n'osa pas consulter sa montre.

— Je suis désolé, monsieur.

— Je demandais si vous accepteriez de faire pour nous un membre du public.

Il désigna de la tête le côté de la table face à Rebus.

— L'inspecteur Gray fera le policier. Et vous, inspecteur Rebus, allez entrer dans le poste de police, prêt à communiquer ce qui pourrait se révéler être un renseignement vital dans une enquête en cours.

Le professeur marqua un temps d'arrêt.

— Mais vous pourriez tout aussi bien être un fêlé de première.

Des éclats de rire chez deux des présents. Et Francis Gray qui rayonnait littéralement en l'encourageant de la tête.

— À vous la parole, inspecteur Gray.

Gray se pencha en avant au-dessus de la table.

— Ainsi donc, madame Lavasse, vous dites que vous avez vu quelque chose ce soir-là ?

Les rires se firent plus sonores. Le professeur les arrêta d'un geste.

— Essayons de faire les choses sérieusement, voulez-vous ?

Gray opina du chef, en se tournant de nouveau vers Rebus.

— Vous êtes absolument certaine d'avoir vu quelque chose ?

— Oui, déclara Rebus d'une voix aux accents plus populaires. J'ai tout vu, m'sieur le policier.

— Alors qu'il y a maintenant onze ans que vous avez été reconnue officiellement aveugle ?

Des rafales de grands rires dans toute la salle, le professeur tapant du poing sur la table pour tenter de rétablir le calme. Gray se rasseyant, aussi rigolard que les autres, avec un clin d'œil à Rebus en face de lui, les épaules agitées de soubresauts.

Francis Gray bataillait ferme pour ne pas y avoir droit, à sa résurrection.

— J'ai cru que j'allais en mouiller ma culotte, dit Tam Barclay en déposant le plateau de verres sur la table.

Ils se trouvaient dans le plus vaste des deux pubs de Kincardine, les cours de la journée terminés. Ils étaient six, en cercle resserré : Rebus, Francis Gray, Jazz McCullough, plus Tam Barclay, Stu Sutherland et

Allan Ward. Ward, à trente-quatre ans, était le plus jeune du groupe et le moins gradé du cours de recyclage. L'air d'un dur à cuire, mais déjà bien abîmé. Peut-être à force de bosser dans le Sud-Ouest.

Cinq pintes, un cola : McCullough prenait le volant pour rentrer chez lui, il voulait voir femme et enfants.

— Nom de Dieu, moi, les miens, je fais tout ce que je peux pour les éviter, avait répondu Gray.

— Je plaisante pas, dit Barclay en s'installant péniblement à sa place dans le cercle, j'ai failli me pisser dessus.

Et souriant à Gray de toutes ses dents, il ajouta :

— Aveugle depuis onze années. Tu me la copieras !

Gray prit sa pinte et la leva.

— À nous aut'. Z'en connaissez de pareils ?

— Aucun, commenta Rebus. Sinon ils seraient tous coincés dans ce foutu cours.

— Faut juste supporter ça avec le sourire, dit Barclay.

Il n'était pas loin de la quarantaine, la taille bien enrobée. Des cheveux poivre et sel coiffés en arrière, le front dégagé. Rebus l'avait rencontré dans le cadre de deux enquêtes : le trajet entre Falkirk et Édimbourg ne prenait que trente minutes.

— Je me demande bien si Mini Andrea sourit quand elle met ses fesses à l'air, lança Stu Sutherland.

— Pas de sexisme, s'il vous plaît, dit Francis Gray en le tançant du doigt.

— En outre, ajouta McCullough, nous ne voudrions pas attiser les fantasmes de John.

Gray haussa un sourcil.

— C'est vrai, ça, John ? T'en pinces pour ta

conseillère ? Fais gaffe, tu pourrais rendre Allan jaloux.

Allan Ward, relevant les yeux de la cigarette qu'il était en train d'allumer, se contenta d'un regard noir.

— C'est ça, l'air que tu prends pour faire peur aux moutons, Allan ? dit Gray. Faut reconnaître qu'y a pas grand-chose à faire à Dumfries, pas vrai, à part rameuter les brebis habituelles ?

Nouveaux rires. Ce n'est pas tant que Francis Gray ait cherché délibérément à être le centre de l'attention : la chose semblait s'être faite naturellement. Il avait été le premier à s'asseoir, et les autres s'étaient rassemblés autour de lui, Rebus s'installant juste à son opposé. Gray était imposant et les années se lisaient sur son visage. Et du simple fait que tout ce qu'il disait s'accompagnait d'un grand sourire, d'un clin d'œil ou d'une lueur amusée dans le regard, il s'en tirait toujours comme une fleur. À ce jour, Rebus n'avait jamais entendu quiconque le vanner personnellement alors que tous avaient servi de cible à ses piques. À croire qu'il les mettait sans cesse au défi, ou à l'épreuve. Et la façon dont ils accueillaient ses divers commentaires lui disait tout ce qu'il avait besoin de savoir sur eux. Rebus se demanda comment le grand gaillard réagirait face à une vanne ou une plaisanterie dont il serait directement l'objet.

Peut-être allait-il devoir trouver la réponse tout seul.

Son portable se mettant à sonner, McCullough s'éloigna.

— Sa femme, je parierais, déclara Gray.

Il avait à moitié séché sa pinte de bière blonde. Il ne fumait pas, avait appris à Rebus qu'il avait arrêté depuis dix ans. Ils s'étaient retrouvés côte à côte lors d'un interclasse, et Rebus lui avait offert son paquet. Ward et Barclay fumaient eux aussi. Trois sur six. Conclusion : Rebus ne se sentait pas gêné d'en griller une.

— Elle le tient à l'œil ? disait Stu Sutherland.

— Preuve d'une profonde et durable relation amoureuse, commenta Gray, en portant une nouvelle fois sa pinte à la bouche.

Il était de ces buveurs qu'on ne voyait jamais déglutir ; à croire qu'ils étaient à même de garder la gorge ouverte et se contentaient d'y déverser leur liquide.

— Vous vous connaissez tous les deux ? demanda Sutherland.

Gray jeta un œil par-dessus son épaule vers l'endroit où McCullough s'était posté, tête penchée, collée à son téléphone.

— Je connais le genre, fut tout ce que répondit Gray.

Rebus ne fut pas dupe. Il se leva.

— La même chose ?

Deux blondes, trois IPA [1]. En se dirigeant vers le comptoir, Rebus pointa le doigt sur McCullough, qui se contenta de faire non de la tête. Il n'avait pratiquement pas touché à son Coca, et n'en voulait pas d'autre. Rebus entendit les mots : « Je prends la route dans dix minutes… » Il téléphonait donc bien à son épouse. Rebus avait lui aussi un coup de fil à passer. Jean devait probablement boucler sa journée de travail. L'heure de pointe, le trajet depuis le musée jusqu'à son

----

1. India Pale Ale.

domicile à Portobello risquait de prendre une demi-heure.

Le barman connaissait la commande : c'était leur troisième tournée. La veille et l'avant-veille, ils n'étaient pas sortis. Le premier soir, Gray avait apporté une bonne bouteille de malt et ils s'étaient installés dans le foyer, pour faire connaissance. Mardi, après le dîner, ils s'étaient retrouvés au bar de l'académie, McCullough se cantonnant à des boissons non alcoolisées avant d'aller rejoindre sa voiture.

Mais au cours du déjeuner, Tam Barclay avait parlé d'un bar du village, de bonne réputation.

— Pas de problème avec les gens du cru, avait-il expliqué.

Et c'est là qu'ils se trouvaient. Le barman paraissait à l'aise, ce qui, aux yeux de Rebus, signifiait qu'il avait déjà eu affaire par le passé à des pensionnaires de l'académie. Il était efficace, ne cherchant pas outre mesure à faire copain-copain. Avec, en milieu de semaine, une demi-douzaine d'habitués comme seuls clients. Trois à une table, deux à une extrémité du comptoir, et un autre debout en solitaire à côté de Rebus. L'homme se tourna vers lui.

— Vous êtes à l'école des flics, non ?

Rebus fit oui de la tête.

— Un peu âgé pour une nouvelle recrue.

Rebus se tourna vers lui. Le bonhomme était grand, complètement chauve, la peau du crâne comme un miroir. Moustache grise, des yeux qui semblaient se rétracter à l'intérieur du crâne. Il buvait une bouteille de bière accompagnée de ce qui ressemblait à un rhum ambré dans le verre posé tout à côté.

— Par les temps qui courent, les services de police prennent ce qu'ils trouvent. Si ça continue, ils vont recruter de force, comme jadis dans la marine.

— Je crois que vous me faites marcher, dit l'homme avec un sourire.

Rebus haussa les épaules.

— Nous suivons une session de recyclage, admit-il.

— On enseigne de nouvelles grimaces aux vieux singes, c'est bien ça ?

L'homme leva son verre de bière.

— Je vous en offre une ? proposa Rebus.

L'homme fit non de la tête. Aussi Rebus paya-t-il le barman et, décidant de ne pas prendre de plateau, se saisit de trois pintes qu'il plaça en triangle entre ses mains. Alla jusqu'à la table, revint chercher les deux derniers verres, dont le sien. En songeant : ferais bien de ne pas partir trop tard pour téléphoner à Jean. Il ne voulait pas qu'elle l'entende ivre. Non pas qu'il envisageait de s'enivrer, mais sait-on jamais…

— C'est pour fêter la fin des cours ? demanda l'homme.

— Rien que le commencement, lui répondit Rebus.

Le poste de police de St Leonard's était paisible, comme toujours en milieu de soirée. Des prisonniers occupaient les cellules de détention provisoire, en attente de leur présentation devant la cour le lendemain matin, et deux adolescents se faisaient boucler pour vol à l'étalage. À l'étage, les bureaux du CID étaient pratiquement vides. L'enquête Marber finie pour la journée, ne restait plus que Siobhan Clarke devant son ordinateur, qui fixait un économiseur d'écran en forme de bannière portant imprimé le message : QUE FERA DONC SIOBHAN SANS SON PAPA GÂTEAU ? Elle ne savait pas qui avait écrit cela : un membre de l'équipe, qui désirait rigoler un peu ? Elle présuma que ledit message faisait référence à John Rebus, sans pour autant bien en comprendre la teneur. L'auteur savait-il vraiment ce que sous-entendait papa gâteau ? Ou le terme signifiait-il tout bonnement que Rebus veillait sur elle, cherchait à lui éviter les anicroches ? Il lui déplaisait de se sentir aussi irritée par un simple message.

Elle alla dans le fichier « écran de veille » et, cliquant sur « bannière », effaça le message qu'elle avait devant les yeux pour le remplacer par un texte de son cru : JE SAIS QUI TU ES, ENFLURE. Puis elle alla vérifier deux autres terminaux, dont les écrans affichaient des astéroïdes ou des ondulations. Lorsque le téléphone sur son bureau se mit à sonner, elle envisagea une seconde de ne pas répondre. Probablement encore un fêlé mourant de passer aux aveux, ou prêt à révéler des infos bidons. Un monsieur entre deux âges, des plus respectables, avait appelé la veille en accusant ses voisins du dessus du crime. Lesquels voisins se révélèrent être des étudiants, qui jouaient leur musique un peu trop fort et trop fréquemment. L'homme avait eu droit à un avertissement, car faire perdre son temps à la police était une chose grave.

— Remarquez, avait ensuite lancé un des agents en tenue en guise de commentaire, si j'étais forcé d'écouter Skipknot toute la journée, je ferais probablement pire.

Siobhan se rassit devant son ordinateur et décrocha le combiné.

— CID, sergent Clarke à l'appareil.

— Une des choses qu'on enseigne à Tulliallan, dit la voix, c'est l'importance de la rapidité quand il s'agit de soulever.

Elle sourit.

— Personnellement, je préfère être courtisée.

— Quand je parle de rapidité à soulever, expliqua Rebus, il s'agit du téléphone de son berceau. Avant la sixième sonnerie.

— Comment savais-tu que j'étais là ?

— Je n'en savais rien. J'ai d'abord tenté le coup à ton appart, je n'ai eu que le répondeur.

— Et tu as comme qui dirait eu l'intuition que je n'étais pas de sortie en ville ?

Elle s'appuya au dossier de son fauteuil.

— Apparemment, c'est d'un bar que tu appelles.

— Dans le magnifique centre-ville de Kincardine.

— Et tu as fait l'effort insigne de te séparer de ta pinte pour me passer un coup de fil ?

— J'ai d'abord appelé Jean. Y me restait une pièce de vingt pence, alors…

— Tu m'en vois flattée. Vingt pence, tout ça rien que pour moi ?

Elle l'écouta ricaner.

— Alors… comment ça se passe ? demanda-t-il.

— Aucune importance. Dis-moi, toi. C'est comment, Tulliallan ?

— Pour reprendre les termes de certains de nos professeurs, nous avons affaire à un nouveau scénario sur l'interface nouvelles grimaces-vieux singes.

Elle éclata de rire.

— Ils ne parlent quand même pas comme ça, dis ?

— Si, pour certains d'entre eux. On nous enseigne la *gestion* du crime et la *réaction empathique au niveau de la victime*.

— Et avec ça, tu trouves le temps d'aller te payer un verre ?

Silence sur la ligne : elle se demanda si elle n'avait pas touché un nerf à vif.

— Comment sais-tu que je ne suis pas au jus d'orange frais ? finit-il par dire.

— Je le sais, c'est tout.

— Vas-y, en ce cas, impressionne-moi par tes talents de grande enquêtrice.

— C'est juste que ta voix se nasalise un peu.

— Après combien de pintes ?

— Je dirais quatre.

— Cette nana est une merveille.

Les bips se mirent à couiner.

— Ne raccroche pas, dit-il en se dépêchant de rajouter des pièces.

— Vingt pence de rab ?

— Cinquante, à vrai dire. Ce qui te laisse amplement le temps de me mettre à jour sur l'affaire Marber.

— Eh bien, rien n'a vraiment bougé depuis l'incident du café.

— Je crois que c'était du thé.

— Quoi qu'il en soit, la tache reste. Ça vaut ce que ça vaut, mais je suis d'avis qu'ils ont réagi de manière disproportionnée en t'expédiant au purgatoire.

— Je suis en train de gaspiller mon bon pognon, là.

Elle soupira, s'avança sur son siège. L'économiseur

venait de se remettre en marche, déroulant JE SAIS QUI TU ES, ENFLURE, de la gauche vers la droite de l'écran de son ordinateur.

— Nous faisons toujours des recherches auprès des amis et associés. Deux anecdotes intéressantes : un artiste avec lequel Marber avait eu maille à partir. Apparemment, rien de bien neuf dans ce milieu-là, mais on en est venu aux mains dans le cas présent. Il se trouve que l'artiste en question appartient aux Nouveaux Coloristes écossais, et le fait de l'avoir écarté de l'exposition était incontestablement une belle rebuffade.

— Peut-être qu'il a fracassé le crâne de Marber à coups de chevalet.

— Peut-être.

— Et la seconde anecdote ?

— Celle-là, je me la gardais sur le feu pour te la servir. As-tu eu l'occasion de jeter un œil à la liste des invités pour le vernissage ?

— Oui.

— Tous les présents n'étaient pas forcément sur la liste. Ceux que nous connaissons, ce sont les gens qui ont signé le livre d'or de Marber. Mais nous avons fini par tirer un listing de tous ceux qui avaient effectivement reçu des invits. Certains se trouvaient au vernissage, sans s'être donné la peine de confirmer leur présence par écrit ou de signer le livre d'or.

— Et l'artiste en question se trouvait parmi eux ? hasarda Rebus.

— Seigneur, non. Mais un certain M.G. Cafferty était du nombre.

Elle entendit Rebus siffler entre ses dents. Morris

Gerald Cafferty — Big Ger, pour ceux qui étaient au parfum — était le plus grand gangster de la côte est, ou le plus grand de ceux qu'ils connaissaient. Cafferty et Rebus : ces deux-là remontaient à loin.

— Le Grand Ger amateur d'art ? lâcha Rebus d'un ton songeur.

— Apparemment, il est collectionneur.

— Mais ce qu'il ne fait pas, c'est fracasser le crâne des gens sur leur perron.

— Je m'incline devant ton savoir supérieur.

Un temps de silence s'installa sur la ligne.

— Comment se débrouille Gill ?

— Bien mieux depuis que tu es parti. Est-ce qu'elle risque de porter l'affaire plus loin ?

— Pas si je finis ce cours — c'était ça, le marché. Et l'apprenti ?

Siobhan sourit. Par apprenti, Rebus entendait la toute dernière recrue du CID, un constable du nom de Davie Hynds.

— Il est calme, studieux, et bosseur, récita-t-elle. Pas du tout ton genre.

— Mais est-ce qu'il est doué ?

— Ne t'en fais pas. Je me fais fort de le mettre au pas, à coups de claques, s'il le faut.

— C'est une de tes prérogatives, maintenant que te voilà promue.

Les bips se remirent à tinter.

— J'ai le droit de m'en aller maintenant ?

— Rapport concis des plus utiles, sergent Clarke. Sept sur dix.

— Seulement sept ?

— Je déduis trois points pour les sarcasmes. Il faut

que tu t'attaques à ce problème de comportement qui est le tien, sinon…

Le bourdonnement soudain de la ligne apprit à Siobhan que Rebus était arrivé en fin de communication. Il allait falloir qu'elle s'y fasse car ce grade de sergent était bien le sien. Il lui arrivait encore de se présenter comme constable, oubliant que la dernière fournée de promotions lui avait fait une faveur. Était-ce de la jalousie, ce qui se cachait derrière le message sur son écran d'ordinateur ? Silvers et Hood étaient eux restés au même grade — comme la plupart des membres du CID.

— Tu viens joliment de rétrécir le champ de tes suspects, jeune fille, se dit-elle en attrapant son manteau.

À son retour à la table, Rebus vit Barclay qui lui montrait un portable en lui disant qu'il aurait pu l'emprunter.

— Merci, Tam. En fait, j'en ai un.

— Ta batterie est à plat ?

Rebus leva son verre, secoua lentement la tête.

— Je pense, dit Francis Gray, que John préfère tout simplement faire les choses à l'ancienne. C'est pas vrai, John ?

Rebus haussa les épaules, bascula son verre contre ses lèvres. Par-dessus le rebord, il voyait le chauve du comptoir debout, de profil, qui observait le groupe et n'en perdait pas une miette…

2

— Bonjour, messieurs ! tonna la voix à son entrée dans la salle.

Tous les six étaient déjà assis à la même table ovale. Avec une bonne douzaine de cartons de dossiers à une extrémité, celle où le professeur allait s'asseoir.

9.15 — 12.45 : *Gestion d'Enquête, Inspecteur-chef (retraité) Tennant*.

— J'espère que nous sommes tous au mieux de notre forme. Pas de crânes qui cognent ni d'estomacs qui dansent la retourne à signaler !

Un carton supplémentaire fut déposé avec fracas sur la table. Tennant tira son siège, les pieds de la chaise raclant sur le sol. Rebus se concentrait sur le grain du bois de la table, en s'efforçant d'en voir jusqu'au plus petit détail. Lorsqu'il finit par relever la tête, il dut cligner des paupières. C'était le chauve du bar, aujourd'hui vêtu d'un costume à fines rayures impeccable sur une chemise blanche et une cravate bleu marine. Ses yeux, comme deux minuscules piques malfaisantes, épinglèrent successivement chacun des membres de la bande de soiffards réunis au pub la veille au soir.

— Je veux que vous me fassiez un grand ménage dans tout ça, messieurs, dit-il en plaquant sèchement la main sur un des dossiers.

Le nuage de poussière qui s'en échappa resta suspendu dans les rais de soleil zébrant la fenêtre derrière lui dont la seule fonction apparente était de frire davantage les yeux douloureux des buveurs de la veille. Au pub, Allan Ward avait tout juste prononcé trois mots mais il était vite passé de la bière à des doses de tequila pure, et les lunettes de soleil bleutées à monture enveloppante qu'il arborait ce matin semblaient signifier qu'il aurait été mieux à sa place sur les pentes neigeuses, skis aux pieds, que coincé dans cette salle confinée. Après le petit déjeuner, il avait fumé une cigarette dehors avec Rebus, sans ouvrir la bouche. Mais Rebus de son côté ne s'était guère senti d'humeur causante.

— Ne jamais faire confiance à un homme dont vous ne voyez pas les yeux ! aboya Tennant.

Ward tourna lentement la tête vers lui. Tennant ne fit aucun autre commentaire et se contenta d'attendre patiemment. Ward mit la main à la poche, sortit un étui et y glissa ses lunettes de soleil.

— C'est un progrès, constable Ward, dit Tennant.

S'ensuivit un échange de regards surpris autour de la table.

— Oh oui, je connais vos noms. Vous savez comment on appelle ça ? On appelle ça préparer le travail. Ce sans quoi aucune affaire ne peut aboutir. Il est indispensable de savoir à qui et à quoi vous avez affaire. N'êtes-vous pas d'accord, inspecteur Gray ?

— Absolument, monsieur.

— Il ne sert donc à rien de tirer des conclusions hâtives, n'est-ce pas ?

Au regard que Gray lança à Tennant, Rebus sut que le chargé de cours venait de toucher une corde sensible. Il leur faisait comprendre qu'il avait effectivement bien mené sa recherche : pas simplement les identités, mais l'intégralité de ce que contenaient leurs dossiers respectifs.

— Non, monsieur, répondit Gray sans chaleur.

On frappa à la porte. Elle s'ouvrit, et entrèrent deux hommes transportant ce qui ressemblait à une série de vastes collages. Il fallut un moment à Rebus pour comprendre de quoi il s'agissait : le Mur du Mort. Photographies, graphiques, coupures de presse… le genre de choses qu'on punaisait au mur de la salle des enquêteurs. Les diverses informations avaient été montées sur des panneaux de liège que les deux hommes déposèrent contre une cloison. Une fois la chose faite, Tennant les remercia en leur demandant de fermer la porte derrière eux. Puis il se leva et fit le tour de la table.

— La gestion d'une enquête, messieurs. Vous êtes tous des pros expérimentés, je me trompe ? Vous savez tous la manière de gérer une enquête criminelle. Pas de nouvelles ficelles à apprendre du métier ?

Rebus se souvint des quelques mots prononcés la veille au soir par Tennant au comptoir : il était parti à la pêche aux infos, et se demandait combien Rebus allait en fournir…

— … c'est la raison pour laquelle je ne vais pas vous embêter avec cela. En revanche, que diriez-vous d'affiner celles que vous possédez déjà, hein ? Certains parmi vous connaissent déjà cette partie du cours.

Je me suis laissé dire qu'on l'appelait « Résurrection ». Nous vous donnons une affaire ancienne, un dossier remisé aux oubliettes, non résolu, et nous vous demandons de le reprendre avec un œil neuf. Nous exigeons de vous que vous travailliez en équipe. Vous vous rappelez bien comment les choses se passaient dans le temps ? Jadis, vous étiez tous membres d'une équipe. Aujourd'hui, vous vous croyez tous plus malins que ça.

Ses paroles, il les crachait maintenant en tournant autour de la table.

— Peut-être avez-vous perdu *la foi*. Eh bien, croyez-moi, pour moi vous allez travailler ensemble et en équipe. Pour moi… et pour cette pauvre fichue victime.

Il était revenu à son bout de table et ouvrait un dossier d'où il sortit une série de photographies sur papier brillant. Rebus se souvenait des adjudants-chefs qu'il avait connus à l'époque de son service militaire. Il se demandait si Tennant n'avait pas servi lui aussi dans l'armée.

— Vous vous souviendrez ici de votre formation à la criminelle, la manière dont nous vous placions en équipes que nous appelions « syndicats » en vous donnant une affaire à résoudre. Vous étiez filmés en vidéo…

Tennant pointa le doigt vers le plafond. Des caméras de surveillance étaient disposées dans les coins de la salle.

— Nous étions toute une troupe à ce moment-là, dans une autre pièce, à vous regarder et à vous écouter, à vous transmettre des bribes de renseignements et à voir ce que vous alliez en faire.

Il s'arrêta un instant.

— Cela n'arrivera pas ici. Ici, il n'y a que vous autres… et moi. Si je vous enregistre, c'est uniquement pour ma satisfaction personnelle.

Démarrant un nouveau circuit autour de la table, il déposa devant chaque homme un cliché.

— Regardez bien. Il s'appelait Eric Lomax.

Rebus connaissait le nom. Son cœur eut un raté.

— Battu jusqu'à ce que mort s'ensuive. À coups de batte de base-ball ou de queue de billard, apparemment. Des coups tellement violents qu'on a retrouvé des éclats de bois enchâssés dans son crâne.

La photo atterrit devant Rebus. Elle montrait un corps sur une scène de crime, une allée illuminée par le flash du photographe, des gouttes de pluie tombant dans des flaques. Rebus toucha la photo sans la prendre, de crainte que sa main ne tremble.

De tous les crimes non résolus qui moisissaient toujours dans leurs boîtes et leurs salles d'archives, pourquoi avait-il fallu que ce soit celui-ci ?

Il concentra son attention sur Tennant, en quête d'un indice quelconque.

— Eric Lomax, poursuivit Tennant, a trouvé la mort au centre de notre grande et laide ville par un vendredi soir très animé. Aperçu pour la dernière fois à la sortie de son pub habituel, un peu éméché. À environ cinq cents mètres de l'allée. L'allée proprement dite servait à ces dames de la nuit pour des passes debout et Dieu sait quoi d'autre. S'il l'une d'elles est tombée par inadvertance sur le cadavre, à l'époque, elle ne nous a pas fait part de sa découverte. Un quidam qui rentrait chez lui nous a signalé le meurtre par téléphone. Nous disposons de l'enregistrement de son coup de fil.

Tennant s'interrompit. Il était revenu à sa place en tête de table, et s'assit cette fois.

— Tout cela s'est passé il y a six ans : en octobre 1995. C'est le CID de Glasgow qui s'est chargé de l'enquête, laquelle n'a finalement rien donné, et nous en sommes restés là.

Gray avait relevé les yeux. Tennant hocha la tête à son adresse.

— Oui, inspecteur Gray, je comprends bien que vous avez participé à cette enquête. Mais cela ne fait aucune différence.

Il balaya la table des yeux, en s'arrêtant successivement sur chacun des présents. Mais le regard de Rebus s'était porté sur Francis Gray. Ainsi donc, Gray avait travaillé sur l'affaire Lomax…

— Je n'en sais pas plus sur cette affaire que vous, messieurs, leur disait Tennant. Avant que la matinée se termine, vous devriez logiquement en savoir plus que moi. Nous nous retrouverons quotidiennement pour une mise au point, mais si certains d'entre vous désirent poursuivre le travail le soir, après leurs cours de la journée, ce n'est pas moi qui m'en plaindrai. La porte restera toujours ouverte. Nous allons faire le tri parmi toutes ces paperasses, étudier les dépositions et voir s'il y a eu des oublis ou des impasses. Nous ne cherchons pas à prouver que le boulot a été salopé : comme je vous l'ai dit, je n'ai aucune idée de ce que nous allons trouver dans ces cartons.

Il tapota un des dossiers du plat de la main.

— Mais pour nous-mêmes, ainsi que pour la famille

d'Eric Lomax, il va nous falloir donner un sacré coup de collier pour trouver son assassin.

— Tu préfères que je fasse quoi, le bon flic ou le méchant ?

— Quoi ?

Siobhan cherchait désespérément un endroit où se garer, elle n'était pas très sûre d'avoir bien entendu.

— Bon flic ou méchant flic, répéta le constable Davie Hynds. Je suis lequel ?

— Seigneur, Davie, nous allons nous contenter d'entrer et de poser nos questions. Tu crois que cette Fiesta est sur le point de partir ? demanda Siobhan.

La Fiesta quitta sa place contre le trottoir.

— Alléluia ! dit Siobhan.

Ils se trouvaient aux limites nord de New Town, tout près de Raeburn Place. Des rues étroites et des voitures garées partout des deux côtés. Les maisons étaient connues sous l'appellation de « colonies » : deux niveaux avec un appartement par étage et un escalier extérieur en pierre comme seule indication qu'il ne s'agissait pas de simples maisons mitoyennes. Siobhan s'arrêta de nouveau devant l'emplacement libéré et se préparait à y faire son créneau en marche arrière quand elle vit la voiture qui la suivait s'y engager, et lui voler sa précieuse place de parking.

— Qu'est-ce que…

Elle joua de l'avertisseur, mais le conducteur indélicat l'ignorait. L'arrière de son véhicule avait beau ressortir de l'alignement côté chaussée, il ne semblait pas gêné, penché vers le siège passager pour y récupérer quelques papiers.

— Vise-moi un peu cet empaffé ! dit Siobhan.

Elle défit alors sa ceinture de sécurité et sortit de sa voiture, Hynds sur les talons.

Il la regarda tapoter à la vitre du chauffeur. L'homme ouvrit sa portière et sortit.

— Oui ? dit-il.

— J'étais en train de faire mon créneau à cette place, lui expliqua-t-elle, en montrant sa propre voiture.

— Et alors ?

— Alors j'aimerais bien vous voir dégager de là.

L'homme pressa sa clé de contact, verrouillant toutes les portières.

— Je regrette, dit-il, mais je suis pressé, et la possession, c'est bien les neuf dixièmes de la loi, non ?

— Peut-être bien, en effet — Siobhan ouvrit son étui pour le lui coller devant le nez —, mais il se trouve que je représente ce dernier dixième et, en cet instant, c'est tout ce qui importe.

L'homme regarda la carte dans l'étui, puis le visage de Siobhan. Retentit un déclic assourdi quand les verrous des portières se rouvrirent. L'homme s'installa au volant et mit le contact.

— Reste là, dit Siobhan à Hynds en lui montrant la place que libérait la voiture du quidam. J'ai pas envie qu'un autre salopard me rejoue le même tour.

Hynds hocha la tête et la suivit des yeux qui regagnait son véhicule.

— Je crois bien que ça signifie que c'est moi le bon, dit-il d'une voix trop basse pour qu'elle entende.

Malcolm Neilson vivait dans une des colonies à l'étage. Il apparut à la porte vêtu de ce qui ressemblait à un pantalon de pyjama — trop grand, à rayures verticales roses et grises — et d'un épais chandail de marin. Il était pieds nus, la tignasse frisottée tout en pétard, à croire qu'il venait de sortir les doigts d'une prise de courant. Sous les cheveux grisonnants, le visage était rond et pas rasé.

— Monsieur Neilson ? demanda Siobhan en rouvrant son étui. Je suis le sergent Clarke, et voici le constable Hynds. Nous nous sommes parlé au téléphone.

Neilson passa la tête à la porte comme pour inspecter les deux côtés de la rue.

— Feriez mieux d'entrer en ce cas, dit-il en se dépêchant de refermer derrière les deux policiers.

L'appart n'était pas bien grand : salon avec petite cuisine adjacente, et peut-être deux chambres, guère plus. Dans le vestibule étroit, une échelle conduisait au grenier par une trappe au plafond.

— Est-ce que c'est là que vous…

— Mon atelier, effectivement. Et interdit aux visiteurs, ajouta-t-il en regardant vaguement dans la direction de Siobhan.

Il les conduisit dans le salon en désordre. Deux niveaux dans la pièce : canapé et haut-parleurs en contrebas, table de salle à manger en partie haute. Par terre, des revues éparpillées un peu partout, la plupart illustrées de photos avec des pages arrachées. Des pochettes d'albums, des livres, des cartes, des bouteilles de vin vides aux étiquettes arrachées. Ils devaient faire attention où ils mettaient les pieds.

— Entrez si vous le pouvez, dit l'artiste.

Il paraissait nerveux, timide, refusant de croiser les regards de ses visiteurs. Il balaya le canapé d'un grand geste du bras, expédiant par terre tout ce qui l'encombrait.

— Asseyez-vous, je vous en prie.

Ce qu'ils firent. Neilson se borna à s'accroupir devant eux, pris en sandwich entre les deux haut-parleurs.

— Monsieur Neilson, attaqua Siobhan, comme je vous le disais au téléphone, il ne s'agit que de quelques questions sur vos rapports avec Edward Marber.

— Il n'existait pas de rapports entre nous, rétorqua sèchement l'artiste.

— Qu'est-ce que vous voulez dire ?

— Je veux dire qu'on ne se parlait pas, on ne communiquait pas.

— Vous étiez brouillés ?

— Cet individu escroque ses clients aussi bien que ses artistes ! Comment dans ces conditions est-il possible d'avoir le moindre *rapport* avec lui ?

— Je vous rappelle seulement que M. Marber est mort, dit doucement Siobhan.

L'espace d'une seconde, les yeux de l'artiste faillirent accrocher les siens.

— Qu'est-ce que vous voulez dire ?

— Simplement que vous parlez de lui au présent.

— Oh, je comprends.

Il prit un air songeur. Siobhan entendait sa respiration, bruyante et rauque. Elle se demanda s'il n'était pas asthmatique.

— Avez-vous la moindre preuve de ce que vous avancez ? finit-elle par lui demander.

— Que c'était un arnaqueur ?

Neilson réfléchit un instant, avant de secouer la tête.

— Il suffit que je le sache.

Du coin de l'œil, Siobhan remarqua que Hynds avait sorti son calepin et s'affairait avec son stylo. On sonna à la porte et Neilson se releva d'un bond en marmonnant une excuse. Siobhan attendit qu'il soit sorti de la pièce pour se tourner vers Hynds.

— Même pas une tasse de thé à nous proposer. Qu'est-ce que tu écris ?

Il lui montra. Rien qu'une série de gribouillages. Elle le regarda, pour qu'il lui explique.

— Ça concentre merveilleusement l'esprit quand ils croient que tout ce qu'ils racontent risque d'être pris en note.

— T'as appris ça en fac ?

Il secoua la tête.

— Toutes ces années en uniforme, patron. On finit par apprendre une chose ou deux.

— Ne m'appelle pas patron, dit-elle.

Elle aperçut Neilson qui faisait entrer un nouvel arrivant dans la pièce. Elle écarquilla les yeux. C'était son voleur de place de parking.

— C'est mon… euh…

Neilson s'essayait aux présentations.

— Je suis l'avocat de Malcolm, dit le nouveau venu, avec un filet de sourire contraint.

Il fallut un moment à Siobhan pour se reprendre.

— Monsieur Neilson, dit-elle en tentant d'accrocher les yeux de son interlocuteur, ceci était censé n'être qu'un simple entretien informel. Il n'y avait nul besoin d'un…

— Mais c'est toujours bien d'officialiser les choses, vous ne pensez pas ?

L'avocat s'avança au milieu des décombres.

— À propos, mon nom est Allison.

— Et votre nom de famille, monsieur ? s'enquit joyeusement Hynds.

Au cours de la fraction de seconde qu'il fallut à l'avocat désarçonné pour se reprendre, Siobhan aurait volontiers serré son collègue dans ses bras.

— William Allison.

Il tendit sa carte professionnelle à Siobhan.

Laquelle ne lui accorda même pas un coup d'œil, se contentant de la passer directement à Hynds.

— Monsieur Allison, dit-elle d'une voix égale, tout ce que nous faisons ici, c'est poser quelques questions de routine relatives aux éventuelles relations — professionnelles et personnelles — qui ont pu exister entre MM. Neilson et Marber. Cela nous aurait pris dix minutes et nous n'en aurions plus parlé.

Elle se remit debout, remarquant que Hynds faisait de même : il apprenait vite. Elle aimait ça.

— Mais puisque vous désirez officialiser les choses, je pense que nous poursuivrons cette discussion au poste de police.

L'avocat se raidit.

— Allons, inutile de…

Elle l'ignora.

— Monsieur Neilson, je présume que vous désire-rez vous y rendre accompagné de votre avocat ?

Elle contempla les pieds nus de l'artiste.

— Une paire de chaussures ne serait pas une mauvaise idée.

Neilson se tourna vers Allison.

— Je suis en plein milieu de…

Allison l'interrompit.

— Est-ce à cause de ce qui s'est passé dans la rue tout à l'heure ?

Siobhan soutint son regard sans ciller.

— En aucun cas, monsieur. Je m'interroge simplement sur les raisons qui peuvent pousser votre client à avoir besoin de vos services en la circonstance.

— Je crois que chaque citoyen a le droit de…

Neilson tirait Allison par la manche.

— Bill, je suis en plein milieu de quelque chose. Je n'ai aucune envie de passer la moitié de la journée dans une cellule de commissariat.

— Je me dois de vous dire que les salles d'interrogatoire de St Leonard's sont des plus accueillantes, lui apprit Hynds, avant de faire tout un numéro pour consulter sa montre. Naturellement, à cette heure-ci de la journée… cela risque de nous prendre un certain temps à cause de la circulation.

— Sans compter le retour, une fois la chose faite, ajouta Siobhan. Plus l'attente, s'il n'y a pas de salle disponible…

Elle sourit à l'avocat.

— Néanmoins, les choses seront faites dans les règles, exactement comme vous le désirez.

Neilson leva la main.

— Attendez une minute, s'il vous plaît.

Il raccompagnait l'avocat dans le vestibule. Siobhan se tourna vers Hynds, rayonnante.

— Un-zéro pour nous, dit-elle.

— Mais l'arbitre est-il vraiment prêt à siffler ?

Elle haussa les épaules en guise de réponse, glissa les mains dans les poches de sa veste. De plus beaux foutoirs que cette pièce, elle en avait déjà vu ; sans pouvoir s'empêcher de penser qu'il s'agissait peut-être d'une mise en scène — le numéro de l'artiste excentrique. La cuisine, immédiatement derrière la table, avait l'air propre et bien rangée. Mais peut-être aussi que Neilson n'en faisait guère usage…

Ils entendirent se refermer la porte d'entrée. Neilson réapparut en traînant des pieds, la tête baissée.

— Bill a décidé… euh, c'est-à-dire…

— Très bien, dit Siobhan en réintégrant le canapé. En ce cas, monsieur Neilson, plus tôt nous en aurons commencé, plus tôt etc. Vous n'êtes pas d'accord ?

L'artiste reprit sa position accroupie entre les haut-parleurs. Imposants et plus tout à fait de première jeunesse : cadres en bois verni et façade en mousse brune. Hynds s'assit, le calepin à la main. Siobhan accrocha le regard de Neilson, enfin, et lui offrit son sourire le plus rassurant.

— Donc, dit-elle, pour quelle raison exactement avez-vous éprouvé le besoin d'avoir un avocat présent ?

— C'est juste que… je pensais que c'est ce qui se faisait.

— Pas tant que vous n'êtes pas suspect.

Elle laissa ses mots faire leur chemin. Neilson marmonna ce qui ressemblait à des excuses.

S'installant confortablement dans le canapé, bien

appuyée au dossier et commençant à se décontracter, Siobhan entama l'interrogatoire proprement dit.

Ils s'offrirent l'un et l'autre un peu de liquide chaud marron foncé à la machine. Hynds fit la grimace en prenant sa première gorgée.

— Est-ce qu'on ne pourrait pas y aller chacun de son écot et se payer une vraie cafetière électrique ? demanda-t-il.

— Ç'a été tenté par le passé.

— Et alors ?

— Alors, ont commencé les disputes. À qui le tour d'acheter le café ? Il y a une bouilloire dans un des bureaux. Tu peux apporter ton mug personnel et la boisson de ton choix, mais suis mon conseil : boucle tout à double tour, sinon, ça jouera la fille de l'air.

Il fixait le gobelet en plastique.

— C'est plus facile de se servir de la machine, marmonna-t-il.

— Exactement.

Elle poussa la porte ouvrant sur la salle des enquêteurs.

— Alors, finalement, le mug que Rebus a balancé, il appartenait à qui ? demanda-t-il.

— Personne ne le sait, reconnut-elle. Apparemment, il était là depuis que le bâtiment a été construit. Il se pourrait même que ce soit les ouvriers qui l'aient laissé sur place.

— Pas étonnant que Rebus se soit fait mettre sur la touche, dit-il.

Elle le regarda, attendant qu'il explique.

— Tentative de destruction d'un objet chargé d'histoire.

Elle sourit, se dirigea vers son bureau. Quelqu'un avait emprunté son fauteuil — encore une fois. Regardant alentour, elle constata que le seul siège libre était celui de Rebus. Lequel l'avait piqué dans le bureau de Watson lorsque le superintendant en chef avait pris sa retraite. Le fait que personne ne l'eût touché témoignait de la réputation de Rebus, ce qui n'empêcha toutefois pas Siobhan de le faire glisser jusqu'à son bureau et de prendre ses aises.

Son écran d'ordinateur était vierge. Elle pressa une touche du clavier et le ramena à la vie. Un nouvel économiseur d'écran clignotait dans son champ de vision. PROUVE-LE-MOI DANS CE CAS — DÉSIGNE-MOI. Elle releva la tête et balaya la pièce du regard. Deux cibles primaires : le constable Grant Hood et le sergent George « Hi-Ho » Silvers. Debout contre le mur du fond, ils parlaient à voix basse. Peut-être discutaient-ils des rotations du service pour la semaine prochaine et échangeaient-ils leurs affectations. Grant Hood en avait pincé pour elle il n'y avait pas si longtemps et elle pensait être parvenue à doucher ses ardeurs sans pour autant s'en faire un ennemi. Mais il est un fait qu'il aimait les petites boîtes à malices : ordinateurs, jeux vidéo, appareils photo numériques. Les messages qu'elle avait commencé à recevoir seraient tout à fait dans son style.

Hi-Ho Silvers était différent. Il aimait faire des farces, elle en avait été la victime par le passé. Et bien que marié, il avait sa réputation. Au cours de ces dernières années, il lui avait fait des avances une demi-douzaine de fois — elle pouvait toujours compter sur lui pour lui suggérer quelques horreurs insignes au cours de la fête de Noël. Mais il n'était pas certain qu'il sache changer un économiseur d'écran. C'est tout juste s'il était capable de corriger ses fautes d'orthographe quand il tapait ses rapports.

Autres candidats possibles ?… La constable Phyllida Hawes, détachée provisoirement de Gayfield Square… L'inspecteur-chef Bill Pryde nouvellement promu… Mais ça ne collait pas vraiment pour ces deux-là. Lorsque Grant Hood tourna la tête dans sa direction, elle le désigna d'un doigt tendu. Il fronça le sourcil, haussa les épaules comme pour demander ce qu'elle lui voulait. Elle lui montra son écran d'ordinateur avant de le tancer du doigt. Il interrompit sa conversation avec Silvers et se dirigea vers elle. Siobhan pressa une touche de son clavier, l'économiseur disparut et fut remplacé par une page vierge de son traitement de texte.

— Tu as un problème ? demanda Hood.

Elle secoua lentement la tête.

— C'est ce que je croyais. Mon écran de veille…

— Qu'est-ce qui lui arrive ?

Il s'était posté à son côté et examinait la page blanche.

— Il a mis du temps à disparaître.

— Ça pourrait être ta mémoire, dit-il.

— Ma mémoire fonctionne très bien, Grant.

— Je te parle de la mémoire du disque dur. Quand elle est pleine, tout se ralentit.

Ça au moins, elle le savait mais prétendit le contraire.

— Oh, je comprends.

— Je vais vérifier si tu le désires. Ça ne prendra que deux secondes.

— Je ne voudrais pas te priver de votre petite discussion en tête à tête.

Hood se retourna vers George Silvers, qui passait en revue le Mur du Mort : un montage de photographies et de documents ayant trait à l'affaire en cours, collé sur le mur du fond à l'aide de pastilles de Blu-Tac.

— Hi-Ho réussit à te faire passer la simulation au rang d'œuvre d'art, dit paisiblement Hood. Ça fait une demi-journée qu'il glande devant ce mur en expliquant à qui veut l'entendre qu'il essaie de « sentir » le déroulement des événements.

— Rebus fait la même chose, déclara-t-elle.

Hood lui refit face.

— Hi-Ho n'a rien d'un John Rebus. Tout ce que demande George Silvers, c'est une petite vie tranquille jusqu'à ce qu'il touche sa pension au maxi.

— Alors que ?

— Alors que Rebus aura de la chance s'il est encore là pour voir arriver la sienne.

— S'agit-il ici d'un brin de causette privé, ou peut-on se joindre à vous ?

Davie Hynds se tenait à moins d'un mètre du duo, les mains dans les poches du pantalon pour signifier qu'il n'avait rien de particulier sur le feu.

Grant Hood se redressa de toute sa hauteur et assena une tape sur l'épaule de Hynds.

— Alors, comment progresse notre petit jeune, sergent Clarke ?

— Jusqu'ici, pour le mieux.

Hood sifflota, et poursuivit son petit numéro.

— Dans la bouche du sergent Clarke, c'est une note excellente, Davie. De toute évidence, tu t'es bien débrouillé pour avoir une si belle cote auprès d'elle.

Avec un clin d'œil appuyé, il s'éloigna vers le Mur du Mort.

Hynds s'approcha du bureau de Siobhan.

— Il y a eu des choses entre vous deux ?

— Pourquoi dis-tu ça ?

— De toute évidence, le constable Hood ne m'apprécie guère.

— Ça demandera du temps, c'est tout.

— Mais je me trompe ? Il y a bien eu des choses, non ?

Elle secoua lentement la tête, sans décrocher le regard du sien.

— Tu ne te considérerais pas un peu comme un expert en la matière, Davie ?

— Qu'est-ce que tu veux dire ?

— Le psychologue amateur.

— Je n'irais pas jusqu'à…

Elle se laissait aller contre le dossier du fauteuil de Rebus.

— Faisons un petit test : qu'est-ce que tu as pensé de Malcolm Neilson ?

— Je croyais que ce terrain-là avait été couvert, répondit Hynds en croisant les bras.

Sous-entendant par là la conversation qu'ils avaient eue lorsque Siobhan les avait ramenés du domicile de Neilson à St Leonard's. La rencontre n'avait pas été bien fructueuse, Neilson reconnaissant volontiers qu'il n'adressait plus la parole au marchand d'art. Avant d'admettre par la suite qu'il n'avait guère apprécié d'être exclu des Nouveaux Coloristes.

— Cet enfoiré de Hastie ne serait pas capable de repeindre les murs d'un salon. Quant à Celine Blacker...

— J'aime quand même assez Joe Drummond, l'avait interrompu Hynds.

Siobhan lui avait alors lancé un regard d'avertissement mais, de toute façon, Neilson n'écoutait pas.

— Ce n'est même pas son vrai nom, Celine, disait-il.

Dans la voiture, Siobhan avait demandé à Hynds s'il s'y connaissait en peinture.

— J'ai lu quelques petites choses sur les Coloristes, avait-il admis. Dans une affaire comme celle-ci, je me suis dit que ça pourrait se révéler utile...

Il appuya les poings contre le rebord du bureau de Siobhan.

— Son alibi ne vaut pas grand-chose, déclara-t-il.

— Mais est-ce qu'il s'est comporté comme un individu susceptible d'avoir justement besoin d'un alibi ?

Hynds réfléchit un instant.

— Il a appelé son avocat...

— Oui. Mais dans un moment de panique, sans plus. Une fois la conversation engagée, tu ne penses pas qu'il s'est décontracté ?

— Il a repris de l'assurance, c'est vrai.

Siobhan, les yeux fixés un peu plus loin, accrocha le regard de George Silvers. Elle lui désigna son écran d'ordinateur, puis le menaça du doigt. Il l'ignora, et retourna à sa mascarade, son prétendu examen de détail du Mur du Mort.

Gill Templer, superintendante en chef, apparut soudain dans l'embrasure de la porte.

— La Société contre les Nuisances sonores a encore fait des siennes ? En distribuant de nouveaux tracts peut-être ? beugla-t-elle. Un bureau silencieux est un bureau dans lequel on ne travaille pas suffisamment.

Elle élut George Silvers comme cible.

— Vous croyez que vous allez résoudre cette affaire par simple osmose, George ?

Il y eut des sourires mais pas de rires. Tous les policiers présents firent mine de s'affairer en restant concentrés.

Templer se dirigea droit sur le bureau de Siobhan.

— Comment ça s'est passé avec l'artiste ? demanda-t-elle d'une voix plus basse de plusieurs décibels.

— Il dit qu'il a fait quelques pubs ce soir-là, madame. Avant de s'offrir un repas à emporter et de rentrer à la maison pour écouter Wagner.

— *Tristan et Yseult*, précisa Hynds.

Lorsque Templer le fusilla d'un regard noir, il lâcha précipitamment que Neilson avait désiré la présence de son avocat lors de l'entretien.

— Voyez-vous ça ?

Les yeux furieux basculèrent sur Siobhan.

— Ce sera précisé dans mon rapport, madame.

— Mais vous pensiez que la chose ne valait pas la peine d'être mentionnée ?

Le cou de Hynds se mit à flamboyer quand il comprit qu'il venait de mettre Siobhan dans la panade.

— À notre avis, ça ne signifie pas grand-chose, à vrai dire…, dit-il.

Sa voix mourut d'elle-même lorsqu'il se sentit de nouveau sur la sellette.

— C'est votre appréciation personnelle, si je comprends bien ? Dans ce cas, je me dois de constater que je suis tout juste bonne à faire partie des meubles. Le constable Hynds, lança Templer à la cantonade, estime qu'il a les compétences requises pour prendre toutes les décisions qui s'imposent ici.

Hynds essaya bien un petit sourire, sans succès.

— Mais juste au cas où vous vous tromperiez...

Templer se dirigeait maintenant vers la porte, et fit un geste du bras dans le couloir.

— Constatant qu'il nous manque un inspecteur, la Grande Maison nous prête un des siens.

Siobhan, dents serrées, inspira une goulée d'air, crispée en reconnaissant l'individu qui entrait dans la salle.

— Inspecteur Derek Linford, lança Templer en guise de présentation. Certains parmi vous le connaissent peut-être déjà.

Elle se tourna vers Hi-Ho Silvers.

— George, il y a assez longtemps que vous vous fatiguez les yeux devant ce mur à force de le scruter. Peut-être pourriez-vous mettre Derek au parfum de l'affaire, hein ?

Sur ces mots, Templer quitta la salle. Linford regarda alentour, puis se dirigea d'un pas raide vers George Silvers pour serrer la main qu'on lui offrait.

— Seigneur, disait Hynds dans ses moustaches, pendant une minute j'ai cru qu'elle allait me passer au scalpel.

Puis, remarquant l'expression du visage de Siobhan.

— Qu'est-ce qu'il y a ?

— Ce que tu disais tout à l'heure… à propos de Grant et de moi.

Elle désigna Linford de la tête.

— Oh ! fit Davie Lynds. Un autre café, ça te dirait ?

Devant la machine, elle lui fournit une version corrigée des événements : elle était bien sortie avec Linford une ou deux fois, mais elle lui cacha que Linford s'était mis à l'espionner. Elle ajouta cependant que le torchon brûlait entre Linford et Rebus, le premier accusant le second d'un méchant passage à tabac dont il avait été victime.

— Tu veux dire que c'est Rebus qui l'a tabassé ?

Siobhan fit non de la tête.

— Mais Linford le rend quand même responsable de ce qui lui est arrivé.

Hynds laissa échapper un sifflement discret. Il s'apprêtait à dire quelque chose quand il aperçut Linford qui s'avançait dans le couloir en triant des pièces de monnaie dans sa main.

— Vous avez la monnaie sur cinquante pence ? demanda-t-il.

Hynds mit immédiatement la main à la poche, le temps pour Siobhan et Linford d'échanger un regard.

— Comment vas-tu, Siobhan ?

— Très bien. Et toi, Derek ?

— Mieux. Merci d'avoir posé la question, ajouta-t-il en hochant la tête.

Hynds était occupé à glisser des pièces dans la fente de la machine, en refusant les cinquante pence de Linford.

— C'est du thé ou du café que vous vouliez ?

— Je crois que je me sens capable d'appuyer sur le bon bouton tout seul, lui répondit Linford.

Hynds, comprenant qu'il en faisait un peu trop, recula d'un demi-pas.

— En outre, comme je connais ce distributeur, c'est tout juste si on sent la différence.

Il réussit une esquisse de sourire, qui n'atteignit pas tout à fait son regard.

— Pourquoi lui ? demanda Siobhan.

Elle se trouvait dans le bureau de la superintendante. Gill Templer venait de reposer son téléphone et gribouillait une note dans la marge d'une feuille dactylographiée.

— Et pourquoi pas ?

Siobhan comprit soudain que Templer n'était pas superintendante en chef à l'époque. Elle ne connaissait pas toute l'histoire.

— Il s'est passé …

Elle se surprit à reprendre les paroles de Hynds en écho.

— … des choses.

Templer releva les yeux.

— Entre l'inspecteur Linford et l'inspecteur Rebus, expliqua Siobhan.

— Mais l'inspecteur Rebus ne fait plus partie de cette équipe.

Templer leva sa feuille de papier avec apparemment l'intention de la lire.

— Je le sais, madame.

Templer la regarda droit dans les yeux.

— Alors où est le problème ?

Siobhan balaya du regard le bureau tout entier. Fenêtre et classeurs à dossiers, plante en pot, deux photographies de famille. Elle le voulait, ce bureau. Elle voulait un jour se trouver assise à la place de Gill Templer.

Ce qui impliquait de ne pas révéler ses secrets.

Ce qui impliquait de présenter une image de force, ne pas faire de vagues ni risquer de secouer le navire.

— Il n'y en a pas, madame.

Elle pivota vers la porte, la main presque sur la poignée.

— Siobhan (la voix était plus humaine), je respecte votre loyauté envers l'inspecteur Rebus, mais cela ne signifie pas nécessairement que ce soit une bonne chose.

Siobhan, toujours face à la porte, acquiesça d'un signe de tête sans se retourner. Lorsque le téléphone de sa supérieure se remit à sonner, elle fit ce qu'elle estima être une sortie digne. De retour dans la salle des enquêteurs, elle vérifia son écran de veille. Personne n'y avait tripoté. Puis lui vint une idée, elle refit en sens inverse dans le couloir les quelques pas qui la séparaient de la porte, frappa, passa la tête sans attendre. Templer plaça la main sur le micro du combiné.

— Qu'y a-t-il ? demanda-t-elle, la voix de nouveau glaciale.

— Cafferty, dit simplement Siobhan, je veux l'interroger personnellement.

Rebus faisait lentement le tour de la longue table ovale. La nuit était tombée, mais les stores à lamelles n'étaient pas fermés. La table était encombrée des dossiers sortis des cartons. Ce qui manquait, c'était un peu d'ordre là-dedans. Tout en se répétant que son boulot ne consistait pas à imposer l'ordre aux choses, c'était pourtant bien ce qu'il faisait. Il savait que le lendemain matin, le reste de l'équipe risquait de vouloir tout réorganiser mais, au moins, il aurait essayé.

Les comptes rendus d'interrogatoires, les rapports du quadrillage au porte-à-porte, les rapports du médecin, de l'anatomopathologiste, du laboratoire de police scientifique, de la scène de crime… Quantité d'informations sur le passé et la vie de la victime, comme il fallait s'y attendre : sinon, comment espérer résoudre un crime tant qu'ils ne disposaient pas d'un mobile ? Les péripatéticiennes du quartier avaient répugné à se manifester spontanément. Aucune n'avait revendiqué Eric Lomax comme client. Sans compter que pour envenimer la situation, plusieurs prostituées avaient été assassinées à Glasgow, et la police accusée de laxisme. Que Lomax — connu sous le sobriquet de Rico auprès de ses associés — ait opéré aux franges de la communauté criminelle de la ville n'arrangeait rien.

Bref, Rico Lomax était une raclure de bas étage. Et même au vu des informations dont il avait eu connaissance ce même matin, Rebus comprit que les policiers chargés de l'enquête originelle s'étaient confortés dans l'idée que la mort du personnage se limitait à l'élimination — une de plus — d'un mauvais sujet. Un ou deux des Trépassés avaient affiché des sentiments similaires.

— Pourquoi nous faire travailler sur le meurtre d'une pourriture ? avait demandé Stu Sutherland. Donnez-nous une affaire que nous *voulons* voir résoudre.

Remarque qui lui avait valu de se faire remonter les bretelles par l'inspecteur-chef Tennant. L'essentiel était qu'ils désirent trouver la solution à toutes leurs affaires, point final. Rebus n'avait pas quitté Tennant des yeux pendant le savon, se demandant pourquoi diable c'était l'affaire Lomax qui avait été choisie. Était-ce un simple effet du hasard, ou cachait-elle une menace à prendre au sérieux ?

Un carton contenait les journaux de l'époque. Ils y avaient consacré beaucoup d'attention, ne serait-ce que parce que les souvenirs étaient revenus en foule. Rebus finit par s'asseoir et en feuilleta un ou deux. Ouverture officielle du pont routier sur la rivière Skye… Raith Rovers en coupe de l'UEFA… un boxeur poids coq tué sur le ring à Glasgow…

— Rien que du réchauffé, entonna une voix.

Rebus releva la tête. Francis Gray était planté sur le seuil de la porte, pieds écartés, les mains dans les poches.

— Je te croyais au pub, dit Rebus.

Gray renifla en entrant dans la pièce, en se frottant le nez d'une main.

— On vient juste de finir de discuter de tout ça, dit-il en tapotant un des cartons vidés de ses dossiers. Les gars arrivent mais, apparemment, tu nous as tous battus sur le fil.

— Tant que ça se limitait à des tests et à des conférences, ce n'était pas un problème, dit Rebus en s'appuyant au dossier de sa chaise pour s'étirer.

Gray acquiesça.

— Alors que maintenant, on a des choses concrètes à se mettre sous la dent, c'est ça ?

Il tira une chaise à côté de celle de Rebus, s'assit et se concentra sur le journal ouvert.

— Mais apparemment, toi, tu prends les choses plus au sérieux que la majorité.

— Je suis arrivé ici le premier, c'est tout. Ne cherche pas plus loin.

— C'est bien ce que je voulais dire.

Gray ne le regardait toujours pas. Il humecta son pouce et revint en arrière d'une page.

— T'as une certaine réputation, pas vrai, John ? Il t'arrive de t'impliquer un peu trop de temps en temps.

— Ah ouais ? Et toi, t'es ici pour avoir toujours suivi le règlement à la lettre ?

Gray s'autorisa un sourire. Rebus sentait l'odeur de nicotine et de bière qui se dégageait de ses vêtements.

— Il nous est tous arrivé de dépasser les bornes, pas vrai ? Parce que ça arrive aux bons flics autant qu'aux mauvais. On pourrait peut-être même aller jusqu'à dire que c'est ça qui fait que les bons flics sont bons.

Rebus étudia le côté de la tête de Gray. L'homme se trouvait à Tulliallan parce qu'il avait désobéi une fois de trop à un supérieur hiérarchique. Mais aussi, pour reprendre ses propres termes :

— Mon chef a été, il est, et il sera toujours le dernier des connards.

Puis, après un temps d'arrêt :

— Avec tout le respect que je lui dois.

À cette dernière précision, la table avait croulé sous les rires. Le problème de la plupart des Trépassés ? Ils ne respectaient pas leurs supérieurs comme l'aurait voulu la hiérarchie établie, ils n'avaient aucune confiance en leurs capacités à faire du bon travail ou à prendre les bonnes décisions. La « Horde sauvage » de Gray ne retournerait au service actif que lorsque ses membres auraient appris à accepter leur hiérarchie et à répondre à ses exigences.

— Tu comprends, disait maintenant Gray, un inspecteur-chef comme Tennant, tu peux m'en filer un tous les jours de la semaine. C'est le genre de mec qui appelle un chat un matou. Tu sais où tu en es avec lui. C'est un mec de la vieille école.

Rebus acquiesçait de la tête.

— Au moins, lui, il te claquera le beignet bien en face.

— Et il n'ira pas t'entuber par-derrière.

Gray en était maintenant à la première page du journal. Il la leva pour montrer la une à Rebus : *Nouvel Espoir de 5 000 emplois après le rachat de Rosyth…*

— Et pourtant, on est toujours là, dit doucement Gray. On n'a pas démissionné et ils ne nous y ont pas obligés. Pour quelle raison, à ton avis ?

— On aurait posé trop de problèmes ? se hasarda à répondre Rebus.

Gray secoua la tête.

— C'est parce qu'au plus profond ils comprennent des choses. Ils savent qu'ils ont plus besoin de nous qu'on a besoin d'eux.

Il pivota vers Rebus, le regard à l'unisson du sien, comme s'il attendait qu'il réponde quelque chose. Mais il y eut un bruit de voix dans le couloir, puis des visages dans l'embrasure de la porte. Ils étaient quatre, chargés de sacs de provisions d'où ils sortirent boîtes de bière et bouteille de whisky bon marché. Gray se leva et prit rapidement la direction des opérations.

— Constable Ward, tu as la charge de nous trouver des mugs ou des verres. Sergent Sutherland, autant fermer les stores, hein ? L'inspecteur Rebus ici présent s'est déjà mis au boulot. Qui sait ? Peut-être qu'on réussira à résoudre toute l'affaire ce soir et ainsi à couper la chique à Tennant et à son baratin…

Ils savaient tous qu'il n'en serait rien, ce qui ne les empêcha pas de se mettre à l'œuvre, attaquant la soirée par une séance de tempêtes sous les crânes qui ne se déroula que plus librement, la boisson aidant. Certaines des théories avancées, déjà tirées par les cheveux, le devinrent plus encore à mesure que l'alcool faisait son effet, mais il se trouva des perles rares au milieu des scories. Tam Barclay établit une liste. Comme l'avait craint Rebus, les tas de paperasses soigneusement triées disposés sur la table rentrèrent bien vite en collision, faisant renaître le chaos. Il ne dit rien.

— Rico Lomax n'avait pas d'épée de Damoclès au-dessus de la tête, déclara Jazz McCullum à un moment.

— Et comment peux-tu savoir ça ?

— Les hommes qui craignent quelque chose ont tendance à changer leurs petites routines, mais voilà Rico, tranquille comme Baptiste, à sa place habituelle dans son bar habituel le même soir, comme à l'accoutumée.

Des hochements de tête ponctuèrent son explication. Ils pensaient tous à une exécution entre gangs rivaux, un contrat par un pro.

— On a tous contacté nos indics à l'époque, ajouta Francis Gray. Des quantités de bon argent en espèces sonnantes et trébuchantes ont changé de mains pour atterrir dans des paumes non méritantes. Résultat : peau de balle.

— Ça ne veut pas dire pour autant qu'il n'y avait pas de contrat sur le bonhomme, dit Allan Ward.

— T'es toujours avec nous, Allan ? dit Gray d'un air surpris. C'est pas ton heure, bien au chaud entre les toiles avec ton nounours ?

— Dis-moi, Francis, tes vannes, tu les achètes en gros ou quoi ? Parce qu'elles ont largement dépassé leur date de péremption.

On entendit des rires, et quelques doigts se pointèrent sur Gray, comme pour lui signifier : *Au temps pour toi ce coup-ci, Francis ! Le petit gars t'a bien eu !*

Rebus observa les lèvres de Gray qui se serrèrent en un sourire si mince qu'il n'aurait pas déparé un défilé de mannequins.

— Je crois que la nuit risque d'être bien longue, dit Jazz McCullough, en les ramenant tous sur terre.

Après une boîte de bière, Rebus s'excusa pour se rendre aux toilettes, qui se trouvaient au bout du couloir, au bas d'une volée de marches. En quittant la salle, il entendit Stu Sutherland qui répétait une de leurs premières théories :

— Rico travaillait en free-lance, d'accord ? Il n'était pas affilié à un gang précis. Et un de ses talents particuliers, s'il faut en croire la rumeur, était de savoir planquer les soldats des différents camps loin du champ de bataille quand les choses viraient à l'aigre…

Rebus savait exactement de quoi parlait Sutherland. Lorsqu'un mec exécutait un contrat, ou s'attirait des ennuis au point qu'il devenait vital de lui faire quitter la ville pendant un moment, c'était le boulot de Rico de lui dénicher une planque sûre. Il avait des contacts partout : logements sociaux, résidences de vacances, parcs de caravanes. De Caithness jusqu'à la frontière, des Hébrides jusqu'à East Lothian. Sa spécialité était les mobil-homes sur la côte est et il avait des cousins qui géraient une demi-douzaine de sites différents. Sutherland voulait connaître l'identité de ceux qui se cachaient au moment où Rico s'était fait descendre. Une de ses planques sûres n'était peut-être pas restée inviolée, avec pour conséquence une petite visite à Rico avec une batte de base-ball en guise de châtiment ? Ou quelqu'un cherchait-il justement à se trouver par son intermédiaire une base de repli ?

L'hypothèse n'était pas mauvaise. Le problème de Rebus était de savoir comment, après six années, ils allaient pouvoir vérifier sa validité. Près de l'escalier, il vit une silhouette qui se dirigeait vers l'étage inférieur. Une femme de ménage, songea-t-il. Mais les femmes de ménage étaient déjà passées. Il commença à descendre les marches avant de se raviser. Emprunta le couloir opposé jusqu'à son extrémité, où une autre volée de marches conduisait au-dessous. Il se trouvait maintenant au rez-de-chaussée. Il avança sur la pointe des pieds vers la cage d'escalier centrale en restant collé au mur. Ouvrit d'une poussée les portes vitrées et surprit la silhouette qui se cachait là.

— Bonsoir, monsieur.

L'inspecteur-chef Archibald Tennant fit volte-face.

— Oh, c'est vous.

— Vous nous espionnez, monsieur ?

Rebus vit clairement Tennant peser le pour et le contre avant de répondre.

— Je ferais probablement la même chose, dit Rebus dans le silence, au vu des circonstances.

Tennant redressa la tête.

— Ils sont combien là-bas ?

— Nous sommes tous là.

— McCullough n'est pas reparti pieuter à la maison ?

— Pas ce soir.

— En ce cas, je suis effectivement impressionné.

— Pourquoi ne pas venir vous joindre à nous, monsieur ? Il doit bien rester quelques boîtes de bière…

Tennant fit son petit cinéma, consulta sa montre, pinça le nez.

— Il est temps que je rentre, dit-il. Je vous serais reconnaissant de ne pas…

— Parler de notre rencontre fortuite ? Ce ne serait pas aller à l'encontre de l'éthique du groupe, monsieur ? dit-il, un début de sourire aux lèvres, heureux de voir Tennant mal à l'aise.

— Uniquement pour cette fois, inspecteur Rebus, peut-être pourriez-vous laisser votre esprit de corps au vestiaire ?

— Aller à l'encontre de mon penchant naturel, vous voulez dire ?

Il gagna par sa réponse un sourire du vieil homme.

— Vous savez quoi ? Je vais vous laisser seul juge, qu'en dites-vous ?

Il pivota sur les talons, poussa les portes de l'entrée principale de l'académie et sortit. L'allée extérieure était bien éclairée, et Rebus le suivit des yeux jusqu'à ce qu'il disparaisse. Puis il alla sous l'escalier, où se trouvaient les cabines téléphoniques.

On répondit à son appel après la cinquième sonnerie. Il gardait l'œil sur les marches, prêt à raccrocher si quelqu'un descendait.

— C'est moi, dit-il. J'ai besoin de vous voir.

Il écouta un moment.

— Plus tôt que ça si vous pouvez. Que diriez-vous de ce week-end ? Ça n'a rien à voir avec vous-savez-quoi. (Un temps de silence.) Bon, si, peut-être. Je ne sais pas.

Il hocha la tête en apprenant que le week-end était hors de question. Il écouta encore un peu, puis raccrocha et ouvrit la porte des toilettes. Se planta devant le lavabo, ouvrit le robinet. Moins d'une minute plus tard, quelqu'un entrait à son tour. Allan Ward grommela avant de se diriger vers un des cabinets. Rebus entendit la porte se verrouiller, Ward défaire sa ceinture.

— Une perte de temps et de matière grise, tonna la voix de Ward répercutée par le plafond. Un absolu gâchis de main-d'œuvre.

— J'ai comme l'impression que l'inspecteur-chef Tennant n'est pas parvenu à te faire changer d'avis, s'écria Rebus.

— Foutue perte de temps !

Prenant cela pour un oui, Rebus laissa Ward à ses œuvres.

3

Le vendredi matin, ils étaient de retour sur l'affaire Lomax. Tennant avait demandé un rapport d'évaluation. Plusieurs paires d'yeux s'étaient tournées vers Francis Gray, lequel avait fixé sans ciller Rebus.

— John a passé plus d'heures là-dessus qu'aucun de nous, dit-il. Vas-y, John, dis au chef ce que nous avons découvert.

Rebus but d'abord une gorgée de café, rassemblant ses idées.

— Pour l'instant, nous ne disposons que d'hypothèses, sans rien de bien neuf. Le sentiment général, c'est que la victime était attendue. On savait où elle allait se trouver, à quelle heure elle serait là. Le problème, c'est que l'allée servait de terrain de manœuvres aux travailleuses, et pourtant il n'y en a pas une qui ait vu un rôdeur dans les parages.

— Vous m'accorderez que ces dames ne sont pas les témoins les plus dignes de foi, l'interrompit Tennant.

Rebus le regarda.

— Elles ne désirent pas toujours témoigner spontanément, si c'est ce que vous voulez dire.

Tennant haussa les épaules en guise de réponse. Il poursuivait son circuit autour de la table. Rebus se demanda s'il avait remarqué que les gueules de bois avaient diminué en nombre ce matin. Bien sûr, certains avaient toujours une tronche qu'on aurait dit mal crayonnée par des gamins, mais Allan Ward n'avait plus besoin de ses lunettes de soleil chicos, et si les yeux de Stu Sutherland offraient de beaux cernes sombres, ils n'étaient plus injectés de sang.

— Vous pensez à un règlement de comptes entre bandes rivales ? demanda Tennant.

— C'est l'explication qui remporte le plus de suffrages, comme chez la première équipe d'enquêteurs.

— Mais…, dit Tennant, face à Rebus, du côté opposé de la table.

— Mais, approuva Rebus, ce n'est pas aussi simple. Si c'était un assassinat sur commande ordonné par un gang, comment se fait-il que personne n'ait été au courant ? Le CID de Glasgow dispose d'informateurs, mais personne n'a rien entendu. Un mur de silence, c'est une chose, mais d'habitude il y a toujours une petite fissure quelque part après un certain laps de temps.

— Et qu'est-ce que vous en déduisez ?

Ce fut au tour de Rebus de hausser les épaules.

— Rien du tout. C'est un peu étrange, voilà tout.

— Et pour ce qui est des amis et relations de Lomax ?

— À côté d'eux, la Horde sauvage ressemble aux sept nains de Blanche-Neige.

On entendit quelques ricanements autour de la table.

— La veuve de Lomax, Fenella, a été soupçonnée

au début de l'enquête. À en croire la rumeur, elle fricotait à droite et à gauche derrière le dos de son jules. Impossible de prouver quoi que soit, et ce n'est pas elle qui allait manger le morceau spontanément.

Francis Gray redressa les épaules.

— Depuis, elle s'est raccrochée au wagon de Chib [1] Kelly.

— Charmant personnage, dit Tennant.

— Chib est propriétaire de deux pubs à Govan. Les bars, ça le connaît. Les barreaux aussi. Mais plutôt derrière.

— Dois-je comprendre que c'est là qu'il se trouve en ce moment ?

Gray acquiesça.

— Un petit séjour à Barlinnie : revente de marchandises volées. Ses pubs ont un chiffre d'affaires supérieur à celui de la plupart des succursales d'électroménager Curry's. Fenella ne risque pas de dépérir. À Govan, des tas d'hommes connaissent ses préférences en matière de petit déjeuner…

Tennant hocha la tête d'un air songeur.

— Inspecteur Barclay, vous n'avez pas l'air content.

Barclay croisa les bras.

— Je vais très bien, monsieur.

— Vous êtes sûr ?

Barclay décroisa les bras tout en essayant de trouver assez de place sous la table pour y croiser les jambes.

---

1. En écossais, « chib » peut signifier un coup sur la tête ou parfois un couteau. Celui qui s'est gagné un tel surnom ne peut avoir que des antécédents violents.

— C'est juste que c'est la première fois qu'on entend parler de ça.

— À savoir Mme Lomax et Chib Kelly ?

Tennant attendit que Barclay ait acquiescé avant de se tourner vers Gray.

— Alors, inspecteur Gray ? Le groupe n'est-il pas censé travailler en équipe ?

Francis Gray mit un point d'honneur à ne pas regarder Barclay.

— J'ai pensé que ce n'était pas pertinent, monsieur. Rien ne prouve concrètement que Fenella et Chib se connaissaient quand Rico était encore en vie.

Tennant fit une moue exagérée.

— Satisfait, inspecteur Barclay ?

— Je suppose que oui, monsieur.

— Et quant à vous, le reste de la troupe ? L'inspecteur Gray a-t-il eu raison de garder ce renseignement pour lui ?

— Si ça nous a posé un problème, je ne vois pas lequel, dit Jazz McCullough au milieu de hochements de tête unanimes signifiant leur accord.

— Interroger Mme Lomax, ce serait possible ? intervint Allan Ward.

Tennant se tenait juste derrière lui.

— Je ne pense pas.

— Difficile en ce cas que nous obtenions des résultats, non ?

Tennant se pencha par-dessus l'épaule de Ward.

— Je crois savoir que les résultats n'étaient pas votre point fort, constable Ward.

— Et c'est censé vouloir dire quoi ?

Ward commençait à se lever de sa chaise, mais Tennant plaqua une main sur sa nuque pour l'en empêcher.

— Asseyez-vous et je vous répondrai.

Une fois Ward rassis, Tennant laissa sa main là où elle se trouvait quelques secondes encore avant de reprendre un nouveau tour de la table.

— Cette affaire a beau être en sommeil, elle n'est pas morte de sa belle mort. Vous m'apportez la preuve que vous avez besoin de vérifier quelque chose, voire d'interroger quelqu'un, je vous arrange ça. Mais il va falloir que vous m'en persuadiez. Par le passé, constable Ward, vous avez manifesté un enthousiasme quelque peu exagéré pour ce qui est des techniques d'interrogatoire.

— C'étaient des bobards d'une saloperie de camé, cracha Ward.

— Et dans la mesure où sa plainte n'a pas été suivie d'effet, vous n'avez rien fait de mal.

Le visage de Tennant eut beau s'éclairer d'un sourire, Rebus avait rarement vu visage moins amusé. Puis Tennant claqua des mains.

— Au travail, messieurs ! Aujourd'hui, j'aimerais vous voir vous plonger dans les comptes rendus d'interrogatoires. Travaillez par deux si cela facilite les choses.

Il pointa le doigt vers un tableau blanc immaculé pour feutres effaçables placé contre le mur.

— Je veux vous voir me reconstituer le cheminement de l'enquête originelle étape par étape, ainsi que vos commentaires et vos critiques. Les oublis de vos collègues, s'il y en a eu, les petites allées annexes, en particulier celles dont vous sentez intuitivement qu'ils auraient dû continuer à les explorer plus avant.

Stu Sutherland lâcha un grognement désapprobateur qui manquait de discrétion et Tennant le fixa sans ciller.

— Tous ceux qui ne voient pas l'intérêt de la chose peuvent redescendre au rez-de-chaussée.

Il consulta sa montre.

— Les jeunes recrues en tenue entament leur cross de cinq kilomètres dans le quart d'heure à venir. Largement le temps pour vous de vous changer, sergent Sutherland, et d'enfiler short et maillot.

— Je vais très bien, monsieur, dit Sutherland en se tapotant exagérément l'estomac. Une petite indigestion, c'est tout.

Tennant le fusilla des yeux puis quitta la salle.

Lentement, les six hommes se remirent en équipe en se partageant les piles de dossiers. Rebus remarqua que Tam Barclay gardait obstinément la tête baissée pour éviter de croiser le regard de Francis Gray. Gray travaillait avec Jazz McCullough et, à un moment, Rebus crut l'entendre lancer :

— Tu savais que « Barclays », en argot rimé, ça voulait dire « plein sud [1] » ?

McCullough ne mordit pas à l'hameçon.

Une heure venait pratiquement de s'écouler lorsque Stu Sutherland referma un dossier de plus, le claqua sur la pile qu'il avait devant lui et se leva pour étirer

---

1. Barclays se réfère à Barclays Bank qui, par allitération, devient, en argot rimé, « wank », branleur. Mais la Barclays Bank n'existe qu'en Angleterre, donc au sud de la frontière écossaise.

dos et jambes. Il se trouvait près de la fenêtre quand il se retourna face à la salle.

— Nous perdons notre temps, dit-il. La seule chose dont nous ayons besoin est la seule que nous n'obtiendrons jamais.

— Et c'est quoi, Sherlock ? demanda Allan Ward.

— Les identités de ceux que Rico cachait dans ses diverses caravanes et ses planques à l'époque où il s'est fait dessouder.

— Pourquoi ces mecs auraient-ils quelque chose à voir avec son meurtre ? demanda tranquillement McCullough.

— C'est logique. Rico aidait les gangsters à disparaître. Si des mecs cherchaient à en retrouver un, il fallait qu'ils passent par Rico.

— Et avant même de lui demander l'adresse de la planque, ils auraient décidé de lui réduire le crâne en purée ?

McCullough souriait.

— Peut-être ont-ils sous-estimé la force avec laquelle ils l'ont frappé…

Sutherland écarta les bras, cherchant un soutien dans le groupe.

— Ou peut-être que Rico leur avait déjà révélé l'adresse, ajouta Tam Barclay.

— En mangeant le morceau, tout bonnement, c'est bien ça ? grommela Francis Gray.

— Sous la menace d'une batte de base-ball, peut-être bien que c'est exactement ce qu'il a fait, dit Rebus en essayant de détourner les vannes méchantes de Gray loin de Barclay. Je n'ai rien vu ici — il piqua un dossier d'un doigt — disant que Rico n'irait pas s'allonger sous la menace et l'intimidation. Possible qu'il ait donné le nom, en pensant qu'il sauverait sa peau.

— Quel nom ? dit Gray. On a retrouvé un cadavre à peu près à la même époque ?

Il regarda autour de la table mais ne gagna pour sa peine que quelques haussements d'épaules.

— Nous ne savons même pas s'il protégeait quelqu'un à ce moment-là.

— C'est exactement ce que j'essayais d'expliquer, dit Stu Sutherland sans s'émouvoir.

— Si le boulot de Rico consistait à aider des mecs à disparaître, dit Tam Barclay, et que quelqu'un soit parvenu à les dénicher, il y a des chances que les mecs en question soient restés disparus pour de bon. Ce qui veut dire qu'on se casse le nez sur un mur.

— Tu peux aller buller si l'envie t'en prend, dit Gray en pointant un doigt assassin sur Barclay. Ne va pas t'imaginer qu'on est suspendu à tes lèvres et à tes brillantes déductions.

— Au moins, moi, je ne cache pas des informations au groupe.

— La différence, c'est que dans la grande ville aux mille dangers, ce sont des choses qui se font toute la journée. C'est quoi, ce qui te tient occupé, toi, à Falkirk, Barclay ? Une petite rincette de gnôle vite fait dans les chiottes, la porte verrouillée à double tour ? Ou peut-être bien que si tu aimes vivre dangereusement, tu la gardes ouverte pendant ta petite affaire ?

— Tu pètes le feu, pas vrai ?

— C'est vrai, champion, j'en ai à revendre. Alors que toi, en revanche, t'es pratiquement *éteint*.

S'ensuivit un moment de silence, puis Allan Ward

se mit à rire, suivi par Stu Sutherland. Le visage de Tam Barclay s'assombrit, et Rebus comprit ce qui allait se passer. Barclay bondit de sa chaise en la faisant voler derrière lui. Il avait posé un genou sur la table et se préparait à plonger droit devant sur Francis Gray juste à son opposé. Rebus tendit un bras pour l'arrêter, donnant ainsi le temps à Stu Sutherland de se lancer à son tour et de ceinturer Barclay de ses deux bras. Gray se contenta de s'appuyer contre le dossier de sa chaise avec un petit sourire satisfait en tapotant la table de son stylo. Allan Ward se claquait la cuisse d'une main, à croire qu'il se trouvait en bord de piste devant un numéro de cirque chez Barnum. Il leur fallut un moment avant de remarquer que la porte était ouverte : Andrea Thomson se tenait sur le seuil. Elle croisa lentement les bras tandis qu'un semblant d'ordre se rétablissait dans la pièce. Rebus songea à une salle de classe retrouvant vite le calme à l'approche de l'autorité.

Avec une différence : il s'agissait là d'hommes adultes, tous trenta, quadra, quinquagénaires ; des hommes avec des familles et des maisons à payer ; des hommes avec des carrières.

Il ne douta pas un instant qu'en l'espace de cette scène fugitive, Thomson en avait eu assez à se mettre sous sa dent d'analyste pour se tenir occupée pendant les prochains mois.

Et c'est lui qu'elle regardait.

— Téléphone pour l'inspecteur Rebus, dit-elle.

— Je ne vous demanderai pas ce qui se passait à l'intérieur de cette salle, dit-elle.

Ils avançaient dans le couloir en direction du bureau de la dame.

— C'est probablement un signe de sagesse, répondit-il.

— Je ne sais par quel mystère le coup de fil a fini par aboutir dans mon téléphone. Je me suis dit que ce serait plus simple si je venais tout simplement vous chercher…

— Merci.

Rebus observait la manière dont le corps de Thomson se mouvait, ballant de droite et de gauche à chaque pas. Une démarche qui lui fit penser à une personne très maladroite essayant de s'offrir un twist. Peut-être était-elle née avec une légère déformation de la colonne ; peut-être un accident de voiture quand elle était adolescente…

— Qu'y a-t-il ?

Il changea la direction de son regard, mais trop tard.

— Vous marchez drôlement, déclara-t-il.

Elle le regarda.

— Je n'avais pas remarqué. Merci de me le faire savoir.

Elle ouvrit sa porte. Le téléphone était décroché, posé sur la table de travail. Rebus s'en saisit.

— Allô ?

Il n'entendit à son oreille que le bourdonnement de la ligne ouverte. Il surprit le regard de Thomson et haussa les épaules.

— Ras-le-bol à l'autre bout du fil, probablement, dit-il.

Elle lui prit le combiné, écouta à son tour, et le reposa sur sa base.

— La personne qui appelait a-t-elle donné son identité ? demanda Rebus.

— Rien du tout.

— C'était un appel de l'extérieur ?

Elle haussa les épaules.

— Qu'a-t-elle dit exactement ?

— Juste qu'elle voulait parler à l'inspecteur Rebus. J'ai répondu que vous étiez au bout du couloir, et elle a demandé si… non.

Elle secoua la tête, en pleine concentration.

— J'ai proposé d'aller vous chercher.

— Et elle n'a pas donné de nom ?

Rebus s'était installé dans le fauteuil derrière le bureau — *son* fauteuil à *elle*.

— Je ne suis pas un répondeur !

Rebus sourit.

— Je vous taquinais, voilà tout. Qui que ce soit, la personne rappellera, dit-il.

À la seconde où le téléphone se remettait à sonner, Rebus leva la main, paume face à elle.

— Aussi simple que ça, dit-il.

Il tendit le bras vers l'appareil, mais elle décrocha la première, l'air de lui signifier que c'était toujours son bureau.

— Andrea Thomson, dit-elle. Analyste en bilans de compétences.

Elle prêta un instant l'oreille, avant de lui concéder que l'appel était bien pour lui.

Rebus prit le combiné.

— Inspecteur Rebus.

— J'avais un analyste en bilans de compétences à l'école, dit la voix. Il a réduit tous mes grands rêves à néant.

Rebus avait reconnu la voix.

— Ça ne m'étonne pas, dit-il. Tu n'avais pas assez de tripes pour faire carrière comme danseur de ballet ?

— Je pourrais te danser sur la tête, mon ami.

— Des promesses, toujours des promesses. Mais pour quelle raison, nom d'un chien, viens-tu me bousiller mes vacances, Claverhouse ?

Andrea Thomson haussa le sourcil en entendant le mot « vacances ». Rebus lui répondit par un clin d'œil. Privée de son fauteuil, elle avait glissé une fesse sur le plateau de son bureau.

— Je me suis laissé dire que tu avais offert un thé à ta chef.

— Et toi, tu as décidé de me passer un coup de fil pour une petite séance de rigolade expresse, c'est ça ?

— Pas le moins du monde. Bien que cela me fende le cœur de te l'avouer, il se pourrait que nous ayons besoin de tes services.

Rebus se leva lentement, en emportant le téléphone avec lui.

— C'est une blague ou quoi ?

— J'aimerais bien.

Saisissant là sa chance, Andrea Thomson avait récupéré son fauteuil vide. Rebus tournait autour d'elle, l'appareil dans une main, le combiné dans l'autre.

— Je suis coincé ici, dit-il. Je ne vois pas comment je peux…

— Ça pourrait aider si on te disait ce qu'on veut.

— On ?

— Ormiston et moi. J'appelle de la voiture.

— Et où se trouve la voiture précisément ?

— Parking visiteurs. Alors bouge ton cul maigrelet et amène-toi pronto.

Claverhouse et Ormiston avaient travaillé par le passé pour la Scottish Crime Squad, Branche n° 2, qui opérait depuis la Grande Maison — autrement connue sous le nom de quartier général de la police de Lothian and Borders. La SCS s'occupait des infractions majeures à la loi : trafic de drogue, conspirations criminelles et trafics d'influence, tous crimes au plus haut niveau. Rebus connaissait les deux hommes depuis bien longtemps. Mais aujourd'hui, la SCS avait été engloutie par la SDEA [1], l'agence de répression des stupéfiants, emportant Claverhouse et Ormiston avec elle. Les deux hommes se trouvaient bien dans le parking, et il était facile de les identifier : Ormiston au volant d'un antique taxi noir, Claverhouse jouant au passager à l'arrière. Rebus monta et s'installa à côté de lui.

— Qu'est-ce que c'est que ce truc, bon Dieu ?

— Super pour les missions d'infiltration, dit Claverhouse en tapotant le montant de la vitre. Personne ne tique devant un taxi noir.

— Bien sûr que si, quand il se trouve au beau milieu de la cambrousse.

Claverhouse lui concéda ce détail d'une légère inclination de la tête.

------

1. Scottish Drug Enforcement Agency.

— Mais il faut dire aussi que nous ne sommes pas en mission de surveillance, pas vrai ?

Rebus dut admettre qu'il avait marqué un point. Il alluma une cigarette, dédaigneux des affichettes « Interdit de Fumer » et de la réaction d'Ormiston qui baissa les vitres avant avec conviction. Claverhouse avait été récemment promu au grade d'inspecteur, et Ormiston à celui de sergent. Un duo bien étrange au demeurant : Claverhouse, grand et maigre, presque squelettique, sa silhouette soulignée par ses vestons qu'il portait habituellement boutonnés ; Ormiston, moins grand et plus trapu, une chevelure noire huileuse se terminant par une ébauche de bouclettes qui lui donnait l'apparence d'un empereur romain. Claverhouse avait pratiquement toujours la parole et réduisait ainsi son acolyte au rang de menace silencieuse et maussade.

Mais c'était Claverhouse qu'il fallait tenir à l'œil.

— Comment te traite Tulliallan, John ? lui demanda-t-il.

De l'entendre utiliser son prénom parut à Rebus de bien mauvais augure.

— Ça se passe bien, dit-il en descendant sa propre vitre pour chasser un brin de cendres.

— Quels autres méchants chenapans ont-ils coincés cette fois-ci ?

— Stu Sutherland et Tam Barclay… Jazz McCullough… Francis Gray…

— Plus bigarré comme groupe, je ne vois pas.

— Apparemment, j'y ai parfaitement ma place.

— Ça, c'est une surprise, ricana Ormiston.

— Pas de pourboire pour le chauffeur, dit Rebus, en

cliquetant des ongles sur le panneau en Plexiglas qui le séparait d'Ormiston.

— En parlant de ça…, dit Claverhouse.

C'était un signal. Ormiston mit le contact, fit grincer la première et démarra.

Rebus se tourna vers Claverhouse.

— Où est-ce qu'on va ?

— Nous allons un peu bavarder, et voilà tout.

— Je vais me faire coller pour un truc pareil.

Claverhouse sourit.

— J'ai eu un petit entretien avec ton proviseur. Il a dit qu'il n'y aurait aucun problème.

Il s'appuya contre le dossier de son siège. Le taxi brinqueballait dans un bruit de ferraille, les portières vibraient dans leurs montants. Rebus sentait chacun des ressorts sous la garniture élimée des sièges.

— J'espère que tu as une assurance en cas de panne, se plaignit Rebus.

— Tu sais que je suis toujours couvert, John.

Ils quittaient l'académie proprement dite, virant à gauche en direction de Kincardine Bridge. Claverhouse se tourna face à la vitre pour profiter du panorama.

— C'est à propos de ton ami Cafferty, dit-il.

— Ce n'est pas mon ami, se hérissa Rebus.

Claverhouse venait de repérer un fil sur une jambe de pantalon. Il se mit en devoir de l'ôter, à croire que le brin en question était plus pertinent que la dénégation de Rebus.

— En fait, il ne s'agit pas tant de Big Ger que de son chef du personnel.

Rebus fronça le sourcil.

— La Belette ?

Il accrocha le regard d'Ormiston qui le surveillait dans le rétroviseur, crut y lire une certaine réticence mêlée d'excitation. Ces deux-là devaient être convaincus qu'ils étaient sur un gros coup. Quelle qu'en soit la nature, ils avaient besoin de lui, sans être sûrs pour autant de pouvoir lui faire confiance. Car lui aussi avait entendu courir les mêmes bruits : à savoir qu'il était trop proche de Cafferty, qu'à bien des égards ils étaient trop semblables.

— La Belette ne semble jamais faire le moindre pas de travers, poursuivit Claverhouse. Lorsque Cafferty est parti sous les verrous, ç'aurait dû être fini pour lui à Édimbourg.

Rebus acquiesça, d'un lent hochement de tête : pendant le séjour en prison de Cafferty, la Belette lui avait gardé la ville bien au chaud.

— C'est juste que je me demandais…, fit Claverhouse d'un air rêveur, si Cafferty une fois revenu aux commandes, notre ami la Belette ne se sentirait pas un peu aigri. De passer comme qui dirait du poste de conducteur à son volant à la banquette arrière.

— Certaines personnes préfèrent se faire conduire par un chauffeur. Vous n'arriverez à rien contre Cafferty si vous essayez de passer par la Belette.

Ormiston se dégagea bruyamment les fosses nasales, pareil à un taureau en train de renifler par les naseaux.

— P't'êt' ben que oui, p't'êt' ben que non, dit-il.

Claverhouse, parfaitement immobile, n'ajouta rien. Mais apparemment son collègue comprit parfaitement le message. Rebus douta fort qu'Ormiston ouvrît encore la bouche sans l'assentiment de son partenaire.

— Pas faisable, dit Rebus, désireux de mettre les points sur les i.

À ces mots, Claverhouse tourna la tête et le gratifia d'un coup d'œil glacial.

— Nous disposons de certains moyens de pression. Le fils de la Belette a fait quelques bêtises.

— Je ne savais même pas qu'il était père.

Claverhouse cligna des paupières, lentement, au lieu de hocher la tête : toujours partisan du moindre effort.

— Il s'appelle Aly.

— Qu'est-ce qu'il a fait ?

— Il a démarré une petite affaire en solo : essentiellement des amphets, mais aussi un peu de boulettes coke-héro et du cannabis.

— Vous l'avez inculpé ? demanda Rebus.

Ils avaient laissé le pont loin derrière et se trouvaient maintenant sur la M9, direction est. L'ancienne raffinerie de pétrole de Grangemouth apparaîtrait sur leur gauche dans quelques minutes.

— Ça dépend, dit Claverhouse en guise de réponse.

On aurait dit un Polaroïd en train de se développer devant ses yeux — Rebus voyait maintenant l'intégralité de la photo.

— Vous allez passer un marché avec la Belette ? Donnant donnant ?

— C'est ce que nous espérons.

Rebus resta songeur.

— Il ne marchera pas, malgré tout.

— Dans ce cas, c'est Aly qui tombe. Et son séjour à l'ombre risque d'être long, qui plus est.

Rebus se tourna vers lui.

— Et vous l'avez agrafé avec quelle quantité de marchandise ?

— Nous pensions qu'il serait préférable de te le montrer.

C'était exactement ce qu'ils faisaient.

Édimbourg ouest, une zone industrielle en bordure de Georgie Road. L'endroit avait connu des jours meilleurs. Rebus se dit que la seule industrie dont l'avenir semble assuré était la sécurité — la protection des locaux vides contre le vandalisme et les incendies volontaires. L'entrepôt, entouré par une clôture en grillage, disposait d'une garde permanente à sa grille vingt-quatre heures sur vingt-quatre. Rebus était déjà venu là des années auparavant : un vol d'armes à l'arrière d'un camion. Le véhicule qui se trouvait à l'intérieur de l'entrepôt ne paraissait guère différent, hormis le fait qu'il avait été désossé, avec nombre de ses pièces étalées bien ordonnées sur le sol en béton. Portières comme panneaux d'habillage avaient été déboulonnés et dévissés. Le châssis monté sur chandelles et les roues enlevées, pneus et chambres défaits des jantes. Deux caisses faisaient office d'escabeau improvisé. Les sièges n'étaient plus là, et les tapis taillladés du plancher laissaient entrevoir un compartiment secret, maintenant vide. Rebus redescendit et contourna le camion par l'arrière, là où s'étalait le butin sur un carré de bâche bleu pâle. Tous les emballages n'avaient pas encore été ouverts. Un chimiste — un membre de l'équipe de police scientifique des labos de Howdenhall — était à l'ouvrage, entre tubes à essais et dissolutions. Il avait troqué sa blouse blanche abandonnée au vestiaire pour une tenue plus adaptée au froid, anorak de ski rouge vif et béret écossais en laine. Une bonne moitié des paquets enveloppés de plastique transparent étaient déjà étiquetés. Lui en restait peut-être une cinquantaine.

Non loin, Ormiston reniflait, le nez toujours aussi bouché. Rebus se tourna vers Claverhouse, qui réchauffait ses mains en soufflant sur ses doigts.

— Ferais bien d'ouvrir l'œil, et de ne pas laisser Omy s'approcher trop près de la drogue. Il serait capable de t'aspirer tout le lot.

Claverhouse sourit. Ormiston marmonna quelque chose que Rebus ne comprit pas.

— Pas mal comme prise, commenta Rebus. Qui est-ce qui l'a balancé ?

— On a eu un coup de veine, c'est tout. On savait qu'Aly fourguait un peu de came de-ci de-là.

— Sans soupçonner un instant qu'il en redistribuait de telles quantités ?

— Pas une minute.

Rebus regarda alentour. Comme prise, c'était plus que pas mal, et de loin. Et ils le savaient tous. Une quantité aussi importante, c'était un coup de relations publiques assuré. En dépit de quoi, il n'y avait personne sur les lieux, à part lui, les deux hommes de la répression des stups et le chimiste. Les transports de drogue depuis le continent étaient d'ordinaire du ressort des Douanes…

— C'est tout ce qu'il y a de plus régulier, dit Claverhouse en déchiffrant le visage de Rebus. Carswell nous a donné le feu vert.

Carswell était adjoint du chef de la police. Par le passé, Rebus avait eu quelques prises de bec avec lui.

— Il est au courant pour moi ? demanda-t-il.

— Pas encore.

— Résumons-nous, pour voir si j'ai tout bien compris. Vous avez arrêté un camion et découvert à l'intérieur un stock de substances illégales. De quoi coller le fils de la Belette sous les verrous pour les dix années à venir… Et quel est exactement le rôle du fils de la Belette dans cette affaire ?

— Aly est chauffeur de poids lourds. Spécialisé dans les transports à longue distance.

— Vous étiez en train de le filer ?

— On avait juste comme une vague idée. Ce connard fumait un pétard sur une aire de stationnement quand on l'a arrêté.

— Et sans aucune participation des Douanes ?

Claverhouse secoua lentement la tête.

— On l'a arrêté au flan. Les registres montraient qu'il livrait des imprimantes à Hatfield et en rapportait des tonnes de logiciels et de jeux d'ordinateur.

Claverhouse indiqua d'un hochement de tête le coin opposé de l'entrepôt où étaient posées une demi-douzaine de palettes.

— Aly a commencé à cracher le morceau dès que nous nous sommes présentés…

Rebus observa le chimiste qui se servait un thé d'une Thermos.

— Et tu veux que je fasse quoi exactement ? Que je parle à son papa, que j'essaie de lui proposer un marché ?

— Tu connais la Belette mieux que nous. Peut-être

qu'il t'écoutera. Du genre, deux pères qui discutent le bout de gras, tu vois…

Rebus fixa Claverhouse en se demandant ce que celui-ci en savait au juste. Dans un passé encore proche, lorsque sa propre fille s'était retrouvée dans un fauteuil roulant, la Belette avait déniché le coupable et le lui avait remis entre les mains, dans un entrepôt assez semblable à celui-ci…

— Ça ne peut pas faire de mal d'essayer, qu'en dis-tu ? dit Claverhouse d'une voix en écho assourdi qui se réverbérait sur les murs en tôle ondulée.

— Il ne mangera pas le morceau sur Cafferty, dit doucement Rebus.

Mais ses paroles manquaient de puissance pour résonner à l'unisson de celles de Claverhouse.

4

Cogitation non cartésienne.

Une idée de Davie Hynds. Interroger les amis et les relations d'affaires du défunt, c'était bien beau, mais parfois on y voyait plus clair en allant voir ailleurs.

— Sous-entendu un autre marchand d'art, avait-il dit.

Et donc Siobhan et Hynds se retrouvaient dans une petite galerie, propriété de Dominic Mann. Elle était située dans les quartiers ouest de la ville, tout près de Queensferry Street, et Mann n'occupait pas les lieux depuis très longtemps.

— Dès que j'ai vu cet endroit, j'ai su que c'était l'emplacement parfait.

Siobhan jeta un œil par la fenêtre.

— Un peu paumé comme coin pour des boutiques, songea-t-elle à haute voix.

Des bureaux d'un côté, un cabinet d'avocat de l'autre.

— Mais pas du tout, rétorqua aussitôt Mann. Vettriano vivait tout près d'ici jadis. Peut-être qu'un peu de sa chance déteindra sur moi.

Devant l'air quelque peu perplexe de Siobhan, Hynds prit les devants.

— J'aime ce qu'il fait. Sans compter que c'est aussi un autodidacte.

— Certaines galeries ne l'apprécient guère — de la jalousie pure et simple si vous voulez mon avis. Mais comme je dis toujours, il est difficile de contester la réussite. Je l'aurais volontiers représenté. Sans l'ombre d'une hésitation.

Siobhan avait reporté son attention vers une toile non loin. Orange agressif, intitulée *Incorporation*, au prix très raisonnable de 8 975 livres sterling, rien qu'un tantinet plus que ce que lui avait coûté sa voiture.

— Et que penser de Malcolm Neilson ?

Mann roula les yeux au plafond. Il avait une bonne quarantaine, des cheveux blonds oxygénés, et un petit costard tout étriqué d'une couleur que Siobhan aurait qualifiée de « puce ». Des mules vertes et un T-shirt vert pâle. Les quartiers ouest étaient probablement le seul endroit de la ville où il pouvait se sentir en sécurité.

— Travailler avec Malcolm, c'est un vrai cauchemar. Des mots comme « coopération » et « retenue », ça lui échappe complètement.

— Vous l'avez donc représenté par le passé ?

— À une seule occasion. Une exposition de plusieurs artistes. Onze au total, et Malcolm est parvenu à transformer le vernissage en véritable désastre, en faisant remarquer aux clients des défauts imaginaires.

— Quelqu'un le représente aujourd'hui ?

— Probablement. Il continue à vendre outre-mer.

J'imagine qu'il doit bien y avoir un individu quelque part qui prélève son pourcentage au passage.

— Vous avez déjà rencontré un collectionneur du nom de Cafferty ? demanda innocemment Siobhan.

Mann inclina la tête d'un air songeur.

— Quelqu'un d'ici, non ?

— Plutôt.

— Sauf qu'il a un nom aux consonances irlandaises, et j'ai quelques clients enthousiastes dans la région de Dublin.

— Il est d'Édimbourg.

— En ce cas, je suis au regret de vous dire que je n'ai pas eu ce plaisir. Vous plairait-il de faire partie de ma mailing-list ?

Hynds, qui feuilletait distraitement un catalogue, le referma.

— Je suis désolé de vous paraître aussi peu charitable, monsieur, mais la disparition d'Edward Marber profiterait-elle à d'autres marchands d'art de la ville ?

— Comment cela ?

— Disons qu'il faut bien que ses clients aillent quelque part…

— Je vois ce que vous voulez dire.

Siobhan verrouilla son regard à celui de Hynds. C'est tout juste s'ils n'entendaient pas les rouages du cerveau de Mann en pleine action à l'impact des implications de cette simple vérité. Il serait probablement très pris jusque tard dans la soirée, à augmenter le nombre des inscrits sur sa mailing-list.

— Chaque médaille…, finit-il par lâcher, sans se donner la peine de finir sa phrase.

— Connaissez-vous la marchande d'art Cynthia Bessant ? demanda Siobhan.

— Très chère, mais tout le monde connaît Madam Cyn[1].

— Apparemment, c'était la plus proche amie de M. Marber.

Dominic Mann s'offrit un semblant de moue.

— Ce n'est peut-être pas faux, je suppose.

— Vous n'en avez pas l'air très sûr, monsieur.

— Eh bien, il est vrai que c'étaient de grands amis…

Les yeux de Siobhan se plissèrent. Il y avait des choses que Mann ne disait pas, des choses qu'il voulait à tout crin qu'on lui extirpe presque malgré lui. Soudainement, il claqua des mains.

— Est-ce que Cynthia hérite ?

— Je ne saurais vous dire, monsieur.

Elle savait pertinemment : aux termes du testament de Marber, des parts de ses biens allaient à diverses œuvres de charité et à des amis — dont Cynthia Bessant —, le reste revenant à une sœur et à deux neveux en Australie. Après avoir été contactée, la sœur avait répondu qu'il lui serait bien difficile de venir jusqu'en Écosse, et qu'elle laissait donc le notaire et le comptable de Marber s'occuper de tout. Siobhan espérait bien que les deux hommes allaient se faire payer grassement pour services rendus.

— Je suppose que Cyn le mérite plus que tous les

---

1. « Madam » signifie tenancière de bordel, et Cyn se prononce comme « sin », le péché.

autres, réfléchissait Mann à haute voix. Parfois Eddie la traitait comme si c'était sa foutue servante.

Il regarda Siobhan, puis Hynds.

— Je ne suis pas de ceux qui médisent des défunts, mais Eddie n'était pas des plus faciles quand il s'agissait d'amitié. Avec à l'occasion crises de colère et grossièretés.

— Mais les gens le supportaient ?

Ce fut Hynds qui posa la question.

— Oh, mais c'était aussi un homme des plus charmeurs, et il pouvait se montrer généreux.

— Monsieur Mann, dit Siobhan, est-ce que M. Marber avait des amis réellement proches ? Plus proches encore que Mlle Eessant, je veux dire.

Les yeux de Mann se mirent à scintiller.

— Vous voulez parler de ses relations amoureuses ?

Siobhan hocha lentement la tête. C'était la question que Mann voulait se voir poser. Et son corps tout entier parut s'en tortiller de plaisir.

— Eh bien, pour ce qui est des goûts d'Eddie...

— Je crois que nous sommes capables de deviner les inclinations de M. Marber dans ce domaine, l'interrompit Hynds dans un souci de légèreté.

Siobhan le fixa droit dans les yeux : pas de devinettes, voulait-elle lui cracher, dents serrées.

Mann regardait Hynds lui aussi. Les deux mains collées à ses pommettes.

— Mon Dieu, lâcha-t-il dans un souffle, vous croyez que Eddie était gay, n'est-ce pas ?

Le visage de Hynds parut se défaire.

— C'est bien ce qu'il était, non ?

Le marchand se contraignit à sourire.

— Mon cher, ne l'aurais-je pas su, moi, s'il l'avait été ?

Hynds se tourna alors vers Siobhan.

— Nous avions eu l'impression, au dire de Mlle Bessant...

— Ce n'est pas pour rien que je l'appelle Madam Cyn, dit Mann en s'avançant pour redresser une toile de guingois. Elle a toujours été très douée pour protéger Eddie.

— Le protéger ? Mais de quoi ? demanda Siobhan.

— Du monde... des regards inquisiteurs...

Il regarda alentour, à croire que la galerie était pleine d'oreilles indiscrètes, avant de se pencher vers Siobhan.

— La rumeur voulait qu'Eddie aime les relations brèves. Vous comprenez ? Avec des professionnelles.

Hynds ouvrit la bouche, prêt à lâcher une nouvelle question.

— Je pense, lui dit Siobhan, que M. Mann parle de prostituées.

Mann commença à hocher la tête en signe de confirmation, en s'humectant les commissures des lèvres d'une pointe de langue. À l'idée que le secret était sorti au grand jour, son excitation était à son comble...

— Je le ferai, dit la Belette.

Il était petit et émacié, toujours vêtu d'oripeaux à deux doigts d'être des guenilles. Dans la rue, on l'aurait pris pour un vagabond, le genre d'individu qui passait comme il était venu et ne valait pas la peine qu'on s'en soucie. C'était là son grand talent. Car c'est à bord de Jaguar avec chauffeur qu'il faisait la tournée de la ville, à exécuter les basses besognes de Cafferty. Mais dès qu'il en avait terminé, il reprenait son personnage et devenait aussi remarquable qu'un débris sur le trottoir.

En temps normal, il travaillait dans le bureau de la compagnie de radio-taxis de Cafferty, mais Rebus savait qu'ils ne pouvaient pas se retrouver dans cet endroit. Il avait appelé de son portable et demandé à parler à la Belette :

— Dites-lui juste que c'est John de l'entrepôt.

Les deux hommes s'étaient arrangés pour se retrouver sur le chemin de halage de l'Union Canal, à huit cents mètres du bureau des taxis. Un trajet que Rebus n'avait pas emprunté depuis maintes années. Il sentait les relents de levure d'une brasserie du quartier. Des oiseaux barbotaient sur les eaux huileuses du canal. Des foulques ? Des poules d'eau ?

— T'as jamais pratiqué l'ornithologie ? demanda-t-il à la Belette.

— J'ai été qu'une fois à l'hôpital, pour une appendicite.

— Je te parle de l'étude des oiseaux, expliqua Rebus.

Il soupçonnait néanmoins la Belette d'en savoir autant que lui sur le sujet, mais son numéro d'attardé incapable d'aligner deux idées était partie intégrante de son image, comme une invite aux imprudents à le sous-estimer.

— Ah ouais, dit-il alors en hochant la tête. Dis-leur que c'est d'accord. Je le ferai.

— Je ne t'ai pas encore dit ce qu'ils voulaient.

— Je sais ce qu'ils veulent.

Rebus le regarda.

— Cafferty te fera descendre.

— S'il le peut, oui, je n'en doute pas un instant.

— Aly et toi, vous devez être très proches.

— Sa maman est morte quand il avait douze ans. Faudrait pas que des choses comme ça arrivent à quelqu'un de si jeune.

À voir la façon dont il fixait l'horizon au-delà du chenal étriqué aux eaux jonchées de débris, on aurait pu croire un touriste à Venise. Une bicyclette arrivait vers eux sur le chemin et le cycliste les salua de la tête lorsqu'ils se serrèrent pour lui céder le passage.

À l'âge de douze ans, la fille de Rebus vivait avec sa mère, une fois le mariage passé aux oubliettes.

— J'ai toujours fait du mieux que je pouvais, disait la Belette.

Il n'y avait pas d'émotion dans sa voix, mais Rebus était d'avis que le bonhomme ne faisait plus son numéro.

— Est-ce que tu savais qu'il fourguait de la came ?

— Bien sûr que non. Sinon, j'aurais mis le holà.

— T'es pas un peu hypocrite vu la situation ?

— Va te faire foutre, Rebus.

— Je veux dire par là que t'aurais au moins pu lui trouver un boulot dans la boîte. Ton patron a toujours une place libre pour un revendeur.

— Aly n'est pas au courant pour M. Cafferty et moi, lâcha la Belette d'une voix sifflante.

— Non ? sourit Rebus sans humour aucun. Big Ger ne va pas la trouver belle, tu ne penses pas ? D'un côté comme de l'autre, t'es baisé.

Il hocha la tête d'un air songeur. Si la Belette caftait son patron, autant dire qu'il était bon pour la morgue. Mais lorsque Cafferty découvrirait que le fils de son plus fidèle serviteur fourguait de la came sur son territoire à lui… dans tous les cas de figure, la Belette aurait sa tête mise à prix.

— Je n'aimerais pas être là, poursuivit Rebus.

Il alluma une cigarette, écrasa le paquet vide et le balança au sol avant de le chasser du bout du pied dans le canal.

La Belette regarda la boule de papier et de carton, puis s'accroupit et la récupéra avant de la glisser encore mouillée dans une poche de veste graisseuse.

— J'ai l'impression que c'est moi qui ramasse tout le temps la merde des autres, dit-il.

Rebus savait ce qu'il entendait par là : Sammy dans son fauteuil roulant, le chauffard qui avait pris la fuite après l'accident…

— Je ne te dois rien, dit doucement Rebus.

— Te fais pas de bile, c'est pas comme ça que je travaille.

Rebus le fixa. Chaque fois qu'il avait rencontré la Belette par le passé, il avait vu… quoi, exactement ? L'homme de main de Cafferty, une raclure de bas étage — quelqu'un qui, vu de loin, accomplissait une certaine fonction, constante, inchangée, toujours la même. Alors qu'il entrevoyait en cet instant des aperçus du père, de l'être humain. Avant aujourd'hui, il ne savait même pas que la Belette avait un fils. Et il venait d'apprendre que cet homme, après avoir perdu son épouse, avait élevé le gamin seul au cours des difficiles années d'adolescence. Au loin, un couple de

101

cygnes se lissaient les plumes. Il y avait toujours eu des cygnes sur le canal. Mais on racontait que la pollution les tuant régulièrement les uns après les autres, la brasserie les remplaçait tout aussi régulièrement pour que personne ne s'aperçoive de rien. Ils ne changeaient jamais, mais ce n'était qu'une illusion qui se perpétuait.

— Allons boire un verre, dit Rebus.

The Diggers [1] ne s'appelait pas vraiment The Diggers. À l'origine, le pub s'appelait The Athletic Arms, mais à cause de sa proximité avec un cimetière, le surnom lui était resté. Il tirait grande fierté de la bière qu'il servait, ses laitons brillant comme autant de réclames pour la brasserie voisine. Au départ, le barman avait pris la requête de la Belette comme une plaisanterie, mais en voyant Rebus hausser les épaules, il était malgré tout allé satisfaire à la commande.

— Une pinte de Eighty et un Campari soda, lâcha le serveur en posant leurs verres devant les deux hommes.

Le Campari s'ornait d'une petite ombrelle en papier et d'une cerise confite.

— T'essaies de nous la faire drôle, fils ? dit la Belette.

Il sortit les deux petits extras du liquide et les déposa dans le cendrier. Une seconde plus tard, le paquet de cigarettes naufragé venait les y rejoindre.

Les deux hommes allèrent s'asseoir dans un coin

---

1. Les Fossoyeurs.

tranquille. Rebus but deux longues goulées de sa bière avant de lécher la mousse sur sa lèvre supérieure.

— Tu vas vraiment le faire ?

— C'est la famille, Rebus. Tu ferais n'importe quoi pour ta famille, pas vrai ?

— Peut-être.

— N'empêche, t'as bien collé ton frère aîné au trou, si je ne me trompe ?

Rebus lui jeta un coup d'œil en coin.

— Il s'y est collé tout seul.

La Belette se contenta de hausser les épaules.

— Si tu le dis.

Ils se concentrèrent sur leurs boissons respectives une bonne demi-minute, Rebus songeant à son frère Michael, fourgueur de came à la petite semaine, aujourd'hui clean. Et ça faisait un moment... La Belette fut le premier à parler.

— Aly n'est qu'un foutu imbécile. Ce qui veut pas dire que je vais le laisser tomber.

Il baissa la tête, se pinça l'arête du nez. Rebus l'entendit marmonner quelque chose qui ressemblait à « Seigneur ». Il se souvint de ce qu'il avait ressenti en voyant sa fille Sammy à l'hôpital, connectée à toutes sortes de machines, son corps brisé comme celui d'une marionnette.

— Tu vas bien ? demanda-t-il.

La tête toujours baissée, la Belette acquiesça. Le sommet de son crâne était dégarni, la peau rose et squameuse. Les doigts, remarqua Rebus, étaient crochus, comme sur des mains percluses d'arthrite. Il avait à peine touché à son verre, alors que lui-même finissait le sien.

— Je vais nous en chercher deux autres, dit-il.

La Belette releva la tête, les yeux rougis au point qu'il ressemblait plus que jamais à l'animal qui lui avait valu son sobriquet.

— Ma tournée, dit-il avec détermination.

— Il n'y a pas de problème, lui assura Rebus.

Mais la Belette secouait la tête.

— Ce n'est pas comme ça que je fonctionne, Rebus.

Et sur ces mots, il se leva, redressant le dos en chemin vers le comptoir. Il revint chargé d'une pinte de bière, qu'il lui tendit.

— À la tienne, dit Rebus.

— Santé.

La Belette se rassit, but une gorgée.

— À ton avis, qu'est-ce qu'ils veulent de moi, ces amis dont tu m'as parlé ?

— Je ne les qualifierais pas vraiment d'amis.

— Je présume que la prochaine étape, ce sera une rencontre entre eux et moi, non ?

Rebus acquiesça.

— Ils voudront que tu leur craches tout ce que tu peux obtenir sur Cafferty.

— Pourquoi ? À quoi ça va les avancer ? Le mec, il a le cancer. C'est d'ailleurs pour cette raison qu'ils l'ont laissé sortir de la prison de Bar-L.

— Tout ce qu'il a, ton Cafferty, c'est des clichés radiologiques trafiqués. Bâtis un dossier solide contre lui et nous pourrons demander une nouvelle série de tests. Et comme les résultats seront négatifs, il retournera derrière les barreaux.

— Et soudain, il n'y a plus de crimes à Édimbourg ? Plus de drogue dans les rues, plus de prêts d'argent… ?

Tu n'es pas assez naïf pour croire une chose pareille, conclut la Belette avec un faible sourire.

Rebus ne répondit rien, et concentra toute son attention sur sa bière. Il savait que la Belette avait raison. Il lécha de nouveau un peu de mousse sur sa lèvre et arriva à une décision.

— Écoute, dit-il, j'ai réfléchi…

La Belette le regarda d'un œil soudainement intéressé.

— Le problème…, attaqua Rebus en remuant sur sa chaise, à croire qu'il essayait de trouver une position plus confortable. Je ne suis pas certain que tu doives faire quoi que ce soit dans l'immédiat.

— Qu'est-ce que tu veux dire ?

— Je veux dire qu'il ne faut pas que tu acceptes tout et n'importe quoi d'emblée. Aly a besoin d'un avocat, et cet avocat risque de se mettre à poser des questions.

Les yeux de la Belette s'écarquillèrent.

— Quel genre de questions ? demanda-t-il.

— La façon dont les flics des Stups ont trouvé le camion et l'ont fouillé… ça ne s'est peut-être pas fait exactement dans les règles. Ils n'en ont pas soufflé mot aux mecs des Douanes et des Impôts. Il est tout à fait possible qu'il y ait eu faute de procédure quelque part en chemin…

Rebus leva les mains devant l'expression d'espoir qui venait de fleurir sur le visage de la Belette.

— Je ne te dis pas qu'il y en a une, remarque bien.

— Bien sûr que non.

— Je ne suis sûr de rien, ni d'un côté ni de l'autre.

— Compris.

La Belette se frotta le menton, ses ongles crissant sur son chaume de barbe.

— Si je vais voir un avocat, comment je fais pour empêcher que Big Ger soit mis au courant ?

— La chose peut très bien ne pas s'ébruiter. Et je doute que la SDEA ait envie de porter ça sur la place publique.

La Belette avait rapproché son visage de celui de Rebus, à l'image de deux conspirateurs en plein conciliabule.

— Mais si jamais ils entendent le plus petit bruit comme quoi tu as raconté des choses… ?

Rebus s'appuya contre le dossier de sa chaise.

— Et qu'ai-je donc dit exactement ?

Le visage de la Belette se barra d'un sourire de plus en plus large.

— Rien, monsieur Rebus. Absolument rien du tout.

Il tendit la main. Rebus la prit, sentit une légère pression dans la poignée échangée. Ils ne prononcèrent pas un mot, leurs regards verrouillés l'un à l'autre suffisaient amplement.

Les mots de Claverhouse : *Du genre, deux pères qui discutent le bout de gras, tu vois…*

Claverhouse et Ormiston le déposèrent à Tulliallan. La conversation n'avait pas été très fournie sur le trajet de retour.

Rebus : « Je ne pense pas qu'il ait les tripes pour ça. »

Claverhouse : « Alors, son fils va en prison. »

C'était un point que Claverhouse avait réitéré à

maintes reprises avec colère, jusqu'à ce que Rebus lui rappelle qu'il essayait de convaincre celui qu'il ne fallait pas.

— Alors c'est peut-être moi qui irai lui parler, avait dit Claverhouse. Moi et Ormie, peut-être bien qu'on pourrait se montrer plus persuasifs.

— Peut-être bien, en effet.

Lorsque Ormiston tira le frein à main, Rebus entendit s'ouvrir la porte d'une souricière. Il sortit et traversa le parc de stationnement, prêtant l'oreille au bruit du taxi qui s'éloignait. Il pénétra dans le bâtiment de l'académie et se dirigea droit vers le bar. Le boulot était terminé pour la journée.

— Est-ce que j'ai raté quelque chose ? demanda-t-il aux policiers assis en cercle.

— Une conférence sur l'importance de l'exercice, répondit Jazz McCullough. Ça aide à se libérer des sentiments agressifs et de la frustration.

— C'est pour cette raison que vous êtes tous partants pour un circuit d'entraînement ?

Il pointa le doigt vers le groupe et dessina un cercle, prêt à prendre leurs commandes pour la nouvelle tournée. Stu Sutherland, comme à son habitude, fut le premier à répondre. Il était fils de Highlander, costaud, le visage rougeaud, une épaisse chevelure noire et le geste lent et mesuré. Déterminé à tenir contre vents et marées jusqu'à l'heure de la retraite, il y avait bien longtemps qu'il était fatigué du métier — et ne craignait pas de le reconnaître.

— Je ferai ma part, avait-il déclaré au groupe. Personne ne s'est encore jamais plaint comme quoi je ne faisais pas ma part.

L'étendue de ladite part n'avait jamais été expliquée au juste, et personne n'avait pris la peine de demander des précisions à ce sujet. Il était tout bonnement plus facile d'ignorer le bonhomme, ce qui convenait probablement à merveille à Stu, au demeurant…

— Un grand whisky bien tassé, dit-il en tendant à Rebus son verre vide.

Ayant pris les commandes de chacun, Rebus se dirigea vers le comptoir où le barman avait déjà commencé à tirer les bières. Les mecs du groupe rigolaient à une plaisanterie lorsque Francis Gray passa la tête à la porte. Rebus s'apprêtait à compléter la commande mais Gray le repéra et secoua la tête avant de montrer le couloir et de disparaître. Rebus régla les consommations, fit le service et retourna jusqu'à la porte où l'autre l'attendait.

— Viens, on va se remuer les pinceaux, dit Gray en glissant les mains dans les poches.

Rebus le suivit d'abord dans le couloir puis à l'étage. Ils arrivèrent dans un bureau de poste reconstitué. Une imitation à vrai dire plus qu'exacte, avec rangée d'étagères pleines de journaux et de revues, de paquets et de boîtes, jusqu'à la cloison vitrée d'un vrai bureau. L'endroit servait à l'entraînement, exercices de prise d'otages et procédures d'arrestations.

— Qu'est-ce qui se passe ? demanda Rebus.

— T'as vu ce matin Barclay qui m'a cherché des poux dans la tête parce que j'avais gardé des tuyaux pour moi ?

— Ne me dis pas que ça continue à te chagriner à ce point.

— Accorde-moi un peu de bon sens. Non. Il s'agit d'une petite découverte que j'ai faite.

— Et qui concerne Barclay ?

Gray se contenta de le regarder, ramassa une revue sur un rayonnage. Elle était vieille de trois mois. Il la laissa retomber négligemment.

— Francis, j'ai un verre qui m'attend. J'aimerais bien le rejoindre avant qu'il s'évapore…

Gray sortit de sa poche une feuille de papier pliée.

— C'est quoi, ça ? demanda Rebus.

— À toi de me le dire.

Rebus prit le papier et le déplia. Il s'agissait d'un bref rapport dactylographié détaillant une visite à Édimbourg effectuée par deux policiers du CID enquêtant sur l'affaire Rico Lomax. On les avait envoyés là pour tenter de mettre la main sur une « relation connue », un certain Richard Diamond, mais les quelques jours passés dans la capitale avaient été infructueux. Arrivé à la dernière phrase de son rapport, les sentiments personnels du rédacteur l'avaient emporté, et il avait fait part de « ses remerciements et de sa gratitude à notre collègue, l'inspecteur Rebus (CID de St Leonard's) pour tous les efforts accomplis afin de satisfaire à leurs requêtes, des efforts qui ne sauraient se qualifier autrement que de chiches à l'extrême ».

— Peut-être voulait-il dire prodigues, dit joyeusement Rebus.

Il fit le geste de rendre le feuillet à son propriétaire. Mais Gray garda obstinément les mains dans les poches.

— J'ai pensé que tu aimerais le garder, ce papier.

— Pour quelle raison ?

— Pour que personne d'autre ne le trouve et ne commence à se demander, tout comme moi, pourquoi tu n'as rien dit.

— À quel propos ?

— À propos du fait que tu avais été impliqué dans l'enquête d'origine.

— Qu'est-ce qu'il y a à dire là-dessus ? Ces deux salopards paresseux de Glasgow, tout ce qu'ils voulaient, c'était connaître les bons rades à bière. Ils sont repartis au bout de quelques jours et il a bien fallu qu'ils rédigent quelque chose, dit Rebus avec un haussement d'épaules.

— Ça n'explique pas pourquoi tu n'as pas mis ce détail sur le tapis. Mais peut-être que ça explique effectivement pourquoi t'as été aussi vite partant pour faire le tri dans les paperasses avant que le reste du groupe ait eu l'occasion d'y mettre le nez.

— Ce qui veut dire ?

— Ce qui veut dire que tu cherchais peut-être à t'assurer que ton nom ne s'y trouvait pas…

Rebus se contenta de lentement secouer la tête, comme s'il avait affaire à un enfant obstiné.

— Où est-ce que tu as disparu aujourd'hui ? demanda Gray.

— On m'a juste fait courir pour rien.

Gray attendit quelques secondes, mais comprit vite qu'il ne tirerait rien de plus de Rebus. Il lui prit le feuillet des mains et commença à le replier.

— Alors, est-ce que je replace ça dans les dossiers ?

— Vaudrait mieux, à mon avis.

— Je n'en suis pas si sûr. Ce Richard Diamond, il a refait surface à un moment ou à un autre ?

— Je n'en sais rien.

— S'il est de retour parmi nous, c'est peut-être

quelqu'un avec qui il faudrait faire un brin de causette, tu ne crois pas ?

— Possible.

Rebus examinait la feuille de papier, il observait la manière dont les doigts de Gray glissaient le long de ses bords. Il tendit la main et la reprit, avant de la plier dans sa poche. Gray eut un petit sourire.

— Tu as fait ton entrée tardivement dans notre petite bande, pas vrai, John ? La feuille qu'on m'avait adressée avec les noms des participants… le tien n'en faisait pas partie.

— Mon chef a voulu se débarrasser de moi au plus vite.

Gray eut un nouveau sourire.

— C'est donc simplement une coïncidence si Tennant nous ressort une affaire sur laquelle toi et moi avions travaillé ?

Rebus haussa les épaules.

— Comment pourrait-il en être autrement ?

Gray prit un air songeur. Il secoua une des boîtes de céréales. Vide, comme s'il s'y attendait.

— À ce qui se dit, la seule raison pour laquelle tu es toujours dans la police, c'est que tu sais où tous les cadavres sont enterrés.

— Tu veux parler de cadavres précis ?

— Comment saurais-je une chose pareille, dis-moi ?

Ce fut au tour de Rebus de sourire.

— Francis, dit-il, je dispose même des photographies.

Et sur un clin d'œil, il tourna les talons et se dirigea vers le bar.

5

L'appartement de Cynthia Bessant occupait tout le dernier étage d'un entrepôt des douanes reconverti près de Leith Links, le terrain de golf municipal. La majeure partie de l'espace avait été transformée en une énorme pièce, avec plafond cathédrale et grandes fenêtres ouvertes dans le toit. Une toile gigantesque dominait le mur principal. Six mètres sur deux au total, un spectre de couleurs à l'aérographe. En regardant alentour, Siobhan se fit la remarque que c'était la seule toile exposée. Il n'y avait pas de livres, pas de télé ni de chaîne hi-fi. Deux des murs qui se faisaient face étaient percés de fenêtres coulissantes, avec vue sur les docks de la Leith et l'ouest de la ville. Cynthia Bessant se servait un verre de vin dans sa cuisine américaine. Les deux policiers refusèrent son offre de se joindre à elle. Davie Hynds s'assit au milieu d'un canapé blanc assez vaste pour une équipe de football. Il consultait son calepin avec insistance et Siobhan espérait qu'il n'allait pas se mettre à bouder. Ils avaient eu des mots en montant l'escalier, à cause d'une petite remarque de Hynds : il lui avait fait part de son soulagement d'apprendre que Marber n'était pas, selon ses propres termes, « un bandit du cul ».

— Quelle différence ça peut faire, bon Dieu ? avait-elle rétorqué sèchement.

— C'est juste que… je préfère ça, voilà tout.

— Tu préfères quoi ?

— Qu'il n'ait pas été…

— Arrête, avait-elle fait en levant la main. Ne répète pas ça.

— Quoi ?

— Davie, laissons tomber, tu veux bien ?

— C'est toi qui as commencé, non ?

— Et c'est moi qui termine, d'accord ?

— Écoute, Siobhan, ce n'est pas que je sois…

— J'en ai terminé, Davie, d'accord ?

— Ça me va très bien, avait-il grommelé.

Et le voilà qui s'installait le nez dans son calepin, sans rien noter de ce qui se passait.

Cynthia Bessant s'avança avec nonchalance vers le canapé où elle le rejoignit avec un sourire. Elle but une gorgée de son verre, avala et soupira ostensiblement.

— Voilà qui est bien mieux, dit-elle.

— La journée a été difficile ? demanda Siobhan, en décidant finalement de s'installer dans un des fauteuils assortis.

Bessant commença à décompter sur ses doigts.

— Le percepteur, le gars de la TVA, trois exposi-tions à organiser, un ex-mari trop gourmand et un fils de dix-neuf ans qui a soudainement décidé qu'il savait peindre.

Elle regarda par-dessus le rebord de son verre, non pas Siobhan, mais Hynds.

— Est-ce que cela suffit pour pouvoir poursuivre ?

— Largement, lui confirma Hynds.

Il afficha un grand sourire lorsqu'il comprit que la dame flirtait avec lui. Et jeta un œil vers Siobhan pour jauger de son degré d'agacement.

— Sans oublier la mort de M. Marber, dit Siobhan.

Le visage de Bessant se plissa de chagrin.

— Seigneur, oui, dit-elle.

Mais ses réactions paraissaient quelque peu exagérées. Et Siobhan se demanda si les marchands d'art s'efforçaient toujours d'en faire un peu trop.

— Vous vivez seule ? lui demandait maintenant Hynds.

— Lorsque je choisis qu'il en soit ainsi, répondit-elle en forçant un sourire.

— Eh bien, nous vous sommes reconnaissants de bien vouloir nous consacrer un peu de temps pour bavarder.

— Je vous en prie.

— C'est juste qu'il nous reste quelques questions à vous poser, dit Siobhan, concernant la vie privée de M. Marber.

— Oh ?

— Pourriez-vous nous préciser s'il avait fréquemment recours à des prostituées ?

Siobhan crut voir la femme tressaillir. Hynds lui jeta un regard noir. Ses yeux semblaient lui faire entendre : *Ne te sers pas d'elle pour t'en prendre à moi.* Mais Bessant répondait déjà :

— Eddie n'avait « recours » à rien du tout.

— En ce cas, comment définiriez-vous ses pratiques ?

Des larmes perlaient aux paupières de Bessant mais elle redressa le dos en essayant de réagir.

— C'était la manière dont Eddie avait choisi d'ordonner son existence. Les relations amoureuses finissaient toujours par des problèmes, c'est ce qu'il disait…

Elle parut sur le point d'ajouter autre chose, mais se ravisa.

— Alors, que faisait-il ? Il partait arpenter Coburg Street ou quoi ?

Elle se tourna avec un certain déplaisir vers Siobhan, laquelle sentit sa propre hostilité fondre comme neige au soleil. Les yeux de Hynds étaient toujours rivés sur elle, mais elle refusa de croiser son regard.

— Il allait au sauna, répondit Bessant sans émotion.

— Régulièrement ?

— Aussi souvent que le besoin s'en faisait sentir. Nous n'étions pas suffisamment proches pour qu'il se croie obligé de partager avec moi tous les menus détails.

— Il comparait les prix avant d'acheter ?

Bessant prit une profonde inspiration avant de soupirer. Elle se souvint qu'elle tenait un verre de vin à la main, l'inclina vers ses lèvres, et but.

— La meilleure manière d'en finir avec ça, c'est de tout nous raconter, Cynthia, dit doucement Hynds.

— Mais Eddie a toujours été tellement… tellement discret sur cette question…

— Je comprends. Mais vous ne trahissez aucun secret, vous savez.

— Vous croyez ? dit-elle en se tournant vers lui.

Il secoua la tête.

— Vous nous aidez à essayer de découvrir l'identité de son assassin.

Elle réfléchit quelques instants à cette affirmation, hocha lentement la tête. Ses larmes avaient disparu. Elle cligna deux fois des paupières, toute son attention concentrée sur Hynds. Un instant, Siobhan crut presque qu'ils allaient se tenir la main, tous les deux.

— Il y a un endroit qui n'est pas très loin d'ici. Chaque fois qu'Eddie me rendait visite, je savais que c'est là qu'il se rendait, ou alors il en revenait et rentrait chez lui.

Siobhan voulut lui demander si elle savait faire la différence, mais elle s'abstint.

— Ça se trouve dans une allée qui donne dans Commercial Street.

— Savez-vous comment s'appelle cet endroit ? demanda Hynds.

Bessant secoua la tête.

— Ne vous en faites pas, nous trouverons, dit Siobhan.

— Je veux juste protéger son nom, dit-elle d'une voix implorante. Vous comprenez, n'est-ce pas ?

Hynds acquiesça lentement sans mot dire.

Siobhan se levait de son fauteuil.

— S'il n'y a aucun rapport avec notre affaire, je ne vois pas où serait le problème.

— Merci, répondit doucement Cynthia Bessant.

Elle insista pour les raccompagner à la porte. Hynds lui demanda si elle se sentait bien.

— Ne vous en faites pas pour moi, lui répondit-elle en lui touchant le bras.

Puis, la porte ouverte, elle lui serra la main. Sur le

seuil, Siobhan se demanda si elle devait elle aussi lui tendre la main mais Cynthia Bessant avait déjà tourné les talons. Davie Hynds referma la porte.

— Tu penses que tout va bien se passer pour elle ? demanda-t-il.

Ils descendaient, encadrés par des murs de brique peints en jaune pâle, les marches en acier vibrant d'échos métalliques à chaque pas.

— Cet endroit me collerait la chair de poule si je devais y vivre.

— Repasse la voir un peu plus tard si tu le désires, dit Siobhan… Quand tu auras terminé ton service.

— C'est un côté de toi que je ne connaissais pas encore, dit-il.

— Reste donc encore un peu, lui répondit-elle. J'ai plus de côtés en moi que la collection de disques de John Rebus.

— Ce qui sous-entend qu'il en a beaucoup ?

— Plus qu'un certain nombre, reconnut Siobhan.

De retour dans la rue, elle chercha un magasin de journaux, acheta un quotidien du soir et l'ouvrit à la page des annonces classées.

— Vente ou achat ? demanda Hynds.

Elle pointa un doigt sur une liste intitulée « Saunas », puis le descendit le long de la colonne, en vérifiant les adresses.

— Paradiso, dit-elle. Suites VIP, télé et parking dans la rue.

Hynds regarda à son tour : l'adresse semblait correspondre. Ils étaient à deux minutes en voiture.

— On ne va pas là-bas ? demanda-t-il.

— Pour sûr qu'on y va. Et de ce pas.

— Tu ne penses pas qu'il faudrait les prévenir ou quelque chose ?

— Ne sois pas si tendre ; ça va être rigolo.

Devant l'expression de Hynds, Siobhan comprit qu'il n'était pas entièrement convaincu.

L'aspect « commercial » de Commercial Street s'était depuis bien longtemps flétri, mais on pouvait y lire quelques signes de rajeunissement. Les fonctionnaires de la ville disposaient aujourd'hui d'un édifice en verre étincelant sur Victoria Quay. De petits restaurants avaient fait leur apparition — bien que certains aient déjà dû fermer — avec pour clientèle beaux costards et notes de frais. Un peu plus loin, le vieux yacht de la reine, le *Britannia*, attirait les visiteurs en voyage organisé, et un énorme chantier de réhabilitation immobilière était en projet dans le désert industriel environnant. Apparemment, se dit Siobhan, Cynthia Bessant avait acheté son entrepôt rénové dans l'espoir d'être l'une des premières occupantes d'un quartier censé devenir l'équivalent à Édimbourg des Docklands de Londres. Sans compter qu'il était des plus plausibles d'envisager l'emplacement du Paradiso comme autre chose qu'un simple effet du hasard. Siobhan estimait qu'il se situait exactement à mi-chemin entre l'argent et les travailleuses de Coburg Street. Avec leurs tarifs plus que raisonnables, ces dames attiraient le fond du panier comme clientèle. Le Sauna Paradiso, en revanche, s'attaquait au quidam un peu plus haut de gamme. Sa façade avait été recouverte de planches peintes d'un bleu Méditerranée, avec pal-

118

miers et belles vagues au premier plan. On y vantait de nouveau les suites VIP. Jadis, l'endroit avait dû être une boutique quelconque. Aujourd'hui, on ne voyait plus qu'une porte anonyme avec, en son centre, un carré de miroir sans tain. Siobhan appuya sur le bouton de l'Interphone et attendit.

— Oui ? dit une voix.

— CID du Lothian and Borders, fit Siobhan d'une voix forte. Un petit entretien, ce serait possible ?

Après un temps d'attente, la porte s'ouvrit. À l'intérieur, l'espace étriqué était presque entièrement occupé par des fauteuils. Peu avant, des hommes y avaient été installés, vêtus de peignoirs en éponge bleus. Joli, se dit Siobhan : le bleu était assorti à celui des peintures extérieures. La télé allumée diffusait un programme d'une chaîne de sports. Certains y avaient bu des cafés et des boissons non alcoolisées. Ils se trouvaient maintenant sur le départ, direction une porte du fond où devaient les attendre, estima Siobhan, leurs vêtements.

Juste à côté de la porte d'entrée se trouvait le bureau de la réception avec, derrière, assis sur un tabouret, un jeune homme.

— Bonsoir, dit-elle en lui montrant sa carte officielle.

Hynds avait ouvert lui aussi son étui à insigne mais ses yeux étaient ailleurs et balayaient la pièce.

— Il y a un problème ? demanda le jeune homme.

Maigrelet, il portait ses cheveux sombres en queue-de-cheval. Devant lui était posé un registre, maintenant fermé, un stylo glissé entre les feuilles.

Siobhan sortit une photo d'Edward Marber. Un cliché récent : il avait été pris le soir de sa mort. Il se trouvait dans sa galerie, le visage miroitant de sueur. Avec un grand sourire engageant face à l'objectif, en homme qui n'a pas le moindre souci sur cette terre et auquel il reste deux heures à vivre.

— Il est probable que l'usage des prénoms ne soit pas dans vos habitudes, dit Siobhan. Mais cet homme se faisait peut-être appeler Edward ou Eddie.

— Oh ?

— Nous savons qu'il était de vos clients.

— Vraiment ? dit le jeune homme en jetant un regard à la photo. Et qu'est-ce qu'il a fait ?

— Quelqu'un l'a assassiné.

Les yeux du réceptionniste s'étaient posés sur Hynds, posté devant la porte du fond.

— Vraiment ? dit-il, l'esprit occupé ailleurs.

Siobhan décida que ça suffisait.

— Très bien, vous ne vous montrez guère coopératif. Vous ne nous apprenez rien. Ce qui signifie qu'il va falloir que j'interroge toutes vos filles, que je sache lesquelles le connaissaient. Vous feriez bien d'appeler votre patron pour lui dire que cet établissement est fermé pour la nuit.

Elle avait maintenant toute son attention.

— C'est moi le propriétaire de cet endroit, dit-il.

— Bien sûr, dit-elle avec un sourire. Un véritable homme d'affaires. Il suffit de vous voir. Vous avez ça dans le sang.

Il se contenta de la dévisager. Elle lui colla la photographie devant le nez.

— Regardez-y donc à deux fois, dit-elle.

Deux clients du sauna, en tenue de ville cette fois, passèrent à côté d'eux en détournant la tête pour s'échapper vers le monde extérieur. Un visage de femme apparut à la porte du fond, puis un autre.

— Qu'est-ce qui se passe, Ricky ?

Le jeune homme secoua la tête à leur adresse avant de croiser le regard de Siobhan.

— Il est possible que je l'aie vu, reconnut-il. Mais peut-être parce que j'ai aperçu sa photo dans le journal.

— Elle a bien été diffusée, concéda Siobhan en hochant la tête.

— Je veux dire, des visages, on en voit beaucoup par ici.

— Et vous tenez le détail des opérations ? demanda Siobhan, les yeux sur le registre.

— Rien que le nom, plus celui de la fille.

— Et ça marche comment, Ricky ? Le quidam s'assied ici, se choisit une fille… ?

Ricky acquiesça.

— Ce qui se passe une fois qu'ils sont dans la suite ne regarde qu'eux. Peut-être qu'ils cherchent juste à se faire masser le dos et à bavarder un moment.

— Lui venait tous les combien ? demanda Siobhan, la photographie toujours à la main.

— Je pourrais pas vous dire.

— Plus d'une fois ?

La sonnette tinta. Ricky l'ignora. Il avait oublié de se raser ce matin-là ; se mit à frotter son menton du dos de la main. Des hommes encore, la veste sous le bras, les chaussures pas encore lacées, se dirigeaient vers la sortie. Lorsqu'ils ouvrirent la porte, les clients qui attendaient — deux hommes d'affaires éméchés — firent leur entrée d'un pas incertain.

— Laura est là ce soir ? demanda l'un d'eux.

Il remarqua Siobhan et lui sourit en la reluquant des pieds à la tête. Le téléphone se mit à sonner.

— Ricky s'occupera de vous dans une minute, messieurs, dit froidement Siobhan. Dès qu'il aura terminé de me fournir les renseignements nécessaires à mon enquête.

— Seigneur ! lâcha l'homme, dents serrées.

Son ami, qui s'était affalé dans un fauteuil, lui demandait où étaient les « poulettes ». Sous la pression de son collègue, il se retrouva vite debout.

— La police, Charlie, fut sa seule explication.

— Revenez dans dix minutes ! s'écria Ricky.

Mais Siobhan doutait fort que les deux hommes reviennent, pas avant un bon moment en tout cas.

— Apparemment, ma présence porte du tort à vos affaires, dit Siobhan avec un sourire.

Hynds apparut dans l'embrasure de la porte intérieure.

— C'est un foutu labyrinthe là-dedans, dit-il. Des portes, des escaliers, et Dieu sait quoi d'autre. Il y a même un sauna, on ne le croirait pas. Les choses avancent ?

— Ricky était sur le point de me dire si M. Marber était un client fidèle de cet établissement.

Hynds acquiesça, tendit la main et décrocha le téléphone qui sonnait toujours.

— Sauna Paradiso, constable Hynds à l'appareil.

Il attendit, puis contempla le combiné.

— On a raccroché, dit-il en haussant les épaules.

— Écoutez, il est venu ici à plusieurs reprises, lâcha soudain Ricky. Je ne suis pas toujours de service, vous comprenez.

— Pendant la journée ou le soir ?

— Le soir, je dirais.

— Comment se faisait-il appeler ?

Ricky secoua la tête.

— Eddie, peut-être bien.

Hynds avait une question.

— Est-ce qu'il s'était pris d'une affection particulière pour l'une des filles ?

Ricky secoua de nouveau la tête. Un autre téléphone était en train de sonner, sur l'air de *Mission impossible*. Le mobile de Ricky. Il le dégrafa de sa ceinture, le colla à son oreille.

— Allô ? dit-il avant d'écouter quelques instants, en redressant le dos. Tout se passe pour le mieux.

Puis il releva les yeux vers Siobhan.

— Oui, ils sont toujours là.

Siobhan comprit : c'était le propriétaire du sauna. Une des filles l'avait probablement appelé. Elle tendit la main.

— Elle veut vous parler, expliqua Ricky, avant d'écouter plus avant et de secouer la tête, les yeux toujours rivés sur Siobhan. Est-ce que je dois leur montrer les livres ? lâcha-t-il soudain en voyant Hynds glisser les doigts sous le registre.

Il abattit sa main libre et arrêta le geste du policier.

— J'ai dit que j'étais parfaitement capable de me débrouiller, fit Ricky d'une voix plus ferme, avant de couper la communication.

Son visage s'était durci.

— Je vous ai raconté tout ce que je savais, leur lança-t-il en clippant son portable à sa ceinture, sa main libre toujours posée sur le registre.

123

— Voyez-vous un inconvénient à ce que je m'entretienne avec les filles ? demanda Siobhan.

— Faites comme chez vous, répondit Ricky avec un sourire.

En franchissant le seuil de la porte intérieure, Siobhan comprit que l'endroit s'était vidé de ses clients. Elle vit des cabines de douche, des casiers, le cercueil en bois d'un sauna. Des marches qui descendaient vers les chambres où officiaient ces dames. Pas de fenêtres : l'étage inférieur était sous le niveau de la rue. Elle jeta un œil dans une des chambres. Imprégnée d'une odeur de parfum. Une profonde baignoire occupait un coin ; des miroirs un peu partout. L'éclairage était quasiment inexistant. Une bande-son de grognements et de gémissements — une télé fixée en hauteur sur un des murs qui diffusait un film porno. De retour dans le couloir, elle remarqua un rideau à l'autre bout. S'avança jusque-là et le tira. Une porte. La sortie de secours. Elle ouvrait sur une allée étroite. Les filles n'étaient plus là.

— Les oiseaux se sont envolés, confirma Hynds. Alors, qu'est-ce qu'on fait maintenant ?

— On pourrait l'inculper de possession de vidéos illégales.

— On pourrait, confirma Hynds en consultant sa montre. On pourrait aussi boucler pour la journée.

Siobhan remonta l'escalier étroit. Le téléphone du sauna sonnait de nouveau. Ricky se préparait à répondre, avant de changer d'avis aussi vite en voyant réapparaître Siobhan.

— Qui est votre patron ? demanda-t-elle.

— L'avocat est en route, répondit Ricky.

— Bien, dit-elle en se dirigeant vers la sortie. J'espère qu'il se fait payer bonbon pour ses services.

Les Trépassés avaient changé de lieu et d'activité, passant du bar au foyer, et de l'alcool aux sodas. Nombre des stagiaires restaient là le week-end, mais ceux qui y étaient autorisés partaient rejoindre leurs foyers. Jazz McCullough et Allan Ward étaient déjà en route, Ward se plaignant du long trajet en voiture qui l'attendait. Les autres essayaient de se secouer un peu, mais peut-être que le week-end ne leur offrait rien dont ils ne puissent se dispenser. Le foyer était un salon ouvert meublé de canapés et de fauteuils en cuir, juste à l'extérieur de l'amphithéâtre où se tenaient les conférences. Rebus avait vu des hommes s'y sentir un peu trop bien et finir par s'endormir, pour se réveiller le lendemain matin, la démarche raide.

— T'as des projets, John ? demanda Francis Gray.

Rebus haussa les épaules. Jean était partie à une noce dans sa famille au sud de la frontière. Elle lui avait proposé de l'accompagner, mais il avait décliné son offre.

— Et toi ? demanda-t-il.

— Il y a cinq jours que je suis absent. Je te parie à cent contre un que les choses ont déjà commencé à se briser, à goutter ou à fuir.

— T'es donc bricoleur, si je comprends bien ?

— Seigneur, que non ! Pourquoi crois-tu donc que les choses commencent à se déglinguer ?

S'ensuivit un échange de rires un peu las. Cinq jours

qu'ils étaient à Tulliallan. Ils avaient l'impression de bien se connaître.

— Je suppose que je vais aller jeter un œil à mon équipe, demain, dit Tam Barclay.

— Et c'est quoi ? Falkirk ?

Barclay acquiesça d'un signe de tête.

— Faudrait peut-être que tu t'en trouves une digne de ce nom. Une équipe d'adultes, intervint Gray.

— Et elle ne serait pas de Glasgow celle-là, Francis ?

— Et d'où tu voudrais qu'elle soit ?

Rebus se leva de son siège.

— Eh bien, je vous reverrai à la première heure lundi matin…

— À moins qu'on ne te voie d'ici là, répondit Gray avec un clin d'œil.

Rebus alla emballer quelques affaires dans sa chambre. Une boîte confortable, en fait, avec salle de bains adjacente, plus agréable que bien des hôtels où il avait résidé. Seuls les hommes du CID disposaient de chambres individuelles. Beaucoup des stagiaires devaient partager la leur à deux, tant ils étaient nombreux. Le mobile de Rebus se trouvait là où il l'avait laissé, en train de se charger à une prise du mur. Il se servit un petit Laphroaig de sa réserve secrète et alluma la radio en choisissant une station qui pulsait de musique *dance*.

Puis il prit son portable et composa un numéro.

— C'est moi, dit-il en parlant à mi-voix. Comment se fait-il que je n'aie pas eu de vos nouvelles ?

Il prêta l'oreille aux récriminations de son interlocuteur à cause de l'heure trop tardive. Comme il ne faisait aucun commentaire sur le sujet, l'autre lui demanda où il se trouvait.

— Dans ma chambre. C'est juste la radio que vous entendez. Quand est-ce qu'on se voit ?

— Lundi, répondit la voix.

— Où et comment ?

— Je m'occupe de ça. Vous avez trouvé quelque chose ?

— Je n'ai pas envie d'en parler.

Silence sur la ligne. Puis : « Lundi. » Et, cette fois, son écran rétroéclairé lui apprit que la communication venait de se terminer. Il chercha une nouvelle station de radio, éteignit le poste et vérifia que la fonction réveil n'était pas enclenchée. Son sac était ouvert mais il se demanda soudainement où était l'urgence. Il n'y avait rien qui l'attendait à Édimbourg, hormis un appartement vide. Il prit le cadeau que lui avait offert Jean à son départ — un lecteur CD portatif. Elle y avait ajouté quelques disques : Steely Dan, Morphine, Neil Young… Il en avait apporté quelques autres : Van Morrison, John Martyn. Il posa les écouteurs sur ses oreilles et mit l'appareil en marche. L'ouverture grondante de *Solid Air* lui emplit la tête en en chassant tout le reste. Il s'appuya contre l'oreiller. Décida que la chanson allait faire partie de sa liste de favoris pour ses funérailles.

Sachant qu'il devrait la rédiger, sa liste. Après tout, on ne sait jamais.

Siobhan alla ouvrir sa porte. Il était tard, mais elle attendait une visite. Eric Bain appelait toujours avant de venir, pour être certain de ne pas déranger. C'était rarement le cas. Bain travaillait au QG de la police, à la Grande Maison. Il était spécialiste des crimes informatiques. Tous deux étaient devenus bons amis — sans plus ni moins. Ils bavardaient au téléphone ; se retrouvaient parfois dans l'appart de l'un ou de l'autre, jusque tard dans la nuit, à partager du café au lait en échangeant de vieilles histoires.

— T'en as plus ! s'écria Bain depuis la cuisine.

Il voulait parler de décaféiné. Siobhan était revenue dans le salon et mettait un disque : Oldsolar, un achat récent — excellente musique pour une fin de soirée.

— Placard du milieu, étagère du dessus, cria-t-elle.

— Je l'ai.

Eric Bain — les policiers à Fettes l'appelaient « Brains », « le Cerveau » — avait confié très vite à Siobhan que son film préféré était *Quand Harry rencontre Sally*. Lui faisant comprendre sa position par la même occasion : si elle désirait que les choses aillent plus loin entre eux, ce serait à elle de faire le premier pas.

Comme de bien entendu, aucun de leurs collègues n'y croyait. La voiture d'Eric avait été repérée garée devant l'appartement de Siobhan à minuit, et le lendemain matin, les téléphones des deux postes de police avaient beaucoup sonné. Ce qui ne la dérangeait en rien ; Eric non plus, apparemment. Il arrivait dans le salon, chargé d'un plateau avec cafetière, pot de lait fumant et deux mugs. Il le déposa sur la table basse, à côté des notes prises par Siobhan.

— T'as du boulot ? demanda-t-il.

— Rien que de la routine, répondit-elle, avant de

remarquer le sourire qui lui barrait la figure. Qu'est-ce qu'il y a ?

Il secoua la tête, mais elle lui piqua les côtes de son Bic.

— Il s'agit de tes placards, avoua-t-il.

— Mes quoi ?

— Tes placards de cuisine. Toutes les boîtes et tous les pots…

— Oui ?

— Ils sont rangés avec les étiquettes face à soi quand on ouvre.

— Et alors ?

— C'est juste que ça me colle les foies, c'est tout.

Il s'approcha du présentoir de CD, sortit un disque au hasard et ouvrit le boîtier.

— Tu vois ?

— Quoi ?

— Tu remets tes CD dans leur boîtier étiquette sur le dessus.

Il referma le disque, en ouvrit un autre.

— C'est plus facile à lire de cette façon.

— Il n'y a pas beaucoup de monde qui fait ça.

— Je ne suis pas Mme Tout-le-Monde.

— C'est bien vrai, ça.

Il s'agenouilla devant le plateau, enfonça le piston de la cafetière.

— Tu es mieux organisée.

— C'est exact.

— Beaucoup mieux organisée.

Elle acquiesça de la tête, puis le piqua une nouvelle fois de la pointe de son stylo. Il gloussa, lui versa du lait dans sa tasse.

— C'était juste une observation, dit-il en ajoutant le café aux deux mugs avant de lui tendre le sien.

— J'en ai ma dose des remarques au bureau, monsieur Bain, lui expliqua Siobhan.

— Tu travailles ce week-end ?

— Non.

— T'as des projets ?

Il aspira bruyamment une gorgée de café au lait, inclina la tête pour lire les notes sur la table basse.

— Tu es passée au Paradiso ?

Un petit pli vertical apparut entre les sourcils de Siobhan.

— Tu connais l'endroit ? lui demanda-t-elle.

— Uniquement de réputation. Il a changé de mains il y a environ six mois.

— Voyez-vous ça.

— Son ancien propriétaire était Tojo McNair. Il possède deux bars à Leith.

— Des établissements au-dessus de tout soupçon, je présume ?

— Moquette gluante et bière baptisée. À quoi ressemblait le Paradiso ?

Elle réfléchit à la question.

— Moins minable que ce à quoi je m'attendais.

— C'est mieux que de voir les filles racoler sur les trottoirs de la ville ?

À cette question-là aussi, elle accorda son attention, avant de répondre oui de la tête. Un projet avait été mis sur pied qui envisageait de délimiter un secteur de Leith et de le transformer en endroit sûr et sans danger pour les péripatéticiennes. Mais c'est une zone industrielle qui avait emporté les suffrages. Elle était mal éclairée et une agression s'y était déroulée quelques années auparavant. Le projet original était retourné dans les cartons à dessin…

Sur le canapé, Siobhan glissa les pieds sous ses fesses et Eric s'affala dans le fauteuil face à elle.

— Qu'est-ce qui passe sur ta chaîne ? demanda-t-il.

Elle ignora sa question, en lui en posant une à son tour.

— Qui est propriétaire du Paradiso aujourd'hui ?

— Eh bien… Tout dépend.

— De quoi ?

Il se tapota le côté du nez du bout de l'index.

— Est-ce que je dois te passer à tabac pour obtenir une réponse ? demanda Siobhan avec un sourire par-dessus le bord de son mug.

— Et je parierais que tu le ferais, en plus.

Il n'avait toujours pas répondu à sa question.

— Je croyais qu'on était amis.

— C'est un fait.

— Alors, à quoi ça sert que tu passes ici si tu refuses de parler ?

Eric soupira, but une gorgée de café, la lèvre supérieure marquée d'une traînée laiteuse.

— Tu connais Big Ger Cafferty ? finit-il par demander, une question de pure forme au demeurant. On raconte que si tu creuses assez profond, c'est sur son nom que tu tomberas.

— Cafferty ? lâcha Siobhan qui se rassit en se penchant en avant.

— Il ne fait pas à proprement parler de publicité sur ce point, et tu ne le verras jamais là-bas.

— Comment le sais-tu ?

Bain se tortilla dans son fauteuil, de moins en moins à l'aise devant la tournure de la conversation.

— Je travaille pour la SDEA.

— Tu veux parler de Claverhouse ?

Bain acquiesça.

— Motus et bouche cousue. Si jamais il apprend que j'ai été raconter des choses…

— Ils en veulent de nouveau à Cafferty ?

— Est-ce qu'on pourrait laisser tomber le sujet, s'il te plaît ? Il s'agit d'une affectation ponctuelle, une seule. Une fois le boulot terminé, je pars pour la FCB, la section informatique de la police scientifique. Est-ce que tu sais que la charge de travail augmente de vingt pour cent tous les trois mois ?

Siobhan s'était levée et s'approchait de la fenêtre. Les volets étaient fermés, mais elle resta plantée là comme devant quelque nouveau panorama impressionnant.

— La charge de travail de qui ? De la SDEA ?

— Non, de la FCB. Tu n'écoutes pas…

— Cafferty ? dit-elle, presque pour elle-même.

Cafferty possédait le Paradiso… Edward Marber avait fréquenté l'établissement… Et le bruit courait que Cafferty truandait ses clients…

— J'étais censée l'interroger aujourd'hui, dit-elle doucement.

— Qui ça ?

Elle tourna la tête vers Bain : exactement comme si elle avait oublié qu'il se trouvait là.

— Cafferty, répondit-elle.

— Pour quoi faire ?

Elle ne l'entendit pas.

— Il est allé à Glasgow, devrait rentrer ce soir, dit-elle en consultant sa montre.

— Ça attendra bien lundi, dit Bain.

Elle opina du chef. Oui, ça pouvait attendre. Peut-être que si elle parvenait à réunir quelques munitions supplémentaires d'ici là…

— Okay, dit Bain. Alors rassieds-toi et décontracte-toi.

Elle se claqua la cuisse.

— Et comment je peux me décontracter, hein ?

— C'est facile. Tout ce que tu as à faire, c'est t'asseoir, prendre quelques profondes inspirations et commencer à me raconter une belle histoire.

Elle se tourna vers lui.

— Quel genre d'histoire ?

— L'histoire des raisons qui te poussent soudainement à t'intéresser à ce point à Morris Gerald Cafferty…

Siobhan s'écarta de la fenêtre, reprit sa place sur le canapé et prit quelques profondes inspirations. Puis elle tendit le bras et saisit le téléphone posé par terre.

— Il y a juste une petite chose que je dois faire avant…

Bain roula les yeux au plafond. Mais en entendant qu'on décrochait à l'autre bout de la ligne, il afficha un grand sourire.

Siobhan commandait des pizzas.

6

Lundi matin, Rebus était de retour à Tulliallan, à l'heure pour le petit déjeuner. Il avait consacré la majeure partie de son samedi à l'Oxford Bar, passant le temps avec un groupe de consommateurs, puis un autre. Finalement, il était retourné à son appartement où il s'était endormi dans le fauteuil pour se réveiller à minuit, avec une soif de chameau et le crâne qui cognait. Il n'avait pas pu se rendormir avant l'aube, et ne s'était réveillé qu'à midi le dimanche. Une visite à la laverie automatique avait rempli son après-midi, et le soir il était retourné à l'Ox.

L'un dans l'autre, pas un mauvais week-end.

Au moins, il ne souffrait plus de pertes de conscience. Il se souvenait clairement de ses conversations à l'Ox, des plaisanteries qu'on lui avait racontées, des programmes télé diffusés en arrière-plan. Au début de l'enquête sur le meurtre Marber, il était au plus bas, et le passé donnait l'impression de l'étouffer aussi sûrement que le présent. Les souvenirs de son mariage et du jour où il avait emménagé dans l'appartement d'Arden Street en compagnie de sa jeune épouse. Ce premier soir, il avait observé sur le trottoir opposé un ivrogne entre deux âges accroché à un lampadaire comme si sa vie en dépendait et luttant pour conserver son équilibre, apparemment endormi alors même qu'il était debout. Il avait éprouvé de l'affection pour cet homme ; à cette époque, il éprouvait d'ailleurs de l'affection pour beaucoup de choses, jeune marié qu'il était, avec son tout premier emprunt immobilier à rembourser. Rhona qui parlait d'avoir des enfants…

Et puis, une ou deux semaines avant l'incident du mug volant, c'est lui en personne qui était devenu cet homme : entre deux âges, s'accrochant à ce même lampadaire, luttant pour y voir juste un peu plus clair, avec comme entreprise impossible la traversée de la rue. Jean l'attendait pour dîner, mais comme il avait fini par se sentir bien à l'Ox, il en était ressorti juste pour lui téléphoner un mensonge. Probable qu'ensuite il était retourné à Arden Street à pied ; impossible de se rappeler le trajet. Il s'était retrouvé accroché à son lampadaire, riant au souvenir de l'ivrogne de jadis. Lorsqu'un voisin s'était proposé de l'aider, il avait agrippé son réverbère avec encore plus de force, en criant à la cantonade qu'il n'était qu'un inutile, juste bon à être assis derrière un bureau et à passer des coups de fil.

Depuis ce jour, il n'avait plus jamais osé regarder ledit voisin en face…

Le petit déjeuner terminé, il sortit fumer une cigarette et tomba en plein branle-bas sur le terrain de manœuvres. Bon nombre des élèves étaient là. Les stagiaires du CID en étaient à la moitié de leur formation de cinq semaines. Dans le cadre de leur entraînement, ils devaient récolter de l'argent pour des œuvres charitables, et l'un d'eux avait promis un saut en parachute sur le terrain de manœuvres à neuf heures quinze. Le point d'atterrissage était marqué d'un énorme X fabriqué à partir de deux lés de matériau rouge brillant maintenus au sol par des pierres. Parmi les stagiaires, quelques-uns levaient la tête vers le ciel et plissaient les yeux, une main en visière sur le front.

— Peut-être qu'ils ont obtenu des Leuchars de la RAF pour les aider, suggérait l'un d'eux.

Rebus s'était planté, les mains dans les poches. Il avait signé le formulaire de participation à l'opération en s'engageant pour une somme de cinq livres si le saut était un succès. Une rumeur circulait comme quoi une Land Rover avec plaques d'immatriculation de l'armée était garée dans l'allée d'accès. On apercevait deux hommes en uniforme gris clair à l'une des fenêtres du bâtiment qui faisait face au terrain de manœuvres.

— Monsieur, dit un des stagiaires qui désirait sortir.

C'était devenu chez eux une habitude : ça faisait partie de leur formation. Quand on tombait sur une demi-douzaine d'entre eux dans les couloirs, ils y allaient tous de leur « Monsieur ». Il essaya de ne pas y prêter attention. Une porte s'ouvrait, tous les regards tournés vers elle. En sortit un jeune gars vêtu d'une combinaison de saut avec ce qui ressemblait à un harnais de parachute sanglé autour de la poitrine. Il portait une chaise métallique. Après un salut de la tête, il adressa de grands sourires à la foule qui le suivit des yeux jusqu'au X au centre duquel il planta sa chaise avec conviction. Rebus souffla par la bouche et secoua lentement la tête, connaissant par avance ce qui allait suivre. La jeune recrue du CID monta sur la chaise, s'accroupit et colla les mains l'une à l'autre, à croire qu'il se préparait à plonger dans une piscine. Avant de sauter. Une bouffée de poussière se leva du sol à l'impact. Il se redressa, ouvrit grands les bras, prêt à accepter les acclamations de son public. On entendit quelques marmonnements accompagnés de regards perplexes. La recrue récupéra sa chaise. Derrière leur fenêtre, les officiers de la RAF souriaient.

— Mais qu'est-ce que c'était que ça ? demanda une voix incrédule.

— Ça, fils, c'était un saut en parachute, expliqua Rebus, admiratif malgré le billet de cinq qu'il venait de perdre dans l'affaire.

Il se rappela qu'au cours de sa propre formation pour le CID, il avait lui aussi levé des fonds en participant à une journée entière de relais ininterrompus sur le parcours du combattant. Aujourd'hui, il aurait de la chance s'il parvenait à boucler un tour du circuit simplement en marchant…

De retour dans leur salle de travail, son annonce que le saut avait été un succès fut accueillie par des froncements de sourcils et des haussements d'épaules. Jazz McCullough, nommé officier responsable de l'enquête, discutait avec Francis Gray. Tam Barclay et Allan Ward étaient occupés à répertorier le système de classement. Stu Sutherland expliquait la structure de l'enquête à l'inspecteur-chef Tennant qui paraissait bien nerveux. Rebus s'assit et tira une liasse de papiers vers lui. Il travailla une bonne demi-heure d'affilée, relevant de temps à autre la tête pour voir si Gray n'avait pas de message à lui transmettre. À l'annonce de la pause, il sortit un feuillet de sa poche et l'ajouta à la liasse posée devant lui. Un pichet de thé à la main, il demanda à McCullough s'il accepterait de changer de boulot avec lui.

— Tu aborderais l'affaire avec un regard nouveau, tu vois.

McCullough acquiesça et alla s'asseoir devant le tas de paperasses. Gray venait de terminer son bref entretien avec Tennant.

— Il a l'air à cran, lâcha Rebus.

— Les huiles sont dans la maison, lui expliqua Gray.

— Quelle sorte d'huiles ?

— Des directeurs. Une demi-douzaine au total, ils participent à une réunion ou quelque chose. Je doute qu'ils viennent nous chercher des poux dans la tête, mais Archie n'en est pas aussi sûr.

— Il ne désire pas que ces messieurs rencontrent la classe de rattrapage ?

— Quelque chose comme ça, répondit Gray avec un clin d'œil.

À cet instant, McCullough appela Rebus qui s'approcha de la table. McCullough tenait le feuillet à la main. Rebus se mit à le lire au vu et au su de tous les présents.

— Seigneur, mais ça m'était complètement sorti de la tête ! dit-il en espérant paraître suffisamment pris de court.

Gray était tout à côté de lui.

— De quoi s'agit-il ?

Rebus tourna la tête, accrocha le regard de Gray.

— Jazz vient de déterrer ce truc. Deux policiers de Glasgow sont venus à Édimbourg. Ils cherchaient une des relations de Rico, un dénommé Dickie Diamond.

138

— Et alors ? lança Tennant, qui venait de se joindre au groupe.

— C'était moi leur contact, c'est tout.

Tennant parcourut rapidement le rapport.

— Ils ne semblent pas vous porter dans leur cœur, apparemment.

— Ils couvrent leurs miches, déclara Rebus. Je me souviens maintenant, ils ont passé tout leur temps à picoler dans les bars.

Tennant le regardait.

— Rien qu'un petit souvenir personnel, donc ?

Rebus acquiesça. Tennant ne le quittait pas des yeux, mais Rebus en resta là.

— Qui est ce Dickie Diamond ? demanda McCullough.

— Du menu fretin local, répondit Rebus. Je le connaissais à peine.

— Pourquoi l'imparfait ?

— Il est peut-être toujours dans la course. Qu'est-ce que j'en sais ?

— Il a été soupçonné ? demanda McCullough.

Gray s'adressa aux autres dans la salle.

— Quelqu'un est tombé sur un certain Richard Diamond ?

Haussements d'épaules et signes de dénégation.

Tennant indiqua de la tête les dossiers étalés devant McCullough.

— Rien là-dedans sur notre bonhomme ?

— Pas à ma connaissance jusqu'à présent.

— Il doit bien exister une fiche là-dessus dans un de ces cartons.

Tennant s'adressait maintenant à la salle.

— Et si elle a été correctement indexée dès le départ, elle devrait se trouver jointe à ce rapport. Les choses étant ce qu'elles sont, autant ajouter le nom à notre liste et continuer à chercher.

S'ensuivirent des murmures de « Oui, monsieur » et Francis Gray alla ajouter le nom sur le tableau blanc.

— Est-ce que tes potes du Lothian and Borders pourraient nous mettre au parfum sur le personnage ? demanda Allan Ward en cherchant un moyen de gagner du temps.

— On peut toujours leur demander, ça ne peut pas faire de mal, répondit Rebus. Décroche le téléphone et pose-leur la question.

— C'est ton territoire, répliqua Ward d'un air bougon.

— C'est aussi le territoire de Stu, non ? lui rappela Rebus.

Ward jeta un œil à Stu Sutherland.

— Mais un des talents qu'il nous faut acquérir dans le cadre d'une enquête, poursuivit Rebus, c'est la coopération entre régions.

Une des propres phrases de Tennant, au demeurant, ce qui expliquait probablement pourquoi l'inspecteur-chef grogna son assentiment.

Ward parut frustré par la tournure des événements.

— Très bien, grommela-t-il. Donne-moi le numéro.

Rebus se tourna vers Stu Sutherland.

— À toi l'honneur, Stu, tu veux bien ?

— Avec le plus grand plaisir.

On frappa. Tennant se figea sur place. La porte s'entrouvrit alors et c'est Andrea Thomson qui apparut en lieu et place de la troupe de directeurs qui rendaient l'inspecteur-chef si nerveux. Tennant lui fit signe d'entrer.

— C'est juste que je suis censée retrouver l'inspecteur Rebus cet après-midi, mais j'ai un petit contretemps.

Enfin des résultats ! se disait Rebus.

— Alors je me demandais si vous pouviez le libérer un moment ce matin à la place...

Chose surprenante, elle ne desserra guère les lèvres dans le couloir, et Rebus renonça vite à faire la conversation. Arrivée devant la porte de son bureau, elle hésita.

— Entrez, lui dit-elle, je n'en ai que pour une minute.

Rebus se tourna vers elle, mais elle se refusait à croiser son regard. Lorsqu'il avança la main vers la poignée, elle tourna les talons et s'éloigna. Il ouvrit la porte en la suivant des yeux. En périphérie de sa vision, il perçut un mouvement dans le bureau. Dans le fauteuil d'Andrea Thomson était installé un individu qu'il désirait voir depuis un moment. Il entra et se dépêcha de refermer derrière lui.

— Habile, dut-il admettre. Qu'est-ce qu'elle sait au juste ?

— Andrea ne soufflera mot de ceci à personne, répondit l'homme avant de tendre le bras pour saluer Rebus. Comment va, John ?

Rebus serra la main offerte et s'assit.

— Très bien, monsieur, dit-il.

Il se trouvait face à son propre directeur, Sir David Strathern.

— Venons-en au fait, dit Strathern en reprenant une position plus confortable. Quel est donc votre problème, John ?…

Un peu plus de deux semaines s'étaient écoulées depuis leur première rencontre. Rebus travaillait à St Leonard's quand il avait reçu un coup de fil en provenance de la Grande Maison — Rebus pourrait-il faire un petit saut vite fait de l'autre côté de la rue, au restaurant Blonde ?

— Pour quoi faire ? avait-il voulu savoir.

— Vous le verrez bien.

Mais alors qu'il se préparait à traverser la chaussée, en tenant sa veste bien serrée pour se protéger de la bise glaciale, une voiture avait klaxonné. Le véhicule en question s'était rangé au coin de Rankeillor Street, et une main s'agitait à une vitre. Il reconnut la silhouette au volant, même sans l'uniforme de sa fonction : Sir David Strathern. Les deux hommes s'étaient déjà rencontrés par le passé, mais uniquement dans le cadre de leurs fonctions officielles, à quelques rares occasions. Rebus n'était pas très porté sur les dîners après match, les combats de boxe cigare au bec. Et il ne s'était jamais retrouvé sur une estrade, récipiendaire d'une récompense quelconque pour bravoure et bonne conduite. Aucune importance. Sir David apparemment savait qui il était.

Le véhicule n'avait rien d'officiel : une Rover noire luisant comme un miroir — presque certainement la voiture personnelle du patron. Une peau de chamois traînait sur le plancher devant le siège passager, des revues et un sac en plastique sur la banquette arrière. Quand il referma sa portière, la voiture s'engagea dans la circulation.

— Désolé pour ce petit subterfuge, dit Strathern avec un sourire qui plissa ses pattes d'oie.

À l'approche de la soixantaine, il était à peine plus âgé que Rebus. Mais c'était lui le boss, le grand chef, le patron. Et Rebus, nom d'un chien, ne laissait pas de s'interroger sur sa propre présence dans cette bagnole. Strathern, pantalon sport de couleur grise et chandail ras du cou sombre, avait beau être déguisé en pékin, il portait sa tenue comme un uniforme. Le cheveu était argenté, bien dégagé autour des oreilles, et sa vaste tonsure n'apparaissait qu'à l'occasion, par exemple lorsqu'il tourna la tête à droite et à gauche à l'intersection suivante.

— Vous ne m'invitez donc pas à déjeuner, si je comprends bien ? dit Rebus.

Le sourire s'élargit.

— Trop près de St Leonard's. Aucune envie qu'on nous voie ensemble.

— Je ne suis pas assez bon pour vous, monsieur ?

Strathern lui jeta un regard en coin.

— Le numéro est au point, commenta-t-il, mais il faut dire que vous avez passé des années à le perfectionner, je me trompe ?

— De quel numéro parlez-vous, monsieur ?

— Les vannes faciles ; ce petit soupçon d'insubordination. Cette manière que vous avez d'affronter une situation donnée jusqu'au moment où vous serez à même de la digérer.

— Vous êtes sûr, monsieur ?

— Ne vous en faites pas, John. Au vu de ce que je vais vous demander de faire, l'insubordination est un préalable indispensable.

Ce qui coupa la chique à Rebus encore un peu plus.

Strathern les avait conduits jusqu'à un pub aux limites sud de la ville. Le bar était situé tout près du crématorium et les affaires étaient juteuses grâce aux repas d'après funérailles, avec, en contrepartie, une fréquentation d'habitués plus que limitée. Le coin qu'ils s'étaient choisi était tranquille. Strathern commanda des sandwiches et des demi-pintes de bière, puis s'essaya à quelques banalités de bon ton, comme s'il s'agissait là d'une petite sortie régulière entre amis.

— Vous ne buvez pas ? demanda Strathern à un moment devant le verre de Rebus toujours plein.

— Il est rare que je boive, répondit Rebus.

— Ce n'est pas exactement la réputation que l'on vous fait, dit Strathern en le regardant.

— On vous a peut-être mal renseigné, monsieur.

— Je ne pense pas. Mes sources sont habituellement de toute confiance.

Rebus pouvait difficilement répondre à cela, même s'il se creusait la cervelle pour savoir à qui le chef avait pu s'adresser. À Colin Carswell, peut-être, son assistant, qui détestait Rebus intensément ; ou alors à l'acolyte de Carswell, l'inspecteur Derek Lindford. Les deux hommes n'auraient rien aimé tant que de parer Rebus des couleurs les plus sombres.

— Avec tout le respect que je vous dois, monsieur,

dit Rebus en s'appuyant au dossier de sa chaise, sans même avoir touché nourriture ni boisson, nous pouvons passer sur les préliminaires, si vous le voulez bien.

Il put alors observer le directeur qui bataillait ferme pour contenir la colère qui montait en lui.

— John, finit par dire Strathern, je suis venu ici aujourd'hui vous demander de me rendre un service.

— Un service qui exige un certain degré d'insubordination, si j'ai bien compris.

Le chef acquiesça d'un lent hochement de tête.

— Je veux que vous vous fassiez virer d'une enquête en cours.

— Vous voulez parler de l'affaire Marber ? demanda Rebus, les yeux plissés.

— L'affaire en question n'a rien à voir dans tout ceci, dit Strathern en sentant les soupçons de Rebus.

— Mais vous voulez malgré tout que j'en sois dessaisi ?

— Oui.

— Pourquoi ?

Sans réfléchir, Rebus avait porté la demi-pinte de bière éventée à ses lèvres.

— Parce que je veux vous expédier ailleurs. À Tulliallan, plus précisément. Un stage de remise au point est en passe d'y démarrer.

— Et j'ai besoin d'une remise au point parce que je me suis fait virer d'une enquête sur laquelle je travaillais ?

— Je pense que la superintendante Templer l'exigera.

— Elle est au courant ?

145

— Elle sera d'accord lorsque je l'en aurai informée.

— Qui d'autre est au courant ?

— Personne. Pourquoi cette question ?

— Parce que je pense que vous me demandez de travailler comme agent infiltré. Sous couverture, en quelque sorte. Je n'en connais pas encore les raisons, et je ne sais pas si je vais accepter, mais c'est exactement mon sentiment.

— Et alors ?

— Alors il y a des gens à Fettes qui ne m'apprécient guère. L'idée me déplaît qu'ils aient…

Strathern secouait déjà la tête.

— Personne ne sera au courant, vous et moi mis à part.

— Ainsi que la superintendante Templer.

— Elle ne saura que ce que j'estimerai utile qu'elle sache.

— Ce qui nous amène à la grande question, monsieur…

— À savoir ?

— À savoir, répondit Rebus en se remettant debout, le verre vide à la main, de quoi s'agit-il exactement ?

Il leva son verre.

— Je vous en offrirais bien une autre, mais vous conduisez, monsieur.

— À vous en croire, il est rare que vous buviez. N'est-ce pas ce que vous avez dit ?

— Je mentais, monsieur, expliqua-t-il avec une ombre de sourire. C'est bien de cela que vous avez besoin, non ? D'un menteur convaincant…

C'est ainsi que Strathern lui présenta la chose : un

trafiquant de drogue du nom de Bernard Johns exerçait ses talents sur la côte ouest.

— Il est plus communément connu sous le sobriquet de Bernie Johns. Ou était, à vrai dire, jusqu'à son décès prématuré.

Le chef bichonnait son petit reste de bière tout en parlant.

— Il est mort en prison.

— En continuant à protester de son innocence, je présume ?

— Non, pas tout à fait. Mais il maintenait de façon catégorique qu'on l'avait dépouillé jusqu'à l'os, ou presque. Non qu'il nous l'ait jamais avoué de quelque manière. Il faut dire que cela n'aurait guère amélioré sa situation. « Vous me collez derrière les barreaux pour huit malheureux kilos, mais j'en avais bien plus que ça de planqués. »

— Je comprends à quel point ç'aurait été maladroit de sa part.

— Mais la rumeur s'est propagée : une grosse quantité de marchandise avait disparu. On parlait de drogue ou d'argent liquide, tout dépendait de l'interlocuteur.

— Et alors ?

— Alors... l'opération menée contre Johns a été substantielle : vous vous en souvenez probablement. De l'hiver 94 au printemps 95. Trois services engagés, des dizaines de policiers, un cauchemar en termes de logistique...

Rebus opina du chef.

— Mais le Lothian and Borders n'y a pas été impliqué.

— C'est exact, nous n'avons pas été de la fête… Pas à l'époque en tout cas.

— Que s'est-il passé ?

— Ce qui s'est passé, John, c'est que trois noms n'ont cessé de réapparaître de façon systématique.

Le chef se pencha au-dessus de la table et baissa la voix d'un cran.

— Il est possible que vous en connaissiez certains.

— Dites toujours.

— Francis Gray. Inspecteur à Govan. Il connaît son secteur sur le bout des doigts ; à cet égard, c'est un homme précieux. Mais il a les mains sales, et tout le monde le sait.

Rebus hocha la tête. Il avait entendu parler de Gray, connaissait la réputation du mec : pas très éloignée de la sienne, en fait. Il se demanda quelle part de bluff il y avait dans tout ça.

— Qui d'autre ? demanda-t-il.

— Un jeune constable du nom d'Allen Ward, en poste à Dumfries. Il apprend vite.

— Jamais entendu parler.

— Le dernier était James McCullough, un inspecteur de Dundee. Il a le nez propre pour l'essentiel, pour autant qu'on sache, mais de temps à autre, il pète les plombs. Ils ont tous travaillé sur cette affaire, John. Ils doivent se connaître.

— Et vous pensez qu'ils ont mis la main sur le butin de Bernie Johns ?

— Nous estimons la chose vraisemblable.

— C'est qui, nous ?

— Mes collègues, dit-il, signifiant par là les autres directeurs de la police écossaise. Ce n'est pas bien joli, si

148

vous voyez ce que je veux dire. Ce n'est peut-être qu'une rumeur. Mais elle déteint sur tout le monde au plus haut niveau.

— Et quel est votre rôle dans tout cela, monsieur ?

Rebus avait séché la moitié de la pinte qu'il s'était offerte. La bière semblait lui peser sur les tripes, à croire que le liquide s'était soudain solidifié en masse compacte. Il songeait à l'affaire Marber, à la galère de tous ces coups de fil à passer dans le vide. À ses mains agrippées à un lampadaire glacé.

— Trois régions étaient impliquées… nous ne pouvions pas déléguer cette mission à un inspecteur de chacune d'elles pour lui demander d'agir en conséquence.

Rebus hocha lentement la tête : les trois suspects auraient risqué d'avoir vent de la chose. On avait donc demandé à Strathern de trouver quelqu'un.

Apparemment, c'est Rebus qui lui était venu à l'esprit.

— Et donc, ces trois hommes, dit Rebus, ils vont être à Tulliallan ?

— Par accident, oui, tous les trois participeront au même stage.

À la manière dont il lui dit la chose, Rebus comprit que c'était tout sauf un accident.

— Et vous voulez que je les rejoigne là-bas ?

Il vit Strathern hocher lentement la tête.

— Pour y faire quoi exactement ?

— Trouver tout ce que vous pourrez sur eux… gagner leur confiance.

— Vous croyez qu'ils vont soudainement se confier à un parfait inconnu ?

— Vous ne leur serez pas inconnu, John. Votre réputation vous précède.

— Sous-entendu, je suis un flic pourri, c'est ça ? Tout comme eux ?

— Sous-entendu, votre réputation vous précède, répéta Strathern.

Rebus resta songeur un moment.

— Vous et vos « collègues »… disposez-vous de la moindre preuve ?

Strathern secoua la tête.

— À l'issue des quelques rares investigations que nous avons pu mener, il nous a été impossible de trouver trace de drogue ou d'argent.

— Et donc, ce que vous me demandez de faire se résume à bien peu de choses, si je comprends bien ?

— Je sais que c'est beaucoup vous demander, John. Trop, peut-être.

— Trop ? C'est digne de Jack et des haricots géants, oui, dit Rebus en se mordillant la lèvre inférieure. Donnez-moi une simple et bonne raison pour que j'accepte votre proposition.

— Je pense que vous aimez les défis. En outre, j'espère que vous détestez les flics pourris autant que le reste d'entre nous.

Rebus le regarda.

— Monsieur, il y a là dehors des tas de gens qui estiment que je suis *moi-même* un flic pourri.

Il pensait à Francis Gray, il était curieux de faire sa connaissance.

— Mais nous savons qu'ils se trompent, n'est-ce pas, John ? dit le chef en se levant pour aller lui chercher une autre pinte.

Tulliallan : finie l'enquête Marber… un petit répit, ses pertes de conscience oubliées… et l'occasion de jauger

150

l'homme qu'il avait jadis entendu surnommer « le Rebus de Glasgow ». Le chef ne le quittait pas des yeux depuis le comptoir. Rebus savait qu'il ne restait plus longtemps à Strathern avant la retraite. Mais peut-être que le bonhomme en voulait encore : des affaires en suspens, non résolues, et tout le tralala…

Peut-être que, finalement, il allait accepter.

Devant lui, dans le bureau d'Andrea Thomson, Strathern était sagement assis mains croisées.

— Alors qu'y a-t-il de si urgent ? demanda-t-il.

— Je n'ai pas beaucoup avancé, si c'est ce qui vous préoccupe. Gray, McCullough et Ward se comportent comme s'ils se connaissaient à peine.

— Mais c'est un fait qu'ils se connaissent à peine. Ils n'ont travaillé ensemble que sur cette seule et unique affaire.

— On ne dirait pas à les voir qu'ils disposent d'un butin quelconque bien planqué.

— Et comment espériez-vous qu'ils allaient se comporter ? En frimant au volant d'une Bentley ?

— A-t-on vérifié leurs comptes bancaires ?

Le chef secouait la tête.

— Rien n'a été déposé en douce sur leurs comptes.

— Sous le nom de l'épouse, peut-être ?…

— Rien, déclara Strathern.

— Il y a combien de temps qu'ils sont dans votre collimateur ?

— En quoi cela vous concerne-t-il ? demanda Strathern en le regardant en face.

Rebus haussa les épaules.

— Je me demandais juste si c'était moi votre ultime planche de salut.

— Nous sommes sur le point de les perdre, reconnut finalement Strathern. Gray est partant pour la retraite dans moins d'un an ; McCullough ne tardera pas à le suivre. Et le dossier disciplinaire de Ward est tel…

— Vous pensez qu'il cherche à se faire virer avant son heure ?

— Qui sait ?

Le chef consultait sa montre en faisant glisser le boîtier métallique le long de son poignet.

— Il faut que je parte.

— Encore une petite chose, monsieur…

— Il ne serait que temps, dit Stathern en prenant une profonde inspiration. Allez-y, je vous écoute.

— On nous a mis sur une ancienne affaire non résolue.

— Ils veulent voir ce que vous valez dans le travail en groupe, c'est ça ? J'oserais dire que ce doit être Archie Tennant aux commandes, non ?

— C'est bien lui, en effet. Il y a cependant un petit problème…

Rebus s'interrompit, réfléchissant à ce qu'il pouvait en dire à son patron.

— Eh bien, Gray et moi-même avons participé à l'enquête d'origine.

Strathern parut intéressé.

— Gray y a travaillé de son côté ; quant à moi, j'ai servi d'agent de liaison lorsque deux grands flics de Glasgow ont débarqué à Édimbourg en reconnaissance. Cela se passait en 95, l'année où Bernie Johns…

Strathern parut perplexe.

— C'est une coïncidence, dit-il. Purement et simplement.

— Tennant n'est pas au courant de…

Strathern secoua la tête.

— Et on ne lui a pas forcé la main pour qu'il choisisse cette enquête-là précisément ?

Nouveau signe de dénégation.

— Est-ce la raison pour laquelle vous avez tenu à me voir ? demanda Strathern.

— Gray pourrait penser qu'il ne s'agit pas simplement d'une coïncidence.

— Je suis d'accord, c'est une maladresse. D'un autre côté, si vous jouez vos cartes correctement, cela pourrait vous permettre de vous rapprocher de lui. Vous avez déjà une chose en commun tous les deux. Vous voyez ce que je veux dire ?

— Oui, monsieur. À votre avis, quelqu'un serait-il susceptible de lui poser la question ?

— Une question ? À qui ?

— Demander à l'inspecteur-chef Tennant ce qui l'a décidé à choisir cette affaire-là en particulier.

Strathern resta songeur un instant, une moue aux lèvres.

— Je vais voir ce que je peux faire. Ma réponse vous satisfait ?

— C'est très bien, monsieur, répondit Rebus, pas totalement sincère.

Strathern, l'air satisfait, se leva de sa chaise. Les deux hommes se retrouvèrent devant la porte.

— À vous l'honneur, dit le chef.

Avant de lever la main et de donner une tape sur l'épaule de Rebus.

— Vous savez, Templer est vraiment furieuse contre vous.

— Parce que, sans mes talents de clairvoyance, l'affaire Marber est condamnée à finir au panier ?

Strathern accepta la plaisanterie.

— À cause de la violence avec laquelle vous avez balancé ce mug. Elle prend cela comme une attaque personnelle.

— Tout ça, ça faisait partie du numéro, dit Rebus en tirant la porte.

Il rentrait par le couloir quand il changea d'avis et rejoignit le rez-de-chaussée au lieu du foyer. Il avait besoin d'une cigarette, mais il n'en avait pas la moindre dans ses poches. En jetant un regard dehors, il constata une absence marquée de collègues accro à la nicotine. Il avait bien un paquet dans sa chambre, s'il se donnait la peine de monter jusque-là. Sinon, il pouvait toujours traîner ses guêtres dans l'espoir de voir arriver quelque bon Samaritain.

L'entrevue qu'il venait d'avoir ne lui avait apporté aucun apaisement. Il voulait être sûr et certain que l'affaire Lomax n'était bien qu'une simple coïncidence. Et rien d'autre. Et il ne pouvait se débarrasser du soupçon qui le taraudait doucement, à savoir que les choses étaient peut-être plus simples que ce qu'on lui avait laissé entendre.

Pas de cabale de directeurs préoccupés.

Pas d'argent de la drogue.

Pas de conspiration entre Gray, McCullough et Ward.

Rien que l'affaire Rico Lomax… et sa propre implication. Parce que John Rebus en savait sur Rico Lomax plus qu'il n'en avait dit.

154

Sacrément plus, nom de Dieu.

Strathen était-il au courant ? Gray travaillait-il pour Strathern ?...

Il remonta quatre à quatre les marches qui le ramenaient au CID, se retrouva le souffle court une fois dans le couloir. Il ouvrit la porte d'une poussée sans même frapper, mais le chef n'était plus là. Le bureau d'Andrea Thomson était vide.

Logiquement, Strathern avait dû repartir en direction du bâtiment originel, le château proprement dit. Rebus connaissait le chemin. Il pressa le pas, ignorant les jeunes uniformes et leurs « Monsieur » secs et de pure forme. Strathern s'était arrêté un instant et consultait une des vitrines qui s'alignaient de chaque côté du couloir principal, celui qui faisait face au terrain de manœuvres maintenant désert. Plus de chaise ni de parachute ; plus de X pour marquer le point d'atterrissage.

— Vous pourriez encore m'accorder une minute de votre temps, monsieur ? dit-il doucement.

Strathern écarquilla les yeux. Il poussa la porte la plus proche. Elle donnait sur une salle de conférences, vide hormis ses rangées de tables avec leurs tablettes de prises de notes.

— Vous voulez que tout le monde soit au courant ? bredouilla Strathern.

— J'ai besoin de renseignements complémentaires sur ces trois hommes.

— Je croyais que nous avions résolu ce point. Plus vous en saurez, plus ils seront susceptibles de soupçonner...

— Quand ont-ils pris l'argent ? Comment étaient-ils

au courant de son existence ? Comment se fait-il qu'ils se soient retrouvés à travailler ensemble ?

— John, rien de tout cela ne figure exactement dans les rapports officiels…

— Mais il doit exister des notes. Il doit bien y avoir quelque chose.

Strathern regarda alentour d'un air affolé, comme s'il craignait les oreilles indiscrètes. Rebus savait au moins une chose : si toute l'histoire de Bernie Johns n'était qu'une façade, impossible qu'il y ait des renseignements complémentaires, des notes…

— Très bien, déclara Strathern presque dans un murmure. Je vous obtiendrai tout ce que je pourrai trouver.

— D'ici ce soir, dit Rebus.

— John, ce ne sera peut-être pas…

— Il me les faut ce soir, monsieur.

Strathern fit presque la grimace.

— Demain au plus tard.

Les deux hommes se défièrent du regard. Au bout du compte, Rebus hocha la tête en signe d'accord. Il se demandait s'il n'offrait pas ainsi à Strathern un laps de temps suffisant pour lui concocter une affaire bidon. Il estima que non.

Demain, il aurait sa réponse avec certitude.

— Ce soir si possible, dit-il en se dirigeant vers la porte.

Cette fois, il alla droit vers sa chambre et ses cigarettes.

7

— Où est passé votre ami homophobe ? demanda Dominic Mann.

Siobhan et Mann étaient installés à une minuscule table près de la fenêtre dans un café du quartier ouest. Lui touillait encore son *latte* écrémé au décaféiné alors qu'elle avait déjà englouti une dose de son double express. Elle avait l'impression que l'intérieur de sa bouche s'était parcheminé d'une mince pellicule, et tendit la main vers son sac pour en sortir la bouteille d'eau qu'elle y gardait.

— Vous aviez remarqué, dit-elle.

— J'ai remarqué qu'il refusait obstinément de croiser mon regard.

— Peut-être est-il simplement timide, proposa Siobhan en guise d'explication.

Elle prit une gorgée d'eau, se rinça la bouche et avala. Mann consultait sa montre dont le boîtier était placé au creux de son poignet. Elle se souvint que son père faisait de même, et lorsqu'elle lui en avait demandé la raison, il avait répondu que c'était pour éviter de rayer le verre. Alors que le verre en question était presque opaque tant il était marqué.

— Il faut que j'ouvre à dix heures, dit le marchand d'art.

— Vous n'avez pas eu envie d'assister aux obsèques ?

Elle voulait parler de celles de Marber, qui avaient commencé presque une demi-heure auparavant au crématorium de Warriston.

Mann frissonna.

— Je ne les supporte pas. En fait, j'ai été soulagé d'avoir une bonne excuse.

— Heureuse d'avoir pu vous aider.

— Alors, que puis-je faire pour vous ?

Les deux boutons supérieurs de sa chemise jaune étaient défaits, et il crocheta un doigt dans le col ouvert.

— Je me pose des questions sur Edward Marber. S'il avait été escroc … comment s'y serait-il pris ?

— Tout dépend de ceux qu'il escroquait : ses clients ou ses artistes ?

— Envisageons les deux possibilités.

Mann prit une profonde inspiration et haussa un sourcil.

— Cinq minutes, vous aviez dit ?

Siobhan sourit.

— Tout dépend peut-être de votre rapidité d'élocution.

Mann décrocha son doigt de sa chemise et se remit à touiller son *latte*. Apparemment, il n'avait pas la moindre intention de le boire. Tout en parlant, son regard allait s'égarer vers la fenêtre. Les employés de bureau traînaient des pieds pour rejoindre leur poste de travail.

— Eh bien, les marchands peuvent escroquer les acheteurs potentiels de toutes sortes de manières. Vous pouvez exagérer l'importance d'un artiste, ou la rareté et la valeur d'une pièce d'un artiste décédé. Vous pouvez proposer des faux — ce sont ces affaires-là qui en général font la une des journaux…

— Vous ne pensez pas que M. Marber revendait des faux ?

Mann secoua la tête d'un air songeur.

— Pas plus qu'il ne revendait d'œuvres volées. Mais si c'était le cas, néanmoins, il est peu probable que quiconque à Édimbourg eût été au courant.

— Comment cela ?

Il tourna son regard vers elle.

— Parce que ce genre de transactions tend à se pratiquer de manière très confidentielle.

Il vit les yeux de Siobhan se plisser.

— Sous la table, expliqua-t-il, en la regardant opiner du chef.

— Et pour ce qui est d'escroquer les artistes en personne ?

— Cela peut revêtir plusieurs formes, répondit Mann avec un haussement d'épaules. On pourrait prendre une commission trop forte, mais il est concevable qu'un artiste ne voie pas les choses de la même façon.

— Une commission peut se monter à combien ?

— Entre dix et vingt-cinq pour cent. Plus l'artiste est célèbre, plus la commission est faible.

— Et pour quelqu'un comme Malcolm Neilson… ?

Mann réfléchit un instant.

— Malcolm est relativement connu au Royaume-

Uni… et il a ses propres collectionneurs aux États-Unis et en Extrême-Orient…

— Il ne vit pourtant pas sur un grand pied.

— Vous voulez parler de son pied-à-terre ? Les colonies de Stockbridge ?

Mann sourit.

— Ne vous laissez pas prendre aux apparences. Cet endroit lui sert d'atelier. Il possède une maison bien plus vaste à Inveresk et il vient tout récemment d'ajouter une demeure dans le Périgord à son portefeuille immobilier, s'il faut en croire les bruits qui courent.

— Et donc le fait qu'il ait été exclu des Coloristes ne signifie pas qu'il ait du mal à s'en sortir ?

— Pas financièrement, en tout cas.

— Ce qui veut dire ?

— Malcolm a un ego, comme n'importe quel artiste. Il n'aime pas se sentir exclu.

— À votre avis, c'est pour cela qu'il raconte que Marber était un escroc ?

Mann haussa les épaules. Il avait finalement cessé de touiller son *latte* et testait maintenant la température du grand gobelet en verre du bout des doigts.

— Malcolm ne se considère pas uniquement comme un Coloriste : il estime que c'est lui qui devrait être le chef du groupe.

— Ils en sont venus aux mains apparemment.

— C'est ce qui se raconte.

— Vous n'y croyez pas ?

Il la regarda.

— Avez-vous posé la question à Malcolm ?

— Pas encore.

— Vous devriez peut-être. Vous pourriez égale-

160

ment lui demander les raisons de sa présence ce soir-là à la galerie d'Edward.

Siobhan eut soudain du mal à avaler ce qui restait de son express. On aurait dit qu'elle avait de la vase dans la bouche. Elle tendit de nouveau le bras vers sa bouteille d'eau.

— Vous étiez là ? parvint-elle finalement à dire.

Mann secoua la tête.

— Je n'étais pas invité. Mais nous autres marchands... nous sommes toujours soucieux de savoir comment nos concurrents se débrouillent. Il se trouve que je passais devant en taxi. L'endroit avait l'air tristement bondé.

— Et vous avez vu Malcolm Neilson ?

Mann hocha lentement la tête.

— Il se trouvait sur le trottoir, dehors, comme un enfant devant une vitrine de jouets.

— Pourquoi ne pas me l'avoir dit plus tôt ?

Mann reprit son air songeur et tourna la tête vers le monde extérieur.

— Peut-être à cause de la personne qui vous accompagnait, répondit-il.

De retour dans la voiture, Siobhan consulta sa messagerie : trois appels de Davie Hynds. Elle le joignit à St Leonard's.

— Qu'est-ce qui se passe ? demanda-t-elle.

— Je me demandais juste comment s'était déroulé l'enterrement.

— Je n'y suis pas allée.

— De toute évidence, tu fais partie de la minorité.

La moitié de St Leonard's semble s'y être donné rendez-vous.

Siobhan savait que les policiers seraient sur le qui-vive pour d'éventuels suspects, notant noms et adresses de toutes les personnes présentes à la cérémonie.

— Tu es au poste ? demanda-t-elle.

— En cet instant précis, j'ai le sentiment d'être le poste à moi tout seul. Il n'y a eu que le personnel minimum ce week-end, qui plus est…

— Je ne savais pas que tu travaillais ce week-end.

— Je me suis dit que j'allais faire preuve de bonne volonté. Tu es au courant des dernières nouvelles ?

— Non.

— Les relevés bancaires de Marber… Apparemment, il louait un compartiment de stockage dans un entrepôt de Granton, depuis le mois dernier. Je suis allé jusque là-bas jeter un coup d'œil mais l'endroit était vide. Aux dires du propriétaire, il ne semble pas que Marber y ait mis les pieds.

— Alors, qu'est-ce qu'il envisageait d'en faire ?

— Peut-être s'en servir pour y stocker des tableaux ?

— Peut-être bien, dit Siobhan, sceptique.

— Ni sa secrétaire ni Cynthia Bessant ne sont au courant.

— Se pourrait-il que tu sois retourné voir Madam Cyn ? demanda malicieusement Siobhan.

— J'avais quelques questions supplémentaires à lui poser…

— Devant un verre de vin ou deux ?

— Ne t'en fais pas, j'ai emmené mon chaperon,

162

répondit-il avant un temps de silence. Si tu as décidé de passer l'enterrement à l'as, reprit-il, où diable es-tu ?

— Je suis en ville. Je me disais que j'allais faire une autre visite à l'artiste.

— Tu veux parler de Malcolm Neilson ? Pour quoi faire ?

— De nouveaux renseignements. Neilson s'est bien rendu au vernissage.

— Comment se fait-il que personne n'en ait soufflé mot ?

— Je ne pense pas qu'il soit entré dans la galerie, il s'est contenté de voir ça de loin, à traîner sur le trottoir.

— Et c'est qui qui t'a dit ça ?

— Dominic Mann.

Nouveau temps de silence.

— Tu as eu un nouvel entretien avec lui ?

— C'est lui qui a appelé, mentit-elle.

Elle ne voulait pas que Hynds sache qu'elle était allée voir Mann sans lui. Tout n'était pas perdu, ils pouvaient encore finir partenaires et travailler en duo… Mais, chose plus importante, elle avait tout intérêt à se trouver un allié à St Leonard's. Il ne s'agissait pas simplement du départ de Rebus ou de la réapparition de Derek Linford. Elle savait qu'il lui était impossible d'être partout à la fois et qu'il lui fallait compter sur les autres, forger des alliances et non se faire des ennemis. La prochaine étape sur l'échelle des promotions était peut-être lointaine, cela ne signifiait pas pour autant qu'elle pouvait se permettre de relâcher sa garde et de décompresser…

— Je n'ai pas vu trace de l'appel, disait Hynds.

— Il m'a jointe sur mon mobile.

— C'est drôle, ton portable était éteint chaque fois que j'ai essayé…

— Il m'a bien appelée pourtant.

S'ensuivit un silence plus long cette fois. Elle savait que Hynds pesait le pour et le contre et se forgeait une opinion.

— Tu veux que je sois présent quand tu verras Neilson ? demanda doucement Hynds.

Il savait.

— Oui, répondit-elle, trop rapidement. Les cartes de crédit de la victime ont-elles refait surface ?

— Pas la moindre transaction.

Détail curieux en soi : quand on vole des cartes de crédit, on se dépêche de les utiliser au maximum avant qu'il y soit fait opposition. Eric lui avait parlé de la fraude sur Internet : aujourd'hui, on achetait en ligne vingt-quatre heures sur vingt-quatre, sept jours sur sept. Un voleur de carte de crédit pouvait espérer tirer un profit maximum en l'espace d'une nuit en faisant livrer ses achats à une adresse sûre. Si vous sortez la nuit et qu'on vous soulage discrètement de vos cartes de crédit, à votre réveil, lorsque vous découvrez qu'elles ne sont plus là, il est déjà trop tard. Pour quelle raison un agresseur irait-il prendre les cartes de crédit de sa victime pour ensuite ne pas s'en servir ? Réponse : afin de faire passer l'agression pour un simple vol, alors que c'était tout sauf ça…

— Je te verrai chez Neilson, dit-elle.

Elle était sur le point de couper la communication quand un détail lui revint soudain.

— Ne raccroche pas. Est-ce que tu as le numéro de téléphone de Neilson ?

164

— Oui, quelque part.

— Vaudrait mieux lui passer un coup de fil d'abord. Il a une autre maison à Inveresk.

— S'il sait que nous allons débarquer, tu ne penses pas qu'il tentera de nous refaire le coup de l'avocat ?

— Je suis certaine que tu saurais l'en dissuader. S'il se trouve à Inveresk, rappelle-moi : je passerai te prendre en chemin.

Mais Malcolm Neilson n'était pas à Inveresk. Il était dans sa maison des colonies, portant les mêmes vêtements que la fois précédente. Siobhan douta qu'il se soit lavé ou rasé depuis. Il n'avait pas non plus fait de ménage.

— Juste quelques questions supplémentaires, dit-elle.

Elle voulait que les choses aillent vite. Elle ne prit pas la peine de s'asseoir, pas plus que Hynds d'ailleurs. Quant au peintre, il s'était affalé comme la première fois entre les deux haut-parleurs. Ses doigts étaient sales et barbouillés de peinture, et elle sentait les vapeurs de térébenthine et d'huile en provenance du grenier.

— Puis-je téléphoner à un ami ? demanda-t-il d'une voix bourrue.

— Vous pouvez même faire appel au public si vous estimez que cela peut vous aider, répondit Hynds.

Neilson lâcha un ricanement et une esquisse de sourire se dessina sur ses lèvres.

— Ça vous est déjà arrivé de vous battre avec Edward Marber ? demanda Siobhan.

— Tout dépend de ce que vous entendez par là.

— Un échange de coups de poing par exemple ?

— Vous ne l'avez jamais vu, n'est-ce pas ? Il n'aurait pas été capable d'écrabouiller un biscuit apéritif.

En contemplant les emballages en aluminium vides par terre, Siobhan déduisit que Neilson avait mangé chinois à son dernier repas.

— L'avez-vous frappé ? demanda Hynds.

— Je l'ai simplement poussé, c'est tout. Eddie aimait bien se coller aux gens. Il ne devait pas connaître le sens de l'expression « espace personnel ».

— Et où ça ? voulut savoir Siobhan.

— Dans la poitrine.

— Je veux dire, c'est ici que ça s'est passé ?

— Dans sa galerie.

— Après qu'il vous a exclu de l'exposition ?

— Oui.

— Et il n'y a eu que ça, une simple poussée ?

— Il a trébuché en arrière et il est tombé sur des toiles, dit Neilson avec un haussement d'épaules.

— Et vous n'êtes pas retourné dans sa galerie depuis ?

— Je ne me torcherais même pas le cul sur cet endroit.

— Vraiment ?

Ce fut Hynds qui posa la question. Et quelque chose dans le ton de sa voix alerta l'artiste.

— Bon, d'accord, j'y suis retourné le soir du vernissage.

— Êtes-vous entré ? demanda calmement Siobhan.

— Je présume que quelqu'un m'a vu, alors vous savez foutrement bien que non.

— Que faisiez-vous là-bas, monsieur Neilson ?

— J'étais le spectre de la fête.

— Vous vouliez hanter M. Marber ?

L'artiste se passa une main dans les cheveux, les ébouriffant un peu plus.

— Je ne sais pas au juste ce que je voulais.

— Faire un scandale ? suggéra Hynds.

— Si j'avais cherché le scandale, je serais entré, vous ne croyez pas ?

— Combien de temps êtes-vous resté là-bas ?

— Pas bien longtemps. Cinq minutes peut-être.

— Avez-vous remarqué quelque chose ?

— J'ai vu des gens gros et gras descendre le champagne à grandes rasades.

— Je veux parler d'un détail qui aurait éveillé vos soupçons.

Neilson secoua la tête.

— Avez-vous reconnu certains des invités ? demanda Siobhan en déplaçant son poids d'un pied sur l'autre.

— Deux journalistes… un photographe… certains des clients d'Eddie.

— Tels que ?

— Sharon Burns… C'était humiliant de la voir là. Elle a acheté quelques-unes de mes toiles par le passé…

— Qui d'autre ?

— Morris Cafferty…

— Cafferty ?

— L'homme d'affaires.

Siobhan hocha la tête.

— Possède-t-il de vos œuvres ?

— Je crois qu'il en a une, oui.

Hynds s'éclaircit la gorge.

— Avez-vous remarqué d'autres artistes ? demanda-t-il.

Neilson lui lança un regard venimeux, alors que Siobhan bouillait intérieurement de voir qu'on abandonnait ainsi le sujet de Cafferty.

— Joe Drummond était présent, reconnut le peintre. Je n'ai pas vu Celine Blacker, mais jamais elle ne ferait l'impasse sur la gnôle gratis et l'occasion de se faire lécher les bottes par ses admirateurs.

— Et Hastie ?

— Hastie ne fait pas beaucoup la fête.

— Pas même quand il a des toiles à vendre ?

— Il laisse son marchand se charger de ça, dit Neilson en plissant les yeux. Vous aimez ce qu'il fait ?

— Il y a des choses pas mal, fit Hynds.

Neilson secoua la tête avec lenteur, comme s'il n'en croyait pas ses oreilles.

— Puis-je vous poser une dernière question, monsieur Neilson ? intervint Siobhan. Vous avez déclaré qu'Edward Marber était un escroc. Je ne suis pas sûre de savoir qui il escroquait.

— Tout le monde, bon Dieu. Il vendait une toile plein pot avant d'aller dire à l'artiste qu'il devait rabaisser un peu ses prétentions pour garantir que la vente se fasse.

— Et en quoi cela escroquait-il l'acheteur ?

— Parce que celui-ci aurait probablement pu l'avoir pour moins cher. Et prenez un truc comme les Nouveaux Coloristes, c'est juste un foutu coup de marketing-frime. Ça veut dire qu'il peut augmenter de nouveau ses prix.

168

— Mais personne n'est obligé d'acheter s'il n'en a pas envie, fit remarquer Hynds.

— Mais les gens achètent, en particulier après que le petit baratin servi par Eddie a fait son chemin.

— Vous vendez vos œuvres directement, monsieur Neilson ? Sans intermédiaire ? demanda Siobhan.

— Les marchands ont complètement verrouillé le marché, cracha Neilson. Des salopards assoiffés de sang, tous autant qu'ils sont…

— En ce cas, qui vous représente ?

— Une galerie londonienne : Terrance Whyte. Même si apparemment il n'a pas les tripes pour…

Une fois sortis, après un quart d'heure supplémentaire de grommellements pour l'essentiel improductifs de l'artiste, Siobhan et Hynds s'arrêtèrent sur le trottoir. La voiture de Siobhan était garée en bordure de trottoir, celle de Hynds en double file à côté d'elle.

— Il continue à parler de Marber au présent, fit remarquer Siobhan.

Hynds confirma de la tête.

— Comme si le meurtre ne l'avait pas réellement affecté.

— Ou alors c'est peut-être qu'il a lu les mêmes bouquins de psychologie que nous. Il sait que c'est bon pour lui.

Hynds réfléchit un instant.

— Il a vu Cafferty.

— Oui. Et je voulais te remercier de nous avoir éloignés de ce sujet précis en moins de temps qu'il ne faut pour le dire.

Hynds repensa à l'entretien avec Neilson avant de marmonner des excuses.

— Pourquoi t'intéresses-tu tellement à Cafferty ?

Elle le regarda.

— Qu'est-ce que tu veux dire ?

— J'ai entendu des bruits sur Cafferty et l'inspecteur Rebus.

— Et tu en penses quoi, Davie ?

— Juste que ces deux-là…

Il se rendit apparemment compte qu'il s'enfonçait à chaque mot un peu plus profond.

— Rien, finit-il par dire.

— Rien ? Tu es sûr de ça ?

Il la fixa droit dans les yeux.

— Pourquoi ne m'as-tu pas emmené avec toi quand tu es allée voir Dominic Mann ?

Elle se gratta l'oreille et regarda alentour avant de revenir sur Hynds.

— Tu sais quelle a été sa première question quand je suis arrivée ? « Où est passé votre ami homophobe ? » Voilà pourquoi je ne t'ai pas emmené. Je me suis dit que j'obtiendrais plus de lui si tu n'étais pas là… Et c'est ce que j'ai fait.

— Ça me paraît réglo, dit Hynds, les épaules voûtées, ses mains cherchant le refuge de ses poches.

— Est-ce que tu sais à quoi ressemblent les toiles de Neilson ? demanda Siobhan, pressée de changer de sujet.

La main droite de Hynds ressortit de sa poche, serrant quatre cartes postales. Toutes des œuvres de Malcolm Neilson. Avec des titres comme : *Les premières impressions viennent en dernier* et *Voyant que vous savez déjà*. Les titres n'allaient pas avec les peintures :

170

champ et ciel ; une plage avec falaise ; des landes ; une barque sur un loch.

— Qu'en penses-tu ? demanda Hynds.

— Je ne sais pas… Je suppose que je m'attendais à quelque chose d'un peu plus…

— Abstrait et furieux ?

— Exactement, répondit-elle en se tournant vers lui.

— L'abstrait et le furieux ne se vendent pas, expliqua Hynds. Pas aux individus qui décident quelles affiches et quelles cartes postales ils vont refiler au public.

— Qu'est-ce que tu veux dire ?

Hynds prit les cartes postales et les lui agita sous le nez.

— C'est là-dedans que les fortunes se font. Les cartes de vœux, les affiches encadrées, les papiers cadeaux… Demande à Jack Vettriano.

— Je le ferais volontiers, si seulement je le connaissais.

Elle se disait dans le même temps : Dominic Mann ne lui en avait-il pas parlé… ?

— C'est un peintre. Le couple qui danse sur la plage.

— J'ai vu ça.

— Je l'aurais parié. Il gagne probablement plus avec ses pourcentages sur les cartes et compagnie qu'avec la vente de ses toiles.

— Tu plaisantes.

Mais Hynds secoua la tête en remettant les cartes dans sa poche.

— L'art n'est qu'une question de marketing. J'en discutais justement avec un journaliste.

171

— Un de ceux qui se trouvaient au vernissage ?

Hynds fit oui de la tête.

— Elle est critique d'art au *Herald*.

— Et je n'ai pas été invitée ?

Il la regarda, et elle comprit le message : *exactement comme toi et Dominic Mann.*

— D'accord, dit-elle. Je l'ai bien cherché. Continue sur le marketing.

— Il est indispensable que les noms des artistes soient connus. Pour ça, il y a des tas de manières. L'artiste peut faire sensation d'une façon ou d'une autre.

— Comme Machine avec son lit pas fait ?

Hynds confirma.

— Ou alors tu suscites un intérêt pour une nouvelle école ou tendance.

— Les Nouveaux Coloristes écossais ?

— Le timing n'aurait pas pu être mieux choisi. Il y a eu l'année dernière une grande rétrospective des Coloristes originaux : Cadell, Peploe, Hunter et Fergusson.

— Tu as obtenu tout ça de ta critique d'art ?

Il leva un doigt en l'air, un seul.

— Un unique coup de fil.

— En parlant de ça…

Siobhan fouilla sa poche à la recherche de son portable, pianota un numéro et attendit la réponse. Hynds avait ressorti ses cartes postales et les feuilletait.

— Il y a du monde qui est passé voir les concurrents ? lui demanda Siobhan.

Hynds lui confirma que oui.

— Je crois que c'est Silvers et Hawes qui se sont

chargés des entretiens. Ils ont vu Hastie, Celine Blacker et Joe Drummond.

— Est-ce que ce Hastie a un prénom ?

— Pas pour des besoins professionnels.

Elle n'eut pas de réponse et referma son téléphone.

— Et il en est sorti quoi, de ces entretiens ?

— Les collègues ont fait ça dans les règles.

Elle le regarda.

— Ce qui signifie ?

— Ce qui signifie qu'ils ne savaient pas quelles questions poser.

— Contrairement à toi, tu veux dire ?

Hynds posa une main sur la voiture de Siobhan.

— J'ai pris un cours accéléré en art écossais. Tu le sais et je le sais.

— Alors va en toucher un mot à la superintendante Templer ; peut-être te laissera-t-elle reprendre une nouvelle série d'interrogatoires.

Siobhan remarqua que le cou de Hynds s'empourprait.

— Tu lui as donc déjà parlé ? supposa-t-elle.

— Samedi après-midi.

— Et qu'a-t-elle répondu ?

— Elle a dit qu'apparemment je pensais en savoir plus qu'elle.

Siobhan étouffa un sourire.

— Tu t'habitueras à Templer, dit-elle.

— C'est une casse-couilles.

Le sourire disparut.

— Elle ne fait que son boulot.

Les lèvres de Hynds s'arrondirent en O.

— J'avais oublié que c'était une de tes amies.

— C'est elle mon patron, tout comme pour toi.

— À ce que j'ai entendu dire, elle a fait de toi son poulain.

— Je n'ai pas besoin qu'on me bichonne…

Siobhan s'interrompit, aspira un peu d'air.

— Avec qui as-tu discuté ? Derek Linford ?

Hynds se contenta de hausser les épaules. Le problème était que ç'aurait pu être n'importe qui : Linford, Silvers, Grant Hood… Siobhan recomposa son numéro de téléphone.

— La superintendante Templer est obligée d'être dure avec toi, expliqua-t-elle d'une voix mesurée. Tu la traiterais de casse-couilles si c'était un mec ?

— Probable que je lui donnerais un nom bien pire, répondit Hynds.

On répondit à l'appel de Siobhan, cette fois.

— Sergent Clarke à l'appareil. J'ai rendez-vous avec M. Cafferty… et je voulais juste savoir si ça tenait toujours.

Elle écouta, consulta sa montre.

— C'est super, je vous remercie. Je serai là.

Elle coupa la communication et replaça le portable dans sa poche.

— Morris Gerald Cafferty, lâcha Hynds.

— Big Ger pour les initiés.

— Éminent homme d'affaires de la région.

— Avec en à-côtés drogue, racket de protection et Dieu sait quoi d'autre.

— Tu as déjà eu affaire à lui par le passé ?

Elle acquiesça, sans rien ajouter. Lesdites affaires s'étaient déroulées entre Cafferty et Rebus ; au mieux, elle avait été spectatrice.

— À quelle heure sommes-nous censés le rencontrer ? demanda Hynds.

— « Nous » ?

— Je présume que tu voudras que je détaille d'un œil expert sa collection d'art.

Ce qui était logique, malgré les réticences de Siobhan à le reconnaître. Ce fut au tour du portable de Hynds de sonner et il prit l'appel.

— Allô, mademoiselle Bessant…, dit-il avec un clin d'œil à Siobhan.

Il écouta un moment.

— Vous êtes sûre ?

Il fixait Siobhan maintenant.

— Nous ne sommes pas très loin, en fait. Oui, cinq minutes… À tout de suite.

Il coupa la communication.

— De quoi s'agit-il ? demanda Siobhan.

— Un des tableaux personnels de Marber. Il semblerait que quelqu'un l'ait emporté avec lui. Et devine quoi, c'est un Vettriano…

Ils se rendirent à la galerie de Marber où les attendait Cynthia Bessant, encore en tenue de deuil, les yeux rougis par les larmes.

— J'ai raccompagné Jan jusqu'ici…

Elle indiqua de la tête le bureau du fond où la secrétaire de Marber s'agitait au milieu des papiers.

— Elle voulait se remettre au travail immédiatement. C'est à ce moment-là que j'ai remarqué…

— Remarqué quoi ? demanda Siobhan.

— Eh bien, il y avait une toile qu'Eddie appréciait beaucoup. Il l'avait gardée un moment chez lui avant de décider de l'accrocher dans son bureau, ici. Je croyais qu'elle s'y trouvait, c'est pour cette raison que je n'ai rien dit en voyant qu'elle n'était pas dans sa collection particulière, à son domicile. Mais Jan dit qu'il craignait qu'elle ne soit volée, aussi l'avait-il remportée chez lui.

— Est-ce qu'il aurait pu la vendre ? demanda Hynds.

— Je ne pense pas, David, répondit Bessant. Mais Jan est en train de vérifier.

Le cou de Hynds s'empourprait de nouveau, car il sentait le regard de Siobhan, amusée par le fait que Bessant l'ait appelé par son prénom.

— C'était quel genre de tableau ?

— Un Vettriano des débuts... un autoportrait avec un nu derrière lui en miroir.

— Quelles dimensions ? demanda Hynds qui avait sorti son calepin.

— Environ un mètre sur soixante-quinze... Eddie l'avait acheté il y a cinq ou six ans de cela, juste avant que Jack n'atteigne des sommes stratosphériques.

— Et que vaudrait-il aujourd'hui ?

Bessant haussa les épaules.

— Peut-être trente... voire quarante mille. Vous pensez que c'est l'assassin d'Eddie qui l'a emporté ?

— À votre avis ? demanda Siobhan.

— Eh bien, Eddie possédait des Peploe et des Bellany, un petit Klee et deux exquises gravures de Picasso...

Elle semblait incapable de répondre à la question.

— Donc cette peinture n'était pas la plus précieuse de sa collection ?

Bessant secoua la tête.

— Et vous êtes sûre qu'elle a disparu ?

— Elle ne se trouvait pas ici, et elle n'était pas dans la maison…

Elle se tourna vers eux.

— Je ne vois pas à quel autre endroit elle pourrait être.

— M. Marber ne possédait-il pas également une maison en Toscane ? demanda Siobhan.

— Il n'y séjournait qu'un mois par an, rétorqua Bessant.

Siobhan réfléchit un instant.

— Il faut faire circuler cette information. Existerait-il une photo de cette toile quelque part ?

— Probablement dans un catalogue…

— Et pensez-vous être à même de retourner au domicile de M. Marber, pour vérifier une seconde fois ?

Cynthia Bessant acquiesça d'un signe de tête avant de jeter un œil vers Hynds.

— Est-il indispensable que je m'y rende seule ?

— Je suis sûre que David se fera un plaisir de vous y accompagner, lui répondit Siobhan.

Elle constata que le cou de Hynds recommençait à s'empourprer.

8

À son retour dans la salle de travail, Rebus retrouva toute l'équipe rassemblée autour d'Archie Tennant. L'inspecteur-chef était assis, les autres debout derrière lui, à regarder par-dessus ses épaules la liasse de documents qu'il était en train de lire.

— C'est quoi, ça ? demanda Rebus en se débarrassant de sa veste.

Tennant interrompit son récital.

— Le dossier sur Richard « Dickie » Diamond. Vos petits copains de Lothian and Borders viennent de nous le faxer.

— Leur efficacité me surprend.

Rebus regarda par la fenêtre une voiture qui rejoignait la route. Peut-être Strathern qui rentrait chez lui. Conducteur à l'avant, passager à l'arrière.

— Sacré personnage, ton Dickie, dit Francis Gray.

— Il n'a jamais été mon Dickie, répondit Rebus.

— Mais tu le connaissais pourtant ? Tu l'as bien arrêté plusieurs fois, non ?

Rebus acquiesça. Inutile de nier les faits. Il s'assit en bout de table, à l'opposé du reste de la troupe.

— Je croyais t'avoir entendu dire que tu savais tout juste qui c'était, John ? dit Gray, le regard amusé.

Tennant passa à la feuille suivante.

— Je n'avais pas encore fini l'autre, protesta Tam Barclay.

— Ça, c'est parce tu lis encore comme un gamin de CP, se plaignit Gray en voyant Tennant tendre le feuillet à Barclay.

— Si je me souviens bien, j'ai déclaré que je le connaissais à peine, rétorqua Rebus en réponse à la question de Gray.

— Tu l'as arrêté deux fois.

— Francis, j'ai arrêté des tas de gens. Et tous ne sont pas devenus des confidents intimes. Il avait poignardé un mec dans une boîte de nuit, et la seconde fois, versé de l'essence dans une boîte aux lettres. Sauf que le deuxième délit n'est jamais passé devant le tribunal.

— Tu ne nous apprends rien que nous ne sachions déjà, John, lança McCullough.

— Ça, c'est peut-être parce que t'es une putain d'intelligence supérieure, Jazz.

McCullough releva la tête. Tous les autres en firent autant.

— Qu'est-ce qui ne va pas, John ? C'est ta mauvaise période du mois ou quoi ? fut la réaction de Stu Sutherland.

— Peut-être bien qu'Andrea refuse de céder à ses charmes, après tout, proposa Francis Gray.

Rebus détailla les regards rivés sur lui avant de se relâcher, vidant sa poitrine d'un air trop longtemps contenu et faisant suivre par un sourire de contrition.

179

— Désolé, les gars. J'ai réagi de façon inacceptable.

— C'est au premier chef la raison de votre présence en ce lieu, lui rappela Tennant en pointant le doigt sur le dossier. Ce mec n'a jamais refait surface ?

Rebus haussa les épaules.

— Et il s'est fait la belle juste avant que le CID de Glasgow se pointe chez lui ?

Nouveau haussement d'épaules de Rebus.

— C'est lui qui s'est fait la belle ou on l'a fait disparaître ? dit Allan Ward.

— T'es toujours avec nous, Allan ? fit Gray.

Rebus étudia les deux hommes. Ils ne semblaient guère en veine d'affection et il se demanda si Allan Ward était mûr pour balancer ses collègues criminels. Il en doutait fort. D'un autre côté, des trois ripoux supposés, c'était lui le moins aguerri…

— Allan a raison, dit Tam Barclay. Il est possible que Diamond se soit fait descendre. Mais quoi qu'il en soit, il semblerait qu'il ait été au courant de certaines choses… ou alors il craignait que quelqu'un en soit convaincu.

Rebus dut admettre que Barclay avait bien pris ses pilules de matière grise ce matin. Tennant pointait toujours un doigt insistant sur le dossier.

— Tout ça n'est que du bois mort. Cela ne nous apprend rien de ce qui a pu arriver à Diamond depuis toutes ces années.

— On pourrait faire diffuser son signalement, et voir s'il n'est pas réapparu dans les dossiers d'un autre service de police, suggéra Jazz McCullough.

— Bonne idée, concéda Tennant.

— La seule chose que ce dossier nous apprenne,

180

cependant, dit Francis Gray, ce sont les fréquentations habituelles de Dickie Diamond. Quand un gars comme lui prend la poudre d'escampette, il se trouve toujours quelqu'un pour être au parfum. À l'époque, le quelqu'un en question n'a peut-être pas voulu en parler, mais de l'eau a coulé sous les ponts depuis…

— Vous voulez parler à ses complices ? demanda Tennant.

— Ça ne peut pas faire de mal. Les années passent, les histoires remontent à la surface…

— On pourrait demander au Lothian and Borders de…

Gray coupa court à la suggestion de Stu Sutherland.

— Je crois que nos amis de l'Est sont un peu pris en ce moment. Je me trompe, John ? demanda-t-il à Rebus.

Celui-ci confirma d'un signe de tête.

— L'enquête sur le meurtre de Marber bat son plein.

— Et elle fait la une, qui plus est, ajouta Gray. Ce qui n'est pas vraiment la tasse de thé de John.

Les sourires ne manquèrent pas. Gray avait contourné la table de manière à accrocher le regard de Tennant bien en face.

— Alors, qu'en pensez-vous, monsieur ? Cela vaut-il un jour ou deux à Auld Reekie[1] ? C'est à vous que revient la décision en dernier ressort, pas à nous, conclut-il en ouvrant les bras avec un haussement d'épaules.

---

1. Surnom d'Édimbourg en écossais des Lowlands, signifiant La Vieille Enfumée.

— Disons deux demi-journées, peut-être, finit par concéder Tennant. Que reste-t-il d'autre qui mérite qu'on s'y attelle ?…

Au bout du compte, ils réussirent à trouver quelque chose à se mettre sous la dent avant la fin de la journée. Mais d'abord, il y eut les cours à suivre. La cantine fut bruyante à l'heure du déjeuner, tout le monde étant soulagé par le départ des huiles qui n'avaient fait que passer. Chose étrange, Tennant parut d'humeur peu causante et Rebus se demanda s'il n'avait pas espéré en secret une visite de ces messieurs à son petit « show ». L'idée lui avait traversé la tête que l'inspecteur-chef devait être dans le coup. Il aurait été beaucoup plus facile d'intégrer Rebus en cours de stage si les directeurs disposaient de quelqu'un dans la place. Sans compter que le taraudait toujours la même petite « coïncidence », à savoir que le dossier non résolu sur lequel on les faisait travailler se trouvait être une enquête à laquelle il avait participé…

Et à laquelle Francis Gray avait lui aussi pris part…

Gray comme taupe infiltrée, envoyé là par Strathern ?… Rebus ne parvenait pas à chasser de son esprit cette idée d'un double bluff dont il faisait les frais. Les lasagnes sur son assiette étaient toutes raplapla, vague barbouillis de jaune et de rouge bordé de graisse orangée. Plus il les contemplait, plus les couleurs paraissaient se fondre les unes dans les autres.

— T'as perdu l'appétit ? demanda Allan Ward.

— T'en veux ? répondit Rebus.

— Franchement, répondit Ward en secouant la tête, on dirait du placenta.

Sa petite remarque ayant fait mouche, Allan Ward masqua un sourire narquois derrière une fourchetée de lard fumé.

Tout de suite après le repas, quelques-uns des stagiaires se dirigèrent vers un des terrains de football. D'autres s'offrirent une promenade autour de la propriété. Mais dans la section Gestion du Crime, on enseignait à la Horde sauvage la manière de constituer un MMI, un *Manual of Murder Investigation*, manuel d'enquête sur meurtre, à savoir, pour reprendre les termes de leur tuteur, « la Bible d'une enquête bien structurée ». Le détail exhaustif des décisions et procédures suivies qui devait montrer que l'équipe responsable avait fait son maximum.

Pour Rebus, ce n'était que de la paperasse.

Vint ensuite le module « Police scientifique : Entomologie », à l'issue duquel ils quittèrent la salle de cours.

— Ça me donne le bourdon rien que d'y repenser, dit Tam Barclay.

Il faisait référence à certaines des diapos qu'on leur avait montrées. Suivit un clin d'œil puis un sourire. Une fois dans le foyer, ils s'affalèrent sur les canapés et se massèrent le front, paupières fermées. Rebus et Ward descendirent d'un étage et allèrent se griller une clope.

— Ça te tourneboule les méninges, des trucs comme ça, dit Ward en remerciant d'un signe de tête Rebus qui lui offrait du feu.

— Il est certain que ça te fait réfléchir, reconnut Rebus.

On leur avait montré des gros plans de cadavres en putréfaction, des insectes et des vers qu'on y trouvait. Ils avaient appris que les asticots pouvaient aider à déterminer l'heure d'un décès. Ils avaient vu des corps de noyés, des dépouilles gonflées de gaz et des formes réduites à plus rien, plus proches d'une glace aux framboises fondue que d'un humain.

Rebus songea à ses lasagnes intactes et s'offrit une nouvelle bouffée de fumée.

— Le problème, Allan, c'est qu'on laisse des tas de merdes nous entraver dans le boulot. On devient cynique, voire un peu paresseux. Tout ce qu'on voit, c'est les chefs qui nous soufflent dans le cou pour obtenir des résultats et toujours et encore des paperasses à remplir. On oublie en quoi le boulot doit consister.

Rebus se tourna vers le jeunot.

— Qu'est-ce que tu en penses ?

— C'est un boulot. Je me suis engagé dans la police parce qu'aucune autre profession ne voulait de moi.

— Je suis sûr que ce n'est pas vrai.

Ward réfléchit un instant avant de chasser ses cendres en l'air d'une pichenette.

— Ach, peut-être pas, t'as raison. Mais c'est l'impression que j'ai, parfois.

Rebus opina du chef.

— Il semblerait que Francis Gray te prenne bien souvent comme tête de Turc.

Ward releva la tête si vite que Rebus se demanda s'il ne venait pas de mettre le sujet sur le tapis un peu rapidement. Mais Ward se contenta d'un sourire désabusé.

— Ça me glisse dessus aussi facilement que l'eau sur les plumes d'un canard.

— Vous vous connaissez tous les deux ?

— Pas vraiment.

— Si je demande ça, c'est que j'ai l'impression que Francis n'essaierait pas ça avec n'importe qui…

Ward agita un doigt en l'air.

— T'es quand même pas stupide à ce point, dis ? On a bien travaillé ensemble, sur une seule affaire. Je veux dire par là, on n'a jamais été copains comme cochon ni rien.

— Compris. Et donc comme vous n'êtes pas deux parfaits inconnus, il s'arroge le droit de te charrier un peu, c'est ça ?

— C'est bien ça.

Rebus tira sur sa cigarette et souffla sa fumée. Il regardait au loin, comme s'il avait soudain trouvé quelque intérêt au match de foot en cours.

— C'était quoi, l'affaire en question ? finit-il par demander.

— Un trafiquant de drogue de Glasgow… Un truc de gangster.

— Glasgow ?

— Ce mec avait des tentacules un peu partout.

— Au point de toucher ton secteur, si loin au sud ?

— Oh, ouais. Stranraer, tu connais ? Portail d'entrée sur l'Irlande, dans les deux sens. Des armes, des drogues et du fric qui passent et repassent d'un côté à l'autre comme des balles de ping-pong.

— C'était quoi, son nom, à ce mec ? Je le connais ?

— Difficile aujourd'hui. Il est mort.

Rebus cherchait chez Ward quelque indice révélateur : un temps de silence, un baisser de paupières. Il ne vit rien.

— Il s'appelait Bernie Johns.

Rebus fit mine de se creuser la mémoire.

— Il est décédé en prison ? proposa-t-il.

Ward acquiesça.

— Je connais pas de mec qui le méritait plus que lui.

— On en a un du même acabit à Édimbourg.

— Cafferty ? devina Ward. Ouais, j'ai entendu parler de ce salaud. T'as pas aidé à le coller derrière les barreaux ?

— Sauf qu'il y a eu un petit problème. On ne l'y a pas gardé.

Rebus écrasa son mégot sous sa semelle.

— Alors ça ne t'embête pas que Francis te vanne tout le temps ?

— Ne te fais donc pas de bile pour moi, John, répondit Ward en lui donnant une tape sur l'épaule. Francis Gray comprendra vite quand il aura dépassé les bornes… J'y veillerai personnellement.

Il fit mine de tourner les talons puis s'arrêta. Rebus sentit son épaule le picoter là où s'était posée la main de Ward.

— Tu nous offriras une pinte de bon sang quand on sera à Édimbourg, John ?

— Je verrai ce que je peux faire.

Ward hocha la tête. Son regard n'avait pas perdu toute sa dureté et Rebus douta qu'elle en disparût jamais complètement. Ce serait une erreur de sous-estimer cet homme. Mais il se demandait néanmoins de quelle manière il allait pouvoir s'en faire un allié…

— Tu viens ?

— Je te rattrape, dit Rebus.

Il songea à allumer une nouvelle cigarette, abandonna l'idée. On entendit des clameurs en provenance du terrain de football, des bras se levaient sur les lignes de touche. Un des joueurs apparemment se roulait dans l'herbe.

— Ils viennent donc à Édimbourg, se dit doucement Rebus pour lui-même avant de secouer lentement la tête.

Et à lui la charge de garder la Horde sauvage à l'œil, alors qu'elle serait en train d'envahir son propre territoire. Ces mecs allaient se mettre à renifler un peu partout, à poser des questions sur Dickie Diamond. Rebus chassa cette pensée désagréable d'un geste négligent de la main avant de sortir son portable et de passer un coup de fil à Siobhan, qui ne répondait pas.

— Caractéristique, marmonna-t-il.

Aussi appela-t-il Jean. Elle faisait des courses chez Napier l'Herboriste, ce qui le fit sourire. Jean était une adepte convaincue de l'homéopathie et son armoire à pharmacie était remplie de remèdes à base de plantes. Elle était allée jusqu'à lui en faire prendre quand il avait senti un début de grippe, et apparemment, ça avait marché. Mais chaque fois qu'il voyait l'intérieur de l'armoire dans la salle de bains, il avait le sentiment qu'il aurait pu en utiliser la moitié des ingrédients pour se cuisiner un curry ou un ragoût.

— Tu peux rire autant que tu veux, lui avait-elle dit plus souvent qu'à son tour. Ensuite tu me diras lequel de nous deux est en meilleure santé.

Jean voulait maintenant savoir quand elle le verrait.

Il lui répondit qu'il ne savait pas avec certitude. Il ne mentionna pas que son travail allait l'amener à retourner dans la grande ville plus tôt que prévu, ne voulant pas susciter de faux espoirs. S'ils décidaient de se retrouver, il y avait des chances qu'il soit obligé d'annuler à la dernière minute. Il valait mieux qu'elle n'en sache rien.

— Je vais chez Denise ce soir, en tout cas, l'informa-t-elle.

— C'est bien de savoir que tu ne te laisses pas dépérir.

— C'est toi qui t'es cassé, pas moi.

— Ça fait partie du boulot, Jean.

— Bien sûr. (Il l'entendit soupirer.) Comment s'est passé ton week-end, dis-moi ?

— Tranquille. J'ai fait le ménage dans l'appartement, un peu de lessive…

— Et tu as bu jusqu'à plus soif ?

— Voilà une accusation qui ne tiendrait pas devant un tribunal.

— Ce serait si difficile que ça de dénicher des témoins ?

— Pas de commentaires, Votre Honneur. Comment s'est passée la noce ?

— Je regrette que tu n'aies pas été là. Est-ce que je te verrai à ton prochain passage en ville ?

— Naturellement.

— Et ce sera bientôt ?

— Difficile à dire, Jean…

— Eh bien… Prends soin de toi.

— N'est-ce pas ce que je fais toujours ? dit-il,

concluant son coup de fil par un « bye » avant qu'elle réponde à sa question.

Quand il regagna le bâtiment, l'excitation était à son comble dans le foyer. Archie Tennant était debout, bras croisés, menton collé à la poitrine, apparemment plongé dans de profondes réflexions. Tam Barclay agitait les bras à la cantonade comme pour attirer l'attention sur l'argument qu'il défendait. Stu Sutherland et Jazz McCullough cherchaient l'un et l'autre à placer le leur. Allan Ward donnait l'impression d'avoir pris le train en route et voulait des explications, tandis que Francis Gray offrait l'image d'une oasis de calme, assis qu'il était sur un des canapés, jambes croisées, un mocassin noir et ciré battant de droite et de gauche comme une baguette de chef d'orchestre donnant la mesure aux exécutants.

Rebus ne prononça pas un mot. Il se contenta de se faufiler à côté de Ward pour aller s'asseoir auprès de Gray. Le soleil était bas sur l'horizon et un rayon de lumière projetait sur le mur du fond une silhouette du groupe totalement démesurée qui n'évoquait plus rien d'un orchestre. On aurait dit plutôt un spectacle de marionnettes.

Dont un seul homme manipulait les fils.

Rebus restait silencieux. Remarquant le téléphone portable niché dans l'entrejambe généreusement étiré de Gray, il sortit le sien et décida qu'il était plus vieux et plus lourd. Probablement dépassé. Il avait apporté son modèle précédent encore plus ancien au magasin à cause d'un problème, pour s'entendre répondre qu'il serait plus économique de le remplacer que de le réparer.

Gray avait lui aussi les yeux fixés sur le mobile de Rebus.

— J'ai reçu un coup de fil, dit-il.

Rebus releva la tête vers le tumulte ambiant.

— Pas que des banalités, apparemment, dit-il.

Gray confirma que non, d'un lent hochement de tête.

— Certaines personnes étaient restées en dette avec moi, alors j'ai fait passer le mot sur Glasgow que nous recherchions Rico Lomax.

— Et alors ?

— Alors j'ai reçu un coup de fil…

— Wow, wow, s'écria soudain Archie Tennant en décroisant les bras pour les lever au plafond. On se calme, si vous le voulez bien, d'accord ?

Le brouhaha cessa. Tennant passa chacun des présents en revue avant de baisser les bras.

— Okay, nous disposons de nouvelles informations…

Il s'interrompit, posant le regard sur Gray.

— On peut se fier à cent pour cent à votre informateur ?

— On peut se fier à lui, confirma Gray avec un haussement d'épaules.

— Quelles nouvelles informations ? demanda Ward.

Sutherland et Barclay commencèrent à répondre tous les deux en même temps jusqu'à ce que Tennant leur dise de la fermer.

— Bon. Nous avons donc appris que le pub de Rico, celui où il a bu le soir de sa mort, était à l'époque la propriété d'un certain Chib Kelly, dont nous savons qu'il a commencé à fricoter avec la veuve peu de temps après.

— Combien de temps après ?

— C'est important ?

— Est-ce que l'enquête savait à l'époque…

Les questions tombaient en rafales, et une nouvelle fois, Tennant dut demander le silence. Il se tourna vers Gray.

— Eh bien, Francis, est-ce que l'enquête d'origine était au courant de ce fait ?

— Je n'en sais rien du tout, répondit Gray.

— Quelqu'un parmi vous se rappelle-t-il avoir vu ce détail dans les dossiers ?

Tennant les regarda l'un après l'autre, ne reçut que des non de la tête.

— En ce cas, grande question : est-il pertinent dans l'affaire qui nous occupe ?

— Possible.

— Obligé.

— Crime passionnel.

— Absolument.

Tennant replongea dans ses réflexions, noyé sous les commentaires.

— Peut-être qu'il faudrait en toucher un mot à Chib en personne, monsieur.

Tennant se tourna vers l'auteur du dernier commentaire : John Rebus.

— Ouais, pour sûr, disait Ward. Il ne fait pas de doute qu'il acceptera de se compromettre tout seul.

Son rictus avait fait sa réapparition.

— C'est ce qu'il convient de faire, en toute logique,

reprit Rebus, répétant une expression qu'on leur avait martelée aux oreilles lors du cours de MMI.

— John a raison, dit Gray, les yeux fixés sur Tennant. Dans le cadre d'une enquête véritable, nous serions tous de sortie à poser des questions, à remuer les puces aux réticents. On ne resterait pas là derrière nos pupitres comme des écoliers en punition.

— Je pensais justement que remuer les puces des réticents était précisément votre problème, inspecteur Gray, dit froidement Tennant.

— C'est possible. Mais ça m'a permis d'obtenir des résultats au cours de ces vingt-deux dernières années.

— Mais peut-être plus pour très longtemps, cependant.

La menace resta suspendue entre les deux hommes.

— Il me paraît pour le moins logique d'interroger l'individu en question, reprit Rebus. Après tout, ceci n'est pas un simple test, mais une affaire bien réelle, une enquête de chair et d'os.

— Tu ne t'étais pourtant pas montré particulièrement enthousiaste à l'idée de poursuivre la piste d'Édimbourg, John, déclara Jazz McCullough en mettant les mains dans les poches.

— Jazz marque un point, dit Gray en se tournant face à Rebus. Des choses que vous refuseriez de nous dire, inspecteur Rebus ?

Rebus n'avait qu'une envie, choper Gray et lui cracher à la figure : *Qu'est-ce que tu sais exactement ?* Au lieu de quoi il rempocha son portable et posa les coudes sur les genoux.

— Peut-être qu'un petit voyage dans l'Ouest sauvage ne me déplairait pas tant que ça, dit-il.

— Qui dit que c'est toi qui vas y aller ? demanda Allan Ward.

— J'ai du mal à nous voir tous ensemble dans une pièce en compagnie de Chib Kelly, lâcha Stu Sutherland en guise de commentaire.

— Quoi ? Ce serait-y un trop gros effort pour toi, Stu ? le charria Ward.

— Tout cela ne nous avance à rien du tout, intervint Tennant. Dans la mesure où l'inspecteur Rebus semble soudain pris d'un regain d'enthousiasme et qu'il est devenu chaud partisan de « ce qu'il convient de faire », la première chose est de déterminer si ce terrain n'a pas été déjà couvert et qu'il s'agit bien d'une première. Ce qui signifie replonger le nez dans les dossiers et voir si le nom de Chib Kelly s'y trouve cité comme propriétaire de bar… Et d'ailleurs, quel était le nom de ce pub, déjà ?

— Le Claymore, répondit Gray. Depuis, il a changé de nom et est devenu un peu plus classieux. C'est The Dog and Bone aujourd'hui.

— Mais son propriétaire est toujours Chib Kelly ? demanda Rebus.

Gray fit non de la tête.

— Une chaîne anglaise : des rayonnages de bouquins et des babioles partout. On a l'impression d'entrer dans une brocante plus que dans un pub.

— La seule chose à faire, insista Tennant, c'est de se replonger dans l'examen des dossiers afin de voir ce qu'il en ressort.

— Une heure ou deux, ça pourrait peut-être suffire, proposa Gray en consultant sa montre.

— Des projets pour ce soir, Francis ? demanda Tennant.

— John nous embarque jusqu'à Édimbourg pour une soirée en ville.

La main de Gray se posa lourdement sur l'épaule de Rebus.

— Ça nous changera du pub du coin, hein, John ?

Rebus ne répondit rien, n'entendit pas les commentaires du restant de la troupe, du genre « Chouette, non ? » et « Bonne idée ». Il se concentrait un peu trop sur Francis Gray, à se demander ce que le bonhomme pouvait bien avoir en tête, nom de Dieu.

9

— Mais qu'est-ce que tu fous, nom de Dieu ?

La question avait été aboyée toutes dents dehors et venait de derrière la porte. On entendit une réponse étouffée. La secrétaire, le combiné à l'oreille, sourit à Siobhan et à Hynds. Siobhan entendit le téléphone sonner quelque part au-delà de ladite porte. Avant qu'on décroche, finalement.

— Quoi ?

La secrétaire fit une belle grimace.

— Deux officiers de police désirent vous voir, monsieur Cafferty. Ils avaient bien pris rendez-vous…

Un ton d'excuse, un léger trémolo dans la voix. Elle écouta parler son employeur avant de reposer le combiné.

— Il vous recevra dans un instant. Si vous voulez bien vous asseoir…

— Un vrai plaisir de travailler pour lui, non ?

— Oui, répondit la secrétaire avec un sourire forcé. Tout à fait.

— Les postes de secrétaire ne manquent pas. Le *Scotsman* de vendredi me paraît un bon point de départ.

Siobhan battit en retraite jusqu'aux trois fauteuils alignés en traînant Hynds avec elle. Le cagibi de la réception était trop petit pour une table basse. Deux bureaux : le premier occupé par la secrétaire, le second encombré de paperasses en désordre. Jusqu'à un passé récent, l'endroit avait dû être une boutique, prise en sandwich entre une boulangerie et une papeterie, avec une large vitrine donnant sur une rue des plus banales. Ils se trouvaient au sud-ouest du centre, non loin de Tollcross. Siobhan gardait un mauvais souvenir du quartier, à cause d'un accident de voiture qu'elle y avait eu, des années auparavant, rendue perplexe par le choix des options s'offrant à elle au carrefour de la route de Tollcross. Cinq itinéraires s'entrecroisaient aux feux, et comme elle n'avait pas son permis depuis bien longtemps et que la voiture était un cadeau des parents…

— Je ne pourrais pas travailler ici, disait Hynds à la secrétaire avec un signe de tête vers la rue. L'odeur que dégage cette boulangerie…

Il se tapota le ventre et sourit. La secrétaire lui sourit en retour, de soulagement plus que d'autre chose, estima Siobhan — en constatant que Hynds ne parlait plus de son employeur…

La boutique de jadis était devenue une agence de location et s'appelait maintenant MGC Lettings. La vitrine s'ornait de la légende : « La Réponse à Vos Besoins Immobiliers. » À leur arrivée, Hynds avait demandé ce qui pouvait bien pousser un « génie criminel » à se cacher derrière une façade aussi sinistre. Siobhan n'avait pas su lui répondre. Elle savait que Cafferty avait d'autres intérêts légaux en ville, surtout une compagnie de radio-taxis à Gorgie. La peinture fraîche et la moquette neuve portaient à croire que MGC Lettings était une entreprise toute récente.

— J'espère que ce n'est pas un de ses locataires dans le bureau, dit alors Hynds.

Si la secrétaire l'avait entendu, elle n'en laissa rien paraître. Elle plaça des écouteurs sur sa tête et se mit apparemment à taper une lettre enregistrée sur Dictaphone. Siobhan avait ramassé quelques feuillets parmi le foutoir qui régnait sur la table. Des listings de propriétés à louer. La plupart étaient de vieux immeubles d'appartements situés dans les secteurs les moins ragoûtants de la ville. Elle en tendit un à Hynds.

— Dans beaucoup d'agences, on trouve des choses comme « pas de DSS [1] ». Rien de ça ici.

— Et alors ?

— Tu n'as jamais entendu parler des propriétaires qui entassent dans leurs appartements des personnes bénéficiant de l'aide au logement avant de les ratisser jusqu'à l'os ?

Le visage de Hynds resta impassible.

— Les futurs locataires doivent remettre leur livret d'allocations. Entre-temps, le proprio encaisse directement le montant du loyer auprès des services sociaux. L'argent rentre à tous les coups.

— Mais il s'agit ici d'une agence de location. N'importe qui cherchant un logement peut y entrer...

— Ce qui ne veut pas dire pour autant que tout le monde en obtient un.

Il fallut un moment à Hynds pour digérer l'informa-

---

1. Équivalent de nos services sociaux d'aide au logement.

tion, puis il inspecta les murs. Deux calendriers et un agenda hebdomadaire. Pas d'œuvres d'art originales.

La porte du bureau proprement dit s'ouvrit et un pauvre bougre dépenaillé se dépêcha vers la sortie comme s'il marchait sur des patins. Apparut alors une silhouette imposante dans l'embrasure. L'homme arborait une chemise blanche tellement neuve qu'elle éblouissait presque, et une cravate en soie couleur flaque de sang. Les manches étaient remontées sur des bras poilus et musculeux. La tête était grosse et ronde, comme une boule de bowling, les cheveux gris et drus taillés en brosse courte.

— Désolé de vous avoir fait attendre. Je suis M. Cafferty. En quoi puis-je vous être utile ?

Siobhan et Hynds se levèrent et Cafferty leur demanda s'ils désiraient du thé ou du café. Ils firent non de la tête.

— Donna peut aller en chercher à la boulangerie, leur assura-t-il. C'est facile.

Toujours pas d'amateurs, aussi les fit-il entrer dans son bureau. Un bien grand mot, à vrai dire : une table de travail nue, hormis le téléphone qui y était posé ; un classeur gris à quatre tiroirs ; une petite fenêtre en verre dépoli. Les lumières étaient allumées, mais l'endroit faisait penser à une cave propre et bien éclairée. Un chien s'était levé de son coin. Un épagneul marron et blanc, qui se dirigea droit sur Siobhan pour lui renifler les pieds avant de frotter sa truffe contre la main qu'elle lui tendit.

— Couché, Claret ! claqua la voix sèche de Cafferty.

Le chien battit en retraite.

— Beau chien, fit Siobhan. Pourquoi Claret ?

— Je suis fanatique de bon vin, expliqua Cafferty avec un sourire.

Contre un des murs, encore sous leur emballage de plastique à bulles, étaient posées apparemment trois ou quatre toiles ou gravures encadrées qui rappelèrent à Siobhan celles qu'elle avait vues au domicile de Marber. Hynds alla immédiatement y voir de plus près, alors même que Cafferty l'avait invité à s'asseoir dans un des fauteuils devant son bureau.

— Vous n'avez pas encore pris le temps de les accrocher ? demanda-t-il.

— Je ne sais même pas si je vais m'y résoudre un jour.

Siobhan s'était assise et, comme prévu, Cafferty fut incapable de décider s'il devait concentrer son attention sur elle ou sur Hynds. Il ne pouvait pas les garder à l'œil l'un et l'autre à la fois.

— Le constable Hynds est comme qui dirait un passionné, expliqua Siobhan en voyant son collègue inspecter chaque toile tour à tour.

— Vraiment ? grommela Cafferty.

Sa veste était posée sur le dossier de son fauteuil, et il était assis sur le bord de son siège, comme s'il craignait plus ou moins de la chiffonner. Devant ses épaules massives, Siobhan eut l'impression d'être face à un prédateur en cage prêt à bondir sur sa proie, incapable de cacher tout à fait son atavisme.

— Voici un Hastie, dit Hynds en levant la toile pour la montrer à sa partenaire.

Elle était couverte d'un film de polyéthylène et

Siobhan ne put en distinguer que des taches de couleur et un épais cadre blanc.

— Avez-vous acheté ce tableau lors du vernissage, monsieur Cafferty ?

— Non.

Elle se tourna vers Hynds.

— Aucune toile n'a été retirée de l'exposition, lui dit-elle comme pour le rappeler à l'ordre.

— Ah oui, c'est vrai, répondit-il en acquiesçant avant de secouer imperceptiblement la tête pour lui signifier que le Vettriano n'était pas dans le lot.

Siobhan reporta son attention sur Cafferty.

— Avez-vous acheté quelque chose ce soir-là ?

— Il se trouve que non.

— Rien qui vous ait fait envie ?

Cafferty posa les avant-bras sur son bureau.

— Vous êtes Siobhan Clarke, n'est-ce pas ? demanda-t-il avant de sourire. J'avais oublié, mais je me souviens maintenant.

— Et de quoi vous souvenez-vous précisément, monsieur Cafferty ?

— Vous travaillez avec Rebus. Sauf que je me suis laissé dire qu'on avait renvoyé ce cher John à l'école, en formation, dit-il avec un tu-tu-tut désapprobateur. Et le constable Hynds ici présent... son prénom est David, exact ?

Hynds se redressa.

— C'est exact, monsieur.

Cafferty hochait la tête.

— Je suis impressionnée, lança Siobhan en gardant une voix égale. Vous savez qui nous sommes. Donc vous devriez connaître la raison de notre présence chez vous.

— La même qui vous a conduits à rendre visite à Madam Cyn : vous voulez me poser des questions sur Eddie Marber.

Cafferty suivit des yeux Hynds qui revenait devant le bureau pour s'asseoir à côté de Siobhan.

— C'est Cyn qui m'a donné votre prénom, constable Hynds, dit-il avec un clin d'œil.

— Vous étiez au vernissage, le soir où Edward Marber a été tué ?

— J'y étais, en effet.

— Vous n'avez pas signé le livre d'or, déclara Hynds.

— Je n'ai vu aucune raison de le faire.

— Combien de temps êtes-vous resté à la petite fête ?

— Comme je suis arrivé tard, je suis resté pratiquement jusqu'à la fin. Quelques personnes désiraient poursuivre la soirée au restaurant. Elles voulaient qu'Eddie se joigne à elles, mais il a répondu qu'il était fatigué. J'ai… il a appelé un taxi.

Cafferty bougea légèrement ses bras. Sa petite hésitation suscita l'intérêt de Siobhan, et elle savait que Hynds l'avait également remarquée. Ni l'un ni l'autre ne cherchèrent à combler le silence. Finalement, Cafferty poursuivit :

— Je pense que nous avons tous quitté la galerie vers vingt heures, vingt heures quinze. Je suis allé boire quelques verres.

— Dans un endroit particulier ?

— Dans le nouvel hôtel de l'immeuble du *Scots-*

man. Je voulais voir à quoi il ressemblait. Et ensuite au Royal Oak, j'ai écouté un peu de musique folk…

— Qui jouait ? demanda Siobhan.

Cafferty haussa les épaules.

— Des gens débarquent, ils jouent et voilà tout.

Hynds avait sorti son calepin.

— Étiez-vous accompagné, monsieur Cafferty ?

— Deux relations d'affaires.

— Qui s'appellent ?

Mais Cafferty secoua la tête.

— C'est du domaine de ma vie privée. Et avant que vous fassiez des commentaires, je sais que vous allez essayer de me faire porter le chapeau dans cette histoire, mais ça ne marchera pas. J'aimais bien Eddie Marber, je l'aimais beaucoup. J'ai été aussi triste que n'importe qui quand j'ai appris ce qui lui était arrivé.

— Vous ne lui connaissez aucun ennemi susceptible de lui en vouloir à ce point ? demanda Siobhan.

— Aucun, répondit Cafferty.

— Pas même parmi les gens qu'il avait escroqués ?

Les oreilles de Claret se dressèrent soudain, à croire qu'il avait compris le dernier mot.

Cafferty plissa les yeux.

— Escroqués ?

— Nous nous sommes laissé dire que M. Marber avait peut-être escroqué ses artistes aussi bien que ses clients : en exigeant des commissions excessives ou en payant trop peu… Vous n'avez jamais entendu d'allégations de ce genre ?

— Première nouvelle.

— Et toujours la même grande affection à l'égard de votre vieil ami, maintenant que vous savez ?

Cafferty le fusilla du regard. Siobhan s'était levée. Elle vit Claret qui la surveillait, elle vit sa queue qui commençait à battre le sol.

— Vous comprenez bien, dit-elle, que nous serons dans l'impossibilité de vérifier votre alibi tant que vous ne nous aurez pas donné les noms de vos amis.

— Je n'ai pas parlé d'amis, j'ai dit « relations d'affaires ».

Cafferty lui aussi s'était levé. Claret s'assit.

— Et je suis sûr que ce sont des citoyens irréprochables, dit Hynds.

— Je suis aujourd'hui moi aussi homme d'affaires, dit Cafferty en les menaçant du doigt. Un homme d'affaires *respectable*.

— Qui ne désire pas s'offrir d'alibi.

— Peut-être parce que je n'en ai pas besoin.

— Espérons que vous ne vous trompez pas, monsieur Cafferty, dit Siobhan en tendant sa main. Merci d'avoir pris le temps de nous recevoir.

Cafferty fixa la main tendue puis la serra, le visage traversé par un sourire.

— Êtes-vous aussi dure que vous semblez l'être, Siobhan ?

— Pour vous, je suis le sergent Clarke, *monsieur* Cafferty.

Hynds se sentit lui aussi obligé de tendre la main, que Cafferty serra. Un petit jeu à trois, à faire semblant d'être polis et objectifs, d'appartenir au même camp, d'être sortis du même moule humain.

Une fois sur le trottoir, Hynds claqua la langue contre ses dents.

— Ainsi donc, c'est l'infâme Big Ger Cafferty que nous venons de voir.

— Ne te laisse pas prendre à son petit jeu, dit doucement Siobhan.

Elle savait que Hynds avait écouté la voix, il avait vu la chemise et la cravate… Alors qu'elle s'était concentrée sur les yeux de Cafferty, des yeux qui semblaient appartenir à une espèce étrange de prédateur cruel. Sans compter que le personnage avait maintenant pris de l'assurance — l'assurance de savoir qu'aucune prison ne pourrait jamais le garder entre ses quatre murs.

Siobhan s'était retournée vers la vitrine et scrutait l'intérieur de l'officine. Donna l'observa en retour jusqu'à ce qu'un aboiement venu du bureau la fasse jaillir de son fauteuil et qu'elle parte au pas de course avant de refermer la porte derrière elle. L'aboiement avait été humain.

— Il n'a commis qu'un seul petit impair, fit remarquer Siobhan.

— À propos de l'appel du taxi ?

Siobhan acquiesça.

— Tu sais ce qui me tracasse ? Je voudrais bien savoir qui exactement l'a appelé, ce fameux taxi.

— Tu penses que c'est Cafferty ?

Elle hocha la tête en se tournant face à lui.

— Et quelle compagnie à ton avis irait-il appeler ?

— Celle dont il est le propriétaire ? proposa Hynds.

Toujours opinant, elle remarqua une vieille Jaguar garée de l'autre côté de la rue. Elle ne connaissait pas le conducteur, mais la petite silhouette sur la banquette arrière n'était autre que l'homme aux allures dépenaillées qui se prenait une volée de bois vert à leur arrivée.

Il avait pour surnom la Belette, lui sembla-t-il… quelque chose comme ça.

— Reste ici un instant, lança-t-elle à Hynds.

Elle s'avança au bord de la chaussée et vérifia la venue d'éventuels véhicules. Mais le conducteur avait dû recevoir un ordre et lorsqu'elle atteignit le milieu de la deux-voies, la Jag s'éloigna. Les yeux de la Belette derrière la lunette arrière étaient cependant rivés sur elle. Il fallut le coup de klaxon d'une mob qui approchait pour que Siobhan reprenne ses esprits. Elle revint en trottinant auprès de Hynds qui attendait.

— Quelqu'un que tu connais ? demanda-t-il.

— Le bras droit de Cafferty.

— Tu voulais lui demander quelque chose ?

Elle réfléchit une seconde, en réfrénant un sourire. Elle n'avait strictement rien à demander à la Belette… aucune raison de se lancer au beau milieu de la circulation.

Sauf que c'était une chose que Rebus n'aurait pas manqué de faire.

De retour au poste de police, elle constata que la nouvelle de la toile disparue suscitait un intérêt certain. On était en train de copier un cliché couleur déniché par la secrétaire de Marber, sous le regard de l'inspecteur-chef Bill Pryde qui estimait le détail de l'opération. On rassemblait les rapports relatifs à la crémation du matin. Mais rien de bien neuf sous le soleil malgré tout. Le Vettriano était le seul tuyau substantiel auquel les enquêteurs pouvaient se raccrocher.

Hynds repartait au domicile de Marber où il devait retrouver Cynthia Bessant.

— Tu veux aller boire un verre un peu plus tard ? demanda-t-il à Siobhan.

— T'es sûr que Madam Cyn acceptera de relâcher ses griffes pour te laisser partir ?

Il sourit, mais elle secouait la tête.

— Pour moi, petite soirée tranquille aujourd'hui, lui apprit-elle.

Elle répéta la même chose lorsque Derek Linford l'invita à dîner une demi-heure plus tard :

— Rien de bien chic… juste un restau du quartier. On est déjà plusieurs…

Devant son refus, le visage de Derek se durcit.

— J'essaie juste de me montrer gentil, Siobhan.

— Tu as encore quelques leçons à prendre, Derek…

Gill Templer voulut un rapport sur la toile disparue. Siobhan s'en acquitta en peu de mots. Templer resta songeuse. Quand le téléphone sonna, elle décrocha et coupa la communication sans raccrocher.

— Et on fait quoi maintenant ? demanda-t-elle.

— Je n'en sais rien, reconnut Siobhan. Cela nous donne un objectif, la retrouver. Plus encore, cela nous oblige à chercher la réponse à une question. À savoir : pourquoi cette toile-là en particulier ?

— L'inspiration de l'instant ? proposa Templer. On attrape le premier objet qui se présente…

— Et on n'oublie pas de rebrancher l'alarme et de verrouiller la porte après son départ ?

Templer dut admettre que Siobhan marquait un point.

— Vous voulez vous mettre en chasse ? demanda-t-elle.

— S'il y a quelque chose à chasser, j'apporterai mes chaussures de course. Pour le moment, je pense que nous allons classer ça en attente, fichier « Intéressant ».

En voyant s'assombrir le visage de Templer, Siobhan crut en comprendre la raison : la voix de Rebus exprimant des sentiments quasi identiques devait lui résonner aux oreilles…

— Désolée, dit Siobhan en se sentant rougir. Une mauvaise habitude.

Elle tourna les talons.

— À propos, dit Templer, comment allait Big Ger Cafferty ?

— Il s'est acheté un chien.

— Voyez-vous ça ! Vous croyez pouvoir persuader l'animal d'être nos yeux et nos oreilles dans la place ?

— Celui dont je vous parle est plutôt tout truffe et queue, dit Siobhan.

Et sur ces mots, elle sortit.

10

— C'est quoi ton poison, John ?

Chaque fois qu'il offrait une nouvelle tournée, Jazz McCullough posait la même question. Ils étaient partis pour Édimbourg en convoi de deux voitures. Rebus avait accepté de conduire la première : ainsi, il serait assuré de ne pas trop boire. Jazz avait pris le volant de la seconde, en prétendant à tout crin que, de toute manière, comme il ne buvait pas beaucoup, cela ne lui coûterait guère.

Ils avaient travaillé d'arrache-pied jusqu'à dix-huit heures sur leurs dossiers et Archie Tennant était resté avec eux jusqu'au bout. À l'issue de la séance, sans résultats à se mettre sous la dent, Ward avait invité Tennant à se joindre à eux pour la soirée. Peut-être était-ce les regards des autres, mais Tennant avait refusé, avec élégance au demeurant.

— Ça ne risque pas, avait-il déclaré. Bon sang, mais je roulerais sous la table bien avant vous autres !

Ils étaient six pour deux voitures : Rebus faisait le chauffeur avec Gray et Stu Sutherland à l'arrière. Gray estima que la Saab de Rebus était « un joli tas de ferraille ».

— Et c'est quoi déjà ce que tu conduis, Francis ? Un coupé Bentley ?

Gray avait secoué la tête.

— Je garde la Bentley au garage, et je me sers de la Lexus quand je dois me déplacer.

C'était vrai, il conduisait bien une Lexus, un gros modèle avec intérieur cuir. Rebus n'avait pas la moindre idée du prix d'un tel char.

— Et tu dois cracher combien pour en avoir une par les temps qui courent ? avait-il demandé.

— Un peu plus que jadis, fut la réponse.

Puis Sutherland s'était mis à râler sur le prix des bagnoles à l'époque où il avait commencé à conduire. Tandis que Rebus jetait de temps à autre un coup d'œil à Gray dans le rétro. Il avait tout fait pour que Gray et Ward se retrouvent ensemble dans la voiture, afin de voir s'il pouvait rajouter de l'eau sur le gaz entre les deux hommes. Il aurait été presque aussi satisfait si Ward et Gray avaient insisté pour accompagner McCullough : au moins, cela aurait pu prouver qu'ils travaillaient en équipe. Pas de bol, ni d'un côté ni de l'autre.

Comme ils avaient d'abord voulu aller dîner, il les avait dirigés vers un restau indien sur Nicholson Street. Et après ça, au Royal Oak. Quatre consommateurs étaient installés sur un rang au comptoir. Les deux à chaque bout buvaient seuls, les deux du milieu étaient ensemble. Tous les quatre roulaient leur cigarette avec la même concentration que si un titre de champion était en jeu. Dans un coin, un guitariste et un joueur de mandoline assis face à face improvisaient un morceau sans se quitter un instant des yeux, pareils à deux amants passionnés.

Rebus et ses acolytes buveurs remplirent ce qui restait du minuscule comptoir.

— Nom de Dieu, John, dit Tam Barclay, elles sont passées où, les femmes ?

— Je n'avais pas compris que tu te cherchais un rancard, Tam.

Ils ne restèrent au Royal Oak que le temps d'un verre avant de se diriger vers le centre-ville. Café Royal, Abbotsford, Dome et Standing Order. Quatre pubs. Quatre verres de plus.

— Une grande soirée de bringue à Édimbourg, constata Barclay en contemplant les petits groupes de buveurs alentour. Je croyais que c'était nous, la Horde sauvage, non ?

— Voilà Tam qui commence à croire à ses propres foutaises, fit Jazz McCullough.

— Mais c'est bien pour ça qu'on nous a balancés en recyclage, non ? Pour nous remettre en ligne, persista Barclay. Parce qu'on ne joue pas selon leurs putains de règles.

Un filet de salive s'échappa de sa bouche. Il l'essuya d'un revers de main.

— Et moi, j'aime bien les mecs qui tiennent l'alcool, murmura McCullough à Rebus.

— Ça se passerait autrement à Glasgow, pas vrai, Francis ?

— Tu veux parler de quoi, Tam ?

— D'une soirée de bringue.

— Il est sûr que ça peut être chaud, dit Gray, un bras sur les épaules de Barclay.

— Je veux dire, vise-moi un peu c't'endroit…, dit Tam en détaillant les lieux. C'est un palace, pas un endroit où on picole !

— Dans le temps, c'était une banque, dit Rebus.

— Ça mérite pas le nom de pub, tu vois ce que je veux dire ?

— M'est avis, fit Stu Sutherland, que t'es en train de nous apprendre que t'es bourré.

Barclay réfléchit un instant et son visage s'élargit en un grand sourire.

— Peut-êt' bien que t'as raison, Stu. Peut-êt' bien que t'as touché dans le mille !

Ils se mirent tous à rire et décidèrent de revenir sur leurs pas, voire de s'arrêter dans un des pubs qu'ils avaient snobés au passage. Rebus avait dans l'idée de les conduire jusqu'au Cowgate, mais même ça, décida-t-il, manquerait d'authenticité pour Barclay. Les bars un peu plus animés étaient pleins d'ados et de sono brutale avec lumières strobo, et ils risquaient d'y faire tache comme… comme les flics en virée qu'ils étaient. Quelques cravates avaient beau avoir disparu, ils étaient toujours en costard, tous, sauf Jazz McCullough en jean et polo, qui était allé dans sa chambre se changer. Ils l'avaient d'ailleurs bien charrié : le vieux jeton qui se la joue tendance…

Arrivés à l'intersection de South Bridge et High Street, Francis Gray vira sans prévenir dans High Street et commença à descendre la colline en direction de Canongate. Ils lui emboîtèrent le pas en lui demandant où il allait.

— Peut-être qu'il connaît un vrai rade à picole, fit Barclay en guise de commentaire.

Rebus avait les oreilles qui chauffaient un peu. Il s'était jusque-là délibérément cantonné au circuit à touristes en tenant le groupe à l'égard de ses bars de prédilection. Il voulait que ces pubs-là restent les siens, en propre.

Gray s'était arrêté devant une boutique de kilts et contemplait le bâtiment mitoyen.

— Maman m'a conduit ici quand j'étais gamin, expliqua-t-il.

— C'est quoi ? demanda Stu Sutherland.

— C'est exactement ici, répondit Gray en tapant du pied sur le trottoir. C'est ici, tout ce qui fait de nous ceux que nous sommes !

Sutherland regarda alentour.

— Je ne pige toujours pas.

— C'est la maison de John Knox, dit Rebus. C'est là qu'il a vécu.

— C'est là, et sacrément là, aucun doute là-dessus, confirma Gray avec un hochement de tête. Personne parmi vous n'est venu ici avec maman ?

— Si, moi, je suis venu. Mais en voyage scolaire, reconnut Jazz McCullough.

— Ouais, moi aussi, dit Allan Ward. Putain, qu'est-ce que j'ai pu me faire chier.

Gray le tança d'un doigt.

— C'est l'Histoire avec un grand H que tu insultes, jeune Allan. Notre histoire.

Rebus voulut ajouter un petit détail, à savoir que les femmes et les catholiques ne seraient peut-être pas du même avis. Il ne savait pas grand-chose de John Knox, mais il semblait se souvenir que le bonhomme ne portait pas ces deux catégories-là dans son cœur.

212

— Knoxland, le pays de Knox, dit Gray en écartant les bras. Voilà ce qu'est Édimbourg, tu n'es pas d'accord, John ?

Rebus eut le sentiment qu'on le soumettait à une sorte de test. Il se contenta d'un haussement d'épaules.

— Tu parles de quel Knox là ? demanda-t-il, et il vit Gray froncer les sourcils. Il en a existé un autre. Le Dr Robert Knox, celui qui achetait les cadavres que déterraient pour lui Burke et Hare. Peut-être que c'est à lui qu'on ressemble...

Gray resta songeur avant de sourire.

— Archie Tennant nous a livré le corps de Rico Lomax, et c'est nous qui le disséquons, dit-il en hochant lentement la tête. C'est très bien, John. Vraiment très bien.

Rebus n'était pas certain de savoir ce qu'il entendait par là exactement, mais il accepta néanmoins le compliment.

Quant à Tam Barclay, la conversation lui était passée complètement par-dessus la tête.

— Faut que j'aille faire pipi, dit-il en se tournant vers la première venelle visible pour y disparaître aussitôt.

Allan Ward inspectait la rue dans les deux sens.

— Comparé à ça, Dumfries, c'est Times Square, se plaignit-il.

Quand il aperçut deux femmes qui remontaient la rue dans leur direction.

— La chance a fini par tourner !

Il s'avança.

— Tout va bien, mesdames ? Écoutez, mes potes et

moi, on n'est pas d'ici… On pourrait peut-être vous offrir un verre… ?

— Non, merci, répondit l'une d'elles en regardant Rebus de tous ses yeux.

— Que diriez-vous de venir manger un morceau alors ?

— Nous venons de dîner, répondit l'autre.

— Et c'était bon ? demanda Ward.

Il avait engagé la conversation et il n'était pas question qu'il en reste là. La première des deux femmes continuait à fixer Rebus. Stu Sutherland s'était planté devant la vitrine du magasin de kilts et s'extasiait devant les prix affichés.

— Allez, viens, Denise, dit la première femme.

— Hé, mais Denise et moi, on discute, là, rétorqua Ward.

— Laisse-les partir, Allan, dit Rebus. Jean, je…

Mais Jean tirait Denise par la manche. Elle fusillait Rebus des yeux et tourna la tête à gauche lorsque Tam Barclay sortit de l'ombre en refermant sa braguette.

Rebus s'apprêtait à ouvrir la bouche mais, devant le regard qu'elle lui lança, s'en abstint. Ward de son côté essayait de convaincre à toute force Denise de lui refiler son numéro de téléphone.

— Seigneur Jésus ! lâcha Barclay, n'en croyant pas ses yeux. Je vais pisser un bock et voilà que ça me tombe du ciel ! Vous allez où, mesdames ?

Mais les dames étaient déjà reparties. Rebus resta planté là, comme un imbécile, à les regarder s'éloigner, incapable de dire un mot.

— Allan, espèce de salopard, disait Barclay, t'as réussi à avoir son numéro de téléphone ?

Ward se contenta de sourire de toutes ses dents en lui lançant un clin d'œil.

— Elle était assez vieille pour être ta mère, lança Stu Sutherland.

— Ma tante peut-être, admit Ward. Ça va, ça vient, tu peux pas être toujours gagnant…

Rebus prit soudain conscience de la présence de Gray tout à côté de lui.

— Quelqu'un que tu connaissais, John ?

Rebus fit oui de la tête.

— Elle n'avait pas l'air très contente de te voir, dis-moi. Jean, c'est bien ça, son nom ?

Nouveau oui de la tête.

Gray passa un bras autour de ses épaules.

— John est dans la panade, annonça-t-il. Apparemment, il est tombé sur la seule personne qu'il n'aurait jamais dû croiser.

— C'est ça le problème avec c'te ville. Elle est fichtrement trop petite ! Ça, une capitale ? Un village, oui !

— Allez, remets-toi, John, allons boire un coup, suggéra Sutherland en montrant le pub le plus proche.

— Bonne idée, Stu, dit Gray en pressant l'épaule de Rebus. Peut-être qu'un petit verre, ça va te dérider, hein, John ? Rien qu'un petit…

Rebus acquiesça lentement.

— Mais alors rien qu'un petit, répéta-t-il.

— Un homme comme je les aime, dit Francis Gray.

Il se dirigea vers la porte du pub, le bras toujours autour des épaules de Rebus. Lequel sentit son dos se crisper, une crispation qui n'avait rien à voir avec ce contact physique étranger. Il s'imagina après sept ou huit pintes de bière en train de craquer soudain et de hurler à l'oreille de Francis Gray le secret qu'il gardait enfoui depuis toutes ces années :

Le meurtre de Rico Lomax... c'est moi le seul responsable...

Avant de lui demander, en guise de prêté pour un rendu... ce qu'il savait de Bernie Johns... pour s'entendre répondre... rien du tout :

Fumée et miroirs, John, que de la poudre aux yeux, ça n'a jamais été autre chose... Et toi, tu fais le boulot que Strathern n'a jamais terminé, tu ne comprends donc pas ?

En entrant dans le pub, Rebus sentit la présence de Ward et de Jazz sur ses talons, comme si ses deux collègues voulaient s'assurer qu'il ne se dégonflerait pas à la dernière seconde...

Le chauffeur de taxi fut plus que réticent à charger six clients mais finit par céder devant la promesse d'un généreux pourboire... et parce qu'ils étaient flics. Ils se retrouvèrent serrés comme des sardines, mais le trajet fut bref. Ils descendirent à Arden Street, et Rebus ouvrit la marche vers l'étage. Il savait qu'il avait de la *lager* au frigo, de la bière et du whisky dans le placard. Plus du thé et du café. Le lait n'était peut-être plus de première fraîcheur mais ils pouvaient s'en passer.

— Jolie cage d'escalier, déclara Jazz McCullough.

Il voulait parler des motifs de carreaux sur les murs et du sol en mosaïque, auxquels Rebus n'avait plus vraiment fait attention depuis des années. Ils gravirent les marches jusqu'au premier et Rebus déverrouilla la porte. Il trouva derrière un peu de courrier.

— Le salon est là-bas, annonça-t-il. Je m'occupe des boissons.

Il entra dans la cuisine et remplit la bouilloire avant d'inspecter le frigo. Le bruit de leurs voix résonna étrangement à ses oreilles. L'appartement ne recevait pratiquement jamais de visiteurs. Mis à part Jean, de temps en temps… et quelques autres. Mais jamais autant de monde à la fois… pas depuis que Rhona avait déménagé ses pénates. Il se servit un verre d'eau du robinet et l'avala d'un trait. Reprit son souffle et s'en offrit un second. Qu'est-ce qui lui avait pris de les amener ici ? C'était Gray qui avait proposé : *un petit dernier chez John avant d'aller faire coucouche-panier*. Il secoua la tête pour tenter d'en chasser les vapeurs d'alcool. Peut-être… peut-être qu'en leur ouvrant les portes de sa maison, c'est eux qui allaient s'ouvrir à lui. Ç'avait été l'idée de Gray. Espérait-il glaner quelque information sur lui au cours de cette visite ?

— Fais juste attention à toi quand tu seras avec eux, se sermonna-t-il à mi-voix.

Soudain, il entendit de la musique, qu'il reconnut à mesure qu'on en montait le volume. Eh bien, voilà quelque chose qui donnerait à réfléchir aux étudiants qui étaient ses voisins immédiats. C'était Led Zeppelin, *Immigrant Song*, avec la voix de Robert Plant comme une sirène en train de gémir. À son arrivée dans le salon avec les boîtes de brune et de blonde, Allan Ward demandait déjà qu'on arrête « cette merde ».

— C'est un classique, l'informa Jazz McCullough.

Lui, toujours aussi mesuré dans ses gestes et ses mouvements, se trouvait maintenant à quatre pattes, le cul vers le groupe, et examinait en détail la collection de disques de Rebus.

— Ah, santé, John, dit Sutherland en prenant une brune.

Ward se chopa une blonde avec un signe de tête en guise de merci. Tam Barclay demanda où se trouvaient les toilettes.

— T'as des trucs super là-dedans, John, dit McCullough. J'en ai moi-même un certain nombre.

Il sortit *Exile on Main Street*.

— Le meilleur album jamais réalisé ?

— C'est quoi ? demanda Gray.

Quand on lui dit le titre, il sourit à pleines dents.

— Les Exilés d'Arden Street, c'est nous, non ?

— Je bois à ça, dit Stu Sutherland.

— Puisqu'on en parle…

Rebus tendit les boîtes de bière en direction de Gray, qui plissa le nez.

— Un chouille de whisky peut-être.

— Il se pourrait bien que je me joigne à toi, dit Rebus en hochant la tête.

— Tu ne nous ramènes pas, si je comprends bien ?

— J'ai déjà bu cinq pintes, Francis. Je crois que je vais finir la nuit dans mon propre lit.

— Tu ferais bien… y a peu de chance que tu la finisses dans celui de Jean, hein ?

Devant l'expression du visage de Rebus, Gray leva la main, paume ouverte.

— C'était indigne de moi, John. Désolé.

Rebus se contenta de secouer la tête, demanda à Jazz ce qu'il voulait boire. Réponse : café.

— Si John refuse de se bouger, on pourra tous se serrer dans ma voiture, annonça-t-il.

Rebus avait déniché la bouteille de Bowmore et deux verres. Il servit et en tendit un à Gray.

— Tu veux de l'eau avec ça ?

— Sois pas débile, dit Gray en lui portant un toast. À la Horde des cœurs tendres.

Cela lui valut un éclat de rire de Tam Barclay, qui revenait dans la pièce en remontant sa braguette.

— La Horde des cœurs tendres, gloussa-t-il. Elle est bien bonne, celle-là, Francis.

— Seigneur, Tam, râla Ward, t'as donc jamais pensé à la fermer avant de sortir des toilettes ?

Barclay l'ignora, prit une bière brune et l'ouvrit, avant de s'affaler sur le canapé à côté de Sutherland. Rebus se fit la remarque que Gray avait choisi de s'installer dans son fauteuil préféré et s'y sentait comme chez lui, une jambe passée par-dessus l'accoudoir. Il aperçut son téléphone et son cendrier par terre, à portée de main.

— Jazz, dit Gray, tu vas nous faire l'honneur de nous coller ton postérieur à la figure toute la soirée ?

McCullough se retourna à moitié et s'assit à même le sol. Rebus avait tiré une des chaises de la salle à manger.

— Celui-là, je ne l'ai pas vu depuis des années, dit McCullough en agitant un exemplaire du premier album de Montrose.

— Jazz se vautre là-dedans comme un porc dans sa fange, lança Gray à la cantonade. Une pièce entière de sa maison est pleine de disques et de cassettes. Classés par ordre alphabétique et tout.

Rebus but une gorgée de whisky, plaqua un sourire sur son visage.

— T'es donc allé là-bas ? demanda-t-il.

— Où ça ?

— Chez Jazz.

Gray regarda McCullough, qui le regarda en retour.

— T'as éventé notre secret, dit Gray en souriant avant de se tourner vers Rebus : Jazz et moi, ça remonte à loin. Je veux dire par là, on ne fait pas *ménage à trois* [1], loin s'en faut, mais je suis allé chez lui une ou deux fois.

— Et t'as gardé ça pour toi, en toute discrétion, dit Sutherland.

Rebus fut heureux que quelqu'un se joigne à la conversation.

— Hey, on gagne quoi, là ? demanda Barclay.

— Y a rien à « gagner », répondit McCullough avec conviction.

Sur quoi Allan Ward éclata de rire.

— Tu vas nous dire ce qui te fait tant rigoler ? demanda Rebus. On aimerait bien être de la fête.

Il se demandait si Ward n'avait pas précisément explosé de rire parce que, justement, il y avait effectivement eu quelque chose à gagner… Dans le même temps, est-ce que c'était vraiment important d'une façon ou d'une autre ? Quelques milliers de livres… voire quelques centaines de milliers… empochées en douce sans que personne ne les réclame et sans faire de mal à quiconque. Quelle importance à vrai dire, au bout du compte ? Si, il y en avait peut-être une, s'il

---

1. En français dans le texte.

s'agissait de drogue. La drogue était synonyme de malheur. Mais Strathern s'était montré bien vague sur les conséquences exactes de « l'escroque » en question.

Merde ! Rebus avait demandé à Strathern le détail de l'enquête sur Bernie Johns — ce soir, si possible. Et il était là, à une cinquantaine de kilomètres de Tulliallan, en train de finir un verre de malt, fin prêt pour le suivant…

Ward secouait la tête. Gray expliquait qu'il s'était rendu au domicile de McCullough des années auparavant et n'y avait plus remis les pieds depuis. Rebus espéra que Sutherland ou Barclay allaient continuer sur leur lancée et poser d'autres questions, mais en vain. Ils s'arrêtèrent là.

— Y a quelque chose à la télé ? demanda Ward.

— On écoute de la musique, le chapitra Jazz.

Il avait échangé le Led Zeppelin contre un CD de Jackie Leven : exactement le disque que Rebus aurait choisi.

— T'appelles ça de la musique ? ricana Ward. Hé, John, t'as des vidéos ? Quelques petits pornos peut-être ?

Rebus secoua la tête.

— C'est pas autorisé au pays de John Knox, dit-il en s'attirant un petit sourire de la part de Gray.

— Il y a combien de temps que tu habites ici, John ? demanda Sutherland.

— Plus de vingt ans.

— Joli, ton appart. Il doit valoir bonbon.

— Plus de cent plaques, je pense, dit Gray.

Ward s'était allumé une cigarette et en offrait maintenant à Barclay et à Rebus.

— Probablement, lui répondit Rebus.

— Tu as été marié, non, John ? demanda McCullough.

Il examinait l'intérieur de la pochette du premier album de Bad Company.

— Un temps, reconnut Rebus.

Jazz se montrait-il simplement curieux ou cachait-il des intentions plus secrètes ?

— Ça fait un bail qu'une femme n'est pas passée par ici, ajouta Gray en regardant alentour.

— Des gamins ? demanda McCullough en remettant l'album exactement à l'endroit où il l'avait trouvé, juste au cas où Rebus aurait eu son système de rangement personnel.

— J'ai une fille. Elle est en Angleterre. T'as deux fils, exact ?

McCullough confirma de la tête.

— Vingt et quatorze ans…

À leur simple pensée, son visage s'illumina d'un sourire.

Je ne veux pas envoyer cet homme sous les verrous, se dit Rebus. Ward était un connard, et Gray un faux jeton de première, mais Jazz McCullough n'était pas du même bois. Il l'aimait bien. Ce n'était pas la question du mariage et des gamins, ni même de ses goûts musicaux : il y avait chez Jazz un calme intérieur, une perception exacte de son juste rôle en ce bas monde. Rebus, qui avait passé une grande partie de sa vie les idées confuses à s'interroger sans cesse, était envieux.

— Et sont-ils aussi sauvages que leur papa ? demandait Barclay.

McCullough ne se donna pas la peine de répondre. Stu Sutherland se traîna jusqu'au canapé.

— Tu me pardonneras de te dire ça, Jazz, dit-il, mais tu ne me donnes pas l'impression d'être le genre de mec à s'attirer les foudres des Hautes Huiles.

Il regarda autour de lui pour se trouver un soutien.

— C'est toujours ceux qui ne font pas de bruit qu'il faut garder à l'œil, pourtant, fit Francis Gray. Tu ne serais pas d'accord, John ?

— Il se trouve que, répondit Jazz, quand quelqu'un me donne un ordre avec lequel je ne suis pas d'accord, je me contente de hocher la tête et de dire « oui, monsieur » ; et, ensuite, je fais les choses à ma façon. La plupart du temps, tout le monde n'y voit que du feu.

Gray acquiesça.

— Comme je dis toujours, il n'y a que comme ça qu'on tire son épingle du jeu : toujours le sourire et on courbe l'échine, mais on fait les choses à sa manière. Si on rue dans les brancards, ils te détaillent en rondelles comme la prise du jour.

Gray regardait Ward tout en parlant. Sans même que celui-ci remarque quoi que ce soit : il étouffait un renvoi et tendait la main vers une autre bière. Rebus se leva pour remplir le verre de Gray.

— Désolé, Jazz, je ne t'ai même pas servi ton café.

— Noir, un sucre, s'il te plaît, John.

Gray fronça le sourcil.

— Depuis quand tu ne prends plus de lait ?

— Depuis le moment où j'ai compris qu'il n'y en avait probablement pas dans cette maison.

Gray éclata de rire.

— On finira par faire de toi un inspecteur, McCullough, souviens-toi de ce que je te dis.

Rebus alla chercher le café.

Finalement, ils partirent un peu après une heure du matin, et Rebus appela un taxi pour les raccompagner jusqu'à la voiture de Jazz. Par la fenêtre, il vit Barclay trébucher contre le rebord du trottoir et partir tête en avant en emplafonnant presque la vitre côté passager. Son salon sentait la bière et la cigarette : aucun mystère là-dessous. La dernière chose qu'ils avaient écoutée sur la chaîne était *Saint Dominic's Preview*[1]. La télé était allumée, son coupé — pour se regagner les bonnes grâces d'Allan Ward. Rebus l'éteignit, mais remit l'album de Van Morrison en baissant le son jusqu'à ce qu'il soit à peine audible. Il s'interrogea : était-il trop tard pour passer un coup de fil à Jean ?

Il *savait* pertinemment qu'il était trop tard, mais se demanda s'il ne devait pas l'appeler malgré tout. Le téléphone à la main, il fixa l'appareil un moment. Lorsque celui-ci se mit à sonner, il faillit le laisser tomber. Certainement un des connards qui appelait depuis la voiture de Jazz. Peut-être avaient-ils oublié quelque chose… Il contempla le canapé d'un œil vague en portant le téléphone à son oreille.

— Allô ?

— Qui est à l'appareil ?

— Toi, tu y es, répondit Rebus.

— Quoi ?

_____

1. Disque de Van Morrison, 1972.

— Aucune importance : c'est une vieille réplique de Tommy Cooper[1]. Qu'est-ce que je peux faire pour toi, Siobhan ?

— J'ai cru un instant que tu avais peut-être été cambriolé.

— Cambriolé ? Où ça ?

— Quand j'ai vu que c'était allumé chez toi.

Rebus alla jusqu'à la fenêtre et regarda dans la rue. La voiture de Siobhan, moteur en marche, était garée en double file.

— C'est quoi, ça ? Une nouvelle variante du Neighbourhood Watch[2] ?

— Je passais par là, c'est tout.

— Tu veux monter ?

Rebus contempla les vestiges de la soirée. Jazz lui avait proposé un coup de main pour débarrasser...

— Pourquoi pas ?

— Alors qu'est-ce que tu attends ?

Lorsqu'il lui ouvrit la porte, elle renifla.

— Mmm... Testostérone... Tu as fait ça tout seul ?

— Pas vraiment. Quelques gars de l'académie...

Elle agita la main devant sa figure en entrant dans le salon.

— Peut-être que si tu ouvrais une fenêtre... ?

— Des tuyaux de bonne ménagère en pleine nuit, marmonna-t-il en entrouvrant néanmoins un battant de

---

1. Grand comique anglais d'origine galloise, né en 1921, mort en 1984 lors d'un show télévisé, spécialiste des tours qui ne marchaient jamais.

2. Organisation de la surveillance des quartiers par les habitants eux-mêmes.

quelques centimètres. Qu'est-ce que tu fiches encore dehors à cette heure ?

— Je faisais un tour en bagnole.

— Arden Street est un peu à l'écart de tout, non ?

— J'étais sur The Meadows [1]… je me suis dit que j'allais pousser jusqu'ici.

— Les gars ont voulu que je leur fasse faire la tournée des grands ducs.

— Et ont-ils été dûment impressionnés ?

— J'ai le sentiment que la ville n'a pas tout à fait répondu à leurs attentes.

— C'est tout à fait Édimbourg pour toi, ça.

Elle s'installa sur le canapé.

— Oh, mais la place est encore chaude, dit-elle en tortillant du popotin. J'ai l'impression d'être Boucle d'Or.

— Désolé de ne pouvoir t'offrir de porridge.

— Je me contenterai de café.

— Noir ?

— Quelque chose me dit qu'il vaudrait mieux que je réponde oui.

Lorsqu'il revint avec deux mugs, elle fit éjecter le Van Morrison et glissa Mogwai à la place.

— C'est l'album que tu m'as offert, dit-il.

— Je sais. Je me demandais ce que tu en pensais.

— J'aime bien les paroles… L'affaire Marber, elle en est où ?

— J'ai eu un entretien très instructif cet après-midi avec ton ami Cafferty.

---

1. Vaste jardin public d'Édimbourg, juste au sud du centre-ville.

— Les gens ne cessent de répéter que c'est mon « ami ».

— Et ce n'est pas vrai ?

— Pourquoi pas « amant » pendant que tu y es ?

— Il était en train d'engueuler son lieutenant quand on est arrivés.

Rebus, qui venait de s'installer confortablement dans son fauteuil, se pencha en avant.

— La Belette ?

Elle acquiesça.

— Pour quelle raison ?

— Impossible de savoir. J'ai le sentiment que c'est ainsi que Cafferty traite tout son personnel. Sa secrétaire était nerveuse comme une puce, on doit la surnommer Skippy [1].

Siobhan se tortilla sur son canapé.

— Ce café est une abomination.

— As-tu appris quelque chose de Cafferty ?

— Il aime bien la peinture de Hastie.

Rebus ne faisant pas mine de réagir, elle poursuivit :

— Si l'on en croit les livres de comptes de la galerie, il n'a rien acheté à Edward Marber depuis un moment. Il était présent à la soirée du vernissage, il est arrivé tard et il est resté jusqu'à la fin. Il est même possible qu'il ait aidé Marber à trouver un taxi…

— Un taxi de sa propre compagnie ?

— Je vais vérifier ça ce matin.

— Ça pourrait être intéressant.

Elle confirma, d'un air songeur.

— Et toi alors ? Comment te traite Tulliallan ?

---

1. Qui sursaute pour un rien.

— Comme un prince. Tout le confort moderne et pas de stress.

— Alors, qu'est-ce qu'on te fait faire là-bas ?

— On réexamine une vieille affaire. Non résolue. On est censés apprendre les bonnes vieilles vertus du travail en équipe.

— Et tu apprends ?

Il haussa les épaules.

— On va très certainement être à Édimbourg demain ou les deux jours à venir, pour essayer de dénicher quelques pistes à suivre.

— Et je peux t'aider en quelque chose ?

Rebus secoua la tête.

— De ce que j'entends, tu as déjà les mains suffisamment pleines.

— Et vous allez vous installer où ?

— J'ai pensé qu'on pourrait peut-être se trouver un bureau inoccupé à St Leonard's…

Siobhan fit de grands yeux.

— Et tu crois que Gill Templer va être partante pour ça ?

— Je n'avais pas vraiment réfléchi à cet aspect de la question, mentit-il. Mais je ne vois pas où serait le problème… Pas toi ?

— Est-ce que les mots « thé », « mug » et « lobe » t'évoquent quelque chose ?

— Thé mug lobe ? Ce ne serait pas un morceau des Cocteau Twins [1] ? dit-il, provoquant ainsi un sourire. Donc, tu t'offrais une petite balade en voiture ?

_____

1. Groupe fondé en 1980 par Robin Guthrie, Will Hedge et Elizabeth Frazer.

Elle hocha la tête.

— Ça m'arrive quand je ne parviens pas à dormir. Pourquoi secoues-tu la tête comme ça ?

— C'est juste que moi aussi, ça m'arrive. Ou plutôt ça m'arrivait dans le temps. J'ai vieilli depuis et la paresse gagne.

— Peut-être que, finalement, on est des dizaines à faire ça la nuit, mais qu'on ne le sait pas.

— Peut-être, lui concéda-t-il.

— Ou peut-être que nous sommes les deux seuls concernés, dit-elle en posant la nuque sur le dossier du canapé. Parle-moi un peu des autres mecs en stage avec toi.

— Qu'est-ce qu'il y a à dire ?

— Ils sont comment ?

— Et comment voudrais-tu qu'ils soient ?

Elle haussa les épaules.

— De méchants fous furieux dangereux à connaître ? suggéra-t-elle.

— Côté relation, ils porteraient plutôt la poisse, très certainement, avoua-t-il.

Elle comprit immédiatement ce qu'il voulait dire.

— Uh-oh. Qu'est-ce qui s'est passé ?

Il lui raconta.

11

À son arrivée au travail le mardi matin, chargée d'un sac de dossiers en souffrance et d'un grand gobelet de café, Siobhan vit que quelqu'un s'était installé à son bureau et fixait son ordinateur. Derek Linford était en train de contempler un nouveau message se déroulant sur l'écran : DON JUAN EST DE RETOUR À CE QUE JE VOIS.

— Je présume que ce n'est pas toi qui es responsable de ça ? demanda Linford.

Siobhan posa son sac.

— Non, répondit-elle.

— Tu crois que c'est de moi qu'on parle ?

Elle dégagea le couvercle de son gobelet et but une gorgée.

— Qui est-ce qui te fait ça, tu as une idée ? demanda Linford.

Elle fit signe que non.

— Tu n'as pas l'air surprise, ce qui sous-entend que ce n'est pas la première fois…

— Exact. Et maintenant, si tu voulais bien dégager de mon fauteuil.

— Désolé, dit-il en se levant.

— Ce n'est pas grave.

Elle s'assit, cliqua sur la souris et l'écran de veille disparut.

— As-tu éteint ton moniteur avant de partir hier soir ? demanda Linford toujours debout à côté d'elle, un peu trop près à son gré.

— Ça économise l'énergie.

— Donc quelqu'un a rallumé ta machine.

— Apparemment.

— Et il connaissait ton mot de passe.

— Ici, tout le monde connaît le mot de passe de tout le monde, expliqua-t-elle. Il n'y a pas assez d'ordis pour tous ; on est obligés de partager.

— Qu'est-ce que tu entends par tout le monde… ?

Elle leva les yeux vers lui.

— Tu veux bien laisser tomber, Derek ?

Le bureau se remplissait. L'inspecteur-chef Bill Pryde s'assurait que la « bible » — le MMI — était bien à jour. Phyllida Hawes en était à la moitié de sa liste de coups de fil à passer. L'après-midi de la veille, elle avait roulé des yeux à l'adresse de Siobhan, en lui expliquant que les appels de démarchage n'étaient pas vraiment ce qu'il y avait de plus excitant dans une enquête. Grant Hood avait été convoqué dans le bureau de la superintendante Templer, probablement pour discuter des contacts médias — la spécialité de Hood.

Linford se recula d'un demi-pas.

— Alors quel est ton programme aujourd'hui ?

Te garder à bonne distance, voulait-elle répondre.

— Les radio-taxis, furent les deux mots qui sortirent finalement de sa bouche. Et toi ?

Linford posa les mains sur le côté du bureau.

— La situation financière du défunt. Un sacré

231

champ de mines, tu peux me croire…, dit-il en scrutant son visage. Tu as l'air fatigué.

— Je te remercie.

— On a fait la bringue hier soir ?

— Je m'éclate comme une bête tous les soirs.

— Vraiment ? Je ne sors plus beaucoup par les temps qui courent…

Il attendit qu'elle réponde quelque chose, mais elle s'évertuait à souffler sur son café, alors même qu'il était plus que tiède.

— Oui, insista lourdement Linford. Démêler les petites combines financières de M. Marber va nous donner du fil à retordre. Une demi-douzaine de comptes bancaires… un portefeuille d'actions… des placements à risques…

— Et côté immobilier ?

— Juste la maison d'Édimbourg, et sa villa en Toscane.

— Certains aiment ça.

— Mmmm, une semaine en Toscane, ça me conviendrait tout à fait en ce moment…

— Je me contenterais d'une semaine à la maison, vautrée sur le canapé.

— Tu te contentes de trop peu, Siobhan.

— Merci pour ce vote de confiance.

Il ne perçut rien du ton de sa voix.

— Une petite anomalie dans un de ses relevés bancaires…

Simple taquinerie pour l'appâter, mais elle réagit néanmoins.

— Oui ? fit-elle.

Phyllida Hawes reposait son téléphone, cochant un

232

nom de plus sur sa liste, avant de jeter quelques notes sur le papier.

— Bien caché au fin fond d'un compte, disait Linford. Des versements trimestriels à une agence de location.

— Une agence de location immobilière ?

Linford confirma de la tête.

— Comment s'appelle-t-elle ?

— C'est important ? demanda Linford, le front creusé d'un pli.

— Qui sait ? Il se trouve que j'étais chez MGC Lettings pas plus tard que hier et que je m'entretenais avec son propriétaire : Big Ger Cafferty.

— Cafferty ? Ce n'était pas un des clients réguliers de Marber ?

Siobhan lui confirma qu'il ne se trompait pas.

— Ce qui explique pourquoi je suis curieuse.

— Oui, moi aussi. Je veux dire, pourquoi un type comme Marber, disposant d'autant d'argent, aurait-il eu besoin de louer quoi que ce soit ?

— Et la réponse est… ?

— Je n'en suis pas encore arrivé là. Accorde-moi une seconde…

Il repartit vers son propre bureau — l'ancien bureau de Rebus — et se mit en devoir de remuer les papiers qui s'y étalaient. Siobhan avait elle aussi besoin de quelques réponses, que l'inspecteur-chef Bill Pryde ne manquerait pas de lui fournir.

— Que puis-je faire pour vous, Siobhan ? demanda ce dernier en la voyant s'approcher.

— Le taxi qui a ramené la victime chez elle, monsieur, dit-elle. À quelle compagnie appartenait-il ?

Pryde ne fit même pas mine de consulter ses dossiers : c'était ce qu'elle appréciait chez lui. Elle se demanda s'il faisait ses devoirs à la maison tous les soirs, à mémoriser faits et chiffres. Cet homme était à lui seul un MMI ambulant.

— Le chauffeur s'appelle Sammy Wallace. Il a un casier : cambriolage avec effraction, avec récidive. Il y a bien longtemps de ça, cependant. Nous avons vérifié. Apparemment, il a les mains propres.

— Mais quelle est la compagnie pour laquelle il travaille ?

— MG Private Hire.

— Propriété de Big Ger Cafferty ?

Pryde la fixa des yeux sans ciller. Il tambourinait des doigts sur un porte-bloc collé à sa poitrine.

— Je ne pense pas, répondit-il.

— Vous me permettez de vérifier ?

— Allez-y. Vous avez eu un entretien avec Cafferty hier…

Elle acquiesça de la tête.

— Et voilà que Linford déniche une agence de location qui recevait des paiements réguliers de M. Marber.

La bouche de Pryde s'arrondit en O.

— Allez donc procéder à vos vérifications, dit-il.

— Bien, monsieur.

Elle traversa le bureau sans se presser, remarquant au passage que Linford cherchait toujours dans ses papiers. Grant Hood s'approcha d'elle avec, à la main, une photocopie du livre d'or de Marber.

— À ton avis ça dit quoi, ça ? demanda-t-il.

Elle examina la signature.

— Marlowe, peut-être.

— Sauf qu'il n'y avait aucun Marlowe sur la liste des invités, dit-il en soufflant bruyamment.

— Templer t'a demandé de faire le tri des présents ce soir-là, c'est ça ? devina Siobhan.

Hood confirma de la tête.

— La majeure partie du travail est faite, mais il y a certains noms qui restent sans visage, et vice versa. Viens jeter un œil…

Il la conduisit jusqu'à son ordinateur et ouvrit un fichier. Apparut sur l'écran un plan du rez-de-chaussée de la galerie, orné de petites croix représentant les invités. Un autre clic de souris, et la perspective changea. Les croix s'étaient transformées en silhouettes et se déplaçaient par à-coups dans la salle.

— Le logiciel est tout récent, lui apprit-il.

— Très impressionnant, Grant. Tu as travaillé tout le week-end là-dessus ?

Il confirma, fier de son exploit, comme un gamin qui montrerait ce qu'il vient de fabriquer.

— Et très exactement, ça ajoute quoi à notre somme de connaissances ?

Relevant les yeux sur elle, il comprit qu'elle le faisait marcher.

— Va te faire voir, Siobhan, dit-il.

Elle se contenta de sourire.

— Une de ces silhouettes en bâtonnets est-elle censée représenter Cafferty ?

Un autre clic, et une liste de signalements des témoins apparut.

— Ça, c'est Cafferty, dit Hood.

Elle lut le descriptif en marge : trapu, cheveux

argentés, blouson de cuir noir digne d'un homme deux fois plus jeune.

— C'est bien lui, reconnut-elle avec une tape sur l'épaule de Hood.

Elle repartit pour se mettre en quête d'un annuaire téléphonique. Davie Hynds venait de faire son entrée, et Pryde se renfrogna en consultant sa montre. Hynds s'avança d'un air penaud et rejoignit Siobhan, debout près du bureau de George Silvers, un exemplaire dépenaillé des Pages jaunes à la main.

— J'ai été coincé dans un embouteillage, expliqua-t-il. Ils sont en train de défoncer le pont George-IV.

— Il faudra que je m'en souvienne pour demain.

Il vit que l'annuaire était ouvert à la page des taxis.

— Tu travailles au noir maintenant ?

— MG Private Hire, dit-elle. Le chauffeur qui a ramené Marber chez lui après le vernissage.

Hynds hocha la tête et regarda par-dessus l'épaule de Siobhan le doigt qui descendait sur la page.

— MG Cabs, dit-elle en tapotant le nom sur le papier. Une adresse à Lochend.

— Propriété de Cafferty ?

— Je ne sais pas, dit-elle. Il a une compagnie de taxis à Gorgie. Exclusive Cars ou quelque chose.

Son doigt remonta la page.

— La voilà.

Une nouvelle fois, elle tapota le nom du doigt.

— À ton avis, ça veut dire quoi, MG Cabs ?

— Peut-être que les taxis sont effectivement des voitures de sport.

— Réveille-toi, Davie. Tu te souviens de son

agence de location ? MGC, elle s'appelle. Regarde un peu les initiales de MG Cabs.

— MGC encore une fois, reconnut Hynds. Je ne suis pas qu'une potiche avec un beau visage, tu sais.

— Ça ne prouve pas que Cafferty en soit le propriétaire, bien sûr.

— Le moyen le plus rapide, c'est peut-être de poser la question à M. Cafferty en personne.

Siobhan alla jusqu'à son bureau et décrocha le téléphone.

— C'est Donna ? demanda-t-elle quand on décrocha. Donna, c'est le sergent Clarke, nous nous sommes rencontrées hier. Est-ce que je pourrais parler une minute à votre patron ?

Elle leva les yeux sur Hynds qui reluquait son café d'un air gourmand.

— Oh, vraiment ? Voudriez-vous s'il vous plaît lui demander de me rappeler ? dit-elle, donnant son numéro de téléphone à la secrétaire. D'ici là, je suppose que vous ne sauriez me dire si M. Cafferty ne serait pas par hasard également propriétaire d'une compagnie du nom de MG Cabs ?

Siobhan poussa son café en direction de Hynds et hocha la tête quand il accrocha son regard. Il lui offrit un sourire de gratitude et en prit deux gorgées.

— Merci quand même, dit Siobhan en reposant l'appareil.

— Ne viens pas me dire qu'il a quitté le pays ? demanda Hynds.

— Elle ne sait pas exactement où il se trouve. Elle a déjà dû annuler tous ses rendez-vous de la matinée.

— Tu crois qu'on devrait s'intéresser à ça de plus près ?

Siobhan haussa les épaules

— Accordons-lui le bénéfice du doute. S'il ne rappelle pas, on ira voir.

Derek Linford se dirigeait d'un pas martial vers le bureau, une feuille de papier à la main.

— Salut, Derek, dit Hynds.

Linford l'ignora.

— Tiens, dit-il en tendant la feuille à Siobhan.

La compagnie s'appelait Superlative Property Management. Elle montra le nom à Hynds.

— Tu peux faire quelque chose de ces initiales ?

Il secoua la tête et elle tourna son attention vers Linford.

— Alors, pour quelle raison M. Marber payait-il deux mille livres par trimestre à ces gens ?

— Ça, je ne le sais pas encore, répondit Linford. Je les vois aujourd'hui.

— Leur réponse m'intéresserait beaucoup.

— Ne t'en fais pas, tu seras la première informée.

À la manière dont il prononça ces mots, Siobhan sentit le rouge lui monter aux joues. Elle essaya de le cacher derrière son gobelet de café.

— Ce serait également utile de connaître l'identité du propriétaire de Superlative, ajouta Hynds.

Linford lui jeta un regard peu amène.

— Merci du conseil, *constable* Hynds.

Hynds haussa les épaules, se redressa sur la pointe des pieds et se laissa retomber sur place.

— Il faut que nous restions en contact étroit là-dessus, déclara Siobhan. Apparemment, il est possible que Cafferty soit le propriétaire de la compagnie de taxis qui a ramené Marber chez lui ce fameux soir. Il possède également une agence de location immobilière… peut-être une coïncidence, mais quand même…

Linford hochait la tête en signe d'acquiescement.

— On s'installera autour d'une table avant d'en finir pour aujourd'hui, on verra bien ce qu'on aura trouvé.

Siobhan acquiesça en retour. Cela suffit à Linford qui tourna les talons et rejoignit son bureau à grands pas.

— Je n'en reviens pas de ce que cet homme peut être *gentil*, dit Hynds à mi-voix. Je crois vraiment qu'il s'est pris d'une affection soudaine à mon égard.

Siobhan essaya d'étouffer un grand sourire, qui s'afficha néanmoins. Elle tourna le regard dans la direction de Linford, avec l'espoir qu'il n'en verrait rien. Mais il avait les yeux fixés sur elle et devant ce qu'il prit pour un visage radieux, il sourit à son tour. *Oh, Seigneur*, se dit Siobhan. *Comment j'ai fait, bon Dieu, pour me fourrer là-dedans* ?

— Tu te souviens de ces appartements que nous avons vus hier chez MGC Lettings ? demanda-t-elle à Hynds. Le loyer mensuel tourne autour de quatre cents livres en moyenne, soit douze cents par trimestre.

— La location de Marber lui coûtait beaucoup plus cher que ça, confirma Hynds. Je me demande bien ce que ça peut être, nom d'un chien.

— Certainement pas un local de stockage, ça, c'est sûr. (Temps de silence.) Je suis sûre que Derek nous le fera savoir.

— Toi, il te le fera savoir, répliqua Hynds sans bien

parvenir à masquer une certaine amertume… voire peut-être de la jalousie.

Oh, Seigneur, se répéta Siobhan.

— On a besoin d'entendre ça combien de fois, à votre avis ?

Le chauffeur du taxi, Sammy Wallace, se trouvait dans une salle d'interrogatoire à St Leonard's. Les manches de sa chemise à carreaux remontées révélaient des avant-bras couverts de tatouages divers, depuis le boulot d'amateur à l'encre bleue délavée jusqu'à des aigles et des chardons exécutés par un professionnel. Ses cheveux noirs graisseux bouclaient au-dessus de ses oreilles et descendaient plus bas que la nuque. Il était large d'épaules, le visage et le dos des mains couverts de tissus cicatriciels.

— Combien de temps s'est écoulé depuis votre dernier séjour en prison, monsieur Wallace ? demanda Hynds.

Wallace se leva brusquement de sa chaise.

— Whoah ! Arrêtez votre char là, tout de suite, bordel ! Je ne vais pas vous laisser me recoller des merdes sur le dos uniquement parce que vous n'êtes pas capables de trouver un connard à qui faire porter le chapeau !

— Déclaration éloquente s'il en est, dit calmement Siobhan. Voudriez-vous, je vous prie, vous rasseoir, monsieur ?

Wallace s'exécuta, visiblement à contrecœur. Siobhan feuilletait son dossier, elle ne le lisait pas vraiment.

— Vous travaillez pour MG Cabs depuis long-temps ?

— Trois ans.

— Donc, vous avez trouvé ce poste peu de temps après votre remise en liberté ?

— Ben, cette semaine-là, des emplois vacants de chirurgien du cerveau, y en avait pas des masses.

Siobhan exprima un sourire plus fin qu'une roulée de taulard.

— M. Cafferty aurait donc ce genre de bonté ? Il aime à aider les ex-prisonniers ?

— Qui ça ?

— Je veux dire, il a lui-même connu la prison, il est donc naturel qu'il…

Siobhan s'interrompit, comme si elle venait tout juste de digérer la réponse de Wallace.

— Votre employeur, dit-elle. M. Cafferty. C'est lui qui vous a donné cet emploi, exact ?

Le regard de Wallace passa de Siobhan à Hynds et retour.

— Je ne connais pas de Cafferty.

— Morris Gerald Cafferty, dit Hynds. MG Cabs, ce sont ses initiales.

— Ben, j'ai bien les initiales de Stevie Wonder — ça fait pas de moi un pianiste aveugle.

Siobhan sourit de nouveau, avec moins d'humour encore que précédemment.

— Sans vouloir vous offenser, monsieur Wallace, vous avez très mal joué votre coup. Quiconque a fait un séjour derrière les barreaux aura entendu parler de Big Ger Cafferty. En prétendant ne pas connaître le nom, vous vous êtes trompé sur toute la ligne.

— Big Ger ? Bien sûr que j'ai entendu parler de Big Ger... pas de quelqu'un qui se prénomme « Morris ». Je suis même pas sûr d'avoir jamais su son nom de famille.

— Il lui arrive de passer au bureau de la compagnie de taxis ?

— Écoutez, pour autant que je sache, MG est dirigé par mon patron, Ellen Dempsey. C'est elle qui me donne mes courses.

— Votre patron est une femme ? demanda Hynds.

Wallace se contenta de le regarder, et Hynds s'éclaircit la gorge, à croire qu'il reconnaissait que la question avait été stupide.

Siobhan avait sorti son portable.

— Quel est le numéro ?

— Le numéro de qui ? demanda Wallace.

— Celui de MG.

Wallace le lui donna et elle pianota sur les touches. On décrocha immédiatement.

— MG Cabs, qu'y a-t-il pour votre service ?

— C'est bien à Mme Dempsey que je m'adresse ? demanda Siobhan.

Temps de silence, et la voix revint en ligne, moins chaleureuse cette fois.

— Qui est à l'appareil ?

— Madame Dempsey, je suis le sergent Clarke, du CID de St Leonard's. Et je suis actuellement en train d'interroger un de vos chauffeurs, Samuel Wallace.

— Seigneur, encore ! Vous avez besoin de réentendre cette histoire combien de fois ?

— Aussi souvent qu'il le faudra, jusqu'à ce que

nous ayons obtenu tous les renseignements dont nous avons besoin.

— En quoi puis-je vous aider en ce cas ?

— Vous pourriez me dire d'où MG Cabs tire son nom.

— Quoi ?

— Les lettres MG, elles correspondent à quoi ?

— À la voiture de sport.

— Pour une raison particulière ?

— Je les aime bien, ces voitures. MG signifie que vous allez avoir votre taxi très vite.

— Et c'est tout ?

— Je ne vois pas ce que ça vient faire avec…

— Déjà entendu parler d'un dénommé Morris Gerald Cafferty ? Big Ger ?

— Il dirige une compagnie de taxis dans les quartiers ouest : Exclusive Cars. Il travaille beaucoup avec le haut du panier.

— Le haut du panier ?

— Les cadres supérieurs… les hommes d'affaires. Ces messieurs, il leur faut des Mercedes quand ils débarquent à l'aéroport.

Siobhan se tourna vers Sammy Wallace. Elle essayait de se l'imaginer en gants blancs et casquette à visière.

— Eh bien, merci pour votre aide.

— Je ne vois toujours pas ce que tout cela a…

— Aucune idée de l'identité de la personne qui a passé le coup de fil à MG Cabs ?

— Quel coup de fil ?

— Celui qui demandait une voiture pour M. Marber.

— Je présume qu'il a appelé en personne.

— Il n'en existe aucune trace. Nous avons vérifié tous ses appels auprès de la compagnie de téléphone.

— Que voulez-vous que j'y fasse ?

— Un homme est mort, madame.

— Les clients ne manquent pas dehors, sergent Clarke…

— Eh bien, encore merci pour votre aide, dit froidement Siobhan. Au revoir.

Elle coupa la communication, posa le téléphone entre ses deux mains sur le bureau, où s'étalaient les propres mains de Wallace, bien à plat, les doigts écartés au maximum.

— Alors ? demanda-t-il.

Siobhan se saisit d'un stylo et commença à en jouer.

— Je crois que ce sera tout pour l'instant, monsieur Wallace. Constable Hynds, auriez-vous l'obligeance de raccompagner monsieur jusqu'à la sortie…

À son retour, Hynds voulut savoir ce qu'Ellen Dempsey avait répondu. Siobhan le mit au courant.

Il s'étrangla de rire.

— Et dire que je croyais faire une plaisanterie…

Elle secoua lentement la tête.

— Les MG sont des sportives et elles vont vite, tu comprends.

— Pourquoi pas, dit Hynds, mais la voiture de M. Wallace est une Ford, un tas de rouille ambulant complètement rafistolé. À quoi je dois ajouter qu'à sa sortie du poste il se ramassait justement un PV.

— J'imagine que ça n'a pas dû l'enchanter.

— Non, répondit Hynds en s'asseyant. J'imagine que non.

Il observa Siobhan qui continuait à jouer avec son stylo.

— Alors, on va où maintenant ?

Un flic en tenue s'était planté dans l'embrasure de la porte.

— Où que ça puisse être, annonça-t-il, vous avez cinq minutes pour dégager.

Et il se mit en devoir de traîner quatre chaises métalliques empilées dans la petite pièce déjà exiguë.

— Qu'est-ce qui se passe ? demanda Hynds.

— Je crois que nous sommes sur le point d'être envahis, lui répondit Siobhan.

Qui plus est, elle se rappela brusquement par qui et pourquoi...

12

Ce matin-là, Rebus s'était rendu à Tulliallan en voiture uniquement pour faire demi-tour et revenir en ville, en emmenant cette fois Stu Sutherland et Tam Barclay avec lui. Il avait assisté au manège visant à déterminer qui voyagerait avec qui. Gray avait proposé de prendre la Lexus, et Allan Ward s'était immédiatement porté volontaire pour être un de ses passagers.

— Viens toi aussi, Jazz, avait dit Gray. Je n'ai aucun sens de l'orientation.

Puis il s'était tourné vers Rebus.

— Stu et Tam te conviennent ?

— Pas de problème, avait répondu celui-ci, en regrettant bien de ne pas pouvoir placer un mouchard quelconque dans la voiture de Gray.

Pendant tout le trajet, entre deux bâillements de gueule de bois, Barclay ne cessa de parler de la Loterie nationale.

— Ça me plairait pas de calculer combien j'ai pu gaspiller d'argent toutes ces années.

— Mais uniquement pour de bonnes causes, lui répondit Stu Sutherland tout en essayant de dégager du bout de l'ongle des débris de bacon coincés entre ses dents.

— Le problème, poursuivit Barclay, c'est que, une fois que tu as commencé, comment tu peux t'arrêter, hein ? La semaine où tu joues pas, c'est la semaine où tu vas gagner.

— T'es pris au piège, admit Sutherland.

Rebus regardait dans son rétroviseur. La Lexus suivait immédiatement derrière lui. Personne ne semblait parler à l'intérieur. Gray et Jazz à l'avant, Ward affalé à l'arrière.

— Huit ou neuf millions, c'est tout ce que je demande, dit Barclay. C'est pas comme si j'en voulais trop…

— Un mec que je connais a gagné un petit peu plus d'un million, lui confia Sutherland. Il n'a même pas arrêté de travailler, tu peux croire une chose pareille ?

— Y a un problème avec les riches, proposa Barclay. On dirait qu'ils n'ont jamais d'argent. Tout ça, c'est bloqué en actions, en trucs et en machins. Tu prends un mec qui possède un château, il ne connaît même pas le prix d'un paquet de clopes.

Sutherland rit à l'arrière.

— C'est pas faux, Tam…

Rebus se posait la question… la question de savoir si les riches ne pouvaient pas dépenser leur argent parce qu'il était bloqué en banque ou parce qu'eux-mêmes risquaient de devenir un peu trop visibles s'ils se mettaient à le claquer…

— Combien croyez-vous qu'elle coûte, cette Lexus ? demanda-t-il, les yeux de nouveau sur le rétroviseur. Francis ne se serait pas ramassé un petit gros lot à la loterie par hasard ?

Sutherland étira le cou pour jeter un œil par la lunette arrière.

— Peut-être trente bâtons, dit-il. Pour être honnête, ce n'est pas vraiment scandaleux pour un salaire d'inspecteur…

— Alors, comment se fait-il que je conduise une Saab vieille de quatorze ans ? rétorqua Rebus.

— Peut-être que tu ne fais pas attention à tes dépenses, proposa Sutherland.

— Oh ouais, reprit-il, tu l'as vu de tes propres yeux la nuit dernière. Je consacre jusqu'à mon dernier sou à la décoration de mon appart de célibataire. On dirait un palace.

Sutherland ricana et recommença à se curer les dents.

— T'as déjà fait le total de tout ce que tu pouvais dépenser en gnôle et en clopes ? demanda Barclay. Rien qu'avec ça, tu pourrais probablement t'offrir une nouvelle Lexus tous les ans.

Rebus ne se sentait pas de force à faire le calcul.

— Je te crois sur parole, se contenta-t-il de dire.

Un paquet format A4 l'attendait à Tulliallan : les notes de Strathern sur Bernie Johns. Il n'avait pas encore trouvé le temps de l'ouvrir et se demandait s'il y dénicherait la moindre indication que Jazz, Gray et Ward vivaient sur un grand pied. Peut-être avaient-ils de superbes maisons, ou alors ils s'offraient des vacances de luxe… Ou peut-être attendaient-ils sagement leur heure, en se réservant le butin pour leur retraite.

Était-ce la raison pour laquelle chacun de ces trois hommes avait des problèmes avec ses supérieurs ? N'était-ce finalement qu'une ruse pour se faire virer de la police ? Il aurait été sûrement plus simple de présenter sa démission... Rebus perçut un mouvement dans son rétroviseur : la Lexus avait mis son clignotant et se préparait à les doubler. Elle passa à côté de la Saab dans un tintamarre d'avertisseur avec le visage narquois de Ward à la lunette arrière.

— Regardez-moi ce connard, fit Barclay en riant.

Jazz et Gray souriaient en faisant de petits signes de la main.

— Tennant n'est pas derrière nous, dis ? demanda Sutherland en tournant la tête à nouveau.

— Je ne sais pas, reconnut Rebus. Il conduit quoi comme voiture ?

— Aucune idée, dit Barclay.

L'inspecteur-chef Tennant était censé les rejoindre à Édimbourg. Il ne pourrait pas les surveiller à chaque instant, mais il resterait informé.

— Ça va faire du bien de s'éloigner de ces foutues caméras en circuit fermé, lança alors Barclay. Je déteste ces trucs-là. J'ai tout le temps l'impression qu'ils vont me choper alors que je me gratte les couilles ou quelque chose...

— Peut-être qu'il y aura des caméras là où on va, dit Sutherland.

— À St Leonard's ? dit Rebus avant de secouer la tête. Nous en sommes encore à l'âge des cavernes. Stu... *Seigneur Jésus !*

Les feux stop de la Lexus venaient brutalement de s'allumer, l'obligeant à écraser la pédale de frein.

À l'arrière, Sutherland se trouva projeté en avant, et s'écrasa le visage sur l'appuie-tête du conducteur. Barclay posa les deux mains sur le tableau de bord, comme pour se préparer à la collision. Mais la Lexus reprenait de la vitesse, ses feux rouges toujours allumés.

— Ce salopard a enclenché ses antibrouillards arrière, fut l'explication de Barclay.

Le cœur de Rebus battait la chamade. Les deux véhicules avaient failli se tamponner, un mètre à peine les séparait.

— Ça va, Stu ?

Sutherland se frottait le menton.

— Tout juste, répondit-il.

Rebus rétrograda en seconde et appuya sur l'accélérateur, sa jambe droite tremblant jusqu'aux orteils.

— Faut qu'on se les chope pour ce qu'ils ont fait, disait Tam Barclay.

— Ne sois pas stupide, Tam, répondit Sutherland. Si John n'avait pas eu des freins nickel, on les aurait touchés.

Mais Rebus savait ce qu'il devait faire. Il devait se montrer bon prince. Il appuya sur le champignon, et le moteur vrombit, le pressant de monter les rapports. Puis, juste au moment où tout portait à croire que la Saab allait emplafonner la voiture immaculée de Gray, il dévia de sa trajectoire et les deux conducteurs se retrouvèrent côte à côte. Dans la Lexus, les trois hommes étaient tout sourires et le regardaient faire son numéro. Tam Barclay était pâle comme un linge sur le siège passager tandis que Stu cherchait vainement à boucler sa ceinture qui, Rebus le savait parfaitement, était prise quelque part au piège sous les coussins.

— T'es aussi bête qu'eux ! s'écria Sutherland depuis l'arrière, en hurlant presque pour couvrir le bruit du moteur en surrégime.

C'était ça l'idée, eut envie de lui répondre Rebus. Au lieu de quoi il appuya un peu plus sur l'accélérateur et, une fois que son avant eut dépassé la Lexus, il braqua violemment sur la gauche pour couper la route à la voiture de Gray.

La balle était dans le camp de ce dernier : il pouvait freiner ; il pouvait quitter la route ; ou il pouvait laisser la voiture de Rebus cogner la sienne.

Il choisit d'écraser la pédale de frein, et Rebus se retrouva soudain devant, sous les appels de phares de la Lexus et ses coups d'avertisseur. Il fit alors à Gray un petit signe de la main avant d'accéder aux désirs de la Saab et de passer finalement la troisième puis la quatrième.

La Lexus diminua un peu sa vitesse et les deux véhicules roulèrent à nouveau de conserve, en convoi. Rebus, les yeux sur le rétroviseur, savait que les trois hommes parlaient… ils parlaient de *lui*.

— Tu aurais pu nous tuer, John, gémit Barclay d'une voix chevrotante.

— Remets-toi, Tam, le rassura Rebus. Si ç'avait été le cas, tes numéros de loterie seraient sortis la semaine prochaine.

Sur quoi il éclata de rire. Et il s'écoula un bon moment avant qu'il se calme.

À St Leonard's, ils tombèrent sur pratiquement les deux dernières places de parking libres. Le parc de stationnement était situé derrière le poste de police proprement dit.

— Pas très ragoûtant, hein ? fit Tam Barclay en examinant le bâtiment.

— C'est pas terrible, mais c'est chez moi, lui répondit Rebus.

— John Rebus ! s'écria Gray en émergeant de la Lexus. Tu n'es qu'un salopard fou furieux !

Il souriait encore. Rebus haussa les épaules.

— Je ne pouvais quand même pas laisser un weegie [1] s'en tirer après un coup pareil, Francis.

— Mais ç'a été à un cheveu, quand même, dit Jazz.

Nouveau haussement d'épaules.

— Pas d'adrénaline, sinon, pas vrai ?

Gray lui donna une grande tape dans le dos.

— Peut-être que, finalement, notre horde n'a pas le cœur aussi tendre que ça.

Rebus lui offrit une courbette. *Accepte-moi*, pensait-il.

Tout leur entrain disparut quand ils eurent leur « bureau » sous les yeux. C'était une des salles d'interrogatoire meublée en tout et pour tout de deux tables et six chaises qui occupaient tout l'espace. En haut d'un des murs, une caméra vidéo pointait sur l'une des tables. Destinée à l'origine aux divers interrogatoires, elle n'était pas là pour enregistrer la Horde sauvage, ce qui n'empêcha pas Barclay de se renfrogner en l'apercevant.

— Pas de téléphones ? fit Jazz.

— On a toujours nos portables, dit Gray.

1. Terme affectueux pour désigner un habitant de Glasgow.

— Pour lesquels c'est nous qui payons, lui rappela Sutherland.

— Arrêtez de geindre pendant deux secondes et réfléchissons au problème, dit Jazz en croisant les bras. John, est-ce qu'il resterait de la place dans un bureau quelconque ?

— Pour être honnête, je ne le pense pas. Nous avons une enquête pour meurtre sur les bras, souviens-toi. Elle occupe pratiquement tout l'espace du CID.

— Écoutez, disait Gray, on n'est ici que pour un jour ou deux, d'accord ? On n'a pas besoin d'ordinateurs ou autres…

— Peut-être, mais on pourrait s'asphyxier, se plaignit Barclay.

— On ouvrira une fenêtre, lui répondit Gray.

Deux étroites ouvertures vitrées donnaient sur l'extérieur tout en haut du mur.

— Avec un peu de chance, on va passer la majeure partie du temps dans les rues, de toute façon, à parler aux gens, à remonter les pistes.

Jazz continuait malgré tout à prendre la mesure de la pièce.

— Pas beaucoup de place pour nos dossiers.

— On n'en a pas besoin, des dossiers, dit Gray qui semblait sur le point de perdre patience. Il nous en faut juste une demi-douzaine de feuillets — un point, c'est tout.

Sa main trancha l'air.

— Je suppose qu'on n'a pas vraiment le choix, soupira Jazz.

— C'est nous qui avons demandé à venir à Édimbourg, reconnut Ward.

— Ce n'est pas le seul poste de police de la ville, insista Sutherland. On pourrait aller jeter un œil ailleurs, voir si on ne peut pas nous offrir mieux.

— On n'a qu'à faire avec ce qu'on a, et la question est réglée, dit Jazz.

Il chercha le regard de Sutherland et finit par obtenir un haussement d'épaules signifiant que celui-ci était d'accord.

— Vaudrait mieux, dit Rebus. Parce qu'il ne faut pas espérer dénicher du nouveau sur Dickie Diamond.

— Super, lâcha Jazz d'un ton caustique. Et si on essayait de nous garder ces bonnes vibs bien positives, hein, les gars ?

— « Des vibs positives » ? le singea Ward. Je crois que tu as passé trop de temps avec la collection de disques de John hier soir.

— Ouais, ajouta Barclay avec un sourire. Étape suivante, tu vas te mettre à porter des perles et des sandales.

Jazz lui offrit deux doigts d'honneur. Puis ils disposèrent les chaises à leur convenance et se mirent au travail. Ils avaient établi la liste des individus auxquels ils désiraient parler. Deux noms avaient été rayés parce que Rebus savait que les hommes étaient décédés. Il avait envisagé de ne pas jouer le jeu… de les conduire à des impasses… mais il ne voyait pas bien à quoi cela l'aurait avancé. La comparaison de plusieurs références et l'ordinateur de Tulliallan leur avaient recraché une perle : un dénommé Joe Daly était l'informateur attitré de l'inspecteur Bobby Hogan. Hogan appartenait au CID de Leith ; ça remontait à loin entre Rebus et lui. C'est lui qu'ils verraient en premier. Ils ne se trouvaient pas dans la salle d'interrogatoire depuis une demi-heure que la pièce sentait déjà le fauve, même porte et fenêtres ouvertes.

— Dickie traînait ses guêtres au Zombie Bar, dit Jazz en lisant les notes. Ça se trouve bien à Leith, non, John ?

— Je ne sais pas si le bar est toujours ouvert. Il a toujours eu des problèmes de licence.

— Ce n'est pas à Leith que les travailleuses arpentent les trottoirs ?

— Ne va donc pas te mettre martel en tête, jeune Allan, dit Gray en tendant la main pour lui ébouriffer les cheveux.

Ils entendirent des voix, qui se rapprochaient dans le couloir.

— … mieux qu'on a pu faire, vu les circonstances…

— … Ça ne les dérangera pas de vivre un peu à la dure…

L'inspecteur-chef Tennant se présenta sur le seuil, les yeux comme des billes devant le spectacle qui s'offrait à lui.

— Vaudrait mieux que vous restiez où vous êtes, monsieur, le prévint Tam Barclay. Un de plus là-dedans et y a plus d'oxygène.

Tennant se tourna vers la silhouette menue à son côté — Gill Templer.

— Je vous avais averti que c'était tout petit, dit-elle.

— En effet, reconnut-il. L'installation se passe bien, messieurs ?

— Difficile de trouver plus douillet, dit Stu Suther

land bras croisés, comme un homme qui n'apprécie guère ce que le destin lui a réservé.

— On pensait mettre la machine à café dans le coin, ajouta Allan Ward, à côté du minibar et du jacuzzi.

— Excellente idée, lui répondit Tennant sans se démonter.

— Cela nous conviendra parfaitement, monsieur, dit Francis Gray.

Il recula sa chaise et écrasa au passage un orteil de Tam sous un pied.

— Nous ne resterons pas longtemps ici. Vous pourriez presque dire que notre environnement sera notre motivation.

Il s'était remis debout avec un sourire radieux à l'adresse de Gill Templer.

— Je suis l'inspecteur Gray, puisque personne ne semble se donner la peine de…

— Superintendante Templer, dit Gill en acceptant la main qu'il lui tendait.

Gray la présenta aux autres en se réservant Rebus pour la fin.

— Celui-là, vous le connaissez déjà.

Gill fusilla Rebus des yeux, qui détourna la tête dans l'espoir qu'elle ne jouait qu'un numéro convenu d'avance.

— Eh bien, si vous voulez m'excuser, messieurs, j'ai une enquête pour meurtre à diriger…

— Nous aussi, répondit Ward.

Gill fit mine de ne pas avoir entendu et s'engagea dans le couloir en rappelant à haute voix à Tennant qu'il pouvait se joindre à elle pour un café dans son bureau s'il le désirait. Tennant se retourna vers l'intérieur de la pièce.

— Au moindre problème, vous avez mon numéro de portable, leur rappela-t-il. Et, souvenez-vous, j'attends des résultats. Si quelqu'un ne fait pas son travail, je le saurai.

Il leva un doigt en signe d'avertissement puis partit sur les talons de Gill.

— Il a de la veine, ce salopard, marmonna Ward. Et je parierais que le bureau de la dame est plus grand que cette pièce.

— En fait, il est un peu plus petit, précisa Rebus. Mais il faut dire aussi qu'elle y est seule.

Gray gloussa.

— Tu as remarqué qu'elle ne t'avait pas proposé de venir prendre un café, John ?

— Ça, c'est parce que John ne tient pas bien ce qui lui passe par le gosier, dit Sutherland.

— Joli, Stu.

— Peut-être, intervint Jazz, qu'on pourrait penser à travailler un peu ? Et rien que pour vous prouver que je suis partant, je vais utiliser *mon* portable pour appeler l'inspecteur Hogan.

Il regarda Rebus.

— John, c'est ton pote... tu préfères lui parler ?

Rebus acquiesça de la tête.

— Dans ce cas, dit Jazz en rempochant son téléphone, autant que tu te serves du tien de portable, hein ?

Gray se plia en quatre, son visage se mit à rosir, et sa couleur évoqua à Rebus celle d'un bébé juste sorti de son bain.

Cela ne le dérangeait pas de passer le coup de fil. Après tout, jusqu'ici, la matinée avait été plutôt agréable. Ne lui restait qu'une seule question à résoudre : quand trouverait-il une minute pour se plonger dans le rapport de Strathern ?

13

Siobhan s'aspergeait le visage quand une des uniformes, la constable Jackson, entra dans les toilettes pour dames.

— Nous te verrons vendredi soir ? demanda Jackson.

— Pas sûr, répondit Siobhan.

— Carton jaune si tu rates trois semaines d'affilée, la prévint Jackson.

Elle entra dans un des cabinets et ferma la porte derrière elle.

— À propos, il n'y a pas de serviettes en papier, s'écria-t-elle.

Siobhan vérifia le distributeur : rien à l'intérieur, que du vent. Il y avait un sèche-mains électrique sur l'autre mur mais il était démoli depuis des mois. Elle entra dans le cabinet jouxtant celui de Jackson, tira une poignée de papier toilette et commença à s'essuyer la figure.

Jackson et quelques autres uniformes allaient toutes boire un verre ensemble le vendredi soir. Parfois, les choses ne s'arrêtaient pas là : un repas, suivi d'une sortie en boîte pour y chasser dans la danse les frustrations de la semaine. Elles se draguaient aussi un mec de temps à autre : il ne manquait jamais de candidats. Siobhan avait été invitée à une occasion, honorée qu'on lui en ait fait la demande. La seule tête du CID dans le groupe. Les autres avaient paru l'accepter, s'étaient rendu compte qu'elles pouvaient cancaner librement devant elle, et la voilà qui séchait deux vendredis d'affilée. Toujours ce bon vieux principe à la Groucho Marx, ne pas accepter de faire partie d'un club qui voudrait d'elle comme membre. Elle ne savait pas pourquoi au juste. Peut-être avait-elle l'impression d'une routine qui s'installait, sans compter que le boulot était lui aussi devenu une routine… quelque chose qui se supportait pour un chèque de salaire, et les danses du vendredi soir avec un inconnu.

— Qu'est-ce qu'on te fait faire en ce moment ? s'écria Siobhan.

— Patrouille à pied.

— Avec qui ?

— Perry Mason.

Siobhan sourit. « Perry » était en fait John Mason, tout juste sorti de Tulliallan. Tout le monde s'était mis à le surnommer Perry. Quant à Toni Jackson, George Silvers lui avait trouvé un sobriquet : il l'avait surnommée « Tony Jacklin [1] », en tout cas jusqu'à ce que la rumeur se répande que Toni était la sœur du footballeur Darren Jackson. Silvers s'était alors mis à la traiter avec un peu de respect. Siobhan avait demandé à Toni si c'était vrai.

---

1. Né en 1944, le plus célèbre joueur de golf anglais de sa génération.

— C'est que des conneries, avait-elle répondu. Mais ça ne me donnera pas de cheveux blancs pour autant.

Pour autant qu'elle sache, Silvers continuait à croire que Toni était de la famille de Darren Jackson, et il continuait à la traiter avec respect…

« Toni » était le diminutif d'Antonia.

— Jamais je ne me donne ce nom-là, avait dit un soir Toni au bar du Hard Rock Café, en regardant alentour quels « beaux mâles » pouvaient se cacher là. Ça fait trop chic, tu ne trouves pas ?

— Tu devrais essayer de t'appeler Siobhan…

Siobhan n'avait pratiquement encore rencontré personne capable d'épeler son prénom. Et lorsque les gens le voyaient écrit, ils ne faisaient presque jamais le lien avec elle.

— See Oban ? se hasardaient-ils à prononcer.

— Shi-vawn, insistait-elle.

Elle avait un nom celte mais un accent anglais ; Toni ne supportait pas de s'appeler Antonia parce que c'était trop chic…

Quel étrange pays, songea Siobhan. Derrière la porte du cabinet, elle entendit Toni lâcher une bordée de jurons.

— Qu'est-ce qui t'arrive ? s'écria Siobhan.

— Ce foutu rouleau de PQ est terminé. Est-ce qu'il y en a à côté ?

Siobhan regarda : elle avait utilisé pratiquement tout le papier toilette pour s'essuyer le visage.

— Quelques feuilles, dit-elle.

— Balance-les-moi ici en ce cas.

Siobhan fit ce qu'on lui demandait.

— Écoute, Toni, pour vendredi soir…

— Ne viens pas me dire que tu as un rancard ?

Siobhan réfléchit une seconde et répondit par un mensonge.

— Eh bien, en fait, si.

Ce fut la seule raison acceptable qui lui vint à l'esprit pour excuser son absence à la soirée de vendredi.

— Qui est-ce ?

— Je ne le dis pas.

— Pourquoi ne l'amènes-tu pas ?

— Je ne savais pas que les hommes étaient autorisés. En outre, toi et les autres, vous allez me le dévorer tout cru.

— Beau gosse, hein ?

— Il n'est pas mal.

— Très bien… (Un bruit de chasse d'eau.) Mais j'exigerai un rapport ultérieurement.

La porte s'ouvrit sur un déclic et Toni sortit en réajustant son uniforme, direction les lavabos.

— Pas de serviettes en papier, n'oublie pas, lui dit Siobhan.

La constable Toni Jackson se remit à jurer.

Derek Linford était dans le couloir des toilettes, et il parut évident à Siobhan qu'il l'attendait.

— Je peux te dire un mot ? demanda-t-il, apparemment très content de lui.

Siobhan ouvrit la marche, elle voulait qu'il débarrasse le plancher avant que Toni sorte. De crainte que sa jeune collègue ne se fasse des idées et croie que Linford était son partenaire de petit déjeuner samedi matin.

— Qu'y a-t-il ? lui demanda-t-elle.

— J'ai parlé à l'agence de location immobilière.

— Et alors ?

— Aucun indice que Cafferty en soit le propriétaire… Une société tout ce qu'il y a de plus régulier. La propriété louée à Marber est un appartement à Mayfield Terrace. Petit détail, Marber n'y habitait pas.

— Bien sûr que non. Il possédait une foutue grande maison…

Il la regarda.

— La femme s'appelle Laura Stafford.

— Quelle femme ?

Linford sourit.

— La femme qui est entrée à l'agence et qui cherchait à louer un appartement. On lui en a montré plusieurs, et elle en a choisi un.

— Mais le loyer est prélevé sur le compte de Marber ?

Linford hochait la tête.

— Un de ses comptes les mieux planqués.

— Sous-entendu qu'il ne voulait pas que ça se sache ? Tu crois que cette Laura était sa maîtresse ?

— Sauf qu'il n'était pas marié.

— Non.

Siobhan se mordilla la lèvre inférieure. Ce nom, Laura… Ça lui évoquait quelque chose… Oui, le Sauna Paradiso. Les deux hommes d'affaires qui avaient trop bu. L'un d'eux voulait savoir si Laura était de service. Siobhan se demanda…

— Tu vas aller lui parler ?

Linford acquiesça. Il voyait bien qu'elle était intéressée.

263

— Tu veux te joindre à moi ?

— J'y songe.

Il croisa les bras.

— Écoute, Siobhan, je me demandais…

— Quoi ?

— Eh bien, je sais qu'entre nous, ça n'a pas marché…

Elle fit des yeux comme des soucoupes.

— Dis-moi que tu ne vas pas me demander de sortir avec toi, hein ?

Il haussa les épaules.

— Je pensais juste vendredi, si tu n'as rien de prévu.

— Après ce qui s'est passé la dernière fois ? Après que tu m'as espionnée ?

— Je voulais juste te connaître mieux.

— C'est bien ça qui me pose un problème.

Nouveau haussement d'épaules.

— Peut-être as-tu d'autres projets en tête pour vendredi ?

Le ton de sa voix la mit sur ses gardes.

— Tu écoutais à la porte, fit-elle.

— J'attendais juste que tu sortes. Ce n'est quand même pas ma faute si toi et ta copine, vous hurliez tellement fort que la moitié du poste pouvait vous entendre. (Un temps d'arrêt.) Tu veux toujours venir à Mayfield Terrace ?

Elle pesa le pour et le contre.

— Oui.

— Tu es sûre ?

— Absolument.

— Ooh, regardez-moi les deux amoureux qui roucoulent ! fit Toni Jackson en s'arrêtant à leur côté.

Lorsque Siobhan leva le bras, elle vit Jackson se baisser pour esquiver. Alors qu'elle voulait juste ôter un fragment de papier hygiénique qui était resté collé à son visage.

À cinq minutes en voiture de St Leonard's, Mayfield Terrace était une large avenue entre Dalkeith Road et Minto Street, deux grands axes d'accès à la ville. Mais Mayfield Terrace était une oasis de calme, avec de grandes demeures individuelles ou mitoyennes, de deux ou trois étages pour la plupart. Certaines avaient été reconverties en appartements, comme celle où vivait Laura Stafford.

— Je ne pense pas qu'elle aurait pu trouver une grande maison par ici pour six cent soixante-dix livres par mois, déclara Linford.

Siobhan se rappela qu'il était comme obsédé par l'accession à la propriété. Il consultait régulièrement toutes les semaines le guide immobilier de l'ESPC[1] et comparait prix et emplacements.

— Ça coûterait combien pour acheter, à ton avis ? demanda-t-elle.

Il haussa les épaules, mais elle le voyait faire ses calculs.

— Pour un deux-pièces reconverti, il faudrait probablement compter cent mille.

---

1. Edinburgh Solicitor's Property Centre, le plus important service immobilier d'Écosse.

— Et une maison ?

— Individuelle ou mitoyenne ?

— Individuelle.

— Peut-être six, voire sept cent mille… Et les prix grimpent.

Quatre marches jusqu'à la porte d'entrée. Trois noms, trois boutons de sonnette. Aucun des noms n'était Stafford.

— Qu'en penses-tu ? demanda Siobhan.

Linford se recula, tendit le cou.

— Rez-de-chaussée, premier et second, dit-il.

Puis il regarda de chaque côté du perron.

— Il y a aussi un appart sur jardin. Avec certainement une entrée privée.

Il redescendit les marches, avec Siobhan sur les talons, direction le pignon de la maison où ils trouvèrent une entrée, et un bouton d'appel sans nom dessus. Linford sonna et attendit. La porte s'ouvrit sur une femme un peu voûtée, la soixantaine. Derrière elle, ils entendaient les petits cris joyeux d'un enfant.

— Madame Stafford ? demanda Linford.

— Laura n'est pas là. Elle rentre bientôt.

— Êtes-vous sa mère ?

— Je suis la grand-mère d'Alexander, répondit la femme en secouant la tête.

— Madame… ?

— Dow. Thelma Dow. Vous êtes de la police, n'est-ce pas ?

— Ça se voit tant que ça ? demanda Siobhan avec un sourire.

— Donny… mon fils, expliqua Mme Dow. Il était

266

très doué pour se mettre dans des situations impossibles.

Elle sursauta soudain.

— Il n'est pas… ?

— Votre fils n'a rien à voir dans tout ça. Nous sommes ici pour voir Laura.

— Elle est partie faire les courses. Elle devrait être là d'une minute à l'autre…

— Cela vous dérangerait-il que nous l'attendions ?

Cela ne dérangeait pas Mme Dow. Elle les conduisit par un escalier étroit dans l'appartement proprement dit. Deux chambres et un salon qui donnait sur une serre lumineuse dont la porte d'accès était ouverte : ils virent un garçonnet de quatre ans qui jouait dans l'arrière-jardin. Le sol du salon était jonché de jouets.

— Je ne parviens pas à le discipliner, dit Mme Dow. Je fais de mon mieux, mais des gamins de cet âge…

— De n'importe quel âge, dit Siobhan, s'attirant ainsi un sourire las.

— Ils se sont séparés, vous savez.

— Qui ça ? demanda Linford, avec l'air de s'intéresser plus au salon qu'à sa propre question.

— Donny et Laura, répondit Mme Dow en fixant son petit-fils. Non pas que cela le gêne de me voir ici…

— Donny ne voit donc pas beaucoup Alexander ? demanda Siobhan.

— Pas beaucoup.

— C'est son choix ou celui de Laura ? voulut savoir Linford, sans plus d'intérêt que la fois précédente.

Mme Dow décida de ne pas répondre, et se tourna délibérément vers sa collègue.

— C'est déjà assez difficile d'être parent unique par les temps qui courent.

Siobhan confirma de la tête.

— Ça l'a toujours été, renchérit-elle, en remarquant que le sujet touchait une corde sensible chez son interlocutrice.

De toute évidence, Thelma Dow avait élevé son fils seule.

— Est-ce que vous gardez Alexander quand Laura travaille ?

— Ça arrive parfois, oui… Mais il va aussi à la crèche…

— Est-ce que Laura travaille de nuit ? demanda Siobhan.

Mme Dow baissa les yeux au sol.

— Ça arrive parfois, oui…

— Et vous restez ici en compagnie d'Alexander ?

Siobhan vit la femme hocher lentement la tête.

— Le problème, voyez-vous, madame Dow, est que vous ne nous avez pas demandé la raison de notre présence ici. Ce qui aurait été la question normale à poser. Et cela me porte à croire que vous avez eu avec Laura quelques prises de bec au fil des années et que vous vous y êtes habituée.

— Il se peut que je n'apprécie pas la manière dont Laura gagne sa vie, cela ne signifie pas pour autant que je n'en comprenne pas les raisons. Dieu sait que j'ai pu connaître des moments difficiles moi aussi. (Un temps de silence.) Il y a bien des années, je veux dire. Quand Donny et son frère étaient jeunes, et que l'argent ne rentrait pas… Qui peut savoir aujourd'hui si cette idée ne m'a jamais traversé l'esprit à l'époque ?

— Vous voulez parler de vendre votre corps ? demanda froidement Linford.

Siobhan l'aurait giflé, mais elle dut se contenter de le fusiller du regard.

— Je vous prie d'excuser mon collègue, madame, dit-elle. Il a la sensibilité d'une grille de prison.

Linford se tourna vers elle, l'air choqué par ce qu'il venait d'entendre. À cet instant, une porte s'ouvrit et se referma. Des pas sur les marches.

— Ce n'est que moi, Thelma, s'écria une voix.

Un moment plus tard, Laura faisait son entrée dans le salon, chargée de deux sacs marqués « Savacentre » — le nom du supermarché au bas de Dalkeith Road. Ses yeux passèrent de Siobhan à Linford et retour. Sans un mot, elle alla dans la cuisine et y vida ses courses. La cuisine était petite, trop petite pour abriter une table. Siobhan se posta sur le seuil.

— Il s'agit d'Edward Marber, dit-elle.

— Je me demandais quand vous alliez débarquer.

— Eh bien, nous voilà. Nous pouvons discuter maintenant, ou prendre rendez-vous pour plus tard.

Laura Stafford releva la tête, sentant que Siobhan faisait tout son possible pour rester discrète.

— Thelma ? s'écria-t-elle. Tu pourrais aller jouer avec Alexander pendant que je règle ça ?

Mme Dow se leva sans un mot et alla dans le jardin. Siobhan l'entendit qui parlait à son petit-fils.

— Nous ne lui avons rien dit, précisa-t-elle.

Laura Stafford acquiesça :

— Merci.

— Est-elle au courant pour Marber ?

Stafford fit non de la tête. Mince, un mètre soixante,

pas loin de la trentaine. Les cheveux noirs joliment coupés avec une raie sur le côté. Un maquillage discret : eyeliner et peut-être un peu de fond de teint. Pas de bijoux. Un T-shirt rentré dans un jean délavé. Aux pieds, des sandales roses.

— Je n'ai pas l'air d'une pute, n'est-ce pas ? dit-elle, et Siobhan comprit qu'elle la détaillait avec trop d'insistance.

— Rien à voir avec le stéréotype, en tout cas, reconnut-elle.

Linford s'était lui aussi planté sur le seuil.

— Je suis l'inspecteur Linford, dit-il. Et voici le sergent Clarke. Nous sommes venus vous poser quelques questions sur Edward Marber.

— Je n'en doute pas un instant, monsieur l'inspecteur.

— C'est lui qui paie le loyer ?

— Jusqu'à ce que ses versements s'arrêtent.

— Et il se passera quoi alors, Laura ? demanda Siobhan.

— Je garderai peut-être l'appartement. Je n'ai pas encore décidé.

— Vous en avez les moyens ? demanda Linford, d'un ton qui sonna presque aux oreilles de Siobhan comme de l'envie.

— Je gagne suffisamment.

— Cela ne vous gêne pas d'être une femme entretenue ?

— Son choix, pas le mien.

Elle s'appuya contre le comptoir de la cuisine et croisa les bras.

— Très bien, voici l'histoire…

Mais Siobhan l'interrompit. Elle n'aimait pas sentir Linford aussi près d'elle.

— Et si on s'asseyait d'abord ? proposa-t-elle.

Ils allèrent dans le salon. Voyant que Linford s'installait dans le canapé, Siobhan prit le fauteuil, contraignant ainsi Laura Stafford à s'asseoir près de l'inspecteur, ce qui parut mettre ce dernier légèrement mal à l'aise.

— Vous disiez… ? reprit-il.

— J'allais vous raconter toute l'histoire. Elle sera brève et factuelle. Eddie était un de mes clients, comme vous l'avez certainement deviné.

— Au Sauna Paradiso ? l'interrompit Siobhan.

Laura acquiesça.

— C'est là que j'ai fait sa connaissance. Il venait environ tous les quinze jours.

— Vous demandait-il personnellement ? intervint Linford.

— Pour autant que je sache. Peut-être lui est-il arrivé de venir quand je n'étais pas de service.

Linford hocha la tête.

— Poursuivez, je vous prie.

— Eh bien, il cherchait toujours à en savoir plus sur moi. Parmi les clients, il y en a certains qui sont comme ça, mais Eddie était différent. Il avait cette voix, tranquille et insistante. Finalement, je me suis mise à parler. Donny et moi, on s'était séparés. J'avais Alexander et nous vivions dans un petit appart merdique à Granton…

Elle s'interrompit.

— Et avant même que je comprenne, voilà qu'Eddie m'annonce qu'il a tout arrangé et m'a trouvé un logement. J'ai cru qu'il me faisait marcher. Encore un truc que font les clients : ils n'arrêtent pas de vous proposer des choses qui n'aboutissent jamais à rien.

Elle avait croisé les jambes. Une mince chaîne en or cerclait sa cheville droite.

— Eddie en avait conscience. Il m'a donné l'adresse et le numéro de téléphone de l'agence de location, en me disant de m'y rendre en personne et de choisir un appartement pour Alexander et moi.

Elle regarda autour d'elle.

— C'est pour ça que nous sommes ici.

— Bel endroit, dit Siobhan.

— Et que désirait M. Marber en retour ? demanda Linford.

Laura secoua lentement la tête.

— S'il y avait un piège derrière tout ça, il n'a pas vécu assez longtemps pour que je le découvre.

— Pas de visites à domicile ? voulut savoir Linford.

Elle se hérissa.

— C'est une chose que je ne fais pas, dit-elle avant de s'interrompre. Je ne suis toujours pas sûre de savoir pourquoi il a agi ainsi.

— Peut-être est-il simplement tombé amoureux de vous, Laura, dit Siobhan d'une voix encore plus douce, se préparant à la jouer « gentille » face au « méchant » Linford. Je pense qu'il y avait un petit côté romantique en lui…

— Ouais, peut-être.

Les yeux de Laura s'étaient mouillés d'émotion, et Siobhan sut qu'elle avait dit ce qu'il fallait.

— Peut-être que je ne dois pas chercher plus loin.

— Êtes-vous jamais allée chez lui ? demanda Siobhan.

Laura secoua la tête.

— Vous saviez quelles étaient ses activités professionnelles ?

— Il vendait des tableaux, c'est ça ?

Siobhan acquiesça.

— Parmi ceux qu'il possédait personnellement, certains ont été décrochés des murs de son domicile. Aucune idée de qui aurait pu faire ça ?

— Peut-être pour les expédier dans sa propriété en Toscane.

— Vous étiez au courant, pour sa maison de vacances ?

— Il m'en a parlé. Alors, c'était vrai… ?

Dans sa jeune vie, Laura avait à l'évidence entendu beaucoup de belles histoires et de vantardises.

— Il possédait bien une maison en Italie, oui, lui confirma Siobhan. Apparemment, une des toiles a disparu, Laura. Il ne vous l'a pas donnée, n'est-ce pas ?

Elle lui montra la photo du tableau. Laura la regarda, sans se concentrer vraiment dessus.

— Il parlait de l'Italie, dit-elle avec mélancolie, il disait qu'un jour, il m'y emmènerait… Moi, je croyais que c'était juste…

Elle baissa les yeux.

— Eddie se serait-il confié à vous, Laura ? demanda doucement Siobhan. Il parlait de lui ?

— Rien de bien personnel… un peu sur son passé et ses origines, des trucs comme ça.

— De ses problèmes aussi ?

Nouveau signe de tête : non.

— Rien qui l'aurait particulièrement tracassé ces temps derniers ?

— Non, je dirais qu'il avait l'air plutôt heureux. Il attendait une belle rentrée d'argent, je crois.

— Qu'est-ce qui vous fait dire ça ? lança sèchement Linford.

— Il me semble qu'il a dû en parler. Alors que nous discutions de cet appartement, quand je lui ai demandé s'il en avait les moyens.

— Et il a déclaré qu'il attendait une rentrée d'argent ?

— Oui.

— Il voulait parler de l'exposition, vous croyez, Laura ? demanda Siobhan.

— Je suppose…

— Vous n'en êtes pas convaincue ?

— Je n'en sais rien.

Elle regarda vers le jardin, au-delà de la serre.

— Il commence à faire froid, dehors. Alexander doit rentrer…

— Encore une ou deux questions. J'ai besoin d'avoir des informations sur le Paradiso.

— Lesquelles ? voulut savoir Laura en se retournant vers Siobhan.

— Qui en est le propriétaire ?

— Ricky Marshall.

— Allons, vous ne le croyez pas vous-même, la taquina Siobhan. C'est peut-être lui qui tient la réception, mais ça s'arrête là, je me trompe ?

— J'ai toujours eu affaire à Ricky.

— Toujours ?

Laura Stafford confirma que oui. Une minute durant, Siobhan laissa le silence s'installer.

— Avez-vous jamais rencontré un certain Cafferty ? Big Ger Cafferty ?

Laura fit signe que non. Une nouvelle fois, Siobhan laissa le silence prendre sa place. Laura changea de position sur le canapé, comme si elle allait préciser quelque chose.

— Et tout le temps, intervint alors Linford, que Marber a payé pour cet appartement, jamais il ne vous a demandé d'extras ?

Le visage de la jeune femme se changea en masque, et Siobhan comprit que le contact venait de se briser : ils l'avaient perdue.

— Non.

— Vous comprendrez que nous trouvons cela difficile à croire, dit Linford.

— Pas moi, coupa Siobhan, les yeux fixés sur Laura, sous le regard perplexe de Linford. Moi, je le crois, dit-elle avant de se lever et de tendre sa carte à la jeune femme. Si à l'occasion vous désirez bavarder…

Laura Stafford contempla le bristol, hocha la tête, lentement.

— Eh bien, merci encore de nous avoir consacré un moment, dit Linford à contrecœur.

Ils étaient arrivés à la porte quand ils entendirent Laura Stafford qui les appelait depuis le salon.

— Je l'aimais bien, vous savez. C'est plus que je ne peux en dire de la plupart d'entre eux…

Une fois sortis, ils se dirigèrent vers la voiture de Linford sans échanger une parole. Installé, ceinture bouclée, il mit le contact et fixa la route loin devant.

— Eh bien, merci de ton coup de main, dit-il.

— Et merci infiniment pour le tien. La journée finie, ce qui compte, c'est le travail d'équipe.

— Je ne me souviens pas avoir dit que *je* ne *te* croyais pas.

— Restons-en là, tu veux bien ?

Il fit la tête pendant deux bonnes minutes avant de reprendre la parole.

— Le petit copain… enfin quel qu'il soit.

— Donny Dow ?

Linford acquiesça.

— La mère de son gamin crèche dans un appart chicos. Il décide d'aller casser la figure au mec qui l'entretient mais finit par cogner trop fort.

— Comment aurait-il été au courant pour Edward Marber ?

— Elle lui a peut-être dit.

— Mme Dow n'est même pas au courant.

— Pour ça, on n'a que la parole de la micheton-neuse.

Siobhan crispa les paupières.

— Ne l'appelle pas comme ça.

— Ce n'est pas ce qu'elle est ?

Ne l'entendant pas répondre, il afficha l'air satisfait de celui qui vient de marquer un point.

— De toutes les façons, il faut qu'on parle au jules.

Siobhan rouvrit les yeux.

— Sa mère a dit qu'il s'attirait toujours des ennuis dans le temps. Il aura certainement un casier.

Linford aquiesça.

— Et son ex aussi. Peut-être qu'elle ne s'est pas contentée de racoler, hein ?

276

Il risqua un œil vers Siobhan.

— Tu crois que Cafferty était au courant de l'arrangement ?

— Je ne suis même pas sûre de savoir si c'est bien lui, le propriétaire du Paradiso.

— Mais c'est probable ?

D'un petit hochement de tête, Siobhan lui concéda que c'était probable, tout en se disant : et *si* Cafferty avait été au courant du coup de passion de Marber pour Laura… oui, eh bien, et alors ? Ça pouvait vouloir dire quoi ? Était-il même possible d'imaginer que ce soit lui qui ait poussé Laura dans les bras du marchand d'art ? Pourquoi serait-il allé faire une chose pareille ? Elle pouvait trouver des raisons. Marber avait une… ou des toiles que Cafferty voulait… des toiles que Marber ne désirait pas vendre. Mais elle ne voyait toujours pas comment le chantage ou quelque chose de similaire aurait pu l'aider à arriver à ses fins. Marber était célibataire. C'étaient les hommes mariés qu'on faisait chanter, ceux qui avaient besoin de toujours être plus blancs que blancs. Marber travaillait avec des artistes, les gens aisés, les cosmopolites. Et ces gens-là, aux yeux de Siobhan, n'auraient certainement pas été choqués d'apprendre que leur marchand et ami couchait avec des prostituées. Au pire, il y aurait gagné en popularité.

Il attendait une belle rentrée d'argent, je crois… elle repensa aux paroles de Laura. À combien se chiffrait-elle, cette rentrée, et quelle était son origine ? Assez substantielle pour qu'il se fasse tuer ? Suffisante pour intéresser un individu du genre de Big Ger Cafferty ?

— Que font-elles quand elles prennent leur retraite ?

demandait Linford, en mettant son clignotant pour s'engager dans St Leonard's.

— Qui ça ?

— Les travailleuses. Je m'explique, elle, elle est jolie pour le moment, mais ça ne durera pas. Le boulot commencera à manquer… entre autres choses.

Il eut du mal à étouffer un rictus.

— Seigneur, Derek, tu me dégoûtes.

— Alors, c'est qui, celui que tu dois voir vendredi soir ? demanda-t-il.

14

Vu de l'extérieur, le poste de police de Leith était un ancien bâtiment plein d'élégance, mais la plupart de ses occupants lui donnaient le nom de « gériatrie ». Tout en enfilant sa veste sur les marches qui les conduisaient au grand jour, l'inspecteur Bobby Hogan leur expliqua pourquoi.

— C'est comme les vieux dans les hospices. Ils peuvent avoir l'air relativement bien habillés — présentables et tout ça —, mais sous leurs vêtements, leur corps a commencé à les lâcher. La plomberie fuit, le cœur ne cogne pas très rond, et il ne reste qu'un spectre que son cerveau a abandonné.

Il fit un clin d'œil à Allan Ward.

Ils étaient trois à s'être déplacés depuis St Leonard's. Rebus en était, de toute évidence, mais Tam Barclay avait fait tout un cinéma en prétendant avoir besoin d'un bol d'air tandis qu'Allan Ward se portait volontaire, même si Rebus soupçonnait le jeune homme de vouloir voir de visu des signes de prostitution.

Malgré les bourrasques, la journée était ensoleillée. La veste de Hogan battit au vent comme une voile de bateau lorsqu'il passa les bras dans les manches. Il était heureux d'avoir eu cette excuse pour sortir de ses quatre murs. Il leur avait suffi de mentionner le Zombie Bar et il avait jailli de derrière son bureau en cherchant sa veste des yeux.

— Si nous avons de la chance, on pourra peut-être y tomber sur le Père Joe, avait-il déclaré.

Il faisait référence à l'indic, Joe Daly.

— Ça ne s'appelle plus le Zombie Bar, leur expliquait-il maintenant en ouvrant la marche sur Tolbooth Wynd. Le bar a perdu sa licence.

— Trop de bagarres ? supposa Allan Ward.

— Trop de poètes et d'écrivains ivrognes, le corrigea Hogan. Plus ils essaient de rénover Leith, plus il y a de monde qui s'intéresse à ses côtés miteux et un peu crades.

— Et on les trouve où aujourd'hui, ces endroits-là ? demanda Ward.

Hogan répondit par un sourire en se tournant vers Rebus.

— C'est un animal plein de vie que tu nous as amené là, John.

Rebus acquiesça. Tam Barclay n'avait pas l'air trop vivant en revanche : à mesure que la journée avançait, sa gueule de bois avait suivi.

— La bière et le whisky font pas bon mélange, expliqua-t-il en se frottant les tempes.

Leur visite au pub ne l'enthousiasmait pas vraiment…

— Comment s'appelle le Zombie maintenant ? demanda Rebus à Hogan.

— Bar Z. D'ailleurs, le voilà…

Les fenêtres du Bar Z étaient en verre dépoli avec, au centre, un grand Z. L'intérieur était chrome et gris, les tables d'un matériau léger très tendance qui conservait la marque des ronds de bière et des brûlures de cigarettes. La musique s'appelait probablement quelque chose comme « transe » ou « ambiance », et un menu à la craie offrait, sous l'intitulé « Super Petit Déjeuner Tex-Mex toute la journée », des « Huevos Rancheros » ainsi que des « Snack Attacks », genre blinis et baba ganoush.

Mais quelque chose avait dû mal tourner, le succès n'avait pas suivi. Les seuls individus à passer leur après-midi au comptoir étaient toujours ce mélange d'hommes d'affaires désespérés et d'ivrognes miteux pour qui le Zombie Bar avait été comme une seconde maison. L'endroit respirait les rêves aigris. Hogan désigna une des nombreuses tables vides et demanda au trio ce qu'ils désiraient boire.

— Une seule tournée, Bobby, insista Rebus. C'est toi qui nous donnes un coup de main sur cette affaire.

Ward se décida pour une bouteille de Holsten mais Barclay ne désira que du Coca — « autant qu'on peut en mettre dans un verre ». Hogan dit qu'il hésitait encore et alla au comptoir avec Rebus.

— Notre homme est là ? demanda Rebus à mi-voix.

Hogan secoua la tête.

— Ce qui ne veut pas dire qu'il ne viendra pas. Le Père Joe est du genre à ne pas rester en place : s'il entre dans un bar et qu'il n'y connaît personne, il poursuit son chemin ; il ne prend jamais plus de deux verres au même endroit.

— Il travaille ?

— Il a une *vocation*, répondit Hogan, avant de s'expliquer en voyant la tête de Rebus. Ne t'en fais pas, ce n'est pas un vrai prêtre. C'est juste qu'il a le genre de visage qui incite les inconnus à lui confier leurs problèmes. Ce qui apparemment occupe pleinement ses journées…

Le barman s'approcha, et Rebus transmit la commande, ajoutant une demi-pinte d'IPA pour Hogan et la même chose pour lui.

— On joue petit ? Deux demi-pintes, deux mi-temps, hein ?

— Ouais, mais ce n'est qu'un jeu, Bobby.

Hogan comprit ce qu'il voulait dire.

— Alors, qu'est-ce qui fait qu'on a rouvert ce sac de nœuds, dis-moi ?

— Si seulement je le savais.

— Dickie Diamond était un connard, tout le monde savait ça.

— Certains de ses anciens potes traînent encore par ici ?

— Il y en a justement un là en ce moment.

Rebus regarda alentour les visages inconsolables aux regards vides.

— Qui ça ?

Hogan se contenta de cligner de l'œil et attendit que la tournée soit réglée. Lorsque le barman revint en traînant des pieds avec la monnaie de Rebus, il le salua par son prénom.

— Ça va, Malky ?

Le jeune homme plissa le front.

— Je vous connais ?

Hogan haussa les épaules.

— Mais moi, je *te* connais. (Temps de silence.) Toujours dans la piquouze ?

Rebus lui aussi avait remarqué que le jeune homme était un drogué. Quelque chose dans le regard, dans la manière dont il se tenait. En contrepartie, le mec savait reconnaître la flicaille quand il la voyait.

— J'ai arrêté, dit Malky.

— Et tu prends ta méthadone religieusement ? demanda Hogan avec un sourire. L'inspecteur Rebus qui m'accompagne se demande ce qui a bien pu arriver à ton oncle.

— Lequel ?

— Celui dont on n'entend plus beaucoup parler ces temps derniers… sauf avis contraire de ta part. Malky ici présent est le fils de la sœur de Dickie, ajouta Hogan en se tournant vers Rebus.

— Il y a longtemps que tu travailles ici, Malky ? demanda celui-ci.

— Presque un an, dit le barman, dont l'indifférence avait fait place à un air maussade.

— Tu fréquentais cet endroit quand il s'appelait le Zombie Bar ?

— J'étais trop jeune, pas vrai ?

— Ce qui ne veut pas dire qu'on ne t'aurait pas servi, répondit Rebus qui alluma une cigarette et en proposa une à Hogan.

— Est-ce que Oncle Dickie a refait surface ? demanda Malky.

Rebus secoua la tête.

— C'est juste que maman… de temps en temps, elle a les larmes qui coulent et elle dit qu'Oncle Dickie doit être mort et enterré quelque part.

— Que croit-elle qu'il lui soit arrivé ?

— Comment je saurais ?

— Tu pourrais essayer de lui poser la question.

Rebus avait sorti une de ses cartes. S'y trouvaient inscrits son numéro de pager ainsi que celui du standard de la police.

Malky la glissa dans sa pochette de chemise.

— On meurt de soif par ici ! lança Barclay depuis la table.

Hogan prit leurs deux verres. Rebus fixait Malky.

— Je suis sérieux, dit-il. Si jamais tu entends quelque chose, j'aimerais vraiment savoir ce qu'il est devenu.

Malky acquiesça avant de tourner les talons pour répondre au téléphone. Mais Rebus l'agrippa par le bras.

— Où habites-tu, Malky ?

— Sighthill. Qu'est-ce que ça peut vous faire ?

Il libéra son bras, décrocha l'appareil.

Sighthill, c'était parfait. Rebus y connaissait quelqu'un.

— Alors, qu'est-ce qui est arrivé à cet endroit ? demanda Ward à Hogan quand Rebus rejoignit la tablée.

— Ils se sont trompés dans leurs études de marché. Ils croyaient qu'il y aurait suffisamment de yuppies aujourd'hui et qu'ils feraient fortune.

— Peut-être que s'ils attendent encore quelques années..., dit Barclay en s'arrêtant à la moitié de son Coke.

Hogan hocha la tête.

— Ça arrive doucement, reconnut-il. C'est juste

dommage que le Parlement d'Écosse ne se soit pas installé chez nous.

— Il aurait parfaitement collé dans le décor, ricana Rebus.

— Nous le voulions.

— Alors où a été le problème ? demanda Ward.

— Les députés n'ont pas voulu se retrouver à Leith. Trop loin de tout.

— Peut-être étaient-ils effrayés par les tentations de la chair, proposa Ward. Mais je n'en vois pourtant pas beaucoup dans le coin…

La porte s'ouvrit et un nouveau buveur solitaire entra. Bourré de tics, il s'agitait de partout, à croire qu'on lui avait remonté tous ses ressorts d'un coup. Il vit Hogan et le salua de la tête avant de se diriger vers le comptoir. Hogan, cependant, lui fit signe de se joindre à eux.

— C'est lui ? demanda Ward, le visage déjà durci, les traits figés comme un masque.

— C'est bien lui, répondit Hogan. Puis, s'adressant, au nouvel arrivé : Père Joe, je me demandais si tes errances pastorales allaient te conduire jusqu'ici.

Joe sourit à la plaisanterie, et hocha la tête comme s'il s'agissait d'un rituel convenu entre le policier et lui. Entre-temps, celui-ci le présentait à la tablée.

— Et maintenant, adresse-toi à ces braves gens, dit-il une fois la chose faite, pendant que je m'en vais te quérir une petite libation. Jameson à l'eau, sans glace, c'est ça ?

— Ça fera l'affaire, dit Daly, l'haleine déjà adoucie par le whisky, en suivant des yeux Hogan qui se dirigeait vers le comptoir. Brave homme lui aussi, à sa façon, ajouta-t-il.

— Et est-ce que Dickie Diamond était lui aussi un brave homme, Père Joe ? demanda Rebus.

— Ah, le Diamond Dog… Le chien ! répondit Daly en prenant un air songeur. Richard pouvait être le meilleur ami que vous ayez jamais eu, mais il pouvait aussi être un salopard de première. Il ne connaissait pas le pardon.

— Vous ne l'avez pas vu récemment ?

— Pas depuis cinq ou six ans.

— Avez-vous jamais rencontré un autre de ses amis, un dénommé Eric Lomax ? demanda Ward. La plupart des gens l'appelaient Rico.

— Oui, mais c'était il y a bien longtemps, comme j'ai dit…

Daly se mouilla les lèvres d'impatience.

— Naturellement, nous payons au tarif habituel, l'informa Rebus.

— Ah, excellent ! lâcha Daly.

Son whisky venait d'arriver et il porta un toast au groupe en gaélique. Rebus estima que c'était au moins un double, sinon un triple. Difficile à dire avec toute cette eau rajoutée.

— Le Père Joe allait justement nous parler de Rico, expliqua Rebus à Hogan qui s'asseyait.

— Eh bien, commença Daly, Rico était bien de la côte ouest, n'est-ce pas ? Il savait recevoir, à ce qu'on disait. Naturellement, je n'ai jamais été invité.

— Mais Dickie, oui ?

— Oh, ça, oui.

— Et cela se passait à Glasgow ? demanda Barclay, le visage plus pâle que jamais.

— Je suppose que quelques belles soirées ont dû se dérouler là-bas, lui concéda Daly.

— Mais vous ne parliez pas de ça, je me trompe ? lui demanda Rebus.

— Eh bien, non… Je voulais parler des caravanes. Un terrain quelque part à East Lothian. Rico s'y installait de temps à autre.

— Des caravanes au pluriel ? vérifia Rebus.

— Il en possédait plus d'une ; il louait le reste à des touristes et autres.

Et autres… Ils connaissaient déjà tous la réputation de Rico, les truands de Glasgow qui allaient se mettre à l'abri vers les plages de la côte est… Rebus remarqua que Malky le barman s'affairait à essuyer les tables immaculées à proximité.

— Ils étaient plutôt proches, alors, Rico et Dickie ? demanda Ward.

— Je n'irais pas jusque-là. Rico ne venait probablement à Leith que trois ou quatre fois dans l'année.

— N'avez-vous pas trouvé étrange, demanda Rebus, que Dickie parte faire l'école buissonnière à peu près au moment où Rico se faisait assassiner ?

— Peux pas dire que j'aie fait le rapprochement, répondit Daly.

Il porta le verre à sa bouche, sécha le whisky.

— Je ne pense pas que cela soit l'exacte vérité, déclara doucement Rebus.

Le verre fut reposé sur la table.

— Eh bien, je vous l'accorde, vous avez peut-être

raison. Je suppose que je me suis effectivement posé la question, comme tout le monde à Leith.

— Et alors ?

— Alors quoi ?

— Quelle conclusion en avez-vous tirée ?

— Aucune, dit Daly en haussant les épaules. Sinon que les voies de Notre Seigneur sont impénétrables.

— Et moi, j'ajouterai amen, lâcha Hogan.

Allan Ward se leva, dit qu'il allait chercher une nouvelle tournée.

— Quand tu auras fini d'astiquer ce cendrier, fit-il remarquer au passage à Malky.

Ainsi donc, il avait repéré le manège du barman lui aussi. Peut-être était-il plus malin que Rebus n'avait bien voulu le supposer…

Linford s'était attaqué à Donny Dow et il n'allait pas se laisser détourner de ses recherches. Il avait rassemblé les quelques archives dont ils disposaient et les étudiait avec attention. Tout à côté sur son bureau était posé un mince dossier portant le nom de Laura Stafford. Siobhan y avait d'ailleurs jeté un coup d'œil. Avertissements standard et arrestations habituelles : deux fois au sauna, une fois au bordel. Le bordel en question était un appartement situé au-dessus d'un magasin de locations vidéo. Un mec était propriétaire de la boutique, et sa petite amie dirigeait les opérations au premier. Laura avait été une des filles de service le soir où la police, sur la foi d'une dénonciation par téléphone, avait effectué une petite visite. Bill Pryde avait travaillé sur l'affaire. On reconnaissait son écriture en marge d'une page du rapport : « Tuyau anonyme, probablement le sauna un peu plus loin dans la même rue... »

— Le commerce des gorges profondes peut aussi être très coupe-gorge, en avait conclu Derek Linford en guise de commentaire.

Il s'amusait beaucoup plus avec Donny Dow, qui se bagarrait contre le monde depuis l'âge de dix ans. Des arrestations pour vandalisme et ivresse, avant qu'il ne s'engage dans une activité physique plus saine : le kick-boxing thaï. Mais la boxe n'avait pas suffi à le tenir à l'écart des problèmes : une inculpation pour effraction — abandonnée par la suite —, plusieurs agressions, une arrestation pour drogue.

— Quel genre de drogue ?

— Cannabis et amphets.

— Un fêlé amateur de kick-boxing shooté aux amphets ? On croit rêver !

— Il a travaillé comme videur à une époque, dit Linford en pointant du doigt la ligne correspondante sur le rapport. Mais son employeur a adressé une lettre pour prendre sa défense.

Il tourna la page. La signature au bas de la lettre était celle de Morris G. Cafferty.

— Cafferty possédait une société de sécurité en ville, ajouta Linford. Il s'en est séparé il y a quelques années.

Il se tourna vers Siobhan.

— Tu continues toujours à penser qu'il n'aurait pas pu démolir Marber ?

— Je commence à m'interroger, reconnut Siobhan.

De retour à son bureau, elle vit Davie Hynds qui

avait tiré une chaise tout à côté et se tapotait les dents avec un stylo.

— À court d'inspiration ? demanda-t-elle.

— Je me sens comme la queue libre au beau milieu d'une orgie. (Petit temps d'arrêt.) Désolé... ce n'était pas très correct de dire ça comme ça.

Siobhan réfléchit un instant.

— Attends ici.

Elle se retourna vers le bureau de Linford, mais un inconnu venait d'entrer dans la salle et lui serrait la main. Linford hocha la tête, comme si les deux hommes se connaissaient, mais pas très bien. Le front soucieux, Siobhan s'avança.

— Salut, dit-elle.

L'inconnu avait sorti un feuillet du dossier de Donny Dow et le lisait.

— Je suis sergent ici, dit-elle. Je m'appelle Siobhan Clarke.

— Francis Gray, répondit l'homme. Inspecteur.

Il lui serra la main qui disparut presque dans sa paume. Il était grand, large d'épaules, un cou de taureau et des cheveux poivre et sel coupés court.

— Vous vous connaissez tous les deux ? demanda-t-elle.

— Nous nous sommes rencontrés à une seule occasion... il y a un moment déjà, à Fettes, c'est ça ? répondit Gray.

— C'est bien ça, confirma Linford. Il nous est arrivé de nous entraider par téléphone à l'occasion.

— Je me demandais simplement comment marchait l'enquête, ajouta Gray.

— Elle avance, dit Siobhan. Vous appartenez à l'équipe de Tulliallan ?

— J'y expie mes péchés, dit Gray en posant son feuillet pour en saisir un autre. On dirait bien que Derek risque de vous la conclure vite fait, votre enquête.

— Oh, pour ce qui est de conclure, il sait vendre ses salades, répliqua Siobhan en croisant les bras.

Gray éclata de rire, et Linford se joignit à lui.

— Siobhan est comme saint Thomas, elle doute toujours, déclara-t-il.

Gray fit de grands yeux.

— Capacités, mobile, occasion. Apparemment, vous disposez là de deux critères sur trois. Le moins que vous puissiez faire, c'est interroger le suspect.

— Je vous remercie, inspecteur Gray, nous allons peut-être suivre votre conseil.

C'est dans son dos qu'avait jailli la réplique : Gill Templer venait d'entrer dans la salle. Gray lâcha la feuille de papier qui voleta sur le bureau.

— Puis-je vous demander ce que vous faites ici ? ajouta-t-elle.

— Rien, madame. J'étais juste sorti prendre l'air. Nous sommes obligés de faire dix minutes de pause toutes les heures pour assouvir notre faim d'oxygène.

— Je pense que vous découvrirez que le poste offre nombre de couloirs pour répondre à vos besoins. Il existe même un monde extérieur pour cela. Ici, en revanche, c'est le centre d'une enquête sur un meurtre. La dernière chose dont nous ayons besoin, c'est d'interruptions intempestives… Vous n'êtes pas d'accord ?

— Absolument, madame, admit Gray.

Son regard passa de Derek à Siobhan.

— Excusez-moi de vous avoir arrachés à vos nobles efforts.

Et il s'en fut sur un dernier clin d'œil. Templer le suivit des yeux jusqu'à la sortie. Puis, sans rien dire, mais avec une petite lueur dans le regard, elle regagna son propre bureau.

Siobhan eut envie d'applaudir. Elle avait été sur le point de remettre Gray à sa vraie place, mais doutait fort qu'elle eût fait mouche avec le même succès. La superintendante venait de grimper dans son estime comme une fusée.

— Elle peut être froide comme une lame, la garce, marmonna Linford.

Siobhan ne réagit pas : elle voulait que Linford lui rende un service et il ne servirait à rien de le contrarier.

— Derek, dit-elle, dans la mesure où tu cherches à coincer Donny Dow avec un tel acharnement, ça te dérangerait que Hynds jette un coup d'œil aux finances de Marber ? Je sais que tu as déjà couvert le terrain, mais ça lui donnera quelque chose à faire, le pauvre.

Plantée là, les mains derrière le dos, elle espérait ne pas avoir trop forcé sur les violons, en paroles comme en apparence.

Linford tourna distraitement la tête vers Hynds.

— Vas-y, répondit-il en tendant le bras vers la boîte posée par terre près de lui pour en sortir la bonne chemise.

— Merci, roucoula-t-elle avant de rejoindre son poste de travail en sautillant. Tiens, dit-elle à Hynds d'une voix redevenue normale.

— C'est quoi ? demanda-t-il en fixant le dossier sans avancer la main.

— Les finances de Marber. Laura Stafford semblait croire qu'il attendait une grosse rentrée d'argent. Je veux connaître le pourquoi, le quand et le combien.

— Et ses papiers vont me l'apprendre ?

Siobhan secoua la tête.

— Mais son comptable le pourrait peut-être, lui. Tu trouveras son nom et son numéro de téléphone à l'intérieur, dit-elle en tapotant la chemise d'un doigt. Et ne viens pas me raconter que je ne suis pas généreuse.

— Qui était ce grand connard auquel tu t'es adressée ? demanda Hynds avec un signe de tête vers le bureau de Linford.

— L'inspecteur Francis Gray. Il fait partie de la bande de Tulliallan.

— C'est un sacré balèze.

— Plus tu es grand, plus dure est la chute, Davie.

— Si jamais cette enflure donne l'impression de chuter, espérons seulement qu'on ne sera pas dans les parages. D'autres questions que je devrais poser au comptable ? ajouta-t-il en fixant le dossier.

— Tu pourrais lui demander s'il y a des choses qu'il nous a cachées, ou que son client aurait cachées. À lui personnellement.

— Des toiles rares ? Des liasses d'argent liquide ?

— Ce sera un bon départ. (Une pause.) Tu crois que tu peux te débrouiller tout seul sur ce coup ?

Il acquiesça.

— Pas de problème, sergent Clarke. Et à quoi seras-tu occupée pendant que je suerai sang et eau dans ma galère ?

— Je dois aller voir un ami.

Elle sourit.

— Mais ne t'en fais pas : c'est strictement boulot-
boulot.

Le quartier général de la police de Lothian and Borders sur Fettes Avenue était surnommé par la plupart
de ses membres la « Grande Maison » ou alors « Fenêtre sur cour ». Le terme ne faisait pas référence au film
de Hitchcock, mais à un épisode gênant, lorsque des
documents d'une importance vitale avaient été dérobés
dans le bâtiment par un individu qui s'était enfui en
passant par une fenêtre ouverte au rez-de-chaussée.

Fettes Avenue était une grande artère qui se terminait à la grille de Fettes College — l'ancienne école de
Tony Blair. C'est à Fettes que les aristos expédiaient
leur progéniture, en payant très cher ce privilège. Siobhan n'avait encore jamais rencontré de policiers qui
aient fait leurs études là, même si elle en connaissait
quelques-uns qui avaient fréquenté d'autres écoles privées d'Édimbourg. Eric Bain, par exemple, avait passé
deux années à Stewart's Melville — deux années qu'il
décrivait simplement d'un mot : « dures ».

— Pourquoi « dures » ? lui demanda-t-elle alors
qu'ils avançaient dans le couloir du premier étage.

— J'étais trop gros, je portais des lunettes et
j'aimais le jazz.

— Tu en as assez dit.

Siobhan allait pousser une porte lorsque Bain
l'arrêta. Elle se targuait justement de son excellente
mémoire et du souvenir qu'elle avait gardé de la géo-

294

graphie du bâtiment, ayant servi un temps à la Scottish Crime Squad.

— Ils ont déménagé, lui apprit Bain.

— Depuis quand ?

— Depuis que la SCS est devenue la SDEA, le service écossais de répression des stupéfiants.

Il la conduisit deux portes plus loin, dans un vaste bureau.

— Voilà ce que se récupèrent les Stups. Et moi, je suis dans un placard à l'étage du dessus.

— Alors, pourquoi sommes-nous ici ?

Bain s'assit derrière une table. Siobhan se trouva un siège et le traîna jusque-là.

— Parce que, répondit-il, aussi longtemps que la SDEA aura besoin de moi, je disposerai d'une fenêtre avec vue.

Il fit pivoter son fauteuil et admira le paysage. Un ordinateur portable était posé sur le bureau avec un tas de dossiers de boulot tout à côté. Au sol s'empilaient de petites boîtes noir et argent — des périphériques quelconques. La plupart avaient l'air d'être de fabrication maison, et Siobhan aurait parié que c'était Bain qui les avait assemblés de ses mains, s'il ne les avait pas conçus. Dans un univers parallèle, quelque part, Eric Bain était assis au bord de la piscine de sa résidence californienne… et la police d'Édimbourg bataillait pied à pied contre des cybercrimes de toutes sortes.

— Alors, que puis-je faire pour toi ? demanda-t-il.

— Je continue à m'interroger sur Cafferty. J'ai besoin d'avoir confirmation que c'est bien lui le propriétaire du Sauna Paradiso.

Bain cligna des yeux.

— Et c'est tout ? Un e-mail ou un coup de télé-phone aurait suffi. (Une pause.) Non pas que je sois mécontent de te voir.

Elle réfléchit à la réponse qu'elle allait lui faire.

— Linford est revenu. Peut-être que je me cherchais simplement une excuse pour quitter le poste.

— Linford ? Maître voyeur en personne ?

Elle avait parlé de Linford à Eric. C'était sorti tout seul pratiquement le premier soir où il était venu lui rendre visite. Elle lui avait expliqué pourquoi elle se méfiait des visiteurs ; pourquoi elle fermait ses volets pratiquement tous les soirs…

— Il remplace Rebus.

— Tâche difficile pour n'importe qui.

Il la regarda acquiescer.

— Et alors ? Comment se comporte-t-il ?

— Aussi visqueux que dans mon souvenir… Je ne sais pas, on dirait qu'il essaie… avant de laisser tomber le masque.

— Beurk.

Elle se tortilla dans son fauteuil.

— Écoute, je ne suis pas vraiment venue ici pour parler de Derek Linford.

— Non, mais il est sûr que ça aide.

Elle sourit, en reconnaissant cette petite vérité.

— Cafferty ? dit-elle.

— Les finances de Cafferty sont un véritable laby-rinthe. Nous ne sommes jamais sûrs de savoir s'il a des hommes de paille, ou s'il a investi de l'argent dans l'affaire d'un autre, une sorte d'actionnaire ou d'asso-cié silencieux.

— Et toujours sans la moindre trace écrite ?

— Ce ne sont pas des gens à beaucoup se préoccuper du registre du commerce et de la législation sur les sociétés.

— Alors, qu'est-ce que tu as ?

Bain avait déjà lancé son ordinateur portable.

— Pas lourd, avoua-t-il. Claverhouse et Ormiston ont paru s'intéresser à la question pendant un moment, mais c'est devenu de l'histoire ancienne. Ils sont maintenant tout feu tout flamme sur autre chose... une chose qu'ils ne sont pas exactement enclins à partager. Avant longtemps, on va me réexpédier dans mon placard à balais...

— Pourquoi s'y intéressaient-ils ?

— Je me hasarderai à dire qu'ils voulaient voir Cafferty derrière les barreaux.

— Ils avaient lancé leur filet au jugé, sans être sûrs de rien ? Simple spéculation de leur part ?

— Il faut bien spéculer pour accumuler, Siobhan.

Bain lisait ce qui s'était inscrit sur l'écran. Et il était recommandé de ne pas tenter de lire par-dessus son épaule, elle le savait mieux que personne. Il préférerait fermer son écran que de la laisser regarder. C'était pour lui une question de territoire, malgré leur amitié. Il était capable d'aller fouiner dans son appartement, d'inspecter ses placards et de consulter ses CD, mais il y avait des choses qu'il se sentait obligé de lui cacher, afin de garder toujours cette distance, légère mais tangible. Personne, semblait-il, n'était autorisé à approcher Bain de trop près.

— Notre ami Cafferty, commença-t-il, a des intérêts dans au moins deux saunas d'Édimbourg, et il se peut qu'il ait déployé ses ailes jusqu'à Fife et Dundee.

Le problème en ce qui concerne le Paradiso, c'est que nous ne savons pas qui en est le véritable propriétaire. Il existe bien des traces sur le papier, mais elles conduisent toutes vers des hommes d'affaires à la respectabilité douteuse, qui eux servent probablement de façade à quelqu'un d'autre.

— Et à ton avis, ce quelqu'un est Cafferty ?

Bain haussa les épaules.

— Comme tu dis, ce n'est qu'un avis…

Siobhan eut une idée.

— Et les compagnies de taxis, alors ?

Brain pianota sur quelques touches.

— Ouais, des boîtes privées. Exclusive Cars à Édimbourg, et quelques autres moins importantes disséminées dans le West Lothian et le Midlothian.

— Pas MG Cabs ?

— Où est-elle installée ?

— Lochend.

Bain étudia l'écran et fit non de la tête.

— Tu sais que Cafferty dirige une agence de location immobilière ? demanda Siobhan.

— Cette entreprise-là, il l'a démarrée il y a deux mois.

— Est-ce que tu sais pourquoi ?

Elle attendit que sa question fasse son chemin. Bain la regarda et lui répondit en secouant la tête.

— Et si je t'en demandais la raison, à ton avis ?

— Je n'en ai pas la moindre idée, Siobhan, désolé. C'est pertinent ?

— Pour l'instant, Eric, je ne sais pas ce qui est pertinent ou pas. Je suis noyée sous un déluge d'informations, sauf qu'apparemment, elles ne semblent conduire nulle part.

— Peut-être que si tu les réduisais en binaire…

Il se moquait d'elle et elle lui tira la langue.

— Et à quoi devons-nous cet honneur ? tonna une voix.

C'était Claverhouse qui entrait d'un pas nonchalant, suivi comme son ombre par Ormiston, à croire qu'on les avait entravés ensemble par des chaînes aux chevilles.

— Je rendais juste une petite visite, répondit Siobhan, en essayant de ne pas paraître trop troublée.

Bain lui avait assuré que les deux hommes de la SDEA étaient absents pour l'après-midi. Claverhouse ôta son veston et le suspendit à un portemanteau. Ormiston, en tenue de ville, garda sa veste, mains dans les poches.

— Et comment va votre petit ami ? demanda Claverhouse.

Siobhan fronça les sourcils. Parlerait-il de Bain ?

— Aperçu pour la dernière fois à Tulliallan, ajouta Ormiston.

— Je me suis laissé dire qu'il s'était trouvé quelqu'un de son âge, fit Claverhouse avec une fausse désinvolture. De quoi faire la gueule, Shiv, non ?

Siobhan fixa Bain, qui rougissait, se préparant à bondir à sa rescousse. Elle fit non de la tête, juste assez fort pour qu'il comprît que ce n'était qu'un numéro. Elle eut soudainement la vision d'un Bain écolier, martyrisé mais rendant coup pour coup, pour n'y gagner qu'un peu de dérision supplémentaire.

— Et votre vie amoureuse à vous, elle baigne, Claverhouse ? contra-t-elle. Ormie vous traite bien ?

Claverhouse ricana, immunisé contre ce genre de vannes.

— Et ne m'appelez pas Shiv, ajouta-t-elle.

Elle entendit un téléphone triller au loin. C'était le sien, bien au fond de son sac. Elle le sortit de haute lutte et le colla à son oreille.

— Clarke, dit-elle.

— Vous avez demandé que je vous rappelle, dit la voix.

Elle la reconnut immédiatement : Cafferty. Il lui fallut une seconde pour reprendre contenance.

— Je me posais des questions au sujet de MG Cabs, dit-elle.

— MG ? La compagnie d'Ellen Dempsey ?

— C'est un de ses chauffeurs qui a ramené Edward Marber chez lui.

— Et alors ?

— Alors, cela m'est apparu comme une étrange coïncidence, le fait que MG Cabs ait les mêmes initiales que votre agence de location immobilière.

Siobhan avait oublié qu'elle n'était pas seule et se concentrait sur les mots de Cafferty, sa manière de les articuler et le ton de sa voix.

— Mais pourtant ce n'est que ça : une coïncidence. Je l'ai remarqué moi-même il y a un moment de ça, j'ai même songé à voler le nom.

— Pourquoi ne pas l'avoir fait, monsieur Cafferty ?

Siobhan, le portable coincé contre son menton, pouvait difficilement voir ce qui se passait dans son dos, mais elle surprit Bain qui ouvrait de grands yeux et regardait derrière elle. Elle jeta un œil, Claverhouse s'était figé sur place, transformé en statue.

Il avait compris qui était au bout du fil.

— Ellen a des amis, Siobhan, disait Cafferty.

— Quel genre d'amis ?

— Le genre qu'il vaut mieux ne pas contrarier.

C'est tout juste si elle ne voyait pas son sourire froid et cruel.

— Je doute fort que vous hésitiez à contrarier quiconque, monsieur Cafferty. Vous êtes en train de me dire que vous n'avez rien à voir avec MG Cabs ?

— Absolument rien.

— Par simple curiosité, qui a appelé le taxi ce soir-là ?

— Pas moi.

— Je ne dis pas que c'est vous.

— Probablement Marber lui-même.

— Vous ne l'avez pas vu faire ?

— Vous pensez que MG Cabs a quelque chose à voir là-dedans ?

— Je ne « pense » rien, monsieur Cafferty. Je me contente de faire les choses dans les règles.

— J'ai du mal à le croire.

— Que voulez-vous dire ?

— Après tout ce temps auprès de Rebus, rien n'aurait déteint ?

Elle choisit de ne pas répondre. Une autre question lui trottait dans la tête.

— Comment avez-vous obtenu ce numéro ?

— J'ai appelé le poste de police… c'est un de vos collègues qui me l'a donné.

— Lequel ?

301

L'idée que Cafferty ait accès à son portable lui était très désagréable.

— Celui qui a répondu… Je ne me souviens pas de son nom.

Elle savait qu'il mentait.

— Je ne vais pas commencer à vous traquer, Siobhan.

— Il vaudrait mieux pour vous.

— Vous avez plus de couilles qu'il n'y a de ballons au stade de Tynecastle, vous saviez ça ?

— Au revoir, monsieur Cafferty.

Elle coupa la communication, s'assit et contempla un instant son écran, en se demandant s'il allait rappeler.

— Elle lui dit monsieur Cafferty ! explosa Claverhouse. C'est quoi, cette histoire ?

— Il devait me rappeler.

— Est-ce que par hasard il savait où vous étiez ?

— Je ne le pense pas. (Une pause.) Seul Davie Hynds était au courant de ma présence ici.

— Et moi, ajouta Bain.

— Et toi, lui concéda-t-elle. Mais il a obtenu mon numéro de portable auprès de quelqu'un de St Leonard's. À mon avis, il ne savait pas que j'étais ici.

Claverhouse tournait comme un ours en cage, tandis qu'Ormiston appuyait sa masse imposante contre un rebord de bureau, les mains toujours dans les poches. Il n'était pas du genre à se laisser démonter par un petit coup de fil de Cafferty.

— Cafferty ! s'exclama Claverhouse. Ici même, dans cette pièce !

302

— Tu aurais dû lui dire bonjour, grommela Ormiston d'une voix égale.

— C'est comme s'il avait infecté ce lieu, bordel, cracha Claverhouse. (Mais il ralentit l'allure.) Pourquoi vous intéressez-vous à lui ? parvint-il finalement à lâcher.

— Il était client d'Edward Marber, expliqua Siobhan. Il se trouvait à la galerie le soir du meurtre.

— C'est votre homme, en ce cas, décréta Claverhouse. Ne cherchez pas plus loin.

— Ce serait quand même bien d'avoir des preuves, lui répondit Siobhan.

— C'est pour ça que le Cerveau vous donne un coup de main ? demanda Ormiston.

— Je voulais connaître les liens existant entre Cafferty et le Sauna Paradiso, admit-elle.

— Pour quelle raison ?

— Parce qu'il est possible que le défunt ait été client de la maison.

Elle essayait de se couvrir en jouant bien ses billes, sans vouloir trop en dire. Ce n'était pas simplement à cause de ses rapports avec Rebus : même entre flics de la même unité, il y avait toujours cette même méfiance, cette réticence à diluer l'information en l'étalant devant tout le monde.

— Chantage, en ce cas, dit Claverhouse. Voilà votre mobile.

— Je ne sais pas, répondit Siobhan. On raconte que Marber escroquait ses clients.

— Bingo ! fit-il en claquant des doigts. À chaque fois, Cafferty colle parfaitement dans le cadre.

— La métaphore est intéressante, vu les circonstances, fit Bain.

Siobhan était songeuse.

— Avec qui Cafferty éviterait-il de se colleter ? demanda-t-elle.

— Vous voulez dire, nous mis à part ? fit Ormiston avec une esquisse de sourire.

Pendant une période, il avait arboré une moustache noire et broussailleuse, mais il l'avait rasée. Elle remarqua qu'il faisait plus jeune.

— À part vous, Ormie, répondit-elle.

— Pourquoi ? voulut savoir Claverhouse. Qu'est-ce qu'il a dit ?

Il s'était arrêté de tourner en rond, sans parvenir à se calmer pour autant ni à trouver sa place, planté qu'il était au beau milieu de la pièce, jambes écartées et bras croisés.

— Il a vaguement mentionné des gens qu'il ne voulait pas contrarier.

— Probable qu'il a raconté des conneries, dit Ormiston.

— Des gens dont on ignorerait l'existence ? demanda Bain en se grattant le nez.

Claverhouse secoua la tête.

— Cafferty tient tout Édimbourg à sa botte.

Siobhan n'écoutait qu'à moitié. Elle se demandait si Ellen Dempsey n'avait pas des amis *à l'extérieur* d'Édimbourg… et si la propriétaire de MG Cabs ne mériterait pas un examen plus approfondi. Si elle n'était pas la femme de paille de Cafferty, peut-être servait-elle de façade à quelqu'un d'autre, quelqu'un qui essaierait de briser l'emprise de Cafferty sur la cité ?

Un petit signal d'alarme retentit dans sa tête : en supposant que ce soit vrai, Cafferty n'aurait-il pas alors toutes les raisons du monde de vouloir faire porter le chapeau à Dempsey ? *Ellen a des amis, Siobhan... le genre qu'il vaut mieux ne pas contrarier*, lui avait-il confié comme dans l'intimité, en susurrant d'une voix de séducteur, presque un murmure. Il cherchait à tout prix à éveiller son intérêt. Elle doutait fort qu'il ait fait cela sans raison ni une idée derrière la tête.

Cafferty essayait-il de se servir d'elle ?

Une seule façon de le savoir : s'intéresser de plus près à MG Cabs et à Ellen Dempsey.

Elle revint sur terre et reprit le cours de la conversation. Ormiston expliquait que Claverhouse et lui essayaient de mettre la main sur un pervers sexuel.

— Une opération de surveillance ?

Ormiston acquiesça, mais quand Bain le pressa pour avoir plus de détails, il se tapota juste le nez.

— Top secret, dit Claverhouse pour appuyer son collègue.

Mais il n'avait pas quitté Siobhan des yeux. À croire qu'il soupçonnait — ou même *savait* — qu'elle ne lui disait pas toute la vérité concernant ses relations avec Cafferty. Elle repensa au temps passé à Fettes comme membre de la Crime Squad. À l'époque, Claverhouse l'appelait toujours « Junior », mais c'était, lui semblait-il, dans une autre vie. Elle accrocha son regard sans ciller. Quand il cligna des paupières le premier, elle eut presque le sentiment d'avoir remporté une victoire.

15

— Et vous ne l'avez pas revu depuis ?

La femme secoua la tête. Elle était assise dans son appartement du cinquième au Fort, un grand immeuble aux abords de Leith. N'était leur crasse, la vue sur la côte depuis les fenêtres du salon minuscule aurait été magnifique. La pièce puait la pisse de chat et les restes de nourriture, sans que Rebus ait aperçu le moindre matou dans les parages. La femme s'appelait Jenny Bell, c'était la petite amie de Dickie Diamond au moment où celui-ci avait disparu.

Lorsqu'elle était venue ouvrir la porte, Barclay avait lancé à Rebus un regard qui semblait suggérer qu'il comprenait parfaitement pourquoi Diamond avait déménagé à la cloche de bois. Elle n'était pas maquillée, avait une tenue grise et informe sur le dos. Les coutures de ses pantoufles avaient cédé, sa denture aussi — en lui laissant une bouche étrécie à laquelle il manquait le dentier qu'elle portait probablement quand elle attendait de la visite. Ce qui rendait ses explications difficiles à comprendre, en particulier pour Allan Ward, installé sur l'accoudoir du canapé, qui plissait le front tant il se concentrait, au point que ses sourcils se touchaient presque.

— Je l'ai jamais revu, déclara Jenny Bell. Si ç'avait été le cas, il aurait eu droit à mon pied quelque part.

— Qu'est-ce que tout le monde a pensé quand il a disparu de la circulation ? demanda Rebus.

— Qu'il devait de l'argent, je suppose.

— Et c'était le cas ?

— À moi, pour commencer, dit-elle en poignardant d'un doigt sa poitrine phénoménale. Deux cents billets qu'il avait, de ma poche.

— Qu'il vous avait empruntés en une seule fois ?

Elle fit non de la tête.

— Un coup par-ci, un coup par-là.

— Et vous étiez ensemble depuis combien de temps ? demanda Barclay.

— Quatre, cinq mois.

— Il habitait ici ?

— Parfois.

Une radio jouait quelque part en sourdine, dans une autre pièce ou dans l'appartement contigu. Dehors, deux chiens se livraient bruyamment un quelconque duel. Avec le radiateur électrique en marche, la pièce était surchauffée, l'ambiance étouffante. Le fait que Ward et lui aient bu ne devait les aider en rien, estima Rebus. Ils ne faisaient qu'ajouter leurs vapeurs alcooliques aux miasmes ambiants. Bobby Hogan leur avait fourni l'adresse de Jenny Bell, avant de se trouver une excuse pour rentrer au poste. Rebus ne l'en blâmait pas.

— Mademoiselle Bell, dit-il, êtes-vous jamais allée à la caravane avec Dickie ?

— Quelques week-ends, reconnut-elle, avec un regard presque concupiscent.

Sous-entendu : des week-ends *cochons*. Rebus sentit Ward en frissonner de dégoût presque malgré lui, lorsque l'évocation se transforma en image. La femme plissa les yeux, toute son attention sur Rebus.

— Je vous ai déjà vu, pas vrai ?

— Possible, reconnut-il. Il m'arrive de passer boire un coup dans le quartier.

Elle secoua lentement la tête.

— C'était il y a bien longtemps. Dans un bar…

— Comme je vous ai dit…

— Vous n'étiez pas avec Dickie ?

Rebus lui signifia que non, sans prononcer un mot : Ward et Barclay ne le lâchaient pas des yeux. Hogan avait fait remarquer que la mémoire de Bell « était pleine de trous ». Hogan se trompait…

— Pour en revenir à la caravane, insista Rebus. Où était-elle installée exactement ?

— Quelque part du côté de Port Seton.

— Vous connaissiez Rico Lomax, je me trompe ?

— Nân, c'était le gentil mec, Rico.

— Êtes-vous jamais allée avec Dickie à l'une de ses soirées ?

Elle hocha vigoureusement la tête.

— On s'éclatait à l'époque, dit-elle avec un large sourire. Et pas de voisins pour venir râler.

— Au contraire d'ici, j'imagine ? demanda Ward.

À un moment, une voix de l'autre côté de la cloison se mit à hurler sur sa progéniture.

« Je t'ai dit de ramasser ça ! »

Jenny Bell fixa le mur.

— Ouais, au contraire d'ici, répondit-elle. D'abord, dans une foutue caravane, on a plus de place.

— Qu'avez-vous pensé lorsque vous avez appris que Rico avait été tué ? demanda Barclay.

Elle haussa les épaules.

— Qu'est-ce qu'y avait à penser ? Rico était ce qu'il était.

— Et il était quoi ?

— Vous voulez dire, à part un sacré coup au pieu ?

Elle se mit à caqueter, en leur offrant le spectacle de gencives rose pâle.

— Dickie était au courant ? demanda Ward.

— Dickie était présent, déclara-t-elle.

— Et ça ne le gênait pas ? insista-t-il.

Elle se contenta de le fixer sans dire un mot.

— Je pense, expliqua Rebus à l'intention du jeune policier, que Mlle Bell nous explique que Dickie participait à la fête.

Bell sourit de toutes ses gencives devant l'expression du visage de Ward en train de digérer l'information. Puis elle se remit à caqueter.

— Il y a des douches à St Leonard's ? demanda Ward dans la voiture, sur le trajet de retour.

— Tu penses en avoir besoin ?

— Une demi-heure de récurage devrait suffire, répondit-il en se grattant la jambe, ce sur quoi Rebus commença à avoir des démangeaisons.

— C'est une image qui va me hanter jusqu'à la tombe, déclara Barclay.

— Allan sous la douche… ? le taquina Rebus.

— Tu sais foutrement bien de quoi je veux parler, protesta Barclay.

Rebus acquiesça. Ils n'échangèrent plus un mot jusqu'au poste. Rebus s'attarda dans le parc de stationnement en disant qu'il avait besoin d'une cigarette. Une fois Barclay et Ward disparus dans le bâtiment, il prit son portable, appela les Renseignements et obtint le numéro de la pharmacie Calder à Sighthill. Il connaissait le pharmacien, un dénommé Charles Shanks, qui vivait à Dunferline et enseignait le kickboxing à ses moments de loisir. On décrocha et il demanda Shanks.

— Charles ? C'est John Rebus. Écoute, est-ce que les pharmaciens prêtent eux aussi une sorte de serment d'Hippocrate ?

— Pourquoi ? s'entendit-il demander par une voix ironique… et un peu soupçonneuse.

— Je voulais juste savoir si c'est toi qui refilais sa méthadone à un drogué du nom de Malky Taylor.

— John, je ne suis pas vraiment sûr de pouvoir t'aider.

— Tout ce que je cherche à savoir, c'est s'il va bien, et s'il respecte son programme…

— Il va très bien, dit Shanks.

— Merci, Charles.

Rebus coupa la communication, replaça le téléphone dans sa poche et entra dans le bâtiment. Dans la salle d'interrogatoire, Francis Gray et Stu Sutherland discutaient avec Barclay et Ward.

— Où est passé Jazz ? demanda Rebus.

— Il a dit qu'il allait à la bibliothèque, répondit Sutherland.

— Pour y faire quoi ?

Sutherland se contenta de hausser les épaules, laissant à Gray le soin d'expliquer.

— Jazz pense que ce serait utile de savoir ce qui se passait dans le monde au moment où Rico s'est fait descendre et que M. Diamond jouait la fille de l'air. Comment ça s'est déroulé à Leith ?

— Le Zombie Bar est sur une pente savonneuse, déclara Ward. Et nous avons bavardé avec l'ancienne petite amie de Dickie.

Il fit la grimace, pour que Gray comprenne bien ce qu'il pensait d'elle.

— Son appart, c'était un taudis dégueu, ajouta Barclay. J'envisage d'investir dans un désinfectant.

— Attends, précisa vicieusement Ward. M'est avis qu'elle a dû satisfaire aux besoins de John ici présent, dans un obscur passé lointain.

Gray haussa les sourcils.

— C'est vrai, John ?

— Elle a cru me reconnaître, fit remarquer Rebus avec conviction. Elle se trompait.

— Mais *elle*, elle n'était pas de cet avis, insista Ward.

— John, le supplia Gray, tu n'as jamais sauté la poule de Dickie Diamond, dis-moi ?

— Je n'ai jamais sauté la poule de Dickie Diamond, répéta Rebus.

À cet instant, Jazz McCullough apparut sur le seuil. Il avait l'air fatigué et se frottait les yeux d'une main, l'autre portant une liasse de papiers.

— Heureux de l'entendre, dit-il, n'ayant surpris que la dernière phrase de Rebus.

— Alors, t'as trouvé quelque chose ? demanda Stu Sutherland, à croire qu'il doutait que Jazz se fût approché à moins de cent mètres d'une bibliothèque.

Jazz laissa tomber ses papiers sur le bureau. Des photocopies d'articles de journaux.

— Regarde par toi-même, répondit-il.

Ils se répartirent les pages pendant qu'il s'expliquait sur sa démarche.

— On avait bien les coupures de presse à Tulliallan, mais elles étaient toutes centrées sur le meurtre de Rico, et ça, c'était une affaire qui concernait Glasgow.

Ce qui signifiait que le quotidien de Glasgow — le *Herald* — avait plus largement couvert l'événement que son concurrent de la côte est. Mais Jazz était allé fouiller dans le *Scotsman* et y avait déniché quelques références éparses à « la disparition d'un habitant de la ville, Richard Diamond ». Une photographie pleine de grain montrait Diamond qui boutonnait sa veste, apparemment à sa sortie du tribunal. Ses cheveux un peu longs débordaient sur ses oreilles. La bouche était ouverte, la denture anguleuse et proéminente, les sourcils petits et broussailleux. Grand et maigre avec des marques d'acné sur le cou.

— Il est beau gosse, ce salopiot, tu trouves pas ? dit Barclay.

— Est-ce que tout ça nous apprend quelque chose de nouveau ? demanda Gray.

— Ça nous apprend que O.J. Simpson va capturer l'assassin de sa femme, dit Tam Barclay.

En première page, Rebus aperçut un cliché de l'athlète après son acquittement. Le journal était daté du mercredi 4 octobre 1995.

— « Nouvel espoir : Fin de l'impasse sur l'Ulster ? » dit à son tour Ward en citant une autre une. C'est encourageant, fit-il en regardant autour de lui.

Jazz prit une page et la tint devant lui : « Chasse au Violeur du presbytère : la police piétine ».

— Ça, je m'en souviens, dit Tam Barclay. Ils ont réquisitionné des policiers de Falkirk.

— Et aussi de Livingston, ajouta Stu Sutherland.

Jazz tenait la page afin que Rebus la voie.

— Tu t'en souviens, John ?

Rebus hocha la tête.

— J'étais dans l'équipe, répondit-il en prenant la photocopie afin de la lire.

Le journaliste parlait d'une enquête qui s'essoufflait, sans avoir abouti au moindre résultat. On renvoyait les policiers à leurs affectations d'origine. *Un noyau de six inspecteurs continuera à faire le tri dans les renseignements afin de chercher de nouvelles pistes.* Au bout du compte, les six s'étaient réduits à trois, et Rebus n'avait pas été du nombre. L'article ne parlait guère de l'agression proprement dite, plus brutale que tout ce qu'il lui avait été donné de voir depuis qu'il était dans la police. Un presbytère à Murrayfield — Murrayfield la verte avec ses arbres, ses vastes demeures luxueuses et ses avenues immaculées. Tout avait commencé par un cambriolage avec effraction, très vraisemblablement. On avait emporté de l'argenterie et des objets de valeur. Le pasteur était absent, en visite chez des paroissiens, et il avait laissé son épouse à la maison. Un début de soirée, sans lumières allumées. C'était probablement pourquoi l'homme — un seul agresseur, aux dires de la victime — avait porté son choix sur le presbytère. Celui-ci jouxtait l'église, masqué aux regards par un haut mur de pierre et entouré d'arbres ; en somme, un petit univers en soi. Pas de lumière signifiait personne à l'intérieur.

Mais la victime étant aveugle n'avait pas besoin de lumière. Elle se trouvait dans la salle de bains du premier. Un fracas de verre qui se brise. Elle se faisait couler un bain, crut avoir mal entendu. C'était peut-être les gamins dehors, une bouteille qu'on avait lancée. Il y avait un chien au presbytère, mais son mari l'avait emmené pour lui faire prendre l'air.

Elle sentit le courant d'air depuis le sommet de l'escalier. Il y avait un téléphone dans le vestibule à côté de la porte d'entrée, et elle posa le pied sur la première marche, entendit le bois craquer. Décida plutôt de se servir du téléphone de la chambre. Elle le tenait pratiquement dans la main quand l'homme avait frappé, la saisissant par le poignet pour la faire pivoter sur place et l'expédier sur le lit. Elle croyait se souvenir du déclic de la lampe de chevet qu'il avait allumée.

— Je suis aveugle, le supplia-t-elle. Je vous en prie, non...

Mais il était passé à l'acte, avec un petit éclat de rire une fois la chose faite, un rire qui avait continué à résonner aux oreilles de la victime pendant les longs mois de l'enquête. Il avait ri parce qu'elle ne pouvait pas l'identifier. C'est seulement après le viol qu'il lui avait arraché ses vêtements, en lui assenant son poing en pleine figure quand elle avait hurlé. Il n'avait pas laissé d'empreintes, rien que quelques fibres et un seul poil pubien. D'un grand geste du bras au passage, il avait expédié le téléphone par terre avant de l'écrabouiller à coups de talon. Il avait emporté l'argent liquide, de petits souvenirs de famille dans la boîte à bijoux posée sur la coiffeuse. Aucun des objets volés n'avait jamais refait surface.

Il n'avait pas prononcé une parole. Incapable de décrire son visage, la victime avait fourni quant à son poids et sa taille des estimations des plus vagues.

Dès le départ, les policiers avaient refusé de révéler quoi que ce soit. Ils avaient fait le maximum de ce qui leur était possible. De leur côté, les commerçants avaient offert une récompense de 5 000 livres en échange de la moindre information. Le poil pubien avait offert à la police une empreinte d'ADN mais, à l'époque, la base de données n'existait pas encore. Il fallait arrêter d'abord l'agresseur, et ensuite établir la correspondance.

— Ç'a été moche, reconnut Rebus.

— Le salopard a fini par être capturé ? demanda Francis Gray.

Rebus fit signe que oui.

— Il y a un an ou deux seulement. Il a commis une nouvelle effraction, agressé une femme dans son appartement. Ça s'est passé à Brighton.

— L'ADN correspondait alors ? devina Jazz.

Nouveau hochement de tête de Rebus.

— J'espère qu'il pourrira en enfer, marmonna Gray.

— Il y est déjà, reconnut Rebus. Il s'appelait Michael Veitch. Poignardé à mort au cours de sa seconde semaine de centrale. Ce sont des choses qui arrivent, non ? conclut-il avec un haussement d'épaules.

— Effectivement, dit Jazz. Je me dis parfois que la justice est plus souvent rendue en prison que dans les tribunaux.

Rebus savait qu'on venait de lui offrir une ouverture. *Tu as raison… tu te souviens du gangster qui s'est fait poignarder à la prison de Bar-L ? C'était quoi, son nom, déjà ? Bernie Jones, non ?* Mais il sentit que c'était un peu gros. S'il la lançait à haute voix, la question les alerterait, les mettrait sur le qui-vive. Il la garda donc pour lui, en se demandant s'il oserait jamais saisir sa chance.

— Il n'a eu que ce qu'il mérite, déclara Sutherland.

— Pour ce que ça a servi à sa victime, ajouta Rebus.

— Et pourquoi ça, John ? voulut savoir Jazz.

Rebus le regarda avant de lever la feuille de journal.

— Si tu avais étendu ta recherche à quelques semaines au-delà, tu aurais découvert qu'elle s'est suicidée. Elle vivait comme une recluse. Ne supportait pas l'idée qu'il puisse être là-dehors, quelque part, toujours en liberté…

Des semaines, que Rebus avait travaillé sur l'enquête du presbytère. À suivre des pistes fournies par des indicateurs prêts à tout pour un peu d'argent. À ne courir qu'après de foutus fantômes.

— Salopard, lâcha Gray entre ses dents serrées.

— Des victimes, il y en a des tas dehors, suggéra Ward. Et nous, on nous oblige à nous coltiner un sale con comme Rico Lomax…

— Nous travaillons dur à ce que je vois, n'est-ce pas ?

C'était Tennant, debout dans l'entrée.

— Nous avons fait plein de jolis progrès que votre

responsable de groupe ne manquera pas de me communiquer ?

— Nous avons un début, monsieur, déclara Jazz d'une voix pleine d'assurance, mais son regard trahissait ses propos.

— En tout cas, ça fait beaucoup de vieilles histoires de journalistes, commenta Tennant en voyant les photocopies.

— Je cherchais d'éventuels rapprochements possibles, expliqua Jazz. Si d'autres disparitions avaient été signalées à l'époque, ou si on avait retrouvé des corps non identifiés.

— Et alors ?

— Alors rien, monsieur. Mais je pense avoir découvert la raison pour laquelle l'inspecteur Rebus ne s'est pas montré très serviable lorsque le CID de Glasgow a débarqué.

Rebus le prit en ligne de mire. Était-il possible qu'il soit au courant ? Alors que c'était lui, Rebus, qui était censé les infiltrer, chacune des avancées du trio semblait être calculée pour le saper un peu plus. D'abord Rico Lomax, ensuite le viol de Murrayfield. Parce qu'il existait un lien entre les deux affaires… et ce lien, c'était lui, Rebus, en personne. Non, il n'y avait pas que lui… Rebus et Cafferty… et si la vérité venait à sortir au grand jour, la carrière de Rebus cesserait de déraper… une bonne fois pour toutes.

N'en resterait plus qu'une épave, juste bonne pour la casse.

— Poursuivez, insista Tennant.

— Il était très impliqué dans une autre enquête,

monsieur, et guère disposé à consacrer du temps à autre chose.

Jazz tendit l'article sur le viol à Tennant.

— Je m'en souviens, dit doucement Tennant. Vous avez travaillé là-dessus, John ?

Rebus acquiesça.

— Ils m'ont retiré l'enquête pour que je parte à la recherche de Dickie Diamond.

— D'où votre réticence ?

— D'où la réticence qui a pu être perçue, monsieur. Comme je l'ai dit, j'ai aidé le CID de Glasgow autant que j'ai pu.

Après réflexion, Tennant reprit :

— Et tout cela nous rapproche-t-il un tant soit peu de M. Diamond, inspecteur McCullough ?

— Probablement pas, monsieur, lui concéda Jazz.

— Trois d'entre nous se sont rendus à Leith, monsieur, intervint Allan Ward. Nous avons interrogé deux individus qui l'avaient connu. Il semblerait que Diamond, à au moins une occasion, ait partagé sa copine avec Rico Lomax.

Tennant se contenta de le regarder. Ward se tortilla quelque peu sur sa chaise.

— Dans une caravane, poursuivit-il, cherchant du regard un appui auprès de Rebus et de Barclay. John et Tam étaient là eux aussi.

Les sourcils de Tennant se dressèrent comme deux pointes de flèches.

— Dans la caravane ?

Ward rougit sous la bordée de rires.

— À Leith, monsieur.

Tennant se tourna vers Rebus.

— Voyage fructueux, inspecteur Rebus ?

— Comme partie de pêche, j'en ai connu de pires.

Tennant reprit son air pensif.

— La piste de la caravane, est-ce qu'elle vaut la peine qu'on s'y intéresse ?

— C'est bien possible, monsieur, dit Tam Barclay qui se sentait remisé sur la touche. J'ai le sentiment qu'on devrait la suivre jusqu'au bout.

— Ce n'est pas moi qui vous empêcherai, lui répondit Tennant en se tournant ensuite vers Gray et Sutherland : Et entre-temps, vous deux étiez occupés à… ?

— Passer des coups de téléphone, annonça calmement Gray. Pour tenter de localiser d'autres associés de Diamond.

— Mais en trouvant néanmoins le temps d'aller vagabonder dans notre belle maison, hein, Francis ?

Gray, sachant la mèche éventée, décida que le silence était la meilleure solution.

— La superintendante en chef Templer m'apprend qu'elle vous a surpris à venir fouiner dans son enquête.

— Oui, monsieur.

— Elle n'a guère apprécié.

— Et elle est venue pleurer sur votre épaule, monsieur ? lança Ward d'un ton agressif.

— Non, constable Ward… elle m'a fait part de la chose, tout à fait comme il se doit, c'est tout.

— Il y a *nous* et il y a *eux*, poursuivit Ward en balayant du regard la Horde sauvage.

Rebus comprenait ce qu'il voulait dire : ce n'était pas vraiment un truc d'équipe, ça se rapprochait plus d'une mentalité d'assiégés.

Il y a nous… et il y a eux.

Sauf que Rebus ne voyait pas les choses comme ça. Il se sentait au contraire isolé à l'intérieur de sa propre tête. Parce que dans le groupe, il n'était qu'une taupe infiltrée, à seules fins de les arnaquer tous, et se retrouvait à travailler sur une affaire qui, si elle était résolue, verrait sa ruine.

— Prenez cela comme un avertissement, disait Tennant à Gray.

— Vous voulez dire que nous ne devons pas fraterniser ? demanda Gray. Nous sommes donc une colonie de lépreux, c'est ça ?

— Nous sommes ici grâce au bon vouloir de la superintendante en chef Templer. C'est de son poste de police qu'il s'agit. Et si vous voulez parvenir au terme de ce cours…

Il s'interrompit afin de leur laisser le temps de se préparer à ce qui allait suivre.

— Vous ferez exactement ce que l'on vous dit de faire, compris ?

On entendit des grommellements d'assentiment, bien à contrecœur.

— Et maintenant, au travail, dit Tennant en consultant sa montre. Je retourne à nos quartiers, et je veux vous revoir tous ce soir à Tulliallan. Simplement parce que vous êtes dans la grande ville, n'allez pas croire que tout vous soit aussitôt permis : c'est de liberté surveillée qu'il s'agit, et conditionnelle encore. Pas autre chose…

Après son départ, ils restèrent les yeux dans le vague, à échanger des regards, à se demander par où commencer pour reprendre leur affaire. Ward fut le premier à parler.

— Ce mec devrait jouer dans les films porno.

Barclay ne comprit pas tout de suite.

— Tu peux m'expliquer pourquoi, Allan ?

Ward se tourna vers lui.

— Dis-moi, Tam, un gros con comme ça, c'est quand que t'en as vu un pour la dernière fois ?

Les rires libérèrent un peu de la tension qui régnait. Sans que Rebus fût d'humeur à s'y joindre. Il imaginait une aveugle sentant soudain une main inconnue l'agripper par le poignet. Il pensait à la terreur de la victime. Une question qu'il avait d'ailleurs posée au psychologue à l'époque.

— Voyante ou non-voyante, qu'est-ce qui aurait été pire ?

Le psychologue s'était contenté de secouer la tête, incapable de lui fournir une réponse. À son retour chez lui, Rebus s'était bandé les yeux. Pour ne tenir que vingt minutes avant de s'effondrer dans son fauteuil, les tibias meurtris, à sangloter jusqu'à ce que le sommeil veuille bien de lui.

Il s'offrit une pause et alla aux toilettes, Gray le prévenant au passage de ne pas traîner ses guêtres trop près des « *vrais* inspecteurs ». En entrant, il vit Derek Linford qui agitait ses mains pour les sécher.

— Pas de serviettes, dit Linford pour expliquer son geste tout en s'examinant dans le miroir au-dessus des lavabos.

— J'ai appris que c'était toi, mon remplaçant, dit Rebus en s'approchant des urinoirs.

— Je pense que nous n'avons rien à nous dire, pas toi ?

— Comme tu voudras.

Le silence ne dura que trente secondes.

— Je dois conduire un interrogatoire, ne put s'empêcher de dévoiler Linford en replaçant un cheveu égaré derrière son oreille.

— Je ne voudrais surtout pas te retenir, dit Rebus.

Face à son urinoir, il sentait le regard de Linford lui transpercer le dos de part en part. Le battant de la porte s'ouvrit alors et Jazz entra à son tour. Il voulut se présenter à Linford mais celui-ci l'interrompit.

— Désolé, j'ai un suspect qui m'attend.

Le temps que Rebus remonte sa braguette, il n'était plus là.

— J'ai dit quelque chose ? fit Jazz à haute voix.

— Linford n'accepte de donner l'heure qu'à une seule catégorie de personnes : celles dont il a décidé de lécher les bottes.

— Profiteur et arriviste, donc, dit Jazz en hochant la tête.

Il alla jusqu'au lavabo et se passa les mains sous l'eau froide.

— C'était quoi, déjà, la chanson des Clash… ?

— *Career Opportunities*.

— C'est bien ça. J'ai toujours eu l'impression que je n'étais pas censé apprécier les Clash : trop vieux, pas assez politisés.

— Je vois ce que tu veux dire.

— Mais un bon groupe restera toujours un bon groupe.

Rebus le vit qui se mettait en quête d'un essuie-main quelconque.

— Restrictions budgétaires, expliqua Rebus.

Jazz soupira et sortit son mouchoir.

— Ce fameux soir, c'est bien sur… ta petite amie qu'on est tombés, non ?

Il attendit que Rebus confirme.

— Le problème est maintenant réglé entre vous deux ?

— Pas exactement.

— C'est une chose qu'on ne te dit jamais quand tu t'engages, pas vrai ? Le fait qu'être flic va te bousiller ta vie amoureuse.

— Mais toi, tu es toujours marié, cependant.

Jazz acquiesça.

— Mais ce n'est jamais très facile, tu ne crois pas ? (Temps de silence.) Cette enquête sur le viol a laissé des traces, je l'ai lu dans tes yeux. Dès que tu t'es mis à lire l'article, tu étais de nouveau dedans jusqu'au cou.

— Il y a des tas d'enquêtes qui ont laissé des traces au fil des années, Jazz.

— Pourquoi tu acceptes ça ?

— Je ne sais pas…, répondit Rebus. Peut-être parce que j'étais un bon flic en ce temps-là.

— Les bons flics dressent des barrières, John.

— Et c'est ce que tu fais ?

Jazz prit son temps avant de répondre.

— À la fin de la journée, ça redevient un boulot comme un autre. Qui ne doit pas t'empêcher de dormir, sans parler de tout le reste.

Rebus vit s'ouvrir une brèche et s'y engouffra.

— J'en étais arrivé à la même conclusion… Mais trop tard, peut-être : je vais bientôt prendre ma retraite.

— Tu m'expliques ?

— Je t'explique : tout ce qui m'attend, c'est une

pension minable. Ce boulot m'a volé ma vie, mon enfant… la plupart des amis que j'ai pu avoir…

— Un peu dur de vivre avec tout ça, non ?

Rebus acquiesça.

— Et qu'est-ce que j'y ai gagné en échange ?

— Mis à part un problème de boisson et ton manque de discipline ?

Rebus sourit.

— Cela mis à part, en effet.

— Je suis incapable de te répondre, John.

Rebus laissa le silence s'installer, avant de poser la question pour laquelle il se préparait :

— Il t'est déjà arrivé de franchir les limites, Jazz ? Je ne te parle pas de petits trucs, les raccourcis qu'il nous arrive tous de prendre… Je te parle d'un gros truc, une chose avec laquelle tu as dû apprendre à vivre.

Jazz le regarda avec attention.

— Pourquoi ? Ça t'est arrivé ?

— J'ai demandé le premier, répondit Rebus en le tançant d'un doigt.

Jazz se plongea dans ses pensées.

— Peut-être, dit-il. À une occasion. Une seule.

Rebus hocha la tête.

— T'as déjà regretté de ne pas pouvoir revenir en arrière et changer les choses ?

— John… (Jazz s'interrompit.) On parle de qui, là ? De toi ou de moi ?

— Je croyais qu'on parlait de nous deux.

Jazz se rapprocha d'un pas.

— Tu sais quelque chose sur Dickie Diamond, je me trompe ? Peut-être même sur le meurtre de Rico… ?

— C'est bien possible, lui concéda Rebus. Alors, c'est quoi, *ton* grand secret, Jazz ? Tu crois qu'on ne pourrait pas en discuter tous les deux ?

Sa voix était presque un murmure, une invite aux aveux.

— Je te connais à peine, déclara Jazz.

— Je pense au contraire que nous nous connaissons assez bien l'un et l'autre.

— Je... (Jazz déglutit.) Tu n'es pas encore prêt pour ça, dit-il avec un semblant de soupir.

— Moi, je ne suis pas prêt ? Et toi, alors, Jazz ?

— John... je ne sais pas ce que tu cherches à...

— J'ai une idée qui me trotte dans la tête, quelque chose qui rendrait ma pension un tout petit peu plus confortable. Le problème, c'est que j'ai besoin d'un coup de main, de gens en qui je pourrais avoir confiance.

— Il s'agit d'un truc illégal ?

Rebus confirma de la tête.

— Il faudrait une nouvelle fois franchir les limites.

— C'est risqué ?

— Pas vraiment. (Rebus réfléchit une seconde.) Couci-couça, je dirais...

Jazz allait répondre quand la porte s'ouvrit brusquement sur George Silvers qui entra d'un pas nonchalant.

— Bonjour, messieurs, dit-il.

Ni Rebus ni Jazz ne lui rendirent son salut, trop occupés à leur duel de regards.

Avant que Jazz se penche vers Rebus :

— Touches-en un mot à Francis, chuchota-t-il avant de sortir.

Silvers était entré dans un des cabinets pour en ressortir presque aussitôt.

— Plus de papier chiotte, râla-t-il, avant de s'arrêter aussi vite : qu'est-ce qui te fait rigoler comme ça ?

— Je progresse, George, répondit Rebus.

— Alors c'est que tu te débrouilles un peu mieux que nous autres, marmonna Silvers pour disparaître dans le cabinet voisin et en refermer violemment la porte.

16

Derek Linford n'était pas des plus heureux. Rebus et
ses potes avaient été installés dans la salle d'interrogatoire numéro un, plus grande que la deux, celle qu'il
occupait. Sans compter que dans la sienne, les fenêtres
ne s'ouvraient pas. Un véritable cagibi, étouffant et
sans air. La table était étroite et vissée au sol. C'est là
qu'on amenait les suspects au passé violent. Un
magnétophone à double cassette était boulonné au mur,
et une caméra en bordure de plafond trônait au-dessus
de la porte. Pour compléter le tout, un bouton d'alarme
en cas d'urgence avait été déguisé en interrupteur.

Linford était assis à côté de George Silvers, et les
deux hommes faisaient face à Donny Dow. Petit et
malingre, celui-ci ne manquait cependant pas de muscles au vu de ses épaules carrées. Il avait les cheveux
teints, blonds et raides, et un chaume de barbe vieux de
trois jours. Les oreilles arboraient clous et boucles en
or, sans oublier le nez, clouté lui aussi. Une petite
sphère dorée scintillait à l'endroit où il s'était fait per-
cer la langue. Il avait la bouche ouverte et léchait
l'arête de ses dents.

— Vous bossez sur quoi en ce moment, Donny ? demanda Linford. Toujours portier ?

— Je ne répondrai pas un mot tant que vous ne m'aurez pas dit de quoi il s'agit. Faudrait pas qu'un avocat soit présent ou quelque chose ?

— De quoi voulez-vous qu'on vous inculpe, fils ? demanda Silvers.

— Je ne donne pas dans la drogue.

— Il est bien, ce petit.

Don se renfrogna et offrit à Silvers son majeur dressé.

— C'est votre ex qui nous intéresse, lui apprit Linford.

Dow ne cilla même pas.

— Laquelle ?

— La maman d'Alexander.

— Laura est une racoleuse [1], déclara Dow.

— Et donc vous l'avez abandonnée pour un pilier ? demanda Silvers avec un sourire.

Mais Dow le regarda sans comprendre. Conclusion : ce n'était pas un amateur de rugby.

— Qu'est-ce qu'elle a fait ? demanda Dow à Linford.

— Nous nous intéressons à un homme qu'elle voyait.

— Qu'elle voyait ?

Linford hocha la tête.

— Un richard, qui l'avait installée dans un joli petit appartement. En fait, pas si petit que ça…

---

1. Le terme *hooker*, « racoleuse », signifie également « talonneur ».

Dow montra les dents et cogna des deux poings sur la table.

— Cette petite traînée. Et c'est elle qui a obtenu la garde !

— Vous vous êtes battu contre elle à ce sujet ?

— Battu... ?

Pour un mec comme Dow, se battre ne pouvait signifier qu'une chose.

— Je veux dire par là, s'expliqua Linford en reformulant sa question, est-ce que vous vouliez avoir la garde d'Alexander ?

— C'est mon fils.

Nouveau hochement de tête de Linford : la réponse était non.

— C'est qui, cet enfoiré, d'ailleurs ? Ce richard ?

— Un marchand de tableaux, il habite à Duddingston Village.

— Et elle, elle vit dans l'appart de ce gus, elle et Alex ? C'est là qu'elle s'envoie en l'air avec ce salaud ! Avec Alex...

Le visage de Dow était devenu violacé sous la furie qui le tenait. Dans le bref silence qui s'ensuivit, Linford entendit des voix — peut-être même un rire — dans la salle d'interrogatoire un. Ces connards devaient certainement rigoler à l'idée que lui se trouvait relégué dans la deux.

— Et qu'est-ce que je viens faire là-dedans ? demanda Dow. Vous essayez de me foutre en rogne ou quoi ?

— Vous avez incontestablement des antécédents de violence, monsieur Dow, dit Silvers.

Le dossier criminel du suspect était posé sur la table et Silvers en tapotait la couverture cartonnée marron.

— Quoi ? Deux agressions de rien du tout ? Je me suis fait taper dessus plus de fois que je peux compter. Quand je travaillais comme videur, y se passait pas une semaine sans qu'une tête de nœud quelconque essaie de m'aligner. Mais ça, vous n'en trouverez pas trace là-dedans, expliqua-t-il en désignant son dossier. Vous ne voulez voir que ce qui vous arrange.

— Il est bien possible que vous ayez raison sur ce point, Donny, dit Silvers en s'appuyant au dossier de sa chaise pour croiser les bras.

— Ce que nous voyons, Donny, dit doucement Linford, c'est un homme avec un casier chargé d'antécédents violents, un homme qui vient de se mettre en rage à cause de la relation que son ex entretient avec un autre gars.

— Qu'elle aille se faire mettre ! Qu'est-ce que j'en ai à foutre !

Il recula sa chaise et fourra ses mains dans ses poches, les deux jambes comme deux pistons, agitées de soubresauts.

Linford prit tout son temps pour feuilleter le dossier.

— Monsieur Dow, commença-t-il, auriez-vous lu quelque chose à propos d'un meurtre qui se serait produit dans notre ville ?

— Juste si c'est sorti en page sportive.

— Un marchand d'art, frappé à plusieurs reprises à la tête, juste devant son domicile de Duddingston Village.

Les jambes de Dow s'arrêtèrent de pomper.

— Attendez une putain de minute, là…, dit-il en levant les mains, paumes en avant.

— Comment avez-vous dit déjà que vous gagniez votre vie, monsieur Dow ? demanda George Silvers.

— Quoi ? Attendez une seconde…

— Le monsieur qui était l'ami de Laura est mort, monsieur Dow, dit Linford.

— Vous avez travaillé comme videur pour Big Ger Cafferty, n'est-il pas vrai ? demanda Silvers.

Tout allait trop vite, Dow n'arrivait plus à suivre. Il avait besoin de temps pour réfléchir ; et il ne parvenait pas à réfléchir, il savait que s'il répondait quelque chose — n'importe quoi — les conséquences risquaient…

On frappa à la porte. Apparut la tête de Siobhan.

— Je pourrais me joindre à vous ? lança-t-elle.

Devant les expressions meurtrières qu'elle lut sur les visages de ses deux collègues, elle commença à battre en retraite. Mais Dow s'était déjà remis debout d'un bond et plongeait vers la porte. Silvers voulut l'arrêter mais reçut un atémi à la gorge. Le souffle coupé, la respiration sifflante, il chercha un peu d'air, les deux mains agrippées au col de sa chemise. Linford quant à lui était pris au piège, coincé entre Silvers, la table et le mur. Dow leva un pied en l'air et expédia Silvers droit sur Linford, dont les doigts cherchaient à tâtons le bouton d'alarme. Siobhan essayait bien de son côté de refermer la porte en pesant sur elle de tout son poids, mais Dow n'allait pas se laisser arrêter par si peu. Ouvrant brutalement le battant, il attrapa Siobhan par les cheveux et l'envoya valdinguer à l'intérieur de la pièce. Une alarme sonnait dans le couloir, mais il démarra au pas de course. Les hommes qui occupaient la salle voisine le regardèrent filer. Encore un coin, deux autres portes, et il aurait disparu.

Dans la salle d'interrogatoire, Silvers, plié en deux sur son siège, essayait toujours de trouver un peu d'air. Linford se faufilait entre le mur et lui. Siobhan était tombée par terre et se relevait. Il lui manquait apparemment une touffe de cheveux au sommet du crâne.

— Merde, merde, merde ! cria-t-elle d'une voix perçante.

Linford l'ignora et se mit à cavaler dans le couloir. Il avait mal à la jambe gauche, là où Silvers l'avait cogné. Mais c'était surtout sa fierté qui en avait pris un coup.

— Où est-il ? hurla-t-il.

Tam Barclay et Allan Ward échangèrent un regard avant de pointer le doigt vers la sortie.

— Il est passé par là, shérif ! lança Gray avec un large sourire.

Le problème était que personne n'avait vu Dow quitter le poste. L'entrée principale était sous surveillance vidéo et Linford demanda à la salle des communications de repasser la bande. Entre-temps, il se mit à courir de bureau en bureau, inspectant le dessous des tables ainsi que l'intérieur des quelques placards de plain-pied existants. À son retour dans la salle des communications, la bande vidéo repassait sur les écrans. Avec Donny Dow plein cadre, qui franchissait au sprint, en temps réel et en couleur, la porte d'entrée.

— Il nous faut des patrouilles pour fouiller le quartier ! dit Linford. En voiture et à pied. Faites diffuser son signalement !

Les agents en tenue se regardèrent.

— Qu'est-ce que vous attendez ? aboya Linford, prêt à mordre.

— Je crois qu'ils attendent probablement que je leur dise d'y aller, Derek, lança une voix dans son dos.

La superintendante en chef Gill Templer.

— Aïe ! fit Siobhan.

Elle était de nouveau assise à son bureau et Phyllida Hawes inspectait les dégâts.

— Un peu de peau a été arraché mais je pense que les cheveux vont repousser, dit-elle.

— Probable que ça fait plus mal qu'il n'y paraît, proposa Allan Ward.

L'incident de la salle d'interrogatoire deux semblait avoir fait disparaître les barrières : Gray, McCullough et Rebus étaient là, eux aussi, et assistaient au débriefing de Linford et de Silvers par Gill Templer.

— À propos, je m'appelle Allan, dit Ward à l'intention de Phyllida Hawes.

Lorsqu'elle lui donna son prénom en retour, il fit la remarque qu'il était inhabituel. Il écoutait ses explications lorsque Siobhan se leva et s'éloigna. Sans qu'ils aient rien remarqué l'un et l'autre, songea-t-elle.

Rebus était debout près du mur du fond, bras croisés, et examinait en détail les documents affichés relatifs à l'affaire Marber.

— Il ne perd pas de temps, dit Siobhan.

Rebus tourna la tête et observa le petit jeu que se jouaient Ward et Hawes.

— Tu devrais la prévenir, fit Rebus. Je ne suis pas certain qu'Allan sache bien se tenir.

— C'est peut-être ce qu'elle aime, justement.

Siobhan se toucha délicatement le sommet du crâne : son écorchure lui faisait un mal de chien.

— Tu pourrais te faire porter pâle avec un truc pareil, l'informa Rebus. J'ai vu des flics obtenir un arrêt de travail pour moins que ça. Rajoutes-y le choc et le stress…

— Tu ne te débarrasseras pas de moi aussi facilement, répondit-elle. Est-ce qu'on ne devrait pas être tous à la poursuite de Donny Dow ?

— Ce n'est pas notre secteur, tu te souviens ? dit Rebus en balayant la salle des yeux.

Hawes qui écoutait le baratin de Ward ; Jazz McCullough en pleine conversation avec Bill Pryde et Davie Hynds ; Francis Gray assis sur un des bureaux, la jambe comme un pendule, qui feuilletait un dossier de dépositions. Voyant Rebus l'observer, il lui fit un clin d'œil, se laissa glisser de son siège improvisé et s'avança.

— C'est ça le genre d'affaire qu'ils auraient dû nous confier, hein, John ?

Rebus acquiesça sans répondre. Gray parut comprendre le message sans plus d'explications, et après quelques paroles de commisération à l'adresse de Siobhan, s'éloigna pour se choisir un autre bureau, s'assit et prit un autre dossier.

— Il faut que je parle à Gill, dit doucement Siobhan en contemplant la porte fermée de Templer.

— Finalement, tu vas demander un congé maladie ?

Siobhan secoua la tête.

— Je crois que j'ai reconnu Donny Dowe. C'était lui qui conduisait la voiture de la Belette, le jour où je suis allée interroger Cafferty.

Rebus la fixa.

— T'es sûre ?

— À quatre-vingt-dix pour cent. Je ne l'ai vu que quelques secondes.

— Peut-être bien que, finalement, nous devrions avoir une petite discussion avec la Belette.

Elle acquiesça.

— Mais seulement après que j'aurai obtenu le feu vert de la patronne.

— Si c'est comme ça que tu veux jouer le coup.

— Tu l'as dit toi-même : ce n'est pas ton secteur.

Rebus prit un air songeur.

— Et si tu gardais ça pour toi un petit moment ?

Elle écarquilla les yeux sans comprendre.

— Et si moi, j'allais faire un brin de causette avec la Belette en douce ? poursuivit Rebus.

— Dans ce cas, ce serait de l'obstruction de ma part, un refus de transmettre des renseignements en ma possession.

— Mais non. Tu ne garderais pour toi que de vagues soupçons... Peut-être te faudra-t-il un jour ou deux pour te convaincre que c'est bien Donny Dow que tu as vu conduire la voiture de la Belette.

— John...

Sans même rien en dire, par ce seul mot, elle lui demandait quelque chose. Elle voulait qu'il partage, qu'il se confie... qu'il lui fasse confiance.

— J'ai mes raisons, dit-il d'une voix à peine plus

forte qu'un murmure. Une chose sur laquelle la Belette risque de me donner un coup de pouce.

Il fallut à Siobhan trente bonnes secondes pour se décider.

— D'accord, dit-elle en lui touchant le bras.

— Merci, répondit-il. J'ai une dette envers toi. Que dirais-tu de venir manger un morceau ce soir ? C'est moi qui régale.

— Est-ce que tu as appelé Jean au moins ?

— J'essaie, dit-il, le regard sombre. Ou elle est sortie ou elle ne répond pas.

— C'est elle que tu devrais inviter à dîner.

— J'aurais dû lui téléphoner tout de suite, ce même soir…

— Ce que tu aurais dû faire ce soir-là, c'est la suivre, et t'excuser tout le long du chemin.

— Je vais continuer à essayer.

— Et envoie-lui des fleurs, dit Siobhan, forcée de sourire devant la mine déconfite de Rebus. La dernière fois que tu as envoyé des fleurs à quelqu'un, ce devait être une gerbe, je me trompe ?

— Probablement, reconnut-il. Plus de gerbes que de bouquets, ça, c'est sûr.

— Eh bien, ne t'emmêle pas les pinceaux entre les deux cette fois. Y a des tas de fleuristes dans l'annuaire.

Il acquiesça.

— Dès que j'aurai parlé à la Belette, dit-il en se dirigeant vers le couloir.

Il y avait des appels qu'il était impératif de passer depuis son portable plutôt que d'un téléphone du poste. Et c'est deux coups de fil qui l'attendaient maintenant.

Mais la Belette n'était pas dans son bureau, et le mieux qu'on lui proposa fut une promesse tiédasse de relayer le message.

— Merci, dit-il. À propos, est-ce que Donny Dow est là en ce moment ?

— Donny qui ? demanda la voix, avant de couper.

Rebus lâcha un juron et alla chercher dans la salle des communications les Pages jaunes, avant de rejoindre le parc de stationnement et de téléphoner à un fleuriste. Il commanda un bouquet mélangé.

— Quelle sorte de fleurs la dame aime-t-elle ?

— Je ne sais pas.

— Quelles couleurs alors ?

— Écoutez, faites un assortiment, d'accord ? Pour une vingtaine de livres.

Il dévida son numéro de carte de crédit et le tour fut joué. Remettant son portable dans sa poche, il l'échangea contre cigarettes et briquet, sans avoir la moindre idée de la quantité de fleurs qu'il pouvait s'offrir pour vingt livres. Une demi-douzaine d'œillets fanés ou bien un bouquet de fleurettes tellement énorme qu'il en serait ridicule ? Quoi qu'il en soit, la chose serait livrée au domicile de Jean ce soir même à dix-huit heures trente. Il se demanda ce qui se passerait si elle restait tard au bureau : est-ce que le fleuriste déposerait ça sur le pas de la porte, en abandonnant son cadeau à la merci du premier voleur venu ? Ou le remporterait-il à la boutique pour tenter de nouveau sa chance le lendemain ?

Il tira une longue bouffée qui lui emplit les poumons. Les choses paraissaient toujours plus compliquées qu'on ne s'y attendait. Mais à y réfléchir à deux

337

fois, il constata que c'était lui qui ajoutait toujours des complications inutiles, à force de vouloir à tout crin chercher la petite bête et les obstacles au bon déroulement des opérations, au lieu d'espérer que tout se passe simplement pour le mieux. Il se savait pessimiste, depuis sa plus tendre enfance, conscient que c'était une bonne manière de se préparer à la vie. Si les choses tournaient mal, on était prêt, alors que si tout allait bien, la surprise finale était toujours la bienvenue.

— Trop tard pour changer, marmonna-t-il.

— Tu parles tout seul maintenant ?

C'était Allan Ward, qui s'affairait à libérer un paquet de cigarettes de son enveloppe de Cellophane.

— Quoi de neuf ? Ton baratin n'est pas parvenu à impressionner la constable Hawes ?

Ward commença à hocher la tête.

— Elle est tellement peu impressionnée, dit-il en allumant une clope, qu'elle a accepté de dîner avec moi ce soir. T'aurais pas des tuyaux par hasard ?

— Des tuyaux ? Quels tuyaux ?

— Des raccourcis pour lui mettre la main au panier.

Rebus chassa la cendre de sa cigarette d'une pichenette.

— Phyllida est un bon policier, Allan. Plus que ça, je l'aime bien. Et je prendrais la chose personnellement à cœur si tu lui faisais le moindre mal.

— C'était juste une petite blague innocente, expliqua Ward pour se défendre, avant que son visage ne s'éclaire d'un petit sourire narquois : C'est pas parce que t'as pas ta dose…

Rebus pivota sur place, agrippa les deux revers du veston d'une main et plaqua Ward contre le mur du poste. La cigarette tomba de la bouche du jeune flic lorsqu'il tenta de repousser son assaillant. Une voiture de patrouille franchissait la grille d'entrée et les uniformes ouvraient de grands yeux devant ce spectacle inattendu. Avant qu'une paire de mains ne sépare les deux hommes. Derek Linford.

— Mesdames, mesdames, leur disait-il. On ne règle pas ses petits différends à coups de poing.

— Qu'est-ce que vous fichez par ici ? Vous regardez sous les voitures à la recherche d'un prisonnier disparu ? lança Ward dans un nuage de postillons tout en réajustant sa veste.

— Non, répondit Linford, qui inspecta néanmoins le parking, juste au cas où… Je me demandais en fait s'il n'y avait pas des fumeurs par ici.

— Vous ne fumez pas, lui rappela Rebus, le souffle court.

— Je me suis dit que j'allais peut-être m'y mettre. Dieu sait que le moment est bien choisi.

Ward se mit à rire, l'air d'avoir oublié jusqu'à la présence de Rebus.

— Bienvenue au club, dit-il en offrant son paquet à Linford. Templer vous a fait passer un sale quart d'heure, non ?

— C'est surtout la honte, putain, plus que tout le reste, reconnut Linford avec un sourire penaud, pendant que Ward lui allumait sa cigarette.

— Oubliez ça. Tout le monde sait que Dow est un adepte du kick-boxing. C'est le genre de truc avec lequel il vaut mieux ne pas fricoter.

Ward donnait l'impression de vouloir remonter le moral du nouvel arrivé, alors que Rebus s'interrogeait sur Linford : celui-ci leur était tombé dessus alors qu'ils étaient en pleine bagarre, sans pour autant leur en demander la raison, préoccupé qu'il était par ses propres soucis. Il décida de laisser les deux hommes à leurs petites préoccupations.

— Hé, John, tu m'en veux pas, hein ? lança soudain Ward.

Rebus ne répondit pas. Il savait pertinemment qu'après son départ, Linford — à qui la mémoire serait revenue — allait vraisemblablement poser des questions sur ce qui s'était passé, et son nouveau pote ne manquerait pas de lui expliquer leur sortie nocturne et la rencontre avec Jean.

En fournissant ainsi à Linford son plein de munitions. Il se demanda combien de temps il lui faudrait pour lâcher sa première salve. Il commençait même à se faire du mouron : c'était bien Linford qu'on avait choisi pour le remplacer dans l'affaire Marber, non ? Pourquoi lui et pas un autre ? En rentrant dans le poste, il sentait la tension ralentir le moindre de ses mouvements. Il tenta bien de rouler des épaules, d'étirer le cou. Il se rappela un vieux graffiti : *Ce n'est pas parce que tu es parano que ça signifie qu'ils ne sont pas à tes trousses...* Devenait-il parano, à voir ainsi des ennemis et des pièges partout ? La faute en incombait en premier lieu à Strathern. C'était lui qui l'avait choisi. Et je ne fais même pas confiance à l'homme pour lequel je travaille, songea-t-il, alors comment pourrais-je faire confiance aux autres ? Croisant un des policiers engagés dans l'enquête Marber, il se dit que ce serait bien, vraiment, d'être assis à un bureau dans la salle d'enquête, à passer des coups de téléphone de routine en sachant pertinemment combien ils avaient peu d'importance. Au lieu de quoi il avait le sentiment de creuser un trou sans fin dont il ne voyait pas le fond. Il avait promis à Jazz une « idée », un plan pour se faire de l'argent. Ne lui restait plus qu'à s'exécuter…

Ce soir-là, Rebus sortit boire en solitaire. Il avait dit au groupe qu'il avait des choses à faire et les rejoindrait peut-être plus tard. Ses collègues d'infortune étaient indécis, ne sachant pas s'ils allaient rester à Édimbourg et s'offrir quelques verres ou rentrer immédiatement à Tulliallan. Jazz se serait bien laissé tenter par un retour à Broughty Ferry [1] mais sa voiture était restée à l'académie. Ward en revanche pensait inviter Phyllida Hawes dans un restaurant mexicain près de St Leonard's. Ils discutaient encore de stratégies et de solutions de rechanges lorsque Rebus s'éclipsa. Après trois verres à l'Ox et une oreille distraite à la toute dernière fournée de plaisanteries, il commença à avoir un petit creux. Sans même savoir où manger… car le comble serait d'entrer dans un restaurant et de tomber sur Ward et Hawes se faisant du pied sous la table. Il savait qu'il pouvait se préparer un petit en-cas chez lui ; en sachant, dans le même temps, qu'il n'y avait pas de risque que ça arrive. Et pourtant, c'est peut-être à la maison qu'il devrait se trouver. Et si Jean téléphonait ? Avait-elle déjà reçu les fleurs ? Il avait son portable dans la poche, n'attendait que son coup de fil. Au

1. Station balnéaire, cité de Dundee, jadis appelée la Brighton d'Écosse.

bout du compte, il commanda un autre verre et le dernier Scotch egg [1] qui restait.

— Il traîne là depuis le déjeuner, je présume ? dit-il à Harry le barman.

— Je n'étais pas de service au déjeuner. Vous en voulez ou pas ?

Rebus fit signe que oui.

— Et un paquet de cacahuètes.

À certains moments, il regrettait que l'Ox ne fasse pas un plus gros effort côté service traiteur. Il se rappelait le propriétaire précédent, Willie Ross, qui avait traîné *manu militari* jusque sur le trottoir un quidam infortuné ayant osé demander à voir le menu, dans le seul but de lui montrer l'enseigne de l'Oxford Bar et de lui demander : « C'est écrit "Bar" ou "Restaurant" là ? » Il doutait fort que le client en question soit devenu un habitué.

L'Ox était tranquille ce soir. Des murmures de conversation à deux tables du salon, et Rebus en solitaire au comptoir du bar. Lorsque la porte d'entrée couina, il ne daigna même pas tourner la tête.

— Je t'en offre un ? demanda la voix à côté de lui.

Gill Templer. Il se redressa.

— C'est moi qui régale, dit-il.

Elle s'installait déjà sur le tabouret voisin en laissant tomber au sol le sac qu'elle portait à l'épaule.

— Tu veux quoi ?

— Je conduis. Une petite demi-pinte de Deuchars fera l'affaire. (Un temps d'hésitation.) Après réflexion, un gin tonic.

---

1. Œuf dur enrobé de chair à saucisse et pané.

La télé diffusait un programme en sourdine, et elle se laissa attirer par l'écran. Un des programmes de Discovery Channel, la chaîne préférée de Harry.

— Qu'est-ce que tu regardes ? demanda Gill.

— Harry met ça uniquement pour faire fuir les clampins, expliqua Rebus.

— C'est exact, confirma Harry. Ça marche à tous les coups avec les casse-pieds, sauf celui-ci.

Il désigna Rebus de la tête. Gill lui offrit un sourire las.

— Ç'a été dur ? demanda Rebus.

— Ce n'est pas tous les jours qu'un suspect s'évade de la salle d'interrogatoire, répondit-elle avec un regard par en dessous. Je suppose que ça te fait plaisir, non ?

— Comment ça ?

— Tout ce qui peut faire passer Linford pour un incapable…

— J'espère ne pas être aussi mesquin.

— Non ? (Un instant de réflexion.) Mais apparemment, lui si. Il se raconte partout que toi et un des gars de Tulliallan, vous avez échangé quelques horions dans le parking.

Linford avait donc bien causé.

— Je voulais juste t'avertir, continua-t-elle. Je pense que c'est déjà arrivé aux oreilles de l'inspecteur-chef Tennant.

— Tu es partie à ma recherche pour me prévenir ?

Gill haussa les épaules.

— Merci, dit-il.

— Je suppose que j'avais aussi l'espoir de te toucher un mot de…

— Écoute, s'il s'agit du mug de thé…

— Quand même, tu n'y es pas allé de main morte, avoue-le.

— Si je l'avais poussé du bureau avec mon petit doigt, je ne pense pas que tu aurais eu un motif suffisant pour m'expédier aux oubliettes.

Il régla le verre de Gill, et lui offrit un toast en levant sa pinte de bière.

— Santé, dit-elle, en buvant une longue gorgée avant d'exhaler bruyamment.

— C'est mieux ? demanda-t-il.

— Mieux, confirma-t-elle.

Il sourit.

— Et les gens se demandent pourquoi nous buvons.

— Mais pour moi un verre suffira. Et toi ?

— Tu te contenterais d'une estimation ? Une fourchette probable ?

— Je me contenterais de savoir comment les choses se passent à Tulliallan.

— Je n'ai pas beaucoup avancé.

— Et ça risque de bouger à ton avis ?

— C'est possible. (Une pause.) Si j'accepte de prendre quelques risques.

Elle se tourna vers lui.

— Tu en parleras d'abord à Strathern, non ?

Il acquiesça, en voyant bien qu'elle n'était pas convaincue.

— John…

De ce même ton de voix que Siobhan un peu plus tôt. *Écoute-moi… fais-moi confiance…*

Il croisa son regard.

— Les taxis, ça existe, lui dit-il.

— Ce qui signifie ?

— Ce qui signifie que tu pourrais t'en prendre un autre.

Elle examina son verre. N'y restait pratiquement plus que de la glace.

— Je devrais pouvoir en boire un second, lui concéda-t-elle. C'est ma tournée, cette fois. Qu'est-ce que tu prendras ?

Après le troisième gin tonic, elle lui confia qu'elle était sortie avec quelqu'un. Ça avait duré neuf mois, avant de partir en eau de boudin.

— Tu as bien gardé le secret, dit-il.

— Il était exclu que je vous le présente un jour, à vous autres.

Elle jouait avec son verre en observant les motifs qu'il dessinait sur le comptoir. Harry avait battu en retraite à l'autre bout de la petite salle. Un autre habitué venait d'arriver, et les deux hommes discutaient football.

— Comment ça va, Jean et toi ?

— Nous avons eu un petit malentendu, reconnut-il.

— Tu veux en parler ?

— Non.

— Tu veux que je vous aide à vous rabibocher ?

Il la regarda et secoua la tête. Jean était l'amie de Gill. C'est Gill qui les avait présentés l'un à l'autre. Il ne voulait pas qu'elle se sente gênée par la situation.

— En tout cas, merci, dit-il. Nous réglerons ça nous-mêmes, comme des grands.

Elle consulta sa montre.

— Je ferais bien d'y aller, dit-elle en se laissant glisser du tabouret pour récupérer son sac. Il n'est pas si mal, cet endroit, décida-t-elle en examinant le décor fané. Je mangerais bien un petit morceau. Tu as dîné ?

— Oui, mentit-il, avec le sentiment qu'un dîner avec Gill serait une sorte de trahison. J'espère que tu ne vas pas conduire dans cet état, s'écria-t-il en la voyant se diriger vers la porte.

— Je verrai comment je me sens une fois dehors.

— Pense un peu que demain risque d'être plus difficile encore si jamais tu te retrouves inculpée de conduite en état d'ivresse.

Elle le salua de la main et sortit. Rebus resta pour le petit dernier. Le parfum de Gill était encore là. Il le sentait sur la manche de sa veste. Il se demanda s'il n'aurait pas dû plutôt envoyer du parfum à Jean à la place des fleurs mais se rendit vite compte qu'il ne savait pas ce qu'elle aimait. Il passa en revue le présentoir à whisky, sachant qu'au besoin, il serait à même de dévider les noms de deux douzaines de malts sortis droit de sa mémoire.

Deux douzaines de noms, et il n'avait pas la moindre idée du parfum qu'utilisait Jean Burchill.

Il poussait la porte d'entrée de son immeuble quand il aperçut une ombre dans la cage d'escalier : quelqu'un descendait. Peut-être un voisin, mais c'était peu probable. Il jeta un coup d'œil derrière lui, mais il n'y avait personne dans la rue. Une embuscade était donc à exclure. Les pieds apparurent en premier, puis les jambes et le torse.

— Qu'est-ce que tu fais ici ? lâcha-t-il entre ses dents.

— J'ai cru comprendre que tu me cherchais, répondit la Belette, arrivé au bas des marches. De toute façon, je voulais te parler.

— Tu es venu accompagné ?

La Belette fit non de la tête.

— Ce n'est pas le genre de rencontre que le patron apprécierait.

Rebus regarda de nouveau alentour. Il ne voulait pas de la Belette dans son appartement. Un bar serait parfait, mais avec un verre de plus, son esprit commencerait à s'embrumer.

— Suis-moi dans ce cas, dit-il en passant devant son invité surprise, direction la porte du fond.

Elle s'ouvrait sur le jardin que se partageaient les locataires et qui ne servait guère. Vert sécheresse, une herbe haute de trente centimètres, entourée par une bordure étroite où ne survivaient que les plantes les plus résistantes. Lorsque Rebus et son épouse avaient emménagé, Rhona avait remplacé les mauvaises herbes par de jeunes arbres en pousse. Difficile de dire aujourd'hui s'il en restait des survivants. Des grilles en fer forgé séparaient le carré de verdure des jardins voisins, tous enclos par un rectangle de hauts murs d'immeubles. La plupart des fenêtres étaient éclairées : cuisines, chambres, paliers. Bien assez de lumière au total pour ce genre de rencontre.

— Qu'est-ce qui se passe ? demanda Rebus en cherchant désespérément une cigarette.

La Belette s'était penché pour ramasser une boîte de

bière vide, qu'il écrasa avant de la glisser dans sa poche de manteau.

— Aly va bien.

Rebus acquiesça. Il avait presque oublié le fils de la Belette.

— Tu as suivi mon conseil ? demanda-t-il.

— Ils ne l'ont pas encore libéré, mais mon avocat me dit qu'on est presque sortis de l'auberge.

— Il a été inculpé ?

La Belette lui signifia que oui.

— Mais uniquement pour possession de drogue. La marijuana qu'il avait sur lui quand il a été arrêté.

Rebus hocha la tête. Claverhouse jouait ses cartes prudemment cette fois.

— Le problème, dit la Belette en s'accroupissant près du parterre de fleurs voisin pour y ramasser sacs de chips vides et emballages de sucreries, c'est que mon patron a peut-être eu vent de la chose.

— Tu veux parler d'Aly ?

— Non, pas d'Aly à proprement parler... mais de la came. C'est ça que je voulais dire.

Rebus alluma sa cigarette. Il pensait au réseau d'yeux et d'oreilles de Cafferty. Il suffisait à un technicien du labo de le dire à un collègue, le collègue le répétait à un ami... Claverhouse ne pourrait jamais garder le secret indéfiniment. Pourtant...

— Ça pourrait jouer en ta faveur, expliqua Rebus. Claverhouse se retrouve sous pression, il va falloir qu'il se décide à faire quelque chose.

— Comme inculper Aly, tu veux dire ?

Rebus haussa les épaules.

— Ou refiler l'affaire aux Douanes. Comme ça,

tout le monde y trouvera son compte et tirera la couverture à soi...

— Et Aly finira quand même au trou ?

La Belette s'était redressé, les poches pleines et bruissantes.

— S'il coopère, la condamnation pourrait être légère.

— Cafferty va quand même l'épingler.

— Alors peut-être que tu devrais déjà préparer tes représailles. En refilant aux Stups ce qu'ils demandent.

La Belette prit un air songeur.

— Je leur donne Cafferty ?

— Ne viens pas me dire que tu n'y as pas pensé.

— Oh, que si, j'y ai pensé. Mais M. Cafferty a été très bon avec moi.

— Mais il n'est pas de la famille, pas vrai ? Il n'est pas de ton sang...

— N-o-n, déclara la Belette en étirant la syllabe.

— Je peux te demander quelque chose ? demanda Rebus en chassant la cendre de sa cigarette d'un doigt.

— Quoi ?

— As-tu la moindre idée de l'endroit où se trouve Donny Dow ?

La Belette secoua la tête.

— J'ai entendu dire qu'on l'avait arrêté pour l'interroger.

— Il s'est fait la malle.

— Décision stupide de sa part.

— C'est pour ça que je voulais te parler, parce que nous sommes maintenant obligés de lancer des recherches, ce qui implique d'aller discuter avec tous ses amis et associés. Je présume que tu vas coopérer.

— Naturellement.

Rebus acquiesça.

— Admettons un instant que Cafferty soit au courant pour la drogue… que penses-tu qu'il fera ?

— En numéro un, il voudra savoir qui a introduit la cargaison jusqu'ici.

Temps de silence.

— Et en numéro deux ?

La Belette le regarda.

— Qui a dit qu'il y avait un numéro deux ?

— C'est habituellement le cas… quand il y a eu un numéro un.

— Okay… numéro deux, il se pourrait qu'il décide de récupérer le lot pour lui tout seul.

Rebus examina l'extrémité de sa cigarette. Il entendait la vie qui suivait son cours dans l'immeuble : la musique, les voix de la télé, les assiettes qui s'entrechoquaient sur l'égouttoir. Des silhouettes qui passaient devant une fenêtre… des gens ordinaires vivant des existences ordinaires, convaincus tous autant qu'ils étaient d'être différents de tous les autres.

— Est-ce que Cafferty a quelque chose à voir avec le meurtre de Marber ? demanda-t-il.

— Depuis quand suis-je ton indic ?

— Je ne veux pas que tu sois mon indic. Mais je me disais qu'une question… Juste une…

L'homme de petite taille se pencha une nouvelle fois, comme s'il venait de repérer quelque chose dans l'herbe, mais il n'y avait rien. Il se redressa lentement.

— Les merdes des autres, marmonna-t-il.

Ses paroles résonnèrent comme un mantra. À qui faisait-il référence ? À son fils, ou même à Cafferty :

c'était à lui de faire le ménage après leur passage. Il accrocha le regard de Rebus.

— Et comment suis-je censé savoir une chose pareille ?

— Je ne dis pas que Cafferty ait fait ça lui-même. Un de ses hommes, peut-être, quelqu'un qu'il aurait engagé… probablement par ton intermédiaire, afin de prendre ses distances. Cafferty a toujours été très doué pour faire porter le chapeau aux autres.

La Belette fit mine de réfléchir.

— C'est pour ça qu'il y avait deux flics là-bas l'autre jour ? Ils posaient des questions sur Marber ?

Il regarda Rebus hocher la tête.

— Le patron a refusé de me dire de quoi il s'agissait.

— Je croyais qu'il te faisait confiance, dit Rebus.

Nouveau temps de réflexion pour la Belette.

— Je sais qu'il connaissait Marber, finit-il par avouer, d'un filet de voix si faible que la plus petite bourrasque de vent l'aurait englouti. Je ne crois pas qu'il l'appréciait beaucoup.

— J'ai entendu dire qu'il avait arrêté de lui acheter des tableaux. Est-ce parce qu'il avait découvert que Marber était un escroc ?

— Je ne sais pas.

— Mais crois-tu que ce soit à envisager ?

— C'est possible, concéda la Belette.

— Dis-moi…

La voix de Rebus tomba encore plus bas que celle de son interlocuteur.

— Est-ce que Cafferty irait organiser une exécution sur contrat sans que tu sois au courant ?

— Tu me demandes de me compromettre, là.

— Tout ceci restera entre nous.

La Belette croisa les bras. Les déchets dans ses poches bruissaient et cliquetaient.

— Nous ne sommes plus aussi proches que fut un temps, confia-t-il avec tristesse.

— Pour un contrat comme celui-là, à qui se serait-il adressé ?

La Belette secoua la tête.

— Je ne cafte pas. Je ne suis pas un rat.

— Les rats sont des créatures intelligentes, dit Rebus. Ils savent quand il faut quitter le navire en train de sombrer.

— Cafferty n'est pas en train de couler, dit la Belette avec un sourire triste.

— C'est ce qu'on disait pour le *Titanic*, répliqua Rebus.

Il ne restait plus grand-chose à ajouter. Ils retournèrent dans la cage d'escalier, la Belette direction la porte d'entrée, et Rebus, les marches vers l'étage. Il n'était pas entré depuis deux minutes qu'on frappait à sa porte. Il se faisait couler un bain. Et ne voulait pas de la Belette chez lui. Sous aucun prétexte. Car c'est dans cet espace qu'il essayait de tout laisser derrière lui en prétendant être comme tout le monde. Nouveau coup à la porte. Cette fois, il y alla.

— Oui ? s'écria-t-il.

— Inspecteur Rebus ? Vous êtes en état d'arrestation.

Il se colla à l'œilleton, puis déverrouilla. Claverhouse se tenait devant lui, le visage barré d'un sourire aussi mince et affûté qu'un scalpel de chirurgien.

— Tu m'invites à entrer ? dit-il.

— Je n'en avais pas l'intention.

— Tu ne reçois pas, j'espère ? dit Claverhouse en tendant le cou vers le vestibule.

— J'allais simplement prendre un bain.

— Bonne idée. Vu les circonstances, je ferais pareil.

— De quoi parles-tu ?

— Je te parle du fait que tu viens de passer quinze bonnes minutes à te laisser contaminer par le bras droit de Cafferty. Ça lui arrive souvent de passer chez toi ? Et j'espère que tu n'étais pas en train de vérifier le montant de ton enveloppe, dis-moi, John ?

Rebus avança de deux pas, obligeant Claverhouse à reculer contre la rambarde de l'escalier. Deux étages au-dessus du sol.

— Qu'est-ce que tu veux, Claverhouse ?

Toute trace de l'humour qu'il feignait jusque-là avait disparu du visage de Claverhouse. Il n'avait pas peur de Rebus, il était simplement furieux.

— Nous essayons d'épingler Cafferty, je te rappelle, cracha-t-il, au cas où tu l'aurais oublié. Et voilà que la rumeur d'une cargaison de came commence à se propager, tandis que la Belette se trouve un méchant petit avocaillon qui me bouffe les couilles. Nous sommes donc en mission de surveillance, et qu'est-ce que nous découvrons ? La Belette en personne qui vient te rendre, à toi, une petite visite à domicile.

Il poignarda la poitrine de Rebus d'un doigt bien raide.

— Et, à ton avis, quel effet ça risque de faire sur mon rapport, inspecteur ?

— Va te faire mettre, Claverhouse.

Mais, au moins, il avait appris où était passé Ormiston : il filochait la Belette.

— Me faire mettre ? répéta Claverhouse en secouant la tête. Tu te goures sur toute la ligne, Rebus. C'est toi que les gars de Barlinnie vont obliger à courber l'échine. Parce que si je parviens à établir un lien entre toi et l'opération que mène Cafferty, pardonne-moi, mais tu vas te retrouver enterré si profond qu'il faudra une pelle mécanique pour te sortir de ton trou.

— Considère que j'ai été prévenu, dit Rebus.

— Ça commence à partir à vau-l'eau pour notre ami Cafferty, lâcha Claverhouse entre ses dents. Assure-toi de bien choisir ton camp.

Rebus repensa aux paroles de la Belette : *Cafferty n'est pas en train de couler.* Ainsi qu'au sourire qui avait accompagné ses mots… pourquoi avait-il pris un air aussi triste ? Il recula de deux pas, laissant Claverhouse se dégager. Ce que ce dernier prit pour une faiblesse.

— John, dit-il en l'appelant par son prénom cette fois, quoi que tu caches, il faut que tu craches le morceau.

— Merci de te préoccuper ainsi de mon bien-être.

Rebus ne se faisait aucune illusion sur Claverhouse : ce n'était qu'un minable arriviste incapable de concrétiser ses propres idées en allant jusqu'au bout. Épingler Cafferty — ou, à tout le moins, introduire une taupe dans ses opérations — serait, à ses propres yeux, la consécration ultime, et il était incapable de voir au-delà. À tel point que son obsession le consumait à petit feu. Rebus en éprouvait presque de la sympathie à son égard : n'était-il pas lui-même passé par là ?

Claverhouse secouait la tête devant l'obstination de Rebus.

— J'ai vu que la Belette avait pris le volant en personne ce soir. C'est parce Donny Dow a pris la tangente ?

— Tu es au courant pour Dow ?

Claverhouse acquiesça.

— J'en sais peut-être plus que tu n'imagines, John.

— Tu as peut-être raison, concéda Rebus pour tenter de le décrisper un peu. Tel que, exactement… ?

Mais Claverhouse ne tomba pas dans le piège.

— J'ai parlé à la superintendante Templer ce soir. Elle m'a paru très intéressée quand elle a appris les activités de chauffeur de Donny Dow. (Temps d'arrêt.) Mais toi, tu savais depuis le début, je me trompe ?

— Vraiment ?

— Tu ne m'as pas semblé très surpris quand je te l'ai dit. En y repensant, tu n'as pas été surpris du tout… alors, comment se fait-il qu'elle, elle n'en ait rien su… Tu cherchais peut-être à protéger ton pote la Belette.

— Ce n'est pas mon pote.

— Son avocat a débarqué et il s'est mis à poser immédiatement les bonnes questions, à croire qu'on l'avait mis au parfum.

Ce fut au tour de Claverhouse de s'avancer sur Rebus, lequel ne cédait pas pour autant le moindre pouce de terrain. Il entendait son bain qui coulait. Il ne faudrait plus longtemps avant que l'eau déborde de la baignoire.

— Qu'est-ce qu'il fichait ici, John ?

— Tu voulais que je lui parle…

Claverhouse s'accorda une seconde de réflexion. Une lueur d'espoir parut briller dans ses yeux.

— Et alors ?

— Ç'a été un plaisir de discuter avec toi, Claverhouse, dit Rebus. Salue Ormie pour moi quand tu le retrouveras.

Il rentra dans son vestibule et referma lentement la porte. Claverhouse n'avait pas bougé, à croire qu'il avait l'intention de rester là jusqu'au matin. Sans dire un mot, parce que tout avait été dit entre les deux hommes. Rebus regagna la salle de bains et ferma le robinet. L'eau était bouillante, et la place manquait pour rajouter de l'eau froide. Il s'assit sur la cuvette des toilettes et se prit la tête entre les mains. Il constata avec effroi qu'il faisait bien plus confiance à la Belette qu'à Claverhouse.

Assure-toi de bien choisir ton camp…

L'idée ne lui plaisait guère. Avait-il mis le pied dans une chausse-trape ? Il n'en était pas tout à fait certain. Strathern cherchait-il à le clouer au pilori, en se servant de Gray et des autres comme appâts ? Même s'il fallait effectivement faire la lumière sur des manigances pas très propres de la part de Gray, Jazz et Ward, y parviendrait-il sans se compromettre lui-même ? Il se leva et alla jusqu'au salon, trouva la bouteille de whisky et un verre. Choisit le premier CD à lui tomber sous la main et le glissa dans le lecteur. REM : *Out of Time* [1]. Le titre n'avait jamais autant signifié à ses yeux qu'en

---

1. « Hors du Temps ».

cet instant, cette minute. Il fixa le contenu de sa bouteille mais comprit qu'il n'y toucherait pas, pas ce soir.
Il échangea le whisky contre le téléphone, appela Jean
chez elle. Le répondeur. Il laissa un message de plus.
Il songea à se rendre dans New Town, voire à faire un
saut chez Siobhan. Mais ce ne serait pas un cadeau à
faire à la jeune femme… et, de toute façon, elle devait
probablement être dehors, à rouler sans but au volant
de sa voiture, le cuir chevelu douloureux comme une
brûlure, le regard dans le vague, pas vraiment concentrée sur la route devant elle…

Il retourna silencieusement à la porte d'entrée et se
colla à l'œilleton. Le palier était vide. Il s'autorisa un
petit sourire, au souvenir de Claverhouse les bras ballants qui n'en pouvait mais. Retour au salon et jusqu'à
la fenêtre. Personne. Pas le moindre signe de vie
dehors. Sur la chaîne, Michael Stipe passait successivement de la furie aux plaintes.

John Rebus s'assit dans son fauteuil, prêt à laisser la
nuit exiger de lui son tribut. Quand le téléphone sonna.
Ça ne pouvait être que Jean qui le rappelait.

Il se trompait.

— Tout va bien, grand mec ? dit Francis Gray, de
son grommellement retenu si caractéristique de la côte
ouest.

— J'ai déjà été mieux, Francis.

— N'aie pas peur, Oncle Francis a le remède à tous
les maux.

Rebus appuya la nuque contre la têtière de son fauteuil.

— Où es-tu ?

357

— Au cœur des délices qui entourent le bar des gradés de Tulliallan.

— C'est ça, le remède à mes maux ?

— Me montrerais-je aussi peu charitable ? Non, grand mec, je te parle du voyage d'une vie. Deux personnes avec tout un monde de possibilités et de délices s'ouvrant à elles.

— On ne t'aurait pas trafiqué ta boisson, ce soir, inspecteur Gray ?

— C'est de *Glasgow* que je te parle, John. Et je te servirai de guide pour te montrer ce qu'il y a de mieux dans tout l'Ouest.

— Il est un peu tard pour ça, tu ne crois pas ?

— Demain matin… rien que toi et moi. Sois là au premier pet d'hirondelle, sinon tu manqueras le meilleur !

La ligne fut coupée. Rebus fixa le téléphone, songea une seconde à rappeler… Gray et lui à Glasgow : que fallait-il comprendre ? Que Jazz avait parlé à Gray, en lui disant que Rebus avait des propositions à faire ? Pourquoi Glasgow ? Pourquoi eux deux seulement ? Jazz prenait-il ses distances avec son vieil ami ? Ses réflexions le ramenèrent à la Belette et à Cafferty. Les liens d'une vie pouvaient se relâcher. Les alliances et allégeances de jadis pouvaient s'effondrer. Il existait toujours des points vulnérables, des fissures dans les murs les plus soigneusement bâtis. Jusque-là, il avait considéré Ward comme le maillon le plus faible… mais il se tournait maintenant vers Jazz McCullough. Il repartit dans la salle de bains, serra les dents et plongea la main dans l'eau surchauffée pour libérer la bonde. Puis ouvrit le robinet d'eau froide pour redonner à son bain un semblant d'équilibre. Retour à la cuisine pour un mug de café et deux cachets de vitamine C. Et enfin direction le salon. Il avait planqué le rapport de Strathern sous un coussin du canapé.

Sa lecture, le temps d'un bain…

17

Bernie Johns avait été une brute. Après avoir disposé au passage de tous les concurrents qui aspiraient à sa couronne, grâce à ses contacts et à son absence de scrupules, il tenait sous son emprise une large part du trafic de drogue en Écosse. Par la torture, la mutilation ou la mort — quand ce n'était pas les trois à la fois. Des tas de gens avaient tout bonnement disparu de la surface de la terre. Le bruit avait couru qu'un règne de terreur aussi long et aussi fructueux n'aurait jamais pu exister sans l'aval de la police. En d'autres termes, Bernie Johns avait été une espèce protégée. La chose n'avait jamais été prouvée, bien que le « rapport », tel qu'il avait été établi, fît état de plusieurs suspects possibles, tous résidant à Glasgow ou alentour, mais Francis Gray n'était pas du nombre.

Johns avait passé la majeure partie de son existence dans une maison à loyer modéré sans prétention, dans un des lotissements les plus durs de toute la ville. Il avait été « un homme du peuple », distribuant son argent en dons aux œuvres de charité locales et accordant ses largesses à tous les projets possibles et imaginables, depuis les terrains de jeux pour bambins jusqu'aux hospices pour personnes âgées. Mais le mécène était aussi un tyran, sa munificence tempérée par le savoir qu'il payait bon argent en échange de pouvoir et d'invulnérabilité.

Du premier qui l'approchait à moins de cent mètres sur son territoire, il devait aussitôt tout savoir. Les activités de surveillance de la police étaient sabotées dix minutes après leur mise en place. Ses camionnettes blanches étaient aussitôt découvertes, ses planques en appartement repérées et attaquées. Personne ne risquait de s'approcher trop près de Bernie Johns. Les photos de lui ne manquaient pas dans le dossier de police. Il était grand, les épaules larges sans être physiquement imposant. Il arborait des costumes à la mode, ses cheveux blonds ondulés toujours soigneusement coiffés. Rebus se l'imaginait sans mal enfant, jouant le rôle de l'archange Gabriel dans les spectacles scolaires à l'occasion de Noël. Entre-temps, le regard s'était durci, tout comme la mâchoire, mais Johns avait été bel homme, et son visage n'offrait rien des entailles et des marques qui sont habituellement les gages de longévité d'un gangster.

C'est alors qu'avait été lancée l'opération Coupe Rase, impliquant la coordination de plusieurs forces de police dans le cadre d'une surveillance et d'une collecte de renseignements étalées dans le temps, au terme desquelles avaient été saisies une cargaison de plusieurs milliers de cachets d'ecstasy et d'amphétamines, quatre kilos d'héroïne et à peu près la même quantité de cannabis. L'opération avait été qualifiée de succès, et Bernie Johns déféré devant le tribunal. Ce n'était pas la première fois qu'il paraissait à la barre. Trois inculpations déjà, par le passé, qui avaient toutes été abandonnées, à cause de cafouillages administratifs ou du fait de témoins ayant changé d'avis.

Les charges qui pesaient sur lui cette fois n'étaient pas non plus écrasantes au point de lui valoir une condamnation assurée — le bureau du procureur l'avait d'ailleurs reconnu dans une lettre que Rebus trouva jointe au dossier. Tout était possible, mais le ministère public allait faire de son mieux. Le moindre policier soupçonné même par ouï-dire de pactiser ou d'avoir des liens avec Johns et sa bande s'était vu écarté de l'enquête et du déroulement des débats. L'équipe d'enquêteurs avait continué à travailler même pendant la durée du procès, pour faire en sorte que les témoignages ne soient pas modifiés ou que les témoins ne s'évanouissent dans la nature. Ce fut seulement après sa condamnation que Johns commença à protester, déclarant qu'on l'avait escroqué et mené en bateau. Il ne citait pas de noms mais, apparemment, on lui avait fait passer un message lui laissant entendre que certaines pièces à conviction pouvaient se retrouver « contaminées ». Il y avait naturellement un prix à payer, et il avait été tout à fait consentant à s'exécuter rubis sur l'ongle. Un de ses hommes avait été chargé d'aller sortir l'argent d'une planque secrète. La police n'en avait pratiquement pas retrouvé au domicile personnel de Johns : environ cinq mille livres en liquide et deux pistolets sans permis de port d'arme. Le sous-fifre n'avait pas réapparu, et lorsqu'on avait retrouvé sa trace, il avait raconté qu'il avait été suivi jusqu'à la planque et attaqué par trois hommes — presque certainement les trois mêmes qui avaient proposé le marché en premier lieu. Et ratissé Johns jusqu'à l'os. La somme précise était restée à l'appréciation de la rumeur publique. La meilleure estimation parlait d'environ trois millions.

Trois millions de livres…

— Donne-nous quelques noms et on pourrait peut-être commencer à te croire, s'était entendu dire Johns par un policier chargé de l'enquête.

Mais Johns avait refusé. Ce n'était pas comme ça qu'il travaillait ; jamais il n'avait fait une chose pareille, et jamais il ne le ferait. Entre-temps, le sous-fifre avait été découvert poignardé à mort près de son domicile à son retour d'une soirée en ville : le prix à payer pour son échec. Johns était catégorique : seul, cet homme aurait été absolument incapable de le rouler dans la farine et de le voler. Il s'était tiré uniquement parce qu'il était terrifié par les implications du vol en question. Trois millions n'était pas le genre de somme que Bernie Johns allait passer par profits et pertes avec un haussement d'épaules parce qu'il s'agissait d'une simple erreur humaine.

Comme en témoignait le meurtre à coups de lame.

Il ne faisait pas de doute qu'il réservait le même destin funeste aux flics — on présumait qu'il s'agissait de flics — qui l'avaient doublé, mais il n'eut jamais le temps de mettre son projet à exécution. Il avait fini lui aussi poignardé, en prison, alors qu'il faisait la queue pour le petit déjeuner, par un surin fabrication maison — une cuillère à soupe longuement et patiemment affûtée qui l'avait touché au cou. Le taulard responsable, un dénommé Alfie Frazer connu de tous sous le sobriquet d'Alfie le Tendre, avait été un des indics de

Francis Gray — petit détail qui fournit aux enquêteurs le premier indice sur l'identité de ceux qui avaient peut-être été impliqués dans l'arnaque sur Bernie Johns.

Gray avait été interrogé, niant tout, de A jusqu'à Z. La question de savoir pour quelle raison Alfie le Tendre — célèbre pour ne pas être des plus brillants sur le plan intellectuel ni le plus parfait des spécimens du genre humain sur le plan physique — avait commis un meurtre ne fut jamais véritablement éclaircie. Les enquêteurs ne savaient qu'une chose : Gray s'était démené comme un diable pour éviter la prison à son indicateur, en conséquence de quoi, Alfie avait une dette envers lui. Mais la peine que purgeait Alfie n'était que de trois ans : était-il concevable qu'il ait pris le risque d'un enfermement beaucoup plus long en assassinant Johns à la requête de Gray ?

Une seule autre pièce du puzzle méritait une attention certaine, une découverte incidente : le jour où l'infortuné homme de main de Johns avait été envoyé chercher l'argent, trois officiers de police — Gray, McCullough et Ward — étaient partis en virée dans la voiture de Gray. Leur excuse lors de l'interrogatoire ? Ils étaient sortis fêter la fin de l'enquête. Avec à l'appui les noms des pubs visités et du restaurant où ils avaient mangé.

Voilà ce à quoi se résumait la somme des indices dont disposaient les Hautes Huiles sur les trois hommes. Ceux-ci n'avaient pas commencé à dépenser sans mesure, et ne disposaient apparemment pas d'argent planqué dans des comptes bancaires secrets. La dernière page du rapport donnait le détail du casier disciplinaire de Francis Gray, le tout manuscrit et sans signature. Rebus eut le sentiment que c'était le propre supérieur hiérarchique de Gray qui l'avait rédigé. En lisant entre les lignes, l'amertume personnelle du directeur ne devenait que trop évidente : « cet homme est une honte… » ; « insultes et grossièretés envers ses supérieurs… » ; « numéro d'ivrogne lors d'une réception officielle… » C'est Gray en réalité qu'on cherchait à clouer au poteau. Quelle qu'ait pu être sa propre réputation, songea Rebus, Gray avait monté la barre bien plus haut. Et il fut frappé par une évidence : ces instances supérieures auraient pu virer Gray une bonne fois pour toutes à n'importe quel moment, alors pourquoi ne pas l'avoir fait ? Son raisonnement : elles ne le lâchaient pas d'une semelle, attendant le moment propice pour l'épingler dans l'affaire Bernie Johns. Mais avec la retraite à l'horizon, elles commençaient à désespérer. À leurs yeux, l'heure était venue de régler les comptes… à n'importe quel prix.

Rebus s'essuya et rejoignit le salon pieds nus. Les Blue Nile sur la chaîne hi-fi, et lui dans son fauteuil. Sobre comme un chameau et les méninges en surmultipliée. Le dossier n'était qu'un ramassis d'hypothèses, de rumeurs, d'histoires racontées par des récidivistes. Tout ce que les Hautes Huiles avaient à leur disposition se limitait à une coïncidence, la virée du trio le même jour que le présumé vol de l'argent ; ce à quoi s'ajoutait la mort de Johns des mains d'un ancien indic de Gray. Tout de même… trois millions… il voyait très bien pourquoi ces messieurs ne tenaient pas à voir Gray et Cie s'en tirer. Un million net par tête de pipe. Et il dut admettre que les trois suspects ne ressemblaient pas à des millionnaires et ne se comportaient pas comme tels. Pourquoi ne pas simplement démissionner et mettre les voiles pour dépenser le butin ?

Parce que ç'aurait été en quelque sorte un aveu, qui aurait pu déclencher une enquête à grande échelle. Alfie le Tendre avait été interrogé une demi-douzaine de fois au cours des années qui s'étaient écoulées, sans rien révéler d'utile. Peut-être n'était-il pas aussi tendre que ça, après tout…

Une nouvelle fois, Rebus s'interrogea : tout cela ne faisait-il pas partie d'un plan sophistiqué destiné à le distraire, lui, voire à l'obliger à se compromettre en personne dans l'affaire Rico Lomax ? Il se concentra sur la musique, mais les Blue Nile n'allaient pas lui être d'un grand secours, bien trop occupés qu'ils étaient à chanter des chansons magnifiques sur Glasgow.

Glasgow, sa destination du lendemain.

Il tapotait les doigts en mesure avec la musique, il les tapotait sur la couverture de la chemise que lui avait donnée Strathern…

À son réveil, le CD était terminé et il avait le cou raide.

Il avait rêvé qu'il se trouvait dans un restaurant avec Jean. Un hôtel chic quelque part, mais il portait des vêtements que lui avait offerts Rhona quand ils étaient mariés. Et il n'avait pas d'argent sur lui pour payer le repas de luxe. Il s'était senti tellement coupable… coupable d'avoir trahi Rhona et Jean… coupable de tout. Il y avait un autre individu dans son rêve, quelqu'un disposant de suffisamment d'argent pour tout régler, et il avait fini par le suivre dans le labyrinthe de l'hôtel, depuis l'appartement en terrasse du dernier étage jusqu'aux caves. Était-il parti solliciter un prêt ? La silhouette était-elle une de ses connaissances ? Était-il en route pour prendre l'argent à un parfait inconnu, par force ou par duplicité ? Il n'en savait rien. Il se leva et s'étira paresseusement. Il n'avait pas dormi plus de vingt minutes. Puis se souvint qu'il devait être à Tulliallan au petit matin.

— Rien ne vaut l'instant présent, se dit-il en attrapant ses clés de voiture.

Ricky Queue-de-cheval avait repris son poste à la porte du Sauna Paradiso.

— Seigneur, encore vous, marmonna-t-il en voyant entrer Siobhan.

Elle regarda alentour. L'endroit était désert. Une des filles lisait une revue, allongée sur un canapé. La télé diffusait un match de base-ball, son coupé.

— Vous aimez le base-ball ? demanda Siobhan.

À voir son air, Ricky n'était pas d'humeur à bavarder.

— Il m'arrive d'en suivre, poursuivit-elle, quand je ne dors pas la nuit. Je serais bien incapable de vous expliquer les règles ou la moitié de ce que racontent les commentateurs, mais je suis ça quand même.

Nouveau coup d'œil aux environs.

— Laura est là ce soir ?

Ricky songea une seconde à mentir, avant de comprendre qu'elle le repérerait aussi vite.

— Elle est avec quelqu'un, répondit-il.

— Cela vous dérange si je l'attends ?

— Enlevez votre manteau, faites comme chez vous, fit-il avec un grand geste du bras, comme une invite exagérée. Si un quidam se pointe et désire vous emmener à l'étage du dessous, ne venez pas me jeter la pierre.

— C'est promis, dit Siobhan, en gardant néanmoins son manteau, heureuse de porter pantalon et bottes.

Elle eut le loisir d'étudier la femme sur le canapé et constata qu'elle avait dix ans de plus que ce qu'elle avait cru au premier abord. Maquillage, coiffure et vêtements : de quoi vous vieillir de quelques années, ou vous rajeunir d'autant. Elle se rappela ses treize ans, quand elle savait qu'elle pouvait en paraître seize ou plus encore. Une autre femme venait de tirer le rideau qui masquait la porte. Elle jeta un œil curieux à Siobhan en passant derrière le bureau de Ricky où se trouvait une alcôve avec une bouilloire. Elle se prépara un mug de café et réapparut, pour s'arrêter devant Siobhan.

— Ricky dit que vous cherchez à vous éclater.

Elle avait vingt-cinq ans peut-être, un visage rond et joli et de longs cheveux bruns. Ses jambes étaient nues, et ses dessous noirs étaient visibles sous un négligé qui s'arrêtait au genou.

— Ricky vous fait marcher, l'informa Siobhan.

La jeune femme se tourna vers le bureau et tira la langue, révélant au passage le clou d'argent qui la perçait. Puis elle se laissa tomber dans le fauteuil voisin de celui de Siobhan.

— Fais attention, Suzy, tu risques d'attraper quelque chose, fit la femme du canapé, toujours occupée à feuilleter sa revue.

Suzy se tourna vers Siobhan.

— Elle veut dire que je suis flic, expliqua Siobhan.

— Et c'est vrai ce qu'elle dit ? Je risque d'attraper quelque chose ?

Siobhan haussa les épaules.

— On m'a déjà dit que j'avais un rire contagieux.

Suzy sourit. Siobhan remarqua une contusion sur une épaule, que le négligé ne parvenait pas à masquer.

— C'est tranquille ce soir, fit Siobhan.

— Il y a toujours un petit coup de feu après la fermeture des pubs, et ensuite ça se calme. Vous êtes venue pour une des filles ?

— Laura.

— Elle est avec un client.

Siobhan acquiesça.

— Comment se fait-il que vous acceptiez de me parler ? demanda-t-elle.

— Moi, je vois les choses comme ça : vous avez un boulot à faire, pareil que moi, dit Suzy en portant le mug ébréché à ses lèvres. Inutile d'en faire tout un drame. Vous êtes là pour arrêter Laura ?

— Non.

— Pour lui poser des questions, alors ?

— Quelque chose comme ça.

— Vous n'avez pas un accent écossais.

— J'ai grandi en Angleterre.

Suzy la soumettait à un examen de détail.

— J'avais une amie qui parlait un peu comme vous.

— Au passé ?

— J'étais en fac avec elle. J'ai fait une année à Napier. Je ne me souviens plus d'où elle était originaire... quelque part dans les Midlands.

— C'est à peu près ça.

— C'est de là que vous venez ?

Suzy était chaussée de pantoufles élimées style mocassin. Elle avait croisé les jambes et en laissait pendouiller une au bout de ses orteils vernis.

— Dans les environs, répondit Siobhan. Vous connaissez Laura ?

— Il nous est arrivé de travailler pendant les mêmes postes.

— Il y a longtemps qu'elle est là ?

Suzy la fixa sans répondre.

— Très bien, dit Siobhan, et vous, alors ?

— Presque un an. Et je suis sur le point de partir. J'ai dit que je ferais ça pendant un an, pas plus. J'en ai mis assez de côté pour repartir en fac.

La femme sur le canapé ricana.

Suzy l'ignora.

— On gagne bien sa vie dans la police ?

— Pas mal.

— Combien… quinze, vingt mille ?

— Un peu plus, en fait.

Suzy secoua la tête.

— C'est rien comparé à ce qu'on peut se faire dans un endroit comme ici.

— Malheureusement, je ne pense pas en être capable.

— C'est aussi ce que je croyais. Mais quand la fac est tombée à l'eau…

Son regard se perdit au loin. La femme sur le canapé roula des yeux au plafond. Siobhan ne savait pas ce qu'elle devait croire de tout ça. Suzy avait disposé de presque une année pour peaufiner sa petite histoire.

C'était peut-être sa manière à elle de supporter le Sauna Paradiso.

Un homme écarta soudain le rideau. Il regarda dans la pièce, surpris de n'y voir aucun homme hormis Ricky. Siobhan le reconnut : l'homme d'affaires pas encore tout à fait ivre aperçu lors de sa visite précédente, celui qui avait appelé Laura par son prénom. La tête dans les épaules, il se dépêcha vers la porte et sortit.

— Il a un compte ici ou quoi ? demanda Siobhan.

Suzy lui signifia que non d'un signe de tête.

— Ils nous paient, ensuite on règle ça avec Ricky.

Siobhan se tourna vers ce dernier, debout derrière son bureau, qui ne la quittait pas des yeux.

— Vous allez prévenir M. Cafferty que je suis ici ? s'écria-t-elle.

— Vous êtes encore sur son dos ? fit Ricky avec un large sourire. Je vous l'ai déjà dit, c'est moi le propriétaire de cet établissement.

— Mais bien sûr, rétorqua Siobhan avec un clin d'œil pour Suzy.

— Encore un mois maxi, et je me tire, disait celle-ci, pour elle-même plus que pour quiconque, tandis que Siobhan se levait et se dirigeait vers l'embrasure masquée par le rideau.

Une seule chambre était fermée. Elle frappa et ouvrit. Un bruit de douche coulait, derrière une porte en verre dépoli. Le mobilier se limitait à une estrade supportant un matelas et une baignoire d'hydromassage dans un coin. Elle essaya de ne pas respirer l'air fétide.

— Laura ? appela-t-elle.

— C'est qui ?

— Siobhan Clarke. Je peux vous attendre dans la rue ?

— Accordez-moi deux minutes, vous voulez bien ?

— Pas de problème.

Siobhan remonta l'escalier. Toujours aussi mort à l'étage.

— Dites à Laura que je suis dehors, ordonna-t-elle à Ricky.

Sa voiture était de l'autre côté de la rue. Elle s'y installa, vitre baissée, radio en sourdine. Quelques voitures et taxis de passage. Elle savait que les arpenteuses de bitume exerçaient leur métier pas très loin : un métier bien moins sûr que celui qui se pratiquait dans des établissements comme le Paradiso. Les hommes payaient pour avoir du sexe, c'était une donnée de l'existence. Et tant que la demande existait, les offres ne manqueraient pas. Mais ce qui la gênait le plus dans ce commerce, constata-t-elle avec surprise, c'est qu'il était dirigé *par* des hommes *pour* des hommes, et que les femmes étaient réduites au rang de marchandises. Bon, d'accord, elles avaient fait leur choix. Peut-être. Mais pour quelles raisons ? Parce qu'il n'y avait rien d'autre, en tout cas à leurs yeux ? Par désespoir ou contraintes et forcées ?

Elle sentit son estomac se nouer, comme si une crampe se préparait. Une sensation de plus en plus fréquente ces derniers temps, comme si elle risquait de se paralyser de la tête aux pieds. Elle se voyait figée comme une statue, pendant que Cafferty, Ricky et tous les autres vaquaient à leurs petites affaires.

La porte du sauna s'ouvrit et Laura sortit, vêtue

d'une minijupe noire moulante et d'un haut sans manches assorti, chaussée de bottes en cuir noir qui lui arrivaient aux genoux. Pas de manteau ni de veste, elle avait donc l'intention de reprendre le travail ensuite.

— Laura ! cria Siobhan.

Laura traversa la chaussée et s'installa sur le siège passager en se frottant les bras.

— Fait pas chaud ce soir, fut son seul commentaire.

— Avez-vous eu des nouvelles de Donny ? demanda Siobhan sans préambule.

Laura se tourna vers elle en secouant la tête.

— Nous l'avons emmené au poste pour l'interroger ce matin, lui dit Siobhan en veillant à ne pas la quitter des yeux. Il nous a faussé compagnie.

Le regard de Laura se perdit dans le vague.

— Il est au courant… pour votre… petit arrangement, dit doucement Siobhan.

— Quel petit arrangement ?

— Entre vous et Edward Marber.

— Oh…

— Est-ce qu'il va s'en prendre à vous ?

— Je ne sais pas.

— Et Alexander alors ?

Laura fit de grands yeux.

— Il ne ferait pas de mal à Alexander !

— Mais pourrait-il essayer de l'enlever ?

— Pas s'il sait ce qui est bon pour lui !

— Nous pourrions peut-être détacher des policiers pour surveiller votre domicile…

— Je ne veux pas de ça. Donny ne nous fera pas de mal, à Alexander et à moi.

— Vous pourriez toujours appeler M. Cafferty à l'aide, lâcha nonchalamment Siobhan.

— Cafferty ? Je vous ai déjà dit…

— Donny travaillait pour Cafferty, vous le saviez, ça ? Vous pourriez peut-être demander à Cafferty de tenir Donny à bonne distance de vous.

— Je ne connais pas de Cafferty !

Siobhan ne répondit rien.

— C'est vrai, insista Laura.

— En ce cas, vous n'avez rien à craindre, n'est-ce pas ? J'ai peut-être perdu mon temps en venant ici à cette heure pour vous prévenir.

Laura la regarda.

— Je suis désolée, dit-elle, avant d'ajouter, en posant la main sur celle de Siobhan : Et merci. J'apprécie ce que vous avez fait.

Siobhan hocha lentement la tête.

— Est-ce que Suzy a fait des études en fac ? demanda-t-elle.

La question sembla prendre Laura au dépourvu.

— Suzy ? Je crois qu'elle songeait à aller à l'université… il y a six ou sept ans de ça, peut-être.

— Et elle travaille dans les saunas depuis toutes ces années ?

— Plus ou moins, je dirais.

Ils entendirent la porte du Paradiso qui s'ouvrait. Un homme qui leur tournait le dos, le visage dans l'ombre, se glissa dans le sauna.

— Il faudrait que j'y aille, dit Laura. Ça pourrait être un des miens.

— Vous avez beaucoup d'habitués, non ?

— Je ne me plains pas.

374

— Ce qui sous-entend que vous êtes douée.

— Ou qu'eux sont très désespérés.

— Edward Marber était désespéré ?

Laura parut blessée par la question.

— Ce n'est pas ce que j'aurais dit.

— Et le client qui sortait quand je suis arrivée ? C'est un de vos réguliers aussi, non ?

— Peut-être, répondit Laura, sur la défensive maintenant, se préparant à sortir de la voiture. Merci encore.

Elle s'engagea sur la chaussée. La porte du sauna s'ouvrit, éclairant la rue. Avec le même homme qui ressortait, mais sans leur tourner le dos cette fois. Il était de face.

Donny Dow.

— Laura ! s'écria Siobhan. Remontez dans la voiture !

Elle essayait dans le même temps de trouver la poignée de la portière qui semblait s'être décalée de quelques centimètres par rapport à la normale. Ouvrit d'une poussée et commença à sortir.

— Laura ! cria Siobhan, presque au même instant que Donny, les deux voix détonant dans l'air au-dessus de leurs têtes.

— *Viens ici, espèce de pute !*

Donny Dow au pas de course, Laura en ligne de mire, Laura qui hurlait. Et en arrière-plan, un bruit que Siobhan allait entendre résonner tout le restant de la nuit — le bruit du pêne glissant dans le logement du verrou sur la porte d'entrée du Sauna Paradiso.

Dow était sur Laura, l'agrippait par les épaules, la repoussant violemment en arrière tout contre la voiture. Puis son bras se leva et Siobhan comprit, sans

375

même voir, qu'il tenait une arme, quelque chose avec une lame. Elle se propulsa par-dessus le capot, une main en appui derrière elle, les pieds en avant, et cogna Dow dans le bas du torse. L'impact ne suffit pas à détourner le coup. Le couteau tailla les chairs de Laura avec un bruit étouffé, presque un tendre reproche. *Tsssk !* Siobhan agrippa le bras armé, essayant de le bloquer d'une clé dans le dos, avec, dans les oreilles, le long soupir étonné de Laura, l'air qui s'échappait de ses poumons tandis que le sang coulait de sa blessure. Dow lança la tête de côté et toucha Siobhan sur l'arête du nez. Les yeux pleins de larmes, elle lâcha prise une seconde.

Tsssk !

Le couteau avait de nouveau touché au but. Siobhan lâcha le bras de Dow et, du genou, frappa au bas-ventre, de toute la force dont elle était capable. Il battit en retraite en vacillant sur ses jambes et poussa une longue plainte douloureuse. Laura s'accrochait à la poignée de la voiture, mais ses genoux cédèrent sous elle et elle s'affaissa. Le sang coulait.

Il faut en finir tout de suite !

Siobhan se préparait à décocher un autre coup de pied mais Dow esquiva en pivotant sur lui-même. Sa main droite serrait toujours la lame — un cutter d'ouvrier du bâtiment, qu'on trouvait dans tous les magasins de bricolage. Siobhan gonfla ses poumons et lâcha un hurlement tel qu'il s'en prit plein les oreilles.

— Au secours, quelqu'un ! À l'aide ! Elle est en train de mourir ! Donny Dow l'a assassinée !

À l'énoncé de son nom, il s'immobilisa. Ou c'était peut-être le mot assassinée. Il fixa Laura sans ciller.

Siobhan avança sur lui mais il recula. Trois, quatre, cinq pas.

— Salaud ! lui cria-t-elle.

Puis elle poussa un nouveau hurlement à se déchirer la gorge. Les lampes s'allumaient aux fenêtres de l'immeuble au-dessus du sauna.

— Neuf-neuf-neuf… une ambulance et la police !

Des visages apparurent aux vitres, des rideaux s'écartèrent. Dow continuait à battre en retraite. Elle était obligée de le suivre. En abandonnant Laura ? Elle jeta un œil derrière elle, rompant le contact, ce dont Dow profita pour saisir sa chance : il s'éloigna en trottinant, vacillant sur ses jambes, et se perdit dans l'obscurité.

Siobhan s'accroupit auprès de Laura, dont les lèvres paraissaient presque noires aux lueurs des lampadaires, peut-être à cause de son visage si blanc. En état de choc. Siobhan chercha les blessures. Deux, au total… Comprimer les plaies, vite. La porte du sauna restait résolument fermée.

— Salaud ! cracha-t-elle.

Elle ne voyait plus trace de Dow. Le sang chaud suintait entre ses doigts.

— Accroche-toi, Laura, l'ambulance arrive.

Son portable était dans sa poche, mais ses deux mains étaient occupées.

Merde, merde, merde.

Elle vit alors un voisin debout à son côté. Il lui demandait apparemment si tout allait bien.

— Appliquez une pression ici, dit-elle en lui montrant l'endroit.

Puis elle essaya de saisir son téléphone qui échappait

à ses doigts ensanglantés. L'homme paraissait frappé d'horreur : la cinquantaine avancée, quelques maigres cheveux qui battaient sur son front. Et elle, incapable de composer le numéro, ses mains tremblaient trop. Elle courut jusqu'au sauna et donna un coup de pied dans la porte puis un grand coup d'épaule comme pour la défoncer. Ricky ouvrit. Lui aussi tremblait.

— Seigneur… est-ce qu'elle est… ?

— Vous avez appelé le neuf-neuf-neuf ? demanda-t-elle.

Il acquiesça de la tête.

— L'ambulance et… (il déglutit) … rien que l'ambulance, rectifia-t-il.

Elle crut entendre une sirène au loin, espéra qu'elle se dirigeait vers eux.

— C'est vous qui lui avez dit qu'elle se trouvait là-dehors ? lui cracha-t-elle.

Ricky secoua la tête.

— Il avait l'air fou furieux. J'ai répondu qu'elle était avec un client… (il déglutit une nouvelle fois) … j'ai cru qu'il allait me faire la peau.

— Un petit veinard, si je comprends bien ?

Siobhan passa au pas de course devant la femme du canapé qui s'était levée et se protégeait de ses bras croisés, et trouva une pile de serviettes et de peignoirs. Elle entendit des sanglots en provenance du sauna : le temps manquait pour aller voir, mais ce ne pouvait être que Suzy, tapie dans un coin et craignant pour sa peau. Elle se précipita dans la rue et plaqua les serviettes avec force contre les plaies.

— Beaucoup de pression, dit-elle à l'homme.

Il suait, complètement effrayé, mais hocha la tête

néanmoins et elle lui donna une tape sur l'épaule. Laura était assise par terre, les jambes repliées sous elle. Ses doigts continuaient obstinément à se raccrocher à la poignée de la portière. Peut-être se souvenait-elle du cri de Siobhan : *Remontez dans la voiture !* À quelques centimètres près, elle aurait été saine et sauve…

— Ne t'avise pas de mourir entre mes bras, ordonna Siobhan en passant les doigts dans la chevelure de la jeune femme.

Laura ouvrit les paupières une fraction de seconde, mais ses yeux étaient déjà vitreux, pareils aux billes à jouer des gamins de jadis. Elle respirait par la bouche, à petites bouffées douloureuses. La sirène était toute proche maintenant, l'ambulance tournait au coin de Commercial Street, balayant les immeubles de lueurs bleues.

— Ils sont là, Laura, la cajola Siobhan. Tout va très bien se passer.

— Accrochez-vous, c'est tout, dit à son tour l'homme avec un regard à Siobhan pour s'assurer qu'il avait bien dit ce qu'il fallait.

Trop de feuilletons, se dit Siobhan. *Urgences, Holby City…*

Tout va très bien se passer… Le mensonge qui n'apaise jamais. Ce mensonge qui n'existe que pour une seule raison : parce que celui qui l'énonce a besoin de l'entendre.

Accrochez-vous, c'est tout…

Quatre heures du matin [1].

Elle regrettait l'absence de Rebus. Il ferait une plaisanterie sur la chanson du même nom. Il l'avait fait par le passé, à veiller un lit d'hôpital ou en planque devant le domicile de truands. Il avait chanté quelques lignes à moitié oubliées d'une chanson country and western. Elle n'arrivait pas à se souvenir du chanteur qui l'avait créée. Farnon ? Farley ? Quelque chose Farnon...

Ces jeux que jouait Rebus pour leur vider la tête et faire oublier la situation. Elle avait songé à lui téléphoner, avant de renoncer. Il fallait qu'elle traverse cette épreuve toute seule, comme une grande. Elle franchissait une ligne... elle le sentait bien. Elle n'était pas à l'hôpital : ils n'avaient pas voulu d'elle là-bas. Mais chez elle, pour une douche rapide avant de se changer, avec la voiture de patrouille qui attendait pour la ramener à St Leonard's. La police de Leith prenait l'enquête en main, c'était son secteur. Mais elle voulait la voir à St Leonard's pour un débriefing.

— Au moins, vous lui en avez collé un bon coup dans les roubignolles, lui avait dit le flic en tenue au volant. Ça devrait le ralentir un peu...

Elle était sous la douche et regrettait que la pression ne soit pas plus forte. C'est tout juste si l'eau dégoulinait sur elle. Ce qu'elle voulait, c'était une pluie d'aiguilles acérées, un matraquage en cascade, un torrent. Elle protégeait son visage de ses mains, les yeux fermés serrés. Elle s'appuya contre la paroi carrelée avant de se laisser glisser en position accroupie, une

---

1. « Four in the Morning », titre d'une ballade western qui fut un grand succès au début des années 1970.

fois encore, exactement comme au-dessus de Laura Stafford.

Qui va le dire à Alexander ? Maman est morte... C'est papa qui l'a tuée. Ce serait à grand-mère de le lui dire, entre deux sanglots...

Qui allait apprendre la nouvelle à grand-mère ? Quelqu'un devait déjà être en route. Il fallait identifier le corps.

Son répondeur clignotait, elle avait des messages. Ils pouvaient attendre. Des assiettes sales attendaient aussi dans l'évier. Elle se séchait les cheveux dans une serviette en arpentant son appartement. Elle avait le nez rouge et éprouvait sans cesse le besoin de se moucher. Les yeux injectés de sang, cernés de rose et gonflés.

La serviette avec laquelle elle se séchait les cheveux était bleu foncé. *Fini les serviettes blanches pour moi...*

La superintendante Templer l'attendait au poste. Sa première question fut facile :

— Vous allez bien ?

Siobhan maugréa bien une réponse convenue, mais Templer ajouta :

— Donny Dow est un animal, il travaille pour Big Ger Cafferty.

Siobhan se demanda qui avait mangé le morceau. Rebus ? Avant que Templer n'explique :

— C'est Claverhouse qui me l'a appris. Vous connaissez Claverhouse ?

Ce à quoi Siobhan répondit par l'affirmative, d'un hochement de tête.

— Cela fait un moment que les Stups tiennent Cafferty dans le collimateur, poursuivit Templer. Sans avoir abouti à grand-chose, si j'en juge par leurs rapports de surveillance.

Tout cela histoire de meubler le temps, pour arriver finalement à la vraie question :

— Vous savez qu'elle est morte ?

— Oui, madame.

— Seigneur, Siobhan, pas de formalités entre nous. Ici, c'est Gill, vous vous souvenez ?

— Oui… Gill.

Templer acquiesça.

— Vous avez fait ce que vous avez pu.

— Ce n'était pas suffisant.

— Qu'est-ce que vous étiez censée faire ? Une transfusion sanguine à même le trottoir ? soupira Templer. Pardonnez-moi, c'est le milieu de la nuit qui parle, ce n'est pas moi.

Elle se passa la main dans les cheveux.

— À propos, qu'est-ce que vous faisiez là-bas ?

— J'étais partie la mettre en garde.

— À cette heure de la nuit ?

— Je me suis dit que c'était le meilleur moment pour la trouver au boulot.

Siobhan répondait aux questions mais elle avait l'esprit ailleurs. Elle était encore là-bas, dans la rue. Le déclic du verrou à la porte du sauna… la main qui agrippait la poignée de sa voiture pour sauver sa précieuse vie.

Tsssk !

— C'est Leith qui s'en occupe, dit Templer, inutilement. Ils vont vouloir vous parler.

Siobhan acquiesça.

— Phyllida Hawes est partie prévenir la mère.

Nouvel acquiescement. Siobhan se demandait si Donny Dow avait acheté sa lame ce même après-midi. Il y avait un magasin de bricolage qui jouxtait pratiquement St Leonard's…

— C'était prémédité, déclara-t-elle. C'est ce que je mettrai dans mon rapport. Hors de question que ce salaud s'en tire avec homicide involontaire…

Au tour de Templer d'acquiescer. Siobhan savait ce qu'elle pensait : avec un bon avocat derrière lui, Dow ferait tout pour être inculpé d'homicide involontaire… un moment de folie… responsabilité diminuée. *Mon client, monsieur le juge, venait d'apprendre que son ex-épouse, la femme qui avait la charge de son fils, était non seulement une prostituée, mais aussi qu'elle habitait avec son enfant un logement dont le loyer était réglé par un de ses clients. Confronté à cette révélation — une révélation faite ni plus ni moins par des officiers de police —, M. Dow s'est enfui du poste où on l'interrogeait et on l'a laissé errer en liberté, en état de déséquilibre mental…*

Au pire, Dow aurait six ans de prison à purger.

— C'était horrible, dit-elle presque dans un murmure.

— Je n'en doute pas un instant, dit Templer.

La superintendante lui prit la main et Siobhan repensa à Laura… Laura qui débordait de vie, tendant le bras pour presser sa main elle aussi, dans la voiture…

Un coup brutal à la porte, sans même un temps d'arrêt pour attendre l'invitation d'entrer. Siobhan vit Templer qui se préparait à tailler un costume à l'intrus.

C'était Davie Hynds. Il jeta un regard à Siobhan avant de fixer Templer bien en face :

— On l'a.

Il ne dit rien d'autre.

À en croire Dow, il s'était livré à la police, mais les agents qui l'avaient arrêté disaient en revanche qu'il avait opposé une résistance certaine. Siobhan avait annoncé qu'elle voulait le voir. Il était enfermé à l'étage inférieur, en attendant d'être transféré à Leith, où les cellules remontaient au Moyen Âge et où la température restait inférieure à zéro toute l'année. Il avait été retrouvé à Tollcross. Se dirigeant apparemment vers la route de Morningside avec dans l'idée, qui sait, de faire du stop et de quitter la ville par le sud. Mais Siobhan se rappela alors que le bureau de Cafferty se trouvait justement sur cette même portion de route…

Un groupe de policiers s'étaient rassemblés devant sa cellule. Ils rigolaient. Derek Linford était du nombre. Et se frottait les phalanges à son arrivée. Un des uniformes déverrouilla la porte. Elle se planta sur le seuil. Dow était assis sur le lit en béton, la tête collée à la poitrine. Lorsqu'il la releva, elle vit les traces de coups. Ses deux yeux étaient pratiquement fermés.

— Apparemment, tu as fait plus que lui aligner un coup de pied dans les noisettes, Shiv, dit Linford en déclenchant de nouveaux rires.

Elle se retourna vers lui.

— Ne viens pas me dire que c'est pour moi que tu as fait ça, lança-t-elle.

Les rires se turent, les sourires s'évaporèrent.

— Au mieux, je t'ai servi d'excuse…

Elle fit alors face à Dow.

— Mais j'espère que ça fait très mal. J'espère que la douleur va durer. J'espère que tu attraperas un cancer, espèce de petite merde répugnante.

Les sourires avaient repris leur place, mais elle se contenta de passer sans un regard…

18

Ils avaient pris la Lexus. Gray connaissait Glasgow. Rebus aurait pu les conduire à Barlinnie : la célèbre prison du Bar-L se trouvait côté Édimbourg de la ville, juste en bordure de l'autoroute. Mais Chib Kelly ne se trouvait pas à Barlinnie, il était sous bonne garde à l'hôpital du centre-ville. Il avait eu une attaque, d'où l'urgence de leur visite. S'ils voulaient un Chib Kelly cohérent, mieux valait lui parler au plus vite.

— Il pourrait faire semblant, dit Rebus.

— C'est possible, concéda Gray.

Rebus songeait à Cafferty, à son cancer et à sa guérison miraculeuse. Le truand racontait qu'il continuait à se faire traiter en privé. Rebus savait que c'était un mensonge.

Il s'était réveillé tôt, quelqu'un tambourinait à sa porte. L'histoire Donny Dow était déjà arrivée à Tulliallan. Rebus avait pris son téléphone, tenté de joindre Siobhan à son domicile puis sur son portable. Elle avait reconnu le numéro et décroché.

— Tu vas bien ? avait-il demandé.

— Un peu fatiguée.

— Tu n'es pas blessée ?

— Pas de bobos à signaler.

Excellente réponse, qui ne signifiait pas qu'elle ne portait pas d'autres blessures d'une autre nature.

— Les opérations difficiles sont censées m'être réservées, la gronda-t-il, en gardant la voix légère.

— Tu n'es pas là, lui rappela-t-elle avant de dire au revoir.

Il regarda par la vitre. Les rues de Glasgow se ressemblaient toutes à ses yeux.

— Je me perds toujours quand je roule ici, avoua-t-il à Gray.

— Moi, c'est pareil quand je suis à Édimbourg. Toutes ces foutues ruelles étroites, qui zigzaguent dans tous les sens.

— Avec leur système de sens unique ici, je me plante à chaque fois.

— Facile une fois que tu sais comment ça marche.

— Tu es né à Glasgow, Francis ?

— Les houillères du Lanarkshire, c'est de là que je viens.

— Et moi, celles de Fife, dit Rebus avec un sourire, occupé à forger de nouveaux liens avec son collègue.

Gray se contenta de hocher la tête. Il se concentrait sur le monde qui défilait devant son pare-brise.

— Jazz m'a appris que tu voulais me parler de quelque chose, finit-il par dire.

— Je ne suis pas sûr, hésita Rebus. C'est pour ça que tu m'as choisi pour ce voyage ?

— Peut-être.

Un temps de silence, comme s'il observait le spectacle des rues.

— Si tu as quelque chose à dire, dépêche-toi. On arrive au parking dans cinq minutes.

— Peut-être un peu plus tard, alors, dit Rebus.

Appâte correctement l'hameçon, John. Assure-toi de bien ferrer ta proie.

Gray eut un petit haussement d'épaules, comme s'il s'en fichait.

L'hôpital était un grand bâtiment moderne dans les quartiers nord de la ville. Il avait pourtant un air souffreteux, pierre ternie et vitres embuées par la condensation. Le parc de stationnement était plein, mais Gray s'arrêta sur un emplacement interdit marqué de deux barres jaunes en glissant une carte contre le pare-brise, médecin en visite d'urgence.

— Et ça aide ?

— Parfois.

— Pourquoi pas une carte de police ?

— Redescends sur terre, John. Dans ce coin, si les gens voient une voiture de flics, ils risquent fort de te la baptiser avec une moitié de brique.

Le bureau des admissions était tout à côté des Urgences. Gray prit la queue pour obtenir le numéro de chambre de Chib Kelly tandis que Rebus s'offrait une revue de détail des blessés valides. Coupures et hématomes ; sans-abri bichonnant leur petit univers de sacs en plastique ; civils au visage triste pour lesquels c'était là une expérience à oublier au plus vite. Groupes d'adolescents qui plastronnaient. Ils semblaient tous se connaître, patrouillaient les couloirs comme s'ils étaient les propriétaires de la place. Rebus consulta sa montre : dix heures du matin un jour de semaine.

— Imagine un peu ça à minuit le samedi, dit Gray comme s'il lisait ses pensées à livre ouvert. Chib est au troisième. Les ascenseurs, c'est par là...

L'ascenseur ouvrait sur une salle d'attente et la première personne qu'il vit, Rebus la reconnut d'après les photos dont ils disposaient dans leur dossier : Fenella, la veuve de Rico Lomax.

Laquelle cadra les deux flics au premier coup d'œil et se leva aussitôt.

— Dites-leur de me laisser le voir ! s'écria-t-elle. J'ai mes droits !

Gray posa un doigt sur ses lèvres.

— Vous avez surtout le droit de garder le silence, dit-il. Et maintenant, reprenez-vous et nous verrons ce que nous pouvons faire.

— Qu'est-ce que vous fichez ici, d'abord ? Mon pauvre homme a eu une crise cardiaque.

— Nous avons entendu dire qu'il s'agissait d'une attaque.

Elle reprit ses geignements.

— Comment je suis censée savoir ce qu'il a eu ? Ils refusent de me dire quoi que ce soit.

— Mais nous, nous vous dirons quelque chose, la cajola Gray. Accordez-nous seulement cinq minutes, d'accord ?

Il posa les mains sur les épaules de la femme et elle le laissa faire quand il l'obligea à se rasseoir.

Une infirmière observait la scène par une étroite fenêtre verticale dans les portes du service. Les deux hommes s'avancèrent et elle ouvrit les deux battants d'une poussée.

— Nous songeons à la faire expulser, dit-elle.

— Pourquoi ne pas plutôt lui donner quelques explications ?

L'infirmière fusilla Gray du regard.

— Lorsque nous aurons des informations, nous ne manquerons pas de les lui transmettre.

— Comment va-t-il ? demanda Rebus pour tenter d'arrondir les angles.

— Il a eu une attaque. Un côté est paralysé.

— Est-il en état de répondre à quelques questions ?

— En état, oui. Désireux, je n'en suis pas aussi sûre.

Elle les guida entre des lits occupés par des vieillards et des hommes jeunes. Quelques-uns des patients étaient debout et se traînaient dans leurs pantoufles en tissu sur le sol de linoléum ciré couleur sang de bœuf, au milieu de vagues relents de friture auxquels se mêlait une odeur de désinfectant. Dans la longue chambre étroite, la température était étouffante. Rebus sentait déjà la sueur qui s'accumulait au creux de son dos.

Le dernier lit de la salle avait été fermé par des rideaux derrière lesquels gisait un homme au visage couleur de papier mâché connecté à plusieurs machines, un goutte-à-goutte dans un bras. Il avait la cinquantaine, dix bonnes années de plus que la femme qui attendait. Des cheveux gris, coiffés en arrière. Le menton et les joues rasés à la va-vite, la peau encore semée d'un chaume gris. Assis sur une chaise, un gardien de prison, qui feuilletait un exemplaire en lambeaux de *Scottish Field*. Rebus remarqua un des bras de Kelly pendant sur le côté du lit. Le poignet était menotté au cadre métallique.

— Il est aussi dangereux que ça ? fit Gray en voyant les menottes.

— Les ordres, répondit le gardien.

Rebus et Gray montrèrent leur insigne, et le gardien se présenta : Kenny Nolan.

— On s'offre une belle journée de plein air, hein, Kenny ? dit Gray pour engager la conversation.

— Palpitante, dit Nolan.

Rebus contourna le lit. Kelly avait les yeux fermés. Rien ne semblait bouger derrière ses paupières, et sa poitrine se soulevait et retombait au rythme de sa respiration.

— Tu dors, Chib ? demanda Gray en se penchant au-dessus du lit.

— Qu'est-ce que c'est que tout ça ? dit une voix derrière eux.

Un médecin en blouse blanche venait d'arriver, le stéthoscope roulé dans une poche, un bloc à pince à la main.

— CID, expliqua Gray. Nous avons quelques questions à poser à votre patient.

— Ces menottes sont-elles vraiment nécessaires ? demanda le médecin à Nolan.

— Les ordres, répéta celui-ci.

— Une raison particulière à ça ? demanda Rebus au gardien.

Il savait que Kelly pouvait être violent mais, vu son état, ce n'était guère une menace pour le public.

Nolan n'ayant apparemment aucune intention de répondre à la question, Gray intervint :

— Barlinnie a perdu deux prisonniers récemment :

ils sont tout simplement sortis du service où ils étaient hospitalisés. Exactement comme ici.

Rebus lui signifia d'un hochement de tête qu'il comprenait, tandis que Nolan piquait un fard sous son col blanc amidonné.

— Combien de temps avant qu'il se réveille ? demanda Gray au médecin.

— Qui peut savoir ?

— Sera-t-il en état de nous répondre ?

— Je n'en ai pas la moindre idée, fit la blouse blanche, qui s'éloigna en consultant un message sur son pager.

— Ces toubibs, hein, John ? dit Gray en regardant Rebus. Tous des pros accomplis.

— La *crème de la crème* [1], confirma ce dernier.

— Monsieur Nolan, dit Gray, si je vous donne mon numéro, vous pensez pouvoir nous prévenir quand le prisonnier reprendra ses esprits ?

— Je suppose.

— Vous êtes sûr ? insista Gray en accrochant son regard. Vous ne voulez pas vérifier d'abord si ça ne contrevient pas aux ordres ?

— Ne l'écoutez pas, conseilla Rebus à Nolan. Il peut avoir l'humour vache quand l'envie lui en prend.

Puis, s'adressant à Gray :

— Donne-lui ton numéro, Francis, je suis en train de fondre sur pied ici…

Ils transmirent à Fenella Lomax le peu qu'ils savaient, en faisant l'impasse sur les menottes.

— Il dort paisiblement, fit Rebus.

---

1. En français dans le texte.

Il essayait de la rassurer, mais regretta aussitôt le choix de ses mots. Exactement ce qu'on disait habituellement juste avant que quelqu'un ne meure… Mais Fenella se contenta d'acquiescer sans prononcer une parole et se laissa conduire au rez-de-chaussée pour boire quelque chose. Il n'y avait pas de cafétéria à proprement parler, rien qu'un petit kiosque pas très ragoûtant. Rebus, qui n'avait pas pris de petit déjeuner, s'offrit un muffin desséché et une banane trop mûre avec son thé. La surface du liquide avait la même couleur grisâtre que les patients qu'ils venaient de voir.

— Vous espérez qu'il va mourir, n'est-ce pas ? dit Fenella Lomax.

— Pourquoi dites-vous ça ?

— Parce que vous êtes flics. C'est pour ça que vous êtes ici, non ?

— Bien au contraire, Fenella, répondit Gray. Nous voulons voir Chip gambader au plus vite. Il y a quelques questions que nous aimerions lui poser.

— Quel genre de questions ?

Rebus avala une bouchée de miettes.

— Nous avons rouvert l'enquête sur feu monsieur votre époux.

Elle prit un air choqué.

— Eric ? Mais pourquoi ? Je ne comprends…

— Aucune affaire n'est jamais close tant que le coupable n'a pas été trouvé, lui apprit Rebus.

— L'inspecteur Rebus a raison, intervint Gray. On nous a confié la tâche de dépoussiérer les vieux dossiers, voir si nous pourrions y ajouter quelque chose de neuf.

— Qu'est-ce que Chib a à voir là-dedans ?

— Peut-être rien, lui assura Rebus. Mais un petit détail a refait surface il y a un jour ou deux…

— Et c'est quoi ? demanda-t-elle, son regard passant sans cesse de l'un à l'autre de ses interlocuteurs.

— Chib était le propriétaire du pub où votre mari a bu le soir de sa mort.

— Et alors ?

— Alors nous avons à lui parler à ce sujet.

— Pour quoi faire ?

— Uniquement pour boucler le dossier, expliqua Gray. Vous pourriez peut-être nous aider d'ailleurs, en acceptant de nous dire quelques petites choses.

— Il n'y a rien à dire.

— Allons, Fenella, ce n'est pas tout à fait vrai, la reprit Rebus. Pour commencer, à l'époque où Chib était le propriétaire du bar, l'information n'a pas vraiment circulé.

Il attendit, mais elle se contenta de hausser les épaules. Une femme sur des béquilles essayait de passer au-delà de la table où ils s'étaient assis, aussi Rebus bougea-t-il sa chaise pour lui laisser la place, se rapprochant ainsi de Fenella.

— À quel moment vous êtes-vous mis ensemble, Chib et vous ?

— Des mois après le décès d'Eric, dit-elle avec force.

C'était une pro, elle savait très bien où les deux hommes voulaient en venir.

— Mais vous entreteniez déjà des rapports d'amitié avant cela ?

Elle lui jeta un regard noir.

— Qu'est-ce que vous entendez par « amitié » ?

Gray se pencha en avant.

— Je crois qu'il cherche en fait à savoir si Chib et vous n'étiez pas, qui sait, un peu plus que de simples amis, Fenella.

Il reprit sa position, le dos collé à sa chaise.

— Ce n'est pas le genre de chose qu'on peut cacher, dites-moi. Dans une communauté aussi resserrée… Je présume qu'il nous suffirait de quelques questions à droite et à gauche pour connaître la vraie réponse.

— Posez-en autant que vous voulez, dit-elle en croisant les bras. Il n'y a rien à répondre.

— Mais vous deviez le savoir, cependant, insista Gray. Si j'en crois mon expérience personnelle, les femmes savent toujours.

— Savoir quoi ?

— Si vous aviez tapé dans l'œil de Chib. C'est de ça que nous parlons, pas d'autre chose.

— C'est faux, rétorqua-t-elle froidement. Le vrai sujet de la conversation, c'est que vous cherchez absolument à faire porter le chapeau à Chib. Parce qu'il n'a rien fait.

— Il faut simplement que nous nous assurions des liens existant entre les différentes personnes impliquées dans l'affaire, dit doucement Rebus. Ainsi, nous ne risquerons pas de tirer de conclusions hâtives ni de faire fausse route.

Il essaya de prendre un ton meurtri.

— Nous pensions que vous pourriez peut-être nous aider sur ce point précis.

— La mort d'Eric, c'est de l'histoire ancienne, déclara-t-elle en décroisant les bras pour prendre sa tasse.

— Il est également possible que nous ayons des souvenirs plus précis que certains, répliqua Gray, la voix plus incisive à mesure qu'il perdait patience.

— Et c'est censé vouloir dire quoi ?

Elle leva sa tasse, comme pour boire.

— Je suis sûr qu'il n'était pas dans les intentions de l'inspecteur Gray de suggérer que…

Mais Rebus n'eut pas le temps de terminer sa phrase. Fenella avait balancé le thé à la figure de Gray avant de se lever et de s'éloigner d'un pas décidé.

Gray se leva à son tour.

— Putain de merde !

Il s'essuya le visage avec un mouchoir. Sa chemise blanche était tachée. Il tourna la tête vers Fenella.

— On pourrait la coffrer pour ça, non ?

— Si ça te chante…, répondit Rebus qui pensait thé lui aussi, thé et envol de mug.

— Seigneur, ce n'est pas que je…

Gray se rendit compte que son pager sonnait. Il vérifia.

— Le malade est réveillé, dit-il.

Les ascenseurs étaient situés à l'autre bout du bâtiment. Ils quittèrent leur table et prirent leur direction, Rebus heureux de voir disparaître muffin et banane de sa vue.

— Espérons qu'elle n'arrivera pas la première, dit-il.

Gray hocha la tête, en secouant quelques gouttes de thé de ses chaussures.

En fait, ils ne virent pas l'ombre d'une Fenella dans le service. On avait placé des oreillers derrière la tête de Chib, qui buvait à petites gorgées l'eau que lui proposait une infirmière. Nolan se leva à l'approche des deux inspecteurs.

— Merci de nous avoir informés, dit Gray. J'ai une dette envers vous.

Nolan hocha la tête sans rien répondre. Il avait remarqué les taches sur la chemise sans poser de questions. Chib Kelly avait fini de se désaltérer et reposait la tête contre ses oreillers, paupières fermées.

— Comment vous sentez-vous, monsieur Kelly? demanda Rebus.

— Vous êtes du CID, coassa la voix. C'est tout juste si je le sens pas à l'odeur.

— C'est parce qu'on nous oblige à utiliser tous le même déodorant, dit Rebus.

Il s'assit, un œil sur l'infirmière. Elle expliquait à Gray qu'elle allait informer le médecin du réveil de Kelly. Gray hocha juste la tête mais en la voyant s'éloigner, il toucha le bras de Nolan.

— Continuez à la faire parler, Kenny. Ça nous donnera quelques minutes supplémentaires. (Un clin d'œil.) Qui sait? Vous pourriez même obtenir un rancard.

Nolan parut ravi du défi qu'on lui proposait. Kelly avait relevé une paupière. Gray s'assit sur la chaise abandonnée par le gardien.

— Il va falloir vous enlever ces menottes, Chib. Je lui en toucherai un mot à son retour.

— Qu'est-ce que vous voulez?

— Nous voulons vous parler d'un pub dont vous avez été propriétaire : le Claymore.

— Je l'ai vendu il y a trois ans.

— Il ne vous rapportait pas d'argent? demanda Rebus.

— Il n'avait pas sa place dans mon portefeuille immobilier, répondit Kelly en rabaissant sa paupière.

Rebus avait cru que le réveil expliquait la voix rauque, mais il se trompait. Un seul côté de la bouche de Chib fonctionnait à cent pour cent.

— On raconte que c'est une bonne chose de posséder des biens immobiliers, fit Gray avec un regard à Rebus. Mais vu l'argent qu'on se gagne comme flic, on risque de ne jamais avoir l'occasion de savoir si c'est vrai.

Un clin d'œil. Rebus se demanda s'il n'essayait pas de lui faire comprendre quelque chose...

— J'ai le cœur qui saigne, lâcha Kelly d'une voix pâteuse et mal articulée.

— En ce cas, vous êtes à la bonne place.

— Rico Lomax était un habitué du Claymore, n'est-ce pas ? demanda Rebus.

Kelly ouvrit les deux yeux. Il ne paraissait pas surpris, juste curieux.

— Rico ?

— Nous sommes en train de faire un peu de travail personnel sur cette affaire, expliqua Rebus. Quelques petits détails à mettre au propre...

Kelly ne dit rien pendant un moment. Rebus voyait Nolan à l'autre bout du service en pleine conversation avec l'infirmière.

— Rico venait boire au Claymore, reconnut Kelly.

— Et en tant que propriétaire des lieux, vous y buviez également, je présume ?

— De temps en temps.

Rebus acquiesça, alors même que les yeux du patient se refermaient.

— Donc vous avez dû faire sa connaissance ? intervint Gray.

— Effectivement, je le connaissais.

— Et Fenella également ? ajouta Rebus.

Kelly rouvrit les paupières.

— Écoutez, je ne sais pas ce que vous comptez faire avec tout ça…

— Nous vous l'avons dit, un peu de ménage.

— Et si je vous disais, moi, d'aller passer votre plumeau ailleurs ?

— De toute évidence, nous trouverions cela des plus amusants, répondit Rebus.

— À peu près aussi amusant qu'une attaque, ajouta Gray.

Kelly le regarda, les yeux étrécis.

— Je vous connais, pas vrai ?

— Nous nous sommes déjà vus, une ou deux fois.

— Vous êtes en poste à Govan.

Gray acquiesça.

— Avec tous les autres flics aux mains sales.

Kelly fit de son mieux pour sourire avec les deux côtés de son visage.

— J'espère que vous ne suggérez pas que mon collègue est rien moins qu'honnête, dit Rebus, toujours à la pêche du moindre renseignement.

— Ils le sont tous, fit Kelly avant de se tourner face à Rebus et de rectifier : Vous l'êtes tous.

— Fenella et vous étiez déjà ensemble avant que Rico se fasse dessouder ? lâcha Gray entre ses dents, soudain fatigué de faire joujou. C'est tout ce que nous voulons savoir.

Kelly réfléchit à sa réponse.

— C'est après que c'est arrivé. Ça ne veut pas dire qu'à l'époque, Fenella ne se soit pas un peu dispersée, mais c'est parce qu'elle n'était pas avec le mec qu'il lui fallait.

— Une chose dont elle n'a pris conscience qu'après la mort de Rico, donc ? demanda Rebus.

— Ça ne veut pas dire que je l'ai tué, confia Kelly.

— Alors c'est qui ?

— Qu'est-ce que vous en avez à faire ? Rico n'est qu'une anomalie comme une autre dans tout ce que vous avez à remettre au propre.

Rebus ignora son commentaire.

— Vous dites que Fenella fréquentait d'autres hommes, vous pourriez nous citer des noms ?

Un médecin s'approchait — un nouveau.

— Excusez-moi, messieurs, disait-il.

— Donnez-nous un petit quelque chose, Chib. Que nous puissions avancer, exigea Rebus.

Kelly avait les yeux fermés. Le docteur était à son chevet.

— Si vous voulez bien nous laisser quelques minutes, disait-il.

— On vous le laisse, n'ayez crainte, dit Gray. Mais juste un petit conseil, toubib, ne vous donnez pas trop de mal…

Ils redescendirent par l'ascenseur et sortirent de l'hôpital. Rebus alluma une cigarette. Gray la considéra avec envie.

— Merci de vouloir ainsi me tenter.

— C'est bizarre, les hôpitaux, dit Rebus. J'ai toujours envie de fumer après.

— File-m'en une, dit Gray en tendant la main.

— Tu as arrêté.

— Sois donc pas aussi salaud.

Gray agita sa main vers lui-même et Rebus céda à l'invite, offrant cigarette et briquet. Gray inhala, garda la fumée dans ses poumons et souffla bruyamment. Il crispait les paupières d'extase.

— Seigneur, qu'est-ce que c'est bon, dit-il.

Puis il examina l'extrémité de sa clope, la laissa tomber d'entre ses doigts et l'écrasa sous sa semelle.

— T'aurais pu pincer la braise et me la rendre, se plaignit Rebus.

Gray consultait sa montre.

— On pourrait peut-être se rentrer, dit-il, sous-entendu : retour à Édimbourg.

— Sinon…

— Sinon, on pourrait poursuivre la balade promise. Ce qui m'emmerde, c'est que je ne peux pas boire si je conduis.

— Alors on se contentera d'Irn-Bru [1], déclara Rebus.

— Pourquoi ne pas faire un saut au Claymore, et voir si quelqu'un a encore la mémoire des noms ?

Rebus acquiesça en silence.

— Une perte de temps ? demanda Gray.

— Possible.

Gray sourit.

— Comment se fait-il ? J'ai toujours ce même sentiment que tu en sais plus sur cette affaire que tu ne veux bien en laisser paraître.

---

1. Boisson sans alcool, typiquement écossaise, de couleur orange vif, fortement chargée en caféine. Se prononce Iron Brou.

Rebus se concentra sur les dernières bouffées de cigarette.

— C'est pour ça que tu étais tellement enthousiaste à Tulliallan, hein ? Pour avoir accès aux dossiers avant les autres ?

Rebus hocha lentement la tête.

— Tu ne te trompais pas. Je ne voulais pas voir mon nom apparaître.

— Et pourtant, malgré ça, tu as laissé faire ? En fait, tu t'es arrangé pour que ça se fasse. T'aurais pu garder cette page de rapport bien cachée… ou même la détruire.

— Je ne voulais pas être en dette avec toi, lui confia Rebus.

— Alors qu'est-ce que tu sais exactement sur Rico Lomax ?

— C'est entre ma conscience et moi.

Gray ricana.

— Ne viens pas me dire que tu en as encore une.

— Elle s'amenuise en même temps que ma pension.

Rebus balança son mégot dans une grille d'égout.

— L'ancienne petite amie de Dickie Diamond ne se trompait pas. Elle t'a bien reconnu, hein ?

— Je connaissais un peu Dickie à l'époque.

— Je sais ce que Jazz a en tête.

— Quoi ?

— Il doit se demander s'il n'y a pas un rapport avec cette agression dans le presbytère.

Rebus haussa les épaules.

— Jazz a une imagination galopante.

N'en révèle surtout pas trop, John, lui disait son cerveau. Il lui fallait convaincre Gray qu'il avait bien les

402

mains sales sans lâcher pour autant trop de munitions dans son escarcelle. S'il se compromettait à un moment quelconque, ce serait une chose que les autres — le trio comme les Hautes Huiles — pourraient ensuite utiliser contre lui. Car, de toute évidence, Gray, debout, la tête inclinée, les mains dans les poches, n'avait pas mis ses méninges en berne, c'était aussi visible qu'un nez au milieu de la figure.

— Si tu as effectivement eu quelque chose à voir avec l'affaire Rico…

— Nuance, contra aussitôt Rebus. Je ne dis pas que ç'a été le cas, je dis juste que je connaissais Dickie Diamond.

Gray accepta la petite mise au point.

— N'empêche, tu ne trouves pas la coïncidence un peu forte ? Le fait qu'on se retrouve à travailler exactement sur la même affaire ?

— Sauf que ce n'est pas le cas : nous enquêtons sur Rico Lomax, pas sur Dickie Diamond.

— Et il n'y a aucun lien entre les deux ?

— Je ne me souviens pas être allé aussi loin, dit Rebus.

Gray le regarda et éclata de rire, en secouant lentement la tête.

— Tu penses que les grosses huiles ont flairé quelque chose et veulent ta tête ?

— Et toi, qu'est-ce que tu en penses ?

De voir ainsi les réflexions de Gray l'entraîner sur cette voie était pour Rebus une idée à la fois agréable et dérangeante. Agréable parce qu'elle détournait Gray d'une autre méchante coïncidence : à savoir que lui, Jazz et Ward s'étaient retrouvés tous les trois expédiés à Tulliallan alors que Rebus n'était là que comme recrue soudaine de dernière minute. Dérangeante, parce qu'il s'interrogeait lui aussi sur l'affaire Lomax, en se demandant si Strathern n'avait pas quelques idées derrière la tête qu'il gardait pour lui seul.

— J'ai discuté avec deux mecs qui avaient suivi le même cours que nous, dit Gray. Tu sais ce qu'ils m'ont dit ?

— Quoi ?

— Tennant a toujours recours au même vieux dossier d'enquête. Pas une affaire non résolue, non, mais un meurtre qui s'est produit à Rosyth il y a quelques années. Le coupable a été arrêté. Et c'est cette affaire-là qu'il a toujours utilisée pour ses sessions de reprise en main.

— Mais pas pour nous, apparemment, fit Rebus.

Gray acquiesça.

— Ça donne à réfléchir, non ? Une enquête sur laquelle on a travaillé, toi et moi… quelles sont les probabilités ?

— Tu crois que nous devrions lui en toucher un mot ?

— Je doute qu'il nous réponde. Mais tout de même, tu ne peux pas ne pas t'interroger.

Il se rapprocha de Rebus.

— Jusqu'à quel point me fais-tu confiance, John ?

— Difficile à dire.

— Et moi, je devrais te faire confiance, tu crois ?

— Probablement pas. Tout le monde te dira que je peux être un vrai con.

Gray sourit pour faire bien mais le regard n'avait pas

404

changé, les yeux comme deux billes brillantes et calcu-
latrices.

— Ce que tu n'as pas voulu révéler à Jazz, tu vas
me le dire ?

— Il y a un prix à payer.

— Et c'est quoi ?

— Je veux d'abord m'offrir cette balade.

Gray parut prendre ça pour une plaisanterie, mais
finit par hocher la tête en signe d'assentiment.

— D'accord, dit-il. Marché conclu.

Ils retournèrent à la voiture, dont le pare-brise
s'ornait d'un PV. Gray le déchira en morceaux.

— Impitoyables, ces salopards ! grogna-t-il.

Il chercha alentour le coupable. Personne à l'horizon. La carte MÉDECIN EN VISITE était toujours visible
sur le tableau de bord.

— C'est ça, Glasgow pour toi, hein ? dit Gray en
déverrouillant les portières pour s'installer au volant.
Une ville remplie de cathos et de protestants, et tous
autant qu'ils sont, des salopards impies et sans pitié.

Ça ne méritait pas vraiment le nom de circuit touris-
tique de la ville. Govan, Cardonald, Pollok et Nitshill…
Dalmarnock, Bridgeton, Dennistoun… Possilpark et
Milton… Les rues s'étiraient à l'identique, toutes les
mêmes ou presque, au point d'en devenir hypnotiques.
Rebus, le regard dans le vague, se prêta au sempiternel
défilé de murs d'immeubles, de terrains de jeux, de boutiques en angle. Des gamins attentifs, qui se mouraient
d'ennui. De temps à autre, Gray relatait une histoire, un
incident — sans doute embellis au fil des années à force

de les raconter. Des croquis sur le vif de méchants et de héros, d'hommes durs et de leurs femmes. À Bridgeton, ils longèrent le stade du Celtic Football-Club : Parkhead pour les civils comme Rebus ; le Paradis pour les supporters.

— On arrive donc aux quartiers catholiques, dit Rebus.

Il savait que le stade des Rangers — Ibrox — était pratiquement mitoyen de Govan, là où Gray était en poste. Aussi ajouta-t-il :

— Tu serais donc un blue-nose [1] ?

— Je supporte effectivement les Rangers, confirma Gray. Aussi loin que je me souvienne. Et toi, t'es fan des Hearts [2] ?

— Je ne suis rien, à vrai dire.

Gray se tourna vers lui.

— T'es bien quelque chose, non ?

— Je ne fréquente pas les stades.

— Et quand tu regardes un match à la télé, alors ?

Rebus haussa simplement les épaules.

— Je veux dire, il n'y a que deux équipes qui jouent, d'accord… t'es bien obligé de prendre parti, non ?

— Non, pas vraiment.

— Disons que le Celtic joue contre les Rangers… (Gray commençait à être agacé.) T'es protestant, non ?

— Qu'est-ce que ça vient faire là-dedans ?

---

1. « Nez bleu », surnom donné aux habitants de Nouvelle-Écosse et aux supporters du club de football des Glasgow Rangers.

2. « Cœurs », nom du club de football d'Édimbourg.

— Mais pour l'amour du ciel, mon gars, tu devrais être dans le camp des Rangers, tu ne crois pas ?

— Je ne sais pas, ils ne m'ont jamais demandé de jouer.

Gray lâcha un ricanement tant il était frustré.

— Tu vois, lui expliqua Rebus, je n'avais pas compris que ça devait se transformer en guerre de religion…

— Va te faire foutre, John.

Gray se concentra sur sa conduite.

Rebus se mit à rire.

— Au moins, je sais maintenant ce qui te met à cran.

— Veille simplement à ne pas trop remonter les ressorts de la machine, le prévint Gray.

Il vit un panneau indiquant la M8.

— T'es prêt à rentrer ou tu veux t'arrêter quelque part ?

— On retourne en ville et on se trouve un pub.

— Dénicher un pub ne devrait pas présenter de difficultés majeures, dit Gray, en mettant son clignotant à droite.

Ils finirent au Horseshoe Bar. En centre-ville, et plein de gens qui prenaient la picole au sérieux, le genre d'endroit où personne ne posait de questions sur une chemise tachée tant que celui qui la portait avait en poche de quoi régler son verre. Rebus comprit immédiatement que c'était un lieu de règles et de rituels, un lieu où les habitués savaient qu'à l'instant où ils franchiraient le seuil, on serait déjà en train de leur verser leur breuvage préféré. Il était midi passé, et le menu du jour, soupe, tourte et haricots, glace, s'arrachait comme des petits pains. Rebus remarqua qu'une boisson était comprise dans le prix.

Ils optèrent l'un et l'autre pour la tourte et les haricots — pas d'entrée ni de dessert. Une table en coin se libérait et ils s'en emparèrent. Deux pintes d'IPA : pour reprendre les termes de Gray, ils pouvaient quand même se boire une pinte chacun, non ?

— Santé, dit Rebus. Et merci pour la balade.

— Elle t'a impressionné ?

— J'ai vu des coins que je n'avais encore jamais vus. Glasgow est un vrai labyrinthe.

— Une jungle serait plus juste.

— Mais tu aimes bosser ici.

— Je ne peux pas imaginer vivre ailleurs.

— Même pas quand tu seras à la retraite ?

— Pas vraiment.

Gray but une belle lampée.

— Tu auras ta pension complète, je suppose.

— Ce ne sera plus très long maintenant.

— J'ai pensé à prendre la mienne, avoua Rebus, mais je ne suis pas sûr de savoir ce que je vais bien pouvoir faire.

— Viendra le jour où ils vont te virer quand même.

Rebus acquiesça.

— Je présume. (Un temps de silence.) C'est bien pour ça que j'ai songé à m'offrir une petite complémentaire.

Gray savait qu'ils en arrivaient enfin, il n'était que temps, à la vraie question.

— Et tu feras ça comment ?

— Pas tout seul.

408

Rebus jeta un œil alentour, comme si une oreille indiscrète dans le brouhaha ambiant les espionnait.

— J'aurais peut-être besoin d'un coup de main.

— Un coup de main pour quoi faire ?

— Piquer une cargaison de drogue. Valeur : deux cent mille livres.

Voilà, c'était sorti. Le seul et unique foutu plan de dingue qui lui soit venu à l'esprit… un truc susceptible de prendre le trio dans la nasse, voire de l'écarter loin de Rico Lomax…

Gray le fixa de tous ses yeux et explosa de rire. Rebus ne changea pas d'expression.

— Seigneur, mais c'est que t'es sérieux, finit par lâcher le flic de Glasgow.

— Je pense que c'est faisable.

— T'as dû te mettre le cul à l'envers ce matin, John. T'es censé faire partie des bons.

— Je fais aussi partie de la Horde sauvage, non ?

Gray avait petit à petit perdu son sourire et buvait sa bière en silence. Leurs assiettes arrivèrent et Rebus fit gicler un peu de sauce brune sur la croûte de sa tourte.

— Seigneur Jésus, John, dit Gray.

Rebus ne répondit rien. Il voulait laisser à Gray tout son temps. Après avoir démoli la moitié de la tourte, il reposa sa fourchette.

— Tu te souviens, quand on est venu me chercher et que j'ai dû quitter le cours ?

Gray acquiesça, il n'allait certainement pas interrompre Rebus en si bon chemin.

— En bas m'attendaient deux hommes de la SDEA. Ils m'ont ramené à Édimbourg. Ils avaient quelque chose à me montrer : une prise de drogue. Ils avaient planqué ça dans un entrepôt. Le truc, c'est qu'ils sont les seuls à être au courant.

Gray plissa les yeux.

— Qu'est-ce que tu veux dire ?

— Ils n'ont rien dit aux Douanes. Ni à personne d'autre, d'ailleurs.

— Ça n'a pas beaucoup de sens.

— Ils cherchent à se servir de leur prise comme d'un moyen de pression. Pour arriver jusqu'à quelqu'un.

— Big Ger Cafferty ?

Ce fut au tour de Rebus d'acquiescer.

— Ils ne pourront jamais l'avoir, mais ça, ils ne l'ont pas encore bien compris. Entre-temps, la came est là-bas, elle attend.

— Sous protection ?

— Je présume. Je ne connais pas les mesures de sécurité.

Gray resta songeur.

— Et ils t'ont montré les colis ?

— Un chimiste était en train d'évaluer la qualité de la came quand j'étais là.

— Pourquoi t'ont-ils montré toute cette drogue ?

— Parce qu'ils voulaient faire un échange. Je devais servir d'intermédiaire. (Une pause.) Je n'ai pas vraiment envie d'entrer dans le détail…

— Mais si quelqu'un leur soulève leur cargaison secrète, ça ne pourra être que toi. À qui d'autre l'ont-ils montrée ?

— Je ne sais pas. (Nouvelle pause.) Mais je ne pense pas que je deviendrai leur suspect numéro un.

— Et pourquoi non ?

— Parce qu'il se raconte que Cafferty est lui aussi au courant.

— Et donc il pourrait tenter sa chance et s'en emparer le premier ?

— Et c'est bien pourquoi il nous faudrait agir au plus vite.

Gray leva la main, en essayant de tempérer l'enthousiasme de son collègue.

— Ne commence pas à dire « nous ».

Rebus accepta la réprimande et baissa la tête en signe de repentance.

— La beauté de la chose, c'est que c'est Cafferty qu'ils vont enchristrer. Surtout s'il se retrouve avec un kilo de came qu'on aura été planquer en douce…

Gray en écarquilla les yeux.

— Tu as déjà pensé à tout !

— Pas encore en détail. Mais assez pour démarrer et mettre le reste sur pied. Tu es partant ?

Gray laissa glisser un doigt dans la buée condensée sur son verre.

— Qu'est-ce qui te fait croire que j'accepterais de t'aider ? Ou Jazz, d'ailleurs, tant qu'on y est ?

Rebus haussa les épaules, essaya de prendre un air déçu.

— Je pensais juste que… je ne sais pas. Ça fait beaucoup d'argent.

— Peut-être bien, si tu parviens à te débarrasser de la drogue. Une opération comme ça, John… ça se travaille à grande échelle, un peu dans toutes les directions, et par petites quantités à chaque fois. Le truc très dangereux.

— Je pourrais garder le paquet au frais un moment et ne pas bouger.

— Pour voir ta came rassir ou s'éventer ? Les drogues, c'est comme les tourtes : c'est jamais aussi bon que quand c'est frais.

— Je m'incline devant ton savoir supérieur.

Gray reprit son air songeur.

— As-tu déjà essayé de faire une chose pareille par le passé ?

Rebus secoua la tête, sans quitter Gray des yeux.

— Et toi ?

Gray ne répondit pas.

— Et ça t'est venu comme ça tout seul ?

— Pas tout de suite… Il y a un moment que je cherche quelque chose, une manière de m'assurer que je pourrais dire adieu au boulot avec classe.

Rebus remarqua que leurs verres étaient vides.

— La même chose ?

— Je préférerais un truc sans alcool si je conduis.

Rebus s'approcha du comptoir. Il dut résister violemment à l'envie de tourner la tête pour voir celle de Gray. Il essayait de prendre un air nonchalant mais excité. Comme le flic qui vient de franchir une limite. Il fallait que Gray le croie… qu'il soit convaincu par le plan.

C'était le seul dont il disposait.

Il s'offrit un whisky, de quoi porter un toast à son courage inespéré. Gray avait demandé une limonade à l'orange. Il la déposa devant lui.

— Tiens, dit-il en s'asseyant.

— Tu te rends compte, dit Gray, que ton rêve n'existe que dans ta tête ?

412

Rebus haussa les épaules, porta son verre à ses narines en faisant mine d'en savourer les arômes alors même que son esprit était tellement tendu qu'il ne sentait strictement rien.

— Et si je dis non ? demanda Gray.

Nouveau haussement d'épaules de Rebus.

— Peut-être que finalement, je n'ai pas besoin d'aide.

Gray secoua la tête avec un sourire triste.

— Je vais te dire quelque chose, commença-t-il en baissant la voix d'un ton. J'ai réussi un coup il y a un moment de ça. Peut-être pas aussi grandiose que celui-ci… mais je suis passé au travers comme une fleur.

D'un coup, Rebus éprouva un énorme soulagement.

— C'était quoi ? demanda-t-il.

Mais Gray fit non de la tête, il refusait de répondre.

— Tu étais seul ou bien tu t'es fait aider ?

La tête de Gray poursuivit son mouvement pendulaire au ralenti. Toujours pas de réponse.

Est-ce que c'était Bernie Johns et ses millions ? voulait demander Rebus tant la question lui brûlait littéralement les lèvres. Arrête ce jeu stupide et pose-la donc, un point c'est tout. Il tenait son verre en essayant de paraître décontracté avec, dans le même temps, le sentiment qu'il risquait de lui exploser en morceaux dans le creux de la main. Il vrilla son regard sur la table, cherchant par un simple exercice de volonté à y déposer le verre, en douceur, tout lentement. Mais sa main refusait de bouger. Une moitié de son cerveau lui criait casse-cou : tu vas le fracasser, tu vas le faire tomber, ta main va trembler et tu vas tout répandre… *Peut-être pas aussi grandiose que celui-ci…* Qu'est-ce que ça voulait dire ? Le magot de Johns était-il finalement une illusion, ou Gray voulait-il simplement qu'il n'en sût rien ?

— Tu t'en es tiré sans problème, c'est l'essentiel, dit-il.

C'était tout juste, tant sa gorge était sèche, s'il pouvait former des mots reconnaissables. Il essaya de tousser. Il eut l'impression que des doigts invisibles serraient, serraient, juste sous sa peau.

Je perds les pédales, se dit-il.

— Tu vas bien ? lui demanda Gray.

Il acquiesça et parvint finalement à reposer son verre.

— C'est simplement que… je suis un peu à cran. Tu es la seule personne à qui j'en ai parlé. Et si je ne pouvais pas te faire confiance ?

— T'aurais dû penser à ça en premier.

— C'est bien ce que j'ai fait, qu'est-ce que tu crois ? Sauf que j'y repense et que je commence à avoir des doutes…

— C'est un peu tard maintenant, John. Ce n'est plus ton idée. Elle appartient au domaine public.

— À moins que je ne t'emmène dehors…

Il laissa à Gray le soin de conclure à sa place.

— Et que tu me tues à coups de batte de base-ball ? Comme ce qui est arrivé à Rico ?

Gray s'interrompit, mordilla sa lèvre inférieure.

— Qu'est-ce qui lui est vraiment arrivé, John ? demanda-t-il.

— Je ne sais pas.

Gray le fixa dans les yeux.

414

— Allons…

— C'est vrai, je n'en sais rien, Francis. Sur la tête de ma petite, répondit-il, la main sur le cœur.

— Je croyais que tu le savais, dit Gray, l'air déçu.

Espèce de salaud… c'est Strathern qui t'a collé dans mes pattes ? Est-ce que tu me racontes des salades sur Bernie Johns pour que je mange le morceau à mon tour sur Rico ?

— Désolé, se contenta de répondre Rebus, en s'asseyant sur ses mains pour les empêcher de trembler.

Gray but une longue gorgée de sa limonade pétillante, étouffa un renvoi.

— Pourquoi moi ?

— Qu'est-ce que tu veux dire ?

— Pourquoi me le dire à moi ? J'ai donc l'air si facile à corrompre ?

— En fait, oui.

— Et si je me précipite sur Archie Tennant et que je lui raconte ce que tu viens de m'apprendre ?

— Il n'y a rien qu'il puisse faire, devina Rebus. Il n'y a pas de loi qui interdise de rêver, non ?

— Mais tout cela n'est pas simplement du rêve, John, n'est-ce pas ?

— Ça dépend.

Gray hochait la tête. Son visage n'était plus tout à fait le même. Il était parvenu à une décision.

— Je vais te dire. J'aime bien t'écouter me parler de ton rêve. Et si tu me remplissais quelques-uns des blancs pendant le trajet de retour jusqu'à la base ?

— De quels blancs veux-tu parler exactement ?

— L'emplacement de l'entrepôt… qui serait sus-

ceptible de le garder… de quels genres de drogues par-
lons-nous ? (Un temps de silence.) Ça suffira pour un
début.

— Ça me paraît correct, répondit Rebus.

19

Siobhan était au téléphone et s'excusait pour sa panne d'oreiller en attendant que l'eau de la douche soit assez chaude. Personne au poste ne semblait trop se tracasser de son absence. Elle leur dit qu'elle venait travailler malgré tout. Elle avait oublié sa blessure mais lorsque l'eau frappa son cuir chevelu, la salle de bains s'emplit de ses jurons.

Donny Dow avait été transféré à Leith, et ce fut son premier arrêt sur le trajet. L'inspecteur Bobby Hogan reprit le rapport qu'elle avait rédigé la veille au soir. Il ne vit pas de changements à y apporter.

— Voulez-vous le voir ? lui demanda-t-il ensuite.

Elle fit non de la tête

— Deux de vos gars, Pryde et Silvers, participeront à nos interrogatoires.

Hogan affectait de rédiger une note.

— Ils vont chercher à lui mettre le meurtre de Marber sur le dos.

— Grand bien leur fasse.

— Vous n'êtes pas d'accord ?

Il avait cessé d'écrire, relevant la tête pour croiser son regard.

— Si Donny Dow avait tué Marber, c'est parce qu'il connaissait l'existence de ses rapports avec Laura. Alors pour quelles raisons aurait-il explosé lorsque Linford lui en a parlé ?

Hogan haussa les épaules.

— Si je me creuse la cervelle, je crois que je pourrais trouver une douzaine d'explications. (Temps d'arrêt.) Vous ne pouvez pas nier que ce serait du beau travail proprement emballé.

— Et ça arrive souvent qu'une affaire se termine de cette façon ? dit-elle, sceptique, en se levant.

À St Leonard's, les discussions allaient bon train sur Donny Dow… Seule Phyllida Hawes avait la tête ailleurs. Siobhan était tombée sur elle dans le couloir et Hawes lui avait fait signe de la rejoindre aux toilettes.

Une fois la porte refermée derrière elles, Hawes lui avoua qu'elle était sortie la veille au soir avec Allan Ward.

— Comment ça s'est passé ? demanda Siobhan à voix basse.

Elle espérait que Hawes allait faire de même. Elle se souvenait de Derek Linford écoutant derrière la porte.

— J'ai vraiment passé une excellente soirée. Il est plutôt bien foutu, tu ne trouves pas ?

Hawes avait cessé d'être une enquêtrice du CID. Ce n'était plus qu'une femme qui échangeait des confidences sur les hommes avec une autre femme.

— Je n'avais pas vraiment remarqué, dit Siobhan.

Mais ses paroles n'eurent aucun effet sur Hawes qui contemplait son image dans le miroir.

— On est allés dans ce restau mexicain et après on a fait un ou deux bars.

— Et il t'a raccompagnée chez toi, en monsieur bien élevé ?

— Eh bien, je dois avouer que oui.

Elle se tourna vers Siobhan avec un large sourire.

— Le salaud, j'étais sur le point de l'inviter à monter pour un café quand son portable a sonné. Il a dit qu'il devait rentrer à Tulliallan en quatrième vitesse.

— Il t'a précisé pourquoi ?

Hawes secoua la tête.

— Je crois qu'il a été à deux doigts de rester. Mais tout ce à quoi j'ai eu droit, c'est à une bise sur la joue.

Également connue, ne put s'empêcher de penser Siobhan, sous le nom de baiser ciao bye.

— Tu vas le revoir ?

— Difficile de répondre non quand on est dans le même poste.

— Tu sais très bien ce que je veux dire.

Hawes se mit à glousser. Jamais encore Siobhan ne l'avait vue aussi... est-ce que « coquette » était le terme correct ? Phyllida lui parut soudain rajeunie de dix ans, et beaucoup plus jolie.

— On trouvera bien quelque chose, reconnut-elle.

— Alors de quoi avez-vous réussi à discuter tous les deux ? demanda Siobhan, curieuse de savoir.

— Du boulot essentiellement. Mais Allan a un don, il sait écouter.

— Si je comprends bien, tu as surtout parlé de toi ?

— Exactement comme j'aime.

Hawes s'était appuyée contre le lavabo, bras et chevilles croisés, l'air tout à fait satisfaite d'elle-même.

— Je lui ai parlé de Gayfield, j'ai dit que j'avais été

détachée à St Leonard's. Il voulait tout savoir de l'affaire…

— L'affaire Marber ?

Hawes acquiesça.

— Quelles étaient mes fonctions… comment ça avançait… On a bu des margaritas, ils les servaient en carafe.

— Et vous en avez descendu combien, de carafes ?

— Rien qu'une. Je ne voulais pas qu'il profite de la situation, tu comprends ?

— Phyllida, m'est avis que tu cherchais absolument à ce qu'il en profite, au contraire.

Les deux femmes sourirent.

— Ouais, absolument, concéda Hawes avec un nouveau gloussement, suivi d'un long soupir.

Juste avant de prendre un air désemparé, comme en état de choc, et de se plaquer une main sur les lèvres.

— Oh, mon Dieu, Siobhan. Et toi, je ne t'ai même pas demandé !

— Je vais bien, répondit Siobhan.

Elle avait cru au départ que c'était la raison pour laquelle Hawes l'avait fait venir là : le meurtre de Laura.

— Mais ça a dû être horrible…

— Je n'ai pas vraiment envie d'y repenser.

— On t'a offert un soutien psychologique ?

— Seigneur, Phyl, pourquoi aurais-je besoin de ça ?

— Pour que tu cesses de ressasser sans en parler à personne.

— Mais je ne ressasse pas !

— Tu viens de dire que tu ne voulais pas y repenser.

Siobhan commençait à être agacée. Elle ne désirait

pas revenir sur la mort de Laura pour une raison simple, un petit détail qui venait maintenant la tarauder : l'intérêt que portait Allan Ward à l'affaire Marber.

— À ton avis, pourquoi Allan était-il tellement passionné par ton travail ? demanda-t-elle.

— Il voulait tout savoir sur moi.

— Mais surtout sur l'affaire Marber, non ?

Hawes se tourna vers elle.

— Où veux-tu en venir ?

Siobhan secoua la tête.

— À rien du tout, Phyl.

Mais Hawes la regardait d'un œil soupçonneux. Allait-elle retrouver Ward immédiatement pour se mettre à tout lui déblatérer ?

— Tu as peut-être raison, fit Siobhan en faisant semblant de se ranger à son avis. C'est vrai que ça me travaille… Je crois que c'est à cause de ce qui est arrivé.

— Mais c'est évident, dit Hawes en lui prenant le bras. Je suis là si tu as besoin de parler à quelqu'un, tu le sais.

— Merci, dit Siobhan, avec ce qu'elle espéra être un sourire convaincant.

Alors qu'elles regagnaient de conserve le bureau, l'esprit de Siobhan lui rejouait une fois encore la scène devant le Paradiso. Le déclic du pêne de la serrure : elle n'en avait rien dit à Ricky Queue-de-cheval… mais celui-ci ne perdait rien pour attendre. Elle s'était déjà repassé tant de fois la succession des événements au cours de ces dernières heures, et continuait toujours à s'interroger sur ce qu'elle aurait pu faire de plus. Tendre le bras vers la portière passager, l'ouvrir pour

Laura, qu'elle puisse s'y laisser simplement tomber en reculant avant que Dow ne l'atteigne... Sortir de la voiture plus rapidement, plonger plus vite par-dessus le capot... Elle n'aurait pas dû laisser Laura perdre autant de sang...

Faut que je range tout ça au placard, se dit-elle.

Pense à Marber... Edward Marber. Une autre victime qui demandait son attention... Un autre fantôme qui exigeait que justice lui fût rendue. À une occasion, tard le soir à l'Oxford Bar, après un trop-plein de boisson, Rebus lui avait fait un aveu : il voyait des fantômes. Ou plus exactement, il ne les voyait pas, mais il percevait leur présence. Toutes ces affaires criminelles, ces victimes innocentes — et moins innocentes —, toutes ces existences transformées en dossiers d'archives du CID... Pour lui, elles étaient plus que ça, toujours. Il voyait cela presque comme un défaut, mais elle n'avait pas été d'accord.

Nous ne serions pas humains si les victimes ne laissaient pas en nous des traces, lui avait-elle répondu. Le regard cynique qu'il lui avait lancé alors lui avait cloué le bec, à croire qu'il cherchait à lui signifier que « humain » était la seule chose qu'ils n'étaient pas censés être.

Elle regarda la salle d'enquête. L'équipe était en plein boulot : Hood, Linford, Davie Hynds... L'apercevant, ils lui demandèrent tous comment ça allait. Elle repoussa leur trop-plein de sollicitude, en remarquant que Phyllida Hawes piquait un fard : elle avait honte de ne pas avoir eu la même réaction. Siobhan voulait lui dire que ce n'était pas important. Mais Hynds s'était approché, il cherchait à lui parler. Elle s'assit, en glissant sa veste sur le dossier de son fauteuil.

— Qu'y a-t-il ? demanda-t-elle.

— Il s'agit de l'argent. Celui dont tu m'as demandé de retrouver la trace.

Elle le fixa sans comprendre. *L'argent ? Quel argent ?*

— Laura Stafford croyait que Marber devait toucher le gros paquet, tu te souviens ? expliqua Hynds en la voyant aussi perplexe.

— Oui, c'est vrai.

Elle remarquait au même moment qu'on s'était servi de son bureau : les ronds de café, quelques trombones égarés. Sa corbeille d'affaires en cours était pleine, mais donnait l'impression d'avoir été dérangée. Elle se rappela Gray, qui feuilletait des rapports... et aussi d'autres membres de l'équipe de Rebus traînant leurs guêtres dans la salle... Sans oublier Allan Ward, qui avait posé des questions à Philly sur l'enquête en cours...

Son moniteur d'ordinateur était éteint. Lorsqu'elle l'alluma, de petits poissons nageaient devant ses yeux. Un nouvel écran de veille — et non plus le message déroulant. À croire vraiment qu'un gremlin anonyme l'avait prise en pitié.

C'est alors qu'elle se rendit compte que Hynds s'était interrompu en pleine conversation. Le silence soudain de Siobhan avait attiré son attention.

— Désolée, Davie, je n'ai pas suivi.

— Je peux repasser, dit-il. Ça ne doit pas être facile pour toi de venir bosser aujourd'hui après...

— Répète-moi simplement ce que tu me disais.

— T'es sûre ?

— Sacré nom d'un chien, Davie… (Elle se saisit d'un crayon.) Je dois te poignarder avec ça pour que tu comprennes ?

Il la fixa, elle le fixa en retour, prenant soudain conscience de ce qu'elle venait de dire. Elle contempla sa main avec le crayon… elle le tenait comme un couteau.

— Seigneur ! lâcha-t-elle, la gorge nouée. Je suis désolée…

— Tu n'as pas à l'être.

Elle laissa tomber le crayon et décrocha le téléphone. Elle fit signe à Hynds d'attendre pendant qu'elle passait son coup de fil à Bobby Hogan.

— C'est Siobhan Clarke, dit-elle. J'ai oublié un détail : la lame dont s'est servi Donny Dow… il y a un magasin de bricolage dans l'immeuble voisin d'ici. C'est peut-être là qu'il l'a achetée. Ils doivent avoir des caméras de sécurité… possible que les vendeurs le reconnaissent.

Elle écouta la réponse de Hogan.

— Merci, dit-elle en reposant l'appareil.

— Tu as pris ton petit déjeuner ? demanda Hynds.

— J'étais sur le point de poser la même question, dit une voix.

C'était Derek Linford. Son expression compatissante était tellement forcée que Siobhan ne put s'empêcher de refréner un frisson.

— Je n'ai pas faim, répondit-elle aux deux hommes.

Son téléphone se mit à sonner et elle décrocha. Le

standard voulait lui passer une communication. De la part d'une dénommée Andrea Thomson.

— On m'a demandé de vous appeler, dit Thomson. Je suis… eh bien, j'hésite à utiliser le mot conseillère psychologique.

— Vous êtes censée être une analyste en bilans de compétences, dit Siobhan en lui coupant l'herbe sous le pied.

— Quelqu'un n'a pas su garder sa langue dans sa poche à ce que je vois, répondit l'autre après un temps de silence. Vous travaillez avec l'inspecteur Rebus, je crois ?

Siobhan dut l'admettre, Thomson avait oublié d'être bête.

— Il m'a dit que vous récusiez le nom de conseillère psychologique.

— C'est une idée qui déplaît à certains policiers, expliqua Thomson.

— Considérez que j'en fais partie.

Siobhan jeta un œil à Hynds qui l'encourageait du geste. Linford s'essayait toujours à prendre un air compatissant, sans vraiment y parvenir tout à fait. Manque de pratique, estima Siobhan.

— Peut-être allez-vous constater qu'il est utile de parler quand il y a des problèmes à évacuer, disait Thomson.

— Il n'y a pas de problèmes, rétorqua froidement Siobhan. Écoutez, madame Thomson, j'ai une affaire de meurtre sur les bras qui m'attend.

— Permettez-moi de vous donner mon numéro, au cas où.

Siobhan soupira.

— Très bien, en ce cas, si ça peut vous faire plaisir.

Thomson commença à dicter deux numéros, bureau et portable. Siobhan, de son côté, se contenta de rester assise, sans faire l'effort de les noter. La voix de Thomson finit par s'interrompre.

— Vous ne les avez pas relevés, je me trompe ?

— Oh, que si, ne vous en faites donc pas.

Hynds secouait la tête, sachant pertinemment ce qui se passait. Il prit le crayon et le lui tendit.

— Redonnez-les-moi, dit Siobhan au combiné.

Le coup de fil terminé, elle montra le morceau de papier à Hynds.

— Content ?

— Je le serais plus encore si tu acceptais de manger un morceau.

— Moi aussi, renchérit Linford.

Siobhan contempla les numéros de téléphone d'Andrea Thomson.

— Derek, dit-elle, Davie et moi avons à discuter. Tu peux prendre mes messages ?

Elle passait déjà les bras dans les manches de sa veste.

— Où seras-tu ? demanda Linford en essayant de ne pas paraître trop furieux. Au cas où nous aurions besoin de toi…

— Tu as mon numéro de portable, lui répondit-elle. C'est là que je serai.

Ils tournèrent au coin de la rue et entrèrent à l'Engine Shed. Hynds reconnut ne jamais y avoir mis les pieds.

— Ça a véritablement été un atelier de réparation mécanique, lui apprit-elle. Des machines à vapeur, je suppose. Les locomotives qui tractaient les trains de marchandises… de charbon, est-ce que je sais… Il reste encore des sections de la voie ferrée, elle va jusqu'à Duddingston.

Une fois dans le café, ils commandèrent thé et gâteaux. Siobhan prit une bouchée et se rendit compte qu'elle mourait de faim.

— Alors, qu'est-ce que tu as trouvé finalement ?

Hynds avait bien préparé sa réponse. Elle comprit qu'il n'en avait encore parlé à personne, lui réservant l'exclusivité pour ne pas en atténuer l'impact.

— J'ai parlé aux divers agents financiers concernés par Marber : directeur de banque, conseiller fiscal, comptable…

— Et alors ?

— Pas une trace d'une quelconque grosse somme sur le point de lui échoir.

Un temps d'arrêt, comme s'il n'était pas sûr que « échoir » fût le terme correct.

— Et puis ?

— Et puis, je me suis mis à examiner les débits. Ils sont classés sur ses relevés bancaires par numéro de chèque. Aucune indication cependant du destinataire du règlement.

Siobhan lui fit signe qu'elle comprenait.

— Ce qui explique probablement pourquoi un débit nous est passé sous les yeux sans qu'on le remarque.

Nouveau temps d'arrêt, clair comme de l'eau de roche : à la place de *nous*, comprendre *Linford*…

— Cinq mille livres. Le comptable a trouvé le talon du chèque mais la seule chose qu'on y avait inscrite était le montant.

— Chèque professionnel ou personnel ?

— Il a été tiré sur un des comptes personnels de Marber.

— Et tu connais le nom du bénéficiaire ? Laura Stafford ? lança-t-elle au jugé.

Hynds fit non de la tête.

— Tu te souviens de notre ami l'artiste ?

— Malcolm Neilson ? lui dit-elle bien en face.

Il acquiesça.

— Marber a donné cinq plaques à Neilson ? Ça se passait quand ?

— Il y a à peu près un mois.

— Ça pourrait être le règlement d'une toile.

Hynds avait déjà songé à cette éventualité.

— Marber ne représentait pas Neilson, tu te souviens ? Et puis, si ç'avait été le cas, le paiement aurait été enregistré dans les livres comptables. Inutile d'aller le planquer là où personne ne le verrait.

Siobhan se creusait les méninges.

— Neilson se trouvait devant la galerie le fameux soir.

— Il voulait plus d'argent ? proposa Hynds.

— Tu crois qu'il faisait chanter Marber ?

— Soit ça, ou alors il lui vendait quelque chose. À ton avis, quand on se paie une engueulade monstre avec quelqu'un, ça arrive souvent qu'ensuite on aille lui offrir une somme à quatre chiffres en échange de ce petit privilège ?

— Et qu'est-ce qu'il pouvait bien lui vendre exactement ?

Siobhan en avait oublié son estomac qui criait

428

famine. Hynds lui montra le gâteau d'un signe de tête, en souhaitant qu'elle le termine.

— C'est peut-être la question qu'on devrait lui poser, dit-il. Dès que tu auras fini ton assiette…

Neilson débarqua à St Leonard's accompagné de son avocat, comme l'avait demandé Siobhan. Les deux salles d'interrogatoire étaient vides : l'équipe de Rebus était censée faire la tournée des parcs de caravanes. Siobhan s'installa dans la deux, en prenant le siège occupé la veille par Linford lorsque Donny Dow s'était évadé.

Neilson et William Allison s'assirent en face d'elle, Davie Hynds à son côté. Ils avaient décidé d'enregistrer la séance. Un moyen de mettre la pression sur celui qui était sur la sellette : parfois, les gens devenaient nerveux en présence de microphones… savaient que ce qu'ils allaient dire pouvait revenir les hanter.

— C'est dans votre intérêt comme dans le nôtre, avait expliqué Siobhan, phrase standard de la procédure normale.

Allison s'assura qu'il y aurait bien deux exemplaires de l'enregistrement, un pour le CID, l'autre pour son client.

Puis ils passèrent aux choses sérieuses. Siobhan mit les enregistreurs en marche et s'identifia, en demandant aux présents de faire de même, tout cela sans quitter Neilson des yeux. L'artiste haussait les sourcils, apparemment surpris de se retrouver soudainement transporté dans un tel décor, la chevelure toujours en pétard, comme à l'accoutumée. Il avait revêtu une épaisse chemise en coton qui flottait au-dessus d'un T-shirt gris. Par hasard ou sciemment, il avait boutonné samedi avec dimanche, de sorte que sa chemise pendait de guingois à son cou.

Siobhan donna le coup d'envoi.

— Vous nous avez déjà déclaré, monsieur Neilson, que vous étiez devant la galerie le soir où Edward Marber a trouvé la mort.

— Oui.

— Rappelez-nous pourquoi vous vous trouviez sur les lieux.

— J'étais curieux de voir l'exposition.

— Aucune autre raison ?

— Telle que ?

— Il vous suffit de répondre aux questions qu'on vous pose, Malcolm, l'interrompit Allison. Inutile d'y ajouter les vôtres.

— Eh bien, puisque M. Neilson l'a bien posée, cette question, dit Siobhan, je vais peut-être céder la parole à mon collègue.

Hynds ouvrit la mince chemise de papier bulle devant lui, fit glisser une photocopie de chèque sur la table et demanda simplement :

— Voudriez-vous éclairer notre lanterne ?

— Le constable Hynds, déclarait de son côté Siobhan à l'intention des magnétophones, montre à MM. Neilson et Allison la photocopie d'un chèque, établi à l'ordre de M. Neilson, pour une somme de cinq mille livres, et daté d'il y a un mois. Le chèque est signé par Edward Marber et a été tiré sur son compte bancaire personnel.

Le silence s'installa dans la pièce quand elle eut terminé.

— Puis-je m'entretenir avec mon client ? demanda Allison.

— Interrogatoire suspendu à onze heures quarante, dit sèchement Siobhan, avant d'arrêter la machine.

Il y avait des moments comme celui-ci où elle regrettait de ne pas fumer. Elle alla dans le couloir en compagnie de Hynds, en tapotant du pied par terre et du crayon contre ses dents. Bill Pryde et George Silvers, de retour de Leith, lui firent part des résultats de leur premier entretien officiel avec Donny Dow.

— Il sait qu'il va tomber pour le meurtre de sa femme, dit Silvers. Mais il jure qu'il n'a pas tué Marber.

— Tu le crois ? demanda Siobhan.

— C'est un vrai... je ne crois jamais rien de ce que me disent les mecs de son acabit.

— Il est dans tous ses états, à cause de sa femme.

— Mieux vaut entendre ça que d'être sourde, dit froidement Siobhan.

— Va-t-on l'inculper pour le meurtre de Marber ? demanda Hynds. Parce que nous avons justement un autre suspect sur le feu là-dedans...

— Auquel cas, ajouta une nouvelle voix, qu'est-ce que vous fichez dans le couloir ?

Gill Templer. Ils l'avaient informée de leur désir d'entendre Neilson et elle avait donné son accord. Elle s'était plantée les mains sur les hanches, jambes écartées, en femme qui voulait des résultats.

— Il consulte son avocat, expliqua Siobhan.

— A-t-il dit quelque chose ?

— Nous venons de lui montrer le chèque.

Templer se tourna vers Pryde.

— Des informations plus joyeuses à me mettre sous la dent, du côté de Leith ?

— Pas exactement.

Elle souffla bruyamment.

— Nous devons absolument commencer à marquer quelques points pour que l'enquête progresse.

Malgré sa voix tenue délibérément basse afin que le peintre et son avocat ne l'entendent pas, il n'y avait pas à se tromper sur l'urgence et la frustration qui s'y percevaient.

— Oui, madame, dit Hynds, qui tourna la tête en entendant s'ouvrir la porte de la salle d'interrogatoire numéro deux sur William Allison.

— Nous sommes prêts, dit celui-ci.

Siobhan et Hynds regagnèrent leurs sièges.

Porte fermée, cassettes en marche, ils s'installèrent de nouveau derrière la table. Neilson se passait la main dans les cheveux en les redressant sous des angles encore plus biscornus. Ils attendirent qu'il prenne la parole.

— Quand vous voudrez, Malcolm, l'aiguillonna son avocat.

Neilson s'appuya au dossier de sa chaise, les yeux fixés au plafond.

— Edward Marber m'a donné cinq mille livres pour que je cesse de lui casser les pieds. Il voulait que je me taise pour de bon et que je disparaisse.

— Et pour quel motif ?

— Parce que les gens commençaient à tendre l'oreille quand je disais que c'était un escroc.

432

— Cet argent, le lui avez-vous demandé ?

Neilson secoua la tête.

— Il faut que votre réponse soit enregistrée, dit Siobhan pour l'inciter à parler.

— Je ne lui ai rien demandé, dit Neilson. C'est lui qui est venu à moi. Il m'a offert mille livres au départ, pour finalement monter jusqu'à cinq.

— Et vous étiez à la galerie ce soir-là parce que vous vouliez plus ? demanda Hynds.

— Non.

— Vous vouliez vérifier de visu si l'exposition marchait bien, déclara Siobhan. Ce qui ouvre la porte à une autre éventualité : savoir si votre valeur comme casse-pieds pouvait se monnayer un peu plus grassement. Après tout, cet argent, vous l'aviez accepté, et vous étiez de nouveau là, à vous cramponner à Marber pour lui empoisonner la vie.

— Si j'avais voulu lui empoisonner la vie, comme vous dites, je serais entré dans la galerie, vous ne croyez pas ?

— Serait-ce que vous vouliez juste lui en toucher un mot calmement ?…

Neilson secoua vigoureusement la tête.

— Je ne l'ai pas approché.

— Bien sûr que si.

— Je veux dire que je ne lui ai pas parlé.

— Vous vous estimiez heureux avec les cinq mille ? demanda Hynds.

— Je ne dirais pas heureux… mais c'était une sorte de justification. J'ai pris ce chèque parce qu'il représentait cinq mille livres d'argent escroqué que lui ne dépenserait plus.

Il porta les deux mains à ses joues, ses paumes frottant avec un crissement sourd sa barbe d'un jour.

— Qu'avez-vous éprouvé à l'annonce de sa mort ?

La question venait de Siobhan. Neilson la regarda bien en face.

— Pour être honnête, j'ai d'abord pensé : « Bien fait pour ses pieds ! » Je sais que ma réaction n'a pas été très charitable, mais malgré tout…

— Vous êtes-vous demandé si nous allions examiner en détail la nature de vos relations avec M. Marber ? demanda Siobhan.

Neilson acquiesça.

— Vous êtes-vous demandé si nous allions découvrir l'existence de ce paiement ?

Nouvel acquiescement.

— Alors pourquoi ne nous en avoir rien dit ?

— Je savais dans quelle position cela me placerait.

— Et que pensez-vous qu'elle soit maintenant, votre position ?

— J'ai apparemment tout ce qu'il faut pour faire un coupable, le mobile, les moyens et le reste.

Ses yeux n'avaient pas quitté ceux de Siobhan.

— Je me trompe ? demanda-t-il.

— Si vous n'avez rien fait, il n'y a aucune raison de vous tracasser, répondit-elle.

Il inclina la tête de côté.

— Vous avez un visage intéressant, sergent Clarke. Pensez-vous que je puisse vous peindre un jour, lorsque tout cela sera terminé ?

— Concentrons-nous sur l'instant présent, monsieur Neilson. Parlez-nous de ce chèque. Comment êtes-vous arrivé à cette somme finalement ? Vous a-t-il été envoyé par la poste ou avez-vous rencontré Marber ?

L'interrogatoire terminé, Hynds et Siobhan s'offrirent un déjeuner tardif dans une boulangerie. Petits pains garnis, boîtes de soda du frigo. La journée était chaude, le ciel chargé. Siobhan eut envie d'une autre douche, mais c'était en vérité l'intérieur de sa tête qu'elle voulait laver à grande eau pour en chasser toute la confusion. Ils décidèrent de prendre le chemin des écoliers pour rentrer à St Leonard's, en mangeant en chemin.

— Choisis, dit Hynds. Donny Dow ou Neilson ?

— Et pourquoi pas les deux ensemble ? fit Siobhan d'un air songeur. Neilson qui surveille Marber et qui prévient Dow à l'arrivée du taxi.

— Ils auraient été de mèche ?

— Et puisqu'on en est à remuer le fond de la marmite, ajoutons-y Big Ger Cafferty, un homme dont tu n'aimerais pas qu'il apprenne que tu l'escroques.

— Je ne vois pas Marber arnaquant Cafferty. Comme tu dis, c'est trop risqué.

— Et tu en vois d'autres qui avaient une dent contre notre galeriste ?

— Que dirais-tu de Laura Stafford ? Elle en a eu peut-être sa claque de leur petit arrangement à tous les deux… peut-être que Marber voulait pousser les choses un peu plus loin… Et que dirais-tu de Donny Dow comme mac de Laura ?

Le visage de Siobhan donna l'impression de se défaire.

— Suffit, lança-t-elle sèchement.

Hynds comprit qu'il avait dit ce qu'il ne fallait pas.

Il la regarda balancer son petit pain entamé à la poubelle, chasser les miettes et la farine sur sa poitrine.

— Tu devrais parler à quelqu'un, dit-il doucement.

— Tu veux parler d'un soutien psychologique ? Rends-moi service, tu veux…

— C'est ce que j'essaie de faire. Mais, apparemment, tu n'écoutes pas.

— J'ai déjà vu des gens se faire tuer, Davie. Et toi ?

Elle s'était arrêtée pour lui faire face.

— Nous sommes censés être partenaires, dit-il d'une voix chagrine.

— Nous sommes censés êtes deux policiers, moi, ta supérieure, et toi, mon subordonné… j'ai parfois l'impression que tu t'emmêles les pinceaux dans les grades.

— Seigneur, Shiv, je voulais juste…

— Et ne m'appelle pas Shiv !

Il s'apprêtait à ajouter quelque chose mais y réfléchit à deux fois et se contenta d'une gorgée de sa boisson. Après une dizaine de pas, il prit une profonde inspiration.

— Désolé, dit-il.

Elle le regarda.

— Désolé de quoi ?

— De m'être moqué de Laura.

Siobhan acquiesça lentement ; son visage se décrispa un peu.

— Tu apprends, Davie.

— J'essaie. (Une pause.) On fait la paix ? suggéra-t-il.

436

— On fait la paix, confirma-t-elle.

Après quoi ils reprirent leur marche sans prononcer un mot, un mutisme qu'on aurait presque pu prendre pour un silence amical.

À leur retour au poste, Rebus et Gray trouvèrent la salle d'interrogatoire numéro un pleine. L'équipe s'était scindée par paires, qui avaient passé la journée à faire le tour des parcs de caravanes de la côte est et à discuter avec les propriétaires, les résidents et les habitués de longs séjours.

Ils étaient de retour… et en avaient plein les bottes.

— Je ne savais pas qu'il existait des parcs à demeure comme ça, dit Allan Ward. Des gens qui habitent dans ces machins à quatre couchettes comme si c'étaient de vraies maisons, avec des petits parterres fleuris dehors et une niche pour le berger allemand.

— Au train où va le marché des maisons, ajouta Stu Sutherland, ça pourrait devenir la grande tendance de l'avenir.

— Mais on doit se les geler l'hiver, fit Tam Barclay.

L'inspecteur-chef Tennant écoutait ces commentaires les bras croisés, appuyé contre le mur. Il tourna lentement la tête vers Rebus et Gray.

— Par le ciel, j'espère que vous m'apportez tous les deux autre chose que des spéculations sur l'immobilier et des tuyaux de jardinage.

Gray l'ignora.

— Vous n'avez rien trouvé ? demanda-t-il à Jazz McCullough.

— Pas grand-chose, que des bribes, répondit Jazz.

437

Ça remonte à six ans, t'imagines ? Les gens ont fait du chemin depuis…

— On a parlé au propriétaire d'un parc, dit Ward. Il n'était pas là du temps de Rico, mais il a entendu des histoires : des bringues qui duraient toute la nuit, des disputes entre mecs éméchés. Rico utilisait deux caravanes du camp… et censément deux ou trois autres ailleurs.

— Les caravanes sont toujours là ? demanda Gray.

— Une seulement. L'autre est partie en fumée.

— Elle a brûlé ou on y a mis le feu ?

Ward haussa les épaules en guise de réponse.

— Vous comprenez maintenant pourquoi je suis tellement impressionné ? annonça Tennant. Alors j'espère que vous m'apportez des nouvelles plus joyeuses de ce bon vieux Glasgow.

Il suffit de cinq minutes à Gray et à Rebus pour résumer leur voyage, en laissant de côté tout ce qui n'était pas la visite à l'hôpital. À la fin de leur exposé, Tennant paraissait rien moins que joyeux.

— Je ne suis pas dupe, mais à vous entendre, lança-t-il à la cantonade, je dirais que ça et pisser dans un violon, c'est la même chose.

— Mais on vient à peine de commencer, se plaignit Sutherland.

— Exactement, fit Tennant en le tançant d'un doigt. Trop occupés à faire la fête, pas *suffisamment* occupés à faire le travail pour lequel vous êtes ici. (Un temps d'arrêt.) Ce n'est peut-être pas votre faute ; peut-être qu'il n'y a justement rien à trouver ici.

— Retour à Tulliallan alors ? avança Barclay.

Tennant hocha la tête.

— À moins que vous ne me donniez une bonne raison pour rester.

— Dickie Diamond, monsieur, dit Sutherland. Il faut qu'on parle à des amis à lui. On a lancé un ballon d'essai à un indic du coin…

— Sous-entendu qu'entre-temps vous attendez sans rien faire ?

— Il existe une autre piste à explorer, dit Jazz McCullough. À l'époque où Diamond a disparu de la circulation, il y avait cette affaire de meurtre dans le presbytère.

Rebus se concentra avec force sur les dalles de moquette couleur de boue.

— Et alors ? dit Tennant pour l'inciter à poursuivre.

— Alors, rien, monsieur. C'est juste une coïncidence qui vaudrait peut-être la peine d'être explorée.

— Vous voulez dire au cas où Diamond y aurait été mêlé ?

— Je sais que ça semble bien mince, monsieur…

— Mince ? Ça rendrait des points à une garniture de pizza.

— Alors, juste un jour ou deux encore, monsieur, recommanda Gray. Il reste de petits détails qui mériteraient d'être réglés, et comme nous sommes déjà sur place — il jeta un regard à Rebus — avec un expert pour nous guider…

— Un expert ? fit Tennant, les yeux étrécis.

Gray avait assené une tape sur l'épaule de Rebus.

— Quand il s'agit d'Édimbourg, monsieur, John sait où tous les cadavres sont enterrés. Ce n'est pas vrai, John ?

Tennant pesa le pour et le contre, tandis que Rebus

se taisait. Puis il décroisa les bras, fourra les mains dans les poches de sa veste.

— Je vais y réfléchir.

— Merci, monsieur.

Après que Tennant eut quitté la pièce, Rebus se tourna vers Gray.

— Je sais donc où les cadavres sont enterrés ?

Gray haussa les épaules, eut un petit rire.

— N'est-ce pas ce que tu m'as dit ? Métaphoriquement parlant, bien sûr.

— Bien sûr.

— À moins que ce soit plus qu'une métaphore ?…

Plus tard, ce même après-midi, Rebus se posta près du distributeur de boissons et réfléchit aux choix qui s'offraient à lui. Il avait préparé une poignée de pièces de monnaie, mais sa tête était ailleurs. Il se demandait bien à qui il pouvait faire part de son plan pour s'emparer de la drogue. Le grand patron, par exemple. Jamais Strathern ne serait au courant du butin planqué dans l'entrepôt. De cela, il était sûr. Claverhouse était certainement allé voir Carswell, son assistant. Les deux hommes étaient potes, et Carswell avait dû donner sa bénédiction au projet sans éprouver le besoin d'embêter le chef avec ça. Si Rebus en parlait à Strathern, il ne faisait aucun doute que ce dernier allait piquer une rage noire, parce qu'il n'apprécierait guère d'avoir été tenu à l'écart d'une prise aussi importante. Rebus ne pouvait présager des conséquences, mais il ne voyait pas en quoi cela pourrait servir son plan.

Pour le moment, ce dont il avait besoin, c'est que

l'existence de ladite prise reste aussi secrète que possible. Il n'avait aucunement l'intention d'exécuter le moindre braquage. Celui-ci ne devait servir que d'écran de fumée, de moyen pour infiltrer le trio et ainsi, avec un peu de chance, glaner des renseignements sur les millions manquants de Bernie Johns. Il n'était pas convaincu que Gray and Cie soient partants... en fait, il se faisait du souci. Il trouvait que Gray s'était montré bien attentif quand il lui avait parlé de son projet. Pourquoi cet homme irait-il envisager de participer à une telle opération alors qu'il possédait déjà, bien planqué, plus d'argent que tous les raids sur l'entrepôt ne lui en rapporteraient jamais ? Avec sa proposition de braquage, il ne cherchait à prouver qu'une seule chose au trio : que lui aussi pouvait être tenté, et que lui aussi, tout comme eux, pouvait déchoir.

Mais il se trouvait maintenant contraint d'envisager une nouvelle éventualité : à savoir que les trois hommes cherchent à aller plus loin, mettent son plan à exécution et en fassent autre chose qu'un vœu pieux.

Et pourquoi iraient-ils faire un truc pareil alors qu'ils étaient riches à crever, avec tout ce fric indûment gagné ? Une seule réponse lui venait à l'esprit : d'argent, il n'y en avait pas. Auquel cas il revenait à la case départ. Ou pis encore, c'était lui, la case départ. Lui, l'instigateur d'un plan pour voler plusieurs centaines de milliers de livres en dope au nez et à la barbe de ses propres collègues.

Mais cependant... si Gray and Cie étaient bien parvenus à tirer leur épingle du jeu sans dommage... ils n'en avaient peut-être retenu qu'une chose : ils pouvaient remettre ça. L'appât du gain les empêchait-il d'avoir les idées claires ? Un problème néanmoins : il savait que le trio était probablement capable de mener l'opération à bien. La sécurité qui entourait l'entrepôt n'était pas des plus impénétrables : la dernière chose que voulait Claverhouse, c'est que le site apparaisse fortement protégé, sinon il risquait d'attirer l'attention. Une grille, deux gardes, voire un gros cadenas aux portes… Et s'il y avait une alarme ? Une alarme, ça se débranchait. Et un break de dimensions standard suffirait amplement pour le transport du butin…

Qu'est-ce qui te trotte dans la tête, là, John ?

La partie qui se jouait était en train de changer. Et il n'en savait guère plus aujourd'hui sur les trois hommes. Sauf sur un point : Gray avait parfaitement compris qu'il ne disait pas toute la vérité sur Dickie Diamond. N'avait-il pas lancé à qui voulait l'entendre : *John sait où les cadavres sont enterrés* ? En lui assenant, qui plus est, une tape sur l'épaule en guise d'avertissement, pour bien lui faire comprendre qui tenait les rênes.

Soudainement, Linford apparut derrière lui.

— Tu te sers de la machine ou tu comptes tes économies ?

Incapable de répondre par une vanne bien sentie, Rebus se contenta de s'écarter.

— À quand le prochain pugilat ? Je tiens à être aux premières loges, dit Linford en glissant ses pièces dans la fente.

— Quoi ?

— Allan Ward et toi, vous avez fait la paix ?

Linford appuya sur la touche « thé » avant de jurer :

— J'aurais dû choisir le café. Le thé a la mauvaise habitude de se mettre à voler par ici.

— Retourne dans ton putain de trou, espèce de larve, dit Rebus.

— Le CID est beaucoup plus calme maintenant que tu n'es plus là : y a des chances que ça devienne permanent ?

— Désolé de t'enlever tes illusions, lui fit Rebus. J'ai promis de prendre ma pension seulement quand tu ne seras plus puceau.

— Moi, je serai à la retraite bien avant que ça n'arrive, dit Siobhan en s'avançant vers les deux hommes.

Elle souriait mais le cœur n'y était guère.

— Et qui donc vous aura déflorée, sergent Clarke ? fit Linford en lui rendant son sourire, avant de se tourner vers Rebus. Ou s'agirait-il d'un sujet qu'il est préférable de ne pas aborder ?

Il s'éloigna doucement, et Rebus se rapprocha de Siobhan.

— C'est exactement ce que disent les femmes du lit de Derek, tu sais, lança-t-il assez fort pour que Linford entende.

— Et qu'est-ce qu'elles disent ? voulut savoir Siobhan en entrant dans son jeu.

— Qu'il s'agit d'une chose dans laquelle il vaut mieux ne pas entrer…

Une fois Linford disparu, Siobhan choisit une boisson.

— Tu ne prends rien ?

— J'ai changé d'avis, déclara Rebus en glissant sa monnaie dans sa poche. Comment vas-tu ?

— Ça va.

— T'es sûre ?

— Ça peut aller, lui avoua-t-elle, et non, je ne veux pas en parler.

— Je n'allais pas te le proposer.

Elle se releva, manœuvrant son gobelet en plastique trop chaud.

— C'est ce que j'aime chez toi, dit-elle. Avant d'ajouter : T'as une minute ? J'ai besoin de tes lumières…

Ils allèrent jusqu'au parking où il alluma une cigarette. Siobhan vérifia qu'il n'y avait pas d'autres fumeurs à l'horizon, ni d'oreilles qui traînaient.

— C'est bien mystérieux tout ça, dit-il.

— Pas vraiment. Il y a juste un petit détail qui me taraude à propos de tes amis de la salle un.

— Qu'est-ce que tu veux dire ?

— Allan Ward a invité Phyllida Hawes hier soir.

— Et alors ?

— Et alors ? Elle n'a rien à en dire. M. Ward s'est comporté en vrai gentleman… Il l'a ramenée chez elle mais n'a pas voulu monter quand elle le lui a proposé. (Une pause.) Il n'est pas marié, dis-moi ?

Rebus fit non de la tête.

— Il n'a pas quelqu'un ?

— Si c'est le cas, ça ne se voit pas.

— Ce que je veux dire, c'est que Phyl est plutôt jolie fille, tu n'es pas de mon avis ?

Rebus acquiesça.

— Et il lui a consacré toute son attention hier soir…

À la manière dont elle avait dit ça, Rebus fut soudain tout ouïe.

— Quel genre d'attention ?

— Il l'a longuement interrogée sur l'avancement de l'enquête Marber.

— La question est bien naturelle. Ne répète-t-on pas sans cesse dans les revues féminines que les hommes devraient apprendre à écouter plus ?

— Je n'en sais rien, je n'en lis jamais, répondit-elle avec un regard malicieux. Je ne te savais pas aussi expert en la matière.

— Mais tu comprends parfaitement ce que je veux dire.

Elle acquiesça.

— Le problème, c'est que ça me fait penser à la façon dont l'inspecteur Gray est venu traîner ses guêtres dans la salle d'enquête… avec l'autre, là… McCullen ?

— McCullough, corrigea Rebus.

Jazz, Ward et Gray tous les trois dans la salle d'enquête…

— Ça ne veut probablement rien dire…, fit Siobhan.

— Mais ça pourrait signifier quoi ?

Elle haussa les épaules.

— Ils fouinaient… ils cherchaient un truc qui les intéressait ?…

Elle songea à un autre détail.

— L'affaire sur laquelle tu travailles… il s'est passé quelque chose hier soir ?

Il acquiesça.

— Le mec auquel on voulait parler a été transporté d'urgence à l'hôpital.

Une part de son être voulait en dire plus… voulait

445

tout lui raconter. Il savait qu'elle était la seule personne à laquelle il pouvait faire confiance. Mais il se retint. Impossible de savoir si, au bout du compte, à un moment quelconque, ses aveux ne risquaient pas de la mettre en danger.

— La raison pour laquelle Ward n'est pas monté avec Phyl, disait-elle, c'est qu'il a reçu un appel sur son portable et qu'il a été obligé de rentrer à l'académie.

— Possible que ce soit justement de ça qu'on l'informait.

Il se rappela qu'à son propre retour à Tulliallan, à une heure plutôt tardive, Gray, Jazz et Ward étaient toujours debout, assis dans le salon du bar avec des fonds de verre devant eux. On ne servait plus, il n'y avait pas un chien dans la salle, et la plupart des lumières étaient éteintes.

Mais eux étaient encore là, tous les trois, assis autour de la table, bien éveillés…

Il se demanda si Ward n'avait pas été rappelé par les deux autres pour discuter de ce qu'il fallait faire de Rebus après son petit entretien avec Jazz… Gray, qui avait eu l'idée de le choisir comme partenaire pour une virée à Glasgow, peut-être pour lui tirer du nez quelques vers de plus. Dès son arrivée, Gray qui lui avait aussitôt parlé de Chib Kelly en répétant qu'il le voulait pour l'accompagner. Et lui n'avait pas vraiment protesté… Il se rappelait avoir demandé à Ward comment s'était passée sa soirée avec Phyllida, et Ward avait haussé les épaules, sans répondre grand-chose. Apparemment, il n'était pas dans ses intentions de la réinviter…

Siobhan hochait la tête d'un air songeur.

— Il y a des trucs que je ne pige pas bien, je me trompe ?

— Lesquels ?

— Je ne le saurai que quand tu me les auras dits.

— Il n'y a rien à dire.

Elle le fixa.

— Oh, que si. Il y a un autre petit point que tu dois connaître sur les femmes, John : nous sommes capables de vous lire à livre ouvert.

Il se préparait à répliquer, mais son portable se mit à pépier. Il vérifia le numéro, porta un doigt à ses lèvres pour signifier à Siobhan que sa conversation devait rester privée.

— Allô ? dit-il en avançant sur le parking. J'espérais avoir de tes nouvelles.

— Vu mon humeur, crois-moi sur parole, tu n'aurais pas du tout apprécié d'en avoir.

— Je suis heureux que tu appelles maintenant.

— Tu es occupé ?

— Je suis toujours occupé, Jean. Ce soir-là, dans High Street… c'était la même chose. Je m'étais laissé embringuer. Un groupe de mecs de l'académie.

— Ne parlons pas de ça, veux-tu ? dit Jean Burchill. Je voulais juste te remercier pour les fleurs.

— Tu les as reçues ?

— Oui… accompagnées de deux coups de fil, un de Gill, l'autre de Siobhan Clarke.

Rebus s'arrêta et regarda derrière lui, mais Siobhan était déjà rentrée dans le bâtiment.

— Elles ont toutes les deux répété la même chose, lui disait Jean.

— Et c'était quoi ?

— Que tu n'es qu'un butor et une tête de cochon, mais que tu as bon cœur.

— J'ai essayé de te joindre, Jean…

— Je sais.

— Et je veux me faire pardonner. Que dirais-tu d'aller dîner ce soir ?

— Où ça ?

— À toi de choisir.

— Le Number One, ça te va ? Si tu peux nous obtenir une table…

— Je nous aurai une table. (Une pause.) Je présume que ça ne doit pas être donné.

— John, prends-moi pour une gourde, et ça te coûtera toujours cher. Cette fois, tu as de la chance, il ne s'agit que d'argent.

— Dix-neuf heures trente ?

— Et ne sois pas en retard.

— J'y serai.

La conversation s'arrêta là et il rentra à son tour, s'arrêtant à la salle des communications pour trouver le numéro du restaurant. C'était son jour de veine, il venait d'y avoir une annulation. Le restaurant faisait partie de l'Hôtel Balmoral sur Princes Street. Il ne prit pas la peine de demander à combien risquait de se monter l'addition.

Le Number One était un lieu pour des occasions spéciales, les gens économisaient pour pouvoir dîner là. Mais il avait malgré tout recouvré sa bonne humeur en pénétrant dans la salle d'interrogatoire.

— Que nous voilà bien fringant d'un coup, fit Tam Barclay.

— Et n'était-ce pas la douce et parfumée sergente Clarke que nous avons vue revenir du parking ? ajouta Allan Ward.

Sifflements et rigolades. Rebus ne daigna pas répondre. Un seul homme dans la pièce ne souriait pas : Francis Gray. Il était assis, un crayon entre ses dents serrées, en train de pianoter en mesure sur la table. Il le regardait moins qu'il ne l'*examinait*.

Quand il s'agit d'Édimbourg, John sait où les cadavres sont enterrés.

Métaphoriquement parlant ? Dans la bouche de Gray, Rebus en doutait fort…

20

Vers dix-huit heures, la salle de l'enquête s'était vidée. Siobhan était contente de ne plus voir personne. Derek Linford n'avait cessé de lui lancer des regards meurtriers depuis l'épisode de la machine à café. Davie Hynds s'était tenu tout l'après-midi à la rédaction de son rapport sur le pot-de-vin reçu par Malcolm Neilson en paiement de son silence. Avec pour seule interruption l'interrogatoire — en compagnie de Silvers — d'une belle femme, qui se révéla être Sharon Burns, la collectionneuse d'art. Elle avait ensuite demandé à Silvers qui était la dame. Il lui avait expliqué, avant de sourire de toutes ses dents.

— Davie a dit que tu serais jalouse…

Phyllida Hawes, quant à elle, n'avait pas quitté son bureau après le déjeuner, son visage de pleine lune dévoré d'inquiétude, à regarder sa montre et la porte, dans l'attente d'une nouvelle visite d'Allan Ward. Mais aucun des occupants de la salle un n'était passé. Elle avait fini par demander à Siobhan si celle-ci désirait boire un verre après le boulot.

— Désolée, Phyl, avait-elle répondu. Je suis déjà prise.

Un pieux mensonge. La dernière chose qu'elle désirait, c'était Hawes pleurant sur son épaule simplement parce que Ward lui battait froid. Mais Silvers et Grant Hood étaient partants pour une pinte, et Hawes s'était jointe à eux. Hynds avait attendu qu'on l'invite, et c'est finalement ce qui s'était passé.

— Je crois qu'une pinte devrait me suffire, avait-il déclaré, en essayant de cacher son envie de les accompagner.

— Je viendrais bien avec vous, avait ajouté Linford, si ça ne vous dérange pas.

— Plus on est de fous…, lui avait répondu Hawes. Tu es sûre de ne pas pouvoir venir, Siobhan ?

— Merci tout de même, lui avait-elle répliqué.

Pour se retrouver enfin seule dans le grand bureau à six heures du soir, dans un silence soudain que venait juste rompre le bourdonnement du tube au néon. Templer était partie plus tôt, une réunion à la Grande Maison. Les huiles voulaient certainement savoir comment progressait l'enquête sur le meurtre Marber. Laissant dériver son regard vers le Mur du Mort, elle aurait pu répondre à sa place : comme un escargot fatigué.

Ces messieurs devaient être impatients d'avoir des résultats concrets. C'était précisément le moment où les erreurs commençaient à se commettre, et où les raccourcis prenaient le pas sur une enquête digne de ce nom. Ils allaient vouloir à tout prix faire entrer Donny Dow ou Malcolm dans le cadre, quitte à forcer un peu au besoin…

À l'académie, un de ses professeurs le lui avait dit, des années auparavant : ce n'était pas le résultat qui importait, mais la manière d'y aboutir. Il voulait signifier par là qu'il fallait jouer le jeu selon les règles, en gardant l'esprit ouvert ; en s'assurant que le dossier de mise en accusation ne risque pas de se dégonfler tout doucement comme un pneu après une crevaison, afin que le procureur de la Couronne ne vous le renvoie pas dans les gencives. C'était aux tribunaux de décider de l'innocence ou de la culpabilité des prévenus, le travail du CID étant simplement de rapiécer les morceaux avec les bonnes rustines afin d'en faire une roue qui tienne la route…

Elle contempla son bureau. Son bloc-notes n'était qu'une masse de griffonnages et de gribouillis, certains à l'encre bleue, d'autres en noir, mais aucun de sa main. Quand elle était au téléphone, elle dessinait de petits cyclones spiralés. Et aussi des cubes. Et des rectangles qui ressemblaient au drapeau anglais. Un des motifs appartenait à « Hi-Ho » Silvers : flèches et cactus étaient sa spécialité. Certaines personnes ne griffonnaient jamais. Elle ne se rappelait pas avoir jamais vu Rebus le faire, ni Derek Linford. À croire qu'ils craignaient l'un et l'autre d'en révéler trop sur leur petite personne. Elle se demanda ce que ses graffitis lui apprendraient, vus par un expert. Le cyclone pouvait être sa façon à elle de donner une forme au chaos d'une enquête. Les cubes et les drapeaux ? Même chose, plus ou moins. Les flèches et les cactus, elle n'en était pas aussi sûre…

Un des noms sur la page avait été entouré avant d'être à moitié oblitéré par un numéro de téléphone.

Ellen Dempsey.

C'était quoi, déjà, ce qu'avait dit Cafferty… ? Ellen

Dempsey avait des « amis ». Quel genre d'amis ? Le genre que Cafferty ne voulait pas se mettre à dos.

— Une promotion, et voilà le résultat, c'est ça ? dit Rebus, appuyé au chambranle de la porte.

— Il y a longtemps que tu es là ?

— Ne t'en fais pas, je ne t'espionne pas.

Il entra.

— Ainsi, ils se sont tous cassés ?

— Un bon point pour l'avoir remarqué.

— Les anciens pouvoirs de déduction n'ont pas encore tout à fait abandonné le navire, dit-il en se tapotant le crâne.

Son fauteuil était derrière ce qui était maintenant le bureau de Linford. Il le tira vers lui et le plaça devant celui de Siobhan en râlant :

— Ne laisse pas cette tête de gland s'installer sur mon siège.

— Ton siège ? Je croyais que tu l'avais volé dans l'ancien bureau du Paysan ?

— Gill n'en voulait pas, répondit-il pour se défendre.

Il s'y assit et se mit à son aise.

— Qu'est-ce qu'il y a au menu ce soir ?

— Haricots tomate sur toast, probablement. Et toi ?

Il fit son cinéma, comme s'il se creusait les méninges, en posant les pieds sur le bureau.

— Bœuf en croûte peut-être, et une bonne bouteille de vin pour faire descendre.

— Jean a appelé ? demanda Siobhan qui n'avait pas perdu le nord.

Il acquiesça.

— Je voulais te remercier d'avoir intercédé en ma faveur.

— Alors, où est-ce que tu l'emmènes ?

— Au Number One.

Siobhan poussa un sifflement.

— Un doggie-bag, ce serait possible, tu crois ?

— Il se pourrait qu'il reste un os ou deux. Qu'est-ce que tu griffonnes ?

Elle prit conscience de ce qu'elle était en train de faire.

— Le nom d'Ellen Dempsey avait été inscrit ici, mais on l'a recouvert de gribouillis. Je voulais juste le réécrire, pour me rappeler…

— De quoi faire ?

— Je crois qu'elle mérite qu'on y regarde de plus près.

— À quel motif ?

— Au motif que Cafferty a déclaré qu'elle avait des amis.

— Tu n'es pas convaincue que Donny Dow ait assassiné Marber ?

Elle fit signe que non.

— Je pourrais me tromper, bien sûr.

— Et l'artiste, alors ? J'ai aussi entendu dire que tu l'avais convoqué pour un interrogatoire…

— C'est un fait. Il a accepté un pot-de-vin de Marber, en promettant de ne plus raconter de salades sur son dos.

— Ça n'a pas vraiment marché.

— Non…

— Mais lui non plus, tu ne le vois pas en assassin ?

Haussement d'épaules très exagéré.

— Peut-être que ce n'est personne après tout.

— Ou alors, c'est un grand de l'école, et après, y s'est sauvé.

Elle sourit.

— Dans toute l'histoire du monde, est-ce que tu connais quelqu'un qui se soit vraiment servi de ça comme alibi ?

— Il est sûr que j'ai essayé, quand j'étais loupiot. Pas toi ?

— Je ne pense pas que papa et maman m'auraient crue.

— Je ne suppose pas un seul instant que des parents aient jamais pu être dupes. Ça ne signifie pas pour autant qu'un gamin n'irait pas tenter sa chance…

Elle acquiesça d'un air songeur.

— Pas plus Dow que Neilson ne possèdent d'alibi pour la nuit où Marber a été assassiné. Même l'histoire de Cafferty ne tient pas bien debout…

— Tu crois que Cafferty est mêlé à ça ?

— Je commence à pencher pour. C'est probablement lui, le propriétaire du Paradiso… il a pu être mis au courant pour Laura et Marber… il se trouve que son chauffeur était l'ex de Laura, sans compter que monsieur est collectionneur, donc quelqu'un que Marber aurait pu escroquer.

— Alors convoque-le.

Elle le regarda.

— Il y a peu de chance qu'il éclate en sanglots et avoue.

— Convoque-le quand même, rien que pour marquer le coup, nom de Dieu.

Elle baissa les yeux sur le nom d'Ellen Dempsey.

— Pourquoi ai-je l'impression que c'est pour toi que ce serait tout bénef et non pour moi ?

— Parce que tu es de nature soupçonneuse, sergent Clarke.

Il consulta sa montre, se leva de son fauteuil.

— Tu vas aller te faire beau ? devina Siobhan.

— Au moins changer de chemise, en tout cas.

— Trouve le temps de te donner un coup de rasoir pendant que tu y es, si tu veux voir Jean se rapprocher pour un câlin.

Rebus se passa la main sur le menton.

— Un coup de rasoir, c'est d'accord, dit-il.

Siobhan le regarda s'éloigner, en songeant : les hommes et les femmes, quand est-ce que tout a commencé à se compliquer ? Et pourquoi ?

Elle ouvrit son bloc-notes à une page vierge et prit son stylo. Quelques instants plus tard, Ellen Dempsey s'y trouvait inscrite, dans l'œil immobile d'un cyclone d'encre.

Rebus s'était lavé les cheveux, rasé et brossé les dents. Il avait épousseté son plus beau costume et déniché une chemise flambant neuve. Après avoir défait l'emballage et les épingles, il l'avait enfilée. Elle avait besoin d'être repassée, mais il ne savait pas où se cachait le fer… ni même s'il en possédait un, à bien y réfléchir. S'il gardait sa veste, personne ne verrait les plis. Cravate rose… non. Bleu foncé… oui. Sans taches visibles apparemment.

Il passa un coup de lavette rapide à ses chaussures, les essuya avec le torchon à vaisselle.

Se contempla dans le miroir. Ses cheveux avaient séché un peu n'importe comment, et il essaya d'aplatir les épis. Son visage était un peu rouge. Il se rendit compte qu'il était nerveux.

Il décida d'être en avance au restaurant. L'occasion de jeter un œil aux prix, pour éviter de prendre un air scandalisé devant Jean. En outre, une fois qu'il aurait reconnu les lieux, il se sentirait plus à l'aise, sans raison particulière. Un petit whisky vite fait d'ici là, rien que pour se calmer les nerfs. La bouteille posée au sol lorgnait dans sa direction. Pas ici, se dit-il : je m'en offrirai un quand je serai là-bas. Il décida de prendre la voiture. Jean ne conduisait pas, et juste au cas où ils risqueraient de se retrouver chez Jean à Portobello, ce serait bien pratique. Elle lui donnait également une excuse pour ne pas trop boire de vin : que Jean boive pour deux.

Et si lui buvait, il pourrait toujours laisser la Saab en ville et la récupérer plus tard.

Clés… cartes de crédit… quoi d'autre ? Peut-être un change de vêtements. Il pouvait les déposer dans le coffre. De cette façon, s'il passait la nuit chez sa belle… non, non… s'il lui annonçait tout de go qu'il avait des vêtements propres dans la voiture, elle saurait qu'il espérait bien finir la nuit comme ça.

— Pas de préméditation, John, se recommanda-t-il.

Dernière question : après-rasage, oui ou non ? Non ? Même raisonnement.

Et donc… sortie de l'appartement, pour s'apercevoir à mi-chemin des escaliers qu'il n'avait pas consulté ses messages. Et alors ? Il avait son portable et son pager sur lui. La voiture était garée à un emplacement parfait, presque en face de l'immeuble. Une si belle place… Quel dommage de la perdre… deux minutes après son départ, elle serait prise. Quand même… peut-être qu'il n'aurait pas besoin de se garer là ce soir.

Arrête de te mettre ces idées-là dans la tête.

Et si le menu était entièrement en français ? Elle serait forcée de commander pour eux deux. Peut-être que ce serait une bonne ruse d'ailleurs : lui demander à brûle-pourpoint de choisir pour lui. En s'en remettant entièrement à elle, et caetera. Il essayait d'imaginer ce qui pourrait cependant mal tourner. Sa carte de crédit qui ne passerait pas ? Peu probable. Prendre la mauvaise cuillère ? Tout à fait possible. Il avait déjà l'impression que des plaques de sueur se formaient sous ses aisselles.

Seigneur, John…

Tout allait très bien se passer. Il ouvrit la portière, se glissa au volant. Mit le contact.

Le moteur se comportait comme il se devait. Marche arrière et dégagement. Il passa en première et en avant. Arden Street avait été réduite à un étroit couloir à cause des voitures garées de part et d'autre. Soudain, l'une d'elles sortit en marche arrière de son emplacement juste devant son capot. Il écrasa les freins.

Foutu imbécile…

Il klaxonna, mais le conducteur ne bougea pas. Il distinguait une tête. Pas de passagers.

— Allez ! s'écria-t-il, geste à l'appui.

C'était une Ford vieille de douze ans dont le pot d'échappement s'était presque détaché du châssis. Il décida de mémoriser la plaque d'immatriculation et de veiller à ce que ce salopard ait des ennuis.

Mais la voiture ne bougeait toujours pas.

Il défit sa ceinture et sortit en claquant la portière. S'avança vers la Ford bleu ciel. Il avait parcouru les neuf dixièmes du chemin qui l'en séparaient quand il songea soudain : C'est un piège ! Il regarda alentour : personne ne s'approchait sur ses arrières. Il s'arrêta malgré tout, à un mètre cinquante de la portière passager. Un homme était assis dans la Ford, les mains sur le volant. Excellente chose. Ça signifiait qu'il ne portait pas d'arme.

— Hé ! s'écria-t-il. Ou vous bougez ou alors on va s'expliquer !

Les mains quittèrent le volant. La portière s'ouvrit avec un raclement de métal grippé, comme des gonds mal graissés.

L'homme posa un pied sur la chaussée et sortit à moitié de son véhicule.

— Je veux justement qu'on s'explique, dit-il.

Rebus n'en crut pas ses yeux. Il s'attendait à tout sauf à ça.

Ce visage… cette voix…

Ce fantôme.

— Je ne peux pas, parvint-il à dire. J'ai rendez-vous dans vingt minutes.

— Dix suffiront amplement, répliqua la voix.

Le regard de Rebus fut attiré par la bouche. Un dentiste était passé par là. Les dents noircies avaient été arrachées ou repolies.

Le Diamond Dog se portait plutôt bien pour un mort.

— Nous pouvons faire ça plus tard, gémit Rebus.

Diamond secoua la tête, remonta dans sa voiture. Il quitta complètement sa place de parking, toujours en marche arrière. Rebus fut obligé de s'écarter pour ne pas se retrouver écrasé entre la Ford et sa propre Saab. Une main apparut à la vitre en lui faisant signe de suivre.

Rebus jeta un œil à sa montre. *Et merde !*

Releva la tête et vit la Ford qui continuait à avancer lentement, augmentant la distance qui les séparait.

Dix minutes. Il pouvait se permettre dix minutes. Il arriverait au restaurant encore en avance…

Merde !

Il s'installa au volant et suivit Dickie Diamond.

Ils n'allèrent que deux ou trois rues plus loin. Diamond se gara sur une ligne jaune unique — emplacement toléré, sans grand risque à cette heure de la soirée. Rebus s'arrêta juste derrière lui. L'autre était déjà sorti de son véhicule. Ils étaient tout près de Bruntsfield Links, large pente herbeuse où les golfeurs venaient à l'occasion pratiquer leur *pitch-and-putt*. Récemment, les étudiants s'étaient mis aussi à y tenir leurs barbecues en utilisant des appareils jetables bon marché. Les plaques en tôle laissaient des marques calcinées rectangulaires sur l'herbe et Diamond était en train d'en tester une du bout du pied. Il était bien habillé. Rien de luxueux ni d'extravagant, mais pas non plus des fripes d'occasion.

— Qui est la dame ? demanda-t-il en détaillant Rebus en costume des pieds à la tête.

— Qu'est-ce que tu fous ici ?

Quand il le croisa, le regard de Diamond ne lui parut guère engageant. Puis le Dog lui offrit un sourire chagriné et commença à descendre la pente. Il hésita puis se mit à le suivre.

— Quel jeu es-tu en train de jouer ? demanda-t-il.

— C'est moi qui devrais te poser cette question.

— Je croyais t'avoir dit de ne plus jamais remettre les pieds ici.

— Ça, c'était avant que j'aie eu vent de ce qui se tramait.

Au cours des six années écoulées depuis leur dernière rencontre, le visage déjà mince de Diamond avait perdu de sa consistance, tout comme ses cheveux. Ce qui restait de ces derniers était d'un noir trop intense pour être naturel. Le dessous des yeux s'ornait de poches en demi-lune, mais l'homme ne paraissait pas avoir grossi, ni perdu de ses facultés intellectuelles.

— Et il se trame quoi exactement ? demanda Rebus.

— Il y a des gens à toi qui sont à ma recherche.

— Ce qui ne signifie pas qu'ils vont te trouver… à moins, bien sûr, que tu ne reviennes en ville au grand galop et en plein jour.

Rebus s'interrompit.

— Qui te l'a dit ? demanda-t-il. Jenny Bell ?

Diamond secoua la tête.

— Elle ne sait même pas que je suis vivant.

— Malky alors ?

Rebus tapait un peu au hasard, mais il toucha juste. Ce fut visible, même si Diamond ne dit rien. Malky au Bar Z, qui laissait traîner une oreille près de la table…

— Un conseil, dit Rebus. Remonte vite dans ta voiture et fiche le camp de cette ville à toute vitesse. J'étais sérieux quand je t'ai dit jadis de rester loin d'ici.

— Et j'ai tenu parole jusqu'à aujourd'hui, dit Diamond, qui avait commencé à se rouler une cigarette. Alors pourquoi cet intérêt soudain ?

— Une coïncidence, rien d'autre. Je suis un cours de recyclage et il se trouve que Rico Lomax a été choisi comme exercice.

— Un exercice pour quoi faire ?

Diamond mouilla le bord de son papier. Rebus le regarda retirer quelques brins dépassant du bout de sa roulée pour les remettre dans sa boîte à tabac métallique.

— Ils ont voulu nous faire reprendre une vieille affaire afin de savoir s'il restait une chance de nous faire travailler en équipe.

— Travailler en équipe ? Toi ?

Diamond gloussa et alluma sa cigarette. Rebus consulta sa montre.

— Écoute, il faut vraiment que je…

— J'espère que tu les mènes bien en bateau, Rebus, dit-il, avec un soupçon de menace dans la voix.

— Et si ce n'est pas le cas, alors quoi ? contra Rebus d'un air obstiné.

— J'ai été absent bien longtemps. Cette ville me manque. Ce serait bien d'y revenir…

— Je t'ai dit à l'époque…

— Je sais, je sais. Mais peut-être que j'avais un peu trop la trouille en ce temps-là. Je n'ai plus aussi peur aujourd'hui.

Rebus lui pointa un doigt à la figure.

— Tu étais dans le coup. Tu reviens ici, et quelqu'un te fera la peau.

— Je n'en suis pas aussi sûr. Plus j'y pense, d'ailleurs, plus j'ai l'impression que c'est ton cul que j'ai protégé pendant toutes ces années.

— Tu veux entrer dans un poste de police ? Je t'en prie, fais comme il te chante.

Diamond examina le bout de sa cigarette.

— Ce sera à moi d'en décider, pas à toi.

Rebus montra les dents.

— Espèce de petite merde, j'aurais pu te faire enterrer six pieds sous terre… n'oublie pas ça.

— C'est Rico que je n'oublie pas. Je pense à lui souvent. Et toi ?

— Ce n'est pas moi qui ai tué Rico.

— Alors c'est qui ? (Nouveau gloussement de Diamond.) On sait bien de quoi il retourne, tous les deux, Rebus.

— Et toi, alors, Dickie ? Tu savais que Rico se tapait ta copine ? À la façon dont elle raconte ça, tu étais en plus présent. C'est vrai, ça ? Peut-être que c'est toi qui avais une dent contre lui, toi qui voulais te venger ?

Il se mit à hocher lentement la tête.

— Il se pourrait bien que ce soit comme ça que je présente la chose devant le tribunal. T'as descendu ton vieux pote avant de jouer la fille de l'air.

Diamond secoua la tête, en gloussant une fois de plus. Il inspecta les environs, glissa sa boîte de tabac dans la poche de sa veste.

Sortit un revolver à canon court et le pointa sur le ventre de Rebus.

— Je serais tout à fait capable de te tirer dessus, là, maintenant. C'est ça que tu veux ?

Rebus regarda aux alentours. Personne à moins de cent mètres ; des dizaines de fenêtres d'immeubles…

— Ça, c'est super, Dickie. Y a pas à dire, tu sais te fondre dans un paysage. Au beau milieu d'Édimbourg. Tu crois que personne ne va remarquer un individu en train de brandir une arme à feu ?

— Peut-être que ça m'est égal maintenant.

— Mais peut-être pas.

Rebus serrait les poings, les bras ballants. Il était à moins d'un mètre de Diamond, mais serait-il suffisamment rapide…

— Combien de temps je resterais en prison si je te descendais ? De douze à quinze ans, et je sortirais un peu avant ça ?

— Tu n'y resterais pas dix minutes, Dickie. Tu serais un mort en sursis dès que les grilles de la prison se seraient refermées derrière toi.

— Peut-être ben que oui, peut-être ben que non.

— Les gens que je connais ont la mémoire longue.

— Je veux rentrer chez moi, Rebus, dit-il en regardant autour de lui. Je suis chez moi ici.

— Très bien… mais range ton flingue. Tu m'as convaincu.

Diamond regarda ce qu'il tenait dans la main.

— Il est même pas chargé, dit-il.

En entendant ces mots, Rebus balança son poing qui toucha le creux juste sous le sternum. Il agrippa l'arme et l'arracha. Pas d'erreur, les chambres étaient vides. Diamond gémissait, à quatre pattes. À l'aide de son mouchoir, Rebus essuya ses propres empreintes sur l'acier et laissa tomber le revolver dans l'herbe.

— Essaie ça encore une fois, dit Rebus, dents serrées, et je te brise les doigts un à un.

— Tu m'as disloqué le pouce ! brailla Diamond. Regarde !

Il leva la main droite pour qu'il la voie bien et se lança bille en tête, en écrasant Rebus dans l'herbe de tout son poids. Celui-ci en eut le souffle coupé. Diamond était sur lui et le maintenait cloué au sol. Il se débattit, et lorsque le visage de son adversaire arriva au niveau du sien, il lui colla un coup de boule avant de rouler sur le flanc pour se libérer. Il parvint péniblement à se remettre debout et lança son pied que l'autre enveloppa de ses bras pour tenter de lui faire perdre l'équilibre. Mais Rebus choisit de tomber de toute sa masse, les deux genoux en avant, sur la poitrine de son adversaire.

Celui-ci se mit à geindre et à postillonner.

— Lâche ! lui cracha Rebus.

Diamond lâcha. Rebus se remit debout une seconde fois, en prenant soin de se mettre hors de portée.

— J'ai entendu craquer une côte, gémit Diamond en se tordant de douleur.

— L'hôpital est juste de l'autre côté des Meadows, lui répondit Rebus. Bonne chance.

Il inspecta les dégâts sur sa propre personne. Des taches d'herbe et de boue sur le pantalon, sa chemise sortie de la ceinture. Sa cravate était complètement de travers, ses cheveux dans tous les sens.

Et il allait être en retard.

— Je veux que tu remontes dans ta voiture, dit-il à

la silhouette prostrée, et que tu roules sans t'arrêter. C'est comme dans la chanson des Sparks : *This town ain't big enough for the both of us* [1]. Je te revois encore une fois après ce soir, et t'es bon pour la morgue. T'as compris ?

Le corps à ses pieds répondit quelque chose, mais Rebus ne comprit pas. Il estima que Diamond ne devait pas le féliciter pour la qualité de l'accueil à son retour au bercail…

Il se gara juste devant le restaurant et descendit les marches au pas de course. Jean était au bar, apparemment plongée dans la lecture du menu. Mais elle resta de glace quand il s'approcha. Avant de constater finalement, malgré les lumières tamisées, qu'il s'était passé quelque chose.

— Qu'est-ce que tu as fait ?

Comme il se penchait vers elle pour l'embrasser sur la joue, elle lui toucha le front du bout des doigts. Il sentit que ça piquait, la peau était écorchée.

— Un léger désaccord, dit-il. Suis-je assez présentable pour cet endroit ?

Le maître d'hôtel n'était pas loin.

— Pourriez-vous apporter à John un grand whisky ? demanda Jean.

— Un petit malt peut-être, monsieur ?

— Laphroaig, si vous avez, répondit Rebus en hochant la tête.

— Et de la glace, ajouta Jean. Dans un verre séparé.

_____

1. Cette ville est trop petite pour nous deux.

Malgré son sourire, elle était visiblement tracassée.

— Je n'arrive pas à croire que je vais dîner avec un homme qui tiendra une poche de glace collée contre sa figure toute la soirée.

Il examina le décor.

— Dans ce genre d'endroit, il y aura probablement quelqu'un pour le faire à ma place.

Le sourire de Jean s'élargit.

— Tu es sûr que ça va aller ?

— Je vais très bien, Jean, je t'assure, dit-il en lui prenant la main pour déposer un baiser au creux de son poignet. Joli parfum.

— Opium, dit-elle.

Il hocha la tête, en gardant le nom dans un coin de sa mémoire pour l'avenir.

Le repas fut long et magnifique et au fil des plats, il se décontracta. Jean lui demanda une seule fois la nature du « désaccord », et il marmonnait déjà une excuse toute prête qu'elle leva la main pour lui signifier d'arrêter.

— Je préférerais que tu me répondes de me mêler de mes oignons, John... Simplement, ne me raconte pas d'histoires. C'est un tout petit peu insultant.

— Désolé.

— Le jour viendra peut-être où tu auras envie de t'ouvrir à moi.

— Peut-être, concéda-t-il.

Mais au fond de lui, il savait pertinemment que ce jour ne viendrait pas. Cela ne s'était jamais produit au cours de toutes ses années de mariage avec Rhona et il n'y avait pas de raison que ça change maintenant...

Il avait bu son grand malt suivi par deux verres de

vin, et se sentait capable de prendre le volant. Jean enfilait son manteau, aidée par un serveur, lorsqu'il lui demanda s'il pouvait la raccompagner chez elle. Elle acquiesça.

Ils rejoignirent Portobello, le ventre plein, de nouveau amis, avec en fond sonore une vieille cassette des Fairport Convention. Il s'engageait dans sa rue lorsqu'elle prononça son nom, en l'étirant exagérément. Il comprit ce qu'elle allait dire et la gagna de vitesse.

— Tu ne veux pas que je monte ?

— Pas ce soir, dit-elle en se tournant vers lui. Tu ne m'en veux pas ?

— Bien sûr que non, Jean. Pas de problème.

Il ne vit aucune place libre pour se garer, aussi s'arrêta-t-il au milieu de la chaussée devant sa maison.

— Le repas était délicieux, dit-elle.

— Il faudra remettre ça.

— Mais peut-être pas de façon aussi luxueuse.

— Cela ne m'a pas gêné.

— Tu as accepté ta punition avec beaucoup de noblesse, dit-elle.

Elle se pencha vers lui pour l'embrasser sur la joue. Ses doigts frôlèrent son visage. Lorsqu'il posa les mains sur ses épaules, il se sentit gauche, comme lorsqu'il était adolescent. Les premiers rendez-vous... quand on a peur de tout faire foirer...

— Bonne nuit, John.

— Je peux te téléphoner demain ?

— Tu as intérêt, le prévint-elle en ouvrant sa portière. Il est rare que j'accorde une seconde chance à quelqu'un.

468

— Promesse de scout, répondit-il en portant deux doigts à sa tempe droite.

Elle sourit à nouveau et s'en fut. Pas de dernier regard. Elle se contenta de monter les marches, déverrouilla la porte d'entrée et entra. Le vestibule était éclairé — un encouragement à la paresse. Il attendit que les lampes s'allument au premier — couloir et chambre — avant de passer en prise et de repartir.

Il ne trouva pas de place pour la Saab dans Arden Street. Jetant un coup d'œil rapide aux alentours pour s'assurer que Dickie Diamond n'était pas tapi dans un coin, il ne vit rien. Il se gara à deux minutes de là à pied, et la fraîcheur de la nuit avec cet air piquant presque automnal lui fit du bien. Le dîner s'était finalement passé pour le mieux. Pas d'interruptions : il avait coupé son portable et son pager n'avait pas sonné. Il vérifia son téléphone : il n'avait pas de nouveaux messages.

— Que le ciel en soit loué, dit-il en poussant la porte de son immeuble.

Il allait se prendre un dernier whisky, mais bien tassé. S'asseoir dans son fauteuil et écouter un peu de musique. Il savait déjà quoi : *Physical Graffiti* de Led Zeppelin. Il voulait quelque chose pour se vider complètement la tête. Il risquait même de s'endormir dans le fauteuil, mais ça n'avait pas d'importance.

Les choses avaient repris leur juste cours avec Jean. Il le pensait… il l'espérait. Son premier geste demain matin serait de lui téléphoner, et il la rappellerait encore après le boulot, peut-être.

Il arriva sur le palier, fixa sa porte.

— Par le Seigneur…

Elle était grande ouverte, le couloir plongé dans

l'obscurité. À l'aide d'un instrument quelconque, on avait forcé le verrou, à voir les éclats de bois. Il s'avança dans le couloir. Aucun signe de vie… pas de bruit. Mais il ne risquait pas de tenter la chance, le souvenir du revolver encore trop présent à sa mémoire. Diamond avait dû planquer les munitions quelque part, peut-être même dans sa voiture… il appela de son portable et demanda des renforts. Puis il se planta sur le palier et attendit. Toujours aucun signe de vie dans l'appartement. Il essaya l'interrupteur près du chambranle. Rien.

Cinq minutes s'étaient écoulées lorsque la porte du rez-de-chaussée s'ouvrit et se referma. Il avait entendu le crissement de pneus d'une voiture qui s'arrêtait. Des pas dans l'escalier. Il se pencha au-dessus de la rampe et vit Siobhan Clarke qui montait.

— C'est toi les renforts ? demanda-t-il.

— J'étais au poste.

— À cette heure de la nuit ?

Elle s'immobilisa, à quatre marches du palier.

— Mais je peux toujours rentrer chez moi…, lui lança-t-elle en faisant demi-tour, comme pour redescendre.

— Autant que tu restes, dit-il, puisque tu es là. Je suppose que tu n'as pas de torche sur toi ?

Elle ouvrit son sac. Une grosse lampe noire. Elle l'alluma.

— La boîte à fusibles est là-bas, dit-il en montrant le couloir.

On avait coupé l'électricité. Il actionna le disjoncteur et la lumière fut. Ils inspectèrent le reste de

470

l'appartement comme deux flics en équipe, en sentant très vite qu'il n'y avait personne.

— Effraction banale, apparemment, dit-elle. Tu n'es pas d'accord ? ajouta-t-elle en ne le voyant pas réagir.

— Ton diagnostic me conviendrait mieux s'il manquait quelque chose.

Mais on ne lui avait rien pris, à première vue. La chaîne hi-fi, la télé, ses 33-tours et ses CD, son alcool et ses livres… Tout était là, à sa place.

— Pour être honnête, je ne suis pas sûre que je prendrais même la peine de piquer quoi que ce soit ici, dit Siobhan en saisissant la pochette d'un vinyle de Nazareth. Tu veux signaler ça au poste comme cambriolage ?

Rebus connaissait la suite : une équipe de techniciens qui laisseraient de la poudre à empreintes partout ; faire sa déposition à un flic en tenue mort d'ennui… Sans compter que tout le monde au poste saurait que son appart avait été visité. Il fit non de la tête.

— T'es sûr ? demanda Siobhan en se tournant vers lui.

— Absolument.

C'est à cet instant seulement qu'elle parut remarquer son beau costume.

— Le dîner s'est bien passé ?

Il se regarda, commença à défaire sa cravate.

— Très bien.

Il ouvrit son col de chemise et se sentit moins engoncé.

— Merci encore pour ton coup de fil à Jean.

— Quand je peux aider…

Elle repassait le salon en revue.

— T'es sûr qu'on ne t'a rien pris ?

— Pratiquement certain.

— Alors pourquoi aurait-on forcé ta porte ?

— Je ne sais pas.

— Même pas une petite idée sur les éventuels coupables ?

— Non.

Dickie Diamond… Gray… la Belette… À l'évidence, des tas de gens savaient où il habitait. Mais que seraient-ils venus chercher ? C'était peut-être ses voisins étudiants, en désespoir de cause, désireux d'écouter un peu de bonne musique… pour changer.

Siobhan poussa un soupir en se pinçant le nez entre deux doigts.

— Comment se fait-il que je sache, lorsque tu réponds « non », que tu as déjà plusieurs noms en tête ?

— L'intuition féminine ?

— Et non pas mes talents de policier si finement affûtés, si je comprends bien ?

— Ceux-là aussi, naturellement.

— Tu connais un menuisier que tu pourrais appeler ?

Elle parlait de la porte : à réparer d'urgence.

— J'attendrai demain matin. Sinon, ça va me coûter la peau des fesses.

— Et si quelqu'un débarque ici sur la pointe des pieds en pleine nuit ?

— Je me cacherai sous le lit en attendant qu'il reparte.

Elle s'avança, se carra bien en face lui et leva lentement la main. Il n'avait pas la moindre idée de ce qu'elle cherchait à faire. Elle ne s'arrêta pas en si bon chemin et lui frôla le front.

— C'est arrivé comment ?

— Une simple éraflure, voilà tout.

— Mais toute fraîche. Ce n'est pas Jean, j'espère ?

— Je me suis juste cogné. (Verrouillage de regards.) Et non, je n'étais pas ivre. C'est vrai devant Dieu. (Une pause.) Mais puisqu'on parle boisson…

Il ramassa la bouteille.

— Tu veux te joindre à moi, puisque tu es là ?

— Je ne peux pas te laisser boire tout seul quand même.

— Je vais chercher deux verres.

— Un café pour accompagner, ce serait possible ?

— Je n'ai pas de lait.

Elle replongea dans son sac et en sortit une petite brique de lait.

— Je me gardais ça pour la maison, dit-elle, mais vu les circonstances…

Il alla dans la cuisine et Siobhan défit son manteau. Elle se disait qu'elle referait bien la déco, si elle en avait l'occasion. Une moquette plus claire, sans hésitation, et les lampadaires années 1960 à la poubelle.

Dans la cuisine, Rebus prit deux verres dans le placard, trouva un pot à lait et y versa un peu d'eau fraîche au cas où Siobhan en voudrait. Puis il ouvrit le freezer, en sortit une demi-bouteille de vodka, un paquet de croquettes de poisson finger d'âge vénérable et un petit pain ratatiné. Dessous se trouvait un sachet en plastique contenant le rapport du chef de la police sur Bernie Johns. Pratiquement certain que personne n'y avait touché, il le remit en place à côté des croquettes et du petit pain. Remplit la bouilloire et la mit en marche.

— Tu peux avoir de la vodka si tu préfères ! cria-t-il à Siobhan.

— Le whisky, ça m'ira très bien.

Rebus sourit et referma le freezer.

— As-tu écouté la cassette d'Arab Strap que je t'avais faite ? lui demanda Siobhan quand il la rejoignit dans le salon.

— C'était super, dit-il. Un poivrot de Falkirk, c'est bien ça ? Et comme paroles, il explique comment tirer sa crampe, exact ?

Il servit les whiskies, tendit le sien à Siobhan. Lui proposa de l'eau, qu'elle refusa de la tête.

Ils s'installèrent sur le canapé, sirotant leur verre.

— Il existe un dicton, non ? demanda-t-il. Sur la boisson et l'amitié.

— Les cœurs qui souffrent aiment la compagnie ? fit-elle malicieusement.

— C'est ça, dit-il avec un sourire en levant son verre. Aux cœurs qui souffrent !

— Aux cœurs qui souffrent ! répondit-elle en écho. Où serions-nous sans eux ?

Il la regarda.

— Tu veux dire qu'on ne peut pas y échapper, que ça fait partie de la vie ?

— Non, répliqua-t-elle. Ça signifie que, sans eux, on n'aurait plus de boulot…

21

Dès son réveil, Rebus appela Jean. Finalement, la veille au soir, il était parvenu à rejoindre son lit mais quand il traversa son salon, la chaîne hi-fi diffusait toujours *There's The Rub* par Wishbone Ash — il avait dû enfoncer la touche Repeat par mégarde. Les verres à whisky traînaient toujours sur la table de la salle à manger. Siobhan avait laissé un bon centimètre d'alcool dans le sien. Il songea à le terminer, mais finit par le reverser dans la bouteille. Puis il décrocha le téléphone.

Jean dormait encore. Il se l'imagina : les cheveux ébouriffés, le soleil qui filtrait au travers de ses rideaux en jute couleur crème. Parfois, quand elle s'éveillait, quelques fines pellicules de salive blanche avaient séché aux commissures de ses lèvres.

— J'avais promis de t'appeler, dit-il.

— J'avais l'espoir que ce serait à une heure chrétienne, répondit-elle, avec bonne humeur cependant. Dois-je comprendre que tu n'as pas ramassé de femme non convenable en chemin sur le trajet de retour ?

— Et que serait donc, à ton avis, le genre de femme

qui ne conviendrait pas à mon genre de beauté ? demanda-t-il en souriant.

Il avait déjà pris la décision de ne pas lui parler de l'effraction ni de la petite visite de Siobhan.

Ils bavardèrent cinq minutes, puis il donna un autre coup de fil — cette fois, pour contacter un menuisier qu'il connaissait, et qui était en dette avec lui —, après quoi il se prépara du café et un bol de céréales. Il n'y avait pas suffisamment de lait pour les deux, aussi coupa-t-il ce qui en restait d'eau du robinet. Le temps de manger, de se doucher et de s'habiller, le menuisier était là.

— Refermez la porte derrière vous quand vous partirez, Tony, dit Rebus en sortant sur le palier.

En descendant l'escalier, il se demanda une fois encore qui avait bien pu pénétrer chez lui. Diamond à l'évidence était le candidat idéal. Peut-être avait-il voulu l'attendre avant de finir par en avoir marre. Sur le trajet en voiture jusqu'à St Leonard's, il se repassa la scène de la veille, à Bruntsfield Links. Le fait que Diamond l'ait menacé d'une arme à feu le mettait en furie. Qu'elle fût chargée ou pas ne changeait rien au problème. Il essaya de se rappeler ce qu'il avait éprouvé. Pas vraiment la trouille… en fait, il était resté plutôt calme. Quand on vous pointe une arme dessus, inutile de se poser trop de questions — ou on tire, ou on ne tire pas. Il se souvint qu'il avait ressenti des picotements par tout le corps, presque comme s'il vibrait d'une énergie électrique. Dickie Diamond… le Diamond Dog… qui croyait s'en tirer comme une fleur après un coup pareil…

Il gara la voiture et décida de faire l'impasse sur son

habituelle cigarette. Il préféra se rendre dans la salle des communications pour ordonner que les patrouilles gardent l'œil ouvert afin de repérer un certain véhicule dont il fournit le signalement et le numéro de plaque.

— Que personne ne s'en approche : tout ce que je veux, c'est savoir où elle est.

L'uniforme avait acquiescé avant de se mettre au micro. Rebus espérait que Diamond avait tenu compte de son avertissement et quitté la ville. Il devait cependant s'en assurer.

Il fallut encore une demi-heure pour que le reste de la Horde sauvage arrive. Ils étaient venus dans une seule voiture et il lui fut facile de repérer les trois qui s'étaient retrouvés coincés sur la banquette arrière : Ward, Sutherland et Barclay. Comme un seul homme, ils faisaient encore des étirements en entrant dans la salle.

Gray et Jazz : conducteur et passager avant. Rebus s'interrogea sur Allan Ward, et les raisons pour lesquelles on lui faisait si souvent jouer le rôle du vilain petit canard. Ward bâillait et ses articulations craquaient chaque fois qu'il essayait de redonner un peu de souplesse à ses épaules.

— Alors, où est-ce que vous avez tous fini hier soir ? demanda-t-il, d'un ton des plus banals.

— On a pris quelques verres, répondit Stu Sutherland. Et on s'est couchés tôt.

Il regarda les autres.

— Quoi ? demanda-t-il d'un air incrédule. Toute la troupe ?

— Jazz a fait un saut jusque chez madame, reconnut Barclay.

— Sur madame, tu veux dire, oui, ajouta Sutherland avec un rictus salace.

— Faudrait aller en boîte un de ces soirs, dit Barclay. À Kirkcaldy peut-être…voir si on ne peut pas s'en lever une petite.

— À t'entendre, c'est fou ce que ça fait envie, marmonna Ward.

— Alors le reste du groupe est resté au bar à Tulliallan ? insista Rebus.

— Pratiquement, dit Barclay. On ne se languissait pas vraiment de toi.

— Pourquoi tant d'intérêt soudain, John ? demanda Gray.

— Si tu as peur de rester sur la touche, ajouta Sutherland, faudrait peut-être revenir là-bas avec nous.

Rebus savait qu'il ne risquerait pas de pousser plus avant. Il était rentré à son appartement aux environs de minuit. Si le ou les intrus étaient venus de Tulliallan, ils avaient dû obligatoirement quitter l'académie vers vingt-deux heures trente, vingt-trois heures au plus tard. Ce qui leur donnait le temps de venir à Édimbourg, de fouiller son appartement et de repartir avant son retour. Comment savaient-ils qu'il serait de sortie ? Autre point qui donnait à réfléchir : Dickie Diamond avait su qu'il avait rendez-vous avec une dame, ce qui ne faisait que renforcer sa position de suspect numéro un. Rebus espérait sans trop de conviction qu'une voiture de patrouille allait appeler. Si Diamond se trouvait toujours à Édimbourg, il aurait quelques petites choses à lui faire passer…

— Alors, quel est le programme aujourd'hui ?

demanda Jazz McCullough en refermant le journal qu'il lisait.

— Leith, je suppose, l'informa Gray. Voir si on peut retrouver la trace d'autres amis de Diamond. Qu'en penses-tu, John ? ajouta-t-il en se tournant vers Rebus.

Ce dernier acquiesça avant de demander :

— Ça vous dérange si je reste ici un moment ? J'ai deux ou trois petits trucs à faire.

— Pas de problème, dit Gray. Tu as besoin d'un coup de main ?

Rebus fit signe que non.

— Ça ne devrait pas être long, Francis, je te remercie.

— Eh bien, quoi qu'il en soit, dit Ward, si on ne déniche pas quelque chose, Tennant va nous réexpédier à Tulliallan pronto.

Tous hochèrent la tête. C'est bien ce qui allait se passer... le lendemain ou le surlendemain, inévitablement, et l'affaire Rico redeviendrait de la paperasse, les séances de remue-méninges, l'indexage des dossiers et tout le reste passant au panier. Finis, les virées, les petites sorties au pub ou un repas à l'extérieur quand l'occasion s'en présentait...

— Je n'accepte de faire ça que pour une seule et unique raison : parce que vous me l'avez demandé si gentiment.

— Et c'est quoi, ça, monsieur Cafferty ? demanda Siobhan.

— Vous laisser m'amener ici, expliqua Cafferty en

479

regardant la salle d'interrogatoire deux. Pour être honnête, j'ai déjà vu des cellules plus grandes en prison, ajouta-t-il en croisant les bras. Alors, en quoi puis-je vous aider, sergent Clarke ?

— Il s'agit de l'affaire Marber. Votre nom a la fâcheuse manie de réapparaître un peu partout de manière incidente…

— Je crois vous avoir dit tout ce que je savais sur Eddie.

— Est-ce la même chose que de nous dire tout ce que vous savez en réalité ?

Il plissa les yeux avec un air appréciateur.

— Vous êtes en train de me faire marcher, là.

— Je ne pense pas.

Cafferty avait tourné son attention vers Davie Hynds, debout dos au mur face au bureau.

— Tout va bien là, fils ?

L'absence de réaction du jeune policier ne fut apparemment pas pour lui déplaire.

— Ça vous plaît de travailler sous les ordres d'une femme, constable Hynds ? Est-ce qu'elle vous mène à la baguette ?

Siobhan poursuivit comme si de rien n'était, en ignorant tout ce qu'il venait de dire.

— Voyez-vous, monsieur Cafferty, nous avons inculpé Donny Dow — votre chauffeur — pour le meurtre de Laura Stafford.

— Il n'est pas mon chauffeur.

— C'est vous qui payez son salaire, le contra-t-elle.

— De toute façon, sa responsabilité était limitée, déclara Cafferty avec conviction. Ce pauvre bougre ne savait plus bien ce qu'il faisait.

— Croyez-moi, il savait exactement ce qu'il faisait.

Devant le sourire qu'il afficha, Siobhan jura intérieurement pour s'être laissé ainsi manœuvrer.

— La femme que Dow a assassinée travaillait au Sauna Paradiso. Je crois que si je creuse suffisamment profond, le découvrirai que c'est vous qui en êtes le propriétaire.

— Achetez une grosse pelle dans ce cas.

— Vous voyez que des liens s'établissent déjà entre vous, le meurtrier et sa victime ?

— Il n'est pas un meurtrier tant qu'il n'a pas été reconnu coupable, lui rappela-t-il.

— Vous parlez d'expérience ? Vous en connaissez long dans ce domaine, n'est-ce pas ?

Il haussa les épaules, les bras toujours croisés, l'air presque décontracté, à croire qu'il s'amusait bien.

— Ensuite vient Edward Marber, poursuivit Siobhan avec la même insistance. Vous étiez présent au vernissage le soir où il a été tué. Vous étiez l'un de ses clients. Et ironie du sort, *lui* était un des vôtres. Il a rencontré Laura Stafford au Sauna Paradiso. Il louait un appartement pour elle et son fils…

— Et vous voulez en venir à… ?

— Je veux en venir au fait que votre nom ne cesse de réapparaître.

— Oui, vous l'avez dit. Je crois vous avoir entendu préciser « un peu partout de manière incidente ». C'est bien de cela que nous discutons en ce moment, sergent Clarke : d'incidences et de coïncidences. Et c'est tout ce dont nous parlerons jamais. Parce que je n'ai pas tué Edward Marber.

— Vous a-t-il escroqué ?

481

— Il n'existe pas de preuve qu'il ait escroqué qui-conque. À ce que j'ai entendu dire, c'était la parole d'un homme contre la sienne.

— Marber a payé cet homme cinq mille livres pour qu'il la ferme.

Cafferty resta songeur. Siobhan se rendit compte qu'elle devait veiller à ne pas trop lui en dire. Elle avait l'impression que Cafferty cherchait à s'approprier les renseignements de la même manière que d'autres les bijoux ou les voitures rapides. Elle avait déjà obtenu un petit résultat : lorsqu'elle avait glissé le Paradiso dans la conversation, il n'avait pas nié en être le proprié-taire.

On frappa à la porte. Elle s'ouvrit, et une tête appa-rut dans l'entrebâillement. Gill Templer.

— Sergent Clarke ? Je peux vous voir une minute ?

Siobhan se leva de sa chaise.

— Constable Hynds, occupez-vous de M. Cafferty, voulez-vous ?

Dans le couloir, Templer attendait, observant les policiers alentour qui vaquaient à leurs occupations, pressant le pas dès qu'ils la repéraient.

— Mon bureau, dit-elle à Siobhan.

Laquelle avait déjà enclenché son petit bouton « Retour rapide » personnel, en essayant de compren-dre ce qu'elle avait bien pu faire qui méritait une engueulade. Mais Templer parut se décontracter une fois dans son antre. Elle ne lui demanda pas de s'asseoir et resta elle aussi debout, les mains dans le dos agrippant le rebord de sa table.

— Je crois que nous allons finir par inculper Mal-colm Neilson, annonça-t-elle. J'en ai parlé au bureau du procureur de la Couronne. Vous avez fait un travail très complet, Siobhan.

Elle parlait du dossier qu'elle avait compilé sur le peintre. Et qu'elle voyait sur la table de la superintendante.

— Merci, madame.

— Vous ne me paraissez guère enthousiaste.

— Peut-être parce que je crois qu'il reste des points à éclaircir…

— Des dizaines, probablement, mais considérons ce que nous avons pour l'instant. Il s'était fâché avec Marber, une dispute très violente, en public. Il a accepté de l'argent — s'il ne l'a pas extorqué. Il traînait devant la galerie le soir en question, des témoins l'y ont vu.

Templer compta sur ses doigts.

— Moyens, mobile et occasion.

Siobhan se rappela Neilson disant pratiquement la même chose.

— À tout le moins, nous pouvons obtenir un mandat de perquisition, disait Templer, et voir si nous ne dénichons pas quelques petites friandises à nous mettre sous la dent. Je veux que vous vous en chargiez, Siobhan. Cette toile disparue, par exemple, pourrait très bien se trouver accrochée au mur de sa chambre à coucher.

— Je ne pense pas qu'il la trouverait à son goût, lâcha Siobhan en guise de commentaire, consciente que son argument ne tenait pas la route.

Templer la fixa.

— Comment se fait-il que chaque fois que j'essaie,

moi, de vous rendre service, vous essayiez de votre côté de réduire mes efforts à néant ?

— Désolée, madame.

Templer l'observa un instant avant de soupirer.

— Du neuf avec Cafferty ?

— Au moins il n'a pas amené son avocat.

— Peut-être estime-t-il tout simplement ne pas avoir un adversaire à sa taille.

Siobhan fit la moue.

— Si c'est tout, madame…

— Eh bien, non, en fait. Je veux reprendre le détail du mandat d'arrêt concernant Neilson. Ça ne devrait pas nous demander longtemps. Laissez donc M. Cafferty mijoter dans son jus un moment…

— Jamais je ne pourrais travailler avec un patron femme, dit Cafferty à Hynds. Il a toujours fallu que je sois mon propre maître, voyez ce que je veux dire ?

Hynds s'était installé à la place de Siobhan. C'était lui qui était maintenant assis bras croisés, tandis que Cafferty se penchait vers lui, les paumes des mains en appui sur le bureau. Leurs deux visages étaient tellement proches que Hynds aurait pu prendre un pari sur la marque de dentifrice utilisée par le gangster.

— C'est pas le mauvais boulot, cependant, hein ? poursuivit Cafferty. Être flic, je veux dire. On se gagne un peu moins de respect que dans le temps… mais peut-être aussi qu'on fait moins peur. Mais finalement, ça revient à la même chose, non ? Le respect et la peur ?

— Je croyais que le respect était une chose qui se méritait, répliqua Hynds.

— Mais la peur, c'est pareil, non ? fit Cafferty en levant le doigt, pour bien appuyer son argument.

— Vous êtes mieux placé que moi pour le savoir.

— Là, vous ne vous trompez pas, fils. Je ne vous vois pas bien coller les jetons à beaucoup de monde. Je ne dis pas que c'est un défaut, remarquez. C'est juste une observation. J'imagine que le sergent Clarke doit être autrement plus redoutable quand elle est bien remontée.

Hynds repensa aux quelques fois où Siobhan l'avait mouché vertement, à la manière dont elle pouvait soudainement changer du tout au tout. Il savait que la faute lui en incombait : il n'avait qu'à réfléchir avant d'ouvrir son clapet…

— Elle vous est déjà rentrée dans le chou, pas vrai ? demanda Cafferty presque en conspirateur.

Il se pencha plus avant au-dessus du bureau, comme pour inciter à quelque aveu ou confidence.

— Vous ne mâchez pas vos mots pour un homme qui a une épée de Damoclès au-dessus de la tête.

Cafferty eut un sourire attristé.

— Vous voulez parler du cancer ? Eh bien, permettez-moi de vous poser une question, Davie : s'il ne vous restait qu'un temps limité à vivre, n'aimeriez-vous pas tirer le maximum de chaque instant ? Dans mon cas, vous avez peut-être raison… peut-être que je parle trop.

— Je ne voulais pas dire…

L'ouverture soudaine de la porte coupa court aux

excuses de Hynds. Il se leva, en croyant qu'il s'agissait de Siobhan.

Il se trompait.

— Eh bien, eh bien, dit John Rebus, que voilà une surprise ! Où est le sergent Clarke ? demanda-t-il à Hynds.

— Elle n'est pas dans le couloir ? répondit celui-ci, soucieux soudain, en réfléchissant. La superintendante Templer voulait la voir. Elles sont peut-être toutes les deux dans son bureau.

Rebus approcha son visage de celui de Hynds.

— Pourquoi prenez-vous un air aussi coupable ? demanda-t-il.

— Mais non, ce n'est pas vrai.

Rebus désigna Cafferty d'un signe de tête.

— C'est lui le serpent dans l'arbre, constable Hynds. Quoi qu'il dise, ça ne vaut pas la peine d'être écouté. Vous avez compris ?

Hynds répondit par un vague oui de la tête.

— *Vous avez compris ?* répéta Rebus, toutes dents dehors.

Cette fois, l'acquiescement fut vigoureux et il donna une tape à l'épaule au jeune policier avant de s'installer à sa place encore chaude.

— Salut, Cafferty.

— Y a longtemps.

— Faut toujours que tu réapparaisses, hein ? Comme un gros bouton au cul d'un adolescent.

— Et ça ferait de toi l'adolescent ou le bouton ? demanda Cafferty.

Il s'appuyait au dossier de sa chaise, le dos bien droit, les bras contre ses flancs. Hynds remarqua que les deux hommes avaient pratiquement la même position.

Rebus secouait la tête.

— Cela ferait de moi l'homme au Clearasil [1], répondit-il, ce qui fit sourire Hynds, mais il fut bien le seul. Tu es mouillé là-dedans jusqu'au cou, pas vrai ? Les preuves indirectes à elles seules suffiraient pour te présenter au tribunal.

— D'où je ressortirais aussi vite le même après-midi, rétorqua Cafferty. C'est du harcèlement pur et simple.

— Le sergent Clarke ne partage pas tout à fait le même avis.

— Non, mais toi oui. Je me demande bien qui l'a poussée à me traîner jusqu'ici, dit Cafferty en haussant légèrement la voix. Vous aimez parier, constable Hynds ?

— Aucun individu ayant toute sa tête n'irait parier avec le diable, déclara Rebus, clouant pratiquement le bec de Hynds avant que ce dernier ait pu l'ouvrir. Dis-moi, Cafferty, qu'est-ce que la Belette va faire sans son chauffeur ?

— S'en trouver un autre, j'imagine.

— Donny a aussi fait le videur pour toi, non ? Pratique, tu ne crois pas, pour vendre de la came à tous ces jeunes amateurs de boîtes de nuit ?

— Je ne sais pas de quoi tu parles.

— Tu n'as pas simplement perdu un chauffeur, je me trompe ? Et pas non plus qu'un gros bras de plus.

---

1. Pommade antiacnéique.

(Une pause.) Ce que tu as perdu, c'est un fourgueur de dope.

Cafferty eut un rire sarcastique.

— J'adorerais passer vingt minutes dans ta tête, Rebus. Une vraie maison du rire.

— C'est drôle que tu dises ça. C'est la traduction en français d'un album des Stooges : *Fun House...*

Cafferty fixa son regard sur Hynds, comme pour offrir au policier l'occasion de reconnaître avec lui qu'il ne manquait à Rebus qu'un ou deux manèges dans sa petite tête pour être un champ de foire à lui tout seul.

— Il contient une chanson qui te résume, tout simplement, disait Rebus.

— Ah ouais ? dit Cafferty avec un clin d'œil à Hynds. Et c'est quoi ?

— Le titre, c'est un seul mot. *Dirt*[1].

Lentement, Cafferty reporta toute son attention sur l'homme qui lui faisait face.

— Sais-tu quelle est la seule chose qui m'empêche de tendre le bras par-dessus cette table et de t'écraser le cou comme si c'était un putain de sachet de chips vide ?

— Dis-moi.

— C'est que j'ai le sentiment que ça te ferait trop plaisir, en réalité. Me tromperais-je dans ce que j'avance ?

Il tourna la tête vers Hynds une fois encore.

— À votre avis, Davie ? Vous croyez que notre Rebus ici présent apprécie un brin de domination ?

---

1. Saleté.

Peut-être que sa nana de Portobello est experte en cuir et talons aiguilles ?

La chaise vola quand Rebus en jaillit comme un diable de sa boîte. Cafferty se dressa aussitôt mais les bras de Rebus avaient comblé l'espace qui les séparait et ses mains agrippaient déjà les revers étroits de la veste en cuir noir. Cafferty ne fut pas en reste et saisit le plastron de chemise de son assaillant. Hynds fit un pas en avant, conscient qu'il serait comme un bambin essayant d'arbitrer un combat de coqs. Personne ne vit la porte s'ouvrir. Siobhan plongea dans la bataille, attrapant les deux hommes par le bras.

— Ça suffit ! Arrêtez immédiatement, sinon je donne l'alarme !

Le sang était monté au visage de Rebus tandis que celui de Cafferty donnait l'impression de s'en être vidé, à croire presque qu'une étrange transfusion venait de se produire entre les deux hommes. Siobhan fut incapable de voir qui lâcha le premier, mais elle parvint à les séparer.

— Il vaudrait mieux que vous sortiez, dit-elle à Cafferty.

— Juste au moment où je commençais à m'amuser ? fit-il, l'air sûr de lui, mais la voix chevrotante.

— Dehors, ordonna Siobhan. Davie, veille à ce que M. Cafferty aille se faire pendre ailleurs.

— Oui, au bout d'une corde, cracha Rebus.

Elle lui claqua la poitrine de la main mais ne répondit pas. Elle attendit que Cafferty ait quitté la pièce.

Alors elle explosa.

— À quoi joues-tu, nom de Dieu ?

— D'accord, j'ai piqué une rogne et je lui ai volé dans les plumes…

— C'était mon interrogatoire ! Tu n'avais aucun droit de t'en mêler !

— Seigneur Jésus, Siobhan, mais tu t'es entendue, dis ? répondit-il en ramassant sa chaise pour s'y affaler. Chaque fois que Gill te convoque et que tu ressors de là, on croirait entendre parler une étudiante tout juste sortie de la fac.

— Je ne vais pas me laisser emberlificoter par ton baratin, John !

— Alors assieds-toi et discutons-en. (Une idée soudaine.) Peut-être dans le parking… Une cigarette serait la bienvenue.

— Non, répondit-elle avec détermination, c'est ici que nous allons discuter.

Elle s'assit sur la chaise de Cafferty et la tira vers la table.

— Qu'est-ce que tu lui as dit, au fait ?

— C'est ce que lui m'a dit, à moi.

— Quoi ?

— Il est au courant pour Jean… il sait où elle habite.

Il vit l'effet de ses mots sur Siobhan. Ce qu'il ne pouvait pas lui dire, c'est que les paroles de Cafferty n'étaient qu'une partie du problème. S'y ajoutait le contenu d'un petit message de la salle des communications maintenant plié dans sa pochette de veste. La voiture de Dickie Diamond avait été repérée garée dans New Town, un PV sur le pare-brise. Elle paraissait abandonnée. Et donc Diamond, où qu'il puisse être, n'avait pas obéi aux ordres.

Mais le véritable catalyseur était son propre sentiment

490

de frustration. Il avait voulu voir Cafferty à St Leonard's afin de lui tirer les vers du nez sur ce que le truand savait de la cache secrète de la SDEA. Mais une fois au pied du mur, il n'y avait pas eu moyen de poser la question, sinon en la lâchant de but en blanc sans pouvoir tourner autour du pot.

La seule personne susceptible de savoir... susceptible d'avoir accès à la réponse... était la Belette. Mais la Belette n'était pas une balance — c'était ses propres paroles. Il lui avait également confié que Cafferty et lui n'étaient plus aussi proches que par le passé.

Il n'y avait tout bonnement aucun moyen pour Rebus de savoir...

Et ce sentiment d'impuissance s'était mis à bouillonner en lui, pour finalement exploser quand Cafferty avait mentionné Jean.

Ce salopard avait joué son atout, sa carte maîtresse, sachant l'effet qu'elle produirait. *Le sentiment que ça te ferait trop plaisir en réalité... un brin de domination...*

— Gill veut que l'on procède à l'arrestation de Malcolm Neilson, disait Siobhan.

— On l'inculpe de meurtre ? demanda Rebus en haussant le sourcil.

— Ça en a tout l'air.

— Auquel cas Cafferty est tranquille, aucun risque qu'on le ferre.

— Tant qu'on n'aura pas coupé la ligne... Le problème, c'est qu'en faisant ça, on risque de perdre un homme par-dessus bord.

— Ne sois pas si mélodramatique, fit-il avec un sourire.

— Je suis sérieuse, lui répondit-elle. Relis donc *Moby Dick* un de ces quatre.

— Je ne me vois pas tout à fait en capitaine Achab. C'est Gregory Peck qui l'interprétait dans le film, si je me souviens bien ?

Siobhan se mit à secouer la tête, sans le perdre une seconde des yeux. Mais ce n'était pas pour lui signifier son désaccord sur le casting…

On entendit un bruit dans le couloir, puis un coup à la porte. Ce n'était pas Gill Templer cette fois, mais un Tam Barclay tout sourire.

— Hynds m'as appris que je te trouverais ici, dit-il à Rebus. Tu veux venir voir ce qu'on a attrapé à Leith ?

— Je ne sais pas. C'est contagieux ?

Mais il se laissa entraîner et passa devant Ward et Sutherland qui échangeaient une plaisanterie dans le couloir, direction salle un, où Jazz McCullough et Francis Gray, debout l'un et l'autre, avaient l'air de deux zoologistes en train d'examiner la nouvelle et étrange créature qu'ils avaient en face d'eux.

Ladite créature sirotait son thé dans un gobelet en polystyrène. Elle refusa de croiser le regard du nouvel arrivant, tout à fait consciente cependant de sa présence soudaine dans la petite salle étriquée.

— Tu peux croire une chose pareille ? dit Gray en claquant des mains. Premier arrêt, le Bar Z, et sur qui on tombe, sortant juste comme on arrivait ?

Rebus connaissait déjà la réponse. Elle était assise à un mètre de lui. Une réponse qu'il avait sue dès l'instant où Barclay avait passé la tête à la porte.

Richard Diamond, alias le Diamond Dog…

— Rien que pour en terminer avec les présentations, dit Barclay à Diamond, voici l'inspecteur Rebus. Il se peut que vous vous souveniez de lui, c'est lui qui vous a arrêté jadis.

Diamond regardait droit devant lui et Rebus tourna la tête vers Gray. Il n'eut droit qu'à un clin d'œil en retour, comme pour lui signifier que son secret serait bien gardé.

— Nous étions sur le point de poser quelques questions à M. Diamond, annonça Jazz McCullough en s'installant sur la chaise face à sa proie. Nous pourrions peut-être commencer par l'effraction et le viol du presbytère à Murrayfield…

Diamond réagit aussitôt.

— Qu'est-ce que ça vient faire là-dedans ?

— Cela coïncide avec votre disparition.

— Des queues, j'ai rien fait.

— Alors pour quelle raison avez-vous disparu de la circulation ? Il est surprenant que vous réapparaissiez soudain, juste au moment où nous nous lancions à votre recherche…

— Un homme a le droit d'aller où ça lui plaît, répliqua Diamond sur un ton de défi.

— Uniquement s'il a une bonne raison de le faire, contra Jazz. Nous serions curieux de connaître la vôtre.

— Et si je vous disais que c'est pas vos oignons ? dit Diamond en croisant les bras.

— Vous commettriez une grossière erreur. Nous enquêtons sur la mort de votre bon ami Rico Lomax, à Glasgow. À l'époque, le CID s'était mis à votre recherche mais voilà, vous étiez devenu soudain introuvable.

Nul besoin de faire appel à un théoricien des conspirations criminelles pour établir le rapport.

Le reste de l'équipe s'était entassé dans la petite salle en laissant la porte ouverte. Diamond fit le tour des présents, toujours sans croiser le regard de Rebus.

— Ça commence à faire intime, vous trouvez pas ? lança-t-il.

— Plus vite vous nous aurez répondu, plus vite vous retournerez à votre anonymat.

— Pour vous dire quoi exactement ?

— Tout, grogna Francis Gray. Vous et votre pote Rico… les sites des caravanes… la nuit où il a été dessoudé… sa femme et Chib Kelly… Vous pouvez commencer où vous voulez, ajouta-t-il en ouvrant grand les bras.

— Je ne sais pas qui a tué Rico.

— Faut faire mieux que ça, Dickie, rétorqua Gray. Il s'est fait descendre… vous avez pris la fuite.

— J'avais la trouille.

— Je ne vous en blâme pas. Celui qui voulait voir Rico éliminé risquait de s'en prendre à vous ensuite… J'ai raison ou pas ?

Diamond acquiesça lentement.

— Alors de qui s'agissait-il ?

— Je vous l'ai dit : je ne sais pas.

— Mais vous aviez quand même la trouille ? Suffisamment pour ne plus remettre les pieds dans cette ville tout ce temps ?

Diamond décroisa les bras, croisa les mains sur la nuque.

— Au fil des années, Rico s'était fait quelques

ennemis. N'importe lequel d'entre eux aurait pu faire ça.

— Quoi ? dit Jazz comme s'il n'en croyait pas un mot. Ne venez pas me dire que tous vous en voulaient, à vous aussi ?

Diamond haussa les épaules, ne répondit rien. Silence dans la pièce, jusqu'à ce que Gray le rompe.

— John, tu as des choses à demander à M. Diamond ?

Rebus fit signe que oui.

— Penses-tu que Chib Kelly ait pu être l'instigateur de ce crime ?

Diamond fit mine de réfléchir à la question.

— Possible, finit-il par dire.

— Avec preuves à l'appui ? intervint Stu Sutherland.

Diamond secoua la tête.

— Ça, c'est votre boulot, les gars.

— Si Rico était véritablement votre ami, dit Barclay, vous aimeriez nous aider.

— Pour quoi faire ? C'était il y a longtemps.

— Parce que, répondit Allan Ward pour ne pas rester à l'écart, son assassin court toujours.

— Peut-être bien, ou peut-être pas, répondit Diamond, en décroisant les mains. Comme j'ai dit, je ne pense pas pouvoir vous aider.

— Et les caravanes, alors ? demanda Jazz. Saviez-vous que l'une d'elles avait été incendiée ?

— Si je l'ai su, je ne m'en souviens plus.

— Vous aussi vous fréquentiez ces endroits, non ? continua Jazz. Vous et votre petite amie Jenny. Vous faisiez un peu *ménage à trois* [1], d'ailleurs, à ce qu'elle raconte.

— C'est ça qu'elle vous a dit ? dit Diamond d'un air amusé.

— Pourquoi ? Elle a menti ? Voyez-vous, nous nous demandions aussi s'il n'y avait pas un brin de jalousie derrière tout ça… vous jaloux de Rico ? Ou peut-être la femme de Rico a-t-elle découvert que monsieur allait voir ailleurs qu'à la maison ?…

— Je constate en tout cas que votre vie fantasmatique est très intense, répondit Diamond à Jazz.

Apparemment, Francis Gray en avait assez entendu.

— Rends-moi service, Stu, tu veux bien ? Ferme cette porte.

Sutherland s'exécuta. Gray s'était posté derrière la chaise de Diamond. Il se pencha en avant, enserra la poitrine du Dog d'un bras en le plaquant contre le dossier et bascula la chaise en arrière, de sorte que les deux hommes se retrouvèrent presque nez à nez. Diamond se débattit, en pure perte. Allan Ward lui avait saisi les poignets, qu'il pressait sur le dessus de la table.

— Un petit détail qu'on a oublié de t'expliquer, dit Gray à Diamond comme s'il lui crachait à la figure. La raison pour laquelle on nous a collé cette affaire sur les bras, c'est qu'on est la lie de la police écossaise, les rebuts des rebuts, des putains de zéros absolus. On est ici parce qu'on en a rien à foutre. On en a rien à foutre de toi, et on en a rien à foutre d'eux. On pourrait te faire ravaler tes dents à coups de lattes et quand ils débarqueraient pour nous passer un savon, on leur

---

1. En français dans le texte.

rigolerait à la figure en se tapant sur les cuisses. Dans le temps, les petits salopards dans ton genre pouvaient finir noyés dans le béton des piles du Kingston Bridge. Tu vois ce que je veux dire ?

Diamond continuait à se débattre. Gray remonta le bras jusqu'à sa gorge, lui écrasant le larynx dans le creux de son coude.

— Il vire couleur betterave, dit Tam Barclay un peu inquiet.

— J'en ai rien à branler s'il devient même tout bleu, rétorqua Gray. S'il se paie une rupture d'anévrisme, c'est ma tournée. Tout ce que je veux entendre de la bouche de cette larve merdeuse et gluante, c'est un semblant de vérité. Qu'en dites-vous, monsieur Diamond ?

Celui-ci lâcha un gargouillement. Ses yeux sortaient de leurs orbites mais Gray maintenait sa pression tandis que Allan Ward explosait de rire, à croire qu'il ne s'était pas amusé autant depuis des semaines.

— Laisse-le donc te répondre, Francis, dit Rebus.

Gray se tourna vers lui et relâcha sa pression. Diamond se mit à tousser, le nez dégoulinant de morve.

— C'est répugnant, dit Ward en lui libérant les poignets.

Instinctivement, Diamond porta les mains à sa gorge pour s'assurer qu'elle était encore intacte. Puis ses doigts remontèrent à ses yeux, dont il essuya les larmes qui en avaient jailli.

— Salauds, coassa-t-il d'une voix rauque. Bande de dégueulasses…

Il sortit un mouchoir de sa poche, se moucha. La porte n'était restée fermée que quelques minutes mais la pièce évoquait déjà un sauna. Stu Sutherland la rouvrit pour laisser entrer un peu d'air. Gray, toujours derrière Diamond, s'était redressé, un bras sur chaque épaule de son souffre-douleur.

— Notre tâche à tous serait facilitée si vous acceptiez de parler, dit doucement Jazz, endossant soudainement le rôle du flic sympathique face à son monstrueux collègue.

— Très bien, très bien… trouvez-moi quelque chose à boire, un jus de fruit, quelque chose.

— Seulement après que nous aurons entendu ton histoire, insista Gray.

— Écoutez…, fit Diamond en essayant de croiser leurs regards à tous, en s'attardant tout particulièrement sur Rebus. Tout ce que je sais, c'est ce qui s'est raconté à l'époque.

— Et c'était quoi ? demanda Jazz.

— Chib Kelly… Vous aviez raison en ce qui le concerne. Il voulait Fenella. Elle avait découvert que Rico allait voir ailleurs et elle l'a dit à Chib. Étape suivante : Rico était mort. Aussi simple que ça.

Gray et Jazz échangèrent un regard, et Rebus sut ce qu'ils pensaient. Diamond disait aux deux flics très exactement ce que ceux-ci cherchaient à entendre, et qu'ils allaient croire, en toute logique. Il avait fait siens les renseignements qu'ils venaient de lui fournir en cadeau et en tirait le meilleur parti. Il avait même utilisé la propre expression de Jazz : *aller voir ailleurs*.

Gray et Jazz ne tombèrent pas dans le panneau. Mais le reste de la troupe semblait plus excité.

— Je le savais depuis le début, marmonna Stu Sutherland.

Tam Barclay hochait la tête d'un air entendu, et Allan Ward affichait un air extatique.

Gray cherchait Rebus des yeux, mais celui-ci ne voulait pas jouer le jeu. Il contemplait obstinément ses chaussures pendant que Diamond enjolivait sa petite histoire un cran plus loin.

— Chib était au courant pour la caravane… c'est là que Rico emmenait ses femmes. C'est Chib qui l'a fait cramer, il aurait fait n'importe quoi pour avoir Fenella…

Rebus vit Gray qui commençait à presser les épaules de Diamond.

— C'est… c'est à peu près tout ce que je peux vous dire… Chib était pas le mec à accepter qu'on lui fasse un enfant dans le dos… c'est pour ça je me suis fait la malle…

Le visage de Diamond se plissait de douleur sous les doigts de Gray.

— S'agirait-il d'une réunion intime ou peut-on se joindre à vous ?

La voix d'Archie Tennant. Rebus éprouva un énorme soulagement en voyant Gray relâcher sa prise sur Diamond. Comme un seul homme, Barclay et Sutherland mirent Tennant au courant de la situation.

— Whoah, whoah… chacun son tour, ordonna Tennant en levant la main.

Puis il écouta leur récit, les autres intervenant au besoin quand un détail avait été oublié, les yeux rivés sur Diamond assis, lequel avait relevé la tête et le regardait en face, conscient qu'un personnage important venait de faire son entrée, quelqu'un qui était susceptible de le faire sortir de là.

Le récit terminé, Tennant se pencha en avant, les deux poings sur la table, tout son poids sur ses phalanges.

— Est-ce là un compte rendu exact, monsieur Diamond ? demanda-t-il.

Diamond acquiesça en hochant la tête vigoureusement.

— Et vous seriez d'accord pour signer une déposition à cet effet ?

— Sans vouloir vous offenser, monsieur, l'interrompit Jazz, j'ai comme l'impression que cet homme nous mène en bateau…

Tennant se redressa, se tourna vers Jazz.

— Et qu'est-ce qui vous fait dire ça ?

— Juste une impression, monsieur. Et je ne pense pas être le seul.

— Vraiment ?

Tennant passa les autres en revue.

— En est-il parmi vous qui estiment que le récit de M. Diamond est peu crédible ?

— J'ai en effet quelques doutes, monsieur, intervint Francis Gray.

Tennant acquiesça, avant de prendre Rebus en ligne de mire.

— Et vous-même, inspecteur Rebus ?

— Je trouve le témoin crédible, monsieur, dit-il.

Réponse convenue s'il en était, autant à ses oreilles qu'à celles de tous les présents.

— Si je puis me permettre, monsieur…, fit Jazz qui persistait toujours à vouloir avancer son pion. Prendre une déposition de M. Diamond est une chose, mais le laisser sortir d'ici signifie probablement que nous ne le reverrons plus.

Tennant se tourna vers Diamond.

— L'inspecteur McCullough n'est pas certain de pouvoir vous faire confiance, monsieur. Qu'avez-vous à répondre à cela ?

— Vous n'avez pas le droit de me garder ici.

Tennant confirma d'un hochement de tête.

— Il n'a pas tort, inspecteur McCullough. Je présume que M. Diamond accepterait de nous fournir son adresse en ville ?

Diamond acquiesça avec enthousiasme.

— Ainsi qu'une adresse permanente ?

Nouveaux hochements de tête.

— Monsieur, des adresses, il pourrait en inventer autant qu'il le désire, continua à protester Jazz.

— Oh, homme de peu de foi, lui lança Tennant en guise de commentaire. Commençons par la déposition, si vous le voulez bien… (Une pause.) En supposant que vous soyez toujours d'accord, inspecteur McCullough.

Jazz ne répondit pas — précisément ce qu'on attendait de lui.

— C'est ici que prend fin le prêche, entonna Tennant en joignant les mains comme pour une prière.

Barclay et Sutherland prirent la déposition de Diamond, les autres leur cédant la place. Tennant fit signe à Jazz qu'il désirait s'entretenir avec lui en privé, et les deux hommes se dirigèrent vers l'entrée du poste et la réception. Allan Ward annonça qu'il sortait fumer une cigarette. Rebus refusa son offre quand il lui proposa de se joindre à lui et alla au distributeur de boissons.

— Il s'est bien débrouillé pour te protéger, dit Francis Gray qui se trouvait déjà sur place à attendre son café au lait.

— C'est ce que j'ai pensé, reconnut Rebus.

— Je ne crois pas que quiconque ait remarqué que vous vous connaissiez tous les deux mieux qu'il n'est permis.

Rebus ne répondit rien.

— Mais tu n'as pas été particulièrement surpris de le voir, dis ? Il t'avait prévenu qu'il se trouvait en ville ?

— Pas de commentaire.

— Nous l'avons trouvé au Bar Z. Ce qui sous-entend probablement que le neveu reste en contact. Dickie savait qu'on le recherchait et il est quand même revenu en douce… Il t'a parlé hier soir ?

— Je ne savais pas que je travaillais avec ce putain de Sherlock Holmes.

Gray se mit à glousser, les épaules agitées de soubresauts, en se penchant vers la machine pour y prendre son café. Rebus le revit aussitôt, penché cette fois au-dessus de Dickie Diamond, menaçant d'étouffer ce dernier jusqu'à ce que mort s'ensuive.

Jazz remontait le couloir. Il fit tout un cinéma à se frotter le bas du dos, comme si le maître venait de lui assener quelques coups de canne.

— Qu'est-ce qu'il voulait, Demi-Pinte ?

— Du pinaillage. Comme quoi c'est bien de défendre son bifteck devant un supérieur, mais il faut savoir à quel moment passer la main sans prendre ça pour une insulte personnelle.

Demi-Pinte, se disait Rebus. Gray et Jazz avaient

502

trouvé un surnom pour Tennant. Ces mecs étaient comme les deux doigts de la main…

— Je parlais justement à John, poursuivit Gray, du petit numéro de comédien que nous a servi Diamond.

Jazz acquiesça, les yeux sur Rebus.

— Il ne t'a pas balancé, confirma-t-il.

Ainsi Gray avait tout dit à Jazz des aveux qu'il lui avait faits… Existait-il d'autres secrets entre les deux hommes ?

— Ne t'en fais pas, lui assura Gray, tu peux avoir confiance en Jazz.

— Il va bien être obligé, ajouta ce dernier, s'il veut qu'on mène à bien son petit projet.

Le silence s'installa jusqu'à ce que Rebus retrouve un peu de voix.

— Vous êtes donc partants ?

— Possible, fit Gray.

— Faudrait quand même qu'on en sache un peu plus long, dit Jazz, sur la réserve. Disposition des lieux, tout le tralala. Restons professionnels, inutile de bâcler le boulot, pas vrai ?

— Absolument, confirma Gray.

— Très bien, dit Rebus, la bouche sèche tout d'un coup.

C'était ma carte de visite, rien de plus. Le « petit projet » n'existe pas, à vrai dire.

— Tu vas bien, John ? demanda Jazz.

— Peut-être qu'il est en train de se dégonfler, se hasarda à dire Gray.

— Non, non, c'est pas ça, parvint à répondre Rebus. C'est juste… vous savez, c'est une chose que d'y réfléchir…

— Mais une autre paire de manches quand il faut s'y atteler, pas vrai ? fit Jazz en hochant la tête, comme s'il savait de quoi il retournait.

Si vous avez bien le fric de Bernie Johns, espèces de salauds... pourquoi vous voulez faire ça ?

— Une petite reconnaissance des lieux, ce serait possible, tu crois ? demandait Gray. Il nous faut un plan détaillé, ce genre de choses.

— Pas de problème, répondit Rebus.

— Alors, il n'y a qu'à commencer par là. On ne sait jamais, John. Ça pourrait bien n'être après tout qu'un doux rêve ?

— J'ai réfléchi au problème, dit Rebus, en recouvrant un peu de son sang-froid. On aurait peut-être besoin d'un quatrième. Qu'est-ce que vous pensez de Tam Barclay ?

— Tam est pas mal, dit Jazz, sans grand enthousiasme. Mais le petit Allan est peut-être mieux.

Il échangea un regard avec Gray, qui confirma de la tête.

— C'est Allan l'homme qu'il nous faut, admit Gray.

— Alors, qui est-ce qui va lui parler ? demanda Rebus.

— Tu nous laisses nous occuper de ça, John. Concentre-toi simplement sur l'entrepôt...

— Ça m'arrange, répondit Rebus.

Il sortit son gobelet de la machine, et fixa la surface du liquide, en essayant de se souvenir quel bouton il avait pressé. Thé, café ou sabordage ? Il devait absolument joindre Strathern. Pour lui dire quoi exactement ? Hors de question que le « braquage » ait lieu... c'était absolument exclu... Alors que lui dire ?

22

À seize heures dix, il fut procédé à l'arrestation de Malcolm Neilson, soupçonné du meurtre d'Edward Marber. Le constable Grant Hood, chargé des liaisons médias, était dans son élément. Deux meurtres, deux suspects incarcérés, tous les deux inculpés. Les journaux et la télévision voulaient tout savoir sur les deux affaires, et c'est lui que les journalistes devaient absolument séduire. Hood savait les questions qui seraient posées, et il s'affairait dans la salle d'enquête à leur trouver des réponses. Il était allé chez lui pour se changer, un costume gris foncé qu'il s'était fait tailler sur mesure chez Ede and Ravenscroft. Les manches avaient été raccourcies afin de faire ressortir quelques centimètres de manchettes et ainsi mettre en valeur les boutons en or qui les fermaient.

Il racontait à qui voulait l'entendre que ce n'était que pour les caméras. Il fallait avoir l'air professionnel. Tout le monde ne partageait pas cet avis.

— C'est une choute ou quoi ? demanda Ward à Rebus.

— Ne t'en fais donc pas, Allan, le rassura Rebus. Tu n'es pas son type.

Ils étaient dans le parking — pause cigarette. L'équipe de la salle un remâchait la déposition de Diamond. Les opinions allaient de « ça ne vaut pas le papier pour l'écrire » à « c'est bien Chib Kelly, notre homme, pas de doute ».

— Tu en penses quoi, toi ? demanda Ward à Rebus.

— Je m'aligne sur Tennant. Notre travail est d'amasser des preuves. C'est à d'autres que nous de décider s'il s'agit d'un ramassis de mensonges ou pas.

— Ça ne te ressemble pas de prendre le parti de Demi-Pinte, fit Ward.

À nouveau ce surnom : *Demi-Pinte*. Il se demanda si un autre membre du groupe le connaissait.

— Dis-moi, Allan… est-ce que Jazz et Francis ont déjà eu l'occasion de te parler ?

— De quoi ?

— Comme qui dirait, ça répond à ma question.

En voyant l'air ahuri de Ward, il se sentit pris de pitié.

— Un petit projet qu'on a mis sur pied tous les trois. Tu pourrais peut-être faire le quatrième et avoir ta part.

— Quel genre de projet ?

Rebus se tapota le nez.

— Dis-moi… une petite rentrée en liquide serait la bienvenue ou pas ?

Ward haussa les épaules.

— Tout dépend à qui appartient le liquide.

Rebus hocha la tête mais ne dit rien. Ward se préparait à insister lorsque la porte s'ouvrit brutalement sur une troupe d'uniformes se dirigeant vers les voitures, suivie par Hynds, Phyllida Hawes et Siobhan. Hawes jeta un coup d'œil dans la direction de Ward, lequel se concentra soudain sur sa cigarette. Le sourire qu'elle lui préparait fondit comme neige au soleil. Ward n'était pas intéressé, point final.

— Tu pars en balade ? demanda Rebus à Siobhan.

— On a reçu le mandat de perquisition.

— T'as la place pour un homme de plus ?

Elle le regarda.

— Mais tu ne fais pas partie de…

— Allez, Siobhan. Arrête avec ton numéro.

— Pourquoi cet intérêt soudain ?

— Qui a dit que j'étais intéressé ? Je veux juste me tirer d'ici un moment. Tu peux arranger ça avec les autres ? demanda-t-il à Ward.

Ward acquiesça, sans enthousiasme. Il se retrouvait le bec dans l'eau avec toutes les questions qui lui restaient à poser.

— Va voir Jazz et Francis, lui conseilla Rebus.

Puis il éteignit sa cigarette et se dirigea vers la voiture de Siobhan. Celle-ci avait déjà prévenu Phyllida Hawes qui libérait le siège passager pour aller rejoindre Hynds à l'arrière.

— Salut, Phyl, lui dit-il en prenant sa place. Alors où allons-nous ?

— Inveresk. Malcolm a une maison là-bas.

— Je croyais qu'il habitait à Stockbridge ?

Hynds se pencha vers le siège avant.

— Il se sert de cet appartement-là comme atelier. À cause de la qualité de lumière ou quelque chose…

Rebus ignora son explication.

— Alors Inveresk d'abord, et ensuite Stockbridge ?

Siobhan secouait la tête.

— Linford et Silvers sont à la tête d'une seconde équipe, ils s'occupent de Stockbridge.

— En laissant Neilson mijoter dans son jus en cellule ?

— Il a Gill Templer et Bill Pryde pour lui tenir compagnie.

— Il y a des années que ces deux-là n'ont pas conduit d'interrogatoire digne de ce nom.

— Ils n'ont pas non plus laissé échapper de prisonnier, ajouta Phyllida Hawes.

Rebus regarda dans le rétroviseur et lui rendit son sourire.

— Qu'est-ce que nous espérons trouver, au juste ? demanda-t-il à Siobhan.

— Dieu seul pourrait le dire, répondit-elle, dents serrées.

— Peut-être qu'il tenait un journal intime, qui sait ? proposa Hynds.

— *Why I'm a Cold-Blooded Killer*[1], suggéra Hawes comme titre.

— Mais Inveresk, c'est sympa, fit Rebus d'un ton rêveur. Il y a du blé à se faire dans la peinture, non ?

— Il possède aussi une maison en France, ajouta Hawes. Mais je crois que nous n'aurons pas vraiment l'occasion de la passer au peigne fin.

Siobhan se tourna vers Rebus.

— Les *gendarmes*[2] du coin feront le travail à notre place, dès que nous aurons déniché quelqu'un qui

---

1. Pourquoi je suis un tueur de sang-froid.
2. En français dans le texte.

connaît suffisamment de français pour leur présenter notre requête.

— *Pourquoi je suis un tueur de sang-froid*[1] ? proposa Hynds.

Tout le monde se tut dans la voiture. Siobhan fut la première à parler.

— Pourquoi ne pas avoir dit que tu parlais français ?

— Personne ne me l'a demandé. En plus, je ne voulais pas rester sur la touche pour la perquisition.

— Dès notre retour, dit Siobhan avec froideur, tu en informes l'inspecteur Pryde.

— Je ne suis pas sûr d'en connaître assez pour rédiger quelque chose d'aussi spécifique que…

— Nous t'achèterons un dictionnaire, déclara Siobhan.

— Je peux aider, proposa Rebus.

— Et il est comment, ton français à toi ?

— Que dis-tu de *nul points*[2] ?

Il y eut des rires sur la banquette arrière. Le visage de Siobhan se crispa, et elle parut serrer le volant plus fort que jamais, à croire que c'était pour l'instant la seule chose qu'elle maîtrisait dans son existence.

Ils avaient traversé les abords les moins engageants d'Édimbourg — Craigmillar et Niddrie — et franchi les limites de la cité, direction Musselburgh, qui s'autoproclamait « Honest Toun » — ville honnête. Hynds demanda à quoi elle devait ce titre de gloire mais personne ne sut répondre. Inveresk était une

---

1. En français dans le texte.
2. Référence au concours de l'Eurovision.

enclave huppée en bordure de la ville. Les nouveaux lotissements commençaient à peine à gagner sur les vieilles résidences vastes et indépendantes, dont la plupart se cachaient derrière de hauts murs ou au bout de longues allées tout en virages. C'était là que les hommes politiques et les célébrités de la télévision pouvaient se tapir à l'abri des regards du public.

— Ça, c'est nouveau pour moi, dit Hynds en admirant le décor par sa vitre.

— Pour moi aussi, reconnut Hawes.

Inveresk n'offrait pas d'intérêt particulier, et ils trouvèrent vite la maison de Neilson. Deux voitures de patrouille étaient devant l'entrée — le poste de police local avait été prévenu de leur arrivée. Les médias également, leurs objectifs à l'affût du moindre trésor qu'on leur offrirait en pâture. La maison à proprement parler n'était pas bien grande. Siobhan l'aurait qualifiée de cottage, mais un superbe cottage. Le petit jardin en façade était parfaitement entretenu, pratiquement réduit à des parterres de roses. La bâtisse était de plain-pied, mais des lucarnes ressortaient du toit en tuiles. Siobhan avait les clés, remises par Neilson en personne après qu'elle lui eut expliqué que sans elles, la police serait obligée de forcer l'entrée. Elle ordonna à Hynds d'aller chercher le rouleau de sacs-poubelles dans le coffre.

Juste au cas où ils trouveraient effectivement quelque chose.

Hawes avait la charge de la boîte de sachets en polyéthylène et des étiquettes qu'on attachait à tout objet digne d'intérêt. Tous enfilèrent des gants tandis que les photographes s'en donnaient à cœur joie de l'autre côté de la rue, déclics de diaphragmes et ron-rons de moteurs pour le cliché suivant.

Rebus resta en arrière. Siobhan était la vedette, c'était son show et elle faisait en sorte que tout le monde le sache.

Elle avait rassemblé son équipe en demi-cercle et distribuait les tâches. Rebus alluma une cigarette. Au bruit du briquet, elle se tourna vers lui.

— Pas dans la maison, rappela-t-elle.

Il acquiesça. Risque de contamination : des cendres sur une moquette pouvaient être mal interprétées. Il décida qu'il courait moins de risques dehors. Après tout, il n'était pas venu là pour aider à la perquisition. Il avait juste besoin d'un petit moment loin de Gray et des autres... pour réfléchir. Siobhan tourna la clé, ouvrit la porte en grand. Les policiers entrèrent. De ce qu'il pouvait en voir, le vestibule était comme beau-coup d'autres. À en juger par le comportement de Siobhan en voiture, il savait néanmoins que pour elle, la fouille de la maison était une perte de temps, sous-entendu, elle n'était nullement convaincue que le pein-tre fût le meurtrier. Mais en aucun cas, elle ne bâclerait le travail. Il fallait perquisitionner au domicile du sus-pect. Et on ne savait jamais ce qu'on risquait d'y trou-ver...

La plupart des officiers de police ayant disparu du champ, que restait-il aux photographes à se mettre sous l'objectif ? L'unique inspecteur encore dehors, en train de fumer sa cigarette. Et c'est sur lui qu'ils les pointè-rent. Mais si jamais un journal le publiait, ce cliché-là, Gill Templer risquait fort de ne pas être des plus ravies. Aussi leur tourna-t-il le dos pour faire le tour de la maison. L'arrière était occupé par un long jardin étroit, avec pavillon d'été et abri à chacune de ses extrémités. Une bande de gazon, bordée de dalles de pierre. Des parterres de fleurs apparemment un peu trop exubérants, mais c'était peut-être délibéré : un jardin sauvage un peu livré à lui-même… juste contrepoint à l'ordre immaculé des rosiers en façade. Rebus n'en savait pas suffisamment sur Malcolm Neilson ni sur le jardinage pour être à même de juger. Il alla jusqu'au pavillon d'été. Construction récente. Lattes de bois verni, avec chambranles en bois et portes vitrées. Les portes étaient fermées mais pas verrouillées. Il les ouvrit. À l'intérieur : des transats empilés contre un mur, attendant des température plus clémentes ; un fauteuil en bois plutôt massif, offrant fièrement de larges accoudoirs dont l'un était évidé pour y recevoir une tasse ou un verre. Il voyait la maison et imaginait aisément l'artiste assis là, au chaud et bien à l'abri avec la pluie qui tombait peut-être au dehors, et un verre pour seule compagnie.

— Il a de la chance, le salopard, marmonna-t-il.

Des formes mouvantes apparurent derrière les fenêtres du rez-de-chaussée et de l'étage. Ils devaient être deux par chambre, comme l'avait ordonné Siobhan. À chercher quoi exactement ? Un élément à charge, un objet qui détonnait, n'importe quoi… quelque chose qui leur fournirait une petite idée. Il leur souhaita bon courage. Ce dont il avait besoin, réalisa-t-il, c'était d'un endroit comme celui-ci. Un petit paradis. Il imagina un pavillon d'été dans l'arrière-jardin de son propre immeuble mais à bien des égards, l'effet ne serait certainement pas le même. Il avait déjà songé par le

512

passé à vendre son appartement pour s'acheter une petite maison aux abords de la ville — accessible par les transports en commun, mais un lieu où il pourrait trouver un peu de paix. Le problème, c'est qu'on pouvait se lasser des trop bonnes choses.

À Édimbourg, il avait des magasins ouverts vingt-quatre heures sur vingt-quatre, des myriades de pubs à quelques minutes à pied, et en arrière-fond sonore, le bourdonnement constant de la vie des rues. Dans un endroit comme Inveresk, il craignait qu'au bout du compte, le silence ne finisse par lui prendre la tête, et l'oblige à se renfermer plus profondément encore en lui-même — le genre d'endroit où il préférait ne pas se trouver — réduisant du même coup à néant le but même de l'opération.

« On n'est jamais aussi bien que chez soi », se dit-il en se levant du fauteuil. Ce n'est pas là qu'il trouverait des réponses. Ses problèmes étaient les siens, et un changement de décor n'y ferait rien. Il s'interrogea sur Dickie Diamond, en l'imaginant sur le départ loin de cette ville, avec ses cliques et ses claques. L'adresse qu'il leur avait donnée à Édimbourg était celle de sa sœur à Newhaven. Mais son adresse permanente correspondait à un grand immeuble de Gateshead, plus au sud. Ils y avaient envoyé un message en demandant que la police locale aille vérifier. Diamond avait prétendu ne pas avoir d'emploi, mais il n'était pas non plus inscrit au chômage. Pas de compte en banque… il n'avait pas son permis de conduire sur lui. Il n'avait pas parlé de sa voiture, Rebus non plus. S'il informait ses collègues de l'existence du véhicule, ceux-ci pourraient retrouver une adresse à partir de l'immatriculation. Parce qu'il savait pertinemment que celle de Gateshead serait fausse ou caduque. Il prit son portable, appela la salle des communications de St Leonard's et demanda si l'on pouvait re-vérifier la dernière localisation de la Ford — apparemment abandonnée à New Town.

Mais la salle des communications avait déjà l'information.

— La voiture a été enlevée ce matin, répondit l'agent.

Ce qui signifiait qu'elle se trouvait en fourrière, avec une grosse amende à régler avant de pouvoir être récupérée. Il doutait fort que Diamond se donne cette peine — la Ford devait probablement valoir moins que l'astreinte qui s'y trouvait attachée.

— Il ne leur faut pas longtemps pour virer les épaves à New Town, dites-moi.

— La Ford était garée devant la porte d'un juge et elle l'empêchait de sortir sa propre voiture, expliqua l'agent.

— Vous avez son numéro d'immatriculation ?

L'agent le lui donna : le même que celui que Diamond leur avait fourni dans la salle d'interrogatoire. Rebus coupa la communication, remit son portable dans sa poche. En supposant qu'il manquât des ressources nécessaires pour voler un nouveau véhicule, Dickie Diamond allait logiquement quitter la ville par car ou train.

Autre hypothèse : il allait continuer à se planquer, avec pour conséquence obligée une nouvelle entrevue en tête à tête et quelques mots bien sentis de la part de

Rebus. Des mots bien sentis, et peut-être aussi les gestes à l'appui, tout aussi sentis.

Le revolver était-il caché dans la voiture ? Cela valait-il vraiment la peine d'aller vérifier ? Il décida que non, Dickie Diamond n'était pas du genre à tirer sur quiconque. L'arme n'avait été qu'un accessoire de théâtre… l'accessoire d'un homme faible avec la trouille au ventre. Belle analyse… rétrospective.

Il s'était arrêté pour allumer une autre cigarette et traversait le jardin en direction de l'abri. La cahute était bien plus ancienne que le pavillon, ses murs moisis et crottés par les déjections d'oiseaux. Et toujours pas de verrou à la porte. Rebus ouvrit. Un tuyau d'arrosage enroulé, suspendu à un clou au dos de la porte, se décrocha et tomba par terre avec fracas. Des étagères pleines de pièces de bricolage — vis, tasseaux, chevilles, charnières…

Une vieille tondeuse mécanique occupait tout l'espace au sol ou presque. Mais on avait rangé un objet juste à côté, bien calfeutré sous un emballage de plastique à bulles. Rebus se retourna vers le cottage. Il ne portait pas de gants mais décida malgré tout de le dégager. Un tableau apparemment, ou, en tout cas, un cadre. Plus lourd qu'il ne l'aurait cru, probablement à cause du poids du verre. Il le porta sur la pelouse. Entendit le bruit d'une fenêtre qui s'ouvrait, puis la voix de Siobhan :

— Mais qu'est-ce que tu fabriques, bon Dieu ?

— Viens donc jeter un coup d'œil, lui cria-t-il à son tour.

Il défaisait l'emballage. La toile représentait un homme en chemise blanche éclatante, les manches remontées. Il avait de longs cheveux bouclés et se tenait auprès d'un manteau de cheminée sur lequel était posé un miroir, qui à son tour reflétait une femme aux longs cheveux noirs soyeux, dont les angles du maxillaire inférieur semblaient éclairés comme par les flammes d'un feu de bois. Tout n'était qu'ombre autour des deux silhouettes. La femme, un masque noir lui couvrant les yeux et le nez, tenait ses mains derrière le dos. Peut-être étaient-elles attachées. Le nom de l'artiste était écrit en capitales en bas à gauche : Vettriano.

— Ainsi donc, c'est elle, la toile qui manquait, dit-il, Siobhan debout au-dessus de lui.

Elle fixa l'abri de jardin puis le tableau.

— Elle était là, et c'est tout ?

— Coincée contre la tondeuse.

— La porte n'était pas fermée ?

Il fit non de la tête.

— On dirait qu'il a paniqué. Il a rapporté la toile chez lui, ensuite il n'en a plus voulu dans sa maison…

— Ça pèse lourd ? demanda Siobhan en tournant autour du tableau.

— Elle n'est pas légère. Où veux-tu en venir ?

— Neilson ne possède pas de voiture. Inutile, dans la mesure où il n'a jamais appris à conduire.

— Alors comment cette toile est-elle arrivée jusqu'ici ?

Il savait comment fonctionnait le cerveau de Siobhan. Il se releva et l'observa qui hochait lentement la tête.

— Pour l'instant, dit-il, ce qui importe, c'est que tu as retrouvé la peinture volée au domicile de la victime.

— Et tu ne trouves pas ça justement un peu trop commode ? dit-elle en le fixant dans les yeux.

— D'accord, je le reconnais… je l'avais cachée sous ma veste.

— Je ne dis pas que c'est toi qui l'as mise là.

— Qui d'autre, alors ?

— Des tas de gens savaient que Malcolm Neilson était suspect.

— On va peut-être retrouver ses empreintes sur le verre. Cela suffirait-il à te satisfaire, Siobhan ? Et que penserais-tu d'un marteau maculé de sang ? Il se pourrait bien qu'il y en ait un aussi dans l'abri de jardin… Et, j'oubliais, c'était sérieux, ce que je t'ai dit tout à l'heure.

— À quel propos ?

— C'est toi qui as retrouvé la toile. Moi, je ne suis même pas ici, tu te souviens ? Va donc raconter à Gill que c'est John Rebus qui a déniché cette pièce à conviction cruciale, et nous sommes tous les deux partants pour une engueulade de première. Débrouille-toi pour qu'un des uniformes me ramène en ville… et après, tu mets Gill au courant de ce que tu as trouvé.

Elle acquiesça, sachant qu'il avait raison, mais en se maudissant pour l'avoir laissé venir là.

— Oh, et, Siobhan ? lui dit-il en lui tapotant le bras. Félicitations. Tout le monde va commencer à croire que tu marches sur les eaux…

Confronté à la toile comme pièce à conviction, Malcolm Neilson ne fournit aucune explication, puis déclara qu'il s'agissait d'un cadeau de Marber, avant de changer d'avis une nouvelle fois en leur assurant qu'il ne l'avait jamais vue ni touchée. La toile avait été déposée au laboratoire de la police à Howdenhall et on y vérifiait la présence éventuelle d'empreintes, dont celles de Neilson, avant de la soumettre à des tests plus ésotériques.

— Je suis curieux, monsieur Neilson, fit Bill Pryde. Pourquoi cette toile-là, alors que vous en aviez d'autres sous le nez qui étaient bien plus précieuses ?

— Je ne l'ai pas prise, je vous l'ai déjà dit !

William Allison, l'avocat de Neilson, assis au côté de son client, inscrivait quelques notes rapides.

— Vous dites que la toile a été retrouvée dans l'abri de jardin de Malcolm Neilson, inspecteur Pryde ? Puis-je vous demander s'il existait un verrou, un système de fermeture quelconque sur la porte ?

Dans les couloirs du poste de police, la nouvelle que la perquisition avait porté ses fruits se claironnait à tout va, au point de faire sortir de sa tanière la Horde sauvage qui monta à la salle d'enquête.

— Alors, vous avez obtenu des résultats ? demanda Francis Gray à Derek Linford avec une tape dans le dos.

— Pas moi, non, rétorqua sèchement Linford. J'étais bien trop occupé à patauger au milieu d'un mètre de merde dans son atelier, de l'autre côté de la ville.

— Quand même, un résultat, c'est un résultat, non ?

Le regard que lui lança Linford semblait démentir cette affirmation. Gray gloussa et s'éloigna.

Le bruit avait déjà filtré qu'on avait effectivement

trouvé des empreintes sur le cadre du tableau. Seul petit problème : elles appartenaient à Edward Marber.

— Au moins, on sait qu'on a la bonne toile, dit un policier en haussant les épaules.

Ce qui était vrai, finalement. Mais ne suffisait pas à satisfaire Siobhan. Elle s'interrogeait sur le sujet de l'œuvre, curieuse de savoir si aux yeux de Marber, la femme au masque n'avait pas représenté Laura. Non qu'elles aient eu en partage les mêmes caractéristiques physiques, mais quand même… Marber se voyait-il dans le rôle de l'homme ? Le voyeur, voire le possédant… qui pensait à sa marchandise ?

Cette toile devait avoir une signification. Il devait exister une bonne raison pour que ce soit elle, et elle seule, qui avait été sortie du domicile du marchand d'art. Elle se rappela la facture retrouvée parmi les affaires de Marber. Cinq ans auparavant, il l'avait payée cinq mille livres. Aujourd'hui, s'il fallait en croire Cynthia Bessant, elle devait valoir quatre ou cinq fois ce prix, un retour sur investissement plus qu'honnête mais néanmoins inférieur à celui de certains autres tableaux de sa collection.

Cette toile avait eu une signification pour quelqu'un… qui allait au-delà de sa simple valeur marchande.

Que représentait-elle aux yeux de Malcolm Neilson ? Peut-être était-il jaloux d'artistes qui avaient mieux réussi que lui ?

Une nouvelle main claqua l'épaule de Siobhan.

— Bon travail… bien joué.

Elle avait déjà refusé de prendre le coup de téléphone de l'assistant du patron, Colin Carswell. Elle n'avait aucune intention de lui parler car elle savait que monsieur aurait désiré partager un peu de sa gloire. Non qu'elle voulût se l'approprier pour elle seule. Loin de là.

Elle ne voulait rien avoir à faire avec ça.

Car dans son esprit, de gloire, il n'y en avait guère… à cause du risque d'expédier un innocent derrière les barreaux.

Un des membres de l'équipe de Tulliallan — Jazz McCullough — était debout à côté d'elle.

— Qu'est-ce qui se passe ? demanda-t-il. On ne fait pas la fête avec les autres ? M'est avis que l'affaire est réglée comme du papier à musique, non ?

— C'est peut-être justement pour cette raison qu'on vous a renvoyé à l'école. Seigneur, se reprit-elle en voyant son changement d'expression, je suis désolée… ce n'est pas ce que je voulais dire.

— De toute évidence, je suis tombé au mauvais moment. Je voulais juste vous présenter mes félicitations.

— Que j'accepterai volontiers… lorsque nous aurons obtenu une condamnation.

Elle tourna les talons et s'éloigna, sentant le poids du regard de McCullough jusqu'à la porte.

Rebus la vit partir lui aussi alors qu'il demandait à Tam Barclay si celui-ci avait un surnom pour l'inspecteur Tennant.

— Je pourrais t'en trouver quelques-uns particulièrement choisis, disait Barclay.

Il avait déjà parlé à Stu Sutherland et savait fichtrement bien que « Demi-Pinte » n'était utilisé que par Gray, Jazz et Allan Ward. Jazz d'ailleurs lui faisait signe d'approcher. Rebus en termina avec Barclay et s'exécuta. Il le suivit dans le couloir puis aux toilettes où il le retrouva près des lavabos, les mains dans les poches.

— Qu'est-ce qu'il y a ? demanda-t-il.

La porte s'ouvrit une seconde fois sur Gray qui les salua de la tête en vérifiant qu'il n'y avait personne dans les cabinets.

— Quand est-ce que tu vas reconnaître les lieux et voir où en est la marchandise ? demanda doucement Jazz. Parce que, s'il y a une chance de s'en emparer, faudrait peut-être que tu te bouges le cul.

Devant cette voix froide et calculatrice, Rebus se sentit soudain beaucoup moins enclin à apprécier le personnage.

— Je ne sais pas. Peut-être demain ?

— Et pourquoi pas aujourd'hui ? demanda Gray.

— Parce que la journée est presque finie, répondit Rebus en consultant ostensiblement sa montre.

— Il reste suffisamment de temps, insista Jazz, si tu vas là-bas tout de suite. On te couvrirait les miches.

— On a l'habitude, ce ne sera pas la première fois que tu mettras les voiles, ajouta Gray. C'est drôle d'ailleurs que tu débarques ici juste après que le tableau a été retrouvé...

— C'est censé vouloir dire quoi ?

— Il y a des choses plus importantes, les avertit Jazz. On appellera ça le grand tableau, la vue d'ensemble, si tu préfères.

Gray sourit de toutes ses dents.

— On a besoin de tuyaux, et vite, à partir de quoi on pourra travailler, poursuivit Jazz.

— Et Allan alors ? demanda Rebus.

— Il est dans le coup, répondit Gray. Même s'il n'a pas aimé ta manière de l'asticoter.

— Il sait de quoi il s'agit ?

— Moins Allan en sait, mieux il se porte, expliqua Gray.

— Je ne suis pas certain de comprendre, dit Rebus, toujours à la pêche aux infos… toujours avec l'espoir d'en ramener un peu plus.

— Allan fait ce qu'on lui dit, ajouta Jazz.

— Vous trois… Vous avez déjà exécuté un coup pareil, non ? fit Rebus d'un ton qu'il voulait naïf à souhait sans être sûr d'y parvenir.

— Tu le sauras seulement en cas de nécessité absolue, lui répondit Gray.

— Mais j'ai besoin de savoir.

— Et pour quelle raison ? lui lança Jazz.

— Il peut être dangereux de savoir certaines choses, dit Gray dans le silence. Parlons un peu de tes amis de la SDEA. Tu comptes aller leur rendre une petite visite ou pas ?

— Pourquoi ? J'ai le choix ? fit Rebus d'un air renfrogné en sentant toujours peser sur lui le regard de Jazz.

— C'est toujours toi qui mènes la danse, John, lui rappela doucement Jazz. Tout ce qu'on dit, c'est qu'on ne peut pas remettre ça indéfiniment.

— Ça, je le sais, admit Rebus, avant d'ajouter : D'accord, je vais aller leur parler… (Puis, la mine songeuse :) Il faudra qu'on discute du partage.

— Le partage ? grommela Gray.

— C'était mon idée, insista Rebus, et jusqu'ici, il n'y a eu que moi à bosser…

Le calme absolu qu'affichait Jazz lui parut soudainement bien menaçant.

— Le partage sera en ta faveur, John, dit-il. Ne te fais donc pas de bile.

À voir son visage, Gray ne semblait pas d'accord, mais il ne fit pas de commentaire.

Rebus tournait les talons, direction la porte, lorsque Jazz posa doucement la main sur son bras.

— Simplement, ne va pas te montrer trop gourmand. Laisse-nous-en un peu, dit-il. Souviens-toi : c'est toi qui nous as invités. Nous sommes ici parce que tu l'as demandé.

Rebus acquiesça, avant de filer. Une fois dans le couloir, son cœur battait la chamade, le sang bruissait à ses oreilles. Ces deux-là ne lui faisaient pas confiance, et pourtant, ils étaient prêts à le suivre.

Pourquoi ? Est-ce que c'étaient eux *qui* lui *tendaient un piège ? Et à quel moment devait-il informer Strathern ?*

Sa tête lui disait « maintenant », mais ses tripes n'étaient pas d'accord. Il décida néanmoins d'aller faire un saut jusqu'à la Grande Maison.

Six heures passées. Il s'attendait presque à trouver les bureaux de la SDEA fermés, mais aperçut Ormiston penché sur le clavier d'un ordinateur, les touches juste un peu trop petites pour ses doigts démesurés. Il appuyait sur Supprimer avec un juron quand Rebus entra dans la pièce.

— Salut, Ormie, dit-il en forçant le ton, familier, jovial. Ils te font travailler bien tard.

Le grand gaillard grommela sans lever la tête de son écran.

— Claverhouse est dans les parages ? continua Rebus, appuyé contre un bureau.

— L'entrepôt.

— Ah ouais ? La came est toujours planquée là-bas ?

Une tablette de chewing-gum traînait là. Il la prit, en ôta le papier et la glissa pliée en deux dans sa bouche.

— En quoi ça te concerne ?

— Je me demandais simplement, dit Rebus après un haussement d'épaules, si vous vouliez que je retente ma chance avec la Belette.

Ormiston le fusilla du regard avant de reprendre son travail.

— Je peux comprendre…, dit Rebus.

Ormiston venait de lui signifier clairement qu'ils avaient laissé tomber la Belette.

— Mais je parierais que Claverhouse serait aux anges d'apprendre la raison de sa petite visite chez moi ce soir-là.

— C'est possible.

Rebus se mit à arpenter la pièce de long en large.

— Et toi, tu n'aimerais pas la connaître, Ormie ? Tu serais le premier à savoir, avant ton partenaire.

— Ça me fait chaud au cœur rien que de l'entendre.

— Ce n'était pourtant pas grand-chose…

Apparemment, comme Ormiston ne voulait pas mordre à l'hameçon, il se décida pour un appât plus convaincant.

— … juste un truc à propos de Claverhouse et de l'entrepôt.

Ormiston cessa de pianoter, sans pour autant quitter l'écran des yeux.

— Tu comprends, dit Rebus en enfonçant le clou, la Belette dit que Cafferty pourrait essayer de braquer l'entrepôt.

— Nous savons qu'il est au courant.

— Mais c'est aussi le bruit qui court.

Ormiston tourna la tête, en pure perte, Rebus s'étant posté juste dans son dos. Le grand gaillard fut obligé de faire pivoter son fauteuil d'un demi-tour.

— D'un autre côté, poursuivit Rebus, moi, je l'ai entendu de la bouche de l'intéressé, pour ainsi dire.

— Tu es sûr que ce n'est pas son cul qui t'a causé ?

Rebus se contenta de hausser les épaules.

— Ça, c'est à toi et à ton *compadre* d'en décider.

Ormiston croisa les bras.

— Et pour quelle raison au nom du ciel c'est à *toi* que la Belette serait allé cafter son patron ?

— C'est justement de ça que je veux parler à Claverhouse. (Une pause.) Je veux m'excuser.

Les sourcils d'Ormiston se levèrent doucement. Puis il décroisa les bras et attrapa le téléphone.

— Ça, je demande à voir.

— Tu fais transporter la came ailleurs ? devina Rebus.

Il se trouvait dans l'entrepôt. La carcasse du camion était aux trois quarts pleine de caisses en bois flambant neuves. Elles s'empilaient, couvercles cloués, sur deux rangs, et occupaient pratiquement tout le plateau.

— Est-ce que ça signifie que tu vas partager la gloire avec les Douanes ?

— Le règlement, c'est le règlement, répondit Claverhouse.

Rebus passa la main sur une caisse, serra le poing et se mit à taper sur le bois. Claverhouse sourit.

— Une seule caisse ou plusieurs ?

— Ce serait t'en dire un peu trop.

L'air sentait le bois fraîchement scié.

— Tu t'attends donc à ce qu'on te les vole ? estima Rebus.

— Pas exactement, mais nous savons que la nouvelle s'est répandue. Quoi qu'on fasse, la sécurité a ses limites…

— Mais au moins, comme ça, il faudra à tes voleurs une heure ou deux pour trouver les bonnes ?

Rebus hochait la tête, impressionné en réalité par le résultat des cogitations de Claverhouse.

— Pourquoi ne pas te contenter de déplacer la drogue ?

— Et où serait-elle plus en sécurité, dis-moi ?

— Je ne sais pas… À Fettes ou ailleurs.

— À la Grande Maison ? Pas d'alarme et les fenêtres grandes ouvertes ?

— Peut-être pas, admit Rebus.

— En tout cas, tu as raison, on va bien déplacer la came. Dès qu'on aura réglé les problèmes avec les Douanes…

Claverhouse songea à un autre détail.

— Ormie m'a dit que tu voulais me présenter des excuses ?

Nouveau hochement de tête de Rebus.

— À propos de la Belette, je crois que je me suis montré trop tendre avec lui. Tu m'as dit que ce serait comme deux pères qui tailleraient le bout de gras, et j'ai laissé faire ça… en cessant de réfléchir en flic. Alors je tenais à m'excuser.

— Et c'est pour cette raison qu'il est passé chez toi ce soir-là ?

— Il était venu me prévenir que Cafferty était au parfum pour la prise de drogue.

— Une information que tu avais décidé de garder pour toi ?

— Tu étais déjà au courant, n'est-ce pas ?

— On savait que le bruit circulait.

— Bon, mais en tout cas…

Rebus renifla, regarda alentour.

— Il m'a l'air verrouillé à double tour, ton entrepôt, non ? Cafferty aurait certainement aimé vous prendre par surprise…

— Sécurité vingt-quatre heures sur vingt-quatre, confirma Claverhouse. Cadenas aux grilles, clôtures en barbelés… Et mon petit puzzle à résoudre pour couronner le tout.

Rebus se tourna vers Ormiston.

— Tu sais quelles sont les caisses qui abritent la came ?

Ormiston le fixa sans ciller.

— Question stupide, marmonna Rebus, assez fort pour qu'ils l'entendent.

Claverhouse sourit.

— Je veux que tu saches, lui dit Rebus, que je me sens vraiment en dessous de tout de n'avoir pas piégé la Belette pour toi. J'ai été beaucoup trop gentil avec lui. Et il s'est trompé sur mon message. Il a cru que je faisais ça à dessein, sous-entendu qu'il avait une dette envers moi.

— Et il t'a refilé le tuyau sur Cafferty pour remettre les choses à égalité ? fit Claverhouse en hochant la tête.

— Mais maintenant que le courant a commencé à passer entre nous, poursuivit Rebus, peut-être que je réussirai quand même à l'attirer dans notre camp.

— Pour ça, il est trop tard, l'informa Claverhouse. Apparemment, la Belette a pris le large. On ne l'a pas revu depuis le soir où il est passé à ton appartement.

— Quoi ?

— Je crois qu'il a paniqué.

— C'est exactement ce que nous voulions, reconnut Ormiston, avant de la fermer aussi vite devant le regard meurtrier que lui lança son partenaire.

— Nous avons fait passer le mot, expliqua Claverhouse, que nous nous préparions à inculper le fils de la Belette en lui collant tout sur le dos.

— Tu croyais qu'il allait se pointer s'il avait suffisamment peur ?

Claverhouse opina du chef.

— Au lieu de quoi, il s'est tiré à toutes jambes ?

Rebus essayait de trouver un sens à tout ça. La Belette ne lui avait donné aucun signe de vouloir prendre la fuite.

— Il se serait sauvé sans emmener Aly avec lui ?

Claverhouse donna l'impression de se tordre le corps des pieds à la tête juste pour hausser les épaules, signifiant à Rebus que le sujet était clos, avant d'ajouter :

— Ça demande du cran de reconnaître qu'on a tort. Je ne pensais pas que tu avais ça en toi.

Puis il tendit la main, que Rebus accepta, après une fraction de seconde. Car il pensait toujours à la Belette et essayait d'évaluer si le bras droit de Cafferty pouvait encore présenter un danger pour lui ou contrecarrer ses plans. Impossible à savoir. Quoi qui ait pu lui arriver, ce n'était ni le lieu ni le moment de se perdre en conjectures. Il lui fallait se concentrer absolument, et rassembler toutes ses énergies.

Pour s'occuper du numéro un.

23

À la radio, les grands titres des informations de dix-huit heures se terminaient lorsque Siobhan coupa le moteur. Elle s'était rangée dans l'avant-cour de MG Cabs. Le vaste parc de stationnement entièrement goudronné s'enorgueillissait d'une douzaine de Vauxhall assorties, et d'une MG sport flambant neuve de couleur écarlate. À un poteau blanc porte-étendard pendouillait une croix de Saint-André. Le bureau était un bâtiment préfabriqué avec un garage attenant où un mécano solitaire en salopette grise travaillait sur le moteur d'une Astra. Lochend n'était pas loin de Easter Road — domicile de Hibernian, l'équipe de football que supportait Siobhan — mais elle ne connaissait pas du tout l'endroit. Apparemment, beaucoup de constructions basses, petits immeubles et maisons mitoyennes avec quelques boutiques de quartier. Elle ne s'attendait pas vraiment à trouver quelqu'un là mais se rendit compte que la compagnie de taxis fonctionnait jour et nuit. Malgré tout, elle doutait fort qu'Ellen Dempsey fût encore à son poste. Ce qui ne la dérangeait pas vraiment : elle voulait juste flairer les lieux, voire poser quelques questions au mécano ou à ceux qu'elle croiserait en chemin.

— Des problèmes ? demanda-t-elle en s'approchant du garage.

— C'est arrangé, dit-il en rabattant le capot. Une révision.

Il se glissa au volant, donna deux coups d'accélérateur.

— Elle tourne comme une horloge. Le bureau est là-bas, dit-il avec un signe de tête vers le préfab.

Siobhan l'étudiait avec attention. Sous l'huile et la graisse qui maculaient ses mains, elle distingua de vieux tatouages maison. Il était maigre, le visage pâle et des cheveux clairsemés qui se dressaient au-dessus des oreilles. Quelque chose dans son allure lui dit : ancien taulard. Elle se souvenait de Sammy Wallace, le chauffeur qui avait emmené Marber chez lui, il s'était vanté d'avoir un casier.

— Merci, dit-elle au mécano. Qui est au téléphone ce soir ?

Un coup d'œil suffit au bonhomme pour ne pas se méprendre sur ce qu'elle était.

— Mme Dempsey est à l'intérieur, répondit-il avec froideur.

Puis, passant la marche arrière, il sortit l'Astra du garage et la conduisit sur un emplacement de parking, portière conducteur toujours ouverte, de sorte que Siobhan fut obligée de reculer d'un pas pour ne pas être heurtée. Devant le regard noir qu'il lui lança derrière son pare-brise, elle comprit qu'elle ne venait pas de se faire un ami.

Elle monta les deux marches du perron pour accéder

à la porte vitrée et frappa. La femme assise derrière son bureau leva la tête, ôta les lunettes qu'elle avait sur le nez et lui fit signe d'entrer. Siobhan referma la porte derrière elle.

— Madame Dempsey ? Excusez-moi de vous déranger…

Elle fouillait son sac à la recherche de son insigne.

— Ne vous embêtez pas avec ça, dit Ellen Dempsey en s'appuyant à son dossier. Je vois bien que vous êtes flic.

— Sergent Clarke, dit Siobhan en guise de présentation. Nous nous sommes parlé au téléphone.

— En effet, Clarke. Que puis-je faire pour vous ?

Dempsey lui désigna le fauteuil face à son bureau et Siobhan s'y assit. Ellen Dempsey avait entre quarante et cinquante ans. Plutôt opulente mais bien conservée. Les cercles de ridules autour du cou étaient un bien meilleur indice de son âge que son visage soigneusement maquillé. Sa chevelure brun foncé était probablement teinte, mais c'était difficile à juger. Pas de vernis à ongles, pas de bagues aux doigts, rien qu'une grosse Rolex de femme au poignet gauche.

— Sammy Wallace est lavé de tout soupçon, j'ai simplement pensé que vous aimeriez le savoir, dit Siobhan.

Ellen Dempsey faisait mine de ranger quelques papiers alors que son bureau n'aurait pas pu être plus net, quatre piles distinctes de dossiers, avec quatre corbeilles étiquetées n'attendant que d'être remplies.

— A-t-il même été jamais soupçonné ? demanda Dempsey.

— C'est la dernière personne à avoir vu M. Marber vivant.

— Si l'on ne compte pas le meurtrier.

Ellen Dempsey leva les yeux sur Siobhan en plissant légèrement les paupières. Ses lunettes pendaient à son cou, retenues par une chaînette.

— S'il a été considéré comme suspect, Clarke, c'est uniquement parce qu'il a un casier judiciaire, et ce n'est qu'un signe de paresse de votre part.

— Je ne suis pas en train de dire que nous avons sérieusement envisagé…

— Quelle autre raison y aurait-il eu ?

Siobhan prit son temps pour répondre, sachant la bataille perdue d'avance. En effet, ils avaient étudié le cas Sammy Wallace d'un peu plus près, précisément à cause de son passé criminel. Un point de départ qui en valait bien d'autres.

— En outre, dit Dempsey en sortant de la poubelle la dernière édition de l'*Evening News*, c'était en première page — tous les détails sur le peintre que vous avez arrêté. C'est vous, ça, non ?

Elle avait tourné le journal pour le lui montrer. Un gros titre : UN HOMME ACCUSÉ DU MEURTRE DU GALE-RISTE, et un grand cliché couleur de l'équipe de policiers chargée de la perquisition, juste avant leur entrée dans la maison à Inveresk. De toute évidence, l'article était passé sous presse un peu trop tôt pour être illustré d'une photo de la même équipe chargée de ses sacs-poubelles étiquetés, dont l'un cachait la toile…

Dempsey dardait un ongle insistant sur une des sil-houettes. C'était bien elle, effectivement, bouche ouverte, en train de donner des ordres, le doigt pointé vers la maison. Mais à l'extrême bordure du cliché, elle distingua une autre silhouette. Pleine de grains, il est vrai, mais identifiable néanmoins pour ceux qui connaissaient l'inspecteur Rebus. Les probabilités pour que Gill Templer ne voie pas la photo ? Tout bonnement astronomiques. Il fallut une seconde ou deux à Siobhan pour se remettre.

— Madame Dempsey, fit-elle, est-ce que tous vos employés sont des anciens repris de justice ?

— Pas tous, non, répondit Dempsey en repliant le journal pour le déposer dans la corbeille.

— Peut-être s'agit-il d'une sorte de principe ?…

— Il se trouve qu'en effet, c'est un principe.

Le ton de sa voix signifiait clairement qu'elle était prête pour cette nouvelle bataille.

— Des hommes condamnés pour violences conduisant des taxis dans tout Édimbourg…

— Des ex-condamnés, qui ont tous purgé leur peine. Des hommes dont les crimes appartiennent à un passé lointain. Je me targue de posséder un instinct suffisant pour distinguer ceux auxquels je peux faire confiance.

— Mais votre instinct pourrait vous tromper.

— Je ne le pense pas.

Le silence qui s'installa dans la pièce fut rompu par la sonnerie d'un téléphone. Non pas celui qui était sur le bureau, un autre, posé sur une longue étagère à hauteur de taille qui courait sur toute la longueur de la fenêtre. Siobhan remarqua au passage un émetteur-récepteur sur un rayonnage inférieur. La fenêtre coulissait et elle se dit qu'en dehors des heures de bureau, si quelqu'un débarquait en quête d'un taxi, il était obligé de se poster là et de transmettre ses desiderata par ladite fenêtre. Ce n'est pas de son personnel qu'Ellen Dempsey se méfiait, mais du public.

Elle l'observa qui décrochait avant d'aller jusqu'à la radio et d'offrir la course au « Taxi Quatre ». Deux habitués à aller chercher dans un bar des quartiers ouest. Une course sous contrat, que réglerait une des compagnies d'assurances de la ville.

— Désolée, s'excusa Dempsey en revenant à son bureau.

Siobhan avait remarqué ses vêtements : veste bleue et jupe assortie sur un chemisier blanc. Des chevilles épaisses, des chaussures noires à petits talons. La femme d'affaires qui avait réussi, jusqu'au bout des ongles.

— Je ne peux m'empêcher de penser qu'il s'agit là d'un choix de carrière assez étrange, dit Siobhan avec un sourire.

— J'aime les voitures.

— Je me trompe peut-être mais cette MG là-dehors est à vous ?

Ellen Dempsey se tourna vers la fenêtre. Elle avait garé sa voiture de manière à l'avoir dans son champ de vision depuis son bureau.

— C'est ma huitième. Deux sont encore au garage à la maison.

— Mais quand même… on ne voit pas beaucoup de femmes diriger des compagnies de taxis.

— C'est peut-être moi qui ai cassé le moule.

— Vous avez démarré à zéro ?

— Si vous voulez sous-entendre que la compagnie

avait été montée par un ex-mari ou autre, vous vous trompez.

— Je me demandais juste ce que vous faisiez avant cela.

— Vous cherchez des tuyaux pour changer de carrière ?

Elle ouvrit un tiroir et en sortit cigarettes et briquet. Elle en proposa une à Siobhan, qui refusa d'un signe de tête.

— Je m'en offre toujours une, à peu près à cette heure-ci, expliqua Dempsey. Je n'arrive pas à me décider à arrêter complètement, je ne sais pas pourquoi…

Elle alluma sa cigarette, inhala profondément, souffla lentement.

— J'ai débuté dans le métier avec deux taxis à Dundee ; c'est là que j'ai grandi. Lorsque j'ai voulu développer ma petite entreprise, je me suis dit que Dundee n'était pas prête pour moi. Édimbourg, en revanche…

— Vos concurrents ne vous ont quand même pas accueillie à bras ouverts à votre arrivée, j'imagine…

— Nous avons eu quelques échanges de vues francs et loyaux, reconnut Dempsey.

Elle s'interrompit pour répondre de nouveau au téléphone.

À l'issue de la communication, Siobhan avait une nouvelle question :

— Y compris avec Big Ger Cafferty ?

Dempsey acquiesça.

— Mais je suis toujours là, non ?

— En d'autres termes, il ne vous a pas fait fuir ?

— Cafferty n'est pas le seul à diriger une compagnie de taxis dans cette ville. Les choses peuvent devenir un peu éprouvantes parfois… il suffit de voir les problèmes à l'aéroport.

Siobhan était au courant. Dempsey faisait référence aux perpétuelles batailles pour le client à la descente d'avion, entre taxis noirs traditionnels et radio-taxis dûment licenciés qu'il fallait réserver par téléphone.

— J'ai eu des pneus tailladés, des pare-brise défoncés… toute une tapée de réservations bidons au début. Mais ils ont pu constater que je tenais bon. Voilà le genre de personne que je suis, sergent Clarke.

— Je n'en doute pas un instant, madame Dempsey.

— C'est mademoiselle.

Siobhan acquiesça.

— J'ai remarqué que vous ne portiez pas d'alliance, mais le mécano là-dehors vous a appelée Madame.

— C'est ce qu'ils font tous, répondit Dempsey en souriant. Ça me crée moins d'ennuis de leur laisser croire qu'il existe peut-être un Monsieur Dempsey capable au besoin de leur remonter les bretelles…

Elle consulta sa montre.

— Écoutez, je ne veux pas vous presser, mais ma standardiste de nuit arrive bientôt et je voudrais terminer ces paperasses…

— Compris, dit Siobhan en se levant.

— Et merci d'être passée.

— Pas de problème. Merci pour les conseils sur les choix de carrière.

— Vous n'avez pas besoin du moindre conseil, sergent Clarke. Diriger une compagnie de radio-taxis est une chose, mais être femme et policière à la Criminelle… (Elle secoua lentement la tête.) Voilà un métier que je ne ferais pas pour tout le thé de Chine.

— Heureusement, je ne bois pas de thé, dit Siobhan. Merci encore de m'avoir consacré de votre temps.

Elle roula jusqu'au bout de la rue où elle se gara à une place libre contre le trottoir avant de couper le moteur et de laisser son esprit battre la campagne. Qu'avait-elle tiré de cette conversation ? Quelques bribes non dénuées d'intérêt. Elle avait été repérée au premier coup d'œil comme CID. Employer d'ex-taulards était une chose, mais cadrer un flic en civil demandait un certain talent qui venait avec la pratique. Difficile dès lors de ne pas se demander où Ellen Dempsey avait bien pu acquérir un tel savoir…

Ensuite il y avait Dundee. L'histoire de ses débuts là-bas sonnait presque vrai. Presque mais pas tout à fait. Il y avait eu suffisamment de pauses dans son récit pour indiquer qu'elle laissait certaines choses non dites. Justement celles que Siobhan voulait connaître. Quand son portable sonna, elle savait qui serait à l'autre bout du fil. Gill Templer… et d'une humeur à ne pas mâcher ses mots.

— Par tous les saints, qu'est-ce que John Rebus fabriquait à Inveresk ?

— Il a suivi le mouvement, répondit Siobhan.

Elle avait décidé d'opter pour un vernis d'honnêteté, c'était dans l'instant la meilleure politique. Une voiture pénétrait dans l'avant-cour de MG Cabs. L'équipe de nuit, certainement…

— Pourquoi ? demanda Templer.

— Il voulait s'offrir une pause loin de St Leonard's.

— Et ?

— Et rien du tout. Je ne l'ai pas laissé s'approcher

538

de la maison. Pour autant que je sache, il a fumé une cigarette, puis il est reparti.

Elle songeait à tous les policiers présents qui pourraient la traiter de menteuse. Ceux qui l'avaient entendue beugler depuis la fenêtre sur Rebus… et vue se diriger d'un pas de sergent dans le jardin, jusqu'à l'endroit où ce dernier se penchait sur un objet sorti de son emballage.

— Pourquoi ai-je tant de mal à vous croire ? lui disait maintenant Templer, en émoussant sa fragile assurance.

— Je ne sais pas… peut-être parce que vous le connaissez depuis plus longtemps que moi. Mais c'est bien ainsi que les choses se sont passées. Il a dit qu'il avait besoin d'un break… j'ai insisté sur le fait qu'il ne faisait plus partie de l'enquête Marber. Il l'a accepté, n'a fait aucun effort pour nous aider dans la maison et il est reparti peu de temps après.

— Il est parti avant que vous retrouviez la toile ?

Siobhan prit une profonde inspiration.

— Avant que nous ayons retrouvé la toile, assura-t-elle.

Templer resta songeuse quelques secondes. Siobhan voyait la MG rouge sortir de l'enceinte de la compagnie en marche arrière pour s'engager dans sa direction.

— J'espère pour vous que John confirmera votre histoire, dit Templer alors que Siobhan remettait le contact.

— Compris.

S'ensuivit un temps de silence au bout de la ligne.

Elle sentit que sa patronne avait quelque chose à ajouter mais ne trouvait pas les mots.

— Eh bien, si c'est tout ce que vous avez à me dire…, fit-elle pour l'encourager.

Elle fut récompensée en entendant Templer demander :

— John vous a-t-il dit quoi que ce soit à propos de Tulliallan ?

— Rien de bien original, répondit Siobhan avant de froncer le sourcil : Il est arrivé quelque chose ?

— Non, c'est juste…

Templer semblait inquiète.

— Il reviendra bien, n'est-ce pas ? demanda Siobhan.

— Je l'espère, Siobhan. Je l'espère vraiment.

Templer coupa la communication à l'instant où la voiture d'Ellen Dempsey passait en trombe à côté d'elle. Siobhan prit son temps pour sortir de sa place de stationnement car, à cette heure de la soirée, si la circulation était pénible, une voiture de sport rouge serait difficile à perdre. Elle repensait aux derniers mots de sa conversation avec Templer. Elle cherchait juste à savoir si Rebus risquait de se faire sacquer mais, après la réponse que lui avait faite Templer, elle se posait des questions. Ce ton de voix qu'elle avait pris… de bien mauvais augure, à croire qu'elle craignait un danger bien plus grand.

Siobhan n'était pas très sûre de savoir pourquoi elle suivait Ellen Dempsey, sinon qu'elle voulait en connaître un peu plus long sur elle. Sa façon de conduire pouvait lui fournir des indications, tout comme son domicile — le style de la maison, le quartier de la ville… Et au moins, tant qu'elle la filait, elle s'occupait à quelque chose. Elle n'était pas au poste, à se faire lécher les bottes… Elle n'était pas chez elle, à broyer du noir devant un repas tout prêt…

Elle enclencha le lecteur laser sur Ogwai, *Rock Action*, et cette nervosité crispée dans leur musique qu'elle trouvait apaisante. Peut-être qu'elle comprenait. Crispée nerveuse tout pareil, mais avec des changements soudains imprévisibles.

Exactement comme une enquête.

Et peut-être même, exactement comme elle…

Elle n'avait cependant pas prévu que Dempsey allait se diriger plein sud, jusqu'à la quatre-voies de la rocade pour l'emprunter vers l'ouest puis le nord à pleine vitesse. Visiblement, cette dame n'habitait pas Édimbourg, pas même de ce côté-ci du Firth of Forth. Les deux voitures se dirigeaient vers le Forth Road Bridge, le pont qui enjambait l'estuaire, et Siobhan jeta un œil à sa jauge à essence. Si elle se retrouvait obligée de faire un plein, elle perdrait Dempsey. Mais pour l'instant, le pont était un problème à lui seul. De longues queues d'automobilistes attendaient au péage et elle se retrouva coincée dans une file différente de celle de Dempsey, et qui apparemment avançait bien moins vite que les autres. À ce rythme, la MG aurait bientôt disparu sur l'autre berge… Mais Dempsey se cantonnait apparemment juste sous la vitesse limite : elle avait probablement eu un PV pour excès de vitesse, songea Siobhan, ou alors elle risquait de voir son permis sauter si elle commettait une nouvelle infraction à cause d'un nombre de points insuffisant. Sur le pont, Siobhan prit la file de droite, ignorant la limitation de vitesse à quatre-vingts kilomètres-heure malgré la succession de panneaux qui le lui répétaient à satiété. Plus loin sur sa droite, un train empruntait le pont ferroviaire. Le CD était terminé et elle essayait de trouver la touche Repeat. À la dernière minute, elle vit Dempsey mettre son clignotant pour la première sortie après l'estuaire. La voie de gauche était saturée, les véhicules collés les uns aux autres. Elle signala qu'elle voulait sortir et commença lentement à forcer le passage. Après un appel de phares furieux, la bagnole qui suivait accepta néanmoins de freiner pour la laisser s'engager avant de la doubler dans un concert de phares et d'avertisseur.

— J'ai compris, grogna Siobhan.

Trois voitures la séparaient de Dempsey, et l'une d'elles prit également la bretelle de sortie. La MG se dirigeait maintenant vers Nord Queensferry, petit endroit pittoresque sur les berges de la Forth, aux maisons et aux boutiques surplombées par le pont ferroviaire, en signalant son intention de tourner et ainsi remonter une rue abrupte à peine plus large qu'une voiture. Siobhan poursuivit son chemin et se rangea un peu plus loin. Quand elle ne vit plus personne derrière elle, elle repartit en marche arrière jusqu'au bas de la colline. Dempsey était arrivée à la crête et disparaissait sur l'autre versant. Elle suivit. Une centaine de mètres plus loin, elle la vit qui s'engageait dans une allée privée, attendit quelques instants avant de repartir, mais ne s'arrêta pas. La haie imposante en façade faisait obstacle aux regards trop indiscrets mais Dempsey non plus ne pouvait pas la voir. Elle distingua une belle maison basse sur son promontoire, pratiquement à la limite est du village, avec vue imprenable sur la grande rue et les environs, et prit le pari que le panorama depuis le jardin sur l'arrière devait être magnifique.

En même temps, l'endroit était parfaitement retiré et North Queensferry offrait un anonymat de bon aloi. Elle entendait par sa vitre ouverte un autre train qui franchissait le pont, direction Dundee et au-delà par Fife, qui séparait en fait Dundee d'Édimbourg. Était-ce la raison qui avait poussé Dempsey à élire domicile à cet endroit ? Elle n'avait pas choisi les deux grandes villes, qui lui restaient néanmoins facilement accessibles. Siobhan sentait qu'elle avait visé juste : la propriétaire de MG Cars ne rendait visite à personne, elle était chez elle.

Elle eut aussi le sentiment que la dame vivait seule. Pas d'autres voitures devant la maison, et pas de garage… Mais ne lui avait-elle pas déclaré qu'elle possédait d'autres MG bien à l'abri dans son garage ? Eh bien, ledit garage ne se trouvait pas ici, en tout cas. En supposant bien sûr que les voitures en question existent réellement. Pourquoi Ellen Dempsey lui aurait-elle menti ? Pour l'impressionner… pour insister sur le fait que le nom de sa société venait de sa passion pour les voitures de sport de la même marque… Les raisons pouvaient être multiples. Les gens mentaient tout le temps aux officiers de police.

Quand ils avaient quelque chose à cacher… quand ils parlaient pour parler et meubler le temps, car tant qu'ils avaient la parole, on ne leur posait pas de questions gênantes. Dempsey lui avait paru plutôt confiante, calme, maîtresse d'elle-même, mais ç'aurait pu tout aussi bien être une façade.

Que pouvait-elle vouloir cacher, cette femme qui vivait abritée des regards à l'écart du monde ? Elle roulait dans une voiture qui demandait qu'on la remarque... qu'on admire ses surfaces rutilantes, ses promesses de puissance et de performances. En contradiction apparente avec cet autre côté de la personnalité de sa propriétaire : une femme toujours tirée à quatre épingles, mais dans quel but ? Passer ses journées en solitaire dans son bureau, en n'acceptant qu'un minimum de contacts physiques avec le monde extérieur. Ses employés l'appelaient « Madame », elle ne les laissait pas s'approcher trop près, ne voulait pas qu'ils la croient célibataire, disponible. Et quand elle rentrait chez elle, c'était dans ce havre de paix, cette maison qui se cachait derrière des murs et des haies imposantes.

Ellen Dempsey refusait au monde tout accès à un côté secret de sa personnalité. Quel pouvait-il bien être ? se demanda Siobhan. Trouverait-elle la réponse à Dundee ? Dempsey avait des amis, des gens dont même Cafferty se méfiait. Servait-elle de façade à des truands de Dundee ? D'où lui était venu l'argent pour démarrer son affaire ? Une flotte de voitures ne revenait pas particulièrement bon marché, et deux taxis à Dundee étaient sans commune mesure avec l'entreprise qu'elle dirigeait aujourd'hui à Lochend. Une femme qui avait un passé... capable de repérer un flic de la Criminelle au premier coup d'œil, et qui employait d'anciens taulards...

Ellen Dempsey n'avait pas seulement un passé, elle

devait aussi avoir un casier. C'était l'explication la plus simple, estima Siobhan. Que lui avait donc dit Eric Bain déjà ? *Réduis ça en binaire.* Sa manière à lui de dire, reste simple. Peut-être cherchait-elle trop de complexité. Peut-être l'affaire Marber était-elle plus simple qu'elle n'y paraissait.

— Réduis ça en binaire, Siobhan, se répéta-t-elle.

Puis elle démarra en direction du pont.

Quand Rebus prit la route pour rentrer chez lui, il était presque dix-neuf heures trente. Il avait deux messages sur son portable, Gill et Siobhan. Et le portable se mit à sonner.

— Gill. Je m'apprêtais justement à t'appeler, dit-il, à l'arrêt dans une file de voitures devant un feu rouge.

— As-tu vu la dernière édition de ce soir ? (Il savait déjà ce qu'elle allait lui annoncer.) Tu as fait la une, John !

Bingo…

— Tu veux dire qu'ils m'ont pris en photo ? demanda-t-il comme l'innocent qu'il n'était pas. J'espère que c'est mon bon côté.

— J'ignorais que tu avais en toi le moindre bon côté.

Coup bas, mais il laissa filer sans répliquer.

— Écoute, c'est stupidement ma faute. Je voulais m'éloigner une petite heure du poste quand je les ai tous vus se diriger vers les voitures. J'ai insisté pour me joindre à eux, alors ne t'en va pas rejeter la faute sur quelqu'un d'autre.

— J'ai déjà eu un petit entretien avec Siobhan.

— Elle m'a dit de dégager, et c'est ce que j'ai fait, pratiquement.

— Et c'est exactement ce qu'elle m'a expliqué, elle aussi, sauf que dans sa version, c'est toi qui avais décidé de repartir de ton plein gré.

— Elle essaie de me donner le beau rôle, Gill. Tu sais comment elle est.

— Tu es censé être sur la touche, John. Tu ne fais pas partie de l'enquête Marber : ne l'oublie pas.

— Je suis également censé être le genre de flic qui n'encaisse pas les ordres. Tu veux quoi ? Que je me fasse griller à Tulliallan ?

Elle soupira.

— Pas de chance jusqu'ici ?

— Je commence à entrevoir un rayon de lumière au bout du tunnel, reconnut-il.

Le feu venait de passer au vert et il franchit l'intersection pour s'engager dans Melville Drive.

— Le problème, c'est que je ne suis pas du tout certain de vouloir m'en approcher.

— Il y a du danger ?

— Je ne le saurai que lorsque j'y serai.

— Pour l'amour du ciel, fais attention à toi.

— C'est gentil de savoir que tu te soucies de ma santé.

— John…

— Je te parlerai plus tard, Gill.

Il ne prit pas la peine de répondre à Siobhan, il connaissait la teneur de son message par avance.

Gray, Jazz et Allan devaient l'attendre comme convenu, et il leur avait déjà préparé le petit speech qu'il comptait leur servir. Il ne voulait pas qu'ils s'attaquent à l'entrepôt… parce que ce n'était pas bien, que le braquage réussisse ou pas. Il savait maintenant qu'il pouvait aller voir Strathern et l'informer qu'il avait réussi à conduire les trois hommes droit dans un piège. Il doutait encore que Strathern fût partant. Ce n'était pas *propre* et ce n'était pas tout à fait la solution qu'il recherchait. Il suffisait tout bonnement au trio de déclarer qu'ils avaient suivi l'idée que lui-même leur avait proposée.

Il venait de se garer en haut d'Arden Street, en bout de rue, mais les trois compères avaient trouvé une place juste devant la porte de son immeuble. Il eut droit à un appel de phares pour le prévenir de leur présence. Une des portières arrière s'ouvrit à son approche.

— On va faire une petite balade, John, dit Gray.

Il était assis à l'avant, Jazz au volant, ce qui lui laissait la banquette arrière, à côté d'Allan Ward.

— Où va-t-on ? demanda-t-il.

— Comment ça s'est passé à l'entrepôt ?

Rebus regarda dans le rétroviseur, où il put croiser le regard de Jazz.

— Le projet est à l'eau, les gars, soupira-t-il.

— Raconte.

— D'abord, il y a un service de sécurité vingt-quatre heures sur vingt-quatre à la grille. Plus un système d'alarme sur la clôture ainsi que de méchants barbelés. À ça s'ajoute l'entrepôt lui-même, qui est bouclé et presque certainement sous alarme, lui aussi. Mais Claverhouse s'est montré plus habile que je ne l'aurais imaginé. Il a rempli tout l'espace de caisses, par dizaines.

— Et la marchandise se trouve dans l'une d'entre elles ? comprit Jazz. Dans une caisse anonyme ?

Rebus acquiesça, sachant parfaitement que Jazz ne le quittait pas des yeux.

— Et il ne risque pas de dire laquelle.

— Donc, tout ce qu'il nous faut, c'est un camion, intervint Gray. Et on charge tout le bazar, nom de Dieu.

— Ça prend du temps de charger un grand camion, dit Jazz.

— On n'a pas besoin de camion, fit alors Ward en se penchant en avant. Il suffit de prendre la caisse la plus lourde.

— Bien pensé, Allan, dit Gray.

— Ça risque quand même de demander du temps, dit Rebus en revenant à la charge. Un sacré paquet d'heures, nom de Dieu.

— Pendant que les forces de l'ordre se dirigeraient en masse vers les lieux du crime, c'est ça ? fit Jazz.

Rebus comprit qu'il n'était pas vraiment parvenu à les dissuader. Sa tête tournait manège. *L'argent de Bernie Johns, ils ne l'ont pas, toujours à supposer qu'il y en ait eu effectivement au départ. Tout ce qui leur reste, c'est le rêve que je leur ai offert et ils veulent qu'il devienne réalité. Ce qui fait de moi le cerveau de toute l'affaire...* Il commença à faire non en silence sans même s'en rendre compte. Mais Jazz n'avait pas les yeux dans sa poche.

— Tu estimes que nos chances de réussir sont plus que minces, John ? C'est ça ?

— Ce n'est pas tout, répondit Rebus en réfléchissant vite. Il y a un autre problème. Ils déplacent la came ailleurs ce week-end. Claverhouse est sur des charbons ardents, il craint que Cafferty ne tente quelque chose.

— Demain, c'est vendredi, dit Ward inutilement, pour ne pas être en reste.

— Ça fait court pour trouver un camion, grommela Gray.

Il tira sur sa ceinture de sécurité et lui donna du mou afin de pouvoir se tourner face à Rebus.

— C'est toi qui viens nous chercher avec ton putain de plan génial, et ça se termine en eau de boudin ?

— Ce n'est pas sa faute, intervint Jazz.

— C'est la faute à qui, alors ?

— L'idée était belle, mais elle ne se fera pas, lui répondit Jazz.

— C'était une idée à la noix, et on aurait dû la virer au panier dès le départ, renvoya Gray furieux, prêt à mordre, à la figure de Rebus.

Lequel se tourna pudiquement pour regarder le paysage.

— Où va-t-on ?

— On retourne à Tulliallan, expliqua Ward. Ordre de Tennant : nos petites vacances sont terminées.

— Attends un peu, là, je n'ai pas mes affaires, moi.

— Et alors ?

— Il y a des trucs dont j'ai besoin…

Jazz mit son clignotant et se rangea sur le bas-côté. Ils approchaient de Haymarket.

— Ça te dérange beaucoup de refaire le chemin à pied jusque chez toi, John ?

— Si c'est là tout ce que vous me proposez, répondit Rebus en ouvrant sa portière.

La main de Gray se referma comme un étau sur son avant-bras.

— Tu nous déçois beaucoup, John.

— Je croyais qu'on formait une équipe, Francis, répondit-il en se dégageant. Tu veux entrer dans cet entrepôt, ça te regarde. Mais tu te feras choper et tu te retrouveras au trou. (Un temps d'arrêt.) Des projets, il y en aura peut-être d'autres.

— Ouais, bon, d'accord, fit Gray. Tu ne nous appelles pas et on ne t'appellera pas…

Il s'appuya au dossier de son siège et referma la portière restée ouverte. La voiture redémarra, abandonnant sur son bord de trottoir Rebus qui la suivit des yeux.

La boucle était bouclée. Il avait foiré son coup. Jamais il n'allait pouvoir regagner le trio à sa cause, jamais il ne saurait la vérité sur Bernie Johns. Et pour couronner le tout, peut-être que pour ces trois hommes, c'était lui, finalement, l'objectif à abattre…

— Rien à foutre, dit-il en regrettant d'avoir dit oui à Strathern au départ.

Il n'avait jamais été dans ses intentions de les convaincre de mener son projet à bien, ce n'était qu'une manière de les obliger à s'ouvrir à lui. Au lieu de quoi, les voilà maintenant qui resserraient les rangs en le laissant sur la touche. Le cours de recyclage se terminait dans une semaine. Il pouvait retirer ses billes dès maintenant, ou tenir bon jusqu'à la fin. La chose méritait réflexion. S'il ne restait pas jusqu'à la fin du stage, il ne ferait que confirmer les soupçons du trio. Il se retourna et s'aperçut qu'il était devant un pub. Quelle meilleure manière de résoudre une énigme que devant une bonne pinte et un double malt ? Avec un peu de chance, il trouverait aussi de quoi se caler l'estomac. On lui appellerait un taxi pour le ramener au bercail. Et tous ses problèmes auraient disparu…

— Ça, ça mérite un verre, se dit-il en poussant la porte du pub.

24

C'est la sonnerie du téléphone qui le réveilla à deux heures du matin. Il gisait sur la moquette du salon, à côté de la chaîne hi-fi, au milieu des boîtiers de CD et des pochettes de 33-tours étalés partout. Il rampa à quatre pattes jusqu'à son fauteuil et décrocha le combiné.

— Oui ? coassa-t-il.

— John ? C'est Bobby.

Il lui fallut un moment pour comprendre qui était Bobby : Bobby Hogan, CID de Leith. Il essaya de lire l'heure à sa montre.

— Combien de temps te faut-il pour venir jusqu'ici ? lui demanda Hogan.

— Tout dépend où c'est, « ici » ?

Il procédait à une évaluation des dégâts : la tête embrumée mais supportable ; l'estomac qui dansait la retourne.

— Écoute, si tu préfères, tu peux aller te recoucher, lui dit Hogan d'un ton chagrin. Je croyais te rendre service, c'est tout…

— Je le saurai quand tu m'auras dit de quoi il s'agit.

— Un ballonné. On l'a sorti des docks il n'y a pas

un quart d'heure. Et même si ça fait un moment que je ne l'ai pas vu, il ressemble terriblement à notre vieux pote Diamond Dog…

Rebus fixa les pochettes de disques, sans vraiment les voir.

— T'es toujours éveillé ?

— Je suis là dans vingt minutes, Bobby.

— Il sera déjà en route pour la morgue.

— Encore mieux, je te retrouve là-bas. (Une pause.) Quelle probabilité que ce soit un accident ?

— À ce stade, on est censés garder l'esprit très ouvert.

— Ça ne t'embêtera pas trop si je ne fais pas pareil ?

— Je te verrai au Centre Mort, John…

« Centre Mort », c'est le nom qu'on donnait à la morgue. Un des employés du lieu avait trouvé l'expression, et racontait à qui voulait l'entendre qu'il était fier de travailler « en plein cœur d'Édimbourg [1] ». Le bâtiment se situait à l'écart dans Cowgate, une des rues les plus discrètes de la ville. Rares étaient les piétons à venir se perdre là, et les voitures s'efforçaient obstinément de passer ailleurs. Cet état de chose risquait de changer lorsque s'ouvrirait le nouveau parlement d'Écosse, à moins de dix minutes de là à pied. Un surcroît de circulation, plus de touristes. À cette heure de la nuit, Rebus savait que le trajet lui

---

1. En anglais, *dead centre*, mot à mot « centre mort », signifie entre autres « en plein centre ».

demanderait cinq minutes. Il n'était pas sûr que son quotient alcool/sang soit acceptable mais, après une douche rapide, il se dirigea malgré tout vers sa voiture.

Il ne savait pas quoi penser ni même éprouver à l'annonce de la mort de Dickie Diamond. Difficile d'estimer le nombre d'ennemis nourrissant des intentions très malveillantes à l'égard du bonhomme et qui tous attendaient simplement la nuit où ils le retrouveraient dans leur champ de vision.

Il coupa vers Nicholson Street et prit la direction du centre-ville, tournant à droite devant Thin's Bookshop pour s'engager après un virage pentu dans Cowgate. Deux taxis ; quelques ivrognes. *Centre Mort*, songeait-il. Il savait que le meilleur moyen d'accéder à la morgue à cette heure de la nuit était par l'entrée du personnel, aussi se gara-t-il à l'extérieur, en s'assurant de ne pas bloquer la rampe de déchargement. Pendant longtemps, il avait fallu procéder aux découpages des cadavres dans l'enceinte d'un des hôpitaux de la ville, du fait de l'absence d'un système de filtration d'air digne de ce nom dans les salles d'autopsie de la morgue, mais le problème était aujourd'hui résolu. Il entra dans le bâtiment et aperçut Hogan dans le couloir devant lui.

— Il est là, dit Hogan. T'en fais pas, il n'est pas resté longtemps dans la flotte.

Bonne nouvelle : le corps subissait des modifications abominables après un séjour prolongé dans l'eau. Le petit couloir donnait directement accès à l'aire de déchargement, qui donnait sur la salle de stockage — un mur de petites portes, dont chacune s'ouvrait sur un chariot à roulettes. Un des chariots était sorti ;

dessus, un corps enveloppé de polyéthylène. Dickie Diamond portait encore les mêmes vêtements, ses cheveux mouillés plaqués sur l'arrière du crâne, et une sorte d'algue était restée collée à sa joue. Ses yeux étaient fermés, sa bouche ouverte. Les employés s'apprêtaient à le monter à l'étage par l'ascenseur.

— Qui le charcute ? demanda Rebus.

— Ils sont tous les deux de service cette nuit, répondit Hogan.

Sous-entendu, le Pr Gates et le Dr Curt, les anatomopathologistes en chef de la ville.

— Une nuit chargée : overdose de drogue à Muirhouse, incendie mortel à Wester Hailes.

— Et quatre naturelles, lui rappela un employé.

À savoir les gens morts de vieillesse ou à l'hôpital et qui finissaient là pour la plupart.

— On monte ? demanda Hogan.

— Pourquoi pas ? répondit Rebus.

Ils gravissaient l'escalier quand Hogan lui posa une question sur Diamond :

— Ton équipe venait de l'interroger, non ?

— Juste un entretien.

— En tant que suspect ou témoin ?

— La seconde catégorie.

— Quand l'avez-vous laissé partir ?

— Cet après-midi. Il était mort depuis longtemps quand vous l'avez sorti de la baille ?

— Je dirais environ une heure. La question est : est-ce qu'il s'est noyé ?

Haussement d'épaules de Rebus.

— A-t-on idée s'il savait nager ?

— Non.

Ils pénétrèrent dans une zone munie de deux bancs, réservée aux observateurs. Derrière la vitre qui les séparait de la salle, officiaient des gens en tenue de bloc chaussés de bottes en caoutchouc vertes. Deux tables en acier inoxydable, avec bondes d'évacuation et vieux billots de bois à l'ancienne mode pour soutenir la tête. Gates et Curt les saluèrent d'un geste, Curt leur faisant signe de les rejoindre pour être eux aussi de la fête. Ils déclinèrent son offre d'un signe de la tête en lui montrant les deux bancs, pour lui faire comprendre qu'ils se trouvaient très bien là où ils étaient. Le sac à viande avait été ôté et on débarrassait Dickie Diamond de ses vêtements qu'on glissait dans des sacs en plastique.

— Comment l'avez-vous identifié ? demanda Rebus.

— Des numéros de téléphone dans sa poche. Il y en avait un qui était celui de sa sœur. Lui, je l'avais reconnu mais c'est elle qui l'a officiellement identifié au rez-de-chaussée juste avant que tu arrives.

— Comment a-t-elle réagi ?

— Elle n'a pas paru très surprise, pour être honnête. Elle était peut-être simplement en état de choc.

— Ou alors elle s'y attendait ?

Hogan le regarda.

— Tu veux me dire quelque chose, John ?

Rebus fit non de la tête.

— Nous avons rouvert le dossier et commencé à fouiner. Malky, le neveu, a prévenu tonton de ce qui se passait. Et Dickie a déboulé en ville aussitôt. On l'a ramassé. Fin de l'histoire, conclut-il avec un haussement d'épaules.

— Pas forcément pour tout le monde, dit Hogan en se rapprochant de la vitre.

Un des assistants dégagea un objet des vêtements. Le revolver que Diamond avait braqué sur Rebus. Il le leva en l'air pour bien le leur montrer.

— T'as raté ça au cours de ta fouille, Bobby ? dit Rebus.

Hood se leva et s'écria au travers de la vitre :

— Il était où ?

— Au fond de son slip, derrière, lui cria en retour l'assistant, la voix étouffée par son masque.

— Ça ne devait pas être très confortable, ajouta le Pr Gates. Peut-être qu'il souffrait d'une crise d'hémorroïdes et avait décidé de les traiter par la menace.

Lorsque Hogan se rassit, Rebus remarqua que son cou s'était légèrement empourpré.

— Ce sont des choses qui arrivent, Bobby, dit Rebus en cherchant à le rassurer.

Avant de se demander si Diamond portait l'arme dans sa ceinture tout le temps qu'il avait répondu à leurs questions dans la salle d'interrogatoire un...

Le corps maintenant dénudé, débuta l'autopsie proprement dite. Par une prise de température. Rebus et Hogan savaient ce que les pathologistes allaient rechercher : alcool dans le sang, traces de blessures, traumatismes crâniens... Ils voudraient savoir si Diamond était vivant ou mort au moment de son entrée dans l'eau. Vivant, ç'aurait pu être un accident — un excès de gnôle, par exemple. Mort, ça devenait un meurtre. Une masse de détails, depuis l'état des globes oculaires jusqu'au contenu des poumons, fourniraient de petits indices. La température corporelle servirait à déterminer l'heure du décès, mais l'immersion rendait tout calcul précis problématique.

Après vingt minutes comme spectateur, Rebus dit qu'il avait besoin d'une cigarette. Hogan décida de se joindre à lui. Ils allèrent jusqu'à la salle du personnel et se servirent des mugs de thé avant de sortir. La nuit était claire et fraîche. Une voiture de pompes funèbres était arrivée pour prendre en charge une des « naturelles ». Le conducteur les salua d'un petit signe de tête endormi. Sa présence à cette heure indue, en ce lieu, était comme une sorte d'engagement. Car il traitait de choses que la plupart des gens — ceux dont la tête reposait bien au chaud au creux de l'oreiller, à rêver que le temps se passe jusqu'au matin — trouvaient répugnantes.

— Entrepreneur de pompes funèbres, se laissa aller à dire Hogan à haute voix. T'as jamais trouvé ce foutu mot bien étrange pour la circonstance ? Directeur, je peux comprendre, mais entrepreneur… ?

— Tu me la joues philosophique là, Bobby ?

— Non, je disais juste… ah, oublie ça.

Rebus sourit. Ses propres réflexions tournaient autour de Dickie Diamond. Dickie leur avait fait cadeau du nom de Chib Kelly. Ils auraient pu accepter son cadeau et en rester là. Mais Gray et Jazz — Jazz en particulier — n'avaient pas voulu s'en contenter. Il se demanda s'ils n'avaient pas décidé de presser le Dickie un peu plus. Ils avaient largué Rebus à Haymarket, mais cela ne signifiait pas pour autant qu'ils aient fait demi-tour. En fait, c'était lui, leur foutu alibi, et pas qu'un peu. La dernière fois qu'il les avait vus, le trio se dirigeait vers la sortie ouest de la ville, alors que le corps de Dickie avait été retrouvé dans le coin nord-est. La Horde sauvage avait vu le jour sous la forme d'une alliance difficile entre policiers insubordonnés qui détestaient pareillement l'autorité et qui, lorsqu'ils recevaient un ordre, étaient tout aussi capables de l'ignorer que de l'exécuter. Mais il se posait maintenant des questions : n'y avait-il pas derrière tout ça des forces à l'œuvre, dangereuses, voire mortelles ? Gray, Jazz et Ward avaient sauté sur l'occasion comme un seul homme, par trop désireux d'aider à voler la cargaison de came de l'entrepôt. L'emploi de la force se serait révélé nécessaire, mais la chose n'avait pas semblé les arrêter. Étaient-ils capables d'éliminer Dickie Diamond ? Mais encore une fois, pour quelle raison l'auraient-ils tué ? Il ne possédait pas la réponse à cette question. Pas encore.

Penché au-dessus du muret, il contemplait la route lorsqu'il repéra la voiture garée. On bougeait à l'intérieur. La portière du conducteur s'ouvrit, le plafonnier s'alluma et il reconnut Malky. Mais sa mère n'était pas avec lui. Malky se préparait à traverser la chaussée dans sa direction mais il s'immobilisa à la ligne centrale et pointa le bras vers lui.

— Tu l'as tué, putain, espèce de salaud !

— Calme-toi, Malky, cria Hogan qui avait rejoint Rebus près du muret.

— Dickie m'a dit qu'il voulait avoir une petite discussion avec toi ! hurla Malky à Rebus, la voix presque cassée, en agitant le doigt vers le bâtiment de la morgue. C'est ça que t'appelles une « discussion » ? Il débarque pour parler, et toi, tu le descends !

— Mais qu'est-ce qu'il raconte, John ? demanda Hogan.

Rebus secoua la tête.

— Peut-être bien que Dickie a effectivement annoncé qu'il venait me voir…

— Sans jamais arriver à se décider ? comprit Hogan.

— Ou alors, on ne lui en a pas donné l'occasion.

Hogan tapota le bras de son collègue.

— Je vais aller lui parler, dit-il en s'avançant mains tendues vers la rue. Allez, calme-toi. Doucement, Malky… Je sais que c'est un moment difficile pour toi. Je le sais, mais si on évitait de réveiller les voisins, hein ?

Une seconde, Rebus crut qu'il allait dire : « réveiller les morts »… Il rentra dans le bâtiment et déposa son mug vide dans la salle du personnel. Il se préparait à ressortir quand le Pr Curt apparut, sans blouse ni bottes.

— Il y a du thé ? demanda Curt.

— L'eau vient de bouillir.

Curt se prit un mug et un sachet de thé.

— Il était mort quand on l'a mis à l'eau, commença-t-il. Ça s'est passé aux environs de minuit, et le corps est passé dans la flotte peu de temps après. Le labo pourra peut-être vous en dire plus après l'analyse des vêtements.

— Comment est-il mort ?

— La trachée écrasée.

Rebus repensa à la salle d'interrogatoire, il revit la manière dont l'avant-bras de Gray s'était glissé autour de la gorge de Diamond…

— Vous avez une cigarette ? lui demandait Curt.

Il ouvrit son paquet et Curt en piqua une qu'il se mit derrière l'oreille.

— Je la prendrai avec mon thé. Des plaisirs simples, hein, John ?

— Où serions-nous sans eux ? répondit Rebus, en songeant au trajet en voiture qu'il avait l'intention de faire…

Le jour se levait presque quand il arriva à Tulliallan. Il vit devant lui un autre inspecteur qui rentrait en douce après une nuit passée entre d'autres draps que les siens. Il le reconnut, un jeune sergent des nouvelles forces de police de City Centre, qui suivait un des programmes de spécialisation. Il fit le tour du parking à la recherche de la Volvo de Jazz. Couverte de buée, comme les voitures qui l'encadraient. Elle était donc là depuis un moment. Il toucha le capot. Froid : une fois encore, comme les deux autres.

Il procéda aux mêmes vérifications sur la Lexus de Gray dès qu'il l'eut trouvée. Rien qui pouvait suggérer qu'on s'en soit servi tout récemment. Il se rendit compte alors qu'il ne savait pas quelle voiture Allan Ward conduisait. Il songea un instant à tenter de repérer l'autocollant d'un concessionnaire sur une lunette arrière, quelque chose qui prouverait qu'elle avait été achetée à Dumfries… mais cela exigerait du temps et il était pratiquement certain que l'effort n'en vaudrait pas la peine. Il choisit donc de rentrer, se dirigea vers les chambres, sans entrer dans la sienne, et alla frapper brutalement à celle de Gray, quatre portes plus loin. N'entendant pas de réponse, il frappa de nouveau.

— Qui est là ? toussa une voix à l'intérieur.

— Rebus.

La porte s'entrouvrit sur Gray qui plissait les yeux à la lumière, les cheveux en pétard, juste vêtu d'un T-shirt et d'un caleçon. Sa chambre sentait le renfermé.

— Qu'est-ce qu'il y a, bon Dieu ?

— Y a longtemps que t'es au lit ? demanda Rebus.

— Qu'est-ce que ça peut te faire ?

— On vient de trouver le cadavre de Dickie Diamond, la trachée écrabouillée.

Gray ne répondit rien, se contenta de cligner deux fois des paupières, comme s'il se réveillait d'un rêve.

— Ensuite, on l'a largué dans les docks de Leith. Le tueur a cherché à brouiller les eaux, si je puis dire, expliqua Rebus, les yeux étrécis en fente. Ça commence à te revenir maintenant, hein, Francis ? C'est arrivé il y a à peine quatre ou cinq heures.

— Il y a quatre ou cinq heures, j'étais bien au chaud sous mes draps, déclara Gray.

— Quelqu'un t'a vu rentrer ?

— Je n'ai pas à t'expliquer quoi que ce soit, Rebus.

— C'est là que tu te trompes, répondit Rebus en pointant le doigt sur lui. Rameute tes copains et retrouvez-moi tous les trois au bar. Il va falloir me présenter des arguments très convaincants si vous voulez que je vous laisse tranquilles.

Il se rendit au bar et attendit. Ça sentait la bière éventée et la cigarette. Quelques verres traînaient encore de-ci de-là, abandonnés par les buveurs restés après la fermeture. La plupart des chaises avaient été empilées sur les tables. Il en prit une et s'installa confortablement en se demandant ce qu'il foutait là. Il ne craignait pas vraiment ce que Dickie Diamond avait bien pu raconter. Plus banalement, rien n'avait plus désormais d'importance. Tout semblait partir à vau-l'eau. À quoi avait finalement abouti son subtil travail d'infiltration ? À un grand zéro pointé. Peut-être à cause de lui, d'ailleurs, la subtilité n'ayant jamais été son fort. Il avait donc décidé de donner un coup de pied dans la fourmilière et d'observer les réactions du trio. Qu'avait-il à y perdre ? C'était une question à laquelle il se refusait de répondre.

Cinq minutes plus tard, les trois hommes faisaient leur entrée. Gray avait vaguement essayé d'aplatir ses cheveux. Jazz avait l'air bien réveillé et s'était habillé avec le soin dont il était coutumier. Allan Ward, juste vêtu d'un T-shirt trop grand et d'un short de sport, bâillait en se frottant la figure. Il avait enfilé des tennis, sans les chaussettes.

— Francis vous a mis au courant ? demanda Rebus alors qu'ils s'installaient sur un rang de l'autre côté de la table, face à lui.

— Dickie Diamond a été retrouvé mort, répondit Jazz. Et apparemment, tu sembles y voir la main de Francis.

— Il s'agirait plus d'un avant-bras que d'une main. Dickie avait la trachée écrasée. Le même genre de petit geste que Francis a eu dans la salle d'interrogatoire.

— Quand est-ce arrivé ? demanda Jazz.

— Les anapaths disent aux environs de minuit.

Jazz se tourna vers Gray.

— On était déjà rentrés à ce moment-là, non ?

Gray haussa les épaules.

— Quand vous m'avez laissé, il était à peu de choses près huit heures, dit Rebus. Il ne faut pas quatre plombes pour boucler le trajet entre Haymarket et ici.

— On n'est pas revenus directement, expliqua Ward qui continuait à se frotter la figure des deux mains. On s'est arrêtés manger un morceau et boire un coup.

— Où ça ? demanda froidement Rebus.

— John, expliqua doucement Jazz, aucun de nous trois ne s'est approché de Dickie Diamond.

— Où ça ? répéta Rebus.

Jazz poussa un soupir.

— La route qui quitte la ville… celle sur laquelle on était après t'avoir laissé. On s'est arrêtés prendre un curry. Après tout, il y avait des choses dont on devait discuter, pas vrai ?

Les trois hommes regardaient maintenant Rebus.

— C'est vrai, dit Gray.

— Comment s'appelait le restaurant ? demanda Rebus.

Jazz tenta de s'esclaffer.

— Lâche-moi un peu, John…

— Et ensuite ? Vous êtes allés boire un verre ? Où ça ?

— Deux pubs sur la même route, dit Ward. L'occasion était trop belle, c'est Jazz qui conduisait…

— Les noms ? dit Rebus.

— Va te faire foutre, dit Gray avant de s'appuyer contre son dossier en croisant les bras. Ta paranoïa, on n'en a pas besoin. C'est parce que tu fais la gueule ? Parce qu'on t'avait mis en rogne et qu'on t'avait planté là, c'est ça ? Alors maintenant tu essaies de nous coller ce truc sur le dos ?…

— L'argument de Francis se défend, John, dit Jazz.

— Si vous êtes partis quadriller tout Leith à la recherche de Dickie Diamond, quelqu'un vous aura repérés, poursuivit Rebus sans se démonter.

Jazz haussa les épaules.

— Très bien, dit-il. Mais personne ne viendra témoigner, parce qu'on n'a jamais été là-bas.

— On verra.

— Tout à fait, dit Jazz, en hochant la tête sans que ses yeux lâchent une seconde ceux de Rebus, on verra. Mais d'ici-là, on pourrait peut-être retourner dormir un peu, tu ne crois pas ? Quelque chose me dit que demain, ça va être une journée de trente-six heures…

Ward s'était déjà remis debout.

— Paranoïa, dit-il en se faisant l'écho de Gray, mais Rebus doutait fort qu'il sût ce que cela voulait dire.

Gray se leva à son tour sans ajouter un mot, en transperçant Rebus du regard. Jazz fut le dernier à sortir.

— Je sais que c'est vous qui avez fait ça, lui dit Rebus.

Jazz parut sur le point de répondre avant de se raviser. Il hocha juste la tête, comme pour reconnaître que rien, surtout pas des paroles, n'allait faire changer Rebus d'avis.

— Il faut que vous l'admettiez pendant qu'il est encore temps, continua Rebus.

— Le temps pour quoi ? demanda Jazz, sincèrement curieux.

— Pour la résurrection, répondit doucement Rebus.

Mais Jazz le gratifia simplement d'un clin d'œil avant de tourner les talons.

Rebus resta assis encore quelques minutes avant de rejoindre sa chambre, en veillant à bien verrouiller derrière lui. Il avait conscience de la proximité des trois hommes, ces trois hommes qu'il venait d'accuser de meurtre et de complicité de meurtre. Il pensa un instant coincer sa chaise contre la porte, puis songea à aller récupérer sa voiture dans le parking et à rentrer chez lui. En vérité, il n'était pas certain qu'ils aient tué Dickie. Simplement, il avait la conviction qu'ils en étaient capables. En fait, tout ne dépendait que d'une chose : que savaient-il au juste ? Que soupçonnaient-ils des liens existant entre Dickie et lui, ces liens qui avaient conduit au meurtre de Rico Lomax et à l'incendie d'une caravane ? Mais il avait absolument tenu à donner un coup de pied dans la fourmilière pour secouer le trio… Apparemment, il avait réussi — au-delà de ses espérances. Il se mit alors à réfléchir à d'autres personnes susceptibles d'avoir voulu la mort de Dickie. Ne lui vint qu'un seul nom à l'esprit, mais le seul fait d'y penser le renvoya aussi vite à l'assassinat de Rico Lomax.

Le nom de Morris Gerald Cafferty.

25

À son arrivée un peu tardive au petit déjeuner, les cinq autres membres de la Horde sauvage étaient déjà installés à une table et Rebus se serra entre Stu Sutherland et Tam Barclay.

— Qu'est-ce c'est que cette histoire à propos de Dickie Diamond ? demanda Barclay.

— Il s'est fait garrotter la nuit dernière, répondit Rebus en se concentrant sur son assiette.

— Ça devrait être pour nous, alors, non ? dit Barclay avec un sifflement.

— C'est pour Leith, dit Rebus. Son corps a été repêché dans les docks.

— Mais ça pourrait aussi être lié à l'affaire Lomax, dit Barclay. Et celle-là d'enquête, c'est déjà nous qui l'avons.

Sutherland hochait la tête.

— Bon Dieu, dire qu'on lui a parlé tout juste hier.

— Oui, drôle de coïncidence, non ? fit Rebus.

— John pense que c'est l'un d'entre nous le coupable, lâcha brusquement Allan Ward.

Sutherland en resta bouche bée, offrant aux regards

bacon mastiqué et jaune d'œuf, avant de se tourner vers Rebus.

— Il a raison, reconnut Rebus. Diamond s'est fait étrangler d'une clé au cou, comme celle que lui a appliquée Francis au cours de l'interrogatoire.

— Je dirais que tu sautes un peu vite aux conclusions, dit Jazz.

— Ouais, ajouta Barclay, le genre de saut que faisait Superman dans la BD.

— Réfléchis une minute, John, dit Jazz pour plaider sa cause. Essaie de raisonner…

Rebus coula un regard à Gray, occupé à mâchonner une croûte de toast.

— Qu'est-ce que tu en dis, Francis ? demanda-t-il.

Gray le fixa dans les yeux en répondant :

— Je dis que la pression t'est montée à la tête… tu n'as plus les idées claires. Peut-être que quelques séances supplémentaires avec la petite Andrea seraient les bienvenues.

Il tendit la main vers son café, pour faire passer sa bouchée de pain.

— Il n'a pas tort, John, dit Barclay. Pourquoi l'un d'entre nous aurait-il voulu se débarrasser de Dickie Diamond ?

— Parce qu'il gardait des infos pour lui.

— Lesquelles ? demanda Stu Sutherland.

Rebus secoua lentement la tête.

— Si tu sais quelque chose, entonna Gray, le moment est peut-être venu de cracher le morceau.

Rebus songea aux petits aveux qu'il avait faits à Gray, son allusion discrète au fait qu'il avait connu Dickie bien mieux qu'il ne le prétendait, mais possédait également des renseignements de première main sur l'élimination de Rico Lomax. La menace de Gray était implicite : si tu continues à m'accuser, moi, je balance tout ce que je sais. Il avait déjà réfléchi au problème. Conclusion : ce que pourrait dire Gray ne lui ferait pas grand tort.

À moins qu'il n'ait arraché des aveux à Diamond Dog par la force…

— Bonjour, monsieur, dit soudain Jazz en regardant par-dessus l'épaule de Rebus.

Tennant. Qui tapota de deux doigts le biceps de Rebus.

— Je crois comprendre que la situation a quelque peu changé, messieurs. Inspecteur Rebus, comme vous étiez présent lors de l'examen post-mortem, peut-être pourriez-vous éclairer notre lanterne. D'après ce que l'on m'a dit, l'inspecteur Hogan n'a pas encore appréhendé de suspects, et il nous remercie par avance de tous les renseignements que nous pourrions lui fournir.

— Sauf votre respect, monsieur, dit Barclay, c'est à nous que devrait revenir cette enquête, dans la mesure où elle pourrait avoir des liens avec Lomax.

— Mais nous ne sommes pas une unité opérationnelle, Barclay.

— Ce que nous faisons y ressemble fort, néanmoins, déclara Jazz.

— C'est bien possible…

— Et vous estimez que Leith n'accueillerait pas avec joie quelques paires de bras supplémentaires ?

— En supposant qu'ils viennent bien là pour apporter leur aide, marmonna Rebus.

— C'est quoi, ça ? demanda Tennant.

— Inutile que nous soyons de la partie s'il y a derrière tout cela des arrière-pensées qui refusent de dire leur nom, monsieur. Ce serait plus une gêne qu'une aide.

— Je ne suis pas certain de savoir où vous voulez en venir.

Rebus avait conscience des trois paires d'yeux qui le fusillaient sur place.

— Monsieur, ce que je veux dire, c'est que Dickie Diamond a été étranglé. Et lorsque nous l'avons amené au poste pour l'interroger, l'inspecteur Gray s'est un peu laissé emporter et a commencé à lui serrer la gorge.

— Est-ce la vérité, inspecteur Gray ?

— L'inspecteur Rebus exagère, monsieur.

— Avez-vous touché le témoin ?

— Il était en train de nous baratiner, monsieur.

— Sauf votre respect, monsieur, intervint Stu Sutherland, je crois que John est en train de faire une montagne d'une taupinière.

— On trébuche aussi facilement sur une taupinière que sur n'importe quelle montagne, lui répondit Tennant. Qu'avez-vous à répondre, inspecteur Gray ?

— John se laisse emporter, monsieur. Il a la réputation de prendre ses enquêtes un peu trop à cœur. Je suis sorti hier soir en compagnie de l'inspecteur McCullough et du constable Ward. Ils s'en porteront garants.

Ses deux témoins hochaient déjà la tête.

— John, dit doucement Tennant, votre accusation à l'encontre de l'inspecteur Gray se fonde-t-elle sur autre chose que la scène dont vous dites avoir été le témoin dans la salle d'interrogatoire ?

Rebus songea à tout ce qu'il pourrait répondre mais se contenta de secouer la tête.

— Acceptez-vous de retirer votre accusation ?

Rebus opina lentement du chef, le regard toujours rivé à son assiette intacte.

— Vous êtes sûr ? Si le CID de Leith nous demande effectivement de l'aider, je dois avoir l'assurance que nous irons là-bas comme une équipe soudée.

— Oui, monsieur, répondit Rebus d'un air obtus.

Tennant désigna Gray du doigt.

— Vous, retrouvez-moi au premier dans cinq minutes. Les autres, terminez votre petit déjeuner et rejoignez-moi dans un quart d'heure. Il faut que je parle à l'inspecteur Hogan pour savoir où en est la situation.

— Merci, monsieur, dit Jazz McCullough, mais Tennant était déjà en route.

Plus personne n'adressa la parole à Rebus de tout le reste du repas. Gray fut le premier à lever le siège, suivi par Ward et Barclay. Jazz semblait attendre que Stu Sutherland s'en aille et les laisse seuls, mais celui-ci alla se resservir en café. Son regard était rivé sur Rebus, lequel se concentrait sur les vestiges de son blanc d'œuf. Sutherland se rassit, sa tasse pleine, et en but bruyamment une gorgée.

— Vendredi aujourd'hui, dit-il. Le jour des POETS.

Rebus savait ce qu'il voulait dire : Piss Off Early, Tomorrow's Saturday [1]. L'équipe avait droit à son week-end, avant les quatre derniers jours de stage.

---

1. Acronyme intraduisible sous la forme du mot POÈTE, qui signifie, « Barre-Toi Tôt, Demain, c'est Samedi. »

— Je crois que je vais monter commencer à faire mes bagages, dit Sutherland en se relevant.

Rebus acquiesça, et Sutherland s'immobilisa, comme s'il se préparait à un petit speech mûrement réfléchi.

— Salut, Stu, dit Rebus avec l'espoir de lui épargner cet effort.

Réussite sur toute la ligne. Sutherland sourit, à croire que Rebus venait de réagir à quelque contribution fructueuse à son bien-être.

De retour dans sa chambre, ce dernier vérifiait ses messages lorsque son portable se mit à sonner. Il lut le numéro qui apparut à l'écran LCD et décida de prendre la communication.

— Oui, monsieur ? dit-il.

— On peut parler ? demanda Sir David Strathern.

— J'ai deux minutes à vous consacrer avant de partir, le devoir m'appelle.

— Comment ça avance, John ?

— Je crois que j'ai tout bousillé dans les grandes largeurs, monsieur. Impossible dorénavant de regagner leur confiance.

Strathern lâcha un petit bruit agacé.

— Que s'est-il passé ?

— Je préférerais ne pas entrer dans les détails, monsieur. Mais je dois vous informer que quoi qu'ils aient fait des millions de Bernie Johns, à mon humble avis, il ne doit plus leur en rester beaucoup. Toujours à supposer qu'ils les aient eus au départ.

— Vous n'êtes pas convaincu ?

— Je suis convaincu qu'ils ont quitté le droit chemin. Je ne sais pas s'ils ont réussi d'autres arnaques, mais s'il s'en présentait une, ils ne seraient que trop heureux de la mettre à exécution.

— Rien de tout cela ne nous avance à grand-chose.

— Pas vraiment, monsieur, non.

— Pas de votre faute, John. Je suis sûr que vous avez fait ce que vous avez pu.

— Et peut-être même un peu au-delà, monsieur.

— Ne vous en faites pas, John. Je n'oublierai pas vos efforts.

— Merci, monsieur.

— Je suppose que vous désirez que nous vous retirions de la partie dès à présent ? À quoi servirait-il de persister ?

— En fait, monsieur, je préférerais rester jusqu'au bout. Il n'y a plus que quelques jours, et si je disparaissais soudainement, la mèche serait éventée et ils comprendraient tout de suite mon rôle.

— C'est un fait. Vous seriez grillé, par notre faute.

— Oui, monsieur.

— Très bien, en ce cas. Si c'est ce que vous voulez…

— Il me suffira de baisser la tête et de prendre la chose avec le sourire, monsieur.

Rebus coupa la communication et songea au mensonge qu'il venait de proférer : il ne restait pas parce qu'il craignait de voir son rôle étalé au grand jour mais parce qu'il avait encore du pain sur la planche. Il décida de téléphoner à Jean, et de lui apprendre qu'ils auraient le week-end pour eux. Sa réponse :

— Toujours à supposer qu'il n'y ait pas d'urgence de dernière minute.

Il était mal placé pour prétendre le contraire…

La Horde sauvage se retrouva dans la salle d'enquête réservée à Lomax. Avec le sentiment de ne pas y avoir remis les pieds depuis longtemps ; et plus longtemps encore depuis leur première réunion, autour de cette même table. Tennant y occupait la même place, les mains croisées devant lui.

— Le CID de Leith aimerait que nous l'aidions, messieurs, commença-t-il. Ou plus exactement, que vous l'aidiez. Ce n'est pas vous qui dirigerez l'enquête — après tout, elle n'est pas de votre juridiction. Mais vous partagerez avec l'inspecteur Hogan et son équipe jusqu'à la plus petite information dont vous disposez. Vous leur transmettrez vos notes sur les procédures que vous avez suivies, les résultats que vous avez obtenus sur l'affaire Lomax. En particulier, tout ce qui touche Diamond et son cercle de relations. C'est suffisamment clair ?

— Serons-nous installés à Leith, monsieur ? demanda Jazz McCullough.

— Pour aujourd'hui, oui. Assurez-vous de tout emporter avec vous. Le week-end vous attend. Vous reviendrez ensuite ici pour les quatre derniers jours d'analyse intensive. Le projet au départ était de vous réentraîner afin de vous préparer une fois de plus à travailler en équipe de manière efficace...

Rebus sentit peser sur lui le regard de Tennant quand celui-ci prononça ces paroles.

— Vos services de police respectifs auront besoin de preuves concrètes que ce cours vous aura appris quelque chose.

— Et jusqu'ici, patron, on se débrouille comment ? intervint Sutherland.

— Vous tenez absolument à le savoir, inspecteur Sutherland ?

— En fait, maintenant que vous le dites, je pense pouvoir prendre mon mal en patience.

À cette réponse, il y eut des sourires dans la salle, sur tous les visages, hormis ceux de Gray et de Rebus. Gray avait l'air de s'être assagi après son petit entretien avec Tennant, tandis que Rebus était plongé dans ses pensées à peser le pour et le contre, essayant de déterminer si sa sécurité risquait d'être menacée une fois à Leith. En tout cas, il serait toujours à Édimbourg — en territoire connu — et il aurait Bobby Hogan pour surveiller ses arrières.

Les probabilités pour qu'il finisse le week-end en un seul morceau ?

S'il avait dû prendre les paris, la cote aurait été cinquante-cinquante.

L'instruction de l'affaire Malcolm Neilson se présentait bien. Colin Stewart, du bureau du procureur, était arrivé à St Leonard's ce matin-là pour connaître l'avancement du dossier. Ce serait à lui et à son équipe d'avocats de décider s'il existait suffisamment de preuves pour justifier un procès. Jusque-là, il semblait satisfait. Siobhan avait été convoquée dans le bureau de Gill Templer pour répondre à des points de procédure relatifs à sa perquisition de la maison d'Inveresk. Elle les avait contrés par quelques questions de son cru.

— Nous n'avons pas jusqu'ici de preuves matérielles concrètes, n'est-ce pas ?

Stewart avait ôté ses lunettes et semblait examiner ses verres à la recherche de marques éventuelles, tandis que Gill Templer assise à son côté affichait un visage de pierre.

— Nous disposons de la toile, répondit-il.

— Oui, mais elle a été retrouvée dans un abri de jardin dont la porte n'avait même pas de verrou. N'importe qui aurait pu l'y déposer. N'existerait-il pas de tests plus poussés auxquels la soumettre afin de déterminer si d'autres mains ne l'ont pas manipulée ?

Stewart jeta un regard à Templer.

— Nous avons apparemment un saint Thomas dans nos rangs, dit-il.

— Le sergent Clarke aime à se faire l'avocat du diable, expliqua Templer. Elle sait aussi bien que nous que des tests supplémentaires exigeraient du temps et de l'argent — de l'argent, en particulier — et qu'ils n'ajouteraient probablement rien à ce que nous savons déjà.

C'était là une des choses qu'on n'autorisait jamais les policiers responsables à oublier : chaque affaire devait absolument tenir dans une enveloppe budgétaire rigoureuse. Bill Pryde passait probablement autant de temps à additionner ses colonnes de chiffres qu'à faire son travail d'enquêteur de la Criminelle proprement dit. Il ne manquait d'ailleurs pas de talent dans ce domaine et parvenait à éviter les dépassements. Les Hautes Huiles de la Grande Maison considéraient cela comme une grande force.

— Je dis simplement que Neilson était une cible facile. Il avait déjà eu une altercation très publique avec Marber. Sans compter ce paiement très discret et…

— Les seules personnes à avoir été au courant de cet argent justement, sergent Clarke, rétorqua Stewart, étaient les policiers chargés de l'enquête.

Il remit ses lunettes.

— Vous ne sous-entendez pas j'espère qu'un membre de votre propre équipe aurait pu être impliqué de quelque façon dans cette…

— Bien sûr que non.

— Eh bien, en ce cas…

Et ils en étaient restés là. De retour à son poste derrière sa table, elle avait appelé Bobby Logan à Leith. Elle en avait l'intention depuis un moment car elle désirait savoir si Alexander avait été informé de la mort de sa mère et comment il tenait le coup. Elle avait même envisagé de rendre visite à la grand-mère, tout en sachant que la conversation aurait été bien difficile. Thelma Dow était obligée de vivre avec la disparition de Laura et l'incarcération de son fils. Siobhan espérait qu'elle aurait assez de ressources pour ne pas sombrer et pour offrir à Alexander ce dont il avait besoin. Un instant, elle avait également songé à contacter une amie assistante sociale qui aurait été à même de veiller à ce que grand-mère et petit-fils s'en sortent sans trop de problèmes. Contemplant le bureau alentour, elle put constater combien « l'affaire » glissait vers les oubliettes. Les téléphones avaient cessé leur raffut. Les gens traînaient de-ci, de-là, récupérant les derniers potins. La veille, elle avait vu Grant Hood au dernier journal télévisé de la nuit, confirmant qu'un homme avait été inculpé d'homicide, une maison perquisitionnée, et certains objets se trouvant à l'intérieur emportés pour examen. Tout devait se jouer maintenant à l'effarouchée afin de ne rien compromettre de l'instruction en cours. Le meurtre de Laura Stafford n'avait même pas fait la une des tabloïds. HORREUR SANGLANTE : UNE PROSTITUÉE POIGNARDÉE, était le seul titre qu'elle eût vu, accompagné d'une photographie de la façade du Paradiso en plein jour et d'un cliché minuscule de Laura, plus jeune, coiffée d'une bulle de cheveux plus longs et permanentés.

Bobby Hogan mettait du temps à répondre au téléphone. Finalement, un autre policier vint en ligne.

— Il ne sait plus où donner de la tête, Siobhan. Je peux vous aider ?

— Pas vraiment… On vous met la pression à ce que je vois, hein ?

— Nous avons eu un meurtre hier soir. Un petit truand du nom de Dickie Diamond.

Ils bavardèrent encore quelques minutes et Siobhan raccrocha. Elle s'avança vers George Silvers et Phyllida Hawes qui riaient ensemble à quelque plaisanterie.

— Vous avez appris ce qui est arrivé à Dickie Diamond ? demanda-t-elle.

— On peut savoir qui c'est dans le civil ? fit Silvers.

Mais Hawes hochait la tête.

— Bobby Hogan était ici à la première heure à poser des questions.

— Tant qu'il ne vient pas là pour débaucher quelques hommes de rab, commenta Silvers en croisant les bras. Je crois qu'on mérite tous un peu de repos, non ?

— Oh, ouais, George, absolument, lui répondit

Siobhan, surtout quand on sait combien tu t'es décarcassé sur ce coup-ci…

Elle retourna à son bureau, suivie par le regard noir de Silvers. La constable Toni Jackson entra dans la salle et sourit quand elle l'aperçut.

— C'est vendredi, dit-elle en s'appuyant contre le rebord de la table.

Silvers l'avait repérée et la saluait du geste en flagorneur qu'il était, toujours persuadé qu'elle était de la famille d'une célébrité.

— Quel connard, marmonna-t-elle entre ses dents, avant d'ajouter à l'intention de Siobhan : Tu es toujours de rancard ce soir ?

— Désolée, Toni, répondit celle-ci en acquiesçant.

Jackson haussa les épaules.

— C'est toi qui perdras au change, pas nous, dit-elle avec un regard espiègle. Le nom du chéri reste toujours un secret d'État ?

— Absolument.

— Eh bien, je dirais que c'est ta prérogative, dit Jackson en se reculant de la table. Oh, j'ai failli oublier… C'est à toi que c'est destiné, ajouta-t-elle en tendant la feuille de papier qu'elle avait à la main. On nous l'a faxé par erreur.

Elle fit mine de la menacer du doigt.

— Et lundi, je veux tout savoir.

— Jusqu'au plus petit détail, un vrai rapport de labo, c'est promis, répondit Siobhan avec un sourire en voyant Jackson repartir.

Son sourire disparut aussitôt devant la page de garde du fax de plusieurs feuillets. Il venait du CID de Dundee, en réponse à sa demande d'informations sur le passé d'Ellen Dempsey. Elle entamait sa lecture quand une voix l'interrompit.

— Pas de repos pour les belles cruelles, hein, Siobhan ?

C'était Derek Linford, encore plus tiré à quatre épingles qu'à son habitude, chemise immaculée, costume apparemment neuf et cravate fringante.

— Tu vas à un mariage, Derek ?

Il s'admira une seconde.

— Il n'y a rien de mal à paraître présentable, non ?

Elle haussa les épaules.

— Y aurait-il un rapport quelconque avec la rumeur d'une éventuelle visite du grand patron chez nous ?

— Vraiment ? fit-il en haussant le sourcil.

Il eut droit à un sourire désabusé.

— Tu le sais foutrement bien. Un petit coup de brosse à reluire aux troupes, juste pour nous dire combien on a tous bossé dur.

Linford renifla.

— Eh bien, il se trouve que c'est vrai, tu ne penses pas ?

— Justement, nous sommes encore quelques-uns à avoir du pain sur la planche.

Linford inclina la tête pour tenter de lire le fax, que Siobhan se dépêcha de retourner à l'envers.

— Tu caches des choses à tes collègues, Siobhan ? la taquina-t-il. Ce n'est pas ça, le travail d'équipe, dis-moi ?

— Et alors ?

— Alors tu retiens peut-être les mauvaises leçons de l'inspecteur Rebus. Assure-toi de ne pas terminer

comme lui, viré comme un malpropre en cours de recyclage…

Il avait tourné les talons quand elle le rappela.

— Lorsque tu te feras serrer la main par le grand
chef, rappelle-toi simplement une petite chose…, dit-
elle en lui pointant le doigt à la figure. C'est Davie
Hynds qui a retrouvé la trace de l'argent que Marber
avait versé à Malcolm Neilson. Tu avais déjà étudié les
relevés bancaires de Marber et tu n'as pas été fichu de
le remarquer. Garde ça à l'esprit quand les huiles de la
Grande Maison débarqueront ici.

Siobhan décida de s'installer à une table près de la
fenêtre à l'Engine Shed, où elle s'offrit une tisane.
Hormis deux mères qui nourrissaient leurs bébés de
petits pots, il n'y avait personne. Elle avait éteint son
portable, sorti un stylo et se préparait à annoter les
détails intéressants.

Après sa première lecture du fax, elle s'aperçut
qu'elle avait pratiquement souligné tout le foutu texte.
Sa main tremblait un peu quand elle se resservit en
tisane. Après une profonde inspiration pour tenter de
s'éclaircir les idées, elle refit une lecture.

L'apport pour le financement de la compagnie de
taxis d'Ellen Dempsey n'était pas venu d'hommes
d'affaires douteux : elle y avait investi ses propres économies après quelques années passées à travailler
comme prostituée. Employée par au moins deux
saunas, elle avait été arrêtée à deux reprises lors d'une
descente de police, à dix-huit mois d'écart. Une note
additionnelle indiquait qu'Ellen Dempsey avait égale-

ment travaillé pour un service d'hôtesses : elle avait été interrogée par les inspecteurs en une occasion, lorsqu'un hommes d'affaires étranger avait mystérieusement égaré argent liquide et cartes de crédit à l'issue d'une visite qu'elle lui avait faite à son hôtel. Aucune inculpation n'avait été prononcée. Siobhan essaya en vain de dénicher une quelconque preuve que les saunas aient pu appartenir à Cafferty. Il y avait des noms mais ils appartenaient tous à des « investisseurs » locaux, l'un grec d'origine, l'autre italien. Après le passage de la police, les services des impôts ainsi que les Douanes s'étaient intéressés aux bénéfices et aux TVA non déclarés. Les propriétaires avaient fermé boutique pour aller s'installer ailleurs.

À ce moment-là, Ellen Dempsey dirigeait déjà sa première petite affaire de taxis à Dundee. Deux incidents mineurs à noter pendant cette période : un chauffeur agressé par un client qui avait refusé de régler sa course. Ledit passager — prêt à en venir aux mains à la fin d'une longue soirée de beuverie — s'était trouvé un sparring-partner tout disposé à faire le coup de poing en la personne du conducteur. Résultat, une nuit en cellule pour tous les deux, mais sans présentation devant le tribunal. Le second incident était du même tonneau, sauf que cette fois, c'était Ellen Dempsey en personne au volant, et elle avait aspergé son client de gaz paralysant. Un gaz interdit en Écosse, et ce fut elle qui se retrouva inculpée au bout du compte, son client prétendant qu'il avait juste voulu l'embrasser pour lui dire bonne nuit et qu'ils se connaissaient tous les deux « depuis un bon bout de temps ».

Cette dernière phrase n'avait pas été explorée plus

avant, mais Siobhan imagina aisément ce qui s'était réellement passé. Un ancien client d'Ellen, très certainement, ne croyant probablement pas qu'elle avait quitté le sauna, avait décidé qu'en insistant un peu, elle accepterait de revenir à ses anciennes amours.

Mais elle avait préféré sa petite bouteille de gaz.

Ce qui expliquait peut-être son départ pour Édimbourg. Comment pouvait-elle continuer à diriger une entreprise légale à Dundee en courant le risque que d'autres fantômes réapparaissent ? Impossible d'échapper à sa vie passée, à celle qu'elle était avant…

Elle avait donc installé ses quartiers à Édimbourg, et acheté une maison à Fife, là où on ne la reconnaîtrait plus, là où elle pourrait se cacher, loin du monde et de ses regards indiscrets.

Siobhan se reversa de la tisane, maintenant tiède et âcre, mais peu importait. Elle s'occupait les mains tout en essayant de rassembler ses idées. Elle revint en arrière de quatre ou cinq feuillets, trouva la page qu'elle cherchait. Il y avait un nom, non seulement souligné, mais entouré. Il apparaissait deux fois, la première lors de la descente de police au sauna, la seconde lors de l'épisode du gaz paralysant.

Un sergent inspecteur du nom de James McCullough.

Ou Jazz, comme tout le monde semblait l'appeler.

Elle se demanda si Jazz serait susceptible d'éclairer un peu plus sa lanterne sur Dempsey, toujours en supposant qu'il y eût quelque chose à éclairer. Elle repensa aux paroles de Cafferty mais le fax ne donnait aucune indication d'éventuels « amis ». Ellen ne s'était jamais mariée et n'avait pas d'enfants. Apparemment, elle s'était toujours débrouillée seule…

Des images soudaines lui revinrent à l'esprit : Jazz McCullough de passage dans la salle de l'enquête Marber pour se tenir au fait des derniers développements… Francis Gray assis sur un des bureaux, en train de lire des dépositions… Allan Ward invitant Phyl à dîner pour lui tirer les vers du nez.

Ellen Dempsey… indirectement concernée par l'affaire… peut-être un peu tracassée néanmoins, et décidant de faire appel à ses amis. Jazz McCullough et Ellen Dempsey… ?

Coïncidence ou lien profond ? Siobhan alluma son portable, appela Rebus sur le sien. Il décrocha.

— Il faut que je te parle, dit-elle.

— Où es-tu ?

— St Leonard's. Et toi ?

— Leith. Censément pour donner un coup de main sur le meurtre de Diamond.

— Les autres sont là avec toi ?

— Oui. Pourquoi ?

— J'ai des questions à te poser sur Jazz McCullough.

— Qu'est-ce que tu veux savoir ?

— Ce n'est peut-être rien…

— Mais tu as piqué ma curiosité. On se retrouve quelque part ?

— Où ça ?

— Tu peux venir à Leith ?

— Ce serait logique. Comme ça, je pourrais me renseigner directement auprès de lui au besoin…

— Ne t'attends pas à ce que je puisse beaucoup t'aider dans ce domaine…

Elle fronça les sourcils.

— Et pourquoi donc ?

— Je ne pense pas que Jazz accepte de me parler. Ni les autres, d'ailleurs.

— Ne bouge pas, dit Siobhan. J'arrive.

Sutherland et Barclay avaient fait le trajet jusqu'à Leith dans la voiture de Rebus, dans un silence pesant et malaisé, tout juste brisé par quelques banalités forcées, avant que Barclay ne prenne son courage à deux mains et demande à Rebus s'il n'envisageait pas de reconsidérer ses accusations.

Rebus s'était contenté de secouer lentement la tête.

— Inutile de discuter avec lui, avait marmonné Sutherland. Dieu merci, c'est le week-end…

Au poste de police de Leith, l'atmosphère n'avait guère gagné en légèreté. Ils avaient présenté leur rapport à Bobby Hogan et à un de ses collègues, Rebus en disant un minimum, concentré sur les détails que le trio aurait éventuellement voulu ne pas divulguer. Hogan avait parfaitement perçu la tension qui régnait dans la pièce et cherché Rebus du regard pour avoir une explication. En pure perte.

— Cela ne nous dérange pas de rester là, avait déclaré Jazz à la fin du rapport. Si vous estimez que nous pouvons vous être utiles… (Un haussement d'épaules.) Vous nous rendriez service en nous gardant ici, loin de Tulliallan.

Hogan avait souri.

— Tout ce que je peux vous promettre, c'est du travail de bureau. La galère, quoi.

— C'est toujours mieux que des cours en classe, avait opiné Gray, en se faisant, sembla-t-il, la voix de tout le groupe.

Hogan avait acquiescé.

— D'accord, dans ce cas. Mais peut-être que ce ne sera que pour la journée.

La salle d'enquête était vieille, hauts plafonds, peintures écaillées et tables écornées. La bouilloire chauffait apparemment en perpétuelle ébullition, les plus jeunes recrues étant chargées de l'achat de lait à tour de rôle. La place manquait pour le contingent de Tulliallan, ce qui convenait à merveille à Rebus dans la mesure où ils durent se séparer et partager les bureaux avec les flics du poste qui n'apprécièrent pas beaucoup l'intrusion. Vingt bonnes minutes après son coup de fil, Siobhan passait la tête à la porte. Il se leva et la rejoignit dans le couloir, levant la main à l'adresse de Hogan pour lui signifier qu'il s'en prenait cinq. Il savait que Bobby aurait beaucoup apprécié un petit échange de vues, soupçonnant qu'il y avait anguille sous roche, et toujours très curieux de savoir de quoi il retournait. Mais il avait maintenant la responsabilité du groupe et son temps était précieux. Jusque-là, ils n'avaient pas réussi à se trouver une seconde en tête à tête.

— Viens, on va faire un tour, dit-il à Siobhan.

Il crachinait dehors. Il s'engonça dans sa veste et sortit ses cigarettes. Il inclina la tête pour signifier à la jeune femme qu'ils se dirigeaient vers les docks. Il ne savait pas exactement à quel endroit le corps de Diamond avait été retrouvé, mais ça ne pouvait pas être bien loin…

— J'ai entendu la nouvelle pour Diamond, dit Siobhan. Comment se fait-il qu'ils refusent tous de te parler ?

— Nous avons eu des mots, c'est tout, répondit-il avec un haussement d'épaules en se concentrant sur sa cigarette. Ce sont des choses qui arrivent.

— À toi plus qu'à d'autres.

— J'ai des années de pratique, Siobhan. Alors pourquoi ce soudain intérêt pour Jazz McCullough ?

— Son nom est apparu.

— Où ça ?

— Je me suis renseignée sur Ellen Dempsey, la propriétaire de la compagnie de taxis qui a ramené Marber chez lui le soir du crime. Dempsey s'était d'abord installée à Dundee. Dans un passé plus lointain, elle a travaillé dans un sauna.

— La coïncidence est intéressante, fit-il d'un ton rêveur.

— En voici une autre : Jazz McCullough l'a arrêtée à deux reprises.

Il parut se concentrer plus que jamais sur sa cigarette.

— Et c'est alors que m'est revenue cette image de McCullough et Gray passant leur temps à feuilleter les dépositions et les notes dans la salle d'enquête.

Rebus acquiesça. Lui aussi était là, ils les avait vus à l'œuvre…

— Sans parler d'Allan Ward et de son rencart avec Philly, disait Siobhan.

— Pour la presser comme un citron, fit Rebus.

Il comprenait parfaitement et s'arrêta de marcher. Jazz, Gray et Ward…

— À ton avis, qu'est-ce qu'il faut en penser ?

Elle haussa les épaules.

— Je voulais juste savoir s'il existait un lien quelconque entre McCullough et Dempsey. Peut-être que ces deux-là sont restés en contact…

— Et lui aurait gardé l'œil ouvert sur les progrès de l'enquête Marber à la demande de la dame ?

— Pourquoi pas. (Un temps de pause.) Peut-être parce qu'elle ne voulait pas voir son passé remonter à la surface. Je crois qu'elle s'est donné bien du mal pour se refaire une vie.

— Possible, dit-il, sans paraître totalement convaincu.

Il s'était remis à marcher. Ils étaient maintenant tout près des docks, noyés sous les grondements d'un incessant défilé d'énormes camions crachant leurs gaz d'échappement dans un nuage de poussière et de gravillons. Ils avançaient la tête tournée de l'autre côté et Rebus vit le cou de Siobhan, nu, sans protection. Un cou long et gracile, noué d'une ligne de muscles. Il savait qu'à l'instant où ils atteindraient le bord des docks, les eaux seraient huileuses, semées de débris flottants, un endroit indigne pour qu'un corps vînt s'y échouer. Il lui toucha le bras et ils firent un détour qui les conduisit dans une allée. Celle-ci devait rattraper la route un peu plus loin et ils pourraient rejoindre directement le poste.

— Qu'est-ce que tu vas faire de toutes ces informations ? lui demanda-t-il.

— Je ne sais pas. Je me disais que j'allais essayer de voir la réaction de McCullough.

— Je ne suis pas convaincu, Siobhan. Tu ferais peut-être bien d'aller fouiner encore un peu.

— Pourquoi ?

Il haussa les épaules. Que pouvait-il bien lui dire ? Qu'à son humble avis, Jazz McCullough, paisible et charmant, aussi bon époux et père de famille qu'on pourrait l'imaginer, était peut-être mêlé à un meurtre et à une conspiration criminelle ?

— Je crois simplement que ce serait moins dangereux, dit-il.

Elle le fixa droit dans les yeux.

— Tu voudrais bien m'expliquer ?

— Il n'y a rien de concret… Juste une intuition.

— L'intuition que je risque quelque chose si je vais poser deux trois questions à McCullough ?

Nouveau haussement d'épaules de Rebus. Ils venaient de sortir de l'allée et prirent à droite, direction l'arrière du poste de police.

— Je crois deviner que cette « intuition », comme tu dis, a un rapport avec le fait que plus personne ne veuille te parler. Je me trompe ?

— Écoute, Siobhan… (Il se passa la main sur le visage, à croire qu'il cherchait à en enlever une couche de peau.) Tu sais que jamais je ne me tairais si je ne pensais pas que c'était important.

Elle réfléchit un instant, avant d'acquiescer : elle était d'accord. Ils contournaient le poste de police lorsqu'un ivrogne de passage les obligea à descendre du trottoir. Rebus tira Siobhan en arrière à l'arrivée en trombe d'une voiture qui fila comme une flèche en cornant de l'avertisseur. Un homme pressé.

— Merci, dit-elle.

— Je fais ce que je peux, l'informa-t-il.

L'ivrogne traversait la chaussée en chancelant, à l'aveuglette, direction le trottoir opposé. Mais ils savaient l'un et l'autre qu'il parviendrait à son but sans dommage : il tenait une bouteille à la main. Pas de risque qu'un automobiliste accepte de se la prendre comme projectile dans son pare-brise.

— J'ai souvent pensé que les piétons devraient être munis de marteaux pour pouvoir remédier à ce genre de situation, déclara Siobhan en suivant des yeux la voiture qui disparaissait au loin.

Elle dit au revoir à Rebus sur les marches et le regarda s'enfoncer dans le dédale du bâtiment. Elle aurait voulu lui dire quelque chose : *veille sur toi*, peut-être, ou *fais gaffe*, mais les mots n'étaient pas sortis de sa bouche. Lui l'avait néanmoins saluée d'un signe de la tête, un sourire aux lèvres en accrochant son regard. Le problème n'était pas qu'il se sentît invulnérable — bien au contraire, en fait. Elle se faisait du souci pour lui à l'idée qu'il se complaisait dans sa propre capacité à l'échec. Il n'était qu'un homme, et s'il fallait pour le prouver endurer douleur et défaite, il accueillerait l'une et l'autre les bras ouverts. Cela signifiait-il pour autant qu'il souffrait d'un complexe de martyr ? Elle ferait peut-être bien de passer un coup de fil à Andrea Thomson, voir si elles ne pouvaient pas discuter toutes les deux du problème. Sauf que c'est d'*elle* que Thomson voudrait parler, et elle n'était pas prête pour ça. Elle songea à Rebus et à ses fantômes.

Laura Stafford allait-elle se mettre à hanter ses propres rêves désormais ? Comme la première d'une longue série, qui pouvait savoir ? Le visage de la jeune morte commençait déjà à se brouiller dans sa mémoire, de plus en plus flou, ne lui laissant pour seule image encore distincte qu'une main sur une poignée de portière.

Elle prit une profonde inspiration.

— Faut pas que je me laisse distraire, se dit-elle.

Elle ouvrit alors la porte et jeta un œil à l'intérieur du poste. Aucun signe de Rebus. Elle entra, justifia de son identité et monta l'escalier jusqu'au CID à l'étage. L'idée lui traversa soudain l'esprit que Donny Dow était peut-être encore là, dans sa cellule, alors qu'en toute logique, il devait avoir été transféré en préventive à la prison de Saughton. Elle pouvait toujours poser la question, sans être sûre pour autant que de le revoir pourrait agir comme un exorcisme.

— C'est Siobhan, je me trompe ?

La voix la fit sursauter. L'homme venait de sortir d'un bureau, chargé d'un dossier bleu. Elle s'obligea à sourire.

— Inspecteur McCullough, dit-elle. C'est drôle (son sourire s'élargit) mais justement, je vous cherchais…

— Ah oui ?

— Je voulais m'entretenir un petit instant avec vous.

Il inspecta les deux côtés du couloir, avant de désigner de la tête la salle qu'il venait de quitter.

— Là, nous serons tranquilles, dit-il en se penchant pour lui ouvrir la porte.

— Après vous, dit-elle, un sourire figé aux lèvres.

Quelques vieux bureaux, des chaises auxquelles il manquait un pied, des classeurs aux tiroirs coincés. Elle laissa la porte ouverte, quand, se souvenant de Rebus, l'idée d'être surprise lui déplut. Elle la referma aussi vite derrière elle.

— Tout cela est bien mystérieux, dit McCullough en posant son dossier sur une table avant de croiser les bras.

— Pas vraiment, répondit-elle. Juste un détail ayant trait à l'affaire Marber qui est remonté à la surface.

Il hocha la tête.

— J'ai entendu dire que vous aviez retrouvé le tableau disparu. Cela devrait vous valoir de l'avancement.

— J'ai été promue tout récemment.

— N'empêche… Si vous continuez à boucler les enquêtes à ce rythme, qui sait jusqu'où vous irez ?

— Je ne pense pas que l'enquête soit nécessairement bouclée, comme vous dites.

Un temps d'arrêt, un « ah » surpris, sincèrement surpris.

— Ce qui explique pourquoi il faut que je vous pose quelques questions sur la propriétaire de MG Cabs.

— MG Cabs ?

— Une certaine Ellen Dempsey. Je crois que vous la connaissez.

— Dempsey ?

Il plissa le front, répéta le nom à plusieurs reprises, avant de secouer la tête.

— Un petit indice serait le bienvenue.

— Vous l'avez connue à Dundee. Une prostituée.

Elle travaillait le soir où vous avez fait une descente dans un sauna. Elle a ensuite quitté le métier et, quelque temps plus tard, elle dirigeait une compagnie de radio-taxis. Elle s'est servie de gaz paralysant pour se défendre d'un client, et ça s'est terminé devant le tribunal…

McCullough hochait la tête d'un air entendu.

— Exact, dit-il. Je m'en souviens maintenant. Comment avez-vous dit qu'elle s'appelait déjà ? Ellen… ?

— Dempsey.

— C'est le nom qu'elle utilisait à l'époque ?

— Oui.

Il donnait l'impression d'avoir encore du mal à mettre un visage sur le nom.

— Oui, eh bien ? Que voulez-vous savoir ?

— Je me demandais juste si vous étiez resté en contact avec elle.

— Et pourquoi diable aurais-je été faire une chose pareille ? dit-il en ouvrant de grands yeux.

— Je n'en sais rien.

— Sergent Clarke…

Il décroisa les bras, et elle vit la colère monter, son visage s'empourprer, ses mains commencer à se serrer en poings.

— Je vous ferai simplement remarquer que je suis un homme marié et heureux de l'être. Demandez à qui vous voulez… même à votre ami John Rebus ! Tout le monde vous le confirmera !

— Écoutez, je ne vous soupçonne pas d'avoir une liaison avec cette femme. Apparemment, il s'agit juste d'une coïncidence si tous les deux, vous…

— Ce n'est qu'une coïncidence, car ça ne peut pas être autre chose !

— D'accord, d'accord !

McCullough avait comme un coup de sang et elle n'aimait pas beaucoup ces deux poings serrés... quand soudain la porte s'ouvrit et une tête apparut.

— Tout va bien, Jazz ? demanda Francis Gray.

— Loin de là, Francis. Cette petite garce vient de m'accuser de sauter une vieille michetonneuse que j'ai jadis arrêtée à Dundee !

Francis Gray entra à son tour dans la pièce et referma doucement la porte derrière lui.

— Vous voulez me répéter ça ? grogna-t-il, les yeux réduits à deux fentes rivés sur Siobhan.

— Tout ce que j'essaie de dire, c'est que...

— Tu ferais bien de prendre garde à ce que tu dis, tronche de gouine. Quand on se met à coller des crasses sur le dos de Jazz, c'est avec moi qu'il faut compter. Et, à côté de moi, Jazz, c'est un gentil minet. Mais probablement pas du genre à t'intéresser, toi.

Le visage de Siobhan commençait à s'empourprer.

— Eh là, attendez une minute, cracha-t-elle en essayant de maîtriser le tremblement de sa voix. Avant que vous ne sortiez de vos gonds tous les deux...

— C'est Rebus qui t'a dit de faire ça ? gronda à son tour McCullough en montrant les dents, un doigt de chaque main pointé sur elle comme s'il tenait deux six-coups. Parce que si c'est lui...

— L'inspecteur Rebus ne sait même pas que je suis ici ! dit-elle en criant presque.

Les deux hommes échangèrent un regard mais elle était incapable de savoir ce qu'ils avaient en tête. Gray s'était posté entre elle et la porte, et elle aurait bien du mal à forcer le passage, se dit-elle. Même en allant très vite…

— La meilleure chose que tu puisses faire, la menaça Jazz, c'est de retourner dans ton trou et de t'y enfouir pour l'hiver. Si tu te mets à répandre des mensonges, tu risques de te retrouver dans la marmite du grand patron. Et il ne fera de toi qu'une bouchée.

— M'est avis que, comme d'habitude, Jazz est trop généreux dans ses prédictions, la menaça Gray d'une voix calme.

Il avait avancé d'un pas vers elle en s'écartant de la porte quand celle-ci s'ouvrit brutalement et le frappa dans le dos. Rebus venait de forcer le passage d'un coup d'épaule et contemplait la scène, debout sur le seuil.

— Désolé de débarquer ainsi à la fête sans y avoir été invité, dit-il.

— Qu'est-ce que tu crois réussir à faire, Rebus ? Tu t'imaginais sans doute que tu pouvais entraîner ta petite copine dans tes fantasmes de parano ?

En voyant Jazz aussi méchamment à cran, Rebus se sentit aussi incapable de faire la part de vrai et de faux dans son attitude que d'en comprendre la cause. La contrariété s'expliquait aussi bien par la calomnie que par la révélation d'un rôle qu'on jouait en secret.

— Tu en as fini de tes questions, Siobhan ?

La voyant acquiescer, il crocheta un pouce pardessus l'épaule, lui faisant comprendre qu'il était temps pour elle de vider les lieux. Elle hésita, n'appréciant guère de le voir ainsi lui donner des ordres. Puis, avec un regard chargé de tout le mépris du monde à

McCullough et Gray, elle bouscula presque Rebus et s'éloigna dans le couloir à grandes enjambées sans même se retourner.

— Ça te dirait de la refermer, cette porte, John ? lança Gray avec un rictus malfaisant. Qu'on règle les problèmes ici et maintenant ?

— Ne me tente pas.

— Pourquoi pas ? Rien que toi et moi, Jazz restera à l'écart.

Rebus tenait les doigts autour de la poignée. Sans même savoir ce qui allait se passer, il poussa la porte pour la refermer, face au rictus de Gray qui allait s'élargissant sur des dents jaunes et luisantes.

Quand un poing cogna l'extérieur du battant, et il la laissa s'ouvrir de nouveau.

— Alors, on est tous installés bien confortablement là-dedans ? dit Bobby Hogan. Je n'accepterai pas de tire-au-flanc chez moi.

— Une petite conférence, rien de plus, expliqua McCullough, visage et voix revenus à la normale.

De son côté, Gray baissait la tête en faisant mine de réajuster son nœud de cravate. En regardant les trois hommes, Hogan comprit qu'il se passait quelque chose.

— Eh bien, dit-il, conférencez-moi vos miches hors d'ici et direction ce que nous autres dans le monde des humains appelons le travail.

Le monde des humains… Rebus se demanda si Hogan saurait jamais combien il avait été près de la vérité à ce moment précis. Car, dans cette pièce, l'espace de quelques instants, trois hommes s'étaient accordés pour se comporter comme des riens moins qu'humains…

— Pas de problème, inspecteur Hogan, dit Jazz en ramassant son dossier, prêt à quitter le bureau.

En revanche, devant le regard qu'il lui lança, Rebus comprit que Gray avait bien du mal à se reprendre, exactement comme si Edward Hyde venait de décider qu'il n'avait plus besoin de Henry Jekyll. Il avait dit à Jazz qu'une possibilité de résurrection existait toujours mais, dans le cas de Francis Gray, ce n'était plus vrai. Quelque chose était mort derrière ces yeux-là, et il se dit que plus jamais il ne le reverrait.

— Après toi, John, disait McCullough avec un grand arrondi du bras.

Dans le couloir, sur les talons de Bobby Hogan, il sentit son échine le picoter, comme si une lame était sur le point de venir s'y loger…

26

Siobhan entendit tapoter à sa fenêtre et il lui fallut une seconde pour comprendre où elle se trouvait : le parc de stationnement de St Leonard's. Elle avait dû s'arrêter là à son retour de Leith mais il ne lui en restait aucun souvenir. Depuis combien de temps était-elle assise ? Une demi-minute ou une heure, impossible de savoir. Nouveaux tapotements. Elle sortit de la voiture.

— Qu'est-ce qu'il y a, Derek ?

— Ce ne serait pas à moi de te poser la question, tu crois ? Derrière ton volant, on aurait dit que tu avais vu un fantôme.

— Pas un fantôme, non.

— Quoi alors ? Il s'est passé quelque chose ?

Elle secoua la tête comme pour en chasser le souvenir de ce bureau… Gray et McCullough…

Rebus l'avait pourtant prévenue. Elle était entrée quand même, bille en tête, sans réfléchir, avec ses questions mal préparées et des accusations plein la bouche. Ce n'était pas vraiment ce qu'on enseignait à Tulliallan. Mais l'attitude de Gray et de McCullough l'avait littéralement clouée sur place : la furie soudaine de Jazz, et Francis Gray, toutes dents dehors, volant au secours de son collègue. Elle s'attendait certainement à les voir réagir, mais pas à affronter deux bêtes sauvages prêtes à la dévorer. Elle avait l'impression que les deux hommes avaient dévoilé devant ses yeux leur vraie nature.

— Je vais bien, dit-elle à Linford. Rien qu'un rêve, c'est tout.

— Tu es sûre ?

— Écoute, Derek…

Elle avait durci la voix et frottait un point qui palpitait sur sa tempe droite.

— Siobhan…, j'essaie vraiment de faire la paix entre nous.

— Je le sais, Derek. Mais le moment est mal choisi, d'accord ?

— D'accord, fit-il, les mains levées en signe de reddition. Mais tu sais que je suis là si tu as besoin de moi.

Elle réussit à hocher la tête, tandis qu'il haussait les épaules, prélude à un changement de sujet.

— On est vendredi aujourd'hui. C'est dommage que tu aies ce rencart. J'allais te suggérer de venir dîner au Whichery…

— Une autre fois, peut-être, répondit-elle.

C'est elle qui venait de dire ça, elle n'y croyait pas. *Je ne veux plus me faire d'ennemis…* Linford souriait.

— Ce n'est pas tombé dans l'oreille d'un sourd.

— Il faut que je retourne au bureau…

Linford consulta sa montre.

— Moi, je m'en vais. Je repasserai peut-être avant le bouclage. Sinon, passe un super week-end, dit-il, avant d'ajouter, comme si l'idée venait soudain de lui traverser la tête : On pourrait peut-être faire quelque chose tous les deux, non ?

— J'aime bien être prévenue un peu plus à l'avance, Derek, répondit-elle.

Sa migraine empirait. Mais pourquoi ne s'en allait-il pas *une bonne fois pour toutes* ? Elle tourna les talons, direction l'arrière du poste de police. Et lui restait là… à la suivre des yeux… attendant qu'elle se retourne pour lui resservir son sourire plein de sympathie.

Il pouvait toujours attendre.

Au premier, dans la salle d'enquête, les choses tournaient presque à vide. Pratiquement toute l'équipe avait eu droit à son week-end. Le bureau du procureur de la Reine était satisfait du dossier d'accusation en l'état. Il aurait d'autres questions à poser et exigerait d'autres explications dès lundi matin. Mais pour l'instant, tout le monde se décontractait. Restaient bien sûr toujours des paperasses à régler, de petits détails à rassembler et à mettre au propre avant de ficeler le tout bien serré.

Mais tout cela pouvait attendre lundi.

Assise à son bureau, Siobhan fixait la page de garde du fax de Dundee. Elle releva les yeux et vit Hynds s'avancer vers elle. À voir l'expression de son visage, elle était sûre qu'il allait lui demander s'il y avait le moindre problème. Elle leva un doigt, pour l'en décourager d'avance. Il s'immobilisa, haussa les épaules et fit demi-tour. Elle se mit à relire le fax une fois encore, voulant à tout crin que quelque chose — n'importe quoi — lui saute au visage comme une révélation soudaine. Elle pourrait essayer de parler à Ellen Dempsey, se dit-elle, voir si elle laissait échapper un détail quelconque.

Et puis après ? Quelle différence si la preuve des relations entre Dempsey et McCullough était finalement établie ? Aux yeux de Jazz, il y en aurait incontestablement une, mais elle ne savait quasiment rien de lui et n'avait aucun contact à Dundee susceptible d'éclairer sa lanterne.

À : sergent Clarke, Lothian and Borders
De : sergent Hetherington, Tayside.

Hetherington… Un sergent inspecteur tout comme elle. Sa demande d'information ne s'était pas adressée à un policier en particulier. Elle avait simplement obtenu le numéro de fax de la police de Tayside et envoyé sa requête. C'est alors qu'elle remarqua une référence sous le nom de Hetherington : × 242. Un numéro de poste, très certainement. Elle décrocha son téléphone et pianota sur les touches.

— QG de la police, constable Watkins, répondit une voix d'homme.

— Sergent Clarke à l'appareil. St Leonard's à Édimbourg. Je pourrais parler au sergent Hetherington ?

— Elle n'est pas dans le bureau en ce moment (*Elle… ?* Un sourire barra le visage de Siobhan.) Je peux prendre un message ?

— Il y a des chances qu'elle revienne ?

— Attendez une seconde…

Elle entendit le bruit du combiné qu'on déposait sur la table. Le sergent Hetherington était donc une femme. Un point commun, qui pouvait faciliter les choses si elles se parlaient de vive voix… On reprit l'appareil.

— Ses affaires sont toujours là.

Sous-entendu, elle allait passer les récupérer.

— Pourrais-je vous laisser deux numéros de téléphone et vous demander de les lui transmettre ? J'aimerais vraiment lui parler avant le week-end.

— Ça ne devrait pas poser de problème. D'habitude, il faut l'arracher à son bureau.

De mieux en mieux, se dit Siobhan, en donnant à Watkins son numéro à St Leonard's et celui de son portable. Puis elle resta à contempler le téléphone en voulant à toute force qu'il sonne. La salle se vidait autour d'elle : les portillons pressés, aurait dit Rebus. Elle espéra qu'il allait bien et ne savait pas pourquoi elle ne l'avait pas appelé… En fait, elle avait le vague souvenir de l'avoir fait. Probablement dès sa sortie, dans sa voiture. Mais il n'avait pas répondu. Elle réessaya. Cette fois, il décrocha.

— Je vais bien, lui annonça-t-il sans préambule. Je te parlerai plus tard.

Fin de la conversation.

Elle se représenta Hetherington qui revenait à son bureau… et ne remarquait peut-être pas son message. Mis à part son tabouret de bar, Watkins ne lui avait guère donné l'impression de devoir être arraché à quoi que ce soit. Et s'il s'était déjà « libéré » avant le retour du sergent ? Et si celle-ci voyait le message mais était trop fatiguée pour en faire quelque chose ? Peut-être avait-elle eu une longue semaine… L'attente lui parut une éternité. Elle n'allait rien faire ce week-end, sinon traîner au lit et lire, somnoler, et lire encore un peu.

Voire traîner le duvet jusqu'au canapé et regarder un film en noir et blanc. Elle avait des CD qu'elle n'avait pas encore trouvé le temps d'écouter : Hobotalk, Goldfrapp…

Elle décida de faire l'impasse sur le foot. Un match à l'extérieur à Motherwell.

Le téléphone restait silencieux. Elle compta jusqu'à dix pour lui donner sa chance avant de rassembler ses affaires et de se diriger vers la porte.

Elle monta dans sa voiture et mit un peu de musique pour la route : le tout dernier REM. Cinquante-trois minutes. De quoi lui permettre de tenir pratiquement jusqu'à Dundee.

Elle n'avait pas intégré à ses calculs l'exode du vendredi après-midi qui se terminait par une longue file de voitures faisant la queue au péage de Forth Road Bridge. Une fois le guichet passé, elle mit pied au plancher. Toujours pas de retour de Hetherington. Son portable était en charge. Elle le consultait à intervalles rapprochés, juste au cas où un message aurait échappé à son attention. Mais plus elle avançait vers le nord, mieux elle se sentait. Peu importait finalement qu'il n'y eût personne au bureau à son arrivée. C'était bon d'être sortie d'Édimbourg. Ça lui rappelait que le monde existait là-dehors. Elle ne connaissait pas Dundee professionnellement parlant, mais elle avait eu l'occasion de visiter la ville bien des fois en tant que supportrice de football. Les deux équipes de Dundee avaient des stades quasiment adjacents et au centre-ville, elle avait eu plaisir à boire un verre avant le coup d'envoi dans un de ses nombreux pubs, son écharpe des Hibs bien cachée au fond de son sac. Un panneau indiquait la sortie vers Tay Bridge mais elle avait déjà fait cette erreur par le passé. La bretelle débouchait sur une longue route étroite tout en lacets qui traversait les hameaux de Fife. Elle veilla à rester sur la A90 et dépassa Perth pour arriver sur Dundee par l'ouest, où elle se trouva embringuée dans une succession de ronds-points apparemment sans fin. Elle en empruntait un justement lorsque son téléphone sonna.

— J'ai eu votre message, dit une voix de femme.

— Merci de me rappeler. Il se trouve que je suis justement aux abords de votre ville.

— Seigneur, c'est que ça doit être grave, alors.

— Ou peut-être qu'une soirée de vendredi à Dundee était juste dans mes cordes.

— Dans ce cas, effacez « grave » et ajoutez « désespéré ».

Siobhan comprit qu'elle allait bien apprécier le sergent Hetherington.

— À propos, je m'appelle Siobhan.

— Et moi, c'est Liz.

— Est-ce que vous êtes sur le point de fermer boutique, Liz ? Le seul petit problème, c'est que je connais bien mieux les pubs de la ville que votre QG.

Hetherington éclata de rire.

— Je suppose que je pourrais me laisser convaincre.

— Super.

Siobhan lui donna un nom de pub, et Hetherington lui répondit qu'elle le connaissait.

— Dix minutes ?

— Dix minutes.

— Comment on fait pour se reconnaître ?

— Je ne pense pas que cela soit un problème, Siobhan. Deux femmes seules dans cet endroit relèvent des espèces protégées.

Elle ne se trompait pas.

Siobhan n'avait jamais connu le pub que les samedis après-midi, en toute sécurité devant son verre, entourée par une troupe de supporters des Hibs. Mais quand les gens étaient passés à la pointeuse avec un long week-end devant eux, c'était une autre paire de manches, et l'endroit prenait une autre allure. Des collègues de bureau, en train de fêter quelque chose en riant à gorge déployée. Les seuls à boire en solitaire étaient des hommes au comptoir, le visage aigri. Des couples venaient se retrouver après le travail, apportant avec eux les petits cancans de la journée. Des sacs en plastique de supermarché contenaient le repas du soir. La *dance music* résonnait sans désemparer et la télé diffusait en silence une chaîne de sports. L'intérieur du pub était vaste mais Siobhan eut du mal à trouver une place debout d'où elle serait suffisamment visible aux yeux d'un nouvel arrivant. Sans compter qu'il avait deux entrées, ce qui n'arrangeait pas les choses. Chaque fois qu'elle se dénichait un coin, des buveurs venaient se rassembler alentour, la masquant aux regards. Et Hetherington était en retard. Le verre de Siobhan était vide. Elle alla au comptoir le remplir.

— Citron vert et soda ? se rappela le barman.

Elle acquiesça, impressionnée, sans rien en manifester. Elle se retourna pour surveiller la porte, qui s'était ouverte sur une femme. Un détail que Hetherington avait oublié de mentionner : elle mesurait un bon mètre quatre-vingts. Mais au contraire de nombre de femmes de grande taille, elle ne cherchait nullement à paraître plus petite, le dos bien droit, des chaussures à talons aux pieds. Siobhan lui fit signe de la main et Hetherington vint la rejoindre.

— Liz ? dit Siobhan.

Hochement de tête de Hetherington.

— Qu'est-ce que vous buvez ?

— Juste un soda au gingembre… (Un temps d'hésitation.) Et puis, non, après tout. On est bien vendredi, pas vrai ?

— Tout à fait.

— Alors ce sera un bloody mary.

Toutes les tables étaient prises, mais elles se dénichèrent une console près du mur du fond et y posèrent leurs verres. Siobhan comprit vite qu'elle ne pourrait pas rester trop longtemps debout au côté de Liz, elle risquait d'attraper des crampes au cou. Elle alla chercher deux tabourets au comptoir et elles s'y installèrent.

— Santé, dit-elle.

— Santé.

Liz Hetherington avait une bonne trentaine d'années. Des cheveux noirs épais à longueur d'épaules, soigneusement taillés au carré, sans effet de style particulier. Un torse mince qui s'épaississait nettement aux hanches mais sa haute taille compensait l'ensemble. Pas d'alliance à la main gauche.

— Il y a longtemps que vous êtes sergent ? demanda Siobhan.

606

Hetherington gonfla les joues.

— Trois ans, trois et demi, en fait. Et vous ?

— Plus près de trois semaines.

— Félicitations. C'est comment, à Lothian and Borders ?

— La même chose qu'ici, je dirais. Mon superintendant en chef est une femme.

— C'est bon pour vous, dit Liz en haussant un sourcil.

— Elle est bien, dit Siobhan d'un air songeur. Je veux dire par là qu'elle n'est pas du genre à faire de favoritisme…

— Ce n'est jamais le cas, déclara Liz. Trop à prouver.

Siobhan hocha la tête en signe d'acquiescement. Hetherington semblait se délecter de son bloody mary.

— Il y a des années que je n'ai pas bu ça, expliqua-t-elle en faisant rouler ses glaçons dans son verre. Alors, qu'est-ce qui vous amène dans la cité des trois J ?

Siobhan sourit. Les trois J : le jute, le journalisme et la confiture[1], dont elle savait que seul le deuxième fournissait encore des emplois dans la région.

— Je voulais vous remercier de m'avoir adressé les renseignements que je vous avais demandés.

— Un coup de téléphone aurait suffi.

Siobhan en convint d'un hochement de tête.

— Un nom y est mentionné… un de vos collègues. Il se pourrait que j'aie des questions à lui poser.

— Et alors ?

---

1. En anglais, *jam*.

Haussement d'épaules de Siobhan.

— Alors je me demandais quel genre d'homme c'était. Il s'appelle James McCullough. Peut-être connaissez-vous quelqu'un qui serait susceptible de me fournir quelques informations sur lui ?

Hetherington examinait sa collègue par-dessus le rebord de son verre. Pas vraiment convaincue, se dit Siobhan, par le petit baratin qu'elle venait de lui servir. Mais cela ne porterait peut-être pas à conséquence.

— Vous voulez avoir des renseignements sur Jazz McCullough ?

Sous-entendu qu'elle le connaissait.

— J'aimerais juste savoir comment il risque de réagir si je viens lui poser des questions. Un homme averti en vaut deux, alors une femme...

— Et le savoir, c'est le pouvoir ? dit Liz.

Nouveau haussement d'épaules de Siobhan.

— Il vous en faut un deuxième, ajouta Hetherington, en montrant son verre vide.

De toute évidence, elle cherchait à se donner un peu de temps, comprit Siobhan.

— Citron vert et soda, répondit-elle.

— Un peu de gin ou autre chose pour corser ?

— Je conduis, expliqua Siobhan en contemplant son verre presque vide. Oh, et puis oui, pourquoi pas ?

Hetherington sourit et se dirigea vers le comptoir.

À son retour, elle avait pris sa décision. Et rapporté également deux paquets de cacahuètes grillées.

— De quoi grignoter, dit-elle en les posant sur la console avant de se rasseoir. Attention, les chasseurs sont de sortie.

Siobhan acquiesça. Elle les avait repérés, tous ces

regards masculins qui la jaugeaient. Des hommes qui faisaient la fête avec leurs collègues de bureau, mais d'autres aussi, au comptoir. Après tout, elles avaient bien l'air de deux femmes de sortie et comme c'était le début de la soirée, elles représentaient des proies possibles...

— Qu'ils aillent se faire voir, dit Siobhan.

— Aux femmes indépendantes, dit Liz en trinquant. (Petit temps d'arrêt.) Vous ne savez pas à quel point vous avez de la chance.

— Ah ?

— Ce n'est peut-être pas de la chance, à vrai dire. C'est peut-être de l'instinct, ou la destinée ou autre chose.

Elle s'interrompit pour boire une gorgée.

— Il y a beaucoup de gens au CID qui connaissent Jazz McCullough, et certains seraient éventuellement prêts à vous parler. Mais peu d'entre eux vous en diraient beaucoup.

— Il a beaucoup d'amis ?

— Il s'est fabriqué beaucoup d'amis. Au fil des années, il a rendu des tas de services à des tas de gens.

— Mais vous n'êtes pas du nombre ?

— J'ai travaillé avec lui à deux reprises par le passé. Il s'est comporté comme si j'étais invisible, ce qui, vous pouvez l'imaginer, est tout à fait un exploit.

Siobhan se l'imaginait aisément : Liz devait mesurer au moins deux centimètres de plus que McCullough.

— Il ne vous aimait pas ?

Liz secoua la tête.

— Je ne pense pas que cela allait aussi loin. Dans son esprit, je n'étais pas *nécessaire*, tout simplement.

— Parce que vous êtes une femme ?

Hetherington haussa les épaules.

— Peut-être, qui sait ? répondit-elle en levant son verre une nouvelle fois. Alors ne vous attendez pas à ce qu'il vous accueille les bras ouverts.

— Promis.

Siobhan repensa à l'épisode qu'elle avait vécu à Leith et réprima un frisson. L'alcool parut gronder dans ses veines et elle prit une poignée de cacahuètes.

— Qu'est-ce que vous voulez lui demander de toute façon ?

— Les notes que vous m'avez envoyées…

— J'oublie le nom de la femme…

— Ellen Dempsey. McCullough l'a arrêtée à deux reprises. Une fois pour prostitution, et la seconde, parce qu'elle s'était servie de gaz paralysant contre le passager d'un taxi. Il est possible que Dempsey joue un rôle dans une affaire dont j'ai la charge.

— Qu'est-ce que ça a à voir avec McCullough ?

— Probablement rien du tout, mais il faut quand même que je pose la question…

Hetherington hocha la tête, elle comprenait parfaitement.

— Eh bien, je vous ai dit ce que je savais sur Jazz…

— Vous n'avez pas mentionné le fait qu'il était en recyclage à Tulliallan.

— Oh, vous êtes au courant ? Jazz n'est pas toujours très respectueux des ordres qu'on lui donne.

— Un de mes collègues d'Édimbourg est exactement pareil. Et il se trouve que lui aussi se trouve à Tulliallan.

— Ça explique donc pourquoi vous savez que Jazz

610

est là-bas ? Ce n'est pas que j'essayais de le protéger, Siobhan, c'est juste que je ne voyais pas en quoi c'était pertinent.

— Tout est pertinent, Liz, répondit Siobhan. J'ai le sentiment — strictement entre nous — que McCullough a peut-être gardé le contact après que Ellen Dempsey a quitté Dundee.

— Gardé le contact de quelle façon ?

— Au point d'aller jusqu'à vouloir la protéger, qui sait.

Hetherington resta songeuse un instant.

— Je ne suis pas certaine de pouvoir vous aider. Je sais qu'il est marié et qu'il a des gamins, dont l'un est étudiant à l'université. (Un temps de réflexion.) Je crois que le couple est en train de se séparer…

— Ah bon ?

— Vous allez croire que je règle des comptes avec lui…, ajouta-t-elle en faisant la grimace.

— Pas en ce qui me concerne, Liz.

Siobhan attendit patiemment qu'elle poursuive, et Liz lâcha un soupir.

— Il a quitté le domicile conjugal il y a deux mois, à ce que dit la rumeur. Mais il repasse chez lui de temps à autre… Je crois qu'il a emménagé dans un appartement deux rues plus loin.

— Il habite en ville ?

— Juste à l'extérieur, à Broughty Ferry.

— Sur la côte ?

Acquiescement de Liz.

— Écoutez, je ne veux pas dire de mal de ce mec. Si vous posiez la question à une douzaine d'inspecteurs, vous auriez bien du mal à en trouver un pour…

— Mais il a un problème avec l'autorité ?

— Il se trouve simplement qu'il est convaincu d'en savoir plus que ses supérieurs. Qui suis-je pour prétendre qu'il a tort ?

— Vous me rappelez décidément mon collègue, dit Siobhan avec un sourire.

— Hé, les filles, on dirait qu'un autre verre ne serait pas de refus, non ?

Deux hommes s'approchaient, une pinte de bière à la main. Veste et cravate, et alliance au doigt.

— Pas ce soir, les gars, leur dit Hetherington.

Celui qui venait de parler haussa les épaules.

— Je demandais juste, c'est tout, dit-il.

Hetherington leur fit au revoir de la main.

— Peut-être préféreriez-vous qu'on aille ailleurs ? proposa Siobhan.

— Il faut absolument que je rentre, dit Liz en tirant sur son bracelet de montre. Si vous voulez parler à Jazz, allez-y, il ne vous mordra pas.

Siobhan ne voulut pas répondre qu'elle n'en était pas aussi sûre.

Elles ne partaient pas dans la même direction, aussi se serrèrent-elles la main devant le pub. Les deux hommes les suivirent.

— Vous allez où comme ça maintenant, mes belles ?

— Ne vous occupez donc pas de nous. Rentrez donc chez vous retrouver vos épouses.

Elles eurent droit à des regards furieux avant que les mecs repartent, bien mouchés, la tête dans les épaules, en marmonnant des jurons.

— Merci de votre aide, Liz, dit Siobhan.

— Je ne suis pas certaine d'avoir pu vous aider beaucoup.

— Vous m'avez donné une excuse pour me sortir d'Édimbourg.

Hetherington hocha la tête, comme si elle comprenait.

— Revenez donc nous voir un de ces quatre, sergent Clarke, dit-elle.

— C'est promis, sergent Hetherington.

Elle suivit des yeux la haute silhouette qui s'éloignait à grands pas. Liz sentit son regard et la salua du geste sans même se retourner.

Siobhan redescendit la colline jusqu'à l'endroit où elle avait garé sa voiture. La nuit s'obscurcissait à mesure qu'elle reprenait les routes en lacets qui la ramenaient vers l'autoroute, au son de *Boards of Canada* qui avait remplacé REM. Lorsque son portable sonna, elle sut instinctivement qui c'était.

— Comment s'est passé le restant de ta journée ? demanda-t-elle.

— J'ai survécu, lui répondit Rebus. Désolé de n'avoir pas pu te parler tout à l'heure.

— Tu te trouvais dans la même pièce qu'eux ?

— Et je me collais aux basques de Bobby Hogan autant que faire se pouvait. Tu as réussi à pousser Jazz McCullough à cran, je suis impressionné.

— J'aurais dû suivre ton conseil et me tenir à l'écart.

— Je n'en suis plus aussi sûr.

— John…, est-ce que tu es prêt à me révéler ce qui se passe, nom de Dieu ?

— Peut-être.

— J'ai encore une heure à perdre.

Long silence sur la ligne.

— Il faut absolument que cela reste entre nous, lui dit-il.

— Tu sais que tu peux me faire confiance.

— De la même façon que je t'ai fait confiance pour rester à bonne distance de McCullough ?

— Ça, c'était plus un conseil, je dirais, répondit-elle avec un grand sourire.

— Très bien, en ce cas. Si tu es assise confortablement…

— Je suis prête.

Un autre temps de silence, puis la voix de Rebus, lointaine, presque désincarnée :

— Il était une fois, dans un pays lointain, un roi du nom de Strathern. Un jour, il fit venir un de ses chevaliers errants pour lui proposer une périlleuse quête…

Rebus arpentait son salon en racontant son histoire à Siobhan. Il était sorti de bonne heure pour rentrer directement chez lui mais son appartement lui faisait maintenant l'effet d'une méchante souricière. Il ne cessait de regarder par la fenêtre, en se demandant si on ne l'attendait pas dans la rue. Ce n'est pas la porte d'entrée verrouillée qui empêcherait quiconque d'entrer. Le menuisier avait remplacé l'huisserie de sa porte, mais sans cornière de renfort. Un ciseau à froid ou une pince monseigneur l'ouvriraient aussi aisément qu'une clé. Il avait éteint les lumières, sans conviction, car il n'était pas certain de se sentir plus en sécurité dans l'obscurité.

Siobhan lui posa une ou deux questions à l'issue de son récit. Elle ne dit pas qu'il avait eu tort ou raison d'accepter une telle mission. Elle ne lui dit pas non plus qu'il était fou d'avoir suggéré le braquage de la came au trio. Il savait qu'elle l'écoutait comme amie autant que collègue.

— Où es-tu ? pensa-t-il finalement à lui demander.

De ce qu'il entendait, il déduisit qu'elle était au volant. Il s'était dit qu'elle devait avoir quitté St Leonard's et rentrait probablement chez elle, mais une demi-heure s'était écoulée depuis le début de son récit.

— Je viens de dépasser Kinross, lui répondit-elle. Je rentre, j'étais à Dundee.

Il savait parfaitement ce que Dundee signifiait.

— Occupée à déterrer les squelettes dans les placards de Jazz McCullough ?

— Il n'y en avait guère, je dois dire… Il s'est séparé de son épouse, mais ça ne fait pas de lui un monstre.

— Il s'est séparé ?

Rebus repensa à ses premiers jours à Tulliallan.

— Mais il est toujours pendu au téléphone à lui parler. Et il rentrait chez lui dès que l'occasion se présentait.

— Ils se sont séparés il y a deux mois.

L'heureux mariage n'avait été qu'un écran de fumée.

— Où allait-il dans ce cas ? demanda-t-il.

— Je me demande si Ellen Dempsey ne pourrait pas nous le dire.

— Moi aussi, dit-il, songeur. Tu fais quoi ce soir ?

— Pas grand-chose. Qu'est-ce que tu suggères ? Une planque ?

— Rien qu'une petite, juste pour étayer quelques soupçons, sait-on jamais.

— Dempsey vit à North Queensferry. Je pourrais être là dans dix, quinze minutes.

— Et McCullough a une maison à Broughty Ferry…

Il alla jusqu'à sa table de salle à manger et se mit à fouiller dans les dossiers qui s'y étalaient. Il cherchait une feuille… ils en avaient tous reçu une au début du stage. Avec les noms et les grades des participants, ainsi que leurs adresses, professionnelles et personnelles. Il la sortit du tas.

— Je l'ai, dit-il.

— Mais on raconte qu'il s'est loué un appart à deux rues de là, disait Siobhan. Tu es sûr de vouloir aller jusque là-bas ? Si sa voiture se trouve à North Queensferry, c'est une perte de temps…

— Ce sera toujours mieux que de rester ici, lui dit-il.

Il n'ajouta pas qu'il se sentait devenu une cible.

Ils se mirent d'accord pour rester en contact par portable et il passa un dernier coup de fil à Jean, pour lui apprendre qu'il ne la verrait que plus tard dans la soirée, sans pouvoir lui donner d'heure.

— Si tu ne vois pas de lumière, ne te donne pas la peine de sonner, d'accord ? lui dit-elle. Rappelle-moi demain matin plutôt.

— Très bien, Jean.

Il quitta son immeuble et rejoignit sa voiture sans se presser, démarra et quitta sa place en marche arrière. Il ne savait pas ce qu'il craignait, au juste : une embuscade, peut-être, ou une voiture qui le filerait. Mais tout était tranquille, un milieu de soirée comme les autres, et les rues d'Édimbourg étaient ainsi faites qu'elles rendaient les filatures difficiles quand on s'attendait à en être l'objet. Une succession d'arrêts et de redémarrages, de feux rouges et d'intersections. Il estima que personne ne le suivait. La Horde sauvage s'était dispersée et rentrait à la maison rejoindre la famille, les êtres chers, les copains de beuverie. Allan Ward s'était plaint du long trajet qui l'attendait : il n'existait pas d'itinéraire facile et rapide jusqu'à Dumfries. Mais peut-être n'était-ce que du baratin. Impossible de savoir où se trouvaient les membres du trio. Il s'était imaginé Jazz rentrant dans le petit nid conjugal dont il était parvenu à les convaincre à force d'en parler. Mais le nid douillet n'existait plus. Difficile de faire la part du réel et de l'imaginé. Vendredi soir, la ville était de sortie pour faire la fête : des filles en robe courte, des garçons qui marchaient comme montés sur ressorts, gonflés aux amphètes. Des hommes en costard qui appelaient des taxis. La musique qui cognait dans les voitures de passage. On travaillait dur toute la semaine, avant de prier que vienne l'oubli. Une fois Édimbourg derrière lui, en franchissant le pont de la Forth, il regarda North Queensferry en contrebas et passa un coup de fil à Siobhan.

— Aucun signe de vie, répondit-elle. Je suis passée devant deux fois… pas de voiture dans l'allée.

— Elle est peut-être encore au boulot, lui rétorqua-t-il. Une soirée chargée et tout le tralala.

— J'ai appelé pour réserver un taxi. Ce n'était pas sa voix au téléphone.

— Bonne initiative, dit-il avec un sourire.

— Tu es où ?

— Si tu agites la main, je pourrai presque te voir. Je suis en train de franchir le pont.

— Fais-moi signe dès que tu arrives.

Il coupa la communication et s'efforça de retrouver des idées claires en roulant.

Broughty Ferry se situait sur la côte juste à l'est de Dundee. La ville aimait à se prétendre indépendante et distinguée, pareille à celui qui aurait mis suffisamment d'argent de côté pour une retraite confortable. Il s'arrêta pour demander son chemin à un passant, et se retrouva bien vite dans la rue de Jazz McCullough, sans perdre une seconde de vue que McCullough en personne pouvait traîner dans le quartier. Il vit beaucoup de voitures garées en bordure de trottoir et sur les allées, mais aucun signe de sa berline Volvo. Il passa devant sa maison, individuelle sans rien d'ostentatoire. Quatre chambres peut-être, un salon avec des vitraux au plomb baignés de lumière. Une allée à voitures mais pas de garage. Le seul véhicule visible était une Honda Accord, probablement celle de madame. Il fit demi-tour à un cul-de-sac tout proche et parvint à se garer juste assez près de la maison pour en surveiller les allées et venues. Il sortit une feuille de papier de sa poche et la déplia : la liste de Tulliallan. Le numéro de téléphone de Jazz était tapé à côté de son adresse. Rebus le composa. Une voix de jeune garçon répondit : le fils de quatorze ans.

— Ton papa est là ? demanda-t-il.

— Non…

Sa réponse s'étira plus que nécessaire, comme s'il

cherchait à décider ce qu'il pouvait dire d'autre à l'inconnu qui appelait.

— Je cherche à joindre Jazz. C'est le bon numéro ?

— Il n'est pas là.

· — Je suis un de ses collègues de travail, expliqua Rebus.

Le gamin se décontracta un peu.

— Je peux vous donner un autre numéro si vous avez un stylo.

— Ce serait super.

Le môme récita une succession de chiffres tirée d'un carnet d'adresses ou notée sur un morceau de papier. Rebus en prit note.

— Ça me sera très utile, merci beaucoup.

— Pas de problème.

Le gamin raccrochait lorsque Rebus entendit en arrière-plan une voix de femme étouffée demander qui appelait. Il consulta le numéro qu'il venait d'écrire. Le portable de Jazz. Inutile d'essayer de l'appeler, ça ne l'aiderait en rien à déterminer l'endroit d'où il répondrait. Il posa la nuque contre le repose-tête et appela Siobhan.

— Je suis sur place, dit-il. Et toi, du neuf de ton côté ?

— Peut-être qu'ils sont au pub.

— Je regrette de ne pas être avec eux.

— Moi aussi. J'ai bu un gin il y a deux heures et ça m'a filé une migraine du diable.

— Un seul remède, dans ce cas : plus d'alcool, lui concéda-t-il.

— Mais qu'est-ce qu'on est en train de faire, bon Dieu, John ?

— Je croyais qu'on était en mission de surveillance.

— Au bénéfice de qui ?

— Du nôtre.

Elle soupira.

— Je suppose que tu as raison, dit-elle.

— Ne te sens pas obligée de rester par sens du devoir.

Il suivit des yeux une voiture de sport rouge qui s'engageait dans la rue. Ses feux stop s'illuminèrent une seconde à son passage devant la maison de Jazz mais elle poursuivit son chemin, son clignotant indiquant qu'elle s'engageait sur la route.

— Quel genre de voiture Dempsey conduit-elle ? demanda-t-il en mettant le contact.

— Une MG rouge dernier modèle.

— Il y en a une qui vient juste de passer.

Il prit le même virage et aperçut la MG qui s'engageait dans une autre rue. Il poursuivit son commentaire.

— Elle a ralenti comme pour reconnaître la demeure familiale des McCullough.

— Et maintenant ?

Il allait tourner à son tour mais décida de n'en rien faire en voyant la MG entrer en marche arrière sur un emplacement de parking étriqué. Un homme était debout sur le trottoir et regardait de droite et de gauche. Jazz McCullough.

Avec un meilleur éclairage, celui-ci aurait peut-être pu le repérer, mais Rebus estima qu'il devait surveiller les environs à cause de son épouse. Une femme sortit de la voiture, et il se dépêcha de la faire entrer.

— Un résultat. Elle vient d'entrer dans l'appart de

McCullough, dit-il à Siobhan en décrivant la femme qu'il avait vue.

— C'est bien elle, confirma-t-elle. Et maintenant ?

— Je crois qu'on a obtenu autant qu'on pouvait en espérer. Jazz McCullough qui découche avec Ellen Dempsey.

— C'est pour ça qu'il tenait tant à se tenir au courant des progrès de l'enquête Marber ? Il voulait vérifier qu'on ne cherchait pas de poux dans la tête de sa belle ?

— Je suppose…

— Mais pour quelle raison ? insista Siobhan. Que pensaient-ils qu'on risquait de trouver, ces deux-là ?

— Je ne sais pas, reconnut-il, sans trop savoir ce qu'il pouvait répondre d'autre.

— Tu laisses tomber ?

— Je me dis simplement que ça peut attendre lundi, lui répondit-il. Ça ne fait pas de moi pour autant un mauvais homme.

— Non, bien sûr que non…

— Écoute, Siobhan, il faudrait que tu informes Gill Templer. À elle de décider si elle veut agir à partir de tout ça, en admettant qu'elle ait de quoi.

— Pour elle, l'affaire est classée.

— Peut-être qu'elle a raison.

— Et si elle se trompe ?

— Seigneur, Siobhan, qu'est-ce que tu me chantes là ? Pour qui prends-tu Dempsey et McCullough ? Les nouveaux Bonny and Clyde ? Tu crois qu'ils ont assassiné Edward Marber ?

— Bien sûr que non, répondit-elle, en se donnant du mal pour essayer d'en rire.

— Alors…, dit Rebus.

Elle lui expliqua qu'il avait raison. Elle allait se coucher, cogiterait la question pendant le week-end et essaierait peut-être de la mettre en binaire…

— La mettre en quoi ?

— Aucune importance.

Ils coupèrent la communication mais Rebus n'en redémarra pas pour autant, pas tout de suite. Dempsey et McCullough en Bonny and Clyde… Simple plaisanterie au départ, moins sur les exploits du duo de gangsters célèbres que sur les relations existant entre McCullough et Ellen Dempsey, et la manière dont elles pouvaient se rattacher à un plan d'ensemble bien plus vaste que Siobhan, même elle, ne saurait imaginer.

— Et puis merde, dit-il finalement, incapable de faire le tri entre toutes les pistes qui s'offraient à lui.

Il fit demi-tour et prit plein sud.

Les lumières de Jean étaient encore allumées.

Quand elle ouvrit la porte, il était sur le seuil avec, en mains, dîner de poisson et bouteille de vin rouge.

— Suffisamment pour deux, dit-il, lorsqu'elle recula pour le laisser entrer.

— Je suis naturellement flattée. D'abord dîner au Number One, et maintenant ça…

Il l'embrassa sur le front. Elle ne résista pas.

— Tu as des projets pour le week-end ? demanda-t-il.

— Rien que je ne puisse changer si je le désire.

— Je me disais juste qu'on pourrait peut-être passer

un peu de temps ensemble. Il y a des tas de choses que je dois apprendre sur toi.

— Telles que… ?

— Telles que… rien que pour savoir, à l'avenir, ce que tu préfères entre le parfum, les bouquets et un dîner de poisson avec du vin.

— Ça, c'est une colle, reconnut-elle en refermant la porte derrière eux.

27

Le week-end passa dans un brouillard. Samedi matin, Rebus suggéra une balade en voiture. Ils partirent pour la côte ouest, s'arrêtant déjeuner à Loch Lomond, pour passer l'après-midi en touristes avec passage par Tarbet et Crianlarich. Il leur dénicha un hôtel juste aux abords de Taynuilt et ils se présentèrent à la réception en riant, parce qu'ils n'avaient pas de bagages.

— Comment vas-tu pouvoir survivre ? lui demanda-t-il. Il n'y a pas d'herboristerie Napier à deux cents kilomètres à la ronde.

Elle se contenta de lui frapper le bras du poing, puis ils sortirent et trouvèrent dentifrice et brosses à dents dans une pharmacie. Rassasiés après le dîner, ils s'accordèrent une petite promenade à pied jusqu'à Airds Bay avant de rejoindre leur chambre où ils laissèrent fenêtres et rideaux ouverts afin d'avoir vue à leur réveil sur Loch Etive. Puis ils s'endormirent dans les bras l'un de l'autre.

Dimanche, ils firent la grasse matinée jusqu'à neuf heures, en en rejetant la faute sur l'air de la campagne avec force baisers, tendrement enlacés. Comme ils n'avaient pas envie de petit déjeuner, ils se contentèrent de jus d'orange et de thé. Quelques clients de l'hôtel lisaient le journal au salon, ils les saluèrent avant de sortir. L'herbe était mouillée de rosée sous leurs pas, le ciel chargé de nuages. Les paysages à l'horizon au-delà du loch, encore visibles la veille, avaient disparu dans la brume. Ils partirent marcher malgré tout. Jean était douée, elle reconnaissait les oiseaux à leur chant et savait aussi les noms des plantes. Lui se remplit les poumons de grandes goulées d'air, avec le souvenir de promenades dans la campagne quand il était enfant autour de son village natal à Fife où champs et terres voisinaient avec les mines de charbon. Il n'avait pas l'habitude de marcher, sentait son cœur cogner, le souffle un peu difficile. Jean entretenait la conversation sans désemparer mais il fut finalement réduit à ne répondre que par monosyllabes. Il n'avait fumé que huit cigarettes de tout le week-end. C'était peut-être le manque de nicotine qui le ralentissait.

À leur retour, ils quittèrent l'hôtel et montèrent en voiture.

— On va où maintenant ? demanda Jean.

— À la maison ? suggéra-t-il.

Une part de son être le démangeait de passer l'après-midi dans un pub enfumé, mais Jean parut déçue.

— Par le chemin des écoliers, ajouta-t-il, en voyant son visage s'éclairer.

Ils s'arrêtèrent à Callander et à Stirling, après quoi il emprunta un détour involontaire parce que Jean voulait voir Tulliallan.

— Je m'attendais à voir des gardes ou quelque

chose, dit-elle alors qu'ils s'étaient immobilisés à mi-chemin de l'allée. Mais le parc est joli.

Rebus acquiesça, écoutant d'une oreille distraite. Demain, c'est là qu'il devait revenir. Encore quatre jours de stage à endurer. Strathern avait peut-être raison : peut-être devrait-il se tirer en vitesse. Gray, McCullough et Ward risquaient de se sentir floués, d'estimer qu'ils n'en avaient pas fini avec lui, mais passeraient-ils aux actes ?

Non, s'ils considéraient qu'il ne représentait pas un danger. Il se demanda si Siobhan n'était pas soudain devenue à leurs yeux une menace plus grande…

— John ? disait Jean.

— Hmmm ?

— Je crois que je t'ai perdu un instant, là, non ? Tu penses à la semaine prochaine ?

Il acquiesça.

— Je n'aurais pas dû t'amener ici, poursuivit-elle en lui serrant la main. Je suis désolée.

Il haussa les épaules.

— Tu en as assez vu ? demanda-t-il.

Il songeait aux chambres de ces trois hommes, à l'éventualité d'y trouver un quelconque indice s'il forçait leurs portes. Il en doutait mais quand même… Et où étaient-ils de toute manière ? Gray se trouvait-il chez lui à Glasgow ? Y avait-il emmené Ward pour préparer avec lui leur prochain coup ? Jazz les aurait-il rejoints ou était-il bien au chaud dans les draps d'Ellen Dempsey ? La dame avait pris des risques en allant lui rendre visite à son domicile : ou bien l'épouse était au courant de leur liaison, ou alors Jazz désirait qu'elle la découvre.

À moins que Dempsey ne veuille pas de lui chez elle… Ce qui signifierait quoi ? Qu'il s'agissait là d'une sorte d'arrangement qu'elle acceptait, sans nécessairement éprouver un enthousiasme délirant ? Qu'il existait une large part de son existence qu'elle n'avait pas envie de partager avec lui ?

— John… ?

Il se rendit compte qu'il venait d'accomplir seulement deux manœuvres sur les trois qu'exigeait son demi-tour et qu'ils étaient toujours arrêtés dans l'allée.

— Je suis désolé, Jean, dit-il en passant la première.

— Ce n'est pas grave, répondit-elle. Je t'ai eu pour moi seule une journée entière. Je suis plutôt fière d'avoir réussi un tel exploit.

— Il est certain que tu m'as vidé la tête de mes soucis, confirma-t-il en souriant.

— Mais les voilà revenus ? avança-t-elle.

— Ils sont revenus, en effet.

— Et ils ne vont pas repartir ?

— Non, à moins que je prenne les mesures adéquates, dit-il en écrasant l'accélérateur.

Il la déposa chez elle, en lui expliquant qu'il ne pouvait pas rester. Ils s'embrassèrent, serrés dans les bras l'un de l'autre. Elle leva son sac à main.

— Tu veux récupérer ta nouvelle brosse à dents ?

— Peut-être qu'on pourrait la garder chez toi, suggéra-t-il.

— Très bien, répondit-elle en hochant lentement la tête.

Il sortit de Portobello, en essayant de se rappeler si

les routes qui traversaient Holyrood Park étaient fermées le dimanche. Si c'était le cas, il serait préférable de prendre la route de Duddingston. L'esprit occupé par ses diverses estimations, il mit du temps à repérer la lumière bleue qui le suivait. Lorsqu'il finit par la remarquer, elle était accompagnée d'appels de phares.

— C'est quoi, ça, bon Dieu ? marmonna-t-il en se rangeant contre le trottoir.

La voiture de patrouille s'immobilisa derrière lui et un uniforme apparut à la portière passager. Lui était déjà sorti de la Saab.

— Tu envisages de me faire souffler dans l'alcootest, Perry ?

Le passager était le constable « Perry » Mason. Il avait l'air inquiet.

— Depuis ce matin, toutes les voitures essaient de retrouver votre trace, monsieur.

Le visage de Rebus se durcit.

— Que s'est-il passé ?

Son portable était resté éteint depuis vendredi soir — et il l'était toujours — tandis que son pager devait se trouver quelque part sur la banquette arrière...

Sa première pensée fut : *Siobhan. Faites qu'il ne soit rien arrivé à Siobhan...*

Le conducteur de la voiture parlait dans son émetteur-récepteur.

— Nous avions simplement reçu l'ordre de vous repérer dès que possible.

— Des ordres de qui ? Qu'est-ce que c'est que tout ça ?

— Nous devons l'escorter ! s'écria le policier au volant.

— À vrai dire, je n'en sais rien, monsieur, répondit Mason. Je suis sûr qu'ils vous expliqueront tout une fois là-bas.

Rebus remonta dans sa Saab et laissa la voiture de patrouille ouvrir la voie. Celle-ci enclencha son gyrophare bleu et sa sirène, Rebus sur ses arrières. Le chauffeur se faisait plaisir et roulait au-dessus de la limite de vitesse autorisée, doublant de longues files de véhicules par le côté interdit de la chaussée et ignorant les feux aux intersections. Ils franchirent le nord d'Édimbourg en moins de temps qu'il ne faut pour le dire, mais Rebus était crispé, moins à cause de la conduite que du sentiment d'un mauvais présage. Un événement grave s'était produit. Il s'attendait à rejoindre la Grande Maison mais les policiers qui le précédaient continuèrent vers l'ouest. C'est seulement sur Dalry Road qu'il comprit : ils se dirigeaient vers l'entrepôt…

Les grilles étaient ouvertes, quatre voitures garées dans l'enceinte. Ormiston les attendait. Il ouvrit la portière de Rebus.

— T'étais passé où, bordel ?

— Qu'est-il arrivé ?

Ormiston l'ignora et se tourna vers les agents qui sortaient de la voiture de patrouille.

— Vous pouvez repartir, vous autres, leur lança-t-il d'un ton furieux.

Mason et son conducteur ne semblèrent guère apprécier, mais pour Ormiston ils n'existaient déjà plus.

— Tu vas finir par me donner un indice, Ormie ? demanda Rebus alors qu'ils avançaient vers l'entrepôt.

— C'est quoi ton alibi pour la nuit dernière ? demanda Ormiston en se tournant vers lui.

— J'étais dans un hôtel à une centaine de bornes d'ici.

— Avec de la compagnie aux environs de minuit ?

— Je dormais du sommeil du juste dans les bras d'une honnête femme, répondit-il en agrippant Ormiston par l'épaule. Seigneur, Ormie, tu vas me lâcher un peu, oui ?

Ils étaient maintenant dans l'enceinte de l'entrepôt proprement dit et ce qui s'était passé devint clair comme de l'eau de roche. Deux ou trois des caisses proches de l'entrée avaient été basculées et ouvertes au pied de biche.

— Tout a été retourné la nuit dernière, expliqua Ormiston. Et c'est aujourd'hui qu'on devait déplacer la camelote.

Rebus se sentit pris de vertige.

— Et le garde ?

— Gardes au pluriel : ils soignent tous les deux leur fracture du crâne au Western General.

Ormiston le conduisait vers le fond de l'entrepôt où Claverhouse contemplait l'intérieur d'une caisse ouverte.

— Ils ont trouvé la bonne, si je comprends bien ? dit Rebus.

— Beaucoup trop facilement, marmonna Ormiston en fusillant Rebus des yeux, ses pupilles aussi noires que les canons d'un fusil de chasse.

— C'est pas trop tôt, grogna Claverhouse.

— Il était bien loin d'ici quand ça s'est passé, l'informa Ormiston.

— Ça, c'est ce qu'il raconte.

— Whoah, fit Rebus. Tu es en train de me dire que j'ai quelque chose à voir avec ça, moi ?

— Seuls une demi-douzaine d'individus étaient au courant pour cet endroit…

— Ça a servi à que dalle. Tu l'as déclaré toi-même : la rumeur avait filtré et toute la ville était au courant.

Claverhouse pointait un doigt vengeur sur Rebus.

— Mais toi, tu savais, pour les caisses.

— Mais je ne savais quand même pas laquelle contenait la came.

— Il marque un point, dit Ormiston en croisant les bras.

Rebus se retourna vers les caisses ouvertes.

— Apparemment, ils ont trouvé la bonne sacrément vite.

Claverhouse claqua la main sur le bois. Une porte dans le fond de l'entrepôt s'ouvrit sur trois hommes. À voir leurs visages, la conversation qui venait de se tenir derrière le bâtiment n'avait pas été de tout repos et des doigts se pointaient. Les doigts de deux hommes qu'il n'avait encore jamais vus et qui prenaient pour cible l'assistant du directeur, Colin Carswell.

— Les Douanes ? devina Rebus.

Claverhouse ne répondit pas, mais Ormiston acquiesça sans mot dire. Les deux agents des Douanes se préparaient à repartir et Carswell bouillait de colère en s'avançant vers Rebus.

— Seigneur tout-puissant, qu'est-ce qu'il fiche ici, celui-là ?

— L'inspecteur Rebus connaissait l'existence des caisses, monsieur, dit Ormiston.

— Mais je n'ai rien volé, ajouta Rebus.

— Qu'est-ce que dit la Douane ?

— Ses représentants sont absolument furieux, bordel. Ç'aurait dû être de leur ressort… manque de coopération et toutes ces conneries. Il est exclu qu'ils endossent la moindre part de responsabilité.

— Est-ce que les médias sont au courant ? demanda Rebus.

Carswell secoua la tête.

— Et il n'est pas question qu'ils le soient. Je veux que cela soit bien entendu. Nous réglerons le problème en interne.

— Si une telle quantité de came apparaît soudain dans les rues, le secret sera vite éventé, intervint Rebus en enfonçant le clou.

Le portable de Carswell se mit à sonner. Il regarda l'écran, prêt à ignorer l'appel, avant de changer d'avis.

— Oui, monsieur, dit-il. Très bien, monsieur… Immédiatement.

Il mit fin à l'appel et commença à jouer avec son nœud de cravate.

— Strathern ne va pas tarder, expliqua-t-il.

— Strathern est au courant ? demanda Rebus à Claverhouse.

— Bien sûr qu'il est au courant, nom de Dieu ! lui renvoya Claverhouse en pleine figure. Impossible de lui cacher un truc pareil, ajouta-t-il avec un grand coup de pied dans la caisse. C'est hier qu'on aurait dû transférer la came !

— C'est un peu tard maintenant, marmonna Carswell en partant affronter son destin.

Rebus entendit un véhicule qui quittait les lieux

— les représentants des Douanes — et un autre qui arrivait, celui du Patron.

— Qui savait que le transfert devait se faire aujourd'hui ? demanda-t-il.

— Le personnel indispensable, répondit Ormiston. Nous avons passé la matinée à l'interroger.

— Personne n'a rien vu ? Et les caméras ?

— Nous avons les enregistrements, reconnut Claverhouse. Quatre hommes en cagoule, dont deux armés.

— Des canons sciés, ajouta Ormiston. Ils ont assommé les gardes, sectionné les cadenas au coupe-boulon, et sont entrés avec leur véhicule.

— Un camion volé, comme de bien entendu, grogna Claverhouse qui arpentait la salle comme un ours en cage. Un Transit Ford blanc. On l'a retrouvé ce matin à huit cents mètres d'ici.

— Deux gardes pour une telle quantité de drogue ? fit Rebus en secouant la tête, lentement, très lentement. Et pas d'empreintes, j'imagine ?

Ormiston fit non de la tête.

— En fait, il y a eu deux camionnettes, rectifia Ormiston.

Quatre hommes, songeait Rebus en se demandant qui pouvait bien être le quatrième…

— Je peux jeter un œil ? demanda-t-il.

— À quoi ?

— À la vidéo.

Ormiston chercha son collègue du regard. Claverhouse haussa les épaules.

— Je vais te montrer, dit Ormiston en indiquant la porte.

Ils abandonnèrent Claverhouse, toujours plongé dans sa contemplation de la caisse vide. À sa sortie de l'entrepôt, Rebus aperçut l'arrière de la voiture de Strathern. Le chauffeur était descendu et fumait une cigarette, laissant les deux hommes en tête à tête. Carswell n'en menait pas large, et Rebus en éprouva une satisfaction certaine, plus qu'il n'aurait été de mise.

Il suivit Ormiston jusqu'à la guérite de la grille. Y était installé un téléviseur à l'écran séparé en quatre sections montrant chacune un cadrage extérieur.

— Pas de prises de vues à l'intérieur ? dit Rebus.

Ormiston secoua la tête, en glissant une cassette vidéo dans l'appareil.

— Comment se fait-il que les truands n'aient pas emporté la bande ?

— Les enregistrements se font sur une autre machine, cachée dans un boîtier derrière l'entrepôt. Ils ne l'ont pas trouvée ou alors ils croyaient qu'il n'y aurait pas de caméras.

Il appuya sur Play.

— Un petit détail que nous sommes apparemment parvenus à garder effectivement secret.

Les images saccadées manquaient de naturel, la vidéo enregistrant en discontinu par périodes de cinq secondes. Le Transit qui s'arrêtait à la grille… deux hommes se précipitant vers la guérite, tandis qu'un troisième sectionnait les cadenas, le quatrième faisant entrer le camion dans l'enceinte. On ne distinguait que les tailles et les carrures, et Rebus ne reconnut personne. La camionnette recula en marche arrière, les portes s'ouvrirent et elle disparut à l'intérieur de l'entrepôt.

— Voici le passage intéressant, dit Ormiston en mettant la bande en avance rapide.

— Qu'est-ce qui se passe ? demanda Rebus.

— Pour autant qu'on puisse en juger, absolument rien. Ensuite, sept ou huit minutes plus tard... ça.

L'enregistrement montrait maintenant l'arrivée d'une seconde camionnette, plus petite celle-là. Elle aussi s'engagea dans l'entrepôt en marche arrière.

— C'est qui, ça ?

— Aucune idée.

Un ou deux hommes à bord, ce qui portait à six le nombre des braqueurs. Quelques petites minutes plus tard, les deux véhicules quittaient l'enceinte de l'entrepôt. Ormiston rembobina la bande jusqu'à l'arrivée du second camion.

— Tu vois ?

Rebus dut admettre que non. Ormiston lui indiqua alors l'avant, juste sous la grille du radiateur.

— La première camionnette, on pouvait tout juste en distinguer le numéro...

Rebus avait compris. La plaque d'immatriculation était invisible.

— Apparemment, on l'a enlevée, dit-il.

— Ou alors, on l'a masquée, dit Ormiston en arrêtant la vidéo.

— Et il se passe quoi maintenant ? demanda Rebus.

Ormiston haussa les épaules.

— Tu veux dire, mis à part l'enquête interne et le fait que Claverhouse et moi, on va se faire virer ?

Il parlait d'un ton flegmatique, et Rebus savait très bien ce qu'il pensait : Claverhouse était le plus gradé, c'était lui le responsable de toute l'opération. C'était son idée, alors à lui de payer les pots cassés. Possible que Ormie parvienne à échapper au grand ménage. Mais Carswell était au courant, et il avait approuvé le plan sans en parler au directeur. Les mises à pied risquaient de remonter plus haut que simplement Claverhouse…

— La Belette a refait surface, tu ne sais pas ? demanda Rebus.

Ormiston fit signe que non.

— Tu crois qu'il est peut-être… ?

— Réfléchis, Ormie. Le bruit s'est répandu que vous cachiez de la came ici. Ça te paraît aussi incongru que ça qu'il ait pu y avoir d'autres fuites ? La moitié de la ville aurait pu être au courant du petit stratagème de Claverhouse avec ses caisses.

— Mais comment ont-ils su de laquelle il s'agissait ?

Rebus secoua la tête.

— Je ne peux pas répondre à ça. Claverhouse mis à part, qui savait quelle caisse contenait la came ?

— Seulement lui, répondit Ormiston avec un geste d'impuissance, comme si ce terrain-là avait été battu et rebattu.

— La caisse en question, était-elle marquée d'un signe quelconque permettant de la distinguer des autres ?

— Rien du tout, excepté son poids.

— Il devait bien y avoir un moyen de la différencier, non ?

— Le coin le plus éloigné du quai de chargement. Avec une autre caisse dessus.

Rebus réfléchit un moment.

— Peut-être que les gardes étaient au courant, fut tout ce qui lui vint à l'esprit.

— Eh bien, ce n'est pas le cas.

Rebus croisa les bras.

— Dans ce cas, ça ne peut être que ton partenaire, je dirais.

Ormiston sourit sans humour.

— Lui est convaincu que tu en as parlé à ton pote Cafferty.

Il tourna la tête pour observer par la fenêtre de la guérite Claverhouse qui se dirigeait vers eux.

— L'équipe de truands est entrée et ressortie en moins de dix minutes, Ormie, expliqua patiemment Rebus. Ils savaient quelle caisse ils devaient chercher.

Claverhouse apparut sur le seuil.

— J'expliquais justement à Ormie ici présent que ça ne pouvait être que toi, fit Rebus.

Claverhouse le fixa, mais Rebus ne cillant pas, il se tourna vers son partenaire.

— Ne viens pas rejeter la faute sur moi, dit Ormiston. On a déjà discuté de tout ça une douzaine de fois...

Apparemment, ils risquaient de remettre ça sur le tapis une bonne douzaine de fois encore. Rebus se faufila dehors.

— Eh bien, messieurs, dit-il, je crois que je vais vous laisser grincer des dents. Il reste encore à certains d'entre nous à jouir des dernières précieuses heures du week-end.

— Tu ne vas nulle part, lui répondit Claverhouse. Tant que tu n'auras pas fait ton rapport.

— Quel rapport ? dit Rebus en s'arrêtant.

— Tout ce que tu sais.

— Tout ? Jusqu'au petit entretien que tu tenais absolument à me faire avoir avec la Belette ?

— Strathern est déjà au courant, John, lui apprit Ormiston.

— Comme il est au courant de la petite visite que t'a faite la Belette, ajouta Claverhouse avec une sinistre satisfaction, au point qu'un fantôme de sourire étira ses lèvres pâles.

À cet instant, une des portières de la voiture de Strathern s'ouvrit, laissant sortir Carswell qui se dirigea d'un pas pressé vers la guérite de l'entrée.

— À votre tour, dit-il à Rebus.

Sur le visage de Claverhouse, le sourire était toujours là.

— Vous n'avez pas estimé utile de m'informer de tout cela ? dit Strathern en tapotant d'un stylo en argent le calepin ouvert sur ses genoux.

Ils étaient installés sur la banquette arrière dans une odeur de cuir et de bois vernis. Strathern paraissait embêté et ses joues se marbraient de rouge. Rebus savait qu'il serait beaucoup plus embêté avant même la fin de leur entretien…

— Désolé, monsieur.

— Et que pouvez-vous me dire de cet homme de Cafferty ?

— L'inspecteur Claverhouse m'a demandé d'aller lui parler.

— Pourquoi vous ?

Rebus haussa les épaules.

— Parce que j'avais déjà eu des mots par le passé avec ce monsieur, je suppose.

— Claverhouse est d'avis que Cafferty vous tient à sa botte.

— Il a le droit le plus strict d'avoir son opinion, mais il se trouve que c'est faux.

Il vit les hommes de la SDEA, accompagnés de Carswell, disparaître une nouvelle fois à l'intérieur de l'entrepôt.

— Vous n'avez rien révélé à l'homme de Cafferty ?

— Rien que l'inspecteur Claverhouse n'aurait pas voulu que je lui transmette.

— Mais il est allé jusqu'à se rendre à votre domicile ?

— Il est effectivement venu chez moi. Nous avons parlé quelques minutes.

— À quel sujet ?

— Il se faisait encore du souci pour son fils.

— Et se disait que vous pourriez l'aider ?

— Je n'en suis pas certain, monsieur.

Strathern consulta quelques notes manuscrites sur son calepin.

— Vous avez visité l'entrepôt à deux reprises ?

— Oui, monsieur.

— Et votre seconde visite a eu lieu… ?

— Jeudi, monsieur.

— Pourquoi y êtes-vous allé ? Claverhouse a déclaré que vous n'étiez pas invité.

— Ce n'est pas absolument vrai, monsieur. Je suis passé au QG m'entretenir avec lui. Il se trouvait à l'entrepôt et l'inspecteur Ormiston s'y rendait justement… L'inspecteur Claverhouse savait que je devais venir. Je crois que cela ne lui déplaisait pas. Il allait pouvoir faire étalage de sa nouvelle petite idée.

— Les caisses ? Quelle imbécillité... (Un temps de réflexion.) Il ajoute que vous êtes venu lui présenter des excuses. Cela ne vous ressemble guère, John.

— C'est un fait, dit Rebus, l'estomac noué, car l'entretien allait commencer à devenir déplaisant. Mais c'était un prétexte.

— Un prétexte ?

— J'étais venu à l'entrepôt parce que Gray, McCullough et Ward me l'avaient demandé.

S'ensuivit un long silence. Les deux hommes se jaugeaient du regard, Strathern se tortillant sur son siège, essayant au mieux de faire face à son interlocuteur dans cet espace étriqué.

— Poursuivez, dit-il.

Et donc Rebus lui raconta toute l'histoire. Le projet de braquage... la façon dont il s'était infiltré dans la bande... comment rien de tout cela n'était censé se concrétiser en actes... la manière dont le trio l'avait largué après qu'il se fut dégonflé.

— Ils savaient pour les caisses ? demanda Strathern, d'une voix si douce qu'elle ne présageait rien de bon.

— Oui.

— Parce que vous le leur aviez dit ?

— J'essayais de leur faire comprendre combien il était impossible de mener l'entreprise à bien...

Strathern se pencha en avant, se prit la tête entre les mains.

— Seigneur Jésus, murmura-t-il.

640

Puis il se redressa en prenant une profonde inspiration.

— Ils étaient cinq, dit Rebus en voyant que Strathern avait du mal à recouvrer son calme. Peut-être même six.

— Quoi ?

— Quatre hommes dans la camionnette… le film vidéo. Plus un autre au moins dans le second véhicule.

— Et alors ?

— Alors qui étaient les autres ?

— Peut-être en faisiez-vous partie, John. Peut-être est-ce la raison pour laquelle vous me servez votre histoire. Vous êtes en train de vouloir faire porter le chapeau à vos co-conspirateurs.

— Je me trouvais dans un hôtel de la côte ouest.

— L'alibi est bien pratique. Une petite amie vous accompagnait ?

Rebus acquiesça.

— Rien que vous deux, seuls dans la chambre, toute la nuit ? Comme je le disais, un alibi bien pratique.

— Monsieur… en supposant que j'aie bien été impliqué dans cette affaire, pour quelle raison serais-je venu vous raconter tout cela ?

— Pour faire porter le chapeau à vos complices.

— Très bien, en ce cas, fit Rebus d'un ton sinistre. C'est vous et vos petits copains qui les vouliez, non… ? Alors, allez vous les chercher. Et arrêtez-moi également, pendant que nous y sommes, dit-il en ouvrant la portière.

— Nous n'en avons pas terminé, inspecteur Rebus…

Mais Rebus était déjà sorti du véhicule et il dut se pencher à l'intérieur de l'habitacle.

— Vous feriez bien de renouveler aussi l'air, monsieur, on ne sait jamais. Et que diriez-vous d'étaler toute cette histoire au grand jour : l'affaire Bernie Johns… les flics corrompus… la drogue que l'on cache aux Douanes… et un conclave de hauts fonctionnaires, directeurs de leur état, qui ont réussi à tout faire foirer lamentablement ?

Il claqua la portière derrière lui et se dirigea vers sa propre voiture à grandes enjambées, avant d'y réfléchir à deux fois. Il avait besoin de pisser et contourna l'entrepôt. Là, dans l'étroit passage envahi de mauvaises herbes entre clôture et murs en aluminium ondulé, il vit au loin une silhouette. L'homme se tenait à l'autre extrémité du bâtiment, les mains dans les poches, la tête courbée, le corps comme pris de convulsions.

Colin Carswell, l'assistant du Patron.

En train de cogner la clôture à grands coups de pied, de toute la force dont il était capable.

28

— Tu ne vas pas t'en tirer comme ça.

Lundi matin à Tulliallan. Rebus garait sa Saab quand il avait aperçu McCullough sortant de sa voiture. Jazz tendait le bras sur la banquette arrière pour y prendre son fourre-tout. Il avait tourné une seconde la tête en entendant la voix de Rebus avant de décider de l'ignorer. Une chemise traînait encore dans le fond de sa bagnole et il s'étira pour la récupérer.

Rebus lui planta un genou au creux des reins en baissant la tête pour éviter de se cogner au montant de la portière. McCullough encaissa le coup en se tordant dans l'espace confiné.

— Tu ne vas pas t'en tirer comme ça, répéta Rebus.

— Lâche-moi !

— Tu crois pouvoir exécuter un coup pareil et t'en sortir comme une fleur ?

— Je ne sais pas de quoi tu parles !

— L'attaque contre l'entrepôt.

McCullough cessa de se débattre.

— Laisse-moi me relever, on va discuter.

— Tu vas faire beaucoup mieux que ça, McCullough, tu vas la rendre, toute cette putain de cargaison.

Derrière lui, il entendit une voiture s'arrêter dans un couinement de pneus et une portière s'ouvrir, moteur toujours en marche. Gray lui balança son poing dans le rein droit avant de l'agripper par le col. Rebus partit à reculons, lâcha McCullough et trébucha avant de tomber à genoux pour se relever aussi vite.

— Allez, viens, mon salaud ! lui cria Gray.

Il s'était mis en garde, poings relevés, genoux ployés, les pieds en mouvement, comme un pugiliste à mains nues croyant en ses chances. Rebus en revanche grimaçait de douleur. McCullough s'extrayait du siège arrière, le visage rouge, complètement échevelé.

— Il raconte qu'on a braqué l'entrepôt, apprit-il à son ami.

— Quoi ? dit Gray.

Ses yeux passèrent soudain de Jazz à Rebus et il cessa brusquement de jouer au boxeur.

— Je veux juste savoir une chose, dit Rebus : comment saviez-vous quelle caisse il fallait ouvrir ?

Il serrait les dents en se frottant le flanc.

— Tu essaies de nous mettre ce truc sur le dos, c'est ça ? dit McCullough d'un ton accusateur en pointant le doigt. C'était ça ton plan depuis le début ? Si quelqu'un doit avoir la came, c'est bien toi !

— J'étais de l'autre côté du pays, répondit Rebus en le fusillant sur place. Et toi, McCullough ? C'est Ellen Dempsey qui va te fournir ton alibi ? C'est pour ça que tu te mets dans ses petits papiers ?

McCullough ne répondit rien, il croisa simplement le regard de son partenaire. Rebus avait envie de faire la grimace : cette fois, c'était bien fini, il avait tout fait foirer pour de bon, et les deux hommes savaient maintenant qu'il était au courant pour Dempsey. Mais le regard qu'ils avaient échangé était bizarre. Il y avait lu de la crainte… de la crainte mêlée à tout le reste.

La crainte de quoi ?

Qu'était-ce donc qui menaçait là-dessous ? Il eut le sentiment que ça n'avait rien à voir avec l'entrepôt.

Siobhan… ?

— Ainsi donc, tu sais pour Ellen, disait Jazz avec un haussement d'épaules, comme s'il prenait la chose avec désinvolture. La belle affaire. Il y a des semaines que j'ai quitté ma femme.

— Ouais, ajouta Gray d'un ton agressif.

— C'est tout ? Tu peux pas faire mieux que ça, Francis ? Ne me dis pas que je t'ai coupé la chique à ce point.

— J'ai toujours laissé mes actes parler pour moi, répondit Gray en se frottant le poing contre la paume.

— Si vous croyez que je vais vous laisser vous en tirer les doigts dans le nez…

— Nous tirer de quoi ? cracha Gray. C'est ta parole contre la nôtre. Comme dit Jazz, c'est toi l'enfoiré qui as tout monté au départ. Et c'est précisément ce qu'on répondra à tous ceux qui viendront nous poser des questions.

Rebus dut l'admettre, les deux hommes ne semblaient guère se soucier de ses accusations. Furieux, peut-être ; soucieux, non. Le fait d'avoir mentionné Ellen Dempsey avait touché un nerf à vif mais il décida de garder ça pour plus tard… et d'y réfléchir. Tournant les talons, il rejoignit sa voiture.

— On se reverra à l'intérieur ! lui cria Gray.

Il ne comprit pas s'il parlait de l'intérieur du bâtiment ou de l'une des nombreuses et belles prisons écossaises de Sa Majesté. Il s'appuya contre sa Saab. Le coup de poing de Gray lui faisait toujours mal, il espéra qu'il n'en garderait pas de séquelles. Il vit une procession de voitures arriver dans sa direction par l'allée. De jeunes recrues, peut-être, tout frais émoulues, se préparant à leurs premiers pas hésitants dans la carrière. Ou encore des policiers déjà expérimentés, venus là affiner leurs talents ou apprendre de nouvelles ficelles.

Je ne peux pas retourner là-dedans, se dit-il. Il ne pouvait plus rester, pas même une minute de plus. L'idée de s'asseoir à la table de Tennant, et refuser de croiser les regards de Gray et de McCullough... entretenir la mascarade... entouré par des centaines de recrues pour lesquelles Tulliallan était maître et nourrice, ami et mentor...

— Rien à foutre, dit-il en se réinstallant au volant de la Saab.

Il ne prendrait même pas la peine de téléphoner pour se faire porter pâle. Qu'ils les posent, leurs questions, qu'ils téléphonent donc à Gill Templer. Il s'occuperait de tout ça quand il s'y trouverait contraint — *s'il* s'y trouvait contraint.

S'il en avait envie.

Pour l'instant, il ne parvenait pas à chasser de son esprit cette fraction de seconde solitaire... ce regard échangé par Gray et McCullough... un regard laissant entendre qu'ils venaient de faire un pas de plus vers le précipice. Un pas de trop pour l'un comme pour l'autre.

À vouloir protéger Ellen Dempsey ou en se faisant

protéger par elle ? Il commençait à entrevoir une petite lumière, mais il lui faudrait de l'aide s'il voulait parvenir à prouver quelque chose. De l'aide, et une chance monstrueuse. Il descendait doucement l'allée quand il aperçut Gray dans son rétroviseur, debout, jambes écartées. Sa main droite s'était changée en pistolet, avec la Saab en ligne de mire, et son poignet encaissa le recul d'un coup de feu imaginaire, ses lèvres entrouvertes sur le silence.

Bang.

— Tu n'es pas convaincu de la culpabilité de Neilson, n'est-ce pas ? murmura Rebus.

Siobhan croisa son regard et fit non de la tête. Elle était installée à son bureau, Rebus penché au-dessus d'elle. En regardant son écran d'ordinateur, il constata qu'elle tapait un rapport sur les liens existant entre McCullough et Dempsey, sans faire état de la surveillance non autorisée du vendredi soir.

— Il faut que je jette un coup d'œil au dossier, dit-il.

— Tu ne peux pas, répondit-elle en chuchotant à son tour. En ce qui concerne Gill Templer, tu es toujours *persona non grata*.

Il s'apprêtait à lui répondre que ce n'était plus le cas. Un coup de fil à Strathern et le grand chef apprendrait à Gill que Rebus remontait à bord du navire. Mais quand il contempla la salle alentour, il vit tous les yeux qui le fixaient, curieux de le voir soudain réapparaître et discuter en catimini avec Siobhan. Hawes, Linford, Hood et Silvers… Il n'était pas sûr de savoir jusqu'où il pouvait leur faire confiance. Gray n'avait-il pas travaillé en duo sur une affaire avec Linford ? Hawes pouvait-elle encore succomber au charme d'Allan Ward ?

— Tu as raison, murmura-t-il. Je suis bien une non-entité. Et la salle d'interrogatoire un est probablement vide.

Il hocha lentement la tête, dans l'espoir qu'elle comprendrait, puis se redressa de toute sa hauteur.

— À bientôt, dit-il d'une voix redevenue normale.

— Salut, répondit-elle en le regardant partir.

La salle un n'était pas encore débarrassée des tables et des chaises ayant servi à la Horde sauvage, ce qui impliquait que tous les interrogatoires étaient forcés de se tenir dans la salle contiguë, la deux.

Un coup à la porte et elle s'entrouvrit. Siobhan se glissa dans l'entrebâillement, chargée d'un épais dossier en papier kraft. Rebus était installé à l'une des tables et dégustait un café machine.

— On t'a vue entrer ? demanda-t-elle.

— Non.

— On t'a vue sortir du bureau avec ce paquet ?

— Difficile de ne pas le remarquer, dit-elle avec un haussement d'épaules. Mais je ne pense pas qu'on m'ait suivie, ajouta-t-elle en déposant la chemise sur la table. Alors, qu'est-ce que tu cherches ?

— T'es sûre que tu n'es pas trop prise ?

Elle attira une chaise à elle.

— Alors, qu'est-ce que nous cherchons ?

— Des liens profonds, répondit-il.

— Dempsey et McCullough ?

Il acquiesça.

— Pour commencer. À propos, j'ai foiré en beauté ce matin, j'ai dit à McCullough que j'étais au courant pour Dempsey et lui.

— Ça n'a pas dû l'enchanter.

— Non. Mais ça signifie surtout qu'ils vont être tous les deux fin prêts quand on arrivera avec nos gros sabots. Il nous faut des munitions.

— Et tu penses qu'elles se cachent là-dedans ? dit-elle en tapotant la chemise.

— Je l'espère.

Elle souffla.

— À quoi bon remettre à plus tard ?… dit-elle en ouvrant le dossier. Est-ce qu'on se prend chacun un morceau de l'enquête ?…

Rebus secoua la tête pour signifier son désaccord. Il se leva et approcha sa chaise de Siobhan.

— Nous travaillons en partenaires sur ce coup-ci, Siobhan. Ce qui signifie lecture conjointe de chaque feuillet, ensemble, toi et moi, et évaluation réciproque des idées qui nous viennent à mesure.

— Je ne suis pas des plus rapides en lecture.

— Tant mieux. Quelque chose me dit que tu connais ce dossier en long, en large et en travers. De cette façon j'aurai eu l'occasion de lire chaque page deux fois quand tu auras fini ta première lecture.

Il sortit la première liasse agrafée et la posa entre eux deux. Puis, pareils à des gamins de l'école primaire partageant le même livre de lecture, ils se mirent au travail.

À l'heure du déjeuner, Rebus avait la tête comme une marmite. Il avait couvert six feuillets A4 à lignes de commentaires et de questions. Personne n'était venu les déranger. Siobhan s'était levée et s'étirait.

— On peut s'offrir une pause ?

Il acquiesça en consultant sa montre.

— Quarante minutes pour le déjeuner. Tu peux aller chercher un sac au premier ?

Elle s'arrêta en plein étirement de cou.

— Pour quoi faire ?

Il avait la main sur le dossier.

— Ceci vient avec nous, dit-il. Je te retrouve dehors dans cinq minutes.

Il fumait une cigarette quand elle apparut, son sac en bandoulière lui cisaillant l'épaule, et il hocha la tête, pleinement satisfait.

— Dis-moi qu'on ne va pas travailler en mangeant ?

— Je veux simplement que personne ne sache ce que nous sommes en train de faire, expliqua-t-il.

— Eh bien, puisque c'est ton idée…

Elle lui tendit le sac.

— À toi de t'en charger.

Ils allèrent dans un bar à sandwichs près des Meadows et s'installèrent sur de hauts tabourets près de la fenêtre en mâchonnant leur festin. Ils ne parlaient pas, la tête encore trop pleine, et le spectacle du monde de passage était une bonne excuse pour contempler le vide d'un air béat sans avoir à réfléchir. Ils sirotaient chacun leur boîte de Irn-Bru. Sur le chemin qui les ramenait à St Leonards's, Siobhan demanda à Rebus comment il avait trouvé son petit pain farci.

— Il était bon, répondit-il.

Elle hocha la tête.

— Il était à quoi, déjà ?

Il réfléchit un instant.

— Honnêtement, je ne sais plus. Et le tien ? demanda-t-il en se tournant vers elle.

La voyant hausser les épaules, il eut un grand sourire, qu'elle lui rendit.

Apparemment, personne n'était entré dans la salle pendant leur absence. Ils avaient apporté deux boîtes de soda supplémentaires et les déposèrent sur la table, à côté du dossier et du bloc à lignes couvert de notes.

— Rappelle-moi, dit Siobhan en ouvrant son soda. Qu'est-ce qu'on cherche déjà ?

— Tout ce qui a pu être oublié la première fois.

Elle hocha la tête et ils se remirent au boulot. Une demi-heure plus tard, ils discutaient de la toile disparue.

— Ça signifie quelque chose, disait Rebus. Peut-être pas pour nous, mais pour quelqu'un... Quand Marber l'a-t-il achetée, déjà ?

Il attendit que Siobhan retrouve l'information.

— Il y a cinq ans et demi.

Il tapota la table de son stylo.

— On a discuté de Neilson qui essayait de faire chanter Marber... Et si ça fonctionnait dans les deux sens ?

— Qu'est-ce que tu veux dire ?

— Peut-être que Marber mettait les poucettes à quelqu'un d'autre ?

— Neilson ?

Il secoua la tête.

— La grosse rentrée d'argent qu'il attendait...

— Nous n'avons eu que la parole de Laura là-dessus. Marber essayait peut-être de l'impressionner.

— C'est logique, mais admettons... une grosse somme devait effectivement lui rentrer... ou en tout cas il le croyait.

— L'argent d'un chantage ?

Rebus hochait la tête.

— De quelqu'un qu'il n'avait aucune raison de craindre...

— Plus mauviette que Edward Marber, il ne doit pas y en avoir eu beaucoup.

Rebus leva un doigt en l'air.

— Exactement. Mais peut-être que Marber n'allait plus être là pour longtemps...

— Parce qu'il allait se faire refroidir ?

Siobhan fronçait le sourcil, avec le sentiment de ne pas savoir où Rebus voulait en venir.

Il secoua la tête.

— Il n'allait plus être *là*, Siobhan. L'unité de stockage vide, les toiles emballées comme s'il se préparait à les expédier ailleurs...

— Il partait ?

Il acquiesça franchement cette fois.

— Cette maison en Toscane. Peut-être voulait-il persuader Laura d'aller là-bas avec lui.

— Elle n'aurait jamais accepté.

— Je ne dis pas qu'elle l'aurait fait. Mais s'il était passionnément amoureux d'elle, il est possible qu'il ne l'ait pas compris. Pense à la façon dont il lui a obtenu son appartement à Mayfield Terrace : il lui en a fait cadeau de but en blanc, sans prévenir. Peut-on envisager qu'il lui préparait le même genre de surprise avec l'Italie ?

Siobhan pesait le pour et le contre.

— Donc il va déposer des affaires au garde-meuble, peut-être en emporter avec lui… ? (Haussement d'épaules.) Et ça nous mène où, tout ça ?

Rebus se frottait le menton.

— Ça nous ramène au Vettriano…

La porte s'ouvrit et une tête apparut : Phyllida Hawes.

— Je me disais bien que j'avais entendu des voix, dit-elle.

— Nous sommes en conférence, Phyl, protesta Siobhan.

— C'est bien possible, mais la superintendante Templer cherche l'inspecteur Rebus. *Toot-sweet*, comme disent les Français, je crois…

Quand il entra dans le bureau, Gill Templer faisait le tri parmi les différents papiers sur sa table de travail.

— Tu voulais me voir ? dit-il.

— J'ai cru entendre que tu étais dans nos murs.

Elle chiffonna une liasse de papiers et l'ajouta à sa corbeille qui débordait.

— L'affaire Marber est donc résolue à la satisfaction de tout le monde ? demanda-t-il.

— Le bureau du procureur a l'intention d'aller jusqu'au procès. Restent quelques détails à rassembler pour les faire coller avec le reste.

Elle le regarda.

— Je me suis laissé dire que tu avais déserté Tulliallan ?

— Tout ça, c'est terminé, Gill, répondit-il avec un haussement d'épaules.

— Vraiment ? Sir David ne m'en a rien dit…

— Passe-lui un coup de fil.

— C'est peut-être ce que je ferai. (Une pause.) As-tu obtenu des résultats ?

Il fit non de la tête.

— Je peux faire autre chose pour toi, Gill ? Parce que j'ai du travail en retard…

— Quelle sorte de travail ?

Il avait déjà pratiquement franchi le seuil.

— Oh, tu sais… des détails qu'il reste à faire coller.

Il entra dans la salle d'enquête et s'arrêta à côté du bureau de Phyllida Hawes. Seuls deux policiers se trouvaient là. Il s'accroupit de sorte que sa tête se trouve au même niveau que celle de la jeune femme.

— C'était où déjà, l'endroit où tu m'as trouvé ? demanda-t-il doucement.

Elle comprit immédiatement.

— Partout sauf en salle un ?

Il acquiesça lentement et se releva.

— Quelqu'un d'autre est au courant ?

Elle secoua la tête.

— Faisons en sorte que cela continue, dit-il.

Au rez-de-chaussée, Siobhan avait terminé son soda.

— Le Vettriano ? lui dit-elle immédiatement. Je ne vois toujours pas.

Il s'assit, sortit son stylo.

— Pourquoi prendre cette toile-là en particulier ?

— Comme tu l'as dit toi-même, elle signifiait quelque chose pour quelqu'un.

— Exactement. Admettons que Marber ait fait

chanter une ou plusieurs personnes et qu'il se soit servi de cet argent, tout ou partie, pour s'offrir une toile. Il ne serait pas le premier à être devenu gourmand sur le tard et à décider qu'il pouvait se payer un petit extra...

— Ni le premier à mourir en récompense de tous ses efforts, dit Siobhan en joignant les bouts de ses doigts. Il envisageait de quitter le pays de toute façon et donc, il s'est dit qu'il pourrait essayer de presser un peu plus le pigeon qu'il faisait chanter. Lequel pigeon n'a pas apprécié, et l'a fait tuer, avant d'emporter la toile parce qu'il savait que Marber l'avait achetée avec l'argent qu'il lui avait extorqué.

— Mais cela mis à part, ledit tableau ne représentait rien de particulier aux yeux du pigeon en question, ajouta Rebus. Le vol a été une décision de l'instant, un geste accompli à la légère, sans réfléchir. Et lorsque Neilson a commencé à prendre toutes les allures du suspect idéal, le tueur a décidé que la toile pourrait bien être la touche finale, le clou qui fermerait son cercueil.

— Une chose que le procureur de la Reine a dite, fit Siobhan d'un air rêveur. L'argent que Marber avait versé à Neilson... personne n'était au courant, à part nous.

— Ce qui veut dire ?

— Ce qui veut dire que les seuls à savoir à quel point Neilson collait parfaitement dans le cadre de suspect numéro un...

— Étaient des flics ? devina Rebus, et elle hocha la tête.

— Mais nous ne savons toujours pas qui Marber faisait chanter, dit-elle.

Il haussa les épaules.

— Je ne suis pas certain qu'il ait fait chanter quiconque… pas au départ.

— Explique, dit-elle, les yeux étrécis.

Mais il secoua la tête.

— Pas encore. Continuons à creuser…

Siobhan s'offrit une pause et alla chercher des cafés. À son retour, elle avait des nouvelles fraîches.

— Tu as entendu le bruit qui court ?

— Il me concerne ? demanda Rebus.

— Pour une fois, non, répondit-elle en posant leurs tasses. Des mouvements de personnel se préparent à la Grande Maison.

— Raconte.

— On raconte que Carswell va circuler.

— Vraiment ?

— Et qu'il y a de la réorganisation en l'air à la SDEA.

Rebus siffla mais elle ne fut pas convaincue par son petit numéro.

— Tu le savais, dit-elle.

— Qui est-ce qui dit ça ?

— Allons, John…

— Siobhan, croix de bois, croix de fer, je n'en savais strictement rien.

Elle le fixa bien en face.

— Linford fait la tronche. Je crois qu'il s'était habitué à la protection de Carswell.

— C'est un monde sans chaleur que la Grande Maison lorsque tu n'as plus personne pour veiller sur toi, reconnut-il.

Ils réfléchirent une seconde à cette grande maxime avant de se mettre à sourire à l'unisson.

— Personne ne le méritait plus que ce mec, conclut Rebus. Et maintenant, au boulot, au *vrai*…

Décidant que se dégourdir les jambes était dans l'ordre des choses, ils quittèrent le poste, en replaçant dossier et notes une nouvelle fois dans le sac, et se dirigèrent vers le garde-meuble, dont le propriétaire ne fut pas d'un grand secours. Marber avait pris toutes les dispositions pour régler sa location par prélèvement bancaire, sans préciser l'usage qu'il allait en faire. En repassant par la galerie de Marber, ils y trouvèrent sa secrétaire qui essayait de ranger le bureau. Elle restait sous contrat au titre de la succession jusqu'à ce que le travail soit terminé et ne semblait pas pressée d'aller pointer au chômage.

Elle s'appelait Jan Meikle. La quarantaine, les cheveux noués en chignon, de grosses lunettes ovales sur le nez, sa frêle silhouette semblait se perdre comme une aiguille au milieu des bottes de caisses, cartons, papiers et objets d'art dans la pièce surchauffée. La galerie à proprement parler était vide, les murs nus privés des toiles qui leur donnaient leur cachet. Rebus demanda où elles étaient parties.

— Vente aux enchères, répondit Jan Meikle. Tout l'argent s'ajoutera à la succession.

On aurait cru entendre l'avocat de Marber parler par sa bouche.

— Les affaires de M. Marber étaient-elles en ordre au moment de son décès ? demanda Rebus.

Il se tenait sur le seuil avec Siobhan, puisque l'espace au sol à l'intérieur de la pièce était quasiment inexistant, hormis deux petits carrés occupés présentement par les sandales de Mlle Meikle.

— Autant qu'on pouvait l'espérer, répondit-elle automatiquement.

Ce n'était pas la première fois qu'un policier lui posait la question.

— Vous n'aviez pas le sentiment que son affaire déclinait d'une certaine façon ? insista Rebus.

Elle secoua la tête sans le regarder.

— Vous êtes sûre de ça, mademoiselle Meikle ?

Elle marmonna quelque chose qu'ils ne comprirent pas.

— Pardon ? dit Siobhan.

— Eddie se mettait toujours des tas d'idées dans la tête, répéta la secrétaire.

— Il vous avait dit qu'il comptait vendre, n'est-ce pas ? demanda Rebus.

Elle secoua de nouveau la tête, mais avec un air de défi.

— Pas vendre, non.

— Mais il voulait prendre du temps pour lui, c'est ça ?

Cette fois, elle acquiesça.

— Sa maison en Toscane…

— A-t-il mentionné une personne qu'il aurait aimé emmener avec lui ?

Elle releva la tête, en se donnant bien du mal pour retenir ses larmes.

— Pourquoi faut-il que vous *persistiez* encore et toujours dans vos questions ?

— C'est notre travail, déclara Siobhan. Vous savez que Malcolm Neilson est incarcéré, sous l'inculpation du meurtre de M. Marber ?

— Oui.

— Pensez-vous qu'il soit coupable ?

— Je ne vois pas de raison de le croire innocent.

— Vous voulez que ce soit lui parce que, ainsi, tout sera terminé, dit doucement Siobhan. Mais ne serait-il pas préférable de découvrir le vrai responsable ?

— Ce ne serait pas Malcolm Neilson ? dit Meikle en clignant des paupières.

— À notre avis, non, dit Rebus. Connaissiez-vous l'existence de Laura Stafford, mademoiselle Meikle ?

— Oui.

— Et vous saviez qu'elle était prostituée ?

La secrétaire hocha la tête, incapable de parler.

— Eddie a-t-il dit qu'il partait pour la Toscane avec Laura Stafford ?

Nouveau hochement de tête.

— Savez-vous s'il lui avait effectivement posé la question ?

— Comme je vous l'ai dit, Eddie se mettait toujours des idées dans la tête… Ce n'était pas la première fois… Et elle n'était pas, de loin, la première femme qu'il ait songé à emmener pour une de ses escapades.

À son ton de voix, Rebus comprit que Mlle Meikle s'était peut-être vue à une époque au rang de candidate éventuelle.

— Mais peut-on envisager que cette fois, il était sérieux ? demanda-t-il doucement. Il avait emballé ses toiles dans la naphtaline. Loué une unité de stockage…

— Ça aussi, il l'avait déjà fait, par le passé, rétorqua-t-elle sans aménité.

Rebus resta songeur.

— Le Vettriano qui avait disparu. Existe-t-il des factures relatives à son achat ? Quand et où ?

— La police les a prises.

— A-t-elle emporté d'autres livres de comptes ?

Rebus regardait deux classeurs de rangement à quatre tiroirs dans un coin de la pièce.

— Nous nous intéressons aux ventes et aux achats vieux de quatre à six ans.

— Tout est là, répondit-elle en désignant de la tête deux grands cartons posés par terre à côté du bureau. J'ai passé ces derniers jours à tout trier. Dieu seul sait pourquoi… tout cela finira probablement à la poubelle.

Rebus s'avança précautionneusement, sur la pointe des pieds, ôta le couvercle d'une des boîtes. Des liasses de factures et de reçus, enveloppées sous plastique transparent et fermées par un élastique, avec marqueurs de pages spécifiant les dates. Il releva la tête vers Mlle Meikle.

— Vous avez fait un superbe travail, dit-il.

Une heure plus tard, Rebus et Siobhan étaient assis par terre dans la galerie, tous les papiers étalés devant eux et partagés en deux tas. Quelques curieux de passage s'étaient arrêtés pour les regarder, se croyant peut-être spectateurs de quelque nouvelle variante d'art en action. Même lorsque Siobhan avait levé deux doigts sur un couple à l'allure d'étudiants, ceux-ci avaient souri, comme si le geste faisait à leurs yeux partie de la représentation en cours. Rebus avait allongé les jambes, chevilles croisées, le dos appuyé au mur. Siobhan, assise jambes en tailleur sous les fesses, en attrapa des fourmis et dut se relever pour se mettre à sautiller sur le plancher blanchi. Rebus bénissait Mlle Meikle en silence. Sans ses talents d'organisatrice, le tri aurait pu leur prendre des jours.

— M. Montrose semble avoir été un fidèle client, dit-il en regardant Siobhan se masser le pied pour en réactiver la circulation.

— Les clients ne manquent pas, dit-elle. Je ne savais pas qu'il y avait autant de gens à Édimbourg prêts à gaspiller leur fric.

— Ils ne le gaspillent pas, Siobhan, ils l'investissent. C'est bien plus agréable d'accrocher son argent sur les murs du salon que de le laisser moisir dans un coffre de banque.

— Tu m'as convaincue. Je ferme mon livret de caisse d'épargne et j'achète un Elizabeth Blackadder.

— Je ne savais pas que tu en avais mis autant de côté…

Elle se laissa tomber à côté de lui de manière à pouvoir examiner le détail des achats de Montrose.

— Il n'y avait pas un Montrose présent le soir du vernissage ?

— Tu crois ?

Elle tendit le bras vers son sac et en sortit le dossier Marber qu'elle se mit à feuilleter. Rebus appela Mlle Meikle qui apparut à la porte.

— J'avais l'intention de partir bientôt, le prévint-elle.

— Cela vous dérange si nous emportons tout cela avec nous ? dit-il en montrant les papiers étalés au sol.

Elle prit un air désolé en constatant ce qui était advenu de son précieux classement.

— Ne vous en faites pas, la rassura Rebus, nous remettrons tout en ordre comme c'était. Ou alors, nous laissons tout en l'état jusqu'à notre retour, demain.

Son argument emporta la décision. Mlle Meikle

hocha la tête pour signifier qu'elle était d'accord, et tourna les talons pour regagner son bureau.

— Une dernière chose, lui cria Rebus. M. Montrose : vous le connaissez bien ?

— Pas du tout.

Rebus fronça le sourcil.

— Il n'était pas au vernissage ?

— S'il y était, nous n'avons pas été présentés.

— Mais il achète beaucoup de tableaux, cependant… Ou il en a acheté, il y a quatre ou cinq ans de cela.

— Oui, c'était un bon client. Eddie a été désolé de le perdre.

— Comment est-ce arrivé ?

Elle haussa les épaules, s'avança vers lui et s'accroupit.

— Les nombres sur ces marqueurs de pages font référence à d'autres transactions.

Elle commença à fouiller dans les liasses, pour en dégager un feuillet par-ci, par-là.

— La liste des personnes présentes au vernissage, dit à son tour Siobhan en brandissant une feuille. Souviens-toi, ce sont des signatures, certaines plus lisibles que d'autres. Un méchant petit gribouillis dans le lot pourrait correspondre à Marlowe, Matthews ou Montrose. Je me souviens que Grant Hood me l'a montré.

Elle lui tendit une photocopie de la page en question prise dans le livre d'or. Pas de prénoms, sauf si le gribouillis était lui-même un prénom. Pas d'adresse dans l'espace réservé à cet effet.

— Mlle Meikle dit que Montrose avait cessé d'être client de M. Marber, dit-il en lui rendant la photocopie,

662

que Siobhan étudia à son tour. Tu penses qu'il serait quand même venu ce soir-là ?

— Il n'a pas reçu d'invitation, déclara la secrétaire. Eddie traitait toujours directement avec lui.

— N'est-ce pas un peu inhabituel ?

— Un peu. Certains clients désiraient rester anonymes. Des gens célèbres, des membres de l'aristocratie, qui demandaient une estimation et ne souhaitaient pas que l'on sache qu'ils se trouvaient dans l'obligation de vendre…

Elle sortit une nouvelle feuille de papier, vérifia la référence sur le signet, et se remit à chercher.

— C'est logique, dit Siobhan. Nous avons considéré que Montrose était Cafferty. J'ai du mal à l'imaginer en veine de publicité.

— Tu penses qu'il s'agissait de Cafferty ? demanda Rebus, dubitatif.

— Tenez, dit Mlle Meikle, fière de constater que son système de classement avait déjà fait ses preuves.

Montrose, qui qu'il fût, avait acheté par lots au départ. Pour un quart de million de livres en l'espace de quelques mois. Au cours des années qui avaient suivi, il y avait eu quelques ventes, quelques nouveaux achats, toujours avec bénéfice. Alors que le nom de Montrose apparaissait sur les bordereaux de vente et d'achat, son adresse était donnée comme c/o Marber Galleries.

— Toutes ces années, et vous ne l'avez jamais rencontré ? demanda Rebus.

Mlle Meikle fit non de la tête.

— Mais vous lui avez au moins parlé au téléphone, non ?

— Oui, mais uniquement pour lui passer Eddie.

— Il était comment ?

— À la limite de la politesse, dit-elle. Un homme de peu de mots.

— Écossais ?

— Oui.

— Classe supérieure ?

Elle réfléchit.

— Non, répondit-elle en étirant la syllabe plus que nécessaire. Non que je sois du genre à préjuger des gens…

Son accent était caractéristique des écoles privées d'Édimbourg et elle parlait comme si elle dictait chacune de ses phrases à quelque étranger venu d'un pays un peu retardé.

— Lorsque Montrose achetait une toile, celle-ci devait bien être livrée à une adresse, non ? dit Rebus.

— Je crois qu'elles se retrouvaient toutes ici. Je pourrais vérifier…

Rebus secoua la tête.

— Et une fois ici, il se passait quoi ?

— Je ne peux pas vraiment vous répondre.

— Vous ne pouvez pas, demanda-t-il en se tournant vers elle, ou vous ne voulez pas ?

— Je ne peux pas, répondit-elle, vexée qu'il puisse insinuer pareille chose.

— M. Marber les aurait-il gardées ?

Elle haussa les épaules.

— Vous voulez dire que ce Montrose n'a jamais détenu personnellement la moindre des toiles qu'il avait achetées ? fit Siobhan, sceptique.

— Peut-être, ou peut-être pas. Disons qu'il ne s'y intéressait en rien, sinon comme investissement.

— Mais il pouvait quand même les accrocher à ses murs.

— Sauf si les gens se montraient soupçonneux.

— Soupçonneux de quoi ?

Rebus jeta un regard à Mlle Meikle, en signifiant à Siobhan que c'était une discussion qu'ils devraient poursuivre en privé. La secrétaire tortillait son bracelet-montre, impatiente de fermer pour la nuit.

— Une dernière question, fit Rebus. Qu'est-il arrivé à M. Montrose ?

Elle lui montra le dernier feuillet de transactions.

— Il a tout vendu.

Rebus consulta la liste de tableaux et leurs prix de revente. Montrose était reparti avec un tiers de million de livres, moins la commission de Marber.

— Est-ce que M. Marber a tout inscrit dans ses livres comptables ? demanda Siobhan.

Mlle Meikle prit un air furieux.

— Naturellement, répondit-elle sèchement.

— Auquel cas le service des impôts aura été informé ?

Rebus comprit où elle voulait en venir.

— Je suppose que les impôts n'ont pas eu plus de chance que nous pour retrouver la trace de M. Montrose. Et s'ils n'ont pas encore commencé à chercher, c'est râpé pour eux.

— Parce que Montrose n'existe plus ? proposa Siobhan.

Rebus acquiesça.

— Tu sais quel est le meilleur moyen pour faire disparaître quelqu'un, Siobhan ?

Elle réfléchit une seconde avant de donner sa langue au chat.

— C'est quand le quelqu'un en question n'a tout bonnement jamais existé, lui dit Rebus en rassemblant les papiers.

Ils s'arrêtèrent chez un Chinois pour prendre des repas à emporter et se rendirent à l'appartement de Siobhan qui était proche.

— Je te préviens, lui dit-elle, tu vas avoir l'impression qu'on m'a plastiquée.

C'était un fait. Il put constater de visu la manière dont elle avait passé son week-end : cassettes vidéo de location, un carton à pizza, des paquets de chips et des emballages de chocolat, ainsi qu'une sélection de CD. Elle allait dans la cuisine chercher deux assiettes quand il lui demanda s'il pouvait mettre un peu de musique.

— Fais comme chez toi.

Il inspecta les titres sur le présentoir mais la plupart des noms ne lui évoquaient rien.

— Massive Attack, s'écria-t-il. Ils sont bons ?

— Peut-être pas pour ce qui nous attend. Essaie plutôt les Cocteau Twins.

Il avait le choix entre quatre coffrets. Il en ouvrit un, glissa le disque dans le lecteur de CD, appuya sur le bouton. Il continuait à ouvrir d'autres boîtiers quand elle réapparut avec un plateau.

— Tu ranges tous tes CD bien à l'endroit, lui fit-il remarquer.

— Tu n'es pas le premier à le remarquer. Il faut aussi que je te dise que j'aligne mes boîtes de conserves dans le placard avec l'étiquette visible.

— Les profileurs auraient de quoi se mettre sous la dent avec toi.

— C'est drôle que tu dises ça : Andrea Thomson m'a proposé ses services après l'agression de Laura.

— À t'entendre, on dirait que tu l'aimais bien.

— Qui ça ? Thomson ? fit-elle, l'air de ne pas comprendre.

— Laura, corrigea Rebus en lui prenant assiette et fourchette.

Ils ouvrirent leurs cartons de repas.

— C'est vrai que je l'aimais bien, avoua Siobhan.

Elle versa la sauce de soja sur leurs nouilles et s'assit sur le canapé. Rebus prit le fauteuil.

— Alors, ça te paraît comment ? demanda-t-elle.

— Je n'ai pas encore commencé.

— Je te parlais de la musique.

— C'est bien.

— Ils viennent de Grangemouth, tu sais.

— Ça doit être tous les produits chimiques qu'il y a dans l'eau.

Il songeait au trajet séparant Édimbourg et Tulliallan et aux torchères de Grangemouth à l'horizon, pareilles à un méchant décor bon marché de *Blade Runner*.

— Tu as passé un week-end tranquille, si je comprends bien.

— Mmm, répondit-elle, la bouche pleine de légumes.

— Tu vois toujours le Cerveau ?

— Son prénom, c'est Eric. On est juste amis. Tu as vu Jean ce week-end ?

— Oui, je te remercie.

Il se rappelait la manière dont les choses avaient fini, la voiture de patrouille ouvrant la voie à toute vitesse dans les rues, non loin de là…

— On s'offre une trêve et on ne se pose plus de questions sur nos vies affectives respectives, tu veux bien ?

Il hocha la tête en signe d'accord, et ils mangèrent en silence. Le repas terminé, ils débarrassèrent et posèrent tous leurs papiers sur la table basse. Siobhan dit qu'elle avait de la *lager* au frigo. En fait, c'était de la bière mexicaine. Il fit une drôle de tête en voyant la bouteille, mais elle n'y prêta aucune attention : de toute façon, il la boirait.

Puis ils se remirent au boulot.

— Qui exactement se trouvait à la soirée du vernissage ? demanda Rebus. Dispose-t-on d'un signalement de Montrose ?

— Toujours en supposant qu'il était bien là et que le gribouillis n'appartient pas à un Marlowe ou un Matthews…

Elle retrouva les pages concernées dans la chemise. Ils avaient interrogé tous ceux qu'ils avaient pu retrouver, mais il restait encore des incertitudes. Logique, au demeurant, avec la galerie grouillant de monde et des invités non répertoriés. Elle se rappela la simulation qu'en avait faite Hood. La galerie avait envoyé cent dix invitations. Soixante-dix personnes avaient répondu positivement, mais toutes n'étaient pas venues tandis que d'autres qui n'avaient pas pris la peine de confirmer s'étaient néanmoins présentées.

— Comme Cafferty, dit Rebus.

— Comme Cafferty, confirma Siobhan.

— Alors, finalement, ils étaient combien au total ce soir-là ?

Elle haussa les épaules.

— Ce n'est pas une science exacte. S'ils avaient tous pris la peine de signer le livre d'or, on aurait pu faire ça les doigts dans le nez.

— Montrose a signé.

— Ou bien Matthews…

Il lui tira la langue, s'étira le dos et grogna.

— Alors qu'avez-vous fait exactement de tous les invités ?

— Nous leur avons demandé les noms des présents dont ils se souvenaient ; les noms de tous ceux auxquels ils avaient parlé ou qu'ils connaissaient ; le signalement de tout autre individu qu'ils auraient remarqué.

Il hocha la tête en connaisseur. C'était le genre de travail assommant et rarement fructueux qu'impose une enquête, mais de temps à autre, une petite perle était mise au jour.

— Et êtes-vous parvenus à mettre des noms sur tous les visages ?

— Pas complètement, reconnut-elle. Un invité nous a donné le signalement d'une personne en veste de tartan. Mais personne d'autre n'a remarqué apparemment.

— Ils avaient dû boire un coup de trop.

— Ou assisté à un trop grand nombre de pince-fesses ce soir-là. Il y a des tas de signalements très vagues… mais nous avons vraiment essayé de les faire tous correspondre, jusqu'au dernier…

— Pas facile, admit Rebus. Alors qu'est-ce qu'il nous reste ? Cafferty a été reconnu ?

— Par une ou deux personnes, oui. Mais il ne semblait pas d'humeur causante.

— Pour toi, c'est lui, Montrose ?

— On pourrait toujours poser la question.

— On pourrait, concéda Rebus. Mais peut-être pas tout de suite.

Elle lui indiqua un paragraphe sur une feuille.

— Voici tous les signalements qui semblent correspondre à Cafferty.

Rebus parcourut la liste.

— Il est décrit deux fois comme portant une veste en cuir noir.

— C'est ce qu'il a sur le dos d'habitude, remarqua Siobhan avec un hochement de tête. Il la portait d'ailleurs quand il est venu au poste.

— Mais deux autres disent qu'il avait une veste de sport marron…

— Au total, les invités ont descendu quatre douzaines de bouteilles de champagne, lui rappela Siobhan.

— Et un autre encore lui donne des cheveux plus sombres… et le décrit comme « plutôt grand ». Il mesure combien, Cafferty ? Un mètre soixante-douze à tout casser ? C'est grand pour toi, ça ?

— Peut-être que celui qui le décrit est lui-même plutôt petit… Où veux-tu en venir ?

670

— Je veux en venir au fait que nous parlons de deux hommes différents.

— Cafferty plus un autre ?

— Qui se trouve avoir avec lui quelques points en commun sur le plan physique, déclara Rebus en hochant longuement la tête. Plus grand que Cafferty, les cheveux moins grisonnants.

— Et vêtu d'une veste marron. Ça rétrécit sacrément le champ des possibilités.

Mais Rébus ignora son sarcasme, plongé qu'il était dans ses réflexions.

— Notre M. Montrose ? reprit-elle.

— Peut-être commençons-nous seulement à l'entrevoir, Siobhan. Une vague silhouette pour l'instant, mais qui était présente ce soir-là, c'est une certitude…

— Et on fait quoi maintenant ?

Elle parut soudainement bien lasse. Ils avaient travaillé sans désemparer, elle était chez elle et n'avait qu'une envie : un bon bain et une heure ou deux de télé débile.

— Rien que pour te tranquilliser, je me disais qu'on pourrait aller rendre une petite visite à Cafferty.

— Là maintenant ?

— On réussira peut-être à le surprendre à son domicile. Mais je veux d'abord passer à Arden Street, j'ai un truc à y prendre. Oh, et il faut aussi nous entretenir à nouveau avec Mlle Meikle. Va regarder si elle est dans l'annuaire, tu veux bien ?

— Oui, chef, dit Siobhan qui voyait bain et télé disparaître à l'horizon.

29

À leur arrivée à Arden Street, Rebus lui dit de l'attendre dans la voiture. Elle scruta les étages, vit les lumières du salon s'allumer puis s'éteindre cinq minutes plus tard, juste avant qu'il ne ressorte de son immeuble.

— J'ai le droit de poser la question ? demanda-t-elle.

— On se garde la surprise pour plus tard, répondit-il avec un clin d'œil.

Ils sortaient de Marmont lorsqu'elle remarqua qu'il s'intéressait beaucoup à son rétroviseur.

— Quelqu'un nous file ? proposa-t-elle.

— Je ne crois pas.

— Mais ça ne te surprendrait pas, c'est ça ?

— Il y a apparemment des tas de gens qui connaissent mon adresse, expliqua-t-il.

— Gray et McCullough ?

— Pour ne citer que ces deux-là.

— Et les autres ?

— Jusqu'ici, l'un est réapparu sous forme de cadavre et l'autre a disparu sans laisser de traces.

Elle réfléchit aux noms possibles.

— Dickie Diamond et la Belette ?

— Finalement, on réussira à faire de toi un inspecteur, lui dit-il.

Elle resta un moment silencieuse quand une idée lui traversa l'esprit.

— Tu sais où habite Cafferty ?

Elle attendit qu'il acquiesce.

— Alors tu en sais plus que moi.

— C'est pour ça que je suis ton supérieur en grade, dit-il avec un sourire.

Ne la voyant pas réagir, il décida qu'elle méritait mieux que ça.

— J'aime me tenir au courant des faits et gestes de M. Cafferty. En guise de passe-temps.

— Tu connais les bruits qui courent ?

— Comme quoi je suis à sa botte et que j'en croque ? dit-il en se tournant vers elle.

— Comme quoi vous êtes un peu trop pareils tous les deux…

— Oh, pas de doute que nous sommes pareils… comme l'étaient Caïn et Abel.

La demeure de Cafferty était une vaste maison individuelle au bout d'un cul-de-sac, derrière l'hôpital Astley Ainslie, dans le quartier de Grange. La rue était pauvrement éclairée — probablement sa seule occasion d'être associée à cet adverbe.

— Je crois que c'est celle-là, dit Rebus.

Siobhan ne vit pas trace de la Jaguar rouge de Cafferty. Comme la maison était flanquée d'un garage, on l'avait peut-être mise au lit pour la nuit. Derrière les rideaux du rez-de-chaussée, la lumière était allumée. Les rideaux n'étaient guère répandus dans les rues aussi somptueuses que celle-ci. Les propriétaires utilisaient les volets d'origine, ou alors ils les laissaient ouverts, autorisant ainsi les piétons de passage à lancer des regards envieux à leurs fenêtres. La bâtisse était en pierre de taille, sur au moins trois niveaux, avec deux larges baies vitrées de part et d'autre de la porte d'entrée.

— Pas mal pour un ex-taulard, déclara Siobhan.

— Il se passera du temps avant qu'il nous ait comme voisins, confirma Rebus.

— À moins qu'il ne dégringole soudain dans l'échelle sociale.

Un perron de trois marches conduisait à la porte, mais lorsqu'ils voulurent entrer dans le jardin, le portillon resta obstinément fermé. Les grilles de l'allée carrossable semblaient elles aussi verrouillées. Ils se retrouvèrent soudain inondés sous le flux des halogènes commandés par cellules photoélectriques. Les rideaux tremblotèrent et quelques secondes plus tard, la porte d'entrée s'ouvrit.

L'homme était grand et sec, moulé dans un T-shirt noir qui mettait en relief ses épaules nouées de muscles et son ventre plat, et il se tenait jambes écartées et bras croisés sur la poitrine, position classique du videur de boîte de nuit. Position qui signifiait clairement : *vous n'entrez pas ici*.

— Est-ce que Big Ger peut venir jouer ? demanda Rebus.

Un chien aboyait dans la maison. Une seconde plus tard, il filait comme une flèche entre les jambes du garde du corps.

674

Siobhan claqua des doigts en faisant de petits bruits de langue.

— Salut, Claret.

À l'énoncé de son nom, l'épagneul dressa les oreilles et remua la queue jusqu'au portillon où Siobhan s'était accroupie de manière à lui laisser sentir ses doigts. Quelques secondes plus tard, la chienne repartait, en reniflant son chemin sur la pelouse.

Le garde du corps s'était tourné vers l'intérieur de la maison pour s'adresser à quelqu'un, peut-être surpris que Siobhan appelle l'animal par son nom.

— Claret ? fit Rebus.

— J'ai fait sa connaissance dans le bureau de Cafferty, expliqua-t-elle.

Rebus vit Claret s'immobiliser et pisser sur la pelouse avant de tourner son attention vers l'entrée. Cafferty venait d'apparaître en épais peignoir de bain bleu et s'essuyait les cheveux à l'aide d'une serviette assortie.

— Vous avez apporté vos maillots de bain ? s'écria-t-il en hochant la tête à l'adresse du garde avant de rentrer.

Le garde pressa un bouton et le portillon s'ouvrit sur un déclic. Claret décida de les suivre dans la maison.

Le large vestibule offrait fièrement aux visiteurs quatre piliers de marbre et deux urnes chinoises, aussi grandes que Siobhan.

— Faut de sacrées grandes fleurs pour les remplir, dit Rebus au garde qui ouvrait la marche vers l'arrière de la maison.

— Vous vous appelez Joe, n'est-ce pas ? dit soudain Siobhan.

Le garde la regarda fixement.

— Je vous reconnais. Vous travailliez dans une boîte où il m'arrive d'aller avec mes copines.

— C'est un truc que je ne fais plus, répondit-il.

Siobhan s'était tournée vers Rebus.

— Joe ici présent filtrait les entrées... toujours un sourire pour les dames.

— C'est vrai, ça ? dit Rebus. Quel est votre nom de famille ?

— Buckley.

— Et Joe Buckley apprécie-t-il à sa juste valeur le fait de travailler pour le gangster le plus notoire de la côte est ?

Buckley se tourna vers lui.

— J'apprécie bien.

— Pour toutes les occasions de coller la trouille aux gens, pas vrai ? Cela faisait partie des exigences du poste à pourvoir ou est-ce juste un petit avantage en nature ? demanda Rebus, tout sourires. Vous savez ce qui est arrivé au pauvre taré que vous remplacez, Joe ? Il est tombé pour meurtre. Juste un petit truc à garder en mémoire. Videur de boîte de nuit aurait peut-être été un choix de carrière plus judicieux.

Ils franchirent une porte et descendirent quelques marches pour se retrouver devant une autre porte qui ouvrait sur une vaste serre dont presque tout l'espace était occupé par une piscine de huit mètres. Cafferty était derrière le bar et mettait des glaçons dans des verres.

— Rituel du soir, expliqua-t-il. Tu bois toujours du whisky, Strawman [1] ?

Strawman : le surnom qu'il avait donné à Rebus. À cause d'un cafouillage devant le tribunal des années auparavant, le proc ayant pris Rebus pour un autre témoin, un certain M. Stroman.

— Tout dépend de ce que tu as à m'offrir.

— Glenmorangie ou Bowmore.

— Je prendrai un Bowmore, sans glace.

— Pas de glace, donc, confirma Cafferty en jetant les glaçons du verre qu'il destinait à Rebus. Et vous, Siobhan ?

— Sergent Clarke, rectifia-t-elle, en remarquant que Buckley les avait laissés.

— Toujours de service, hein ? J'ai du Schweppes au citron, ça conviendrait à merveille à votre mine renfrognée.

Ils entendaient Claret gratter à la porte derrière eux.

— Couché, Claret ! Couché ! grogna Cafferty. C'est la seule partie de la maison à laquelle elle n'a pas accès, leur expliqua-t-il avant de sortir une bouteille de Schweppes du réfrigérateur.

— Vodka et tonic, dit Siobhan.

— Je préfère ça, dit Cafferty avec un grand sourire en la servant.

Il commençait à se dégarnir, les cheveux encore ébouriffés là où il les avait séchés avec sa serviette. L'ample peignoir le contenait aisément, laissant apparaître des touffes de poils gris sur sa poitrine.

— J'imagine que tu as obtenu un permis de

---

1. Poupée de paille ou homme de paille.

construire pour tout ça ? demanda Rebus en regardant le décor.

— C'est à ça que tu en es réduit ? Des infractions à l'urbanisme ?

Il éclata de rire et leur tendit à chacun leur verre en indiquant une table de la tête. Ils s'assirent.

— À la tienne ! dit-il en levant son whisky.

— Santé, répondit Rebus, le visage comme un masque de pierre.

Cafferty avala une gorgée et souffla.

— Alors, que me vaut le plaisir à cette heure de la nuit ?

— Connais-tu un dénommé Montrose ? demanda Rebus en faisant tourbillonner le liquide dans son verre.

— Comme dans Château Montrose ? demanda Cafferty.

— Je ne saurais te dire.

— C'est un des meilleurs bordeaux rouges qui soient, expliqua Cafferty. Mais il faut dire que tu n'es pas amateur de vin, je me trompe ?

— Donc tu ne connais pas de Montrose ? demanda une deuxième fois Rebus.

— Non.

— Et ce n'est pas un nom que tu aurais utilisé personnellement ?

Cafferty secoua la tête et Rebus sortit un calepin et un stylo.

— Ça te dérangerait de me l'écrire, dans ce cas ?

— Je ne suis pas sûr d'aller jusque-là, Strawman. Serait-ce une incitation au délit ? Il faut que je fasse attention à ne pas me faire piéger.

— Il s'agit uniquement de comparer deux échantillons d'écriture. Tu peux simplement le griffonner si tu préfères…

Rebus poussa calepin et stylo sur la table. Cafferty le regarda d'abord, puis se tourna vers Siobhan.

— Peut-être que si vous vouliez éclairer ma lanterne…

— Quelqu'un du nom de Montrose a assisté au vernissage, lui répondit Siobhan. Il a signé le livre d'or.

— Ahhh… ! fit Cafferty avec un hochement de tête. En ce cas, comme je sais fichtrement bien que ce n'était pas moi…

Il fit pivoter le calepin, l'ouvrit à une page vierge, et écrivit le nom Montrose. La signature ne ressemblait en rien à celle du livre d'or.

— Vous voulez que je remette ça ?

Il n'attendit pas la réponse, réécrivit le nom à quatre reprises, à chaque fois de manière légèrement différente. Mais toujours pas la moindre similitude avec la fameuse signature.

— Merci, dit Rebus en récupérant le calepin.

Cafferty était sur le point d'empocher le stylo quand Rebus lui précisa qu'il n'était pas à lui.

— Je ne suis donc plus suspect ? demanda Cafferty.

— As-tu parlé à un homme ce soir-là, au vernissage… un peu plus grand que toi, à peu près la même carrure… en veste de sport marron, les cheveux plus foncés ?

Cafferty s'accorda ce qui eut toute l'apparence d'un temps de réflexion. Claret venait de la fermer, enfin. Peut-être le garde du corps l'avait-il traînée jusqu'à son panier.

— Je ne me souviens pas, finit-il par dire.

— J'ai l'impression que tu ne fais pas vraiment l'effort, dit Rebus d'un ton de reproche.

— Allons, allons, fit Cafferty. Alors que j'étais sur le point de te proposer un caleçon de bain pour un petit plongeon dans ma piscine !

— Je vais te dire, répondit Rebus. Tu replonges, et moi, je vais chercher ton grille-pain dans la cuisine.

Cafferty se tourna vers Siobhan.

— Croyez-vous vraiment qu'il soit sérieux, sergent Clarke ?

— Difficile de répondre avec l'inspecteur Rebus. Dites-moi, monsieur Cafferty, vous connaissez Ellen Dempsey, n'est-ce pas ?

— Je crois me souvenir que nous avons déjà eu cette conversation.

— C'est possible, mais cette fois-là, je ne savais pas qu'elle avait travaillé pour vous à Dundee.

— Travaillé pour moi ?

— Un petit passage dans un sauna, expliqua Siobhan.

Elle repensait à ce que Bain lui avait dit… Le fait que les tentacules de Cafferty risquaient de s'étendre aussi loin que Fife et Dundee.

— Dont vous étiez peut-être le propriétaire.

Cafferty se contenta de hausser les épaules.

— Auquel cas, poursuivit Siobhan, il est possible que vous ayez eu des contacts avec un policier du CID de la ville, un certain McCullough.

Nouveau haussement d'épaules.

— Quand on est dans les affaires, lui répondit Cafferty, on croise beaucoup de paumes qui aimeraient se signer à l'argent.

— Vous voulez bien expliquer ?

Cafferty gloussa et fit non de la tête.

Rebus se tortilla sur son siège.

— Okay, en voici une autre que je propose à ta sagacité. Tu pourrais nous dire où tu te trouvais ce dernier week-end ?

Siobhan ne put retenir sa surprise en entendant la question.

— La totalité des quarante-huit heures ? demanda Cafferty. Oui, si je me donne la peine de bien réfléchir. Mais tu serais probablement jaloux.

— Essaie toujours, répondit Rebus.

Cafferty s'appuya au dossier de son fauteuil en osier.

— Voyons… samedi matin, j'ai testé une nouvelle voiture. Une Aston Martin. Et je ne me suis pas encore tout à fait décidé, j'y pense… J'ai déjeuné ici, ensuite une partie de golf à Prestonfield. Le soir, j'étais invité… chez des voisins deux maisons plus loin. Un couple adorable, avocats tous les deux. Ça a duré jusqu'aux environs de minuit. Dimanche, on a emmené Claret faire une promenade autour de Blackford Hill et de l'Hermitage. Ensuite, il a fallu que je me rende à Glasgow, un déjeuner avec une vieille amie — je ne peux pas citer son nom parce qu'elle est toujours mariée. Le mari était parti pour affaires à Bruxelles, alors on a pris une chambre au-dessus du restaurant.

Clin d'œil à Siobhan qui se concentrait sur son verre.

— Je suis rentré ici vers vingt heures… j'ai un peu

regardé la télé. Joe a été obligé de me réveiller vers minuit pour me dire d'aller me coucher.

Un sourire comme après mûre réflexion.

— Tu sais, je crois que je vais me l'offrir, finalement, cette Aston Martin…

— Ça manquera de place pour la Belette derrière, déclara joyeusement Rebus.

— Quelle importance, puisqu'il ne travaille plus pour moi ?

— Vous vous êtes fâchés ? fit Siobhan, toujours curieuse.

— Un désaccord professionnel, dit Cafferty, le verre contre les lèvres, les yeux rivés sur ceux de Rebus par-dessus le bord.

— Tu pourrais nous dire dans quel loch on peut espérer le repêcher ?

— Allons, allons, fit de nouveau Cafferty. Maintenant, tu peux être sûr que tu n'y auras pas droit à ton plongeon.

— Tant mieux, dit Rebus en reposant son whisky pour se lever. J'irais juste y pisser un bock, dans ta piscine.

— Le contraire me décevrait, Strawman.

Cafferty se leva comme pour les raccompagner puis appela son garde du corps. Buckley devait se tenir juste derrière la porte. Celle-ci s'ouvrit immédiatement.

— Nos visiteurs repartent, Joe, lui ordonna Cafferty.

Rebus resta encore un instant.

— Tu ne m'as pas demandé pourquoi je m'intéressais à ton week-end.

— Eh bien, vas-y, dis-le-moi.

682

Rebus secoua lentement la tête.

— Aucune importance, dit-il.

— Toujours à jouer à tes petits jeux, hein, Strawman ? gloussa Cafferty.

À leur sortie de la pièce, il était revenu derrière son bar et rajoutait de la glace à son verre.

Une fois dehors, baignant de nouveau dans l'éclat des halogènes alors qu'ils descendaient le chemin, Siobhan avait une question à poser.

— Qu'est-ce que c'est que cette histoire à propos du week-end dernier ?

— Pas ton problème.

— Ça l'est, si on travaille en duo.

— Depuis quand je travaille en équipe, Siobhan ?

— Je croyais que c'était justement à ça que servait Tulliallan.

Il se contenta de ricaner, ouvrit le portillon.

— Claret [1] est un drôle de nom pour un épagneul blanc et brun.

— Peut-être parce qu'un peu trop de cette bonne chose-là te donne une méchante gueule de bois.

Il sourit d'un côté de la bouche seulement.

— Peut-être, répondit-il en écho, mais elle savait qu'il n'en pensait pas un mot.

— Un peu tard pour aller rendre visite à Mlle Meikle, non ? dit Siobhan en orientant sa montre vers les projecteurs réservés aux intrus.

— Tu penses donc que ce n'est pas un oiseau de nuit ?

— Chocolat chaud et radio-réveil, prédit Siobhan.

---

1. Clairet ou vin de Bordeaux.

Quand est-ce que j'aurai le droit de savoir ce que tu es allé fabriquer dans ton appart ?

— Quand nous aurons vu Mlle Meikle.

— Alors, allons-y.

— C'est justement ce que j'étais en train de me dire…

30

L'appartement de Jan Meikle occupait l'étage d'une vieille maison réaménagée face au golf de Leith. Siobhan aimait bien ce quartier. Lorsqu'un ancien entrepôt des douanes y avait été reconverti en appartements, elle était venue le visiter à deux reprises, mais à la simple idée de devoir déménager toutes ses affaires, elle avait décidé de ne pas acheter. Elle repensa à Cynthia Bessant, la plus proche amie d'Edward Marber, qui habitait elle aussi dans un ancien entrepôt, à moins de six cents mètres de là. Avait-elle su que Marber envisageait de partir pour la Toscane ? Probablement. Elle n'en avait pourtant rien dit — très certainement soucieuse de ne pas salir son nom. S'il avait décidé d'emmener Laura là-bas, il l'en aurait probablement informée — il avait confiance en elle, c'était sa confidente. Un plan avec lequel Bessant n'aurait pas pu être d'accord.

Un instant, Siobhan songea à faire part de ses réflexions à Rebus, mais il risquait d'imaginer qu'elle essayait de l'épater par ses déductions. Il ne manquerait pas de lui demander d'où elle tenait ça, elle hausserait les épaules et répondrait : « Une intuition. » Il sourirait alors et comprendrait, s'étant fié à ses propres instincts à bien des reprises par le passé.

— Pas de lumière, disait-il.

Il pressa malgré tout le bouton de sonnette. Un visage apparut à la fenêtre du premier et Siobhan agita la main.

— Elle est chez elle, dit-elle.

— Oui ? crachota l'Interphone dans la seconde.

— Inspecteur Rebus et sergent Clarke, dit Rebus. Il y a un détail que nous avons oublié de vous demander tout à l'heure.

— Oui… ?

— Mais il faut pour cela que je vous montre quelque chose. Pouvons-nous monter ?

— Je ne suis pas habillée.

— Nous ne resterons pas, mademoiselle. Cela ne prendra que deux minutes…

Un temps de silence, puis de nouveaux crachotements.

— Très bien, dit la voix métallique.

Le vibreur se mit à bourdonner, leur signifiant que la porte était déverrouillée. Ils pénétrèrent dans le hall d'entrée et durent attendre que Jan Meikle leur ouvre et les fasse monter par un escalier étroit. Elle avait revêtu un pull-over jaune trop grand sur un pantalon de survêtement gris. Avec son front et ses joues luisant de crème de nuit, ses cheveux défaits tombant en désordre de chaque côté du visage la faisaient paraître plus jeune. Son appartement était un véritable fouillis. De toute évidence, elle était collectionneuse, mais du genre éclectique. Rebus se l'imagina, fouillant les brocantes et hantant les vide-greniers pendant de longues heures, pour finir par s'offrir telle ou telle pièce qui l'avait séduite, sans rechercher la moindre unité de style. Ce qui était exposé n'était qu'un entassement de babioles hétéroclites. Il se cogna l'orteil à un socle soutenant un vaste oiseau de proie sculpté. Le seul éclairage était fourni par une série de lampes montées sur le mur qui envoyaient de longues ombres dans les directions les plus étranges.

— C'est le Bates Motel [1], murmura-t-il à Siobhan, qui étouffa un rire lorsque Mlle Meikle se tourna vers elle.

— Nous admirions votre collection, parvint-elle à dire.

— Juste quelques brimborions, répondit Meikle.

Rebus et Siobhan échangèrent un regard en se demandant chacun si l'autre connaissait le sens du mot.

Le salon était aux trois cinquièmes boudoir edwardien, un cinquième kitsch années 1960 et un dernier cinquième contemporain scandinave. Siobhan reconnut le canapé Ikea, mais ce qu'elle voyait dans l'âtre baroque en carrelage vernissé, était-ce bien une lampe bulles d'huile ? Il n'y avait pas à proprement parler de moquette, mais huit ou neuf tapis, de tailles et de motifs différents, qui formaient des bosselures à la jonction.

Rebus alla à la fenêtre, sans rideaux ni volets. Il ne vit que le parcours de golf obscur, un ivrogne qui se rentrait en chancelant, les mains dans les poches et les jambes comme des piquets.

---

1. Nom du motel tenu par Anthony Perkins dans *Psychose*, d'Alfred Hitchcock.

— Que désirez-vous me montrer ? demanda Mlle Meikle.

Bonne question, se dit Siobhan. Elle aussi était impatiente de savoir. Rebus glissa la main dans sa poche et en ressortit cinq photographies. Des photos de passeport, tête et épaules. Des hommes peu enclins à sourire qui se donnaient bien du mal. Elle les reconnut.

Francis Gray.

Jazz McCullough.

Allan Ward.

Stu Sutherland.

Tam Barclay.

On les avait découpées dans un trombinoscope, probablement distribué en début de stage à Tulliallan. Elle comprenait maintenant ce que Rebus avait fait lors de son petit passage à Arden Street. Il avait joué des ciseaux.

Il déposa les clichés sur une table ronde à trois pieds, du genre de celles devant lesquelles leurs ancêtres avaient pu faire une partie de cartes. S'y trouvait aussi une coupe à fruits en cristal sur son napperon en dentelle blanche, mais il restait suffisamment de place pour les photos. Mlle Meikle les détailla de près.

— Vous avez déjà vu ces hommes ? demandait Rebus. Prenez votre temps.

De toute évidence, Meikle le crut sur parole. Elle étudia chaque visage comme s'il s'agissait d'un examen qu'elle devait non seulement réussir mais réussir avec mention. Siobhan ne s'intéressait plus à la pièce. Elle comprenait tout à coup où Rebus avait voulu en venir tout ce temps. Combien en savait-il au juste et quelle était chez lui la part d'intuition, elle n'aurait su le dire. Mais, visiblement, il devait sentir depuis un moment que l'équipe de Tulliallan était liée d'une façon ou d'une autre au meurtre d'Edward Marber. Et elle eut le sentiment que cela ne se limitait pas au couple McCullough-Dempsey. C'était bien ce qu'il avait laissé sous-entendre, non ? McCullough et Dempsey n'étaient pas Bonnie and Clyde… il fallait qu'il y eût une autre explication.

— Lui était à la galerie ce soir-là, déclara Mlle Meikle en touchant le bord d'une photo.

— En veste marron ? avança Rebus.

— Je ne suis pas sûre de ce qu'il portait. Mais il a passé presque tout son temps à regarder les toiles. Toujours avec un sourire aux lèvres, mais j'ai eu l'impression qu'il n'en appréciait aucune. J'étais certaine qu'il n'allait rien acheter…

Siobhan se pencha plus près. L'inspecteur Francis Gray. Mêmes carrure et coiffure que Big Ger Cafferty, mais plus grand. Il avait offert à la caméra un sourire plus marqué que celui de ses collègues, comme si tout allait pour le mieux dans le meilleur des mondes. Siobhan regarda Rebus. Ce dernier affichait une satisfaction sinistre.

— Merci, mademoiselle Meikle, dit-il en commençant à rassembler ses photos.

— Attendez, lui ordonna-t-elle en pointant le doigt sur Jazz McCullough. Lui aussi est venu à la galerie. Un monsieur absolument charmant. Je me souviens très bien de lui.

— Quand l'y avez-vous vu pour la dernière fois ?

Elle réfléchit à la question avec la même attention que lors de l'examen des photos.

— Il y a un an, je dirais.

— À peu près à la période où M. Montrose vendait sa collection ? proposa Rebus.

— Je ne suis pas sûre… Je suppose, oui, ça devrait correspondre…

— McCullough est Montrose ? dit Siobhan une fois qu'ils furent ressortis.

— Montrose était les trois réunis.

— Trois ?

— Gray, McCullough et Ward. (Un temps de réflexion.) Mais je ne sais pas bien le rôle que Ward a joué dans tout ça…

— C'est l'argent de Bernie Johns qui a payé tous ces tableaux ?

Il acquiesça.

— Mais le prouver, c'est une autre paire de manches, bon Dieu.

— Et Gray a tué Marber ?

Il fit non de la tête.

— Ce n'était pas le boulot de Gray. Il n'avait qu'une seule chose à faire, garder Marber à l'œil et apprendre ainsi ce que celui-ci comptait faire après le vernissage. Lorsque Marber a déclaré qu'il voulait un taxi, Gray lui en a appelé un…

— En faisant en sorte que ce soit un MG Cabs ?

Rebus confirma.

— Ensuite, Ellen Dempsey n'a plus eu qu'à envoyer un de ses chauffeurs là-bas et à renseigner une certaine personne sur les intentions de Marber, à savoir que celui-ci rentrait chez lui.

Siobhan venait de comprendre.

— Et c'est Jazz McCullough qui l'attendait ?

— Oui… Jazz McCullough.

Rebus essaya de se représenter la scène. Marber sur son seuil, Jazz qui l'appelle. Marber, reconnaissant la voix et le visage, se détend. Peut-être attendait-il sa visite, parce que Jazz avait de l'argent pour lui. De quoi Jazz s'était-il servi ? D'une pierre ? D'un instrument quelconque ? Il avait dû s'en débarrasser par la suite, sachant d'expérience comment faire disparaître l'arme d'un crime sans risque qu'on la retrouve jamais. Mais avant cela, il avait pris les clés de Marber, ouvert la porte et coupé l'alarme juste le temps de s'emparer du Vettriano. C'était pour lui une question de principe…

— Par où on commence ? demanda Siobhan.

— J'ai toujours eu un faible pour l'approche directe.

Sans être certaine de partager son avis, elle monta néanmoins dans la voiture.

Vers minuit moins le quart, Francis Gray reçut un appel sur son portable. Il était au bar de l'académie de police, cravate défaite, les deux premiers boutons de la chemise ouverts. Et il fumait. Il avait encore sa cigarette à la bouche quand il emprunta le couloir avant de monter la volée de marches menant à la salle de tribunal reconstituée. C'est là que les policiers novices apprenaient à déposer, exposant preuves et pièces à conviction et répondant aux questions hostiles. La salle n'était pas à l'échelle mais pas un détail ne manquait.

Rebus était assis seul sur un des bancs réservés au public.

— Un peu mélodramatique, John. Tu aurais pu venir boire un verre.

— J'ai tendance à ne pas frayer avec les assassins si je peux l'éviter.

— Seigneur, tu ne vas pas remettre ça sur le tapis…, dit Gray en faisant mine de repartir.

— Je ne te parle pas de Dickie Diamond, dit froidement Rebus.

La porte s'ouvrit et Jazz McCullough entra à son tour.

— Tu ne passais pas la nuit à North Queensferry aujourd'hui ? lui demanda Rebus.

— Non.

À voir son allure, McCullough avait dû sauter du lit et s'était habillé à la va-vite. Il avança jusqu'au bureau sous lequel étaient installés les systèmes d'enregistrement — avec les commandes de la vidéo et des microphones.

— Rien n'est allumé, lui assura Rebus.

— Personne de caché sous les bancs ? dit McCullough.

Gray se pencha pour vérifier.

— Impec, dit-il.

— Tu as recommencé à fumer, Francis ? remarqua Rebus.

— C'est tout ce stress, répondit Gray. Tu es ici pour partager avec nous la came que tu as braquée ?

— Ce n'est pas moi qui ai fait ça. Ne t'en fais pas, je ne pense pas non plus que ce soit vous.

— Me voilà rassuré, dit McCullough.

Il faisait le tour de la salle, apparemment peu convaincu que Rebus soit venu là les mains dans les poches, sans soutien d'aucune sorte.

— Tu as de bien plus gros soucis à te faire, Jazz, l'informa Rebus.

— John ici présent, expliqua Gray, a un autre meurtre en tête dont il veut nous accuser.

— Tu n'es qu'un petit salaud complètement obsessionnel, tu ne crois pas ? dit McCullough.

— J'aime à le croire. Cela me permet d'obtenir des résultats, répondit Rebus assis, complètement immobile, les mains sur les genoux.

— Dis-moi, John…

Jazz se planta à un mètre devant lui.

— Combien de fois as-tu un peu tordu le cou à la vérité dans un endroit comme celui-ci ? demanda-t-il en coulant un regard à la salle de tribunal.

— Ça m'est arrivé quelquefois, reconnut Rebus.

McCullough hocha la tête.

— Et ça ne t'est jamais arrivé de pousser un cran plus loin ? De fabriquer une accusation de toutes pièces pour coller derrière les barreaux quelqu'un que tu savais coupable d'un autre crime ?

— Pas de commentaire.

McCullough sourit. Rebus le regarda.

— Tu as tué Edward Marber, déclara-t-il simplement, sans hausser le ton.

Gray ricana.

— Tu lances des accusations de plus en plus folles…

Rebus se tourna vers lui.

— Tu étais présent au vernissage, Francis. C'est toi

qui as téléphoné et demandé le taxi pour Marber. De cette manière, Ellen Dempsey pouvait faire savoir à Jazz que son client était en route. J'ai des témoins qui peuvent t'identifier. L'appel à MG Cabs doit être répertorié sur ta facture de téléphone. Le petit gribouillis que tu as fait en guise de signature sur le livre d'or, on pourra peut-être l'identifier. Surprenant, ce que réussissent à faire de nos jours les experts graphologues. Les jurys adorent ça…

— Peut-être que c'est moi qui avais besoin d'un taxi, avança Gray.

— Mais tu as signé « Montrose », et ça, c'était une erreur. Parce que je dispose de tous les documents relatifs à M. Montrose, ses achats et ses ventes. À la dernière estimation, un tiers de million. Qu'est-il advenu des autres millions de Bernie Johns ?

Nouveau ricanement de Gray.

— Il n'y en avait pas, d'autres millions !

— Je crois que tu en as assez dit, Francis, le prévint McCullough. Je ne pense pas que John soit en position de…

— Je suis simplement ici afin de rassembler les pièces du puzzle, pour ma satisfaction personnelle. À entendre ce que vient de préciser Francis, je présume que Bernie Johns ne possédait pas autant de fric planqué que prévu ? Au temps pour les millions mythiques. Cela a suffi pour vous offrir une belle somme de départ, mais pas assez importante pour éveiller les soupçons.

Il croisa le regard de Jazz.

— T'es-tu servi de ta part pour aider Ellen Dempsey à monter son affaire à Édimbourg ? Sans ça, elle

n'aurait pas pu passer de deux voitures à une flotte de
véhicules… il a bien fallu un petit apport personnel.

Il se tourna vers Gray.

— Et toi, Francis ? Une nouvelle bagnole tous les
ans ?

Gray ne dit rien.

— Quant au reste, vous l'avez investi dans l'art
contemporain. Qui a eu cette brillante idée ?

Pas de réponse. Il continua à fixer Jazz McCullough.

— Ça a dû être toi, Jazz. Je te propose une petite
théorie. Dis-moi ce que tu en penses. Marber se trouvait dans le fameux sauna où tu as fait une descente à
Dundee. Je crois que si je me mets à fouiller suffisamment profond dans les archives, son nom risque de
remonter à la surface. Une autre théorie : la planque de
Bernie Johns se trouvait dans la ville de Montrose ou
tout près. La plaisanterie est jolie, d'ailleurs… (Un
temps d'arrêt.) Je me débrouille comment jusqu'ici ?

— Tu n'es pas en position de nous menacer, John,
dit doucement McCullough.

Il s'assit sur un des bancs de la salle. Gray avait posé
une fesse sur la table réservée à l'accusation et balançait ses jambes, à l'évidence plus que désireux de coller son pied dans la figure de Rebus.

— Diamond nous a tout dit à ton sujet, lança-t-il,
prêt à mordre. Le violeur du presbytère… la manière
dont Rico Lomax l'avait planqué dans la caravane,
mais quand tu as débarqué là-bas, c'était trop tard. Il
s'était fait la malle. Alors tu t'en es pris à Lomax et tu
as dit à Diamond de disparaître. C'est délibérément
que tu n'as pas aidé ces deux flics quand ils ont débarqué à Édimbourg pour tenter de retrouver Diamond. Si

nous avions résolu l'affaire Lomax, ajouta-t-il en éclatant de rire, c'est *ton* nom que nous aurions collé en plein cadre !

— Il vous a dit tout ça et vous l'avez quand même tué ?

— Ce salopard m'a menacé d'un flingue, protesta Gray. J'essayais juste d'empêcher qu'il nous descende tous les deux.

— C'était un accident, John, expliqua Jazz d'une voix traînante. On ne peut pas dire la même chose du destin de Rico Lomax.

— Je n'ai pas tué Rico Lomax.

McCullough sourit d'un air bienveillant.

— Et nous n'avons pas tué Edward Marber. Tu causes très bien, mais je ne vois pas l'ombre d'une preuve. Tu peux démontrer que Francis était au vernissage, et puis après ? Il a téléphoné à MG Cabs, et puis après ?

— Marber exigeait de l'argent, n'est-ce pas ? insista Rebus. Il avait déjà eu sa part — c'est avec cet argent qu'il avait acheté la fameuse toile. Mais vous aviez revendu tous vos tableaux et placé votre argent ailleurs…

Il s'interrompit brutalement, comprenant soudain que Marber avait concocté son fameux plan parce que lui-même se sentait pressuré par Malcolm Neilson.

— Alors, c'était quoi, votre projet ? Investir le tout tranquillement en attendant l'heure de la retraite ? Un peu moins d'un an à attendre… Ward est encore assez jeune pour jouir de sa part…

— Il y a un hic, dit McCullough en ôtant un fil sur son pantalon. Nous sommes devenus gourmands et nous avons décidé de nous lancer en bourse. Les nouvelles technologies…

Rebus vit le visage de Gray s'effondrer.

— Et vous avez tout perdu ? devina-t-il.

Il comprenait maintenant pourquoi ils s'étaient laissé embarquer aussi facilement dans le braquage de la came. Mais restait un petit détail…

— Et vous en avez informé Allan ?

Grand silence. Il avait sa réponse.

— Nous ne pouvons pas prouver, finit par dire McCullough, que tu as tué Rico Lomax. Mais cela ne nous empêchera pas de faire circuler cette petite histoire. De la même manière que toi, tu ne peux pas prouver l'existence du moindre lien entre Edward Marber et nous.

— Ce qui nous mène à quoi, dis-moi ? demanda Gray.

McCullough verrouilla son regard à celui de Rebus et haussa les épaules avant d'expliquer de la même voix paisible :

— Laissons les morts aux morts. Il y a des tombes qu'il vaut mieux ne pas déranger.

Rebus comprit à quoi il faisait référence : à la résurrection.

— Tu n'es pas d'accord, John ? Qu'est-ce que tu en dis ? C'est un match nul ?

Rebus prit une profonde inspiration et consulta sa montre.

— Il faut que je donne un coup de fil.

Gray et McCullough se changèrent en statue en le voyant pianoter sur ses touches.

— Siobhan, c'est moi, dit-il en voyant la tension se

relâcher chez les deux hommes. Sortie dans cinq minutes, ajouta-t-il avant de couper.

McCullough applaudit en silence.

— Elle t'attend dans la voiture ? devina-t-il. Ta police d'assurance.

— Si je ne sors pas d'ici, confirma Rebus, elle va droit chez le grand patron.

— Si nous étions joueurs d'échecs, nous serions en train d'échanger des poignées de main, satisfaits par notre match nul.

— Mais ce n'est pas le cas, déclara Rebus. Je suis flic, et vous avez tué deux hommes.

Il se leva et se dirigea vers la sortie.

— On se reverra au procès, dit-il.

Il referma la porte derrière lui, mais ne rejoignit pas immédiatement la voiture. Il prit le couloir d'un pas décidé, en composant de nouveau le numéro de Siobhan.

— Encore deux minutes peut-être, la prévint-il en prenant la direction des dortoirs.

Il frappa brutalement du poing à l'une des portes, en inspectant le couloir de droite et de gauche, au cas où Gray ou McCullough l'auraient suivi.

La porte s'entrebâilla et apparut une paire d'yeux, paupières plissées pour se protéger de la lumière.

— Qu'est-ce que tu veux, bordel ? demanda Allan Ward, la voix rauque et sèche.

Rebus le repoussa dans la chambre, referma la porte derrière eux.

— Il faut qu'on parle, dit-il. Ou plus exactement, c'est à moi de parler, et toi, il faut que tu m'écoutes.

— Fous-moi le camp d'ici !

Rebus secoua la tête.

— Tes potes ont claqué tout le pognon, lâcha-t-il de but en blanc.

Ward ouvrit un peu plus les paupières.

— Écoute, je ne sais pas comment tu essaies de me la jouer, là…

— Est-ce qu'ils t'ont parlé d'Edward Marber ? Je ne le pense pas. Cela te montre à quel point ils ont confiance en toi, Allan. Qui t'a demandé d'aller tirer les vers du nez à Phyllida Hawes ? Est-ce que c'était Jazz ? T'a-t-il précisé que c'était parce qu'il s'envoyait en l'air avec Ellen Dempsey ?

Rebus secoua la tête, avec lenteur.

— C'est lui qui a tué Marber. Marber est le marchand qui achetait et revendait toutes ces toiles pour vous, et augmentait le capital investi… Seulement, Jazz a décidé que vous pouviez vous faire de l'argent plus vite en jouant à la bourse. Je suis désolé d'être celui qui t'apprend la mauvaise nouvelle, mais il ne reste plus rien. Tout le fric s'est envolé.

— Va te faire mettre, dit Ward, mais le cœur n'y était plus tout à fait.

— Marber a alors décidé qu'il voulait une petite rallonge, mais ils n'avaient plus l'argent pour le payer. Ils craignaient qu'il ne se mette à parler à tort et à travers, alors ils l'ont tué. Et que ça te plaise ou non, *toi*, tu te retrouves impliqué.

Ward, en T-shirt Travis [1] et caleçon, le regarda sans ciller avant de s'asseoir sur le lit défait et de se passer les deux mains dans les cheveux.

----

1. Célèbre groupe de rock écossais.

— Je ne sais pas ce qu'ils ont pu te dire pour le coup de l'entrepôt, poursuivit Rebus. Peut-être t'ont-ils raconté que ce serait de l'argent facile à gagner… Mais ils en avaient besoin, parce qu'à moins d'un an de leur départ en retraite, tu allais inévitablement découvrir le pot aux roses : il ne restait plus rien à partager. Tous ces beaux rêves que tu nourrissais, tu allais pouvoir les mettre au panier…

Ward secouait la tête.

— Non, dit-il. Non, non, non…

Rebus entrouvrit la porte d'un cran.

— Va donc leur parler, Allan. Et ils te serviront des mensonges. Demande qu'ils te montrent l'argent, dit-il en hochant la tête. Demande-leur et regarde-les droit dans les yeux quand tu poseras la question. L'argent, il n'y en a pas, Allan. Rien que deux cadavres et des flics qui ont mal tourné, très mal tourné.

Il ouvrit la porte un peu plus grand mais s'arrêta sur le seuil.

— Si tu veux me parler, tu as mon numéro de téléphone…

Il sortit, s'attendant à chaque seconde à être saisi, poignardé ou estourbi. Vit Siobhan toujours dans la voiture et éprouva une première vague de soulagement. Elle se glissa sur le siège côté passager, il ouvrit la portière et s'installa au volant.

— Alors ? demanda-t-elle, toujours fâchée d'avoir été tenue à l'écart.

Il haussa les épaules.

— Je ne sais pas, dit-il. Je suppose que tout ce qu'on peut faire maintenant, c'est attendre de voir.

Il mit le contact.

— Tu veux dire voir s'ils vont essayer de nous assassiner nous aussi ?

— Nous allons coucher par écrit tout ce que nous savons… chaque étape de notre enquête. Avec des copies à garder en lieu sûr.

— Ce soir ? dit-elle en faisant la grimace.

— Il le faut bien, répondit-il en passant la première. Chez toi ou chez moi ?

— Chez moi, en ce cas, soupira-t-elle. Et tu pourras me garder éveillée pendant le trajet en me racontant une histoire.

— Quel genre d'histoire ? Qu'est-ce qui te ferait plaisir ?

— Du genre, tu entres dans Tulliallan en me laissant me les geler dehors.

— Oh, tu veux parler d'un drame de prétoire ? sourit-il. Qu'il en soit donc ainsi…

31

C'était mardi matin. Morris Gerald Cafferty dégustait son petit déjeuner à sa table de cuisine, en glissant
au passage des morceaux de saucisse luisante à une
Claret attentive. Rebus, assis en face de lui, bichonnait
son second verre de jus d'orange. Il avait réussi à dormir quatre heures sur le canapé de Siobhan avant de
sortir sur la pointe des pieds sans la réveiller. À sept
heures moins le quart, il était à Tulliallan, et là, juste
une heure plus tard, il était obligé de supporter les
relents de friture de Cafferty. La responsable en était
une femme entre deux âges montée sur ressort, qui,
lorsque Rebus avait décliné son offre de lui en servir à
lui aussi, avait paru prête à s'attaquer derechef à la
vaisselle avant que Cafferty lui dise de revenir un peu
plus tard.

— Voyez si vous pouvez aspirer un peu des poils de
Claret sur le canapé, s'il vous plaît, madame Prentice ?
avait demandé Cafferty.

Elle les avait laissés seuls sur un hochement de tête
très sec.

— À ce tarif-là, on n'en trouve pas beaucoup
comme Mme Prentice, commenta Cafferty en mordant

dans un triangle de toast craquant. T'as apporté ton maillot ce coup-ci, Strawman ?

— Je sais que c'est toi qui as attaqué l'entrepôt. C'est la Belette qui t'avait informé, n'est-ce pas ?

Rebus avait démonté le mécanisme de toute l'opération. Claverhouse n'était pas tombé par hasard sur le camion de drogue. Quelqu'un l'avait mis dans la bonne direction : la Belette. L'homme balançait ainsi son propre fils aux flics car sinon, Aly n'aurait plus eu longtemps à vivre. Mais une fois celui-ci derrière les barreaux, sous la protection de la police, il avait compris que Cafferty chercherait malgré tout à se venger quand il comprendrait. Rebus lui avait offert une délivrance à court terme mais, au bout du compte, il n'existait qu'un seul et unique moyen de sauver Aly : éliminer Cafferty de la circulation. Ce qui impliquait de le faire tomber dans un piège, en lui parlant de la came dans l'entrepôt avec l'espoir qu'il se laisserait tenter. Mais Cafferty avait mis toute l'affaire sur pied sans rien en dire à la Belette, et le petit indice que ce dernier avait donné à Rebus dans le jardin, le soir de sa visite à l'appartement, n'avait pas suffisamment fait tilt. La Belette s'était retrouvé sur la touche, plus au courant de rien, et le braquage avait réussi, ce qui faisait maintenant de lui — bien plus que son fils — l'homme à abattre…

Cafferty secoua la tête.

— Mais tu ne te reposes donc jamais, ma parole ? Que dirais-tu d'un peu de café pour accompagner ton jus de fruit ?

— Je peux même te dire comment tu as fait.

Cafferty laissa tomber un morceau de saucisse dans la gueule de Claret.

— J'ai besoin d'un service, poursuivit Rebus.

Il sortit son calepin et rédigea une adresse, puis, arrachant la page, la glissa sur la table.

— Si un peu de marchandise trouvait son chemin jusque-là, il se pourrait que tu sentes la pression policière se dissiper un peu.

— Je ne savais même pas qu'il y en avait une, de pression, répondit Cafferty avec un sourire.

Rebus leva son verre.

— Tu veux que je te dise une petite chose que je sais à propos du *claret* ?

— Tu veux parler de la chienne ou du vin de Bordeaux ?

— Des deux, je suppose. On peut déterminer leur qualité au nez, pour l'une, à son bouquet pour l'autre. Quand j'ai vu ta chienne hier soir, en train de renifler l'allée et la pelouse, j'ai compris.

Le regard de Rebus passa de la chienne à son propriétaire.

— C'est un chien renifleur, n'est-ce pas ? Il détecte les drogues.

Le sourire de Cafferty s'élargit et il se pencha pour tapoter le flanc de sa chienne.

— Les Douanes l'ont mise à la retraite. Je n'aime pas que mes employés se cament, alors j'ai pensé qu'elle pourrait m'être utile.

Rebus acquiesça. Il se rappelait l'enregistrement vidéo : la camionnette qui entrait dans l'entrepôt… ensuite un temps d'attente après que les braqueurs avaient réalisé qu'ils ne savaient pas quelle caisse prendre. Un petit coup de fil, et Claret avait été amenée là dans un second véhicule. Mission accomplie quelques minutes plus tard.

— Tu ne disposais pas d'assez de temps pour voler un autre camion, dit Rebus, donc je me hasarderais à dire que tu en a pris un des tiens… c'est pour ça que la plaque d'immatriculation avait été noircie…

Cafferty lui agita sa fourchette à la figure.

— Il se trouve justement qu'un de mes camions a été effectivement volé samedi soir… il a été retrouvé calciné à Western Hailes…

Un moment de silence s'installa entre les deux hommes, puis Cafferty renifla et fit glisser le feuillet de calepin plus près pour le lire à l'envers.

— Encore un service, hein ? dit-il, les yeux brillants. Tu as fait des progrès dans l'affaire Lomax, Strawman ?

— Les nouvelles vont vite.

— En particulier dans cette ville.

Rebus se revit six années plus tôt. Dickie Diamond en train de lui révéler que le violeur du presbytère se terrait dans une des caravanes de Lomax… lui qui arrivait trop tard… À bout de patience, il avait incendié la caravane et fait un saut jusqu'à Barlinnie, non pour demander à Cafferty un service, mais simplement pour lui raconter l'histoire, avec l'espoir que les contacts du truand réussiraient là où il avait échoué. Mais les choses ne s'étaient pas passées comme il l'aurait souhaité. Les hommes de Cafferty s'en étaient pris à Rico Lomax, ils l'avaient tabassé sans pitié et laissé mourir sur place. Ce qui n'était pas du tout le plan que Rebus avait prévu. Cafferty ne l'avait pas cru. Lorsqu'il était retourné à

Barlinnie pour lui exploser sa rage à la figure, Cafferty était resté assis, les bras croisés, et il avait ri.

Il faut toujours faire très attention aux vœux que l'on souhaite voir exaucés, Strawman… Et ces mots continuaient à résonner à ses oreilles depuis toutes ces années…

— L'affaire Lomax est classée, déclara-t-il.

Cafferty prit le feuillet avec l'adresse, le plia dans sa pochette de chemise blanche immaculée.

— C'est drôle, la manière dont peuvent tourner les choses, dit-il.

— Et est-ce que la Belette rigole tout son saoul pendant qu'on discute ? demanda Rebus.

— La Belette, c'est de l'histoire ancienne, dit Cafferty en dégageant les miettes du bout de ses doigts. Tu crois vraiment que son fils aurait pu mettre sur pied un plan pareil ? La Belette était sur le point de s'en prendre à moi. Et puis il s'est dégonflé et a cafté son fils aux flics…

Il vérifia qu'il n'avait pas de miettes sur son plastron de chemise ni sur son pantalon avant de se tamponner délicatement les lèvres avec sa serviette. Il regarda Rebus et soupira :

— C'est toujours agréable de faire affaire avec toi, Strawman…

Rebus se leva, craignant une seconde que ses jambes refusent de le porter. Il avait l'impression que son corps tout entier se transformait en poussière… avec un vague goût de cendres dans la bouche.

J'ai fait un pacte avec le diable, se dit-il, les mains agrippées au rebord de la table. La résurrection ne serait offerte qu'à ceux qui la méritaient : il savait qu'il n'était pas du nombre. Il pouvait toujours se trouver une église et prier autant qu'il le voulait, ou alors aller présenter sa confession à Strathern. Dans un cas comme dans l'autre, cela ne ferait aucune différence. Car c'était bien de cette façon-ci que le boulot se menait à bien : avec une conscience pas très propre, à se sentir coupable des marchés passés et à se dénicher des complicités. Et des motivations pas vraiment nettes pour une âme finalement corrompue. Il s'avança vers la porte, à pas tout petits, tellement restreints qu'il aurait pu porter des entraves.

— Je te retrouverai au tribunal un de ces quatre, Cafferty, dit-il.

En vain, car ses mots n'eurent aucun impact. À croire que Cafferty avait déjà cessé de le voir, lui, son adversaire, complètement anéanti.

— Un de ces quatre, répéta-t-il à mi-voix, en espérant devant Dieu en être lui-même convaincu…

Allan Ward se réveilla tard ce matin-là. Il se dirigeait vers la salle à manger lorsque Stu Sutherland, l'air tout fringant maintenant que le stage tirait à sa fin, lui apprit qu'une « mystérieuse enveloppe » l'attendait à la réception. Ward traversa la salle à manger et ouvrit la porte de communication qui donnait dans le castel qu'était ce lieu à l'origine, où une réceptionniste en uniforme lui tendit un épais paquet format A4. Il l'ouvrit devant elle, comprit immédiatement de quoi il s'agissait. Décidant pour une fois de sauter le petit déjeuner, Allan Ward retourna dans sa chambre. Il avait de la lecture…

32

C'était calme plat à St Leonard's, et Rebus y passa la matinée. Siobhan avait insisté pour qu'ils informent Gill Templer, afin de la persuader d'au moins libérer Malcolm Neilson contre une caution.

— Attends encore un petit peu, lui avait répondu Rebus en secouant la tête.

— Mais pourquoi ?

— Je veux voir ce que va faire Allan Ward.

Il eut sa réponse à midi lorsque, sur le point d'aller déjeuner, il entendit sonner son portable. Identité de l'appelant : Allan Ward.

— Salut, Allan, dit-il. Tu as eu l'occasion de parler à tes potes ?

— J'ai été trop pris par ma lecture.

Il y avait beaucoup de bruit en fond sonore : Ward était en voiture.

— Et alors ?

— Alors je pense que je n'ai pas grand-chose à leur dire. C'est à toi que je veux parler.

— De manière officielle ?

— Si tu le désires.

— Veux-tu venir ici ?

— Où es-tu ?

— À St Leonard's.

— Non, pas là-bas. Trouve un autre endroit, d'accord ? Je veux d'abord mettre les choses au clair, et en discuter en détail avec toi. Ton appart, ce serait possible ? Je suis à l'ouest de la ville.

— Je vais mettre les bières au frais.

— Vaudrait mieux du soda. J'ai beaucoup de choses à te raconter… et je veux être sûr de ne pas m'emmêler les pinceaux.

— Les Irn-Bru, c'est pour moi, dit Rebus avant de couper la communication.

Il ne voyait pas Siobhan. Peut-être était-elle déjà partie déjeuner, ou alors elle papotait avec ses copines des uniformes dans les toilettes. Pas signe de Derek Linford non plus. Le bruit courait que, l'enquête maintenant bouclée et emballée, il s'était dépêché vers le QG pour se tenir au courant du sort réservé à son mentor de jadis. Davie Hynds était passé se confier un peu plus tôt, en se plaignant que Siobhan lui battait glacé.

— Il faudra vous y habituer, lui avait-il froidement conseillé. C'est ça, son côté flic.

— Je commence à voir de qui elle le tient, avait marmonné Hynds.

Rebus fit un arrêt à une boutique au coin de la rue, où il acheta six boîtes de Irn-Bru et quatre de Fanta. Et un petit pain thon-mayonnaise pour lui. Il en prit deux bouchées au volant, et se rendit compte qu'il n'avait pas faim. Il pensa à Siobhan. De plus en plus, elle lui rappelait celui qu'il était. Sans être sûr pour autant que ce soit une bonne chose, mais quand même, ça ne lui déplaisait pas…

Il vit une place de stationnement devant son immeuble : excellent présage, le reste de la journée allait lui être favorable. Un cône rouge sur le trottoir : encore des câbles à enterrer ou quelque chose. Apparemment, les autorités municipales passaient leur temps à défoncer Marchmont... Il allait refermer sa portière quand il entendit des pas s'approcher dans son dos.

— T'as fait vite, dit la voix d'Allen Ward.

— Toi aussi...

En tournant la tête de côté, il s'aperçut que Ward n'était pas venu seul : il avait amené des amis. En moins de temps qu'il ne faut pour le dire, les portières de la Saab se rouvraient et il se retrouvait comme un gros tas sur la banquette arrière, un couteau dans le flanc, enfoncé avec juste assez de force pour qu'il comprenne que Francis Gray n'aurait pas besoin d'une bien grosse excuse pour s'en servir.

Le cône en plastique prenait soudain tout son sens : ils s'en étaient servis pour garder l'emplacement de parking libre jusqu'à son arrivée.

Chouette affaire ! Ça lui faisait une belle jambe.

La voiture repartait brutalement en marche arrière, le volant braqué à fond par McCullough, Allan Ward à l'avant, lui à l'arrière à côté de Francis Gray. Le poignard avait l'air vraiment mauvais, longue poignée noire et lame crantée luisante.

— Un cadeau de Noël, Francis ? demanda Rebus.

— Je pourrais te tuer tout de suite, ça nous épargnerait des putains d'emmerdes, cracha Gray, toutes dents dehors.

Une douleur sourde à son flanc apprit à Rebus que la pointe avait déjà percé sa peau. Quand il palpa la plaie, il vit une grosse goutte de sang à son doigt. Il aurait eu bien plus mal, n'étaient le choc et l'adrénaline qui émoussaient ses sensations.

— Tu as donc fait la paix avec eux ? cria-t-il à Ward qui ne répondit pas. C'est de la folie, ce que vous êtes en train de faire, tu dois le savoir.

— Tout cela n'a plus d'importance maintenant, John, dit doucement Jazz McCullough. Ça ne t'est pas encore venu à l'esprit ?

— Francis a effectivement tenté de me le faire comprendre, répondit-il en croisant le regard de Jazz dans le rétroviseur, un regard presque enjoué. Où allons-nous ?

— Si on était à Glasgow, expliqua Gray, on serait en route pour ce qu'on appelle là-bas « une petite balade dans les Campsies ».

Rebus n'eut pas besoin qu'il lui fasse un dessin. Les Campsie Falls étaient une chaîne de collines à l'extérieur de la ville.

— Mais je suis sûr que nous dénicherons ce qu'il nous faut dans leur équivalent à Édimbourg, ajouta McCullough. Un endroit où personne ne viendra déranger une petite tombe à fleur de terre.

— Il faudra d'abord que vous me traîniez jusque-là, répondit Rebus.

Il savait qu'ils sortaient de la ville par le sud, direction les vastes étendues des Pentland Hills.

— Mort ou vif, ça m'est complètement égal, persifla Gray.

— Toi aussi, t'es fin partant, Allan ? demanda Rebus. Ce sera le premier meurtre auquel tu vas directement participer. Faut bien perdre son pucelage un jour, j'imagine…

Gray tenait son couteau à hauteur de l'estomac, de manière à le masquer aux véhicules de passage. Rebus doutait fort de pouvoir s'échapper de la Saab sans se faire sérieusement amocher à coups de lame avant de sortir. Les yeux de Francis Gray brillaient d'une lueur de folie. C'était peut-être ce que voulait dire McCullough : tout cela n'a plus d'importance maintenant… ils avaient franchi le point de non-retour et ne reviendraient plus en arrière. Une fois qu'ils se seraient débarrassés de lui, ils deviendraient les premiers suspects, mais toujours sans la moindre preuve concrète qu'ils soient passés aux actes. Il y avait des années que Strathern et ses collègues les soupçonnaient, et toujours sans résultats. Ils étaient peut-être véritablement convaincus de pouvoir éliminer Rebus de la partie en toute impunité…

Et peut-être qu'ils ne se trompaient pas…

— J'ai jeté un coup d'œil aux notes que tu as fait passer à Allan, disait McCullough comme s'il lisait dans ses pensées. Ton petit réquisitoire ne tient pas bien la route.

— Alors pourquoi courir le risque de me tuer ?

— Parce que ça va être une vraie partie de plaisir, répondit Gray.

— Parle pour toi, rétorqua Rebus, mais je ne vois toujours pas le bénéfice que Jazz et Allan vont pouvoir en retirer. Si ce n'est que vous serez liés à jamais, avec l'assurance qu'aucun d'entre vous n'ira balancer les autres.

Il contemplait la nuque d'Allan, voulant à toute force

qu'il se retourne et affronte son regard. Finalement, c'est bien ce que fit Ward… mais pour s'adresser à Gray.

— Rends-moi un service, tu veux, Francis ? Tue-le tout de suite, qu'on n'ait plus à écouter ses jérémiades.

Gray gloussa.

— C'est sympa d'avoir des amis, hein, Rebus ? D'ailleurs, ce sera peut-être ta copine le sergent Clarke la suivante sur la liste. Trois meurtres… quatre… au-delà d'un certain chiffre, ça ne fait plus de différence.

— Je sais qui détient la came de l'entrepôt, dit Rebus en se tenant le flanc car la douleur empirait. On pourrait la lui reprendre.

— C'est qui ? demanda McCullough.

— Big Ger Cafferty.

— Cette partie-ci me plaît beaucoup plus, ricana Gray.

Rebus se tourna vers lui.

— Tu veux dire celle où tu te retrouves gros Jean comme devant, mais avec quelques cadavres éparpillés dans la conscience ?

— Bingo ! fit Gray avec un grand sourire.

Ils avaient laissé Marchmont et Mayfield derrière eux. Encore quelques minutes, et ils seraient en vue des Pentlands.

— Je crois me souvenir qu'il y a un pub avec un grand parking juste devant le golf, disait McCullough.

Rebus regarda par la vitre. Il s'était mis à pleuvoir une heure auparavant, et la pluie tombait de plus en plus dru.

— Ça devrait être plutôt tranquille à cette période de l'année. Il y a des tas de gens qui vont se balader là-bas… alors, quatre randonneurs de sortie, ça ne sur-prendra personne.

— En costard ? Sous la pluie ?

McCullough le fixa dans le rétroviseur.

— Si ce n'est pas suffisamment tranquille, on ira ail-leurs. (Un temps de pause.) Merci quand même de te préoccuper du problème.

Gray lâcha un gloussement sinistre qui fit tressauter ses épaules. La douleur qui lui tiraillait le flanc empê-chait Rebus de réfléchir. Sa paume était trempée. Il avait bien collé son mouchoir plié sur la plaie mais le sang l'avait déjà traversé.

— Une belle mort lente, lui assura Gray.

Rebus appuya sa nuque contre le repose-tête. Tout ceci est absurde, se dit-il. D'une seconde à l'autre, je vais tomber dans les pommes. Il sentait la sueur dans son cou mais ses bras étaient glacés. Il avait également mal aux genoux : les passagers avaient toujours manqué de place à l'arrière de la Saab…

— Tu pourrais faire coulisser ton siège vers l'avant ? demanda-t-il à Ward.

— Va te faire foutre, répondit ce dernier sans se retourner.

— C'est peut-être sa toute dernière volonté, fit Gray.

Au bout d'une minute ou deux, Ward trouva le levier et soudain, Rebus gagna quelques centimètres supplé-mentaires pour étirer ses jambes.

Puis il sombra dans l'inconscience…

— Voici l'endroit.

McCullough venait de mettre son clignotant et braquait sec sur la droite pour s'engager dans un parking au sol gravillonné. Rebus connaissait le pub, il y avait emmené Jean, l'endroit était plein à craquer le week-end. Mais aujourd'hui, en milieu de semaine, par un après-midi pluvieux, il n'y avait pas un chat. Ni une voiture.

— Un moment, on a cru que tu nous avais quittés, dit Gray en collant sa figure à celle de Rebus.

McCullough les emmenait dans le coin le plus éloigné du parc de stationnement, tout à côté d'une pente herbeuse. Un sentier piétonnier déroulait ses lacets autour du parcours de golf proprement dit et remontait vers les collines. Ce jour-là, ils avaient fait l'impasse sur le déjeuner, Jean et lui, pour aller gravir les pentes, jusqu'à ce qu'il se retrouve le souffle trop court pour continuer. Ils avaient fait demi-tour…

À sa sortie de la voiture, il remarqua que Ward n'avait pas les mains vides : il tenait une petite pelle pliable en deux ou trois sections. Il en avait déjà vu dans les magasins de camping… peut-être le même genre d'endroit où Gray avait déniché son couteau de chasse.

— Ça va prendre du temps de creuser un trou assez profond pour me contenir, dit Rebus sans s'adresser à personne en particulier.

Il voulut se claquer le ventre mais constata que le devant de sa chemise était gluant de sang. Gray avait ôté sa veste et lui en enveloppait les épaules.

— Aucune envie que les gens te voient dans cet état, dit-il.

Rebus aurait eu du mal à ne pas être d'accord.

Ils étaient maintenant tous sortis de la Saab et des mains lui avaient saisi les bras pour l'aider à remonter la pente. Une douleur fulgurante lui tranchait le flanc à chaque pas qu'il faisait.

— C'est encore loin ? demanda Ward.

— Sortons un peu des sentiers battus, conseilla McCullough.

Il regarda alentour afin de s'assurer qu'il n'y avait personne. Et à travers un brouillard, Rebus put confirmer qu'ils étaient effectivement seuls.

Très seuls, tout à fait seuls.

— Tiens, bois ça…

Quelqu'un lui renversait une flasque dans la bouche. Du whisky. Rebus avala mais McCullough voulait qu'il en prît plus.

— Allez, John, termine-moi ça. Ça apaise autant les douleurs que les souffrances.

Oui, se dit Rebus, et je serai aussi plus docile. Mais il avala quand même, commença à tousser et en recracha une partie sur sa chemise, un peu de whisky ressortant par ses narines. Il avait les yeux tellement pleins de larmes que tout lui apparaissait brouillé et les autres étaient obligés de le soutenir pour qu'il reste debout, en le traînant presque… Il perdit une de ses chaussures, Ward s'arrêta pour la récupérer et la tint à la main.

One shoe off and one shoe on[1], *diddle-diddle-dumpling, my son John …*

Se rappelait-il vraiment sa mère lui lisant le soir des comptines dans son lit ? La pluie dégoulinait de ses

---

1. Un soulier perdu et un soulier au pied. *Dumpling*, chausson aux pommes, peut signifier « mon petit cœur » mais *diddle-diddle-dumpling* vaut plus par son effet allitératif que par son sens, comme dans de nombreuses comptines.

cheveux, lui piquait les yeux, coulait sur son plastron de chemise. La pluie froide, si froide… Des dizaines de chansons sur la pluie… des centaines… et pas une seule à lui revenir en mémoire…

— Qu'est-ce que tu faisais à Tulliallan, John ? demandait Jazz McCullough.

— J'ai balancé un mug de thé…

— Non… ça, c'était juste ta petite excuse. Quelqu'un t'avait placé là-bas pour nous espionner, n'est-ce pas ?

— C'est pour ça que vous avez pénétré dans mon appart ? demanda-t-il avant de prendre une profonde et douloureuse inspiration. Et vous avez rien trouvé, pas vrai ?

— On ne t'arrivait pas à la cheville, John. Qui est-ce qui t'a mis sur ce coup-là ?

Rebus secoua la tête bien lentement.

— Tu veux emporter ça dans la tombe, ça te regarde. Mais souviens-toi d'un petit détail : ce n'est pas par accident qu'ils nous ont fait bosser sur l'affaire Lomax. Alors ne crois pas que tu leur doives quelque chose.

— Je sais, répondit-il.

Il avait finalement décortiqué tout le processus. Il devait y avoir un petit quelque chose dans les archives, un détail relatif à son implication dans le meurtre de Rico Lomax, la disparition de Dickie Diamond. Gray l'avait dit lui-même : Tennant utilisait toujours la même vieille affaire, un meurtre à Rosyth, résolu quelques années auparavant. Il fallait qu'il y eût une bonne raison pour qu'il ait cette fois utilisé l'affaire Lomax. C'était lui, Rebus, la raison. Les Hautes Huiles n'avaient rien à perdre après tout et au mieux, elles feraient d'une pierre deux coups : Rebus parviendrait peut-être à résoudre son énigme ; la Horde sauvage parviendrait peut-être à résoudre la sienne…

— C'est encore loin ? se plaignait Ward.

— Ici, ça ira, répondit McCullough.

— Allan, bredouilla Rebus, je te plains vraiment.

— Surtout pas, claqua la réponse de Ward, sèche comme un coup de fouet.

Il avait sorti la pelle de son emballage en plastique et la déployait en resserrant les écrous sur les filetages.

— Qui commence ? demanda-t-il.

— J'aurais bien aimé qu'ils t'épargnent ça, insista Rebus.

— De temps en temps, t'es qu'un foutu paresseux, Allan, grogna Francis Gray.

— Je te corrige : je suis tout le temps un foutu paresseux, répliqua Ward en lui tendant la pelle, et Gray s'en saisit.

— File-moi le poignard, dit Ward.

Gray s'exécuta et Rebus put remarquer que l'arme était propre. L'autre avait dû l'essuyer sur sa chemise, ou alors, c'est la pluie qui avait lavé le sang. Gray enfonça la pelle dans la terre et appuya du pied.

La seconde suivante, Rebus ne vit plus que la lame ressortant du cou de son fossoyeur, enfichée juste sous la nuque. Gray poussa un cri de goret qu'on égorge et porta une main toute tremblante dans son dos pour arracher le poignard, en vain. Il ne put qu'en fouetter le manche du bout des doigts avant de s'effondrer à genoux.

Ward avait maintenant ramassé la pelle et en asse-
nait un grand coup à McCullough.

— Là, je l'ai perdu, mon pucelage, hein, Jazz,
hurla-t-il à pleins poumons. Espèce d'enfoiré de
voleur !

Rebus avait bien du mal à tenir sur ses jambes et
assistait à toute la scène dans un brouillard, comme au
ralenti, comprenant finalement qu'au cours de ces dernières heures, Allan Ward, la tête comme un manège
en folie, avait laissé la pression monter jusqu'à l'explo-
sion. Devant ses yeux, la pelle tranchait la joue de
McCullough dans un panache sanglant. Jazz reculait en
chancelant, trébuchant et tombant au sol. Gray avait
roulé sur le flanc et tressautait de la tête aux pieds,
comme une guêpe frappée par une giclée d'insecticide.

— Allan, pour l'amour du ciel…, gargouilla
McCullough en crachant des bulles sanguinolentes.

— Ç'a toujours été vous deux contre moi, hein,
expliquait Ward d'une voix tremblante, des traces de
salive aux commissures de ses lèvres. Depuis le tout
début.

— On t'a tenu à l'écart pour te protéger.

— Tu me prends pour un con ?

Ward, debout de toute sa hauteur au-dessus de
McCullough, leva sa pelle encore une fois, mais Rebus
s'était avancé à son côté et posa une main sur son bras.

— Assez, Allan. Inutile d'aller plus loin…

Ward se figea sur place, cligna des paupières et ses
épaules s'affaissèrent.

— Appelle les secours, dit-il d'une voix apaisée.

Rebus acquiesça. Il avait déjà son téléphone à la
main.

— Quand est-ce que tu as décidé ? demanda-t-il en pianotant sur ses touches.

— Décidé quoi ?

— De me laisser la vie sauve.

Ward le regarda.

— Y a cinq, dix minutes.

Rebus porta son téléphone à l'oreille.

— Je te remercie, dit-il.

Allan Ward s'affala sur l'herbe comme une chiffe molle. Rebus eut envie de se joindre à lui, et peut-être même de s'allonger de tout son long et de se rendormir.

Dans une minute, se dit-il, dans une minute…

33

Après les aveux d'Allan Ward, le kilo d'héroïne se révéla inutile, une héroïne que Claverhouse — sur la foi d'un tuyau anonyme — avait trouvée dans l'appartement de location de Jazz McCullough. Un retournement que Rebus ne pouvait pas imaginer à l'origine. Cela étant, le fait que la drogue en question provienne de la cargaison volée signifiait que Claverhouse allait finalement pouvoir sauver et les meubles et sa carrière au sein de la SDEA, même si une rétrogradation était inévitable. Rebus était curieux de savoir comment ce cher Claverhouse allait s'en sortir sous les ordres d'Ormiston, si longtemps son subordonné…

Il lui avait fallu une transfusion et sept points de suture. À mesure que le sang des donneurs anonymes s'écoulait goutte à goutte dans ses veines, il eut le sentiment que, d'une certaine façon, il allait lui falloir repayer sa dette pour le don de cette nouvelle vie qu'on venait lui offrir. Il se demanda qui étaient ces gens : des amateurs d'adultères, des inadaptés, des chrétiens, des racistes… ? C'était le geste qui importait, pas l'individu. Il fut remis sur pied peu de temps après. La pluie tombait sur sa ville. En route vers le cimetière, le chauffeur de taxi lui avoua qu'elle donnait l'impression de ne plus jamais vouloir s'arrêter.

— Et parfois, je ne veux pas non plus qu'elle s'arrête, reconnut-il. Comme ça, tout sent bien bon, pas vrai ?

Rebus dut reconnaître qu'il avait raison. Il lui dit de laisser tourner son compteur, il n'en aurait que pour cinq minutes. Les pierres tombales les plus récentes se trouvaient près des grilles de l'entrée. Celle de Dickie Diamond n'était plus la dernière. Rebus ne regrettait pas vraiment d'avoir raté l'enterrement. Il n'avait d'ailleurs pas de fleurs pour le Diamond Dog, malgré le petit bouquet qu'il tenait à la main. Il s'était dit que Dickie ne lui en voudrait pas…

C'est vers le fond du cimetière que se trouvaient les tombes plus anciennes, certaines bien entretenues, d'autres apparemment oubliées. Le mari de Louise Hodd vivait toujours, mais il n'officiait plus comme ministre du culte de l'Église d'Écosse. Après le viol et le suicide de son épouse, il s'était effondré, littéralement détruit, pour ne se relever qu'avec le temps, bien lentement. Au pied de la terre tombale de sa femme reposaient des fleurs fraîches. Rebus y ajouta son petit bouquet et s'agenouilla une minute. C'était son semblant de prière à lui, tout ce qu'il pouvait encore s'autoriser. Il avait mémorisé l'inscription, les dates de naissance et de décès. De son nom de jeune fille, elle s'était appelée Fielding. Six ans déjà qu'elle avait décidé de mettre fin à ses jours. Six ans déjà que Rico Lomax avait trouvé la mort, comme une sorte de juste rétribution. L'agresseur de Louise Hodd, Michael Vetch, était mort lui aussi, poignardé en prison par quelqu'un qui ignorait tout de son crime. Cette exécution-là, personne ne l'avait planifiée ni demandée. Mais elle s'était produite malgré tout.

Un gâchis total, de bout en bout. Il sentait ses points de suture qui le tiraillaient, lui rappelant que *lui* était encore en vie. Uniquement parce que Allan Ward avait changé d'avis. Il se remit debout, essuya la terre sur ses mains et son pantalon.

Parfois, il suffisait d'aussi peu pour que résurrection se fasse, sous une forme ou une autre. Allan Ward aurait tout le temps du monde derrière ses barreaux pour y réfléchir. Et peut-être finirait-il par le comprendre.

— Alors pourquoi êtes-vous ici ?

Andrea Thomson joignit les mains en faisant reposer son menton sur l'extrémité de ses doigts. Pour cette réunion, elle avait emprunté un bureau au QG de Fettes. Celui qu'elle utilisait toujours d'ailleurs, quand des policiers d'Édimbourg éprouvaient le besoin d'un soutien psychologique.

— Est-ce parce que vous avez le sentiment qu'on vous aurait volé une sorte de victoire ?

— J'ai dit ça, moi ?

— J'ai eu l'impression que c'est ce que vous essayiez de faire passer. Aurais-je mal compris ?

— Je ne sais pas… j'avais toujours pensé jusque-là que le travail de police consistait à faire respecter la loi… tous ces trucs qu'on nous enseigne à Tulliallan.

— Et maintenant ?

Thomson avait pris son stylo, mais simplement comme accessoire. Elle ne rédigeait rien tant que la séance n'était pas terminée.

— Maintenant ? (Un haussement d'épaules.) Je n'ai plus du tout la même certitude, à savoir que ces lois fonctionnent nécessairement.

— Alors même que vous avez abouti à un résultat positif ?

— Est-ce bien ce qui a été accompli ?

— Vous avez résolu l'affaire, n'est-il pas vrai ? Un homme innocent emprisonné à tort a été libéré. Ça ne me paraît pas un aussi mauvais résultat.

— Peut-être pas.

— S'agirait-il en ce cas des moyens qui justifient la fin ? Vous croyez que c'est là que pèche le système ?

— Peut-être est-ce moi qui pèche justement. Peut-être ne suis-je pas de taille à…

— À quoi ?

Nouveau haussement d'épaules.

— À jouer ce jeu-là, qui sait.

Thomson examina son stylo.

— Vous avez vu quelqu'un mourir. Il est logique qu'une mort affecte la personne qui en est le témoin.

— Mais uniquement parce je l'ai laissée se produire.

— Parce que vous êtes un être *humain*.

— Je ne sais pas bien où tout cela nous mène, fit Siobhan en secouant la tête.

— Personne ne vous blâme, sergent Clarke.

— Et je ne le mérite pas.

— Il nous arrive à tous des choses dont nous estimons que nous ne les méritons pas, dit Thomson avec un sourire. En général, nous traitons cela comme un objet tombé du ciel par inadvertance. Jusqu'ici, votre carrière a été une réussite à tous égards. C'est peut-être là que réside le problème ? Vous ne voulez pas d'un succès aussi facile ? Vous voulez rester en marge, être celle qui enfreindra les règles mais pas en totale impunité, c'est ça ? (Un temps d'arrêt.) Peut-être voulez-vous ressembler à l'inspecteur Rebus ?

— J'ai parfaitement conscience que la place manque pour qu'il y en ait deux comme lui.

— Mais malgré tout... ?

Siobhan s'absorba dans ses réflexions et finit par répondre. Par un haussement d'épaules.

— Alors dites-moi ce que vous aimez vraiment dans votre métier.

Andrea se pencha en avant dans son fauteuil en essayant de paraître sincèrement intéressée.

Haussement d'épaules de Siobhan, encore une fois. Thomson eut l'air déçue.

— Parlons alors de ce que vous faites en dehors. Vous avez des passions particulières ?

Siobhan réfléchit longuement.

— La musique, le chocolat, le football, boire des coups, dit-elle en consultant sa montre. Avec un peu de chance, j'aurai peut-être le temps d'en satisfaire trois sur quatre après cet entretien.

Le sourire professionnel de Thomson faiblit visiblement.

— J'aime aussi les longs trajets en voiture et les pizzas livrées à domicile, ajouta Siobhan, le cœur déjà plus guilleret à cette simple évocation.

— Et votre vie sentimentale ? demanda Thomson.

— Quoi, ma vie sentimentale ?

— Êtes-vous engagée dans une relation en ce moment ?

— Uniquement avec le boulot, madame Thomson. Et je ne suis plus du tout sûre que lui m'aime encore.

— Et qu'envisagez-vous de faire pour remédier à cet état de fait, sergent Clarke ?

— Je ne sais pas… peut-être que je pourrais l'emmener au lit avec moi et lui donner la becquée, avec du chocolat aux noisettes Cadbury. Ça a toujours marché pour moi jusqu'ici.

Lorsque Thomson leva les yeux de son stylo à bille bon marché, elle vit que Siobhan souriait de toutes ses dents.

— Je crois que ce sera probablement tout pour aujourd'hui, dit la conseillère.

— Probablement, acquiesça Siobhan en se levant de sa chaise. Et merci… je me sens vachement mieux.

— Et moi, je me sens l'envie d'une grande tablette de chocolat, dit Andrea Thomson.

— La cantine devrait être encore ouverte.

Thomson glissa son bloc A4 toujours vierge dans son sac.

— Alors qu'est-ce qu'on attend ? demanda-t-elle.

L'inspecteur Rebus
dans Le Livre de Poche

L'Étrangleur d'Édimbourg   nº 37028

John Rebus parcourait la jungle de la ville, une jungle que les touristes ne voient jamais, trop occupés à mitrailler les temples dorés du passé… Édimbourg était une ville d'apparences ; le crime n'y était pas moins présent, tout juste plus difficile à repérer. Mais c'était aussi une petite ville. Un avantage pour Rebus. Il traqua sa proie dans les bars à voyous, dans les lotissements où le chômage et l'héroïne tenaient lieu de blason.

Le Fond de l'enfer   nº 37044

Un junkie retrouvé mort dans un squat d'Édimbourg. Une jeune fugueuse terrifiée qui pense que son ami a été assassiné. Mais tout le monde s'en moque. Ce sont les déchets de la société, des drogués et des petits délinquants. Il n'y a guère que l'inspecteur Rebus pour s'en préoccuper.

Piège pour un élu   nº 37118

Lorsque Gregor Jack, jeune et brillant député, se fait surprendre dans un bordel à l'occasion d'une rafle de police, la presse à scandale est prompte à se déchaîner. Si le sémillant politicien peut compter sur le soutien du Clan, un groupe d'amis qui ne se sont jamais perdus de vue depuis les bancs de l'école, en revanche, Liz, son épouse, une riche héritière, brille par son absence. Ce qui pouvait passer pour une bouderie vire à la tragédie.

Rebus et le Loup-Garou de Londres   n° 37102

Un tueur en série sème la terreur à Londres. Parce que sa première victime a été retrouvée dans Wolf Street (rue du Loup), parce qu'il laisse une morsure sur le ventre des femmes qu'il assassine, la presse l'a baptisé le Loup-Garou. Désemparée, la police londonienne fait appel à l'inspecteur John Rebus en qui elle voit un expert ès tueurs en série. L'Écossais plonge alors dans l'univers de la métropole, avec ses métros bondés et ses quartiers dangereux.

Du fond des ténèbres   n° 37135

Noël approche, les élections législatives aussi. Les ouvriers s'activent à Queensberry House : le siège du nouveau parlement doit être prêt à temps. La découverte d'un corps momifié dans une cheminée, puis la mort d'un mystérieux clochard passent presque inaperçues au regard de l'assassinat d'un fils de famille engagé dans la course électorale. Trois morts, dont deux inconnus : l'inspecteur Rebus voit un lien entre eux et suit son instinct.

La Colline des chagrins   n° 37201

Alors que Flip Balfour, la fille d'un banquier d'Édimbourg, vient de disparaître, un minuscule cercueil en bois est retrouvé sur la propriété familiale. Pendant que Rebus s'intéresse à ces cercueils identiques exposés au Museum of Scotland, la constable Siobhan Clarke planche sur les énigmes proposées par un mystérieux Quizmaster, contact de Flip sur Internet.

 **www.livredepoche.com**

- le **catalogue** en ligne et les dernières parutions
- des **suggestions de lecture** par des libraires
- une **actualité éditoriale permanente** : interviews d'auteurs, extraits audio et vidéo, dépêches…
- **votre carnet de lecture** personnalisable
- des **espaces professionnels** dédiés aux journalistes, aux enseignants et aux documentalistes

Composition réalisée par FACOMPO (Lisieux)

Achevé d'imprimer en octobre 2008 en Allemagne par
GGP Media GmbH
Pößneck (07381)
Dépôt légal 1re publication : novembre 2008
LIBRAIRIE GÉNÉRALE FRANÇAISE
31, rue de Fleurus – 75278 Paris Cedex 06